에덴의 동쪽 2

East of Eden

EAST OF EDEN
by John Steinbeck

세계문학전집 182

에덴의 동쪽 2

East of Eden

존 스타인벡

정희성 옮김

민음사

차례

3부

23장

1

해밀턴 가 사람들은 하나같이 신경이 예민한 데다 성격마저 유별났다. 그들 중에는 너무 과민한 나머지 일찍 세상을 뜬 사람들도 있었다. 물론 이런 일은 어느 집안에서나 흔하게 일어나는 법이다.

딸들 중에 유나는 새뮤얼에게 가장 큰 기쁨을 안겨 주었다. 그녀는 어렸을 때부터 어린아이들이 늦은 오후가 되면 쿠키를 먹고 싶어 하듯 지식을 갈망했다. 부녀는 일종의 공모자처럼 함께 지식을 탐구했다. 몰래 책을 빌려 읽고, 은밀하게 서로의 의견을 교환하기도 했다.

아이들 중에서 유나가 유머 감각이 가장 뒤떨어졌다. 그녀는 다혈질에 피부가 가무잡잡한 남자와 결혼했다. 남자의 손에 화학약품이 묻어 있지 않은 날이 없었는데, 그것은 보통

질산은인 경우가 많았다. 그는 삶의 안정을 위해 연구를 계속했다. 그는 연구를 포기하지 않는 대신 가난을 받아들이는 부류에 속했다. 그가 연구하는 건 사진술에 관한 것이었다. 그는 외계를 유령 같은 흑백으로가 아니라 인간의 눈이 감지하는 원색으로 종이에 옮겨 놓을 수 있다고 믿었다.

그의 이름은 앤더슨이었는데, 말주변이 없는 사람이었다. 대개의 기술자들처럼 그는 논리를 두려워하고 경멸했다. 귀납적인 사고의 비약이란 그에게 있을 수 없었다. 이를테면 그는 산등성이를 오르듯 탄탄한 발판을 만들고 나서야 한 발 한 발 올라서는 사람이었다. 그는 해밀턴 가 사람들이라면 기겁을 했다. 그들은 자신에게 날개가 달려 있는 줄 알다가 결국 추락하고야 마는 사람들이라면서 경멸했다.

앤더슨에게는 추락한다거나 넘어진다거나 날아 보겠다고 하는 일은 절대 없었다. 그는 차근차근 위를 향해 걸어 올라갔다. 그리고 마침내 그가 원했던 원색의 컬러 필름을 발견했다. 그는 유나와 결혼했다. 아마 그녀에게 유머 감각이 별로 없다는 데 안심하고 결혼했을 것이다. 처가 식구들 때문에 놀라고 당황하기 일쑤라 그는 아내를 데리고 북쪽으로 가 버렸다. 그곳은 오리건주의 변방 어딘가에 있는 암울하고 황량한 땅이었다. 보나마나 그는 화학 약품병과 종이와 씨름을 하면서 아주 원시적인 삶을 살았을 것이다.

유나는 기쁨도 자기 연민도 담기지 않은 담담한 편지를 보내왔다. 자기는 잘 있고, 가족이 다 평안하기를 바란다는 평범한 내용이었다. 머잖아 남편의 연구가 결실을 맺을 것이라고도 했다. 그러고 나서 그녀는 죽었고, 시신은 배로 고향까지 운구되어 왔다.

나는 유나 해밀턴의 존재를 모르고 있었다. 물론 그녀에 대한 기억도 전혀 없었다. 그 후로 수년이 흐른 뒤 조지 해밀턴이 그녀에 관한 이야기를 내게 들려주었다. 그때 그의 눈에는 눈물이 맺혀 있었고 목소리는 갈라져 있었다.

"유나는 몰리만큼 예쁘지는 않았어. 하지만 손과 발이 참 예뻤지. 발목은 부러질 듯 가늘었고 걸음걸이는 우아했어. 손가락은 길고 손톱은 아몬드처럼 갸름했어. 게다가 피부가 어찌나 고운지 투명하고 빛나기까지 했지. 그녀는 우리처럼 웃거나 놀지도 않았어. 우리와는 좀 달랐지. 늘 무언가를 귀담아듣고 있는 것 같았어. 독서를 할 때면 그 애의 얼굴은 음악을 듣는 듯한 표정이었어. 그리고 우리가 뭘 물으면 자기가 아는 것만 대답해 주었어. 우리처럼 그럴듯하게 말을 꾸미거나 비꼬지도 않았고, '어쩌면'이라든가 '그럴지도 모르지'라는 말은 사용하지 않았어. 우리는 늘 실없는 소리를 지껄이잖아. 하지만 유나는 순수하고 단순한 면이 있었어."

조지가 말을 이었다.

"그런데 그 애의 유해가 집으로 운구돼 온 거야. 손톱은 속살이 보일 정도로 부러져 있었고, 손가락은 갈라지고 뭉개져 있었어. 예뻤던 발은 가련하게도⋯⋯."

조지는 잠시 말을 잇지 못했다. 그러다가 그는 복받치는 감정을 누르려 무던히 애를 쓰며 말했다.

"그녀의 발은 부러지고, 자갈과 가시덤불에 찢겨 있었어. 그

예쁜 발에 오랫동안 신을 신지 않고 지냈던 거야. 살갗은 생가죽처럼 거칠었지. 우리는 그녀가 사고 때문에 죽었다고 생각해. 주위에 굉장히 많은 화학약품이 있었으니까 틀림없을 거야.”

그러나 새뮤얼은 그 사고가 고통스럽고 절망적인 상황에서 일어났을 것이라는 생각에 더욱 슬퍼했다.

유나의 죽음은 소리 없는 지진처럼 새뮤얼을 뒤흔들어 놓았다. 그는 가족을 위로한다거나 기운을 돋우는 말 한 마디 없이 혼자 흔들의자에 앉아 있었다. 그는 자신이 딸을 충분히 챙겨 주지 않았기 때문에 사고가 일어났다고 생각했다.

지금까지 즐거운 마음으로 세월에 맞서 버텨 왔던 그의 육체도 점차 탄력을 잃기 시작했다. 팽팽하던 피부는 쭈글쭈글해지고, 맑은 눈은 흐려졌으며, 탄탄한 어깨는 조금씩 굽기 시작했다. 이제 웬만한 일에는 끄떡도 하지 않는 라이자는 이 비극을 담담히 받아들였다. 그녀는 현세에 어떤 희망도 걸지 않았다. 새뮤얼은 바로 어제까지만 해도 자연의 법칙에 웃으며 맞섰지만 유나의 죽음으로 인해 강인했던 그의 의지는 무너지고 말았다. 이제 그는 별수 없는 노인이 되었다.

다른 자식들은 잘살고 있었다. 조지는 보험회사에 다녔고 윌은 돈벌이가 좋았으며 조는 동부로 가서 광고업이라는 새 분야를 개척했다. 조의 단점이 이 분야에서는 장점으로 작용했다. 그는 자기의 구체적인 백일몽을 다른 사람들에게 전할 수 있고, 이를 적절히 응용하면 그것이 바로 광고업이라는 것을 깨달았다. 조는 새로운 분야에서 거물이 되었다.

데시를 제외하고 딸들은 모두 결혼했다. 데시는 살리나스에서 양장점을 성공적으로 운영하고 있었다. 톰만이 아무 일에도 손을 대지 못하는 상태였다.

새뮤얼은 톰이 '논쟁의 대가'라고 애덤에게 말한 적이 있었다. 톰을 지켜보노라면 그는 아들에게서 충동과 두려움, 적극성과 소극성을 동시에 느낄 수 있었다. 그건 자신이 지니고 있는 기질이었다.

톰은 아버지의 감성적인 부드러움이나 쾌활하고 잘생긴 외모를 물려받지는 못했다. 그러나 톰을 자세히 살펴보면 그의 면모를 느낄 수가 있다. 그의 내면에는 강인함과 따뜻함, 그리고 한결같은 성실함이 있었다. 그러나 그 모든 성격의 밑바닥에는 소심한 면이 있었다. 그는 아버지처럼 쾌활해 보이다가도 언제 그랬냐는 듯 마치 바이올린 줄이 끊어진 것처럼 갑자기 수심에 잠기곤 했다.

톰은 얼굴이 거무스름했다. 햇볕에 그을린 탓이겠지만 그의 피부는 마치 고대 스칸디나비아인이나 로마를 약탈한 반달족의 피가 몸속에 흐르기라도 하듯 검붉었다. 머리칼과 턱수염과 콧수염 역시 검붉은 색을 띠었고, 파란 눈동자는 피부색과 대비되어 유난히 빛났다. 어깨와 팔 근육이 단단하고 강했지만 엉덩이는 작았다. 그는 어느 누구에게 뒤지지 않을 만큼 힘이 세고, 빨리 달리고, 말을 잘 탔다. 그러나 경쟁심은 전혀 없었다. 윌과 조지는 도박을 좋아했고, 모험의 희비 속으로 종종 동생을 끌어들이려 했다.

톰이 말했다.

"도박을 해 봤지만 따분하기만 해. 왜 그럴까 생각해 봤어. 이겨도 기쁘지가 않고, 져도 속상하지가 않아. 이런 감정을 못 느낀다면 도박을 하는 게 무슨 의미가 있겠어? 그것이 돈을 버는 수단도 아니잖아. 거기에 생사나 희비가 걸려 있지 않다면 나에게는 아무 의미가 없어. 좋고 나쁘건 간에 뭐라도 느껴지는 게 있으면 그때 하겠어."

월은 그 말을 이해하지 못했다. 그는 경쟁이 없는 삶은 상상할 수도 없었고, 지금껏 이런저런 도박을 하며 살았다. 그는 톰을 무척 좋아했기 때문에 재미있다고 생각이 드는 게 있으면 그에게 해 보라고 권했다. 그는 톰을 사업으로 끌어들여 사고파는 즐거움, 다른 사람들의 속셈을 간파해 그들의 허를 찌르는 즐거움, 그리고 약게 살아가는 즐거움을 맛볼 수 있게 하려고 애썼다.

톰은 집을 나섰다가도 어쩔 줄 몰라 하며 어김없이 농장으로 다시 돌아오곤 했다. 심각한 정도는 아니었지만 어디서부턴가 길을 잘못 들었다는 생각 때문이었다. 남자들이 본능적으로 쾌감을 느끼는 경쟁이라는 영역에서 자신도 즐거움을 느껴야 한다는 생각은 들었다. 그렇다고 해서 즐겁지도 않은데 즐거운 척은 할 수 없었다.

새뮤얼은 톰이 욕심이 많아서 음식이건 여자건 간에 늘 지나치게 탐한다고 말했다. 새뮤얼은 현명한 사람이었지만, 내 생각엔 그는 톰의 일면만을 알고 있었던 것 같다. 어쩌면 톰은 가식이 없는 사람이었는지도 모른다. 내가 지금부터 하려는 그에 대한 이야기는 내 기억과 내가 사실로 알고 있는 것, 그리고 그 둘을 토대로 추측한 결론에 따른 것이다. 그것이 정확한 사실인지 아닌지는 아무도 모른다.

우리는 살리나스에 살고 있었다. 그리고 톰이 와 있으면, 나는 그가 항상 밤에 도착했다고 생각했는데, 우리는 그것을 금방 확인할 수 있었다. 메리와 내 베개 밑에 어김없이 껌 몇 통이 있었기 때문이다. 그 당시에 5센트짜리 동전이 귀했던 것처럼 껌도 흔한 게 아니었다. 그가 몇 달 동안 오지 않던 때도 있었지만, 우리는 아침에 잠을 깨면 껌이 있는지 보려고 베개 밑에 손을 넣어 보곤 했다. 나는 아직도 그 버릇을 못 버리고 있는데, 어쨌든 베개 밑에 껌이 있었던 지도 여러 해가 되었다.

내 누이 메리는 자신이 여자라는 사실을 받아들이지 못했다. 자신이 여자라는 게 영 어색하다니 불행한 일이 아닐 수 없었다. 메리는 운동신경이 잘 발달했다. 그녀는 남자아이처럼 구슬치기를 했으며, 원올드캣[1]의 투수였다. 그녀는 여자들이 하는 장신구를 달지 않았다. 물론 이것은 여자여서 좋은 점이 무엇인지 그녀가 분명히 자각하기 전의 일이었다.

우리는 우리의 몸 어딘가에, 어쩌면 팔 아래인지도 모르지만 단추가 하나 있어서 그것을 누르기만 하면 하늘을 날 수 있다고 생각했다. 허무맹랑하기는 메리도 마찬가지였다. 그녀는 자신이 원하는 힘센 사내아이로 변신할 마술을 고안해 냈다. 그것은 무릎을 굽히고, 머리를 비스듬한 각도로 숙인 다음 손가락을 서로 지그재그로 낀 마술 자세로 잠을 자는 것

---

1) 나무토막을 막대기로 쳐서 멀리 보내는 놀이로 야구와 비슷하다.

이다. 그리고 나서 아침에 깨어나면 사내아이가 된다는 것이었다. 매일 밤 그녀는 그 자세로 자려고 애를 썼으나 몸이 말을 듣지 않았다. 나는 그녀가 깍지 끼는 것을 도와주곤 했다. 그녀가 마술이 효과가 없다고 실의에 빠져 있던 어느 날, 베개 밑에서 껌이 나왔다. 우리는 포장을 벗기고 엄숙하게 껌을 씹었다. 그것은 비이먼의 박하 껌이었는데, 그 후로 그렇게 맛있는 껌을 씹어 본 적이 없었다. 메리는 길고 까만 스타킹을 신으면서 크게 안도하며 말했다.

"맞아."

"뭐가 맞다는 거야?"

내가 물었다.

"톰 삼촌 말이야."

그녀는 딱딱 소리를 크게 내면서 껌을 씹었다.

"톰 삼촌이 어떻다는 거니?"

나는 물었다.

"삼촌은 사내아이가 되는 방법을 알 거야."

정말 그랬다. 아주 쉬운 일이었다. 내가 왜 진작 그 생각을 못 했을까.

어머니는 부엌에서 새로 들어온 키가 작은 덴마크 처녀에게 일을 가르치고 있었다. 이 지역은 계속해서 일을 하러 온 젊은 처녀들을 받아들였다. 새로 이주해 온 덴마크인들이 모여 사는 농가에서는 딸들을 미국 가정에 보내 일을 배우게 했다. 그렇게 함으로써 그들은 영어를 익힐 수 있을 뿐만 아니라, 미국식 요리법이나 식탁 차리는 법, 그리고 예의범절이나 살리나스 상류사회의 모든 것을 배울 수 있었다. 매달 12달러를 받고 이런 생활을 2, 3년 하고 나면 그들은 미국 청년들의 훌륭한 신붓감이 되었다. 그들은 미국식 매너를 익혔을 뿐 아니라 들에서 황소같이 줄곧 일을 할 수도 있었다. 오늘날 살리나스에 사는 몇몇 상류층은 이 처자들의 후손이다.

어머니는 부엌에서 황갈색 머리카락을 한 매딜드에게 암탉처럼 잔소리를 퍼붓고 있었다.

우리는 부엌으로 뛰어들었다.

"삼촌 일어났어요?"

"쉿! 삼촌은 어제 늦게 오셨어. 주무시게 내버려 둬라."

그러나 뒤쪽 침실의 세면기에서 물 흐르는 소리가 들렸기 때문에 우리는 삼촌이 일어났다는 것을 알았다. 우리는 고양이처럼 문턱에 쪼그리고 앉아서 그가 불쑥 나타나기를 기다렸다.

오랜만에 만날 때마다 우리는 처음에는 조금 서먹해 했다. 내 생각에 톰 삼촌도 우리처럼 수줍어했던 것 같다. 그는 마음 같아서는 당장 달려 나와 우리를 덥석 안고 높이 들어 올려 주고 싶었겠지만, 그러지 못하고 아주 점잖게 대했다.

"삼촌, 껌 고마워요."

"너희들이 좋아하니 기쁘구나."

"삼촌이 여기 있는 동안 밤늦게 굴이 든 빵을 먹을까요?"

"어머니가 괜찮다고만 하신다면 꼭 그렇게 하자."

우리는 거실로 우르르 몰려가 앉았다. 부엌에서 어머니의 목소리가 들렸다.

"얘들아, 삼촌을 귀찮게 하지 마라."

"괜찮아요, 올리."

그가 되받아 소리쳤다.

우리는 거실에서 삼각형 모양으로 앉았다. 톰의 얼굴은 아주 검고, 눈은 아주 파랬다. 그는 좋은 옷을 입고 있었지만 제대로 구색을 맞춰 입은 적은 한 번도 없었다. 이 점에서 그는 그의 부친과 아주 달랐다. 빨간 콧수염은 늘 단정하지 못했고, 머리카락은 들떠 있었으며, 손은 일 때문에 거칠었다.

메리가 물었다.

"톰 삼촌, 어떻게 하면 사내아이가 되죠?"

"어떻게라니? 이봐 메리, 사내아이는 날 때부터 사내아이인 거야."

"아니, 그런 뜻이 아니고요. 내가 어떻게 하면 사내아이가 되느냐 이 말이에요."

톰이 진지한 얼굴로 그녀를 바라보았다.

"네가?"

그녀는 말을 줄줄이 쏟아 냈다.

"나는 여자가 되고 싶지 않아요, 삼촌. 남자가 되고 싶어요. 계집애는 인형에 키스나 하고 놀잖아요. 나는 여자가 되고 싶지 않아요. 싫단 말예요."

골이 난 나머지 그녀의 눈에 눈물이 고였다.

톰은 자기 손을 내려다보면서 부러진 손톱으로 손바닥에 박인 벗겨진 못을 긁어냈다. 그는 그럴듯한 말을 하고 싶었던 모양이다. 그는 그의 아버지처럼 달콤하고 사랑스럽고 멋진 말을 찾고 싶어 했다.

"나는 네가 남자가 되지 않았으면 좋겠어."

"왜요?"

"난 여자아이인 네가 좋아."

메리의 신전 속에서 하나의 우상이 무너져 내리고 있었다.

"그러니까 삼촌은 여자애를 좋아한단 말예요?"

"그래, 메리. 나는 여자아이를 무척 좋아한단다."

경멸의 빛이 메리의 얼굴을 스쳤다. 만일 그것이 사실이라면 톰은 바보였다. 그녀는 '그런 쓸데없는 말은 그만두세요.' 하는 표정을 지었다.

"좋아요. 하지만 내가 사내아이가 되면 어떨까요?"

그녀가 말했다.

톰은 눈치가 빨랐다. 그는 메리가 자기에게 낮은 점수를 주고 있음을 알았다. 그는 메리의 사랑과 존경을 받고 싶었다. 동시에 그의 내면에는 굽힐 줄 모르는 진실함이 있었다. 머릿속에 그럴듯한 거짓말이 금세 떠올랐지만 미련 없이 잘라 버렸다. 그는 색깔이 너무 엷어 거의 하얗게 보이는 메리의 머리카락을 보았다. 거치적거리지 않도록 단단히 땋아 놓은 그녀의 머리카락은 머리 타래 끝이 더러워져 있었다. 구슬치기 놀이를 하기 전에 손을 거기에다 닦았기 때문이다. 톰은 그녀의 차갑고 적의에 찬 눈을 살폈다.

"나는 네가 정말로 남자애가 되고 싶어 한다고는 생각하지 않아."

"되고 싶어요."

톰이 잘못 짚었다. 그녀는 정말로 남자아이가 되기를 원했다.

"너는 남자애가 될 수 없어. 언젠가는 너도 그렇게 되지 않은 걸 다행으로 여길 거야."

"그런 일은 없을 거예요."

그녀는 나에게 몸을 돌리고 멸시하는 어조로 매몰차게 말을 이었다.

"삼촌도 모르잖아!"

톰은 움찔했고, 나는 그녀의 거센 질타에 몸서리를 쳤다. 메리는 누구보다도 용감했고 누구든 봐주는 법이 없었다. 그래서 살리나스에서 구슬치기를 했다 하면 잃는 법이 없었다.

톰이 걱정스러운 투로 말했다.

"어머니가 허락하시면, 오늘 아침에 굴이 든 빵을 주문해서 오늘 밤에 갖다 놓을게."

"나는 굴빵 같은 건 싫어요."

메리는 거만한 자세로 침실로 걸어가 문을 쾅 닫았다.

톰은 측은한 듯 그녀의 뒷모습을 바라보았다.

"저 애는 천생 여자야."

이제 우리 둘만 남았다. 나는 메리가 남긴 상처를 어떻게든 아물게 해 줘야겠다고 생각했다.

"나는 굴빵이 좋아요."

내가 말했다.

"그럼 좋아하겠지. 메리도 좋아하고."

"톰 삼촌, 메리가 남자가 되는 방법이 없을까요?"

"몰라. 알고 있었으면 메리한테 말해 주었지."

"메리는 웨스트엔드에서 제일가는 투수예요."

톰은 한숨을 쉬면서 손을 내려다보았다. 삼촌이 실의에 차 있음이 역력했다. 삼촌에게 미안했다. 안쓰러운 마음이 들 정도였다. 나는 여러 개의 핀을 창살처럼 내리꽂아 만든, 속이 빈 코르크를 꺼내 왔다.

"삼촌, 내 파리 통 가질래요?"

아, 그는 정말 점잖은 신사였다.

"나에게 주고 싶어서 그러니?"

"그래요. 핀 하나를 빼서 파리를 집어넣고 다시 닫으면 파리가 안에서 윙윙거려요."

"정말로 갖고 싶구나. 고맙다, 존."

그는 하루 종일 날카로운 주머니칼로 작은 나뭇조각에 뭔가를 새기고 있었다. 우리가 학교에 갔다 와 보니 작은 얼굴 모양이 새겨져 있었다. 눈과 귀와 입술이 작은 횃대로 텅 빈 머리 속에 연결되어 움직이게 되어 있었다. 목 밑의 구멍은 코르크로 막혀 있었다. 그것은 정말 근사했다. 파리를 잡아 그 구멍으로 가만히 집어넣고 코르크를 닫으면, 갑자기 머리가 움직였다. 극도로 흥분한 파리가 작은 횃대 위를 기어 다닐라치면 눈이 움직이고, 입술이 말을 하고, 귀는 씰룩거렸다. 메리의 마음도 누그러진 것 같았다. 그러나 그녀는 나중에 자기가 여자라는 사실에 만족한 뒤에야 비로소 그를 믿게 되었다. 그러나 이미 때는 늦은 뒤였다. 그는 그 장난감 머리를 나에게가 아니라 우리에게 주었다. 우리는 아직도 그것을 어딘가에 보관하고 있는데, 그것은 지금도 움직인다.

가끔씩 그는 나를 데리고 낚시를 하러 갔다. 우리는 해 뜨기 전에 출발해 프리몬트 산봉우리로 곧장 말을 몰았다. 우리가 산 가까이로 다가갈 때면 별들은 희미해지고, 해가 올라오면서 산이 짙어졌다. 말을 타고 가다가 귀와 뺨을 삼촌의 코트에 묻었던 것이 생각난다. 그리고 삼촌이 내 어깨 위에 살짝 팔을 얹던 일, 그러다가 이따금씩 내 팔을 토닥거려 주던 것이 떠오른다. 마침내 우리는 어느 떡갈나무 밑에 이르러 마차를 세우고, 말굴레를 벗겨 개울가에서 말에게 물을 먹인 뒤 마차 뒤에 말을 매어 놓곤 했다.

톰이 말을 한 기억은 없다. 지금 떠올려 보면 그의 목소리나 말투가 기억나지 않는다. 조부의 목소리와 말투는 기억이 났다. 그러나 톰을 생각하면 다정다감한 침묵만이 떠오를 뿐이다. 어쩌면 그는 말을 전혀 하지 않았는지도 모른다. 그는 훌륭한 낚시 도구를 가지고 있었고, 생파리 미끼를 손수 만들었다. 그러나 그는 우리가 송어를 잡든 못 잡든 별로 개의치 않았던 것 같다. 꼭 물고기를 잡을 필요가 없었던 것이다.

작은 폭포 밑에서 자라던 다섯 손가락 모양의 양치식물이 생각난다. 작은 물방울이 튀면 녹색 이파리는 까딱까딱 흔들렸다. 그리고 언덕에서 풍기던 향긋한 냄새와 진달래 향기, 먼 곳에서 풍기는 스컹크 냄새, 달콤한 루핀풀과 마구에 스며든 말의 땀 냄새가 떠오른다. 말똥가리들이 하늘 높이 날아다니며 일사불란하게 멋진 춤을 추고, 톰이 그것들을 물끄러미 쳐다보던 기억이 난다. 그러나 그 모든 것들을 바라보며 무슨 말을 했는지는 생각나지 않는다. 그가 말뚝을 박고 끈을 잇는 동안 고기가 미끼를 물어 버린 낚싯줄을 내가 잡고 있던 것이 생각난다. 고기 바구니 속에 짓눌려 있는 양치식물 냄새와 녹색 깔개 위에 가지런히 누워 있는 물오른 신선한 무지개 송어의 은근한 냄새도 기억난다. 그리고 마지막으로 마차 있는 데로 돌아와 가죽 주머니에 보리를 넣고, 말의 귀 뒤에 그것을 덮어씌우던 것을 기억한다. 나는 그의 말이나 목소리를 전혀 기억할 수가 없다. 내 기억 속에 그는 어둡고 과묵하지만 온정이 넘치는 사람으로 각인되어 있다.

톰은 어두운 면이 있었다. 톰의 아버지는 잘생기고 총명했으며, 어머니는 키가 작달막하고 빈틈없는 사람이었다. 그의 형제들과 누이들은 각기 멋진 외모나 재능 그리고 재산이 있었다. 톰은 그들을 몹시 사랑했으나 우울했고, 현세에 얽매여 있었다. 그는 짜릿함을 안겨 주는 산을 오르고, 산봉우리 사이 어두운 바위틈을 무작정 돌아다녔다. 그의 내면은 용기로 용솟음쳤으나 그것은 소심함에 묶여 있었다.

새뮤얼은 톰이 큰일을 앞두고 긴장해서 떨고 있다고, 그 냉엄한 책임을 짊어져야 할지 결정하기 위해 애쓰고 있다고 말했다. 새뮤얼은 아들의 자질과 그가 여차하면 주먹을 휘두를 수도 있다는 것을 알았다. 그래서 새뮤얼은 마음이 조마조마했다. 그는 폭력과는 거리가 먼 사람이었다. 그가 주먹으로 애덤 트래스크를 때릴 때도 폭력성은 전혀 없었다. 새뮤얼은 손에 잡히는 대로 책을 들고 읽어 내려갔다. 그중 몇 권은 몰래사 온 것들이었다. 새뮤얼은 마치 카누를 타고 흰 포말을 일으키는 급류를 가르듯 여러 사상 사이에서 즐겁게 균형을 잡았다. 그러나 톰은 책 속에 푹 빠져들어 책과 책 사이를 아첨하듯 기어 다니고, 두더지처럼 사상 사이에 터널을 뚫었다. 그러고는 급기야 얼굴과 손에 온통 책의 흔적을 묻히고 나타났다.

톰은 폭력성과 수줍음, 이 양면을 지니고 있었다. 그는 성욕을 충족시켜 줄 여자가 필요했으나 자신은 그럴 자격이 없다고 생각했다. 그는 오랫동안 쓸쓸한 독신 생활에 젖어 있다가 느닷없이 기차를 타고 샌프란시스코에 가서 여자들과 뒹굴었다. 그러고는 목장으로 묵묵히 돌아오곤 했다. 그러나 허탈감과 자책감만 들 뿐, 마음 한구석은 언제나 공허했다. 그는 닥치는 대로 일을 하면서 자신을 학대했다. 돈벌이도 안 되는 땅을 갈고 씨를 뿌렸다. 그리고 허리가 휘고 손이 부르트도록 단단한 떡갈나무를 자르기도 했다.

어쩌면 새뮤얼이 톰에게서 태양을 가렸기 때문에, 그의 그림자가 톰을 어둡게 만든 것일 수도 있다. 톰은 아무도 모르게 시를 썼다. 그 당시만 해도 시 쓰는 일은 비밀로 해 두는 것이 현명했다. 시인이란 무기력하고 허약한 인간으로 생각되었기 때문에 서부 사람들은 시인을 멸시했다. 시는 나약함과 무기력과 부패의 상징이었다. 시를 읽는다는 것 자체가 사람들의 조롱거리가 되었다. 시를 쓰면 의심을 받았고, 절교를 당할 수밖에 없었다. 시라는 것은 비밀스러운 악이며, 사실이 그러했다. 톰의 시가 훌륭했는지는 아무도 모른다. 그는 오직 한 사람에게만 자신의 시를 보여 주었고, 죽기 전에 모두 불태워 버렸다. 난로에 남은 재로 보아 그가 상당한 양의 시를 썼던 것만은 틀림없다.

톰은 가족 중에 데시를 제일 좋아했다. 그녀는 명랑했다. 그녀에게서는 웃음이 떠날 새가 없었다.

그녀가 운영하는 양장점은 살리나스의 독특한 명소가 되었다. 그곳은 여자의 세계였다. 여기에서는 모든 규칙, 그리고 철칙을 낳는 공포도 없었다. 금남의 집이었다. 여자들이 자신의 모습을 있는 그대로 드러낼 수 있는 성역이었다. 악취를 풍기고, 제멋대로 행동하고, 신비로운 모습을 연출하지 않아도 되고, 잘난 체해도 되고, 가식을 버리고 자신의 취향대로 행동해도 누가 뭐라 할 사람은 없었다. 여기에서는 고래 뼈 코르셋으로 여인의 육체를 여신의 육체로 만들 필요가 없었다. 데시의 양장점에서 여자들은 화장실에 드나들고 과식하고 간지럼을 태우고 낄낄대고 방귀를 뀌었다. 이처럼 자유를 만끽한다는 즐거움에 그들은 큰 소리로 웃어 대곤 했다.

남자들은 닫힌 문틈으로 흘러나오는 웃음소리를 듣고는 혹시 자기네가 웃음거리가 된 것이 아닌가 생각하기도 했는데 대체로 그것은 사실이었다.

코안경을 쓰기에는 어울리지 않는 코에 흔들거리는 금테 코안경을 쓰고, 눈물까지 나올 정도로 한바탕 웃느라 얼굴 전체가 경련을 일으킨 것 같았던 데시의 얼굴이 눈에 선하다. 머리카락은 안경과 눈 사이로 흘러내리고 코 아래로 흘러내린 안경이 까만 리본 끝에 매달려 있곤 했다.

데시에게 옷을 해 입으려면 몇 달 전에 예약을 해야 했고, 천과 모양을 결정하기까지 스무 번 정도 그곳을 찾아야만 했다. 여태껏 살리나스에서 데시의 가게만큼 건전한 곳도 없었다. 남자들은 집회소와 클럽, 유곽을 드나들었다. 그러나 데시가 나타나기 전까지만 해도 여자들은 재단 조합에 가고, 거드름 피우는 목사의 교태를 받아주는 것 외에는 아무 낙도 없었다.

그러던 어느 날 데시는 사랑에 빠졌다. 남자의 이름이 뭔지, 사정이 어떠했는지, 그들의 불행한 결말이 종교 때문이었지, 남자에게 부인이 있어서였는지, 병이나 아니면 이기적인 면 때문이었는지 나는 모른다. 어머니는 아는 것 같았지만 한 번도 그 이야기를 입에 올리지 않았다. 설사 살리나스의 다른 사람들이 알았다고 해도 그들은 분명 그것을 철저히 마을의 비밀에 부쳐 두었을 것이다. 다만 내가 아는 것은 그 사랑이 침울하고 두렵고 절망적이었다는 것이다. 그렇게 1년을 보낸 뒤 데시의 얼굴에서는 기쁨이나 웃음을 찾아볼 수 없었다.

톰은 무시무시한 고통에 사로잡힌 사자처럼 미친 듯이 언덕을 쏘다녔다. 그는 한밤중에 아침 기차를 기다리지도 않고 말을 타고 살리나스로 내달렸다. 새뮤얼이 그의 뒤를 따라가다가 킹시티에서 살리나스로 전보를 쳤다.

아침에 톰이 새카만 얼굴로 지친 말에 박차를 가하면서 살리나스의 존 스트리트를 달리고 있을 때, 보안관이 그를 기다리고 있었다. 그는 톰에게서 총을 빼앗고 감방에 넣은 다음 새뮤얼이 올 때까지 블랙커피와 브랜디를 들게 했다.

새뮤얼은 톰에게 설교하지 않았다. 그는 아들을 집으로 데리고 와서도 그 일에 대해선 한 마디도 하지 않았다. 해밀턴가에는 침묵만이 감돌았다.

2

1911년, 추수감사절에 뉴욕에 있는 조와 남의 집 식구가 된 리지, 이 세상 사람이 아닌 유나를 제외하고 나머지 가족들이 모두 농장에 모였다. 다들 실컷 먹고도 남을 음식과 선물을 들고 왔다. 데시와 톰 외에는 모두 결혼을 했다. 어린아이들은 해밀턴 집 안을 아수라장으로 만들었다. 집 안이 난리였다. 이렇게 시끄러운 적이 없었다. 어린아이들은 울고 소리치고 싸웠다. 남자들은 대장간에 왔다 갔다 하다가 멋쩍은 듯 콧수염을 쓱 닦으며 돌아왔다.

라이자의 작고 둥근 얼굴이 점점 벌개졌다. 그녀는 계획을 세우고 지시를 했다. 부엌 스토브의 불이 꺼질 새가 없었다. 침대가 모자라서 마룻바닥에 베개를 놓고, 그 위에 이불을 깔아 어린아이들을 재웠다.

새뮤얼은 예전처럼 다시 쾌활해졌다. 냉소적인 태도와 노래를 하듯 경쾌했던 말투가 되살아났다. 그는 노래하듯 이야기를 하고 추억을 짚어 갔다. 그러다 그리 늦은 시간도 아니었는데 갑자기 피로감이 몰려왔다. 그는 라이자가 두 시간 전부터 누워 있는 침대로 갔다. 그는 잠시 어리둥절했다. 잘 시간이 안 되었는데 자고 싶은 생각이 들어 침실로 간 적이 없었기 때문이다.

부모들이 자리를 뜨자 윌이 대장간에 가서 위스키 병을 들고 왔다. 식구들은 부엌에 모여 앉아 밑이 둥근 젤리 잔으로 위스키를 돌려 마셨다. 여자들은 침실로 들어가 아이들이 이

불을 덮고 자는지 살피고 돌아왔다. 그들은 어린아이들과 노인들을 깨우지 않으려고 나직이 말했다. 그 자리에는 톰과 데시, 조지와 뎀프시 가에서 시집온 그의 아름다운 부인 마미, 몰리와 윌리엄 J. 마틴, 올리브와 어니스트 스타인벡, 윌과 그의 아내 델리아가 있었다.

그들은 하나같이 똑같은 얘기를 하고 싶어 했다. 열 사람 모두가 그랬다. 새뮤얼은 이제 노인이었다. 다들 이 새로운 사실에 마치 유령이라도 본 듯 깜짝 놀랐다. 어쨌든 그런 일이 일어나리라고는 꿈에도 생각하지 못했다. 그들은 위스키를 마시면서 이 생소한 사실에 대해 조용히 이야기했다.

"아버지의 어깨 말이야. 얼마나 구부정해졌는지 봤니? 발걸음이 무거워 보이더라."

"발을 좀 끄시던데. 하지만 그것보다 문제는 눈이야. 눈이 흐릿하더라고."

"식구 중에서 늘 마지막으로 잠자리에 드시던 분이었는데."

"한참 말씀하시다 막상 하려던 이야기를 잊어버리셨는데, 눈치 챘어?"

"피부는 또 어떻고. 주름지고, 손등엔 심줄까지 보였어."

"아버지가 오른발을 쓰지 않으시던데."

"맞아, 하지만 그건 말을 타다 부러진 발이야."

"알아. 하지만 전엔 안 그러셨잖아."

그들은 속상하고 화난 마음으로 이런 말들을 나누었다. 그들은 어떻게 이런 일이 일어날 수 있냐고 말했다. 아버지가 노인이 되다니……. 자식들로서는 받아들일 수 없는 사실이었다. 그들에게 새뮤얼은 새벽처럼 영원히 늙지 않는 젊은 아버지였다.

그들의 아버지는 대낮처럼 나이가 들 수는 있어도 결코 어둠이 찾아드는 저녁이 될 수 없는 존재였다. 그런데 밤이라니, 절대로 안 될 일이다!

그들이 흥분하고 위축되어 있는 것도 당연했다. 그리고 겉으로 표현하지는 않았지만 머릿속에는 '새뮤얼이 없는 세상은 있을 수 없다.'라는 생각뿐이었다.

어떤 일이든 그것에 대한 아버지의 생각을 모른다면 우리가 무슨 생각을 할 수 있을까?

아버지가 없는 봄이나 크리스마스, 우기는 어떤 모습일까? 크리스마스가 돌아와도 전혀 축제의 기분을 느끼지 못할 것이다.

이제 그들은 그런 생각을 접고 희생자를 찾아야 했다. 그들이 상처를 입었으니 받은 만큼 누군가에게 돌려줘야 했다. 그들은 톰에게 화살을 돌렸다.

"넌 여기 있었지. 너는 여기 쭉 있었잖아!"

"어떻게 이런 일이 생겼지? 언제부터 그랬니?"

"누가 아버지를 이렇게 만든 거야?"

"혹시 네 그 광기 때문에 아버지가 그렇게 되신 거 아니니?"

이런 수모를 당한 적이 한두 번이 아니었기 때문에 톰은 참을 수 있었다.

그는 목쉰 소리로 말했다.

"유나 때문이에요. 아버지는 유나의 죽음을 받아들이지 못

하셨어요. 진정한 남자라면 슬픔 때문에 자기 자신을 망쳐서
는 안 된다고 아버지는 말씀하셨어요. 여러 번 그 말을 하시기
에 시간이 지나면 괜찮아지실 줄 알았어요. 하지만 아버지가
그 말씀을 너무 자주 하시더군요. 그제야 아버지의 몸이 쇠약
해지고 있다는 걸 알게 됐어요."

"그러면 왜 우리한테 그 말을 하지 않았어? 무슨 방법이 있
었을지도 모르잖아."

톰이 움찔하며 격분한 나머지 벌떡 일어서서 소리쳤다.

"빌어먹을! 할 얘기가 뭐가 있어? 슬픔을 못 이겨 죽어 가
고 있다고 말하라고? 골수가 녹아 흘러나왔다고 해야 하나?
할 얘기가 도대체 뭐가 있다는 거지? 형들은 여기 있지도 않
았잖아? 여기서 아버지의 눈빛이 흐려지는 걸 봐야만 하는 내
심정은 어떨 것 같아? 젠장!"

톰이 방을 뛰쳐나갔다. 밖에서 그의 발길에 돌이 차이는 소
리가 들렸다.

그들은 부끄러웠다. 윌 마틴이 말했다.

"내가 나가서 데려올게."

"그만둬, 혼자 있게 내버려 둬. 그 애를 잘 알잖아."

조지가 재빨리 말했고, 다들 고개를 끄덕였다. 잠시 후 톰
이 돌아와서 말했다. 그것은 일종의 고백이었다.

"사과할게요. 정말 미안해요. 좀 취했나 봐요. 이럴 때마다
아버지는 '너 기분이 좋은 모양이구나.'라고 말씀하셨는데. 어
느 날 밤늦게 말을 타고 집에 돌아왔는데, 비틀거리며 마당을
가로질러 가다가 장미 덩굴에 발이 걸려 넘어졌죠. 그래서 두

팔로 계단을 기어 올라가서 침대 옆 바닥에 구토를 했어요. 다음 날 아침 죄송하다고 말씀드리려고 했는데, 아버지가 뭐라고 하셨는지 알아요? '톰, 넌 기분이 좋았을 뿐이야.' 하시더군요. 내가 그런 꼴로 왔는데도 그냥 기분이 좋으니까 그런 거라고 하셨어요. 하긴 술에 취한 사람은 집으로 기어 오지 않지. 그러니 난 그냥 기분이 좋았을 뿐이지."

톰이 횡설수설하자 조지가 그의 말을 잘랐다.

"톰, 사과는 우리가 해야겠다. 우리가 너를 질책하는 것처럼 들렸겠지만 그런 뜻은 아니었어. 아니 어쩌면 그랬는지도 모르겠다. 어쨌든 미안하다."

윌 마틴이 현실적인 말을 했다.

"여기선 살기가 참 힘들어요. 장인어른께 이 집을 팔아서 시내로 이사 오시라고 하면 어떨까요? 그곳에서 오랫동안 행복하게 사실 수 있을 거예요. 몰리와 전 두 분이 우리와 함께 사셨으면 해요."

"아버지가 그렇게 하실 것 같지 않은데. 아버지는 당나귀처럼 고집이 세고, 말처럼 자존심이 강해. 그 자존심을 어떻게 꺾겠어?"

윌이 말했다.

올리브의 남편 어니스트가 말했다.

"한번 여쭤 본다고 해서 손해 볼 건 없잖아요. 우리가 장인을, 아니 두 분을 함께 모시고 싶어요."

그러자 그들은 다시 침묵에 잠겼다. 이 농장, 사막같이 건조하고 돌투성이인 지루한 언덕들과 이익도 나지 않는 계곡을 버린다는 생각 자체가 충격이었기 때문이다.

월 해밀턴은 사업 수완과 직감이 뛰어나다 보니 사람들이 깊이 생각하지 않고 충동적으로 내뱉는 말을 잘 알아차렸다. 그가 말했다.

"우리가 아버지에게 대장간을 닫으라고 말씀드리는 건 아버지 인생의 문을 닫으라고 하는 것과 마찬가지야. 아버지는 그렇게 하지 않으실 거야."

"네 말이 맞아, 월. 그렇게 하는 건 모든 걸 포기하는 것과 다름없다고 생각하실 거야. 비겁한 행동이라고 생각하시겠지. 절대로 팔지도 않으실 테지만. 만일 파신다고 해도 일주일도 못 견디실 거야."

조지가 동의했다.

월이 말했다.

"다른 방법이 있어. 잠시 다녀가시라고 하면 승낙하실 수도 있잖아. 농장은 톰이 관리하면 되고. 이제 부모님도 세상 구경을 하실 때도 됐어. 얼마나 많은 일이 벌어지고 있어? 세상 구경도 하시고 그러면 아버지도 기운을 회복하실 거야. 그러다 다시 집에 돌아오셔서 일을 하실 수도 있고. 어쩌면 얼마 후엔 돌아오실 필요가 없게 될지도 모르지만. 아버지는 세월에 장사 없다고 말씀하시니까."

데시는 눈 위로 내려온 머리카락을 쓸어 올리며 말했다.

"오빠는 정말 아버지가 그렇게 바보라고 생각해요?"

월이 자신의 경험을 토대로 말했다.

"종종 사람들은 자신의 능력으로 문제를 해결할 수 없을 때는 차라리 바보가 되기를 바라지. 어쨌든 해 봅시다. 다들 어떻게 생각해?"

모든 사람들이 고개를 끄덕였으나 유독 톰만이 미동도 하지 않고 앉아서 생각에 잠겨 있었다.

"톰, 이 농장을 관리하고 싶지 않은 거니?"

조지가 물었다.

"아, 그건 문제가 안 돼요. 농장을 운영하는 건 문제없어요. 잘된 적이 한 번도 없으니까요."

톰이 대답했다.

"그렇다면 너는 왜 동의하지 않니?"

"아버지가 금세 눈치를 채실 텐데, 아버지를 모독하고 싶지가 않아서요."

"그런 제안을 한다고 해서 나쁠 건 없잖아?"

톰은 핏기가 없어질 정도로 양쪽 귀를 문질렀다. 두 귀가 하얘졌다.

"말리지는 않겠어요. 하지만 나는 못 하겠어요."

톰이 말했다.

"가볍게 초청장 형식의 편지를 쓰면 어때? 한 집에 계시다가 싫증이 나면 다른 집으로 가실 수도 있잖아. 자식들이 많으니까 돌아다니시기만 해도 여러 해를 지내실 수 있을 거야."

조지가 말했다.

그들은 그의 말대로 하기로 했다.

3

톰은 킹시티에서 온 올리브의 편지를 들고 왔다. 그는 그 내용을 미리 알고 있었기 때문에 아버지가 혼자 있을 때를 엿보아 그에게 편지를 건네주었다. 새뮤얼은 대장간에서 일을 하고 있었고, 때문에 손이 새카맸다. 그는 편지봉투의 끝부분을 잡아 들고, 그것을 모루 위에 올려놓았다. 그런 다음 뜨겁게 달군 쇠를 집어넣었던, 반쯤 채워져 있는 검은 물에 손을 씻었다. 그는 편자 못 끝으로 편지를 뜯고, 햇빛이 비치는 곳으로 나가 읽기 시작했다. 톰은 마차의 바퀴를 떼어 차축에 노란 기름을 바르고 있었다. 그는 곁눈질로 아버지를 지켜보았다.

새뮤얼은 편지를 다 읽고 접어서 봉투 속에 넣었다. 그러고는 대장간 앞에 있는 의자에 앉아 허공을 응시했다. 그러다가 편지를 다시 꺼내 읽고는 다시 접어서 하늘색 셔츠 주머니에 넣었다. 그러고는 일어서서 땅에 깔린 차돌을 발로 차면서 동쪽 언덕을 향해 천천히 걸어 올라갔다.

이슬비가 내렸기 때문에 솜털 같은 풀이 고개를 내밀고 있었다. 새뮤얼은 언덕을 반쯤 올라가다가 바닥에 웅크리고 앉았다. 그러고는 자갈이 섞인 거친 흙 한 줌을 손바닥에 올려놓고, 집게손가락으로 그것을 헤집었다. 그 속에는 차돌과 굵은 모래, 번쩍이는 운모 조각, 연약한 잔뿌리, 줄이 있는 돌이 하나 있었다. 그는 손가락 사이로 흙을 흘려 버리고는 손바닥을 털었다. 그리고 풀잎 싹을 하나 뽑아 잇새에 물고는 언덕 너머 하늘을 물끄러미 바라보았다. 심술궂게 생긴 회색 구름이 비를 뿌려 댈 나무를 찾아 동쪽으로 나아가고 있었다.

새뮤얼은 일어서서 언덕을 내려왔다. 연장을 두는 헛간을 들여다보고는 10센티미터짜리 각목을 두드려 보았다. 그는 톰 옆으로 와서 받침대로 받쳐 놓은 마차 바퀴 하나를 빙빙 돌렸다. 그러더니 마치 처음 본 사람처럼 톰을 자세히 바라보았다.

"너도 이제 어른이 되었구나."

"모르셨어요?"

"알고 있었을 거야. 아무렴 알고 있었지."

새뮤얼이 어슬렁어슬렁 걸어 나갔다. 그는 가족들이 아주 잘 알고 있는 냉소적인 표정을 지었다. 그럴 때면 그는 자신을 비웃으며 속으로 웃었다. 그는 쓸쓸하고 초라한 정원을 지나 집 주변을 거닐었다. 이제는 집도 많이 낡아 있었다. 맨 나중에 이어 붙인 침실은 낡은 데다 비바람으로 창틀에 붙인 접합용 퍼티도 거의 떨어진 상태였다. 그는 문간에서 몸을 돌려 컵처럼 생긴 농장을 둘러보고는 안으로 들어갔다.

라이자는 밀가루 반죽으로 파이 크러스트를 밀고 있었다. 밀방망이 다루는 솜씨가 어찌나 능숙한지 밀가루 반죽이 살아 있는 듯 움직였다. 그것은 납작해졌다가는 자체의 신축성으로 다시 오므라들었다. 라이자는 얄팍한 반죽을 집어 들어 파이 접시에 얹어 놓고 칼로 가장자리를 다듬었다. 사발에는 주스를 담글 나무딸기가 준비되어 있었다.

새뮤얼은 부엌 의자에 다리를 꼬고 앉아서 아내를 바라보았다. 그는 눈으로 웃고 있었다.

"지금 이 시간엔 할 일이 없어요?"

그녀가 물었다.

"하려고 들면 있지."

"그러면 거기 앉아서 성가시게 굴지 말아요. 할 일이 없으면 옆방에 가서 신문이나 읽어요."

"다 읽었소."

"전부요?"

"읽을 만한 건 다."

"새뮤얼, 무슨 일이에요? 할 얘기가 있는 모양인데. 얼굴에 다 쓰여 있다고요. 말해 봐요. 그래야 파이를 만들죠."

그는 다리를 흔들며 그녀에게 미소를 지었다.

"여자치고는 참 작군. 당신 같은 여자라면 셋이라도 한입도 안 되겠는데."

"그만둬요. 저녁때라면 가끔씩 농담을 받아 줄 수도 있지만 11시도 안 되었잖아요. 당신 일이나 보세요."

새뮤얼이 말했다.

"휴가가 뭔지 아오?"

"아침부터 농담 말아요."

"여보, 아느냐고?"

"물론 알죠. 내가 바보인 줄 알아요?"

"그럼 그게 무슨 뜻이야?"

"휴식을 취하러 해변에 간다든지 하는 거죠. 이제 쓸데없는 소리는 그만해요."

"그 말뜻을 어떻게 알았는지 궁금한데."

"도대체 무슨 얘기를 하려고 그러는 거예요? 내가 알면 안 돼요?"

"휴가 가 본 일 있소?"

"글쎄, 나는……."

그녀는 말을 멈췄다.

"50년 동안 휴가를 가 본 일이 있느냔 말이야. 귀엽고 바보 같고, 자그마한 마누라야?"

"새뮤얼, 제발 내 주방에서 나가 줘요."

그녀는 두려운 듯이 말했다. 그가 주머니에서 편지를 꺼내 펼쳤다.

"올리브한테서 온 편지야. 우리더러 살리나스를 방문해 달라고 하는군. 2층 방을 준비해 놓았대. 우리가 자기 아이들과도 친하게 지냈으면 하더라고. 그리고 야외 문화강연회 관람권도 사 두었대. 빌리 선데이가 악마와 레슬링을 하고, 브라이언이 '황금의 십자가' 연설도 할 예정이래. 그걸 듣고 싶군. 하기야 바보 같은 소리를 지껄이겠지만. 사람들은 그의 연설이 심금을 울린다고 하더군."

라이자가 밀가루 묻은 손으로 코를 문질렀다.

"비용이 많이 드나요?"

그녀는 걱정스러운 듯이 물었다.

"비용이라니? 올리브가 관람권을 샀다니까. 선물이라고."

"우리는 못 가요. 농장은 어떻게 하고요?"

"톰이 있잖아. 겨울에 할 일이 뭐가 있어?"

"혼자 있으면 톰이 쓸쓸할 텐데."

"어쩌면 조지가 메추라기 사냥을 하러 잠시 와 있을지도 몰

라. 편지 속에 뭐가 들었는지 알아?"

"뭐가 들었는데요?"

"살리나스행 기차표 두 장이야. 올리브가 꼭 왔으면 좋겠대."

"도로 물러서 돈으로 되돌려 보낼 수도 있잖아요."

"아니, 난 그렇게는 못 해. 여보, 그러지 맙시다. 자, 여기 손수건이 있소."

"그건 행주예요."

"여보, 여기 앉아요. 여기! 휴가를 간다고 해서 충격을 받은 모양인데. 여기! 그게 행주인 건 나도 알아. 사람들이 그러는데, 빌리 선데이가 무대에서 악마를 몰아낸다는군."

"그건 불경스러운 일이에요."

"그렇지만 난 보고 싶은데. 당신은 그렇지 않소? 뭐라고? 고개를 들어요. 안 들려. 뭐라고 했소?"

"그러자고 했어요."

새뮤얼이 들어올 때 톰은 설계를 하고 있었다. 톰은 아버지를 바라보면서 올리브의 편지를 읽고 난 그의 반응이 어떤지 은근슬쩍 살폈다.

새뮤얼이 설계도를 바라보았다.

"그게 뭐냐?"

"마차에서 내리지 않고 문을 열 수 있도록 하려고요. 이것이 빗장을 여는 막대기예요."

"그것이 어떻게 열리지?"

"강력한 스프링을 고안했어요."

새뮤얼이 도안을 살폈다.

"문은 어떻게 닫히고?"

"이 빗장이요. 반작용으로 스프링에 걸리죠."

"알겠다. 문이 붙어 있다면 그렇게 될 수도 있겠구나. 그런데 마차에서 내려 문을 여는 데 20년이 걸린다면 그걸 만들어서 달아 놓는 데 그 두 배의 시간이 걸리겠는걸."

톰이 이의를 제기했다.

"간혹 겁이 많은 말 때문에……."

"그래, 알아. 재미있는 착상이라 농담 좀 했다."

그의 아버지가 말했다.

톰이 히죽 웃으며 말했다.

"제가 한 방 맞았군요."

"톰, 만일 내가 네 엄마와 잠시 여행을 다녀온다면 이 농장을 돌볼 수 있겠니?"

"아, 그럼요. 어디로 가실 건데요?"

"올리브가 우리더러 살리나스에서 잠시 같이 지내자고 하는구나."

"잘됐네요. 어머니도 좋다고 하세요?"

"그래. 비용은 생각도 않고 말이야."

"잘됐어요. 얼마 동안 계실 작정이세요?"

새뮤얼은 냉소적인 눈을 빛내며 톰의 얼굴을 계속 바라보고 있었다. 톰이 말을 꺼냈다.

"아버지, 왜 그러세요?"

"얘야, 소리가 아주 작게 들리는구나. 어찌나 작은지 거의 들리지 않을 정도야. 하지만 들리긴 하지. 톰, 네가 형들과 누이들과 무슨 일을 꾸몄는지는 몰라도 나는 상관하지 않겠다. 효도를 하려는 거니까."

"무슨 말씀인지 모르겠는데요."

톰이 말했다.

"배우가 되고 싶어 하지 않았으니 얼마나 다행이냐. 톰, 안 그랬더라면 넌 아주 서툰 배우가 됐을 거야. 형제들이 다 모였던 추수감사절에 일을 꾸민 게지. 계획대로 잘 되어 가고 있지? 보나마나 윌도 거들었겠지. 내키지 않으면 말하지 않아도 돼."

"전 찬성하지 않았어요."

"너답지 않구나. 나한테 전부 말할 셈이냐? 다른 아이들에게 내가 알고 있다고 말하지는 마라."

그는 돌아서서 가다가 되돌아와 톰의 어깨 위에 손을 얹었다.

"톰, 사실을 말해 줘서 고맙다. 현명한 결정은 아니지만 계획은 그대로 진행될 거다."

"가신다니 기뻐요."

새뮤얼은 대장간 문턱에 서서 땅을 바라보았다.

"사람들이 그러는데, 어머니는 못난 자식을 제일 사랑하는 법이래."

그는 이렇게 말하고는 세차게 머리를 저었다.

"톰, 우리 사나이답게 약속하자. 너는 그 말을 마음 깊숙이 묻어 두고, 형들이나 누이들에게 말하지 마라. 나는 내가 왜 가는지 알고 있다. 어디로 갈지도 알고 있어, 톰. 그리고 만족한다."

24장

1

나는 왜 사람들 중에 어떤 사람은 다른 사람에 비해 삶과 죽음의 진리에 덜 무디고, 덜 가슴 아파할까 늘 궁금했다. 유나의 죽음으로 인해 새뮤얼은 현실에 안착하지 못하고 마음을 다잡지 못해 결국 노쇠해졌다. 한편, 남편 못지않게 가족들을 진심으로 사랑하는 라이자는 스스로 망가지거나 예민하게 굴지 않았다. 그녀는 별 탈 없이 지냈다. 그녀도 슬프긴 마찬가지였지만 꿋꿋이 버티었다.

어쩌면 라이자는 성경을 있는 그대로 받아들이듯 역설과 모순으로 점철된 세상사를 그대로 받아들였는지도 모른다. 죽음을 달가워한 건 아니지만 그녀는 죽음을 늘 의식하고 있었다. 그래서 누가 죽었다는 소식을 접해도 그녀는 그렇게 놀라지 않았다.

새뮤얼도 죽음에 대해 생각해 보고, 나름대로 지론을 세우기도 했을 것이다. 그러나 실제로 죽음이 존재한다고 믿지는 않았다. 죽음은 자신과는 동떨어진 건 줄 알았다. 주위의 모든 사람들도 불멸의 존재였다. 그런데 죽음이 현실로 다가왔을 때 그것은 무모한 침입자였고, 그에게 깊이 각인되어 있던 불멸성을 부인했다. 그렇게 해서 그가 쌓아 놓은 벽에 금이 갔고, 이윽고 벽 전체가 무너지고 말았다. 내 생각에 그는 죽음에서 벗어날 수 있다고 생각했던 것 같다. 죽음은 개인적인 적이었고, 그가 거뜬히 이겨 낼 수 있는 것이었다.

라이자에게 그것은 단지 죽음일 뿐이었다. 약속되고 예정된 것이었다. 그래서 그녀는 주저앉지 않고 자신의 일에 충실할 수 있었다. 마음은 심란했지만 오븐에 콩을 넣고, 파이를 여섯 개나 굽고, 조문객들에게 음식 대접을 하기 위해 얼마큼의 음식이 필요한가를 정확히 계산했다. 또한 슬픔 속에서도 새뮤얼이 깨끗한 흰 셔츠를 입었는지, 검은 옷에 솔질을 해 먼지를 털었는지, 그리고 구두를 까맣게 칠했는지 챙겼다. 당연한 말이지만 훌륭한 결혼 생활을 이뤄 가기 위해서는 이처럼 성격이 다른 두 사람이 만나 힘을 모아야 할 것이다.

일단 죽음을 받아들이고 나면 새뮤얼은 라이자보다 더 씩씩하게 살아갈 수 있었을지도 모른다. 그러나 죽음을 받아들이는 과정에서 그는 자신을 주체하지 못했다. 살리나스에 가기로 결정한 후 라이자는 그를 자세히 살폈다. 그가 무슨 생각을 하는지는 알 수 없었지만, 그녀는 현모양처답게 그가 뭔가에 정신이 빠져 있음을 눈치 챘다. 라이자는 철저한 현실주

의자였다. 별일 없으면 그녀는 자식들을 찾아가 만나 보고 싶었다. 자식들과 손자손녀들이 어떻게 사는지 궁금했다. 그녀는 어디서 살든 상관없었다. 거주지는 천국으로 가는 길목에 있는 휴식처에 불과했다. 그녀가 일을 한 것은 할 일이 있어서였지, 일 자체가 좋아서가 아니었다. 그런 데다 그녀는 지쳐 있었다. 아침이면 온몸이 쑤시는 통증 때문에 일어나기가 점점 힘들어졌지만 그래도 그녀는 지지 않고 일어났다.

라이자는 천국에서는 옷이 더러워지지도 않고 요리를 하거나 세탁을 할 필요도 없을 것이라며 동경했다. 그녀가 생각하는 못마땅하게 여기는 것들이 있긴 했다. 그곳에서는 노래를 너무 많이 부르고 아무리 하느님의 선민이라고 할지라도 약속된 천상의 나태함을 어떻게 그렇게 오래 견디어 낼 수 있는지 이해할 수 없었다. 그녀는 천국에서도 할 일을 찾아 낼 것이다. 소일거리가 분명 있을 것이다. 구름을 꿰맨다든가 지친 날개에 약을 바른다든가 하는 일이 틀림없이 있을 것이다. 어쩌면 가끔씩 옷깃을 뒤집어 놓을 필요가 있을지 모른다. 어떤 구석에는 천을 씌운 빗자루로 털어 내야 할 거미줄도 있을 것이라고 그녀는 생각했다.

그녀는 살리나스를 방문하게 되어 즐겁기도 했지만 두렵기도 했다. 그곳에 간다는 생각에 너무도 들뜬 나머지 그녀는 거기에 죄악에 가까운 뭔가가 있는 게 틀림없다고 생각했다. 야외 문화강연회라고? 그녀는 거기에 갈 필요도 없었지만, 아마 가지도 않을 것이다. 새뮤얼은 기회라 생각하고 열심히 돌아다닐 것이다. 그녀는 남편을 감시해야겠다고 생각했다. 그녀는 남편을 여리고 어쩔 수 없는 사람이라고 늘 생각해 왔다. 그가 무슨 생각을 하고 있고, 그에게 어떤 신체적인 변화가 일어나고 있는지 모르지만, 차라리 그 편이 나았다.

새뮤얼에게 거주지는 아주 중요했다. 농장은 친척과 같았다. 농장을 떠난다는 것은 사랑하는 사람에게 칼을 대는 것과 다름없었다. 그러나 결정된 상황에서 새뮤얼은 차근차근 일을 진행시켰다. 그는 정식으로 이웃들을 모두 방문했다. 그들은 예나 지금이나 서로의 사정이 어떤지 속속들이 알고 지낸 사람들이었다. 그는 오랜 친구들을 뒤로하고 마차를 몰고 떠났다. 그때 말은 하지 않았지만, 그는 그들을 다시는 못 보게 되리란 걸 이미 알고 있었다. 마치 그곳을 영원히 기억해 두려는 듯 그는 산과 나무, 친구들의 얼굴까지도 여러 번 바라보았다.

트래스크 농장을 방문하는 일은 맨 나중으로 미루었다. 그는 몇 달 동안 그곳에 가 보지 못했다. 애덤도 더 이상 젊지 않았고 쌍둥이들은 이제 열한 살이 되었다. 리는 그다지 변하지 않은 것 같았다. 리는 새뮤얼과 함께 헛간까지 걸어갔다.

"오랫동안 만나 뵙고 싶었습니다. 하지만 할 일이 많았어요. 적어도 한 달에 한 번은 샌프란시스코에 다녀와야 했거든요."

"자네는 잘 알고 있겠지만, 친구가 있을 때는 보러 가지 않다가도 그가 안 보이면 만나지 않은 걸 후회하며 가슴을 치기 마련이지."

"따님의 얘기는 들었습니다. 유감입니다."

"리, 자네 편지를 받았네. 지금도 갖고 있어. 좋은 말들이 적혀 있더군."

"중국에서는 그렇게들 얘기해요. 전 나이가 들면서 점점 중국인다워지는 것 같아요."

"자네도 뭔가 달라진 데가 있는데, 뭐가 변한 거지?"

"변발이죠. 변발을 잘랐어요."

"바로 그거였군."

"중국인들 모두가 잘랐어요. 못 들으셨어요? 황태후가 서거하셨지요. 중국은 이제 해방이 되었어요. 이제 대군주는 만주인이 아닙니다. 그래서 우리는 변발을 하지 않아요. 새 정부가 그것을 금지하는 포고를 내렸거든요. 어디를 가도 이제 변발은 볼 수 없게 됐어요."

"리, 뭐가 좀 다른가?"

"큰 차이는 없어요. 더 편하긴 해요. 그런데 머리가 허전해서 괜히 불안해요. 편하긴 한데 익숙해지지가 않네요."

"애덤은 어떤가?"

"잘 지내십니다. 많이 변하지는 않았어요. 가끔 트래스크 씨의 예전 모습을 생각하곤 합니다."

"그래. 나도 그런 생각을 해 보았어. 잠깐 꽃이 폈던 적이 있었으니까. 아이들은 꽤 컸겠군."

"많이 컸어요. 여기 있기를 잘했어요. 아이들이 자라는 걸 보고 또 조금씩 도와주면서 많은 걸 배웠거든요."

"애들에게 중국말을 가르쳤나?"

"아니요. 트래스크 씨가 가르치지 말라고 하셨어요. 그가 옳았다고 생각해요. 쓸데없는 혼란을 일으켰을 겁니다. 하지만 저는 그 아이들의 친구가 되었죠. 그럼요, 그렇고말고요. 그들은 아버지를 존경하지만 저를 사랑하는 것 같아요. 두 아이가 얼마나 다른지 모릅니다. 상상도 못 하실걸요."

"어떤 면에서?"

"아이들이 학교에서 돌아오면 아시게 될 겁니다. 동전의 앞 뒷면 같다고 할까요. 칼은 예리하고 어둡고 빈틈이 없어요. 그런데 그의 형은 가만히 있어도 귀엽고, 말을 하면 더욱 귀여워지는 아이예요."

"그런데 자네는 칼을 싫어하나 보군?"

"칼을 자꾸 감싸게 돼서요. 칼은 죽어라 싸우는 녀석이에요. 하지만 칼의 형은 싸움이라곤 모르는 아이죠."

"내 자식들도 그래. 이해할 수가 없어. 같은 교육을 받으면 아이들 모두 닮은 모습일 것 같은데 그렇지가 않단 말이야. 아주 딴판이거든."

새뮤얼이 말했다.

잠시 후 새뮤얼과 애덤은 살리나스 계곡이 보이는 골짜기 입구의 길을 걸어 내려갔다.

그 길에 떡갈나무들이 그늘을 드리우고 있었다.

"더 계시다가 저녁을 들고 가시죠?"

애덤이 물었다.

"더 이상 나 때문에 닭을 죽게 하고 싶지 않구먼."

새뮤얼이 말했다.

"리가 냄비 요리를 했어요."

"그렇다면……."

애덤은 예전에 입은 상처 때문에 아직도 한쪽 어깨가 축 처져 있었다. 그의 얼굴은 굳어 있고 무언가에 가려 있는 듯했다. 그의 눈은 피사체를 대충 볼 뿐 자세히 살펴보지 않았다. 두 사람은 길에 서서 일찍 내린 비로 파릇파릇해진 계곡을 내다보았다.

새뮤얼이 부드럽게 말했다.

"비옥한 저 땅을 그냥 내버려 두고도 자네는 부끄러운 줄도 모르니 이상하군."

애덤이 말했다.

"곡식을 심을 이유가 없었습니다. 전에도 말씀드린 적이 있지 않습니까? 제가 변할 거라고 생각하셨죠. 저는 변하지 않았습니다."

"그 상처가 자랑스러운가? 그것 때문에 자네가 대단해 보이기도, 비참해 보이기도 하는 건가?"

새뮤얼이 물었다.

"모르겠어요."

"생각해 보시게. 어쩌면 자네는 관객이라곤 자네 하나뿐인 커다란 무대에서 연극을 하고 있는지도 모르겠네."

애덤이 조금 짜증 섞인 목소리로 말했다.

"왜 오셔서 저에게 설교를 하십니까? 이렇게 찾아 주신 것은 기쁘지만 왜 제 속을 긁는 겁니까?"

"내 말에 자네가 화를 내는지 알고 싶어서. 나는 참견하기 좋아하는 사람이야. 저기 저렇게 모든 땅이 묵혀 있고, 내 옆에는 사람이 묵혀 있어. 내 눈엔 그게 낭비로 보여서 말이야. 나는 낭비할 여유가 없었기 때문에 낭비라면 질색을 하지. 자네는 자네 인생을 이렇게 묵히는 것이 아무렇지도 않은가?"

"저더러 어쩌라는 겁니까?"

"다시 시도해 보게."

애덤이 그를 정면으로 바라보았다.

"겁이 납니다. 차라리 이렇게 사는 것이 더 나아요. 어쩌면 기력이나 용기가 없는지도 모르죠."

"아이들에 대해선 어떤가? 아이들을 사랑하나?"

"그럼요. 당연하죠."

"더 마음이 가는 아이가 있나?"

"왜 그런 걸 물으시죠?"

"나도 모르겠네. 자네 말투가 예사롭지 않아서 말이야."

"집으로 돌아가지요."

애덤이 말했다. 그들은 천천히 나무 밑을 지났다. 그가 느닷없이 물었다.

"캐시가 살리나스에 있다는 얘기 들으셨어요? 그런 소문을 들은 적이 있으세요?"

"자네는 들었나?"

"들었어요. 하지만 전 안 믿어요. 믿을 수가 없어요."

새뮤얼은 바퀴자국이 난 모랫길을 아무 말 없이 걸었다. 그는 속으로 찬찬히 애덤의 생각을 더듬었다. 그러자 허탈하게도 다시는 떠올리지 않았으면 했던 생각이 머릿속을 비집고 들어왔다. 마침내 그가 말했다.

"아직도 그 여자를 잊지 못했군."

"그런 것 같습니다. 하지만 총에 맞은 기억은 잊어버렸어요.

그 일에 대해서는 더 이상 생각하지 않습니다."

"내가 자네한테 어떻게 살라고 말할 수는 없지. 그래도 꼭 말해야겠네. 자네가 그랬으면 좋았을 텐데 하는 생각에서 벗어나 세상사에 뛰어들었으면 해. 이렇게 자네에게 말을 하는 중에도 나는 내 기억들을 체로 거르듯 걸러 내고 있어. 많은 기억 중 좋은 것들만을 가려 생각하려고 말이야. 그런데 좋은 추억이 얼마 없군. 많지가 않아. 자네는 기억을 걸러 내기에는 너무 젊어. 자네는 새로운 기억을 만들어 가야 해. 그래야 나이가 들었을 때 좋은 추억거리가 많이 남지 않겠나."

새뮤얼이 말했다.

애덤은 고개를 숙였다. 그가 이를 악물고 있어서 관자놀이 밑이 툭 불거져 있었다.

새뮤얼은 그를 힐끗 보고는 말했다.

"그래, 그렇게 이를 악물고 살아. 우리가 얼마나 그릇된 것을 옹호하고 있는가! 자네가 어떤 행동을 하는지 내가 말해 볼까? 자네가 헛것을 봤다고 생각하지 않게 말이야. 자네가 침대로 가서 불을 끄면 그 여자가 후광을 받으며 문간에 서 있어. 자네는 그 여자의 하늘거리는 잠옷을 보고 있고 말이야. 그 여자가 침대 쪽으로 요염하게 다가오면 자네는 거의 숨도 못 쉬고 이불을 걷고 옆으로 자리를 옮겨 그 여자를 받아들이지. 그리고 그녀의 피부에서 나는 달콤한 향기에 취하지. 세상에 둘도 없는 향기가……."

"그만두세요. 빌어먹을, 그만두라고요! 제 생활에 참견 마세요. 당신은 죽은 소 주위를 얼쩡거리며 냄새나 맡고 있는 코

요테 같은 사람이에요."

애덤이 소리쳤다.

"내가 그걸 어떻게 알고 있느냐 하면 그것과 아주 똑같은 방법으로 나를 찾아오는 여자가 있기 때문이야. 해마다, 달마다, 그리고 지금까지 그렇다네. 내 마음에 이중 빗장을 지르고, 가슴을 봉합해서 그 여자가 못 들어오게 했어야 했는데, 그렇게 하지 못했어. 지금까지 나는 라이자를 속이고, 거짓과 허위로 그녀를 대했어. 그리고 그 어둡고 달콤한 시간을 위해 최선을 다했지. 그래서 지금은 아내 역시 비밀리에 만나는 사람이 있었으면 하고 바란다네. 하지만 그건 영영 알 도리가 없겠지. 아내는 빗장을 질러 마음을 닫아 버리고 열쇠는 지옥으로 던져 버린 것 같아."

새뮤얼이 조용히 말했다.

애덤은 두 손을 꼭 잡았다. 손마디에 핏기가 가시면서 하얗게 되었다. 그가 격하게 말했다.

"당신은 저 자신을 의심하게 만들어요. 늘 그랬어요. 전 당신이 두렵습니다. 해밀턴 씨, 제가 어떻게 해야 될까요? 말해 주세요! 당신이 어떻게 그런 사실을 꿰뚫어 보았는지 모르겠군요. 전 어떻게 해야 되죠?"

"나는 실행에 못 옮기지만 어떻게 해야 하는지는 알지. 자네는 새로운 캐시를 찾으려고 노력해야 해. 새로운 캐시가 꿈속의 캐시를 죽이도록 만들어야 해. 두 여자가 결투를 벌이도록 내버려 두게. 자네는 옆에서 지켜보다가 이긴 쪽에게 당신의 마음을 주면 돼. 그것이 차선책이야. 최선책은 새로운 애인을 찾아서 옛사랑을 지우는 것이고."

"그렇게 하기가 두렵습니다."

애덤이 말했다.

"자네는 전에도 그런 말을 했지. 이제 나는 자네가 어떻게 하든 상관하지 않을 걸세. 애덤, 나는 떠난다네. 작별 인사를 하러 왔어."

"무슨 말씀이십니까?"

"내 딸 올리브가 집사람과 나를 살리나스로 초대했어. 그래서 우리는 내일모레 떠나네."

"나중에 돌아오시긴 하겠지요."

새뮤얼이 말을 이었다.

"한두 달 올리브와 같이 지내고 나면 조지에게서 편지가 올 거야. 우리가 파소 로블스로 찾아가지 않으면 그 애가 서운해 하겠지. 그러고 나면 몰리가 우리를 샌프란시스코로 불러낼 거고, 그다음엔 윌이 그럴 테지. 우리가 그때까지 산다면 동부에 있는 조도 그럴 걸세."

"좋지 않으세요? 그만큼 키워 놓으셨으니 이제 효도를 받으실 때도 됐지요. 그동안 먼지 풀풀 나는 땅에서 일은 하실 만큼 하시지 않았습니까."

"나는 먼지 날리는 그 땅을 사랑하네. 암캐가 허약한 새끼에게 더 애착을 느끼는 것처럼 그 땅에 정이 들었어. 차돌 하나, 삽을 깨 먹는 튀어나온 돌부리, 황량하고 얕은 표토, 물한 방울 나지 않는 대지의 심장을 사랑하네. 먼지 나는 땅 어딘가에 풍요로움이 있어."

"이제 쉬셔야지요."

"또 그런 말을 하는군. 나는 그것을 받아들일 수밖에 없었고, 이제 받아들였네. 쉬어야 한다는 건 내 인생이 끝났다는 말과 다름없지."

"정말 그렇다고 믿으세요?"

"그렇게 받아들였네."

애덤이 흥분한 목소리로 말했다.

"그러시면 안 됩니다. 그러면 오래 견디지 못할 겁니다."

"알고 있어."

새뮤얼이 말했다.

"그렇다면 받아들여서는 안 됩니다."

"그 이유가 뭔가?"

"당신이 받아들이지 않기를 제가 바라니까요."

"나는 참견하기 좋아하는 노인이야, 애덤. 나를 슬프게 하는 건 내가 점점 남의 일에 참견하지 않는다는 거야. 그래서 자식들을 찾아다닐 때가 되었다는 걸 알게 된 거지. 이젠 남의 일에 참견하는 척이라도 해야 해."

"차라리 당신이 기력이 다할 때까지 그 먼지 나는 땅에서 일을 하시는 게 낫겠어요."

새뮤얼은 그를 보고 미소를 지었다.

"듣기 좋은 말이군! 고맙네. 좀 늦었지만 사랑을 받는다는 건 기분 좋은 일이야."

애덤이 갑자기 그의 앞으로 몸을 돌렸기 때문에 새뮤얼은 걸음을 멈추어야 했다. 애덤이 말했다.

"그동안 당신이 저를 위해 어떻게 해 주셨는지 알고 있습니다. 그런데 아무 보답도 못 해 드리는군요. 하지만 한 가지만 더 부탁드리고 싶습니다. 부탁을 드린다면 한 번 더 친절을 베풀어 주시겠습니까? 어쩌면 제 생명을 구하는 일이 될지도 모릅니다."

"내가 도울 수 있는 일이라면 그렇게 하겠네."

애덤은 손을 들어 서쪽을 향해 반원형을 그리며 말했다.

"저쪽 땅 말입니다. 전에 말씀하시던 정원과 풍차 우물, 그리고 알파파 밭을 만드는 걸 도와주시겠어요? 꽃씨를 재배해 돈을 벌 수도 있을 겁니다. 몇 에이커씩 향기로운 금잔화와 콩을 키울 건데, 어떻게 생각하세요? 서쪽 정원에 10에이커에 걸쳐 장미를 심을 수도 있고요. 서풍을 타고 장미향이 퍼지면 얼마나 근사하겠어요!"

"자네 때문에 눈물이 날 지경이군. 늙은이가 주책없이 말이야."

정말로 그의 눈가가 젖어 있었다. 그가 말을 이었다.

"애덤, 고맙네. 자네의 향기로운 제안이 서풍을 타고 향기롭게 번지는군."

"그러면 하시겠습니까?"

"아니, 하지 않겠네. 하지만 윌리엄 제닝스 브라이언의 연설을 들으며 살리나스에 있는 동안 마음속으로 그 광경을 보게될 거야. 그리고 어쩌면 정말로 그렇게 되었다고 믿게 되겠지."

"하지만 정말로 하고 싶습니다."

"톰을 찾아가 만나 보시게. 그 애가 도와줄 걸세. 불쌍한 녀석, 할 수만 있다면 온 세상에 장미를 심으려 들 거야."

"새뮤얼, 지금 무슨 일을 하고 계신 건지 압니까?"

"알지. 내가 하는 일을 내가 알지. 너무나 잘 알기 때문에 반은 한 셈이야."

"정말로 고집이 세시군요!"

"난 따지기를 좋아하거든. 라이자가 그렇게 말하더군. 하지만 이제 나는 자식들이 쳐 놓은 거미줄에 걸렸어. 그런데 기분이 좋아."

2

집 안에는 저녁 식사 준비가 되어 있었다. 리가 말했다.

"저번처럼 나무 아래에 차리고 싶었는데, 날이 추워서요."

"정말로 춥군, 리."

새뮤얼이 말했다.

쌍둥이들이 들어와서 수줍은 듯이 손님을 바라보며 서 있었다.

"아주 오랜만에 보는구나. 하지만 우리가 너희들에게 훌륭한 이름을 지어 주었지. 네가 칼렙이구나, 그렇지?"

"전 칼이에요."

"그래, 칼이지."

그러고 나서 그는 다른 애를 돌아보며 말을 이었다.

"너는 네 이름에서 등뼈를 빼내는 법을 알아냈니?"

"네?"

"넌 아론이지?"

"네."

리가 낄낄거리고 웃더니 말했다.

"아론은 이름을 쓸 때 'a' 자를 하나만 써요. 두 개가 있으면 친구들이 좀 이상하게 보나 봐요."

"저는 베르기 산토끼를 서른다섯 마리 키우고 있어요. 한번 보실래요? 토끼장은 저기 샘 옆에 있어요. 여덟 마리가 더 생겼어요. 바로 어제 새끼를 낳았거든요."

아론이 말했다.

"아론, 보고 싶구나. 칼, 설마 농작물을 가꾼다는 얘기를 하려는 건 아니지?"

그가 입을 씰룩거리며 말했다.

리는 고개를 획 돌려 새뮤얼을 살폈다.

"그런 말은 하지 마세요."

리가 안절부절못하며 말했다.

"내년에 아버지께서 평지의 땅 1에이커를 제게 주실 거예요."

칼이 말했다.

"저는 무게가 7킬로그램이나 나가는 커다란 토끼를 갖고 있어요. 생일 선물로 아버지에게 그걸 드릴 거예요."

아론이 말했다.

애덤의 침실 문이 열리는 소리가 들렸다.

"아버지에겐 말하지 마세요. 비밀이에요."

아론이 재빨리 덧붙였다.

리가 냄비 요리의 고기를 자르며 말했다.

"해밀턴 씨, 선생님은 항상 저를 불안하게 하시는군요. 얘들아, 앉아라."

애덤이 소매를 내리며 들어와 식탁 머리에 앉았다.

"잘들 다녀왔니?"

그러자 아이들이 합창하듯 대답했다.

"잘 다녀왔습니다, 아버지."

"말씀하시면 안 돼요."

아론이 말했다.

"하지 않을게."

새뮤얼이 그를 안심시켰다.

"뭘 말하지 말라는 거니?"

애덤이 물었다.

새뮤얼이 말했다.

"나와 자네 아들 사이에 비밀이 하나 있는데, 그러면 안 되나?"

칼이 끼어들었다.

"식사하고 나서 저도 비밀을 말씀드릴게요."

"궁금한데. 내가 모르고 있는 비밀이면 좋겠구나."

새뮤얼이 말했다.

리는 고기를 자르다 고개를 들고 새뮤얼을 흘겨보았다. 그러고는 접시에 고기를 옮겨 놓기 시작했다.

아이들은 아무 말 없이 재빨리 음식을 게걸스레 먹었다. 아론이 말했다.

"나가도 돼요, 아버지?"

애덤이 고개를 끄덕이자 두 아이는 쏜살같이 나갔다. 새뮤얼이 그들의 뒷모습을 보며 말했다.

"열한 살답지 않게 성숙해 보이는군. 우리 애들은 열한 살 때 고함치고 소리 지르고 쿵쿵 뛰어다녔어. 그런데 이 집 아이들은 어른스럽군."

"그래요?"

애덤이 물었다.

리가 말했다.

"이유를 알 것 같군요. 이 집에는 아이들을 끔찍하게 생각해 줄 여자가 없어요. 남자들이 아기들을 제대로 보살피기나 한답니까? 그래서 이 집 아이들은 애처럼 굴어 봤자 좋을 게 없었어요. 뭐 하나라도 얻는 게 있어야 말이죠. 그게 좋은 건지 나쁜 건지는 모르겠군요."

새뮤얼은 접시에 남은 고기 국물을 빵 조각으로 닦았다.

"애덤, 리가 어떤 사람인지 알고 있나? 요리할 줄 아는 사색가라고 할까, 아니면 사색하는 요리사라고 할까. 그가 나에게 많은 걸 가르쳐 주었네. 애덤, 분명 자네도 그에게서 배운 게 많을 거야."

애덤이 말했다.

"제가 귀담아듣지 않았는지도 모르겠습니다. 어쩌면 리가 말해 주지 않았을 수도 있고요."

"왜 아이들이 중국어를 못 배우게 했나, 애덤?"

애덤은 잠시 생각하더니 마침내 입을 열었다.

"이제 솔직히 말해도 되겠군요. 그건 순전히 질투심 때문이었어요. 그때는 다른 핑계를 댔지만, 아이들이 내가 공감할 수 없는 방향으로 내게서 쉽게 멀어지는 걸 원치 않았거든요."

"그런 생각을 갖는 건 당연하면서 아주 인간적이군. 하지만 그건 지나친 비약이야. 나도 그렇게까지 생각한 적이 있었는지 모르겠군."

리는 회색 에나멜 칠을 한 커피포트를 들고 와 커피를 잔에 따르고 앉았다. 그는 양 손바닥으로 둥근 잔을 감싸 쥐고 손을 녹였다. 그러고 나서 웃음을 띠며 말했다.

"해밀턴 씨, 당신은 제게 큰 고민을 안겨 주셨습니다. 그리고 평온한 중국을 뒤흔들어 놓았고요."

"무슨 뜻이지, 리?"

"말씀드린 것 같은데요. 아니면 해밀턴 씨께 말씀드리려고 생각하다 보니 제가 그렇게 했다고 착각했을 수도 있고요. 어쨌든 재미있는 이야기입니다."

"듣고 싶은데."

그러고는 애덤을 바라보며 물었다.

"애덤, 듣고 싶지 않은가? 아니면 구름 같은 몽상 속으로 빠져들고 계신가?"

"그 생각을 하고 있는 중이었습니다. 이상하군요. 점점 흥분이 돼요."

애덤이 말했다.

"잘됐군. 그것이 인간에게 일어날 수 있는 좋은 것들 중 최고인지도 모르지. 리, 자네 이야기를 좀 해 보게."

새뮤얼이 말했다.

중국인은 목덜미에 손을 대고는 미소를 지으며 말했다.

"변발이 없는 것에 언제 익숙해질지 모르겠습니다. 알게 모르게 변발에 꽤 익숙해 있던 모양이에요. 네, 말씀드리지요. 해밀턴 씨. 제가 점점 중국식이 되어 간다고 전에 말씀드린 적이 있지요? 당신은 자신이 점점 아일랜드인이 되어 가고 있다고 느낀 적이 있으세요?"

리가 물었다

"그럴 때도 있고, 안 그럴 때도 있지."

새뮤얼이 말했다.

"창세기 4장 16절을 읽고 그것에 대해서 토론을 벌였던 일을 기억하시나요?"

"그럼, 오래전의 일이네만."

"10여 년 전이에요. 그 이야기가 제 폐부를 찔렀기에 한 마디 한 마디 깊이 생각해 봤습니다. 그 이야기는 깊이 생각하면 할수록 점점 더 심오해지더군요. 그래서 우리가 갖고 있는 번역서와 비교를 해 보았습니다. 거의 비슷했죠. 그런데 마음에 걸리는 곳이 꼭 한 군데 있었습니다. 흠정역 성서에는 이렇게 쓰여 있더군요. 여호와께서 카인에게 왜 화가 났느냐고 묻는 장면인데, 여호와께서 이렇게 말씀하셨죠. '네가 잘 행하면 너를 받아들이지 않겠느냐? 그러나 네가 잘 행하지 않으면 죄가 문에 엎드려 있으리라. 죄의 열망이 네게 있으나 너는 죄를 다스릴 것이다.' 충격적인 대목은 '너는 죄를 다스릴 것이다.'라는 구절이었어요. 이 말은 카인이 죄를 이겨 내리라는 일종의 약속이었기 때문이에요."

새뮤얼이 고개를 끄덕이며 말했다.

"그런데 그의 자손이 그 일을 완전히 완수하지 않았다 이 말이지."

리는 커피를 한 모금 마셨다.

"그 후 미국 표준성서 한 권을 구입했어요. 그 당시만 해도 최신판이었죠. 그런데 이 책에는 이 구절이 다르게 번역되어 있더군요. '너는 죄를 다스려라.' 이렇게 되어 있어요. 이건 큰 차이입니다. 이것은 약속이 아니라 명령이에요. 그래서 곰곰이 생각해 봤지요. 도대체 원전에 어떻게 쓰여 있기에 이렇게 다른 번역이 나왔을까 궁금했어요."

새뮤얼은 양 손바닥을 식탁에 얹고 몸을 숙였다. 예전 젊었을 때의 눈빛이 다시 살아 나오는 것 같았다.

"리, 설마 자네가 히브리어를 공부했다고 말하려는 건 아니겠지!"

리가 말했다.

"말씀드리려던 참이에요. 그런데 얘기하자면 꽤 길어요. 오 가피주 맛을 좀 보시겠어요?"

"썩은 사과 맛이 나는 술 말이지?"

"네. 그걸 마시면 말이 술술 잘 나와요."

"그럼 내가 마시면 얘기가 더 잘 들리겠군."

새뮤얼이 말했다.

리가 부엌으로 간 사이에 새뮤얼이 물었다.

"애덤, 이 얘기에 대해 알고 있나?"

"모릅니다. 말해 주지 않았어요. 어쩌면 제가 귀담아듣지 않았는지도 모르죠."

리는 자기로 된 술병과 아주 얇고 정교하여 빛이 투명하게 비치는 사기잔 세 개를 들고 왔다.

"중국식으로 드세요."

그는 거의 검은 빛이 도는 술을 잔에 따랐다.

"이 술에는 쑥이 많이 들어 있어요. 독한 술입니다. 많이 마시면 압생트[2]와 같은 효과가 납니다."

새뮤얼은 술을 홀짝홀짝 마셨다.

"자네가 왜 그렇게 그 얘기에 관심을 갖고 있는지 그 이유를 알고 싶네."

"이런 위대한 이야기를 생각해 낼 수 있는 사람이면 자기가 말하고 싶은 것이 무엇인지 정확히 알고 있지 않겠습니까? 그래서 그의 말에 혼란의 여지가 있을 수 없을 것이라는 생각이 들었습니다."

"자네는 사람이라는 말을 썼는데, 그렇다면 성경이 하느님이 직접 쓴 것이 아니란 말인가?"

"이 얘기를 생각할 수 있었던 사람은 대단한 성인이었을 거예요. 중국에도 이런 성인이 몇 분 계십니다."

"그렇지 않아도 궁금했는데, 결국 자네는 장로교인이 아니군."

---

2) 향쑥, 살구씨, 회향, 아니스 등을 주된 향료로 써서 만든 리큐어.

새뮤얼이 말했다.

"제가 점점 중국 사람처럼 되어 간다고 말씀드렸잖습니까? 아무튼 얘기를 계속하겠습니다. 저는 샌프란시스코에 있는 종친회 본부에 갔었습니다. 종친회 본부에 대해서 알고 계신가요? 저희 대가족은 서로 상부상조할 수 있도록 본부를 만들어 두고 있어요. 리 씨 종친은 대단히 크죠. 그리고 서로 도우며 잘 보살펴 주지요."

"종친회 얘기는 나도 들었네."

새뮤얼이 말했다.

"중국 남자들이 여자 노비 때문에 도끼를 들고 당파 싸움을 했다는 얘기 말인가요?"

"아마 그럴 걸세."

"그것과는 정말 다릅니다."

리가 말했다.

"제가 거기에 간 건 저희 종가에 학문이 깊은 선비님들이 여러 분 계셨기 때문입니다. 그분들이야말로 꼼꼼한 사상가들이지요. 공자의 문장 하나를 놓고, 여러 해 동안 사색하는 분도 계셨을 겁니다. 아무튼 해석에 뛰어난 분들이 계셔서 저에게 조언해 줄 수 있을 거라고 생각했어요. 그들은 노인이지만 아주 훌륭한 분들입니다. 그분들은 오후에 두 번 아편을 피우는데, 피우고 나면 마음이 편안하고 예민해져요. 그러고는 밤새도록 앉아 있는데, 그들의 정신은 어떤 경지에 이르러 있습니다. 그분들만큼 아편을 잘 활용하는 사람도 없을 겁니다."

리는 검은 술로 목을 축이고는 말을 이었다.

"저는 현인 한 분에게 정중히 제 문제를 말씀드렸어요. 그리고 이야기를 읽어 드리고, 제가 어떻게 이해하고 있는지 말씀드렸지요. 그다음 날 밤 네 분이 회동을 하셔서 저를 부르셨습니다. 우리는 밤새도록 그 문제에 대해 토론했지요."

리가 웃음을 터뜨리더니 말을 이었다.

"지금 생각해도 재미있군요. 이 이야기를 감히 많은 사람들에게 떠들고 다니진 않을 겁니다. 그 네 분 선비님이 히브리어 공부를 시작한다니 상상이 가세요? 그중 가장 젊은 분이 아흔 살이 넘었는데 말입니다. 그들은 학식 있는 율법학자 한 사람을 고용했어요. 그러고는 아이들처럼 공부를 시작하셨습니다. 연습장이니 문법, 어휘, 단문 공부를 시작한 겁니다. 붓을 가지고 먹물로 쓴 히브리어를 보셨어야 하는데! 오른쪽에서 왼쪽으로 글을 쓴다면 두 분은 괴로워하시겠지만 그분들은 그다지 힘들어 하시지 않으셨습니다. 중국인들은 위에서 아래로 글을 쓰기 때문이죠. 아, 정말 그분들은 완벽주의자셨습니다! 문제의 핵심까지 간파해 내셨거든요."

"그럼 자네는?"

새뮤얼이 물었다.

"저도 그들을 따라서 공부했어요. 그러면서 자랑스럽고 명석한 그분들의 두뇌에 감탄했지요. 저는 우리 민족을 사랑하게 되었고, 처음으로 중국인다운 사람이 되고 싶었습니다. 전 2주에 한 번씩 그분들을 만나러 갔습니다. 그리고 여기 제 방에서 글을 써 가며 공부를 했습니다. 시중에 나온 히브리어 사전은 모조리 샀지요. 그런데 선비님들은 늘 저를 앞질렀어요. 그리고 마침내는 율법학자까지도 앞질렀어요. 그러자 그 학자가 자신의 동료를 데리고 왔습니다. 해밀턴 씨, 당신도 여러 날 밤을 새워 가며 논의와 토론에 참여했으면 좋아하셨을 겁니다. 질의와 연구를 하고, 멋진 생각을 하고, 정말 아름다웠습니다. 2년 후에 우리는 창세기 4장 6절에 대해 결론을 내릴 때가 되었다고 생각했습니다. 선비님들도 이 구절이 대단히 중요하다고 느꼈어요. '너는 다스릴 것이다.'와 '너는 다스려라.' 하는 구절 말입니다. 그리고 우리가 캐낸 결과는 '너는 죄를 다스릴 수도 있을 것이다.'였습니다. 선비님들은 미소를 짓고 고개를 끄덕이면서 세월을 허송하진 않았다고 생각하셨습니다. 이 일을 계기로 그분들은 중국이라는 틀에서 벗어나 지금은 그리스어를 공부하고 계십니다."

새뮤얼이 말했다.

"그것 참 기상천외한 얘기군. 자네 말을 이해하려고 애를 썼는데, 어느 대목부터인가 못 들은 것 같아. 어째서 그 문장이 그렇게 중요하지?"

정교한 사기잔에 술을 따르는 리의 손이 떨렸다. 그는 술을 단숨에 들이켜더니 큰 소리로 말했다.

"모르시겠어요? 미국 표준성서에는 인간에게 죄를 저지르고 싶은 충동을 극복하라고 '명령'을 내려요. 여기서 죄는 무지로 볼 수 있죠. 그런데 흠정역 성서에는 '너는 죄를 다스릴 것이다.'라고 약속을 하는 것으로 번역이 되어 있어요. 그러니까 인간이 확실하게 죄를 극복할 것이라는 뜻이지요. 그러나 '팀셸(timshel)'이라는 히브리어는 'Thou mayest(너는 할 수도 있을 것이다)'로, 선택의 기회를 주는 단어입니다. 어쩌면 이것은 세상에서 가장 중요한 단어인지도 모릅니다. 선택의 길이 열려 있다는 말이니까요. 요컨대 책임을 인간에게 돌리고 있는 겁니다. '너는 할 수도 있을 것이다(너는 다스릴 수도 있을 것이다)'는 곧 '너는 못할 수도 있을 것이다(너는 다스리지 못할 수도 있을 것이다)'는 의미이지요. 잘 모르시겠어요?"

"알겠네, 잘 알겠어. 그런데 자네는 이것이 신의 법이라고 믿지 않는군. 그런데 어째서 자네는 그것이 그렇게 중요하다고 생각하나?"

"아! 오래전부터 이 말씀을 드리고 싶었습니다. 이미 이런 질문을 하실 줄 알고 단단히 준비를 해 두었어요. 무수한 사람들의 사고와 생활에 영향을 끼쳐 온 글이면 어느 것이든 중요할 수밖에 없습니다. 교과서나 교회에서 '너는 다스려라.'라는 말에서 명령조를 느끼고, 그 말에 복종하는 사람이 수백만 명이나 됩니다. 그리고 '너는 다스릴 것이다.'라는 글 속에서 신의 예정설을 느끼는 사람들이 또 수백만 명 있습니다. 인간이 어떤 행동을 한다고 해도 미래를 좌지우지할 순 없다는 뜻이지요. 하지만 '너는 다스릴 수도 있을 것이다.' 하는 말은 다릅니다! 이 말은 인간을 위대하게 만들고, 인간을 신들과 동등한 자리에 올려놓습니다. 인간은 자신의 약한 행동이나 추잡한 행위 혹은 형제를 살상하는 잔인한 일에 있어서 중대한 선택권을 지니고 있기 때문이죠. 인간은 자신의 길을 선택해 어떤 난관에도 굴하지 않고, 끝까지 그 길을 걸어가 목표를 성취할 수 있습니다."

리의 목소리는 승리의 나팔소리처럼 우렁찼다.

애덤이 말했다.

"리, 자네는 그것을 믿나?"

"그럼요, 믿고말고요. 게으름 때문에, 혹은 나약해서 신의 무릎 위에 주저앉아 '어쩔 수 없었어요. 길이 정해져 있는걸요.'라고 말하는 건 쉽습니다. 하지만 선택의 여지가 있다는 것이 얼마나 영광인지 생각해 보십시오! 선택이야말로 인간을 인간으로 만들죠. 고양이에게는 선택권이 없습니다. 꿀벌은 꿀을 만들어야 하죠. 거기에는 신성함이란 없습니다. 천천히 죽을 때를 기다리던 노 선비들이 이제는 흥미로운 일이 너무 많아 죽지 못하겠다고 하시더라니까요."

애덤이 물었다.

"그 중국 사람들이 구약성서를 믿고 있다는 뜻인가?"

리가 말했다.

"그 선비님들은 진실한 이야기를 믿으세요. 그분들은 그런 이야기를 들으면 그것이 진실하다는 걸 알지요. 진실을 비평하는 분들이니까요. 그들은 이 16절이 어느 시대와 문화, 민족을 막론하고 인류의 역사임을 아세요. 그리고 15와 4분의 3절의 진실을 쓴 사람이 동사 하나로 거짓말을 하고 있다고는 생각하지 않아요. 공자는 어떻게 살아야 인간이 선량하고 성공적인 생활을 영위하는지 방법을 일러 줍니다. 하지만 이것은 별이 반짝이는 천계로 오르는 일종의 사다리라고 할 수 있지요."

리의 눈이 반짝이고 있었다. 그가 말을 이었다.

"그 점을 절대 잊어서는 안 돼요. 이것만 있으면 나약과 비겁함과 태만은 먼 나라 얘기가 되는 겁니다."

애덤이 말했다.

"자네는 요리도 하고 애들도 키우고 내 뒷바라지도 하면서 어떻게 그런 것까지 해내는지 알 수가 없군."

리가 대답했다.

"저도 모르겠어요. 하지만 저는 오후에 선비님들처럼 더도 덜도 말고 꼭 두 모금씩 아편을 피웁니다. 그 순간에 전 제가 인간이라는 사실을 느낍니다. 그리고 인간이란 대단히 소중한 존재, 그러니까 별보다도 훨씬 더 소중한 존재임을 느끼지요. 지금 전 신학에 대해 말씀드리는 게 아닙니다. 전 신을 믿지 않으니까요. 하지만 전 그 빛나는 도구, 즉 인간의 정신에 대해 새롭게 애정을 느끼고 있습니다. 인간의 정신이야말로 이 광활한 우주에서 사랑스럽고 독특한 것이지요. 그것은 항상 공격을 받지만 결코 파괴되지는 않습니다. 왜냐하면 '너는 그럴 수도 있을 것이다.'에서처럼 인간에게는 선택권이 주어져 있기 때문이죠."

3

리와 애덤은 헛간까지 걸어 나와 새뮤얼을 전송했다. 리는 길을 밝히려고 양철 랜턴을 들고 나왔다. 맑은 초겨울 밤하늘에 별들이 요란하게 반짝이고 있어서 상대적으로 땅 위의 세상이 다른 날보다 더 어둡게 보였다. 언덕은 적막에 싸여 있었다. 육식동물이건 초식동물이건 살아 있는 어느 것 하나 눈에 띄지 않았다. 대기가 어찌나 고요한지 은하수를 배경으로 서 있는 떡갈나무들의 가지 하나, 잎사귀 하나 흔들리지 않았다. 랜턴의 손잡이가 빛이 흔들릴 때마다 리의 손에서 끽끽 작은 소리를 냈다.

애덤이 물었다.

"언제쯤 돌아오실 겁니까?"

새뮤얼은 아무 대답도 하지 않았다.

독솔로지는 고개를 숙이고 흐릿한 눈으로 발밑의 지푸라기를 내려다보며 참을성 있게 서 있었다.

"저 말을 참 오랫동안 데리고 계시는군요."

"서른세 살이네. 이제는 이빨도 다 닳았어. 그래서 직접 따뜻한 말죽을 만들어 먹여야 하지. 그런데 저놈은 악몽을 꿔. 잠결에 몸을 부르르 떨기도 하고 울부짖기도 하거든."

"저렇게 추한 말은 처음 봅니다."

애덤이 말했다.

"나도 알고 있네. 그래서 나는 망아지일 적에 녀석을 골랐지. 33년 전에 저놈을 2달러를 주고 샀지 뭔가. 어디 하나 온전한 데가 없었어. 말굽은 핫케이크 같고, 뒷다리 무릎은 굉장히 두껍고 짧은 데다 곧아서 관절이 전혀 없는 것처럼 보였어. 머리는 망치 같고, 등은 구부정했지. 가슴은 오그라들고, 엉덩이는 큼직해. 입은 어찌나 강철처럼 센지 지금도 껑거리끈을 물어뜯을 지경이야. 안장을 얹고 타고 가면 자갈길에서 썰

매를 타는 기분이야. 타박타박 걷지도 못하고 걷다가는 제 발에 걸려 넘어지기도 하지. 33년 동안 저놈에게서 좋은 점을 하나도 발견하지 못했어. 성질머리도 고약하지 뭔가. 이기적이고, 싸움 잘하고, 비열하고, 말도 들어 먹질 않아. 지금까지도 녀석 뒤에서 걸어가지를 못 한다네. 뒷발질을 할 게 뻔하거든. 말죽을 먹일 때도 내 손을 깨물려 하고. 그래도 나는 저놈이 좋아."

리가 말했다.

"그래서 '독솔로지'³⁾라는 이름을 붙이셨군요."

"맞아. 추하게 태어난 동물이라도 한 가지 멋진 것을 가질 자격이 있다고 생각했거든. 이놈도 살날이 얼마 안 남았어."

새뮤얼이 말했다.

애덤이 말했다.

"이제 저놈도 고생 그만하고 편하게 살아야지요."

새뮤얼이 물었다.

"고생은 무슨? 저 녀석처럼 행복하고 한결같은 놈도 없을 걸세."

"저놈도 분명 나름대로 아픔과 고통이 있을 겁니다."

"저놈은 그렇게 생각지 않아. 독솔로지는 지금도 자기가 대단한 말이라고 생각해. 애덤, 자네가 저놈을 죽여 주겠나?"

"네, 그렇게 하겠습니다. 해 드리고말고요."

"책임을 질 텐가?"

---

3) 하느님을 찬미하는 노래.

"그럼요. 책임지겠습니다. 서른세 살이면 수명도 오래전에 끝났습니다."

리는 랜턴을 땅에 내려놓았다. 새뮤얼은 그 옆에 쪼그리고 앉아 노랗게 깜박거리는 불빛에 손을 녹이려고 본능적으로 손을 뻗었다.

"예전부터 마음에 걸리는 게 있었어."

그가 말했다.

"뭡니까?"

"죽는 게 더 편할지도 모른다는 생각으로 자네는 내 말을 정말로 쏘아 죽일 건가?"

"글쎄, 제 말 뜻은……."

새뮤얼이 재빨리 말을 가로챘다.

"애덤, 자네는 지금의 생활에 만족하나?"

"물론 아닙니다."

"만일 나에게 자네의 병을 고칠 수도 있고, 아니면 자네를 죽게 할 수도 있는 약이 있다면 그걸 자네에게 줘야 할까? 자신을 한번 잘 돌아보게."

"무슨 약입니까?"

"아니, 내 말을 믿게. 그 약을 내가 말하면, 그것 때문에 자네가 죽을지도 몰라."

리가 말했다.

"해밀턴 씨, 말조심하십시오. 조심하세요."

"뭔데 그러십니까? 무슨 생각을 하고 계신 거예요?"

애덤이 물었다. 그러자 새뮤얼이 조용히 말했다.

"이번만은 조심하지 않을 걸세. 리, 만일 내가 틀렸다면 말일세, 잘 듣게, 만일 내 잘못이라면 그 책임은 내가 지겠어. 어떤 비난이든 감수하겠네."

"옳다고 확신하시는 건가요?"

리가 불안한 듯이 물었다.

"물론 자신할 수는 없지. 애덤, 자네는 그 약을 원하나?"

"네. 무슨 약인지는 모르지만, 제게 주세요."

"애덤, 캐시가 살리나스에 있네. 그 여자는 세상에서 가장 부도덕하고 타락한 유곽을 운영하고 있어. 사악하고 추잡한 것, 비뚤어지고 부정한 것, 인간이 생각해 낼 수 있는 최악의 것들이 거기에서 거래되고 있지. 절름발이와 꼽추가 만족을 구하러 그곳에 간다네. 하지만 그것보다 더 나쁜 일들이 자행되고 있어. 캐시는 케이트라는 가명을 쓰고 있는데, 생기발랄하고 젊고 아름다운 젊은이를 들여다가 결코 온전한 인간이 될 수 없도록 병신으로 만들어 놓고 있거든. 자, 이게 바로 자네의 약이야. 알고 나니 기분이 어떤가."

"거짓말하지 마세요!"

애덤이 말했다.

"아니, 애덤. 나는 여러 면을 지니고 있지만 거짓말쟁이는 아니야."

애덤이 리 쪽으로 몸을 홱 돌렸다.

"이 말이 사실인가?"

"저는 해독제는 아닙니다만, 그건 사실이에요."

리가 대답했다.

애덤은 랜턴 불빛 속에서 휘청거리며 서 있다가 몸을 돌려 달아났다. 달려가다 넘어진 듯 둔탁한 발소리가 들렸다. 그가 다시 덤불에 걸려 넘어지더니 기기도 하고 손톱으로 긁기도 하면서 비탈을 올라가는 소리가 들렸다. 그가 언덕 위로 올라가고 나서야 그 소리가 멎었다.

리가 말했다.

"선생님이 주신 약이 독이 돼 버렸어요."

"내가 책임을 지겠네. 이럴 때 어떻게 해야 하는지 오래전에 배웠지. 맹독성 스트리키닌을 먹은 개가 죽으려고 할 땐, 도끼를 들고 그 개를 도마로 끌고 가야 해. 그러고는 그다음 번 경련을 기다리고 있다가 경련을 일으킬 찰나에 꼬리를 잘라 버려야 하지. 만일 독이 그 이상 퍼지지 않았다면 그 개는 회복할 거야. 고통이 주는 충격 때문에 독이 중화될 수도 있거든. 충격이 없으면 개는 분명 죽을 거야."

"하지만 그것이 이런 경우에도 통할지 어떻게 아시죠?"

리가 물었다.

"나도 몰라. 하지만 이런 일이 없으면 그는 틀림없이 죽을 거야."

"용감하십니다."

"아니야, 나도 이제 늙었어. 양심에 걸리는 것이 있다 하더라도 오래가지 않을 거야."

리가 물었다.

"그가 어떻게 할까요?"

"그야 모르지. 하지만 적어도 침울한 얼굴로 빈둥거리진 않겠지. 랜턴을 좀 들어 주겠나?"

노란 불빛을 받으며 새뮤얼은 독솔로지의 입에 재갈을 물렸다. 재갈이래 봐야 너무 닳아서 얇은 쇳조각 같았다. 고삐는 이미 오래전에 버렸다. 멍청한 늙은 말은 제멋대로 머리를 흔들고 길옆에 멈춰서 풀을 뜯기도 했다. 새뮤얼은 개의치 않았다. 그가 살며시 껑거리끈을 채우자 말은 돌아서더니 그를 차려고 했다.

독솔로지가 마차 굴대 속에 들어서자 리가 물었다.

"삼시 함께 다고 기도 괜찮을까요? 올 때는 걸어오겠습니다."

"같이 가게."

새뮤얼은 리가 자신을 부축해 마차에 오르는 것을 돕자 못 이기는 척하고 따랐다.

밤길이 무척 캄캄했다. 독솔로지는 툭하면 비틀거리면서 밤 여행이 싫다는 내색을 했다.

새뮤얼이 말했다.

"계속 말해 보게, 리. 하고 싶은 말이 뭔가?"

리는 놀란 것 같지 않았다.

"전에 해밀턴 씨께서 참견하기 좋아하는 사람이라고 하셨죠. 저도 그런가 봅니다. 자꾸 생각을 하게 되니 말예요. 어떤 일이 일어날지 여러모로 생각해 봤습니다. 하지만 오늘 밤 선생님 때문에 전 완전히 바보가 된 기분입니다. 다른 사람은 몰라도 선생님은 그 얘기를 트래스크 씨에게 하지 않으실 거라고 장담했거든요."

"그 여자에 대해서 알고 있었나?"

"물론이죠."

"아이들도 아나?"

"모를 겁니다. 하지만 그건 시간문제죠. 어린아이들이 얼마나 짓궂은지 아시지 않습니까. 언젠가는 학교 운동장에서 아이들의 놀림감이 될 겁니다."

"아무래도 애덤이 아이들을 데리고 다른 곳으로 이사를 가야겠어. 리, 그 문제에 대해 생각해 보게."

"해밀턴 씨, 아직 제 질문에 대답하지 않으셨어요. 어떻게 그렇게 하실 수가 있었습니까?"

"내가 그 정도로 잘못을 했다고 생각하는 건가?"

"그런 뜻이 아닙니다. 하지만 그렇게 확고부동한 태도로 나오실 줄은 전혀 생각지 못했습니다. 그런 분이 아니라고 생각했거든요. 제 얘기에 흥미가 있으세요?"

"자기 얘기를 하는데 흥미를 느끼지 않을 사람이 누가 있나? 계속하게."

"해밀턴 씨, 선생님은 인정이 많은 분이세요. 어떤 문제도 일으키고 싶어 하지 않는다고 생각했죠. 선생님의 마음은 국화 밭에서 뛰어노는 어린 양처럼 유순하죠. 제가 알기로 선생님은 그 어떤 일에도 불도그처럼 과감하게 덤벼들지 않으셨어요. 그런데 오늘 밤의 행동을 보고 선생님에 대한 저의 생각이 완전히 바뀌었습니다."

새뮤얼이 채찍을 꽂아 놓은 막대기에 고삐를 돌돌 말자, 독솔로지는 바큇자국이 난 길 위를 비틀비틀 내려갔다. 노인은 턱수염을 쓰다듬었다. 수염은 별빛을 받아 하얗게 빛났다. 그는 검은 모자를 벗어 무릎 위에 올려놓았다.

"자네 못지않게 나도 놀랐네. 그 이유를 알고 싶으면 자신에 대해 곰곰이 생각해 보게."

"무슨 말씀이신지 모르겠습니다."

"자네가 그렇게 나에 대해 연구를 하고 있었다는 걸 일찍 말해 주기만 했어도 훨씬 다른 결과를 낳았을 텐데."

"아직도 무슨 말씀인지 못 알아듣겠습니다."

"리, 조신하게. 자네는 나에게 말을 시키고 있네. 나한테 아일랜드 기질이 들락날락하고 있다고 말한 적이 있을 걸세. 지금 그 기질이 고개를 들고 있거든."

리가 말했다.

"해밀턴 씨, 이제 떠나시면 다시 돌아오실 겁니까? 오래 살거라는 생각을 안 하고 계신 건가요?"

"사실이네, 리. 어떻게 알았나?"

"선생님 주위에 죽음의 기운이 어려 있어요. 그것이 빛을 발하고 있어요."

"아무도 알아차리지 못할 거라고 생각했는데. 이봐, 리, 나는 내 인생을 일종의 음악이라고 생각한다네. 항상 좋은 음악만 있는 건 아니지만 그래도 형식과 선율을 갖추고 있지. 그런데 내 인생의 교향곡이 연주되지 않은 지도 오래됐어. 단음만이 연주되고 있어. 변하지 않는, 슬픔의 곡조 말일세. 나만 이런 건 아니네. 너무나 많은 사람들이 인생을 패배의 종말로 여기는 것 같아."

리가 말했다.

"어쩌면 사람들이 지나치게 많은 돈을 가지고 있는지도 모릅니다. 도대체가 부자만큼 만족할 줄 모르는 사람들도 없다니까요. 충분한 의식주를 누리게 되면 아마 그 사람은 절망한 나머지 죽게 될 겁니다."

"리, 자네가 번역한 말 때문이었어. '너는 다스릴 수도 있을 것이다.' 그것이 내 목을 잡고 흔든 거야. 그리고 어지럼증이 가시더니 새롭고 밝은 길이 열리더군. 결말로 치닫던 내 인생이 찬란한 결말을 향해 내달리고 있는 것 같아. 내 인생은 마치 밤에 우는 새소리처럼 새로운 마지막 멜로디를 연주하고 있어."

리는 어둠 속에서 그를 빤히 바라보았다.

"우리 종친회의 노인들도 그런 경험을 했어요."

"'너는 죄를 다스릴 수도 있을 것이다.' 리, 바로 그거야. 나는 모든 인간이 파멸한다고는 생각지 않아. 파멸하지 않았던 사람들을 예로 들라면 여럿 들 수 있네. 그들이야말로 세상 사람들에게 삶의 지표를 제시해 주는 분들이야. 그것은 전쟁에서도 그렇지만 정신에도 적용돼. 오직 승리자들만이 기억되지. 확실히 대부분의 사람들이 파멸하지만, 불기둥처럼 어둠을 뚫고 겁에 질린 인간을 인도하는 사람도 있어. '너는 할 수도 있을 것이다, 너는 할 수도 있을 것이다!' 이 얼마나 큰 영광인가! 우리가 나약하고 병들고 호전적인 것도 사실이야. 하지만 우리 모두가 그랬다면 우리는 몇 천 년 전에 이 지구상에서 사라졌을 거야. 화석이 된 턱뼈와 석회암 속에 남아 있는 부러진 이빨이 인간이 지상에 존재했다는 유일한 증표가 되었겠지. 그러나 리, 승리의 길로 갈 수 있는 선택권이 있다니! 전에는 그것을 이해하지도 받아들이지도 못했네. 이제 내가 왜 오늘 밤 애덤에게 그 사실을 말했는지 알겠나? 나는 선택권을 행사한 거야. 어쩌면 내가 잘못한 것인지도 몰라. 하지만 애덤에게 말을 해 줌으로써 그로 하여금 살든지 아니면 죽는 길을 택하든지 강요한 걸세. 그 단어가 무엇이었지, 리?"

"팀셸이었죠. 마차 좀 세워 주시겠어요?"

리가 말했다.

"한참 걸어가야겠군."

리가 마차에서 내렸다.

"해밀턴 씨."

"여기 있네. 내가 이런 말을 한 걸 알면 라이자가 싫어할 거야."

노인이 껄껄 웃었다.

"해밀턴 씨, 당신은 저를 앞질렀습니다."

"리, 이제 가야겠네."

"안녕히 가십시오. 해밀턴 씨."

리는 길을 따라 서둘러 걸어갔다. 마차의 쇠바퀴가 삐거덕거리며 굴러가는 소리가 들렸다. 그는 언덕을 오르다 돌아서서 마차 꽁무니를 바라보았다. 하늘을 배경으로 새뮤얼 노인의 모습이 보였다. 그의 하얀 머리칼이 별빛을 받아 빛나고 있었다.

25장

1

살리나스 계곡에 겨울 장마가 찾아왔다. 비에 젖은 계곡의 모습은 그야말로 장관이었다. 비는 살포시 내려와 땅을 적실 뿐 넘치지는 않았다. 1월에는 목초가 우거지고, 2월에는 언덕이 풀로 뒤덮이고 가축의 살갗이 탱탱하게 윤기를 띠었다. 3월에는 보슬비가 계속되다가 폭풍이 휘몰아쳤고, 가라앉을 만하면 또 폭풍이 불곤 했다. 그러고 나면 따뜻한 온기가 계곡을 가득 채우면서 대지는 노랗거나 파랗거나 황금빛인 꽃들로 넘쳐 났다.

톰은 농장에 혼자 있었다. 먼지 날리던 농장은 풍요롭고 멋지게 변모했고, 차돌은 풀 속에 숨어 버렸다. 해밀턴 가의 소들은 피둥피둥 살찌고, 양들의 축축한 등에는 털이 자라났다.

3월 5일 정오, 톰은 대장간 바깥의 의자에 앉아 있었다. 화창한 아침이 물러가고, 비를 머금은 회색 구름이 대양에서 밀려와 산을 넘어 밝은 대지를 그림자로 뒤덮었다.

말발굽 소리가 들리더니 작은 소년이 팔을 휘저으며 지친 말을 재촉해 집 쪽으로 달려오는 것이 보였다. 톰은 일어서서 길 쪽으로 걸어갔다. 그 소년은 집까지 전속력으로 말을 몰고 와 모자를 벗더니 노란 봉투 하나를 땅에 떨어뜨리고는 말머리를 되돌려 다시 내달렸다.

톰은 소년의 뒤에 대고 그를 부르기 시작했다. 그러다가 지쳐 버린 듯 몸을 굽혀 바닥에 있는 전보를 집어 들었다. 그는 전보를 손에 들고 햇볕을 받으며 아까 앉아 있던 의자로 가서 앉았다. 그는 마음의 준비를 하려는 듯 언덕과 낡은 집을 한 번 쳐다보았다. 그러고는 봉투를 뜯었고, 되돌릴 수 없는 네 단어와 사람, 사건, 시간을 읽었다.

톰은 천천히 전보를 접고 또 접어 엄지손가락만 하게 만들었다. 그는 집으로 들어가 부엌을 거쳐 작은 거실을 지나 자기 침실로 들어갔다. 그는 옷장에서 검은 옷을 꺼내 의자 등에 걸쳐 놓고, 하얀 와이셔츠와 검은 넥타이를 의자에 올려놓았다. 그런 다음 침대에 드러누워 벽 쪽으로 얼굴을 돌렸다.

2

4인승 마차와 경마차는 살리나스 묘지를 떠나고 없었다. 가족과 친지들은 센트럴애비뉴에 있는 올리브의 집으로 돌아가요기를 하고 커피를 마셨다. 그리고 슬픔을 받아들이는 각자의 모습을 보면서 정중히 조의를 표했다.

조지가 애덤에게 4인승 마차에 타라고 권했으나 그는 사양했다. 그는 묘지 주위를 서성이다가 월리엄스 가족묘 쪽에 시멘트를 바른 모퉁이로 가서 앉았다. 고풍스러운 시꺼먼 삼목들이 묘소 가장자리에 애도하듯 서 있었고, 하얀 제비꽃들이 길가에 제멋대로 피어 있었다. 누군가가 그 꽃들을 갖다 심었겠지만 이제는 잡초가 되고 말았다.

묘비 위로 찬바람이 불어와 삼목 사이에서 울었다. 전몰장병의 무덤을 표시하는 주철로 된 별들이 많이 보였다. 그리고 그 위에 1년 전 현충일에 꽂은 작은 깃발이 바람에 시달린 흔적을 역력히 드러내며 펄럭이고 있었다.

애덤은 프리몬트 산봉우리가 의젓하게 솟아 있는 살리나스 동쪽 산맥을 쳐다보며 앉았다. 대기는 비가 온 후면 가끔 그렇듯 수정처럼 투명했다. 하늘에는 구름이 많지 않았지만 가랑비가 바람을 타고 내리기 시작했다.

애덤은 아침 기차로 달려왔다. 처음에는 올 생각이 없었지만, 어쩔 수 없는 힘에 끌려온 것이었다. 무엇보다도 그는 새뮤얼이 죽었다는 사실을 믿을 수가 없었다. 굵직하고 다정한 새뮤얼의 목소리, 이국적인 억양의 음조가 들리는 듯했다. 다음 말을 전혀 예측할 수 없을 정도로 묘하게 선택된 기이한 말들이 음악이 되어 흘러나오는 듯했다. 일반적으로 사람들이 하는 말을 들어 보면 그다음에 어떤 말이 튀어나올지 예상할 수 있는데 새뮤얼은 달랐다.

애덤은 관 속에 누워 있는 새뮤얼을 보고, 그가 죽지 않았기를 바라는 자신을 발견했다. 관 속의 얼굴이 새뮤얼처럼 보이지 않아서 애덤은 혼자 있고 싶기도 했고, 살아 있을 적의 새뮤얼의 모습을 간직하고 싶어서 사람들과 떨어져 멀찌감치 걸어갔다.

그는 묘지에 갈 수밖에 없었다. 그러지 않았다면 상례에 어긋난 행위가 되었을 것이다. 그러나 그는 말소리가 들리지 않을 만한 곳에 떨어져 있었다. 그런 다음 새뮤얼의 아들들이 관을 나 묻고 나자 그곳에서 빠져나와 하얀 제비꽃이 피어 있는 오솔길로 향했다. 주변에는 아무도 없었다. 침울한 바람 소리가 묵직한 삼나무를 휘감았다. 빗방울이 점점 커지더니 세차게 몰아치기 시작했다.

애덤은 부르르 몸을 떨며 일어섰다. 그러고는 하얀 제비꽃 위로 천천히 걸어가 새 무덤 옆을 지났다. 조금 전만 해도 새로 파헤친 축축한 흙의 둔덕에 꽃들이 가지런히 놓여 있었으나 바람이 불어 꽃봉오리는 꺾이고, 작은 조화 다발들은 길 위에 널브러져 있었다. 애덤은 그것들을 집어 흙 둔덕 위에 갖다 놓았다.

그는 묘지 밖으로 나왔다. 비바람이 등에 몰아치고, 옷이 축축하게 젖었으나 그는 아랑곳하지 않았다. 새로 난 마차 바퀴자국에 물이 고여 길이 무척 질척거렸다. 길가에는 키가 큰 메귀리와 겨자풀이 자라고 있었고, 순무가 사납게 튀어나와 있었다. 자줏빛 엉겅퀴의 끈끈한 꽃송이가 습한 땅 위로 솟아 있었다. 거무튀튀한 진흙이 애덤의 구두를 뒤덮고, 검은색 바짓가랑이에도 튀었다. 몬터레이까지는 2킬로미터 가까이 되었다. 애덤이 그곳에 이르러 살리나스 마을을 향해 동쪽 길로 접어들었을 때 그는 흙투성이에 비로 흠뻑 젖어 있었다. 모자의 굽은 챙에는 빗물이 고이고, 옷깃은 축 늘어져 있었다.

존 스트리트에서 길이 꺾이면서 중심가가 나왔다. 애덤은 보도에 다다르자 발을 굴러 구두에서 진흙을 털어 냈다. 길가의 건물이 바람을 막아 주었고, 그와 동시에 그는 오한으로 떨기 시작했다. 그는 걸음을 재촉해 중심가의 반대편 주변에 있는 애보트 주점으로 들어섰다. 브랜디를 주문해 단숨에 들이켰지만 오한은 점점 더했다.

바 뒤에 있던 라피에르 씨가 오한에 덜덜 떠는 애덤을 보고 말했다.

"한 잔 더 하시는 게 좋을 겁니다. 안 그러면 독감에 걸릴 거예요. 뜨거운 럼주로 하시겠어요? 오한이 사라질 겁니다."

"네, 그렇게 하죠."

애덤이 말했다.

"자, 코냑 한 잔 더 하세요. 그동안 뜨거운 물을 가져올게요."

애덤은 술잔을 들고 탁자로 와서 젖은 옷을 입은 채로 거북스럽게 자리에 앉았다. 라피에르 씨는 부엌에서 김이 나는 주전자를 가지고 왔다. 그는 납작한 유리잔을 쟁반에 얹어 탁자로 왔다.

"최대한 뜨겁게 드세요. 이걸 마시면 끄떡없을 거예요."

그는 의자를 끌고 와서 앉더니 다시 일어섰다.

"당신을 보니 나도 춥군요. 나도 한 잔 마셔야겠어요."

그는 유리잔을 가지고 와서 애덤의 맞은편에 앉았다.

"효과가 있군요. 여기 들어올 때는 어찌나 창백해 보이던지 깜짝 놀랐어요. 이곳 분이 아닌 것 같군요."

그가 말했다.

"킹시티 근처에서 왔습니다."

애덤이 말했다.

"장례식에 참석하러 오셨군요?"

"네. 오랜 친구였기든요."

"성대한 장례였나요?"

"그럼요."

"그럴 만도 하지요. 친구가 많은 분이셨어요. 날씨가 화창했으면 좋았을 텐데. 한 잔 더 하고 잠자리에 드세요."

"그래야 할까 봅니다. 술을 마시니 마음이 안정되고 편안해지는군요."

애덤이 말했다.

"술은 나름대로 쓸모가 있어요. 폐렴에 걸리는 걸 막아 줄 수도 있을 거고요."

그는 토디 한 잔을 내주고 바 뒤에서 젖은 천을 가져왔다.

"이걸로 흙을 좀 닦아 내세요. 장례식이란 그다지 유쾌한 것이 못 돼요. 게다가 비까지 오면 정말 슬퍼지죠."

"끝나고 나니 비가 오더군요. 돌아오는 길에 비를 맞았어요."

"여기서 적당한 방을 얻어 주무시고 가세요. 그러면 토디를 올려 보내 드릴게요. 내일 아침에는 거뜬하실 겁니다."

"그렇게 해야겠어요."

애덤이 말했다. 마치 알 수 없는 어떤 따뜻한 액체가 그의 몸을 휘감는 듯 뺨이 화끈거리고 양팔에 뜨거운 기운이 느껴졌다. 따뜻한 액체가 금지된 생각들을 넣어 봉해 둔 차가운 상자 속으로 녹아 들어갔다. 그러자 갖가지 생각들이 퇴짜를 맞으면 어쩌나 하고 마음 졸이는 어린애처럼 쭈뼛쭈뼛 수면으로 떠올랐다. 애덤은 젖은 수건을 집어 들고, 몸을 숙여 바짓가랑이에 묻은 흙을 닦아 냈다. 안구에 피가 몰렸다.

"토디를 한 잔 더 들어야겠습니다."

그가 말했다.

"감기 때문이라면 그만 마셔도 됩니다. 그래도 한 잔 더 마시고 싶다면 오래된 자메이카 럼이 있어요. 물을 타지 않고 마시는 것이 좋을 겁니다. 50년 묵은 건데, 물을 타면 향기가 사라질 거예요."

라피에르 씨가 말했다.

"한 잔 마시고 싶군요."

애덤이 말했다.

"저와 한잔하시죠. 그 술병을 딴 지가 여러 달 됐어요. 찾는 사람이 별로 없어서요. 이곳 사람들은 위스키만 마셔요."

애덤은 구두를 닦고 수건을 바닥에 던졌다. 검은색 럼을 한 잔 마시자 기침이 났다. 독주의 달콤한 향이 머리 주위를 감쌌다. 그리고 한 대 얻어맞은 것처럼 코끝이 찡했다. 방이 비스듬하게 기우는 듯하더니 다시 제자리로 돌아왔다.

"좋지요? 한 잔만 마셔도 나가떨어져요. 나는 한 잔 이상은 안 들어요. 한껏 취하고 싶으면 또 모를까. 그러는 사람도 더러 있지요."

라피에르 씨가 말했다.

애덤은 몸을 숙여 팔꿈치를 테이블 위에 올렸다. 그는 막 떠들고 싶은 충동을 느꼈고, 때문에 겁이 났다. 목소리가 자기 목소리 같지 않았다. 그는 자기가 한 말에 깜짝 놀랐다.

"여기에 온 적이 별로 없어서 그러는데, 케이트의 집을 아시오?"

"저런! 럼의 효력이 생각보다 더 빠르군요."

라피에르 씨는 이렇게 말하고 엄숙하게 말을 이었다.

"당신은 농장에 살고 있나요?"

"네, 킹시티 근처의 농장에서 살아요. 트래스크라고 하오."

"만나서 반갑습니다. 결혼하셨나요?"

"아니요. 지금은 아닙니다."

"혼자십니까?"

"그렇소."

"제니의 집으로 가세요. 케이트는 잊어버려요. 그곳은 당신한테 좋지 않습니다. 제니의 집은 바로 옆집이에요. 거기에 가면 당신이 필요로 하는 건 뭐든 얻을 수 있을 거요."

"바로 옆집이요?"

"네. 동쪽으로 한 블록 반을 가서 오른편으로 꺾으세요. 그 집이 어디에 있는지 물어보면 누구든 잘 가르쳐 줄 겁니다."

애덤의 혀가 점점 꼬이고 있었다.

"케이트의 집은 어때서 그래요?"

"제니의 집으로 가세요."

라피에르 씨가 말했다.

3

돌풍이 휘몰아치는 궂은 저녁이었다. 케스트로빌 스트리트
는 제법 질퍽거렸고, 차이나타운에 물이 범람해 그곳 주민들
은 집들을 양분한 좁은 길에 판자를 걸쳐 놓고 왕래했다. 저
녁 하늘은 잿빛 구름으로 덮였고, 대기는 축축하다기보다는
눅눅했다. 그 둘을 구별하자면, 축축하다는 것은 위에서 내려
오는 습기로 인한 것이고 눅눅하다는 것은 썩은 곳에서 올라
오는 습기에서 비롯된 것으로 보면 될 것이다. 오후가 되자 바
람은 잦아들었지만 공기는 쌀쌀했다. 날이 추워서 애덤의 머
릿속은 어느 정도 취기가 가시기는 했지만 그렇다고 예전처럼
소심해지지는 않았다. 그는 진흙탕을 피하느라 땅만 바라보며
포장되지 않은 보도를 재빨리 걸었다. 거리는 철로 횡단을 알
리는 랜턴과 제니의 집 현관에서 타는 작은 탄소선 전구로 어
렴풋이 밝혀져 있었다.

애덤은 라피에르 씨가 가르쳐 준 대로 찾아갔다. 그는 집
두 채를 세며 가다가 세 번째 집을 놓칠 뻔했다. 그 집 앞에
있는 어두컴컴한 숲이 아주 높고 울창했기 때문이다. 그는 대
문을 통해 어둑한 현관을 들여다보았다. 그러고는 천천히 문

을 열고, 풀이 우거진 길을 걸어 올라갔다. 어스름 속에서도 축 처지고 파손된 현관과 흔들거리는 계단이 보였다.

벽 널빤지는 페인트 색이 벗겨진 지 이미 오래였다. 정원은 전혀 관리가 되어 있지 않았다. 내려진 차일 가장자리로 희미한 불빛이 보이지 않았다면 폐가로 오인하고 지나쳤을 터였다. 계단이 그의 체중을 견뎌 내지 못하고 무너질 것 같았다. 그가 판자로 된 현관 바닥을 지나자 삐걱대는 소리가 났다.

앞문이 열리고, 희미한 형체가 문고리를 잡고 서 있는 것이 보였다.

부드러운 목소리가 들렸다.

"어서 오세요."

응접실은 장밋빛 전등갓을 씌운 작은 전구만 켜져 있어서 어둠침침했다. 애덤은 발밑으로 두꺼운 양탄자의 감촉을 느꼈다. 닦아 놓은 가구는 반들반들 윤이 났고, 황금빛 그림 액자가 눈부시게 빛났다. 언뜻 봐도 실내의 분위기는 화려하면서 차분했다.

여인이 상냥하게 물었다.

"우비를 입으실걸 그랬어요. 단골손님이신가요?"

"아니오."

애덤이 말했다.

"누가 이곳을 일러 주었죠?"

"호텔에 있는 사람이 말해 주었소."

애덤은 앞에 서 있는 여자를 자세히 들여다보았다. 그녀는 검은 옷을 입었고, 액세서리는 하나도 달지 않았다. 예쁘장하

고 날카롭게 생긴 얼굴이 밤에 돌아다니는 어떤 동물을 연상
케 해서 애덤은 그 이름을 생각해 내려 애썼다. 남의 눈을 피
해 몰래 돌아다니는 육식동물인데, 이름은 도무지 떠오르지
가 않았다.

여자가 말했다.

"괜찮다면 제가 좀 더 램프 가까이로 갈까요?"

"아니오."

그녀가 웃으며 말했다.

"이리로 앉으세요. 뭔가를 얻으려 오신 거잖아요, 그렇죠?
어떤 걸 원하시는지 말씀하시면 적당한 여자를 불러 드리죠."

나지막한 목소리는 발음이 또렷했고, 첫소리가 낮지만 힘이
있었다. 그녀는 갖가지 꽃이 뒤섞인 정원에서 꽃을 골라내듯
말을 가려 했다. 그리고 단어를 선택하는 데 시간이 걸렸다.

애덤은 그런 그녀가 거북스러웠다. 그가 불쑥 말했다.

"케이트를 만나고 싶소."

"마담 케이트는 지금 바빠요. 약속이 되어 있으신가요?"

"아니오."

"저도 당신을 모실 수 있어요."

"케이트를 만나고 싶소."

"무엇 때문에 만나려고 하시는지 말해 주실 수 있으세요?"

"아니오."

그녀의 목소리가 숫돌에 간 칼날처럼 날카로워졌다.

"당신은 그녀를 만날 수 없어요. 그녀는 바빠요. 만일 여자
나 그와 관련된 걸 원하는 게 아니라면 그냥 나가시는 게 좋

을 거예요."

"그러면 내가 여기 있다고 전해 주겠소?"

"그녀가 당신을 아나요?"

"모르겠소."

그는 용기가 사라지는 것을 느꼈다. 다시 몸에 오한이 나는 것 같았다. 그가 말을 이었다.

"그건 몰라요. 하지만 애덤 트래스크가 만나고 싶어 한다고 전해 주겠소? 그녀가 내가 아는 사람이라면 나를 알 거요."

"알겠어요. 그러면 그렇게 전하죠."

그녀는 조용한 발걸음으로 오른쪽에 있는 문으로 가서 문을 열었다. 몇 마디 웅성대는 소리가 들리더니 한 남자가 문으로 고개를 내밀었다. 그녀는 애덤에게 그가 혼자가 아님을 알리기 위해 문을 열어 두었다. 방의 한쪽 입구에는 묵직한 검은 휘장이 쳐 있었다. 그녀는 커다란 커튼을 젖히더니 그 안으로 사라졌다. 애덤은 의자에 기대어 앉아 있었다. 애덤은 곁눈질로 한 남자가 머리를 쓱 내밀었다가 집어넣는 것을 보았다.

케이트의 방은 아늑하고 생활하기 편리하게 꾸며져 있었다. 페이가 살았을 때 있던 방과는 완전히 다른 분위기였다. 사방의 벽은 샛노란 비단으로 되어 있고 커튼은 밝은 황록색이었다. 방은 비단 일색으로 꾸며져 있었다. 푹신한 의자들에는 비단 방석이, 램프에는 비단 등갓이 씌워 있었다. 방 한쪽 끝에 번쩍번쩍하는 하얀 공단 커버를 씌운 널찍한 침대가 있고, 그 위에 큼직한 베개들이 쌓여 있었다. 벽에는 사진도 그림도 개인 소품 하나 전혀 걸려 있지 않다. 침대 옆 흑단 화장대 위에도 화장품이고 약병이고 놓여 있는 게 없었다. 다만 가구의 광택만이 삼면경에 반사되었다. 오래된 푹신푹신한 중국제 카펫에는 샛노란 바탕색에 황록색 용이 그려져 있었다. 방 한쪽 끝이 침실이고, 가운데가 접대실이었으며, 다른 쪽 끝이 사무실이었다. 사무실 안에 들어가니 금빛 참나무로 만든 서류 정리용 캐비닛들과 금박 글씨가 쓰인 커다란 검은색 금고가 보였다. 또 뚜껑이 달린 접이식 책상이 있는데, 그 위에 녹색 갓이 달린 쌍 램프가 있었다. 그리고 그 뒤에 회전의자가 있고, 그 옆에 등이 곧은 의자가 놓여 있었다.

케이트는 책상 뒤 회전의자에 앉아 있었다. 그녀는 여전히 예뻤다. 머리칼은 다시 금발로 돌아왔고 앙다문 작은 입술은 여느 때처럼 양끝이 올라가 있었다. 그러나 그녀의 얼굴에서는 날카로운 면을 찾을 수 없었다. 손은 여위고 주름이 잡혀 있지만 어깨에는 살이 올랐고 뺨은 통통했으며 턱 밑에는 잔주름이 보였다. 유방은 여전히 작았지만 배는 지방이 쌓여 약간 튀어나와 보였다. 엉덩이는 날씬했지만 다리와 발이 두꺼워져 굽이 낮은 구두 위로 살이 도드라져 있었다. 스타킹 밑으로 살이 늘어지지 않도록 댄 고무 밴드가 희미하게 보였다.

아직도 그녀는 예쁘고 단정했다. 그러나 손은 나이를 속일 수 없어 손바닥과 손가락 끝에 굳은살이 박여 번들번들 빛났고, 손등은 주름지고 갈색 반점이 생겼다. 그녀는 소매가 긴 검은색 드레스를 입은 수수한 차림새였다. 소매와 목에 단 하얀 레이스만이 옷과 대비되어 눈에 띌 뿐이었다.

세월의 손길은 미묘했다. 케이트의 얼굴에서 달라진 데가 있는지 바로 옆에서 찾아보려고 해도 그 부분을 쉽게 발견하지 못했을 것이다. 케이트의 뺨은 주름살 하나 없고, 눈은 날카롭고 천박했으며, 코는 섬세하고, 입술은 얇고 야무져 보였다. 이마의 흉터는 거의 보이지 않았다. 자신의 피부색에 맞는 분을 바른 덕택이었다.

케이트는 뚜껑 달린 책상에서 한 무더기의 사진을 펼쳐 놓고 보고 있었다. 모두 같은 크기로, 같은 카메라로 플래시를 터뜨려 찍은 사진들은 대부분 색상이 밝았다. 사진마다 다른 인물들이 있었지만, 자세는 지루할 정도로 비슷했다. 여자들의 얼굴은 모두 카메라가 아닌 다른 방향을 보고 있었다.

케이트는 사진을 네 가지로 분류해 따로따로 마닐라 봉투에 넣었다. 노크 소리가 들리자 그녀는 봉투를 책상의 서류 분류함에 넣었다.

"들어와, 에바, 어서 들어와. 그분이 오셨니?"

여자는 대답하기 전에 먼저 책상 앞으로 왔다. 더 환한 빛 속에서 긴장된 그녀의 얼굴이 드러났다. 그녀의 눈이 빛나고 있었다.

"처음 보는 손님이 왔어요. 마담을 만나고 싶다는데요."

"나한테 그럴 시간이 어디 있어, 에바. 누가 오는지 알잖아."

"만날 수 없다고 말했어요. 그런데 그분이 마담이 누군지 알 것 같다고 하더라고요."

"에바, 누군데 그래?"

"키가 크고 호리호리한 사람인데 좀 취했어요. 이름이 애덤 트래스크래요."

케이트는 미동도 하지 않고 아무 소리도 내지 않았지만, 에바는 그녀가 큰 충격을 받았음을 알았다. 케이트는 오른손 손가락을 구부려 천천히 주먹을 쥐고, 왼손으로는 비쩍 마른 고양이처럼 책상 언저리를 더듬었다. 그녀는 숨을 죽인 채 꼼짝도 하지 않았다. 그녀의 마음은 피하주사기가 들어 있는 옷장 서랍 속의 상자에 가 있었다.

마침내 케이트가 입을 열었다.

"에바, 저기 큰 의자에 가서 앉아 있어. 잠깐만 가만히 앉아 있어."

에바가 꼼짝 않고 서 있자, 케이트가 매몰차게 말했다.

"가서 앉아!"

에바는 움찔하고 큰 의자로 가서 앉았다.

"손톱은 물어뜯지 말고."

케이트가 말했다.

에바는 두 손을 떼고 의자 팔걸이를 꽉 잡았다.

케이트는 램프의 녹색 유리 등갓을 정면으로 응시하고 있었다. 그러다가 너무나 갑작스레 그녀가 움직이자 에바는 벌떡 일어서서 입술을 떨었다. 케이트는 서랍을 열고 접은 종이를 꺼냈다.

"여기 있다! 네 방에 가서 발라. 다 쓰지 말고. 아니야. 너를 못 믿겠어."

케이트는 종이를 탁 치더니 둘로 찢었다. 흰 가루가 조금 떨어졌다. 그녀는 그중 하나의 양끝을 접어 에바에게 건넸다.

"어서 서둘러! 아래층에 내려가서 랄프에게 홀에 있으라고 전해. 목소리는 안 들리고 종소리는 들릴 만한 지점에서 대기하라고 해. 너는 그가 몰래 내 방으로 올라오지 않나 살펴. 만일 그가 종소리를 들으면, 아니야, 그가 알아서 하게 놔 둬. 그런 연후에 애덤 트래스크 씨를 나에게 데리고 와."

"마담, 괜찮겠어요?"

케이트가 그녀를 물끄러미 바라보자 에바는 돌아서서 나갔다. 에바의 뒤에 대고 그녀가 말했다.

"그가 가면 바로 나머지 한쪽도 줄게. 자, 서둘러."

문이 닫히자 케이트는 책상 오른쪽 서랍을 열어 작은 권총을 꺼냈다. 탄창을 돌려 탄약이 있는지 확인하고 나서 책상 위에 올려놓았다. 그리고 그 위를 종이로 덮었다. 그녀는 전등 하나를 끄고 의자에 앉은 다음 책상 위에 두 손을 얹고 움켜잡았다.

노크 소리가 들리자 그녀는 거의 입술을 움직이지 않고 소리쳤다.

"들어오세요."

에바의 눈가는 젖어 있었고, 몸에는 긴장이 풀려 있었다.

"이분이에요."

그녀는 애덤을 들여보내고 문을 닫았다.

애덤은 재빨리 주위를 둘러보고는 책상 뒤에 그대로 앉아 있는 케이트를 바라보았다. 한참을 뚫어지게 바라보던 그는 그녀가 있는 곳을 향해 천천히 걸어갔다.

움켜쥐고 있던 그녀의 손이 풀리면서 오른손이 종이가 있는 쪽으로 움직였다. 그녀는 냉정하고 무표정한 눈으로 그의 눈을 응시했다.

애덤은 그녀의 머리카락과 이마의 흉터, 입술, 주름진 목덜미, 팔, 어깨 그리고 밋밋한 앞가슴을 보았다. 그는 한숨을 깊이 내쉬었다.

케이트의 손이 약간 떨렸다. 그녀가 물었다.

"원하는 게 뭐죠?"

애덤은 책상 옆에 있는 등이 곧은 의자에 앉았다. 그는 안도의 소리라도 지르고 싶었지만 이렇게 말했다.

"이젠 아무것도 원하지 않소. 당신을 만나 보고 싶었을 뿐이오. 새뮤얼 해밀턴 씨가 당신이 여기 있다고 알려 주었소."

그가 의자에 앉는 순간, 떨리던 그녀의 손이 진정되었다.

"그 전엔 듣지 못했나요?"

"못했소. 처음에는 그 말을 듣고 미쳐 버릴 것 같았지만 이제는 괜찮소."

케이트가 긴장을 풀고 입가에 미소를 짓자 작고 하얀 이가 드러났다. 희고 긴 송곳니가 날카로웠다.

"당신 때문에 깜짝 놀랐어요."

"왜?"

"당신이 무슨 짓을 할지 몰라서요."

"나도 그랬소."

그는 마치 그녀가 이 세상에 없는 여자인 양 그녀를 물끄러미 바라보았다.

"오랫동안 언젠가는 당신이 여기 찾아올 거라고 생각하고 있었어요. 그런데 안 오기에 잊고 있었죠."

"나는 당신을 잊지 않고 있었소. 하지만 이젠 잊을 수 있겠군."

"무슨 뜻이죠?"

그가 유쾌하게 웃었다.

"이제 당신이 제대로 보이니 말이오. 내가 당신을 결코 있는 그대로 보지 않았다고 해밀턴 씨가 말했는데, 맞는 말이오. 나는 당신의 얼굴은 기억하고 있지만, 제대로 보지는 못했지. 이제는 당신의 얼굴을 잊을 수 있을 거 같아."

그녀는 입을 꾹 나물었다. 미간이 넓은 두 눈이 표독스러운 빛을 띠면서 가늘어졌다.

"그럴 수 있다고 생각해요?"

"그럴 수 있지."

그녀는 태도를 바꾸었다.

"어쩌면 그럴 필요가 없을지도 모르죠. 만일 당신이 모든 걸 담담히 받아들인다면, 우리가 재결합할 수도 있잖아요."

"나는 그렇게 생각하지 않소."

"당신은 정말 바보였어요. 어린애 같았어요. 당신은 자기 앞가림도 할 줄 몰랐죠. 이제 내가 당신을 가르칠 수 있겠군요. 당신은 이제야 어른이 된 것 같아요."

"당신은 이미 내게 가르쳐 주었소. 가슴을 후벼 파는 교훈을 주었지."

"한잔하겠어요?"

"그러지."

"술 냄새가 나요. 럼을 마셨군요."

그녀는 일어서서 술병과 술잔 두 개를 가지러 캐비닛으로 갔다. 그리고 돌아서는 순간 애덤이 자기의 통통한 발목을 바라보고 있음을 알았다. 그녀는 갑작스레 화가 치밀었지만 입가엔 여전히 미소를 유지했다. 그녀는 방 가운데에 있는 둥근 탁자로 술병을 가지고 가서 작은 잔 두 개에 럼을 따랐다.

"이리 와서 앉아요. 여기서 마시는 게 편해요."

그녀는 그가 큰 의자로 자리를 옮기면서 그의 시선이 튀어나온 자신의 배를 향하는 걸 알아차렸다. 그녀는 그에게 술잔을 건네주고, 의자에 앉은 다음 배 위로 두 손을 포갰다.

그가 술잔을 들고 의자에 앉자 그녀가 말했다.

"마셔요. 참 좋은 술이에요."

그는 그녀를 보고 미소를 지었다. 그녀가 전에는 본 적이 없는 미소였다. 그녀가 말했다.

"당신이 여기 왔다는 소리를 에바에게서 전해 들었을 때, 처음엔 당신을 쫓아낼까 생각했어요."

"그럼 다시 왔을걸. 당신을 봐야 했으니까. 새뮤얼을 못 믿었기 때문이 아니라 내 눈으로 확인하기 위해서 말이오."

그가 말했다.

"술이나 드세요."

그는 그녀의 술잔을 힐끗 보았다.

"독약을 탔다고 생각하는 건 아니겠죠……."

그녀는 입을 다물고, 그런 말을 내뱉은 자신을 원망했다.

그는 미소를 지으면서 여전히 그녀의 술잔을 응시하고 있었다. 그녀의 얼굴에 노기가 나타났다. 그녀는 술잔을 집어 들고 입술을 갖다 댔다.

"술을 마시면 속이 아파요. 그래서 술은 절대 입에 안 대요. 나한테 술은 독약이나 다름없어요."

그녀는 입을 다물고 날카로운 이로 아랫입술을 깨물었다.

애덤은 여전히 미소를 띤 채 그녀를 바라보았다.

그녀는 더 이상 화를 참을 수 없었다. 그녀는 럼을 단숨에 들이켜고는 기침을 토했다. 눈에는 눈물이 고였다. 그녀는 손등으로 눈물을 훔쳤다.

"당신은 나를 조금도 믿지 않는군요."

"그럼, 안 믿지."

그는 술잔을 들어 럼을 마시고 나서 일어나 두 잔을 채웠다.

"난 그만 마실래요."

그녀는 겁에 질려 말했다.

"마실 필요 없소. 난 이것만 마시고 갈 거니까."

애덤이 말했다.

톡 쏘는 알코올이 온몸에 퍼지고 목은 타는 것만 같았다. 그녀는 속이 거북해지자 더럭 겁이 났다.

"나는 당신이든 누구든 아무도 무섭지 않아요."

그녀는 이렇게 말하고 두 번째 잔을 마셨다.

"당신은 나를 두려워할 아무 이유도 없소. 당신은 이제 나를 잊을 수 있소. 아, 이미 나를 잊었다고 했지."

애덤은 지난 수년 동안 느껴 보지 못했던 훈훈한 기운과 안도감으로 기분이 좋아졌다.

"새뮤얼 해밀턴 씨 장례식에 갔다 오는 길이오. 훌륭한 분이었지. 그분이 그리워질 거요. 캐시, 그분이 쌍둥이를 받아 준 일을 기억하오?"

케이트는 술기운이 올라 괴로웠다. 그녀는 안간힘을 쓰며 버티었고, 그 긴장이 얼굴에 그대로 나타났다.

"무슨 일이오?"

애덤이 물었다.

"나한테 술은 독약이나 마찬가지라고 했잖아요. 술을 먹으면 몸이 아프다고요."

"가만히 앉아서 당할 수는 없었소. 당신은 예전에 나에게 총을 쏜 사람이오. 당신이 또 무슨 짓을 할지 모르잖소?"

그는 침착하게 말했다.

"무슨 말이에요?"

"추문을 들었소. 아주 더러운 추문 말이오."

잠시 동안 그녀는 올라오는 술기운을 이겨 내야 한다는 것을 잊어버렸고, 결국 지고 말았다. 머릿속이 달아오르면서 두려움은 사라지고, 대신에 물불 가리지 않는 잔인함이 고개를 들었다. 그녀는 술병을 잡아채어 자기 잔에 술을 가득 따랐다.

애덤은 일어나서 자기 잔에 술을 채웠다. 전에는 느껴 보지 못한 감정이 일었다. 애덤은 그녀가 괴로워하는 모습을 즐기고 있었다. 그녀의 고통스러운 몸짓을 보고 기분은 좋았지만 경계심은 늦추지 않았다.

'조심해야 해. 그럼, 조심해야 하고말고.'

그는 속으로 중얼거렸다. 그러고는 큰 소리로 말했다.

"새뮤얼 해밀턴 씨야말로 오랫동안 나에게 좋은 친구였소.

그분이 그리워질 거요."

럼주를 마시다 조금 흘려서 그녀의 입가가 젖었다.

"나는 그 사람이 싫었어요. 할 수만 있었다면 그를 죽였을 거예요."

"왜지? 우리에게 친절한 분이었는데."

"그는 나를, 내 속마음을 꿰뚫어 보았어요."

"왜 안 그랬겠소? 그는 내 마음도 꿰뚫어 보고 나를 도와주었는데."

"나는 그를 증오해요. 그가 죽었다니 기뻐요."

"당신의 마음속을 진작 들여다보았다면 좋았을 텐데."

애덤이 말했다.

그녀가 입을 삐쭉거리며 말했다.

"당신은 바보예요. 나는 당신을 증오하지는 않아요. 허약한 바보일 뿐이니까."

그녀가 긴장하면 할수록 애덤의 마음은 오히려 흐뭇하고 차분해졌다. 그녀가 소리쳤다.

"저기 앉아서 마음껏 비웃어요. 이제 해방된 기분이죠? 몇 잔 마시고 나니 무서울 게 없나 보군요! 내가 새끼손가락 하나만 까딱하면 예전처럼 징징거리며 기어 다닐 거면서."

그녀의 분별력은 무뎌졌고 여우 같은 조심성도 사라졌다.

"나는 당신을 잘 알아요. 당신이 얼마나 겁쟁이인지 잘 알고 있어요."

애덤은 계속 미소를 짓고 있었다. 그가 술을 마시자 그녀가 자기 잔에다 다시 술을 따랐다. 병목이 그녀의 술잔에 부딪치는 소리가 났다. 그녀가 말했다.

"내가 상처를 입었을 땐 당신이 필요했어요. 하지만 당신은 얼간이였어요. 더 이상 당신이 필요하지 않게 되었을 때 당신은 나를 잡아 두려고 했죠. 그 역겨운 웃음 집어치워요."

"당신이 무엇 때문에 그토록 증오감에 가득 차 있는지 모르겠군."

"모른단 말예요?"

이제 그녀는 조심성이라곤 전혀 없었다. 그녀가 말을 이었다.

"그건 증오가 아니라 경멸이에요. 난 어렸을 때 사람들이 얼마나 멍청한 거짓말쟁이인지 알았어요. 선량한 체하는 내 부모를 포함해서 말이죠. 두 사람은 선량하지 않았어요. 난 그들을 잘 알았고, 그들로부터 내가 원하는 건 뭐든 얻어냈어요. 난 항상 사람들로부터 내가 원하는 모든 걸 얻을 수 있었어요. 내가 어느 정도 자랐을 때 나는 한 남자를 자살로 몰았어요. 그 남자도 선량한 체했지만 그가 바란 건 오직 나와 잠자리를 하는 것뿐이었어요. 나이도 어린 계집애와 말이죠."

"하지만 당신은 그가 자살했다고 하지 않았소. 분명 다른 이유가 있었을 거요."

"그는 바보였어요. 난 그가 우리 집 문 앞에 와서 애걸하는 소리를 듣고 밤새도록 웃었어요."

"나로 인해 누군가 저세상으로 간다면 그건 기분 좋은 일은 아닌 것 같은데."

"당신도 바보니까요. 나는 그들의 상투적인 말을 기억해요. '저 애 참 예쁘지 않아? 아주 곱고 귀엽구먼.' 그런데 정말로 나를 아는 사람은 아무도 없었어요. 내가 그들을 조종하는데도 그들은 전혀 알아채지 못하더군요."

애덤은 술잔을 비웠다. 순간 정신이 또렷해지면서 눈이 밝아지는 기분이 들었다. 그는 그녀의 마음속에서 충동이 꿈틀거리는 게 보이고, 그녀의 속셈도 읽을 수 있을 것 같은 생각이 들었다. 술을 마시다 보면 이따금씩 깊은 분별력이 생기기 마련인데, 지금 그가 그런 상태였다. 그가 말했다.

"당신이 새뮤얼 해밀턴을 좋아했는지 그렇지 않았는지는 중요하지 않아 나는 그가 현명한 분이었다고 생각하니까. 언젠가 해밀턴 씨가 했던 말이 생각나는군. 남자에 대해 속속들이 안다고 생각하는 여자는 평생 그 한 면만을 잘 알고 다른 면들이 있다는 건 상상도 못 한다고. 하지만 그렇다고 다른 면들이 없는 건 아니라고 했지."

케이트가 내뱉듯이 말했다.

"그는 거짓말쟁이에다 위선자였어요. 내가 증오하는 건 거짓말쟁이들이에요. 그런데 이 세상 사람들 모두가 거짓말쟁이죠. 그건 엄연한 사실이에요. 나는 그들을 까발리고 싶어요. 그들의 코를 그들의 추잡함 속에 처박고 싶어요."

애덤이 눈썹을 치떴다.

"그러니까 이 세상에는 악과 어리석음만이 존재한다는 뜻이오?"

"정확히 짚었어요."

"나는 그렇게 생각하지 않아."

애덤이 조용히 말했다.

"나는 그렇게 생각하지 않아! 나는 그렇게 생각하지 않아!"

그녀는 그의 말을 그대로 흉내 내더니 물었다.

"내가 그걸 증명해 볼까요?"

"당신은 증명할 수 없소."

그녀는 벌떡 일어나 책상으로 가더니 갈색 봉투를 들고 돌아왔다.

"이걸 봐요."

그녀가 말했다.

"보고 싶지 않소."

"어쨌든 난 보여 줘야겠어요."

그녀는 사진 한 장을 꺼내더니 말을 이었다.

"자, 봐요. 이 사람은 주 상원의원이에요. 국회의원에 출마할 생각이라더군요. 이 기름진 배를 봐요. 젖가슴은 꼭 여자 같죠. 그는 매 맞는 것을 좋아해요. 저 자국을 봐요. 채찍 자국이에요. 얼굴 표정을 봐요! 아내와 자식 넷을 둔 이 사람이 국회의원에 출마한대요. 그래도 당신은 믿지 않는군요! 이걸 봐요! 이 하얀 비곗덩어리 같은 사람은 시의원이래요. 이 얼굴이 벌겋고 키가 큰 스웨덴 사람은 블랑코 근처에 농장을 갖고 있대요. 여길 봐요! 이 사람은 버클리 대학의 교수예요. 화장수를 얼굴에 뒤집어쓰려고 여기까지 오지요. 철학 교수라는 사람이 말예요. 그리고 이걸 봐요! 예수의 형제라고 자처하는 목사예요. 그는 자기가 원하는 걸 얻기 위해 집에 불을 지르곤 했죠. 우리는 지금 그것과는 다른 방법으로 그가 원하는 걸 그에게 주고 있어요. 뼈가 앙상한 옆구리 밑에 있는 불붙은 성냥 보이죠?"

"이런 것들은 보고 싶지 않소."

"이것들을 보고도 내 말을 믿지 않다니! 당신도 애걸하며 이곳에 기어 들어오게 만들 거예요. 미치광이로 만들겠어요."

그녀는 자신의 생각을 그에게 강요하려 했다. 그러나 그녀의 눈에 그는 냉정하고 초연해 보였다. 그녀는 분노한 나머지 독기를 품었다.

"여기서 그냥 빠져나간 사람은 아무도 없어요."

그녀는 조용히 말했다. 그녀의 눈빛은 담담하고 싸늘했지만 한쪽 손으로는 손톱 끝으로 의자의 장식물을 뜯어내고 비단 솔기를 풀어내고 있었다.

애덤은 한숨을 쉬었다.

"만일 내가 이런 사진을 갖고 있고 그들이 그 사실을 안다면, 내 목숨이 위태로울 거요. 이런 사진들이 한 사람의 인생 전체를 망가뜨릴 수도 있소. 당신이 위험에 빠진 건 아니오?"

"내가 어린애인 줄 알아요?"

"이제는 그렇게 생각하지 않지. 당신이 뒤틀린 인간으로 보이기 시작했거든. 아니, 도저히 인간으로 보이지 않는군."

그녀는 미소를 지었다.

"당신이 정곡을 찔렀는지도 모르죠. 내가 인간이 되기를 원하는 줄 알아요? 이 사진들을 봐요! 사람이 되느니 개가 되는 편이 낫겠어요. 하지만 나는 개가 아니에요. 나는 인간들보다 더 똑똑해요. 아무도 나를 해치지 못해요. 괜한 걱정 말아요."

그녀는 캐비닛을 가리키며 말했다.

"저 안에 아름다운 사진이 100장 정도 있어요. 그 남자들은 만일 나에게 무슨 일이 일어나면 사진이 첨부된 100장의 편지가 자신들에게 치명타를 입힐 곳으로 우송되리란 걸 잘 알고 있어요. 그들은 절대 나를 해치지 못해요."

애덤이 물었다.

"당신에게 무슨 사고가 난다거나 병에 걸릴 수도 있잖소?"

"그래도 달라지는 건 없어요."

그녀는 그에게 더 가까이 몸을 숙이더니 말을 이었다.

"그 남자들이 모르는 비밀 한 가지를 말해 줄게요. 몇 년 뒤 나는 이곳을 떠날 거예요. 어쨌든 편지는 우송될 거예요."

그녀는 웃으면서 의자에 등을 기댔다.

애덤은 소름이 돋는 것이 느껴졌다. 그는 그녀를 자세히 들여다보았다. 그녀의 얼굴과 웃음은 아이처럼 천진난만해 보였다. 그는 일어나서 술을 따랐다. 얼마 안 되는 양이었다. 술병은 거의 비어 있었다.

"당신이 무엇을 증오하는지 알겠소. 당신은 당신이 이해할 수 없는 그 사람들 마음속의 무엇을 증오하는 거요. 당신은 그들의 악을 증오하는 게 아니오. 당신이 이해할 수 없는 그들 속의 선을 증오하는 거요. 도대체 당신이 뭘 원하는지, 그것으로 결국 무엇을 얻으려는 건지 모르겠군."

"필요한 만큼 돈을 벌 거예요. 그런 다음 뉴욕에 가서 영원히 젊음을 유지하며 살 거예요. 지금도 늦진 않았지만. 좋은 동네에 있는 멋진 집을 사고 말 잘 듣는 하인을 둘 거예요. 그리고 가장 먼저 남자를 찾을 거예요. 그가 살아 있다면요. 그리고 온갖 심혈을 기울여 아주 서서히 고통을 주어서 그를 죽이고 말 거예요. 신경 써서 잘만 하면 그 남자는 죽기도 전에 미쳐 버리겠죠."

애덤은 더 이상 참지 못하고 발을 굴렀다.

"당신 그걸 말이라고 하는 거요? 제정신이 아니군. 허튼소리 그만해요. 나는 한 마디도 믿지 않을 거요."

그녀가 말했다.

"나를 처음 보았을 때를 기억해요?"

그의 얼굴이 어두워졌다.

"아, 물론 기억하지!"

"내가 턱이 깨지고, 입술이 터지고, 이가 빠져 있었던 거 기억나죠?"

"기억하고 싶지는 않지만 기억하지."

"나를 그 꼴로 만든 놈을 찾고 싶은 거예요. 그러고 나면 하고 싶은 일이 또 생기겠죠."

그녀가 말했다.

"가야겠소."

애덤이 말했다.

"가지 말아요, 여보. 지금 가지 말아요. 내 시트는 비단이에요. 당신 피부로 이 시트의 촉감을 느껴 봐요."

"그런 뜻은 아니겠지?"

"아, 정말이에요. 당신은 사랑을 하는 재주는 없지만, 내가 가르쳐 주면 돼요. 내가 가르쳐 줄게요."

그녀는 비틀비틀 일어서더니 그의 팔에 손을 얹었다. 그녀의 얼굴은 생기 있고 젊어 보였다. 하지만 그녀의 손을 내려다보자 그것은 창백한 원숭이 앞발처럼 주름이 져 있었다. 그는 반사적으로 물러났다.

그의 몸짓을 본 그녀는 그 뜻을 이해하고 굳게 입을 다물었다. 그가 말했다.

"이해할 수가 없군. 알고는 있었지만 믿을 수가 없어. 아침이 되면 전혀 믿기지 않을 거야. 악몽을 꾼 거라고 생각하겠지. 그것도 아니지. 이게 꿈일 리가 없지, 아니지. 내가 기억하는 한 당신은 내 아이들의 어머니이니까. 당신은 아이들에 대해서는 한 마디도 묻지 않는군. 당신은 내 아들들의 어머니란 사실을 잊고 있는 모양이군."

케이트는 팔꿈치를 무릎 위에 얹고 손을 컵 모양으로 턱 밑에 괴어 손가락으로 뾰족한 귀를 덮었다. 의기양양해진 그녀의 눈이 반짝였다. 목소리는 부드러웠으나 비꼬는 투였다.

"바보들은 늘 허점을 보이기 마련이죠. 어렸을 때 그걸 알게 됐어요. 내가 당신 아이들의 어머니라. 당신 아이들의? 맞아, 나는 어머니지…… 그런데 당신이 그 아이들의 아버지라는 걸 어떻게 알아요?"

애덤의 입이 벌어졌다.

"캐시, 무슨 뜻이지?"

"내 이름은 케이트예요. 여보, 내 말 잘 듣고 명심해요. 내가 임신을 할 만큼 당신과 잠자리를 한 적이 몇 번이나 되죠?"

"그때 당신은 다쳤잖소. 그것도 심하게."

"한 번이었어요. 딱 한 번."

"임신을 해서 당신은 몸이 안 좋았소. 아주 힘들어 했지."

그는 항변하듯이 말했다.

그녀는 그를 향해 부드럽게 미소를 지었다.

"당신 동생을 상대하지 못할 정도로 다치진 않았어요."

"내 동생?"

"찰스를 잊어버렸어요?"

애덤은 웃음이 나왔다.

"당신은 악마야. 하지만 내가 내 동생을 의심할 것 같아?"

"당신이 어떻게 생각하든 나는 상관없어요."

애덤이 말했다.

"나는 믿지 않아."

"믿게 될걸요. 처음엔 의아한 생각이 들다가 자신이 없어질 거예요. 당신은 찰스에 대해 다시 생각하게 될 거예요. 그에 대한 모든 걸 다시 생각하게 될 거라고요. 난 찰스는 사랑할 수 있었을 거예요. 어떤 면에서는 나와 비슷하니까요."

"그는 당신과는 달라."

"기억날 거예요. 언젠가 쓴 차를 마셨던 걸 기억하는지 모르겠군요. 당신이 실수로 내 약을 먹었잖아요. 기억나요? 그런 다음 생전 그런 적이 없었는데, 세상모르게 잠들었다가 아침 늦게 잠이 깼죠. 머리가 띵하다고 했죠?"

"부상이 심해서 그런 짓을 꾸밀 수 없었을 텐데?"

"나는 무슨 일이든 할 수 있어요. 여보, 지금 옷을 벗어요. 그것 말고 내가 또 뭘 할 수 있는지 보여 줄게요."

애덤은 눈을 감았다. 술기운에 머리가 핑 돌았다. 그는 눈을 뜨고 머리를 세차게 흔들었다. 그가 말했다.

"상관없어. 비록 사실이라 하더라도 전혀 상관없어."

그는 난데없이 웃음을 터뜨렸다. 문득 아무래도 좋다는 생각이 들었다. 그는 너무 급하게 일어서다가 현기증이 일어 의자의 등을 잡았다.

케이트는 벌떡 일어나 두 손으로 그의 팔꿈치를 붙잡았다.

"옷 벗는 걸 도와줄게요."

애덤은 그녀의 손을 마치 철사인 양 자신의 팔에서 비틀어 떼었다. 그는 비틀거리며 문 쪽으로 걸었다.

억제할 수 없는 증오의 빛이 케이트의 눈에서 빛났다. 그녀는 비명을 질렀다. 길고 날카로운 동물의 소리였다. 애덤은 발을 멈추고 뒤돌아 그녀를 보았다. 문이 쾅하고 열렸다. 이 집의 기둥서방으로 보이는 한 남자가 성큼성큼 세 걸음에 들어오더니 몸의 균형을 잡고 온 체중을 실어 몸을 틀며 주먹으로 애덤의 귀밑을 후려쳤다. 애덤은 바닥으로 나가떨어졌다.

케이트가 소리쳤다.

"발로 차! 발길질을 하란 말이야!"

랄프는 쓰러진 남자 쪽으로 더 가까이 다가가 거리를 쟀다. 그는 휘둥그레진 애덤의 눈이 자기를 노려보는 것을 보았다. 그는 안절부절못하며 케이트를 돌아보았다.

그녀가 냉랭한 목소리로 말했다.

"발로 차라니까 그래. 얼굴을 뭉개 버려!"

"저놈이 반격을 안 하는데요. 싸울 힘도 하나 없어 보이고."

케이트는 자리에 앉았다. 그녀는 입으로 숨을 몰아쉬었다.

무릎 위에 얹은 양손이 부르르 떨렸다.

"애덤, 나는 당신을 증오해요. 이제부터 당신을 증오할 거예요. 증오한다고요! 애덤, 듣고 있어요? 난 당신을 증오해요!"

애덤은 일어서다가 넘어지고, 다시 일어서려다 또 넘어지곤 했다. 결국 그는 바닥에 주저앉은 채 케이트를 쳐다보았다.

"상관없어. 전혀 상관없어."

그는 무릎을 꿇고 손으로 바닥을 짚고 앉더니 말을 이었다.

"내가 이 세상의 그 무엇보다도 당신을 사랑했다는 걸 알지? 전엔 그랬지. 너무도 강렬한 사랑이었기에 내 삶이 순탄하지 못했어."

"당신은 기어서 돌아오게 될 거예요. 배를 바닥에 질질 끌면서 애원할 거라고요!"

"미스 케이트, 발길질을 할까요?"

랄프가 물었다.

그녀는 대답하지 않았다.

애덤은 조심스럽게 균형을 잡으면서 문 쪽으로 서서히 움직였다. 그런 다음 손으로 문설주를 더듬었다.

케이트가 소리쳤다.

"애덤!"

그는 천천히 몸을 돌렸다. 그는 추억에 미소를 던지듯 그녀에게 미소를 지었다. 그리고 밖으로 나와 가만히 문을 닫았다.

케이트는 문을 응시하며 앉아 있었다. 그녀의 눈동자가 쓸쓸하게 빛났다.

26장

1

　살리나스에서 킹시티로 돌아오는 기차 안에서 애덤 트래스
크는 보고 듣는 것이 불투명한 구름에 싸여 있는 것만 같았
다. 그는 어떠한 생각도 할 수 없었다.

　나는 보이지 않는 인간의 마음 깊은 곳 어딘가에 문제를
분석하고, 부정하고, 수용하는 기술이 있다고 생각한다. 간혹
이러한 작용은 인간이 자신이 갖고 있는지조차 모르는 어떤
면들과 관계가 있다. 원인도 모르는 고통과 괴로움에 휩싸여
잠들었다가도 아침이면 새로운 방향이 보이고, 머릿속이 확
트이는 것 같은 경우가 종종 있다. 그것은 아마 무의식 속에서
이성이 작용한 덕택일 것이다. 그리고 또 아침이 되면 황홀감
이 핏속에서 고동치고, 배와 가슴이 기쁨으로 짜릿해지기도
한다. 그런데 아무리 생각해도 그 이유를 알 수 없는 것이다.

새뮤얼의 장례와 케이트와의 상면으로 애덤은 슬픔과 괴로움에 파묻혀 있을 법한데, 실은 그렇지 않았다. 침울하게 고동치던 가슴속에서 환희가 솟구쳤다. 그는 젊음과 자유를 느꼈고, 그동안 느껴보지 못한 기쁨으로 충만해진 기분이었다. 그는 킹시티에 도착하자 기차에서 내려 자기의 마차와 말을 찾으러 보관소로 곧장 가지 않고 윌 해밀턴의 새 차고로 갔다.

윌은 작업의 소음이 들리지 않으면서 기계공들이 하는 일을 감시할 수 있는 유리벽으로 된 사무실에 앉아 있었다. 윌의 배는 난로 비대해졌다.

그는 쿠바에서 직접 수송되는 담배의 광고를 종종 살펴보고 있었다. 그는 아버지의 사망으로 자신이 슬퍼하고 있다고 생각했으나 실은 그렇지 않았다. 장례식을 마치고 곧장 샌프란시스코로 간 톰이 조금 걱정되기는 했다. 그는 술에 빠져 있는 것보다는 일에 몰두하는 편이 훨씬 바람직하다고 생각했다. 자신은 이렇게 마음을 다잡고 있는데 톰은 어딘가에서 술이나 마시고 있는지도 몰랐다.

애덤이 사무실에 들어서자 그는 애덤을 쳐다보면서 커다란 가죽의자를 손으로 가리키며 앉으라고 했다. 그 의자는 고객들을 잘 구슬려 그들이 거액의 돈을 아까워하지 않고 선뜻 지불하고 가도록 하기 위해 마련한 것이었다.

애덤은 자리에 앉아 말했다.

"내가 조의를 표했는지 모르겠군."

"슬픈 일이었지요. 장례식에 오셨지요?"

윌이 말했다.

"그럼, 자네 부친이 돌아가셔서 내 마음이 어떤지 자네가 알지 모르겠군. 그분은 내게 평생 잊지 못할 것들을 주셨어."

"아버지는 존경받는 분이셨어요. 묘소에 오신 조문객이 200명이 넘더군요. 아니 그보다 훨씬 더 되었을 거예요."

"그분은 돌아가신 게 아니네."

그 말을 하면서 그는 정말 그렇다는 생각을 했다.

"난 그분이 돌아가셨다는 생각이 들지 않아. 어떻게 보면 살아생전보다 더 생생히 살아 계신 것 같아!"

"맞습니다."

윌은 이렇게 말했으나 진심은 아니었다. 윌에게 새뮤얼은 죽은 사람이었다.

애덤이 말했다.

"그분이 하셨던 말씀이 생각나네. 그분이 말씀하실 때는 사실 귀담아듣지 않았는데, 이제 그 말씀이 다시 생각나는군. 말씀하실 때의 모습이 눈에 선해."

"사실이에요. 저도 같은 생각을 하고 있었어요. 농장으로 돌아가실 겁니까?"

"그럴 생각이네. 그런데 자동차 구입 문제를 좀 의논할까 해서 들렀어."

윌의 표정이 미묘하게 바뀌면서 그의 눈빛이 달라졌다.

"이 계곡에서 당신은 절대 자동차를 구입하시지 않을 거라고 생각했지요."

윌은 실눈을 뜨고 애덤의 반응을 살폈다.

애덤이 웃었다.

"그렇게 생각할 만도 하지. 내 마음이 바뀐 건 어쩌면 자네 부친 탓일지도 몰라."

"무슨 말씀이세요?"

"어떻게 설명해야 할지 모르겠군. 어쨌든 자동차 얘기나 하세."

"솔직히 말씀드리면 주문 받은 대로 자동차를 대느라 정말 힘들어요. 주문해 놓고 기다리는 사람들을 명단에 줄줄이 적어 놨어요."

"그런가? 나도 거기에 끼워 주게."

"그렇게 해 드리죠. 트래스크 씨. 그리고……."

그는 말을 멈췄다가 계속했다.

"당신은 우리 가족과 아주 가까운 분이니 만일 다른 사람이 주문을 취소하면 먼저 해 드리겠습니다."

"고맙네."

애덤이 말했다.

"어떤 조건으로 주문하시겠어요?"

"무슨 말인가?"

"할부로 해 드릴 수도 있어요."

"그렇게 하면 더 비싸지 않은가?"

"이자와 운송비가 포함되지요. 그게 낫다고 생각하는 사람도 있어요."

"현금으로 살 생각이야. 지불을 미룰 필요가 없지."

윌이 웃으며 말했다.

"그렇게 생각하는 분은 드물어요. 그리고 현금으로 팔면 제가 손해를 보는 경우도 있거든요.”

“거기까진 생각하지 못했군. 아무튼 나도 명단에 끼워 주겠나?”

윌은 그에게로 몸을 굽혔다.

“트래스크 씨, 명단 맨 앞에 넣어 드리죠. 차가 오는 대로 먼저 드릴게요.”

“고맙네.”

“저도 기분이 좋군요.”

윌이 말했다.

애덤이 물었다.

“모친께서는 어떻게 지내고 계신가?”

윌은 의자 등에 몸을 기대고 애정이 넘치는 미소를 지었다.

“어머니는 대단한 분이세요. 바위 같은 분이죠. 우리 집이 어려웠던 때가 생각나는군요. 그런 적이 많았어요. 아버지는 그다지 현실적인 분이 아니었어요. 항상 구름 속을 떠다니지 않으면 책에 파묻혀 계셨죠. 어머니가 우리를 하나로 묶고 집 안을 꾸리셨기 때문에 그나마 해밀턴 집안이 여기까지 온 겁니다.”

“훌륭한 분이야.”

애덤이 말했다.

“훌륭하실 뿐만 아니라 강인하시기도 하죠. 땅에 두 발로 단단히 버티고 계시거든요. 무너뜨릴 수 없는 탑이라고나 할까요. 장례식이 끝나고 올리브의 집에 들렀다 오시는 길이세요?”

"아니, 안 갔어."

"글쎄, 그 집에 손님이 100명 넘게 오셨대요. 어머니는 모든 사람이 충분히 먹을 수 있도록 손수 닭을 튀겼지요."

"그럴 리가!"

"정말 그렇다니까요! 당신의 남편이 세상을 떠나셨으니 그러실 만도 하죠."

"대단하신 분이군."

애덤이 윌이 했던 말을 되풀이했다.

"어머니는 현실적인 분이에요. 손님들에게 식사 대접을 해야 한다고 생각하고 대접을 하신 거죠."

"어머니는 잘 견디시겠지만 상실감은 이루 말할 수 없으실 걸세."

"괜찮으실 거예요. 게다가 체구는 작으시지만 우리들보다 더 오래 사실걸요."

애덤은 말을 몰고 농장으로 돌아오는 길에 세상이 달리 보인다는 것을 깨달았다. 몇 년 동안 눈에 들어오지 않던 것들이 보였다. 무성한 풀 사이에 피어 있는 야생화가 보였다. 그리고 언덕배기에는 붉은 소들이 완만한 오르막길을 따라 오르며 풀을 뜯고 있었다. 농장에 다다르자 순간적으로 그는 너무 기뻐서 가슴이 터질 것만 같았다. 그는 무엇 때문에 자신이 그런 변화를 보이는지 생각해 보았다. 별안간 그는 달리는 말발굽 소리에 맞춰 자기도 모르게 크게 소리를 지르고 있었다.

"나는 자유롭다, 나는 자유의 몸이야. 이제는 걱정하지 않아도 돼. 나는 자유롭다. 그 여자는 사라졌어. 나에게서 지워졌어. 전능하신 하느님, 이제 저는 자유의 몸입니다."

그는 손을 뻗어 길가에 있는 은회색 샐비어 잎을 꺾었다. 손가락이 수액으로 끈적끈적해졌다. 그는 톡 쏘는 향기를 맡은 뒤 깊이 숨을 들이마셨다. 그는 집으로 돌아가는 것이 기뻤다. 그가 없는 이틀 동안 쌍둥이들이 얼마나 자랐는지 보고 싶었다. 쌍둥이가 보고 싶었다.

"나는 이제 자유롭다. 그 여자는 사라졌어!"

그는 큰 소리로 노래를 부르듯 말했다.

2

리가 애덤을 맞이하러 집 밖으로 나와 있었다. 그는 애덤이 마차에서 내리는 동안 말머리 앞에 서 있었다.

"아이들은 어떤가?"

애덤이 물었다.

"잘 있습니다. 활과 화살을 만들어 주었더니 강기슭으로 토끼 사냥을 나갔어요. 그런데 잡아 올지 모르겠어요."

"별일 없었나?"

리는 그를 뚫어지게 바라보다가 하마터면 소리를 지를 뻔했다. 그는 마음을 가라앉히고 물었다.

"장례식은 어땠습니까?"

"사람들이 많이 왔어. 친구들이 많더군. 그런데 그분이 돌아가셨다는 생각이 도무지 들지 않아."

"중국인들은 장례식 때 악귀를 쫓으려고 북을 치고 종이를 뿌립니다. 그리고 묘지 위에 꽃 대신 삶은 돼지를 놓습니다. 중국인들은 실용적인 국민이고, 또 항상 약간은 허기져 있지요. 하지만 중국의 악귀들은 그다지 현명하지 못해요. 사람들이 악귀의 수에 넘어가질 않거든요. 예전에 비하면 좀 나아진 겁니다."

"해밀턴 씨는 그런 장례식을 좋아하셨을 거야. 재미있다고 생각했을 테니까."

그는 리가 자기를 빤히 바라보고 있음을 알아차렸다.

"리, 말을 매고 들어와서 차를 좀 끓여 주게. 할 말이 있네." 애덤은 집 안으로 들어가서 검은색 옷을 벗었다. 몸에서 럼주 냄새가 났다. 마실 땐 달콤했는데, 이제는 역한 냄새를 풍겼다. 그는 옷을 전부 벗고 땀구멍에 밴 냄새가 완전히 없어질 때까지 노란 비누로 씻었다. 그러고 나서 깨끗한 청색 셔츠와 너무 빨아서 후줄근해지고 엷은 청색으로 변한 무릎이 허옇게 닳은 작업복을 입었다. 그런 다음 천천히 면도를 하고 머리를 빗었다. 그동안 부엌에서는 리가 스토브 위에서 요리를 하는지 덜거덕거리는 소리가 들려왔다. 애덤은 거실로 갔다. 리는 큰 의자 옆에 있는 탁자 위에 찻잔 하나와 설탕 단지를 갖다 놓았다. 애덤은 여러 번 세탁을 하여 꽃송이 부분이 바랜 꽃무늬 커튼을 둘러보았다. 바닥에 깐 낡은 융단과 리놀륨이 깔린 복도의 갈색 통로가 눈에 띄었다. 모든 것이 그에게는 새로워 보였다.

리가 찻주전자를 들고 들어오자 애덤이 말했다.

"자네 찻잔도 가져오게. 그리고 자네 술이 남았으면 좀 마시고 싶네. 어젯밤에 술에 취했거든."

"술에 취하셨다고요? 믿어지지 않는데요."

"글쎄, 그랬다니까. 그러지 않아도 그 얘기를 하고 싶네. 자네가 날 바라보고 있다는 것도 알고 있어."

"그러셨어요?"

리는 자기 찻잔과 술잔, 그리고 오가피주 술병을 가지러 부엌으로 갔다.

리가 돌아와서 말했다.

"여기 수년 동안 있으면서 제가 이 술을 마신 건 당신과 해밀턴 씨와 동석했을 때뿐입니다."

"우리가 쌍둥이들 이름을 지을 때 마셨던 그 술인가?"

"네, 맞습니다."

리가 녹색을 띠는 따뜻한 차를 따랐다. 애덤이 찻잔에 설탕을 두 스푼이나 넣는 것을 보고 리는 얼굴을 찌푸렸다.

애덤은 차를 젓고 설탕이 빙빙 돌면서 차 속으로 녹아드는 것을 지켜보았다.

"그 여자를 보러 갔었어."

"그러실 수도 있다고 생각했습니다. 이제 와서 말인데, 어떻게 사람이 그렇게 오랫동안 기다릴 수 있을까 이해할 수가 없었습니다."

"어쩌면 나는 사람이 아니었는지도 모르지."

"저도 그런 생각을 했습니다. 그 여자는 어떻던가요?"

애덤이 천천히 말했다.

"이해할 수가 없어. 세상에 그런 사람이 있다니 믿을 수가 없어."

"서양 사람들은 악마를 믿지 않아서 그런 일을 설명할 수 없으니 문제예요. 그러고 나서 술에 취하신 건가요?"

"아니야, 만나기 전과 만났을 때 그랬어. 용기를 내기 위해 술이 필요했던 것 같아."

"지금은 괜찮아 보이시네요."

"지금은 괜찮아. 그래서 바로 그 얘기를 자네에게 하고 싶은 거야."

그는 잠시 말을 멈추었다가 슬픈 목소리로 계속 얘기했다.

"작년 이맘때쯤이라면 해밀턴 씨에게 달려가 말했을 텐데."

"어쩌면 그분의 일부분이 우리 두 사람에게 남아 있는지도 몰라요. 그게 바로 불멸성 아닐까요?"

"난 잠에서 깨어난 기분이야. 이상하게 내 눈이 밝아졌어. 내가 지고 있던 무거운 짐이 없어졌어."

"해밀턴 씨처럼 말씀하시는군요. 아무래도 불멸의 존재들에 관한 이론을 세워야겠어요."

애덤은 검은 빛이 도는 술을 마시고 입술을 핥았다.

"나는 이제 자유로워. 이 말을 누군가에게 해야겠어. 이제는 아들들과 함께 살 수 있어. 여자를 만나는 것도 괜찮겠어. 내 말 알아듣겠나?"

"그럼요. 알지요. 당신의 눈빛과 몸짓에서도 그걸 읽을 수 있는걸요. 그런 건 숨기려고 해도 숨길 수가 없는 겁니다. 아이들을 좋아하시게 될 겁니다."

"아무튼 나 자신에게 기회를 줄 작정이야. 술과 차를 좀 더 주게."

리는 차를 따르고 나서 자신의 찻잔을 들었다.

"자네는 그렇게 뜨거운 차를 들면서도 입술을 데지 않으니 그 이유를 모르겠군."

리는 속으로 웃고 있었다. 애덤은 그를 바라보며 이젠 리도 한창나이가 아님을 깨달았다. 뺨은 늘어지고, 살갗은 광택제를 바른 듯 번들거렸다. 눈언저리는 염증이 있는 듯 붉었다.

리는 조개껍데기처럼 얇은 잔을 손에 쥐고 살펴보았다. 그러고는 옛 기억을 더듬으며 미소를 지었다.

"자유로워지셨다면 저를 자유롭게 놓아주실 수 있겠군요."

"리, 무슨 말인가?"

"저를 보내 주시겠어요?"

"그야 물론 가도 되지. 그런데 여기서는 행복하지 않은가?"

"서양 사람들이 무엇을 행복이라고 하는지는 잘 모릅니다. 우리 중국인들은 만족을 바람직한 것으로 생각해요. 어떻게 보면 소극적인 생각이지요."

애덤이 말했다.

"그러면 행복을 만족이라고 고쳐 보지. 여기에 있는 게 만족스럽지 않은가?"

리가 말했다.

"하고 싶은 일이 있는데, 그걸 하지 못하면서 만족할 사람은 아무도 없겠지요."

"하고 싶은 일이 뭔데 그러나?"

"한 가지는 너무 늦었어요. 아내와 아들들을 두고 싶었거든요. 부모들의 어리석은 지혜를 물려주고 싶었나 봐요. 철부지 자식들에게 그걸 강요하고 싶었는지도 모르지요."

"그러지 못할 만큼 자네가 늙은 건 아니야."

"아, 육체적으로는 아버지가 될 수 있겠죠. 저는 그런 생각을 하는 게 아닙니다. 저는 등불을 켜고 조용히 하는 독서와 결혼을 한 겁니다. 트래스크 씨, 아시다시피 제겐 아내가 있었지요. 당신이 그랬던 것처럼 저도 마음속에 그녀의 모습을 만들어 놓고 있었습니다. 단지 제 아내는 제 마음 밖에서는 생명력을 갖지 못했어요. 그녀는 제 작은 방에서는 훌륭한 친구였어요. 제가 얘기를 하면 그녀는 귀담아들었어요. 그러고 나면 그녀가 얘기를 했지요. 오후에 여자들의 세계에서 일어난 모든 일들을 말해 주었어요. 그녀는 아주 예뻤고, 애교 있게 농담을 하기도 했지요. 하지만 이제 와서 생각하니 제가 그녀의 말에 귀를 기울였는지 모르겠어요. 전 그녀를 슬프거나 외롭게 만들고 싶지 않았어요. 그래서 내 첫 계획은 수포로 돌아갔어요."

"그럼 다른 소원은 무엇이었나?"

"그건 해밀턴 씨에게는 말씀드렸어요. 샌프란시스코의 차이나타운에 책방을 내고 싶습니다. 그리고 전 뒷방에서 살 거고요. 토론과 논쟁을 벌이며 하루하루를 보내고 싶습니다. 용이 새겨진 송대(宋代)의 벼루도 갖다 놓고 싶어요. 먹통은 좀이 슬어 구멍이 나 있고, 먹은 전나무를 태운 숯과 야생 나귀의 가죽에서만 나오는 아교로 만든 것이지요. 그 먹물로 그림

을 그리면, 실제로는 검은색만이 있을 뿐이지요. 하지만 그것
은 보는 사람에게 그것이 세상에 존재하는 모든 색깔을 담고
있음을 암시하고, 그렇다고 믿게 합니다. 어쩌면 어떤 화가가
들러서 기법에 대해 논쟁을 벌이다가 가격을 깎으려 들겠죠."

애덤이 물었다.

"그렇게 하면 좋을 것 같다고 그냥 마음속으로만 생각하는
건가?"

"아닙니다. 당신이 건강하고 자유롭다면 저는 꼭 작은 책방
을 차리고 싶습니다. 그곳에서 그렇게 살다가 생을 마감하고
싶어요."

애덤은 미지근한 차에 설탕을 넣고 저으면서 잠시 동안 묵
묵히 앉아 있었다. 그러다가 입을 열었다.

"우습군. 자네가 하인이어서 내가 자네의 요구를 거절할 수
있으면 좋겠다고 생각했거든. 물론 자네가 원한다면 가도 좋
아. 책방을 차릴 돈도 빌려주겠네."

"아, 돈은 있습니다. 오랫동안 갖고 있었어요."

"자네가 떠날 줄은 꿈에도 생각 못 했어. 자네는 당연히 여
기 있는 사람이라고 생각했지."

그는 어깨를 쭉 펴고는 말을 이었다.

"조금만 더 기다려 줄 수 없겠나?"

"왜 그러시죠?"

"내가 아이들과 친해질 때까지 자네가 도와주었으면 해. 이
곳을 제대로 꾸려 가든가, 아니면 팔거나 세를 놓을까 하네.
돈이 얼마나 남았는지도 알고 싶고, 그 돈으로 무엇을 할 수

있는지도 알아보고 싶어."

"저를 잡아 두려고 그러시는 건 아니겠죠? 제 소원이 예전처럼 강렬하지는 않거든요. 제가 그 소원을 단념하라는 설득에 넘어간다든가, 아니면 이건 더더욱 싫지만, 이 집에서 필요한 사람이라고 생각하고 이 집에 눌러앉을까 두려워요. 제발 제가 필요하다는 생각은 버리세요. 그런 생각이야말로 외로운 사람에게는 가장 나쁜 미끼지요."

애덤이 말했다.

"외로운 사람이라. 그걸 생각하지 못했다니 내가 나 자신에게 너무 깊이 빠져 있었던 게 분명하군."

"해밀턴 씨는 알고 계셨습니다."

리는 고개를 들었다. 두툼한 눈꺼풀 아래로 두 눈이 번득였다. 그가 말을 이었다.

"우리 중국인들은 자제력이 강합니다. 감정을 전혀 드러내지 않지요. 전 해밀턴 씨를 무척 좋아했습니다. 허락하신다면 내일 살리나스에 가 보고 싶습니다."

"하고 싶은 대로 하게. 자네가 나를 위해 할 만큼 했다는 걸 모르는 사람이 어디 있겠나."

"아버지의 묘소에 가서 악마를 쫓아내는 종잇조각을 뿌리고 싶어요. 구운 돼지고기도 올려놓고 싶고요."

별안간 애덤이 일어서서 컵을 엎어 놓고는 앉아 있는 리를 내버려 둔 채 밖으로 나갔다.

27장

1

그해에는 폭우가 없어서 살리나스강이 범람하는 일은 없었다. 가는 물줄기가 회색 모래로 덮인 강바닥을 흘러갔다. 물은 탁하지 않고 맑았으며 상쾌했다. 강가 주변의 버드나무는 잎이 무성했고, 야생 블랙베리 덩굴은 뾰족한 가지를 내밀며 쭉쭉 뻗어 갔다.

3월이지만 꽤 따뜻한 날이었다. 연날리기에 좋은 바람이 남쪽에서 불어오면서 이파리의 은색 뒷면을 들춰 냈다.

나무덩굴과 가시덤불, 바람에 흩날려서 뒤엉킨 나뭇가지를 앞에 두고 작은 회색 토끼 한 마리가 아침 일찍 풀을 뜯다가 이슬에 젖은 앞가슴 털을 햇볕에 말리며 조용히 앉아 있었다. 토끼는 코를 찡긋거리기도 하고 귀를 가끔씩 씰룩거리기도 하면서 위험스러울 수도 있는 작은 소리에 바짝 주의를 기울였다. 앞다리를 통하여 감지할 수 있는 규칙적인 율동이 땅에서 들려왔기 때문에 토끼는 귀를 흔들고 코를 찡긋했다. 갑자기 그 움직임이 멈췄다. 20여 미터쯤 떨어진 곳에서 버드나무 가지가 움직였으나 바람이 불고 있었기 때문에 토끼는 위협을 느끼지 못했다.

2분 정도 주의를 끄는 소리가 들렸으나 위험을 느낄 정도는 아니었다. 툭 하는 소리가 나더니 들비둘기의 날개 소리 같은 윙 소리가 들렸다. 토끼는 따뜻한 햇볕 속에서 나른하게 한쪽 뒷다리를 뻗었다. 툭 하는 소리와 윙 소리가 다시 들리더니 뭔가가 털 위로 둔탁하게 떨어졌다. 토끼는 꼼짝 않고 앉은 채로 눈이 점점 커졌다. 큰 화살이 가슴을 꿰뚫었고, 쇠로 된 화살 끝이 반대편 땅속에 깊이 박혔다. 토끼는 옆으로 넘어지면서 잠시 허공에 뜬 발을 허우적거렸으나 이내 움직임을 멈췄다.

버드나무 밑에서 두 소년이 허리를 굽히고 기어 나왔다. 그들은 각기 4미터 길이의 활을 들고 있었고, 왼쪽 어깨 뒤로 멘 화살통에는 화살 다발이 살깃이 위쪽으로 향한 채 꽂혀 있었다. 그들은 작업복에 빛바랜 청색 셔츠를 입었고, 관자놀이에 테이프로 칠면조 꼬리털을 하나씩 붙이고 있었다.

그들은 인디언처럼 허리를 낮게 굽히고 발끝으로 조심조심 움직였다. 그들이 몸을 굽혀 사냥감을 살펴볼 때는 토끼는 더 이상 몸부림치지 않았고, 숨이 끊어져 있었다.

"심장을 관통했어."

칼은 당연하다는 듯 말했다. 아론은 아무 말 없이 내려다보고만 있었다. 칼이 말을 이었다.

"형이 잡았다고 말할 거야. 내가 했다고 말해 봐야 칭찬도 못 받을 게 뻔하니까. 그리고 힘든 사냥이었다고도 말할래."

"그래, 힘든 사냥이었어."

아론이 말했다.

"내 말은 리 아저씨와 아버지 앞에서 형 칭찬을 해 주겠다는 거야."

"칭찬받고 싶지 않아. 어떤 칭찬이든. 이렇게 하자. 한 마리 더 잡으면 각자가 하나씩 잡았다고 말하는 거야. 더 잡지 못하면 함께 쐈는데, 누구 화살이 맞았는지 모르겠다고 하자."

"칭찬받고 싶지 않아?"

칼이 어리둥절해서 물었다.

"혼자만 받고 싶지는 않아. 칭찬을 나누어 받으면 되잖아?"

"어쨌든 그건 내 화살이었어."

칼이 말했다.

"아니야, 그렇지 않아."

"살깃을 봐. 새김눈 보이지? 그건 내 화살이야."

"그럼 그게 어떻게 내 화살통에 있었지? 그 새김눈도 기억나지 않고."

"기억나지 않을지도 모르지. 아무튼 형이 칭찬을 받게 해 줄게."

아론은 고맙다는 듯이 말했다.

"아니야, 칼. 나는 그렇게 하고 싶지 않아. 둘이 동시에 쐈다고 말할래."

"글쎄, 정 그렇게 하고 싶다면 그렇게 해. 하지만 그것이 내 화살이었다는 걸 리 아저씨가 알면 어떻게 하지?"

"화살이 내 화살통에 있었다고 하지, 뭐."

"아저씨가 그 말을 믿을 것 같아? 형이 거짓말을 한다고 생각할 거야."

아론은 하는 수 없다는 듯이 말했다.

"아저씨가 네가 쏘았다고 생각하면 아무 말 않고 가만히 있자."

칼이 말했다.

"아저씨가 그렇게 생각할 수도 있다는 걸 정도 알고 있으라는 거야."

칼이 토끼의 몸에서 화살을 뽑아 내자 화살의 흰 살깃에 토끼의 검붉은 피가 묻어 있었다. 그는 화살을 자기 화살통에 넣었다.

"형이 토끼를 들고 가."

그는 넉넉하게 인심을 쓰며 말했다.

"돌아가자. 지금쯤 아버지가 돌아오셨을지도 몰라."

아론이 말했다.

"저 늙은 토끼를 요리해서 저녁 식사로 먹고, 밤새도록 밖에 나와 있자."

칼의 말에 아론이 말했다.

"칼, 밤엔 너무 추워. 오늘 아침에 네가 얼마나 떨었는지 생각 안 나?"

"별로 춥지 않아. 난 추위를 탄 적이 한 번도 없어."

"아침에 떨었잖아."

"아니야, 안 떨었어. 겁쟁이처럼 부들부들 떨고 이를 딱딱 부딪쳐서 형을 놀린 것뿐이야. 나를 거짓말쟁이라고 할 셈이야?"

"아니야, 난 싸우고 싶지 않아."

아론이 말했다.

"싸우기가 무서워?"

"아니야, 싫을 뿐이야."

"형이 겁을 먹었다고 내가 말하면, 나를 거짓말쟁이라고 할 거야?"

"아니."

"그러면 형은 겁을 먹은 거네. 안 그래?"

"그런가 보네."

아론은 토끼를 땅에 내버려 두고 천천히 걸어갔다. 그의 눈은 부리부리하고, 입술은 부드러웠으며 매력적이었다. 게다가 푸른 눈 사이의 미간이 넓어서 천사처럼 순수해 보였다. 머리카락은 윤기가 흐르는 금발이었다. 햇빛을 받아 머리 꼭대기가 더욱 빛났다.

아론은 당황했다. 그런 일은 종종 있었다. 그는 동생에게 무슨 꿍꿍이가 있다는 것은 알았으나 그것이 무엇인지는 몰랐다. 칼은 수수께끼 같은 존재였다. 아론은 동생의 생각을 간파하지 못했다. 그러다가 동생의 엉뚱한 행동에 놀라기 일쑤였다.

칼은 애덤을 많이 닮았다. 머리칼은 암갈색이었다. 체격은 형보다 더 크고, 뼈도 더 굵직했으며 어깨도 더 넓었다. 턱은 애덤을 닮아 각이 지고 단단했다. 칼의 눈은 갈색이었고, 항상 경계의 빛을 띠었으며, 간혹 눈이 번득일 때는 눈동자가 까맣게 보였다. 그의 다른 곳은 큼직큼직했으나 손은 유난히 작았다. 손가락은 가느다랗고 짧았으며, 손톱은 약했다. 칼은 손을 아꼈다. 그는 무슨 일에도 우는 법이 거의 없었으나, 손가락을 베면 울었다. 그는 손으로 위험한 짓을 한다든가 벌레를 만진다든가 뱀을 잡아 빙빙 돌리는 일은 절대 하지 않았다. 싸울 때도 돌을 집어 들던가 막대기를 가지고 싸웠다.

형이 앞서 걸어가는 것을 보고 칼은 그럴 줄 알았다는 듯 살짝 미소를 지었다. 그는 소리쳤다.

"형, 기다려!"

칼은 형을 따라잡고는 토끼를 내밀었다.

그는 형의 어깨를 감싸 안으며 부드럽게 말했다.

"가지고 가. 나한테 화내지 마."

"너는 항상 싸움을 걸잖아."

아론이 말했다.

"아니야, 장난친 것뿐이야."

"그래?"

"정말이야. 이것 봐, 토끼를 들고 가라고 하잖아. 가고 싶으면 지금 집으로 가자."

결국 아론은 미소를 지었다. 동생이 긴장을 풀고 부드럽게 나오면 그는 항상 마음을 놓았다. 두 소년은 터덜터덜 걸어 강기슭을 빠져나왔다. 그런 다음 부서지기 쉬운 벼랑을 기어올라 평지로 나왔다. 아론의 오른쪽 바짓가랑이가 토끼 피로 젖어 있었다. 칼이 말했다.

"우리가 토끼를 잡은 걸 보면 다들 놀라실 거야. 아버지가 집에 와 계시면 아버지에게 드리자. 아버지는 저녁 식사로 토끼 고기 드시는 걸 좋아하니까."

아론이 선뜻 대답했다.

"그러자. 이렇게 하기로 하자. 둘이서 이것을 아버지에게 드리고, 누가 잡았다는 말은 하지 말자."

"형이 그렇게 하고 싶다면 좋아."

칼이 말했다. 그들은 얼마 동안 아무 말 없이 걸었다. 그러다가 칼이 말했다.

"여기가 전부 우리 땅이야. 저 강 너머까지."

"아버지 땅이지."

"그래. 하지만 아버지가 돌아가시면 우리 거야."

아론은 그런 생각을 해 본 적이 없었다.

"아버지가 돌아가시면이라니 그게 무슨 말이야?"

"누구나 다 죽는 거야. 해밀턴 씨처럼 말이야. 그분도 돌아가셨어."

"그래, 그분은 돌아가셨어."

아론은 죽은 해밀턴 씨와 살아 있는 아버지, 그 두 사람을 연결 지어 생각할 수가 없었다.

"사람들이 상자 속에 죽은 사람을 집어넣고, 구덩이를 파고, 그 상자를 땅속에 묻는 거야."

칼이 말했다.

"나도 알아."

아론은 화제를 바꾸어 다른 생각을 하고 싶었다.

"나는 비밀을 알고 있어."

칼이 말했다.

"무슨 비밀?"

"내가 말해 주면 다른 사람한테 말할 거잖아?"

"아니, 네가 하지 말라고 하면 안 할게."

"말해야 할지 모르겠다."

"말해 봐."

아론이 졸랐다.

"말하지 않을 거지?"

"그래, 안 할게."

칼이 물었다.

"우리 어머니가 어디 있다고 생각해?"

"어머니는 돌아가셨어."

"아니야."

"돌아가셨어."

"어머니는 도망갔어. 사람들이 하는 소리를 들었거든."

칼이 말했다.

"그 사람들이 거짓말을 한 거야."

"아니야, 도망갔어. 내가 말했다고 하지 않을 거지?"

"믿을 수 없어. 아버지는 어머니가 하늘나라에 계시다고 하셨어."

아론이 말했다.

"얼마 있다가 나도 도망가서 어머니를 찾을 거야. 그리고 데려올 거야."

칼이 나지막하게 말했다.

"그 사람들이 어머니가 어디에 계시다고 말하던?"

"아니. 하지만 내가 찾고 말 거야."

"어머니는 하늘에 계셔. 아버지가 왜 거짓말을 하시겠니?"

그는 동생이 수긍하기를 은근히 바라면서 그를 바라보았다. 칼은 대답하지 않았다.

"어머니가 천사들과 함께 하늘에 계시다고 너는 생각하지 않는 거야?"

아론이 다그쳤고, 칼이 계속 대답하지 않자 그가 물었다.

"어떤 사람들이 그런 소리를 했지?"

"킹시티의 우체국에서 어떤 사람들이 그랬어. 그들은 내가 못 들었다고 생각했겠지. 하지만 난 들었어. 내 귀가 얼마나 밝은데. 리 아저씨가 그러는데, 나는 풀이 자라는 소리까지 들을 수 있을 거래."

아론이 물었다.

"어머니는 왜 도망을 가셨대?"

"내가 어떻게 알아? 우리가 싫었나 봐."

아론은 이 난데없는 말에 대해 생각해 보았다.

"아니야. 그 사람들이 거짓말을 한 거야. 어머니는 하늘에 계시다고 아버지가 말씀하셨어. 아버지가 어머니 얘기라면 얼마나 질색을 하시는지 너도 알잖아."

"어머니가 도망갔으니까 그러는지도 몰라."

"아니야. 내가 리 아저씨한테 물어봤어. 아저씨가 뭐라고 했는지 알아? '어머니는 너희들을 사랑했고 지금도 그렇다.'라고 했어. 그러고는 별 하나를 보라고 했어. 저것이 우리의 어머니이고, 별이 빛나는 한 어머니가 우리를 사랑해 주실 거라고 말했어. 넌 리 아저씨가 거짓말쟁이라고 생각해?"

아론은 눈물을 글썽이면서 동생의 눈을 바라보았다. 이성적이고 냉정한 눈이었다. 칼은 눈물 한 방울 보이지 않았다.

칼은 흥분과 쾌감을 느꼈다. 그는 필요할 때 어떤 목적에든 사용할 수 있는 또 다른 도구, 비밀의 무기를 발견한 것이다. 그는 아론을 요모조모 뜯어보았다. 아론의 입술이 떨리더니 얼마 후 그의 콧구멍이 벌렁거리는 것이 보였다. 아론은 눈물이 많았고, 눈물이 나도록 몰아세우면 싸우려고 덤벼들었다. 아론이 울면서 싸우려고 들 때면 무서웠다. 어떤 것도 그를 당해 내지 못했고, 그를 말리지도 못했다. 언젠가는 리가 그의 무릎을 꼭 잡고 도리깨질을 하듯 주먹으로 옆구리를 때리고서야 한참 만에 싸움을 멈춘 적이 있었다. 그때도 그는 콧구멍을 벌렁거렸다.

칼은 새로운 무기를 간직해 두었다. 그는 언제든 그것을 끄집어내 쓸 수 있었다. 그것이야말로 가장 날카로운 무기임을 그는 알았다. 시간이 있을 때 그것을 살피고 있다가 언제 어떻게 그것을 사용할지 결정하면 되었다.

그러나 그가 결정을 내렸을 때는 이미 늦었다. 아론이 그에게 덤벼들어 축 늘어진 토끼로 그의 얼굴을 내갈겼다. 칼은 뒤로 펄쩍 물러나며 소리쳤다.

"농담이었어. 정말이야. 아론, 농담이었어."

아론이 멈췄다. 고통과 당혹감으로 그의 얼굴이 일그러졌다.

"그런 농담은 싫어."

그는 훌쩍거리며 소매로 코를 닦았다.

칼은 그에게 다가와 그를 껴안고 뺨에 입을 맞추었다.

"다시는 안 할게."

소년들은 한동안 묵묵히 길을 따라 걸었다. 날이 어두워지기 시작했다. 칼은 싸늘한 3월의 바람을 타고 산마루 위로 시커먼 먹구름이 몰리는 것을 어깨 너머로 보았다. 그가 말했다.

"폭풍우가 오려나 봐. 한바탕 쏟아 붓겠는데."

아론이 물었다.

"사람들이 하는 소리를 정말로 들었니?"

칼이 재빨리 말했다.

"들었다고 착각했는지도 몰라. 제길, 저 구름 좀 봐!"

아론은 몸을 돌려 괴물같이 시커먼 구름을 보았다. 위쪽으로 커다랗게 부푼 시커먼 두루마리 모양의 먹구름이 몰려 있고 그 밑으로 빗줄기가 쏟아지기 시작했다. 그때 구름 아래로 으르렁거리는 소리와 함께 번갯불이 번쩍였다. 바람에 실린 소나기가 계곡을 가로질러 비옥하고 습한 언덕을 공허하게 내리치더니 평지 쪽으로 이동해 왔다. 소년들은 돌아서서 집으로 뛰어갔다. 그들 뒤로 요란한 소리를 내며 소나기가 쏟아졌고 번개가 대기를 산산이 부숴 놓았다. 빗줄기가 그들이 있는 곳으로 다가오고 있었다. 뻥 뚫린 하늘에서 굵은 빗줄기가 땅으로 떨어지면서 향긋한 공기 냄새가 코끝에서 맴돌았다. 그들은 천둥 냄새를 맡으며 달렸다.

그들은 시골길을 가로질러 골짜기로 이어지는, 마차가 다니는 길에 이르러서 비를 만났다. 억수로 쏟아지는 비로 흠뻑 젖었다. 머리카락이 이마에 들러붙고 빗물이 눈 속으로 흘러들었다. 관자놀이에 붙인 칠면조 털이 물에 젖어 꺾였다.

비에 푹 젖자 두 소년은 뛰지 않았다. 비를 피하려고 달릴 이유가 없었다. 그들은 서로를 바라보며 실컷 웃었다. 아론은 물에 젖은 토끼를 쥐어짜고는 공중으로 던졌다가 다시 잡아 칼에게 던졌다. 칼은 바보 같은 짓이라고 생각하면서도 토끼를 목에 두르고 머리와 뒷다리를 턱 밑으로 내렸다. 두 소년은 몸을 앞으로 굽히며 배꼽이 빠지게 웃었다. 집 골짜기에 있는 떡갈나무 위로 비가 큰 소리를 내며 쏟아졌다. 바람이 아주 점잖게 서 있는 떡갈나무를 뒤흔들고 있었다.

2

쌍둥이들이 농장 건물이 보이는 곳에 다다르자 리가 눈에 들어왔다. 그는 노란 방수 우비 구멍으로 머리를 내밀고 못 보던 말과 고무 타이어가 달린 경마차를 헛간으로 끌고 가는 중이었다.

"누가 왔나 봐. 저 마차 보이지?"

칼이 말했다.

그들은 다시 달리기 시작했다. 손님이 왔다고 생각하니 마음이 들떴다. 그들은 계단 가까이에 이르자 발걸음을 늦추고 집 주위를 살금살금 걸었다. 어떤 손님인지 그들은 두려운 마음이 들었다. 그들은 뒷문으로 들어가 물을 뚝뚝 흘리며 부엌에 서 있었다. 거실에서 사람들의 목소리가 들려왔다. 아버지와 어떤 남자의 목소리였다. 그리고 또 다른 목소리가 들리자 두 소년은 심장이 멎는 것 같았고 등골이 오싹했다. 그것은 여자의 목소리였다. 여자를 대할 기회가 거의 없던 형제는 까치발을 하고 슬며시 자신들의 방으로 들어간 다음 서로의 얼굴을 바라보았다.

"누굴까?"

칼이 물었다.

순간 아론은 가슴속에서 뭔가 뜨거운 것이 올라오는 기분이었다. 소리라도 지르고 싶었다. 그가 말했다.

"어쩌면 어머니일지도 몰라. 어머니가 돌아온 것일지도 몰라."

그 말을 한 뒤 아론은 자신의 어머니는 하늘에 있고, 하늘에 있는 사람은 돌아올 수 없다는 사실을 떠올렸다. 그가 말했다.

"모르겠어. 옷을 갈아입어야겠어."

소년들은 깨끗한 새 옷으로 갈아입었다. 방금 벗어 놓은 젖은 것과 똑같은 옷이었다. 그들은 젖은 칠면조 깃을 떼어 내고 손가락으로 머리를 뒤로 쓸어 넘겼다. 그러는 동안에도 사람들의 목소리는 계속 들려왔다. 대부분 저음의 목소리가 말을 했고 그러다가 고음의 여자 목소리가 들렸다. 두 소년은 순간적으로 얼어붙는 것 같았다. 여자아이의 목소리였기 때문이다. 그들은 너무나 흥분해 있었기 때문에 그 목소리를 들었다는 말조차 하지 못했다.

그들은 조용히 복도로 나가 거실의 문 쪽으로 조심조심 걸어갔다. 칼이 손잡이를 아주 천천히 돌려 문소리가 들리지 않게 문을 열었다.

문이 아주 조금 열렸을 때, 리가 뒷문으로 들어왔다. 그는 우비를 벗으며 복도를 걸어 들어와 그들을 붙잡았다.

"요놈들, 뭘 엿보는 거냐?"

리가 말했다. 칼이 문을 닫자 걸쇠가 달그락거렸고, 그때 리가 재빨리 말했다.

"아버지가 집에 오셨으니, 들어가서 뵙는 게 좋겠다."

아론이 목쉰 소리로 속삭이듯 말했다.

"아버지와 같이 있는 사람들은 누구예요?"

"지나가던 사람들인데, 비를 피해 들어왔어."

리가 손잡이를 잡고 있는 칼의 손을 잡고 손잡이를 돌려 문을 열었다.

"애들이 돌아왔군요."

그는 그렇게 말하고는 아이들을 두고 가 버렸다.

애덤이 소리쳤다.

"얘들아, 들어오너라! 들어와!"

두 소년은 머리를 숙이고 낯선 사람들을 흘끗 보고는 발을 끌듯이 걸어갔다. 도회지 차림의 남자와 아주 세련되게 옷을 입은 여자가 있었다. 옆 의자에 그녀의 겉옷과 모자와 베일이 놓여 있었다. 소년들 눈에 그녀는 온통 검은 비단과 레이스로 치장한 차림이었다. 까만 레이스가 목덜미를 휘감고 있었다. 그것만으로도 입이 벌어질 지경이었는데, 그게 전부가 아니었다. 그 여자 옆에는 한 소녀가 앉아 있었는데 쌍둥이보다 좀 어려 보이긴 해도 나이 차이는 크지 않아 보였다. 소녀는 하늘색 체크무늬에 앞에 레이스가 달린, 햇볕을 가리는 보닛을 쓰고 있었다. 그리고 꽃무늬 드레스에 허리에 주머니가 달린 작은 에이프런을 두른 차림이었다. 스커트가 올라가서 빨간색 털실로 짠 태팅 레이스가 달린 페티코트가 보였다. 보닛 때문에 얼굴은 보이지 않았으나 두 손을 무릎 위에 얹고 있어서 가운뎃손가락에 낀 작은 금반지가 금방 눈에 띄었다.

두 소년 모두 제대로 숨을 쉬지 못했다. 잔뜩 긴장한 탓에 눈에서 실핏줄이 터질 것 같았다.

"제 아들놈들입니다. 쌍둥이예요. 저 애가 아론이고, 이 애가 칼렙입니다. 애들아, 손님께 인사드려야지."

그들의 아버지가 말했다.

소년들은 항복을 하고 절망에 빠진 사람처럼 고개를 푹 숙이고, 손을 들고 앞으로 갔다. 먼저 아론이 인사를 했다. 그의 맥없는 손을 신사가, 그리고 그다음에는 레이스 옷을 입은 여자가 잡고 위아래로 흔들었다. 그가 소녀에게서 몸을 돌리려 하자 부인이 말했다.

"내 딸과는 인사하지 않을 거니?"

아론은 벌벌 떨면서 얼굴을 돌린 채 소녀 쪽으로 손을 내밀었다. 아무 일도 일어나지 않았다. 소시지 같은 그의 무력한 손은 잡히지도, 비틀어지지도, 흔들리지도 않은 채 그녀 앞에서 힘없이 공중에 떠 있을 뿐이었다. 아론은 어떻게 된 영문인지 속눈썹 사이로 살그머니 엿보았다.

그 소녀도 고개를 숙이고 있었다. 보닛을 쓰고 있어서 그 소녀에게는 그나마 다행이었다. 소녀 역시 가운뎃손가락에 반지를 낀 작은 오른손을 내밀고 있을 뿐 아론의 손을 향해 움직이려 하지 않았다.

아론은 부인을 슬쩍 쳐다보았다. 그녀는 입을 벌리고 미소를 짓고 있었다. 방에는 침묵만이 감돌았다. 그때 아론의 귀에 우스워 못 견디겠다는 듯 낄낄거리는 칼의 웃음소리가 들렸다.

아론은 손을 뻗어 소녀의 손을 잡고 위아래로 세 번 흔들었다. 소녀의 손은 한 줌의 꽃잎처럼 부드러웠다. 그는 가슴이 벅차오르는 기쁨을 느꼈다. 그는 소녀의 손을 놓아주고는 작업복 주머니에 자기 손을 감췄다. 그가 서둘러 물러나는데 칼이 걸어나와 손을 흔들며 정식으로 "안녕하세요." 하고 인사를 건네는 소리가 들려왔다. 아론은 그제야 깜빡 잊고 인사말을 하지 않았다는 사실을 떠올렸다. 칼을 따라 아론이 인사말을 건넸다. 그런데 목소리가 이상하게 나왔다. 그러자 애덤과 손님들이 웃음을 터뜨렸다.

애덤이 말했다.

"베이컨 내외분이 하마터면 비를 맞을 뻔하셨지."

"우리가 여기서 길을 잃었으니 천만다행입니다. 롱 농장을 찾고 있던 중이었거든요."

베이컨 씨가 말했다.

"그곳은 더 멀리 있지요. 국도에서 왼쪽으로 꺾은 다음 남쪽으로 가셨어야 했어요."

애덤은 아이들에게 말을 이었다.

"베이컨 씨는 군(郡) 감독관이시다."

"왠지 저는 그 일이 아주 중요하다고 생각됩니다."

베이컨 씨가 말했다. 그러고는 그 역시 아이들에게 말을 걸었다.

"얘들아, 내 딸애의 이름은 에이브라란다. 재미있는 이름이지?"

그는 어른들이 아이들에게 쓰는 투로 말했다. 그는 애덤을 돌아보더니 노래하듯 시적인 어조로 말했다.

"'내가 이름을 부르기도 전에 에이브라는 거기 있었네. 내가 다른 이름을 불렀지만 에이브라가 왔도다.' 영국의 시인 매튜 프라이어의 시구죠. 제가 사내아이를 바라지 않았다고는 하지 않겠습니다. 하지만 에이브라는 우리에게 큰 위안이 되는 아이죠. 고개를 들어 봐라, 얘야."

에이브라는 움직이지 않았다. 마주 쥔 두 손은 다시 무릎 위에 놓여 있었다. 그녀의 아버지가 즐겁게 그 시를 다시 읊었다.

"내가 다른 이름을 불렀지만 에이브라가 왔도다."

아론은 동생이 겁도 없이 작은 보닛을 쳐다보고 있는 것을 보았다. 아론이 쉰 목소리로 말했다.

"에이브라가 우스운 이름이라고는 생각되지 않는데요."

"아저씨는 우습다는 뜻으로 말씀하신 게 아니야. 단지 신기하다는 뜻이지."

베이컨 부인이 설명해 주었다. 그러고 나서 애덤에게 말했다.

"우리 집 양반은 책에서 아주 이상한 것들을 찾아내죠. 여보, 이제 가야 하지 않아요?"

애덤이 간곡하게 말했다.

"부인, 좀 쉬었다가 가세요. 리가 차를 준비하고 있습니다. 차를 드시면 몸이 훈훈해질 겁니다."

"정말 친절하시군요. 비도 그쳤는데. 얘들아 밖에 나가 놀아라."

베이컨 부인의 목소리가 너무나 위압적이어서 아이들은 줄지어 나갈 수밖에 없었다. 아론이 먼저 나가고, 그다음에 칼이, 그리고 에이브라가 그 뒤를 따랐다.

3

베이컨 씨는 거실에서 다리를 꼬고 앉아 있었다.

"이곳은 전망이 좋습니다. 소유하신 땅이 넓은가요?"

애덤이 말했다.

"꽤 넓지요. 강 건너까지입니다. 비옥한 땅이지요."

"그럼 국도 건너까지가 당신 땅인가요?"

"네, 그렇습니다. 말씀드리기가 좀 부끄럽군요. 그냥 놀리고 있어요. 경작을 전혀 하지 않았습니다. 어렸을 때 농사일을 너무 많이 해서 그런가 봅니다."

베이컨 부부가 애덤을 빤히 바라보고 있어서 그는 좋은 땅을 내버려 둔 이유를 설명하지 않을 수 없었다.

"전 게으른 사람인가 봅니다. 제가 일을 하지 않아도 살 수 있을 만큼 아버지께서 유산을 물려준 것이 오히려 제겐 도움이 안 됐어요."

그는 눈을 내리깔았으나 베이컨 부부가 안도하고 있음을 느낄 수 있었다. 그가 부자라면 그를 두고 게으르다고 말할 수는 없었다. 게으르다는 말은 가난한 사람들을 두고 하는 말이었다. 무식하다는 말이 가난한 사람에게만 적용되는 것처럼 말이다. 무식한 부자는 거만하다거나 먹고살 걱정 없는, 팔자 편한 사람이라는 말을 들을 뿐이었다.

"아이들은 누가 보살피나요?"

베이컨 부인이 물었다.

애덤이 웃었다.

"다 컸는데 보살필 일이 있나요? 그건 리가 하고 있습니다."

"리라뇨?"

애덤은 그 질문에 약간 짜증이 났다.

"남자를 한 사람 데리고 있죠."

그는 짤막하게 대답했다.

"우리가 본 그 중국인 말씀인가요?"

베이컨 부인은 충격을 받았다.

애덤은 그녀에게 미소를 지었다. 처음에는 그녀가 두려웠으나 이제는 마음이 편해졌다.

"리가 애들을 키웠고, 저도 보살펴 주었지요."

"그럼 애들은 여자의 보살핌을 받아 본 적이 없나요?"

"없습니다."

"가여워라."

그녀가 말했다.

"아이들이 거칠기는 하지만 건강한 것 같아요. 우리 모두가 저 땅처럼 거칠어져 있나 봅니다. 그런데 리가 떠나겠다고 하는군요. 어떻게 해야 좋을지 모르겠어요."

애덤이 말했다. 베이컨 씨는 말을 하기 전에, 담이 끊지 않도록 조심스럽게 목청을 가다듬었다.

"아이들의 교육 문제에 대해서 생각해 보셨습니까?"

"아니요. 별로 생각해 본 적 없습니다."

베이컨 부인이 말했다.

"남편은 교육의 가치를 믿는 사람이에요."

베이컨 씨가 말했다.

"교육은 창창한 앞날을 보장하는 열쇠죠."

애덤이 물었다.

"어떤 교육을 말씀하시는 건가요?"

베이컨 씨가 말했다.

"어떤 기회든 배운 사람에게 주어지는 법이에요. 네, 저는 모름지기 사람은 배워야 앞날이 보장된다고 믿습니다."

그는 가까이 몸을 숙이고 은밀하게 말했다.

"경작을 하지 않으시려면 땅을 다른 사람들에게 빌려주시고 군청 소재지로 이사를 오시지 그래요? 좋은 공립학교 근처로 말입니다."

문득 애덤은 "남의 일에 웬 참견이오?"라고 말할까 하다가 대신 이렇게 물었다.

"그렇게 하는 게 좋겠습니까?"

"믿을 만한 소작인을 구해 드릴 수 있어요. 여기서 살지 않
는다고 해도 땅으로 얼마간의 소득을 챙기지 말라는 법은 없
지 않겠습니까?"

베이컨 씨가 말했다.

리가 인기척을 내며 차를 가지고 들어왔다. 그는 문틈으로
새어 나오는 어조를 듣고 애덤이 그들을 성가셔 하는 것을 눈
치챘다. 리는 보나 마나 그들이 차를 좋아하지 않을 것이라고
확신했다. 설령 좋아해도 그가 끓인 종류의 차는 좋아할 것
같지 않았다. 그들이 칭찬을 하며 차를 들고 있을 때, 그는 베
이컨 부부가 뭔가 다른 데 정신이 팔려 있음을 알아챘다. 리
는 애덤과 눈을 마주치려 했으나 방법이 없었다. 애덤은 발 사
이의 융단을 내려다보고 있었다.

베이컨 부인이 말했다.

"남편은 여러 해 동안 교육위원회에서 일했어요……."

그러나 애덤은 그 뒤에 이어지는 말을 듣지 않았다.

그는 세계라는 커다란 지구가 그의 집 떡갈나무 가지에 매
달려 흔들리는 광경을 떠올리고 있었다. 웬일인지 그의 마음
은 아버지에게 가 있었다. 아버지는 의족으로 뒤뚱뒤뚱 돌아
다니며 주의를 끌기 위해 지팡이로 다리를 툭툭 치곤 했다. 엄
격하고 군인다운 아버지의 모습이 눈에 선했다. 아버지는 자
식들에게 강도 높은 훈련을 시키고, 어깨를 탄탄하게 한다며
무거운 짐을 나르게 했다. 애덤이 회상에 잠겨 있는 내내 베

이컨 부인의 단조로운 목소리는 그칠 줄 몰랐다. 애덤은 꾸러미가 돌로 채워지는 것을 느꼈다. 비꼬는 듯 웃고 있는 찰스의 얼굴이 떠올랐다. 찰스, 비열하고 사나운 눈, 불같은 성미. 별안간 그는 찰스가 보고 싶었다. 아이들을 데리고 여행을 가는 거야. 그는 흥분한 나머지 무릎을 탁 쳤다.

베이컨 씨는 하던 얘기를 잠시 멈추고 물었다.

"뭐라고 하셨죠?"

"아, 미안합니다. 지금까지 소홀히 했던 일이 생각나서요."

애덤이 말했다.

베이컨 부부는 참을성 있게, 그리고 정중하게 그의 설명을 기다렸다. 애덤은 생각했다. 못 할 게 뭐 있어? 내가 감독관에 입후보할 것도 아니고, 교육위원회에 몸담고 있는 것도 아닌데, 왜 못 해? 그는 손님에게 말했다.

"10년 넘게 동생에게 편지를 쓰지 않았다는 생각이 문득 들어서요."

그들은 그의 이야기를 듣고 어처구니없다는 표정을 지으며 서로 눈짓을 주고받았다.

리가 다시 찻잔을 채웠다. 애덤은 그가 뺨을 부풀리고 즐거운 듯 코웃음을 치며 복도로 나가는 모습을 지켜보았다. 베이컨 부부는 이 일에 대해 한 마디도 하지 않았다. 자기네들끼리 뒤에 가서 입방아를 찧을 속셈이었을 것이다.

리는 일이 이렇게 될 줄 진작부터 알고 있었다. 그는 헐레벌떡 나가서 말의 마구를 갖추고 고무 타이어가 달린 경마차를 앞문 쪽에 세웠다.

에이브라와 칼과 아론은 밖으로 나와 지붕 밑 좁은 현관에
나란히 서 있었다. 그들은 넓게 퍼진 떡갈나무에서 떨어지는
빗방울을 바라보았다. 먹구름이 걷히면서 멀리서 천둥소리가
울려 퍼졌으나 비는 멈출 생각을 하지 않았다.

아론이 말했다.

"부인이 비가 그쳤다고 하셨는데."

그 말에 에이브라가 변명을 둘러댔다.

"엄마는 밖은 내다보지도 않았어. 확인도 안 하고 말하는
버릇이 있거든."

칼이 물었다.

"몇 살이니?"

"열 살, 조금 있으면 열한 살이 돼."

에이브라가 말했다.

"그래? 우리는 열한 살이야. 이제 곧 열두 살이 될 거야."

칼이 말했다.

에이브라는 보닛을 뒤로 젖혔다. 모자 때문에 머리에 달무
리 같은 둥근 자국이 생겼다. 그녀는 검은 머리칼을 두 갈래
로 땋았는데, 그 모습이 예뻤다. 작은 이마는 돔처럼 동그랗고,
눈썹은 반듯했다. 코는 지금은 단추 모양이지만 자라면서 오
뚝 서면서 예뻐질 것이다. 그러나 다부진 턱과 꽃처럼 예쁜 분
홍색의 큰 입만은 세월이 흘러도 변하지 않을 것이다. 그녀의
담갈색 눈은 예리하고 지적으로 보였으며 두려움을 전혀 모를

것 같았다. 그녀는 두 소년의 얼굴과 눈을 번갈아 가며 똑바로 바라보았다. 집 안에서 수줍어했던 표정은 온데간데없었다.

"너희들은 쌍둥이 같지 않아. 닮지 않았어."

그녀가 말했다.

"우리는 쌍둥이야."

칼이 말했다.

"우리는 쌍둥이야."

아론이 말했다.

"닮지 않은 쌍둥이두 있어."

칼이 단호하게 말했다.

"닮지 않은 쌍둥이가 많대. 리 아저씨가 설명해 주었어. 만일 여자에게 알이 하나밖에 없으면 닮은 쌍둥이가 나오고, 알이 두 개면 닮지 않은 쌍둥이가 나온대."

아론이 말했다.

"우리는 알이 두 개야."

칼이 말했다.

에이브라는 이 시골 아이들의 허무맹랑한 이야기가 재미있다는 듯이 웃었다.

"알이라. 허, 알이 둘이래."

그녀는 이 말을 크거나 귀에 거슬리게 하지는 않았다. 그러나 리의 이론은 그녀에게는 먹혀들지 않았다. 그녀가 그 이론을 완전히 뭉개 버렸다.

"어느 알이 프라이고, 어느 알이 반숙이지?"

두 소년은 불안한 눈길로 서로를 바라보았다. 그들은 난생 처음으로 여자의 냉혹한 논리를 경험했던 것이다. 여자의 논리란 틀리다고 해도 반박할 수 없고, 어쩌면 틀리기 때문에 더욱 반박할 수 없게 되는지도 모른다. 이 새로운 발견은 그들에게 짜릿하면서도 놀라운 새로운 경험을 안겨 주었다.

칼이 말했다.

"리 아저씨는 중국 사람이야."

에이브라가 친절하게 말했다.

"아, 그래, 너도 그런 식으로 말하지 그러니? 그럼 너희들은 도자기로 된 알인지도 몰라. 둥우리에 넣어 놓은 알 말이야."

그녀는 말을 중단하고 공격의 화살을 거두어 들였다. 그녀는 그들의 얼굴에서 적대감이 사라지는 것을 보았다. 에이브라는 분위기를 주도하고 있었다. 그녀가 대장이 된 것이다.

아론이 제안했다.

"저 낡은 집에 가서 놀자. 비는 좀 새지만 좋은 곳이야."

그들은 빗방울이 떨어지는 떡갈나무 아래를 달려 산체스 구옥으로 갔다. 열려 있는 문 안으로 들어서는데, 녹슨 경첩이 불안하게 삐걱거렸다. 어도비 벽돌로 된 그 집은 모양새가 말이 아니었다. 전면에 있는 넓은 벽은 반 정도만 회색 칠이 되어 있었다. 10년 전에 일꾼들이 칠하다 손을 놓은 그대로였다. 창틀을 댄 깊이 들어간 창문에는 유리가 없었다. 새로 깐 마루에는 빗물이 그대로 말라 얼룩져 있었고 낡은 벽지와 가시 돋친 공처럼 녹이 슨 못 무더기가 방구석에 쌓여 있었다. 아이들이 입구에 서 있을 때 박쥐 한 마리가 집 뒤꼍에서 날아들었다. 회색박쥐는 이리저리 날다가 문으로 빠져나가더니 사라져 버렸다.

소년들은 에이브라에게 집 구경을 시켜 주었다. 다락문 을 열어 설치되길 기다리는 세면대와 화장대, 샹들리에를 보여 주었다. 곰팡이와 젖은 종이 냄새가 났다. 세 아이는 까치발 을 하고 걸어 다녔고 빈 집의 벽이 울리는 것이 무서워 말을 하 지 않았다.

넓은 방으로 돌아오자 쌍둥이는 꼬마 숙녀를 마주 보았다.

"마음에 드니?"

소리가 울릴까 봐 아론이 조용히 물었다.

"그래."

그녀는 망설이면서 대답했다.

"우리는 가끔씩 여기서 놀아. 마음에 들면 여기 와서 같이 놀아도 좋아."

칼이 씩씩하게 말했다.

"나는 살리나스에 살아."

에이브라의 말투가 어찌나 도도하던지 소년들은 너무 잘나 서 촌뜨기와 어울릴 시간이 없는 과분한 소녀를 상대하고 있 음을 깨달았다.

에이브라는 그들이 아주 소중히 여기는 것을 자신이 마구 짓밟고 있음을 알아차렸다. 아이들의 약점을 알았지만 에이브 라는 이 아이들이 마음에 들었다. 게다가 자신은 예의바른 숙 녀가 아닌가.

"가끔 여기를 지나게 되면 놀다 갈게. 잠깐 동안만."

그녀가 친절하게 말하자 두 소년은 고마워했다.

"내 토끼를 줄게. 아버지에게 드리려고 했는데, 너에게 줄게.”

별안간 칼이 말했다.

“무슨 토낀데?”

“오늘 우리가 잡은 거야. 화살이 심장을 관통해서 발버둥도
못 치고 죽었어.”

아론은 화가 나서 그를 바라보며 말했다.

“그건 내······.”

칼이 말을 가로챘다.

“우리가 줄 테니 집으로 가지고 가. 꽤 큰 놈이야.”

에이브라가 말했다.

“피투성이가 된 늙어 빠진 토끼로 내가 뭘 하겠니?”

아론이 말했다.

“내가 놈을 씻어서 상자에 넣어 줄로 묶어 줄게. 먹기 싫으
면 시간 있을 때 장사를 지내도 돼. 살리나스에 가서 말이야.”

“나는 진짜 장례식에도 가는걸. 어제도 갔어. 이 지붕 높이
만큼 꽃이 쌓여 있더라.”

에이브라가 말했다.

“우리 토끼 갖고 싶지 않아?”

아론이 물었다.

에이브라는 구불거리는 아론의 눈부신 머리카락을 바라보
았다. 그러고는 눈물이 그렁그렁 맺힌 그의 눈을 들여다보았
다. 그녀는 갑자기 가슴속으로 이상야릇한 감정이 솟아나는
걸 느꼈다. 사랑이 싹트기 시작한 것이다. 에이브라는 아론을
만져 보고 싶었다. 그녀가 그의 팔에 손을 얹자 그가 떨고 있

음을 느낄 수 있었다.

"네가 상자에 넣어 준다면 가져갈게."

그녀가 말했다.

이제 두 소년이 자기 말이라면 꼼짝 못한다는 것을 알아챈 에이브라는 주위를 둘러보고는 자신이 정복한 두 소년을 살폈다. 남성우월주의를 내세워 자기를 위협할 걱정이 없었으므로 그녀는 허세를 부릴 필요가 없었다. 에이브라는 두 소년에게 호감을 느꼈다. 그녀는 하도 많이 빨아서 낡고 해진 그리고 리가 여기저기 기운 그들의 옷을 보았다. 그녀는 동화 속의 이야기를 떠올렸다.

"가엾어라, 아버지가 때리니?"

그들은 머리를 가로저었다. 그들은 그녀가 왜 그런 말을 할까 궁금하기도 하고 당황되기도 했다.

"너희 집은 무척 가난하니?"

"무슨 말이야?"

칼이 물었다.

"너희들은 잿더미 속에 앉아 있다가 물을 긷고 장작을 날라야 하니?"

"장작이 뭐야?"

아론이 물었다.

그녀는 대답을 피하고 말을 이었다.

"안됐구나."

그녀는 꼭대기에 반짝이는 별이 달린 작은 요술 지팡이를 손에 들고 있기라도 하는 양 말을 이었다.

"마음씨 고약한 계모가 너희를 미워하고 죽이려 하니?"

"우리는 계모가 없어."

칼이 대답했다.

"계모 같은 건 없어. 우리 어머니는 돌아가셨어."

아론이 말했다.

그의 대답으로 그녀의 동화 속 이야기는 산산조각이 났다. 그러나 그녀는 곧바로 다른 이야기를 생각해 냈다. 요술 지팡이는 사라졌지만, 그녀는 타조 깃이 달린 모자를 쓰고 칠면조 다리가 비어져 나온 커다란 바구니를 들고 있었다.

"어머니가 없는 작은 고아들아. 내가 너희들의 엄마가 되어 줄게. 너희들을 안아 주고 달래면서 옛날이야기를 해 줄게."

그녀는 부드럽게 말했다.

"우리는 너무 커. 네가 넘어질 거야."

칼이 말했다.

에이브라는 그의 거침없는 말투를 무시해 버렸다. 그러나 아론은 자신의 이야기에 빠져 있는 것 같았다. 그는 그녀의 팔에 안겨 흔들리고 있는 듯 두 눈에 미소를 머금고 있었다. 그녀는 다시금 그에 대한 감정을 느끼면서 쾌활하게 말했다.

"어머니 장례식은 멋있었니?"

"생각이 안 나. 그땐 너무 어렸거든."

아론이 말했다.

"어디에 묻었어? 어머니 산소에 꽃을 놓아 드리면 되겠네. 우리는 할머니와 앨버트 아저씨에게 항상 그렇게 하거든."

"우리는 몰라."

아론이 말했다.

새로운 흥밋거리가 생기자 칼의 눈이 반짝거렸다. 승리라도 한 듯 의기양양한 눈빛이었다. 그가 천연덕스럽게 말했다.

"아버지에게 어머니의 산소가 어디 있는지 물어봐야겠어. 어머니 산소에 꽃을 놓아 드리게 말이야."

"나도 같이 가. 나는 화환을 만들 수 있어. 만드는 법을 가르쳐 줄게."

에이브라가 말했다. 그녀는 아론이 아무 말 없다는 걸 알아채고 물었다.

"너는 화환을 만들고 싶지 않니?"

"만들고 싶어."

그녀는 다시 그를 만져 보아야 했다. 그녀는 그의 어깨를 두드려 보고 뺨을 어루만졌다.

"네 엄마가 좋아하실 거야. 하늘에 있어도 내려다볼 수 있대. 아버지가 그러셨어. 아버지는 그런 시도 알고 계신걸."

그녀가 말했다.

"가서 토끼를 싸 놓을게. 팬티가 들어 있던 상자가 있거든."

그는 구옥에서 뛰어나갔다. 칼은 그가 나가는 것을 보고 미소를 지었다.

"뭘 보고 웃는 거야?"

에이브라가 물었다.

"아무것도 아니야."

칼은 그녀를 향한 시선을 거두지 않고 계속 바라보았다.

에이브라는 그에 맞서 눈싸움에서 이기려 했다. 그녀는 눈

싸움엔 선수였지만 칼은 지지 않으려는 듯 눈을 돌리지 않았다. 칼은 처음에는 수줍어했지만 이제는 그러지 않았다. 에이브라의 자제력을 무너뜨렸다는 승리감에 그는 웃음이 나왔다. 그녀가 형을 더 좋아하고 있다는 걸 알았으나 새삼스러울 것도 없었다. 거의 모든 사람이 금발에다 강아지처럼 애정을 그대로 표현하는 솔직한 아론을 더 좋아했다. 칼은 감정을 마음속 깊이 감춰 놓고 상황을 살피다가 표현을 하거나 그대로 숨기곤 했다. 그는 에이브라가 형을 좋아했기 때문에 그녀에게 벌을 주기로 했다. 이것 역시 새로운 일이 아니었다. 그는 자신의 그런 능력을 처음 발견한 이래 줄곧 그래 왔다. 남몰래 벌주는 일은 이제 그에게는 거의 창조적인 행위와 다름없었다.

두 소년의 차이점은 이렇게 설명하는 것이 가장 좋을 것이다. 만일 아론이 숲의 작은 개간지에서 개미탑을 우연히 발견한다면, 그는 바닥에 엎드려 복잡한 개미의 생활을 관찰한다. 그리하여 어떤 개미들은 길을 따라 가면서 먹을 것을 나르고, 또 다른 개미들은 하얀 알을 나르는 것을 본다. 또 두 놈이 만나서 촉각을 마주 대고 이야기 나누는 모양을 지켜본다. 이런 식으로 그는 몇 시간이고 누워서 개미가 벌이는 대지의 경제 생활에 흠뻑 빠져 있을 것이다.

반면에 칼이 같은 개미탑을 우연히 발견한다면, 그는 탑을 발로 차서 뭉개 버린다. 그러고는 개미들이 허둥지둥하면서 재앙에 대처하는 꼴을 지켜본다. 아론은 그가 속한 세계의 일원이 되는 것에 만족한다. 그러나 칼은 그것을 변화시키지 않고는 못 배긴다.

칼은 사람들이 형을 더 좋아한다는 사실을 확신했다. 그러나 그는 그것을 자기에게 유리하게 이용하는 방법을 터득했다. 그는 계획을 꾸민 다음 형을 좋아하는 사람이 자신의 약점을 드러낼 때까지 기다렸다. 그러고 나면 어떤 일이 일어났고, 그 피해자는 어떻게 된 영문인지 혹은 자신이 왜 그런 일을 당했는지 전혀 알 도리가 없었다. 복수를 하고 나면 칼은 힘이 솟는 것을 느꼈고, 그럴 때마다 기뻐서 날아갈 것 같았다. 그것이야말로 그가 알고 있는 가장 강렬하고 순수한 감정이었다. 그는 아론을 미워하기는커녕 좋아했다. 아론은 칼에게 승리감을 안겨 주는 존재였기 때문이다. 그는 아론만큼 사랑을 받고 싶어서 자신이 보복을 한다는 사실을 잊어버렸다. 그 집착이 너무 강했기 때문에 그는 아론이 가진 것보다 자기가 가진 것을 더 좋아했다.

에이브라는 아론을 어루만지고 그에게 다정하게 말을 건넴으로써 칼의 심사를 건드렸다. 칼의 반응은 자동적이었다. 그는 머릿속으로 에이브라의 약점을 찾고 있었다. 그는 굉장히 영리했기 때문에 이윽고 그녀의 말 속에서 약점을 잡아냈다. 어떤 아이들은 아기가 되고 싶어 하고, 어떤 아이들은 어른이 되고 싶어 한다. 자기 나이에 만족하는 아이는 드물다. 에이브라는 어른이 되고 싶어 했다. 그녀는 어른이 쓰는 말을 했고, 할 수만 있다면 어른의 태도와 감정을 흉내 냈다. 유아기를 벗어난 지는 오래됐지만 그래도 그녀가 선망하는 어른이 될 수는 없었다. 칼은 이것을 감지했고, 덕택에 그녀의 개미탑을 부숴 버릴 도구를 마련했다.

그는 형이 상자를 찾기까지 얼마의 시간이 걸릴지 알고 있었다. 앞으로 일어날 일이 눈으로 보듯 훤했다. 아론은 토끼의 피를 닦아 내려 할 것이고, 때문에 시간이 걸릴 터였다. 끈을 찾는 데는 더 많은 시간이 걸릴 것이다. 그리고 나비 모양으로 끈을 매는 데는 훨씬 더 많은 시간이 필요할 것이다. 그리고 칼은 아론이 그러는 동안 자기가 계획한 대로 일이 착착 진행될 것임을 알았다. 그는 에이브라의 확신이 흔들리고 있음을 느꼈고, 또 그것을 더욱 자극할 수 있다는 것도 알았다.

마침내 에이브라가 그에게서 눈길을 돌리며 말했다.

"왜 그렇게 사람을 뚫어지게 바라보니?"

칼은 마치 의자를 보듯 차가운 눈빛으로 그녀를 발끝에서부터 위로 서서히 훑었다. 그는 이렇게 하면 어른이라도 안절부절못한다는 것을 알고 있었다.

에이브라는 참을 수가 없었다. 그녀가 물었다.

"내가 우스워 보여?"

칼이 물었다.

"너 학교에 다니니?"

"당연하지."

"몇 학년이야?"

"5학년."

"몇 살이야?"

"곧 열한 살이 돼. 뭐 잘못된 거라도 있니?"

그녀가 물었다. 그는 대꾸하지 않았다.

"말해 봐! 뭐 때문에 그러는 거지?"

아무 대답도 없었다.

"네가 꽤 똑똑하다고 생각하는 모양이구나."

그녀가 말했다. 그가 계속 웃자 그녀는 불안해 하며 말을 이었다.

"네 형은 뭘 하느라고 여태 안 오는 거니? 이것 봐. 비가 그쳤어."

칼이 말했다.

"찾고 있는 중일 거야."

"토끼 밀이니?"

"아니, 그건 그대로 있을걸. 죽었으니까. 하지만 다른 것은 잡을 수 없을 거야. 도망을 가니까."

"뭘 잡는다는 거니? 뭐가 도망간다는 거야?"

"내가 말하면 형이 좋아하지 않을걸. 형은 뜻밖의 선물로 주고 싶어 할 거야. 형이 지난 금요일에 그걸 잡았어. 형도 그것에 물렸지."

칼이 말했다.

"대체 무슨 얘기를 하고 있는 거야?"

칼이 말했다.

"상자를 열어 보면 알게 될 거야. 형은 너더러 바로 열지 말라고 할걸."

이것은 추측이 아니었다. 칼은 형을 잘 알았다.

에이브라는 자기가 이 싸움에서뿐만 아니라 모든 싸움에서 지고 있음을 알았다. 그녀는 이 남자애가 점점 싫어졌다. 그녀는 자기가 알고 있는 치명적인 반격을 생각해 보았으나 아무 효과도 거둘 수 없다는 것을 깨닫고 맥없이 포기하고 말았다. 그녀는 말문을 닫아 버렸다. 그녀는 문 밖으로 걸어 나가 부모가 있는 집을 바라보았다.

"돌아가야겠어."

그녀가 말했다.

"기다려."

칼이 말했다.

그가 쫓아오자 그녀는 몸을 뒤로 돌렸다.

"왜 그래?"

그녀가 매몰차게 물었다.

"나한테 화내지 마. 여기서 무슨 일이 일어나는지 넌 몰라. 형의 등을 봐야 해."

달라진 그의 태도에 그녀는 어리둥절했다. 그 때문에 그녀의 태도 역시 바뀔 수밖에 없었다. 그는 그녀가 낭만적인 상황에 흥미를 느끼고 있음을 간파했다. 그의 목소리는 낮고 은밀했다. 그의 목소리에 맞추어 그녀도 목소리를 낮추었다.

"그게 무슨 말이니? 그의 등이 어떻게 됐는데?"

"상처투성이야. 중국인이 그렇게 만들어 놨어."

칼이 말했다.

그녀는 벌벌 떨었고, 호기심에 몸이 굳어 버렸다.

"그 중국인이 어떻게 하는데? 그 사람이 형을 때리니?"

"그 정도가 아니야."

칼이 대답했다.

"왜 아버지한테 말하지 않니?"

"감히 못 그러지. 말하면 어떻게 되는지 알아?"

"몰라. 어떻게 되는데?"

그는 머리를 저었다.

"안 돼."

그는 골똘히 생각하는 것 같았다. 그러더니 말을 이었다.

"너한테도 말 못 해."

그때 리가 베이컨의 말을 끌고 마구간에서 나왔다. 말은 고무 타이어가 달린 높고 기다란 마차를 끌고 있었다. 베이컨 부부는 집 안에서 나와 무의식적으로 하늘을 쳐다보았다.

칼이 말했다.

"지금은 말해 줄 수 없어. 지금 말했다가는 리 아저씨가 알 테니까."

베이컨 부인이 소리쳤다.

"에이브라! 서둘러라! 우리는 간다."

리는 까다로운 말을 꼭 붙들고 베이컨 부인이 마차에 타는 것을 도와주었다.

아론이 집을 돌아 뛰어왔다. 그는 줄을 나비 모양으로 정교하게 맨 마분지 상자를 들고 있었다. 그러더니 상자를 에이브라에게 내밀었다.

"여기 있어. 집에 가서 열어 봐."

칼은 에이브라의 얼굴에 번져 있는 혐오의 빛을 읽었다. 그녀는 손을 움츠리고 상자를 받지 않았다.

그녀의 아버지가 말했다.

"받아라. 서둘러야지. 너무 늦었다."

그는 상자를 그녀의 손에 쥐여 주었다.

칼이 그녀의 곁으로 바짝 다가갔다.

"은밀히 할 얘기가 있어."

그는 입을 그녀의 귀에 가까이 댔다.

"네 팬티가 젖었어."

그가 이렇게 말하자 그녀는 얼굴을 붉히면서 보닛을 푹 눌러 썼다. 베이컨 부인이 딸의 겨드랑이를 안아서 마차에 앉혔다.

리와 애덤과 쌍둥이들은 말이 경쾌하게 걸어 나가는 것을 지켜보았다.

첫 모퉁이를 돌아가기도 전에 에이브라의 손이 쓱 올라오더니 상자가 뒤로 미끄러지면서 길 위로 떨어지는 것이 보였다.

칼은 형의 얼굴을 보았고, 그의 눈에 고통이 어리는 것을 보았다. 애덤이 집 안으로 들어가고, 리가 쟁반에 병아리 모이를 담아 닭장으로 갔다. 그러자 칼은 위로하듯 형의 어깨를 감싸며 그를 안아 주었다.

"나는 그녀와 결혼하고 싶었어. 그래서 결혼하자는 편지를 써서 상자 안에 넣었는데."

아론이 말했다.

"슬퍼하지 마. 내 총을 빌려줄게."

칼이 말했다.

아론이 고개를 휙 돌리며 말했다.

"넌 총이 없잖아."

"내가? 나한테 총이 없다고?"

칼이 말했다.

28장

1

아버지가 달라졌음을 소년들이 알아챈 것은 저녁 식사 때였다. 그들은 아버지를 하나의 존재, 즉 들어도 귀담아듣지 않고 보아도 인식하지 못하는 존재로 알고 있었다. 그는 뜬구름 같은 아버지였다. 소년들은 흥밋거리나 새로운 것을 발견했을 때나 필요한 것이 있을 때 아버지에게 말하는 법이 없었다. 리는 그들이 접하는 유일한 어른의 세계였다. 리는 그들을 키우고, 먹이고, 입히고, 교육을 시켰을 뿐만 아니라 아버지에 대한 존경심도 심어 주었다. 아버지는 아이들에게 신비스러운 존재였다. 아버지의 말과 법은 리를 통해 전달되었다. 물론 그것은 리가 만들어 낸 것이었지만 리는 애덤의 말이라고 둘러댔다.

애덤이 살리나스에서 돌아온 첫날밤 칼과 아론은 처음엔 놀라고, 그다음에는 당황했다. 애덤이 그날따라 그들의 말에 귀를 기울이고, 질문을 하고, 그들을 자세히 살펴보았기 때문이다. 이런 느닷없는 변화에 그들은 겁이 났다.

애덤이 말했다.

"너희들, 오늘 사냥을 갔다면서?"

새로운 상황에 부딪히면 누구나 그러하듯이 소년들은 조심스러워졌다. 잠시 머뭇거리다가 아론이 대답했다.

"네, 그랬어요."

"뭐 잡은 거라도 있니?"

이번에는 한참 있다가 대답했다.

"네, 잡았어요."

"뭘 잡았는데?"

"토끼요."

"화살로 말이니? 누가 잡았지?"

아론이 말했다.

"둘이 쐈어요. 누구의 화살이 맞았는지 모르겠어요."

애덤이 말했다.

"자기 화살을 자기가 모른단 말이야? 내가 어렸을 땐 내 화살에 표시를 해 놓았는데."

아론은 문제가 생길까 봐 이번에는 아무 대꾸도 하지 않았다. 그러자 칼이 잠시 기다렸다가 말했다.

"그건 내 화살이었어요. 틀림없어요. 하지만 내 화살이 형 화살통에 있었을지도 모른다고 우리는 생각하고 있어요."

"어째서 그런 생각을 했니?"

"모르겠어요. 하지만 저는 토끼를 맞힌 건 형이라고 생각해요."

칼이 말했다.

애덤은 눈길을 돌렸다.

"너는 어떻게 생각하니?"

"내가 맞힌 것 같은데, 확실히 모르겠어요."

"너희 둘은 우애가 깊구나."

두 소년의 얼굴에서 불안한 기색이 사라졌다. 함정은 없는 것 같았다.

"토끼는 어디 있니?"

애덤이 물었다.

칼이 말했다.

"아론이 에이브라에게 선물로 주었어요."

"그런데 그 애가 버렸어요."

아론이 말했다.

"왜?"

"모르겠어요. 전 그 애와 결혼하고 싶었어요."

"그랬니?"

"네."

"칼, 너는 어땠니?"

"형에게 양보할래요."

칼이 말했다.

애덤이 웃었다. 그들은 아버지의 웃음소리를 들은 기억이 없었다.

"그 애가 귀엽니?"

그가 물었다.

"네. 그 애는 훌륭해요. 착하고 상냥해요."

아론이 말했다.

"그 애가 내 며느리가 된다면 좋겠구나."

리는 식탁을 치우고 나서 부엌에서 한바탕 덜거덕 소리를 내더니 금세 돌아왔다.

"이제 자야지?"

리가 물었다.

소년들이 원망의 눈길로 쳐다보았다. 애덤이 말했다.

"앉게. 애들도 잠깐 앉아 있게 하고."

"장부를 정리해 놓았습니다. 나중에 검토해 보도록 하세요."

리가 말했다.

"무슨 장부 말인가?"

"집과 농장에 관한 장부입니다. 현재의 재정 상태를 알고 싶다고 하셨잖아요."

"지난 10년 동안의 재산을 정리한 장부는 아니겠지?"

"전에는 장부를 들춰 볼 생각도 안 하셨으니까요."

"맞아. 어쨌든 잠깐 앉게. 아론이 오늘 여기 왔던 어린 소녀와 결혼을 하고 싶다는군."

"약혼을 했대요?"

리가 물었다.

"그 여자애는 아직 아론을 받아들이지 않은 것 같아. 시간이 좀 걸릴 거야."

애덤이 말했다.

칼은 집안 분위기가 바뀐 것이 두려웠으나 그런 기분을 재빨리 떨쳐 냈다. 그러고는 이 개미탑을 용의주도하게 살피며 그것을 차서 무너뜨릴 방법을 찾고 있었다. 그는 결정을 내렸다.

"그 여자아이는 정말로 좋은 아이예요. 저도 그 애가 좋아요. 왜지 아세요? 그 애가 우리 어머니의 무덤이 어디 있는지 아버지에게 물어보라고 했거든요. 그러면 우리가 꽃을 놓아 드릴 수 있다고 했어요."

"아버지, 그래도 돼요? 화환 만드는 법도 가르쳐 주겠다고 했어요."

아론이 물었다.

애덤은 자신의 심장이 뛰는 걸 느꼈다. 우선 그는 거짓말을 하는 데 서툴렀고, 거짓말을 한 적도 없었다. 그런데 거짓말이 바로 나왔고 그것도 너무도 자연스럽게 튀어나와서 그 자신도 깜짝 놀랐다.

"얘들아, 그렇게 할 수 있으면 얼마나 좋겠니. 이제 말해 줘야겠구나. 너희 어머니의 무덤은 저 멀리 고향에 있단다."

"왜요?"

아론이 물었다.

"고향에 묻히기를 바라는 사람도 있단다."

"어머니를 어떻게 거기까지 데리고 갔어요?"

칼이 물었다.

"기차에 태워 고향으로 보냈지. 안 그런가, 리?"

리가 고개를 끄덕였다.

"우리도 그래요. 중국 사람들도 죽으면 거의 다 고향으로 보내요."

리가 말했다.

"알고 있어요. 전에 아저씨가 말해 줬잖아요."

아론이 리에게 말했다.

"그랬나?"

리가 말했다.

"틀림없이 그랬어요."

칼이 말했다. 그는 실망한 표정이었다.

애덤이 재빨리 화제를 바꾸었다.

"베이컨 씨가 오늘 오후에 제안을 하셨다. 너희들도 생각해 봤으면 좋겠구나. 우리가 살리나스로 이사를 가면 너희들에게 더 좋을 거라고 말씀하셨어. 학교도 더 좋고 같이 놀 친구도 많고."

이 말에 쌍둥이는 깜짝 놀랐다. 칼이 물었다.

"여기는 어떻게 하고요?"

"글쎄, 돌아오고 싶을 때를 생각해 농장은 그대로 둘까 한다."

아론이 말했다.

"에이브라는 살리나스에 산대요."

아론에게는 그것으로 충분했다. 마차에서 미끄러져 떨어진 상자는 이미 잊어버렸다. 작은 에이프런과 보닛, 부드럽고 작은 손가락만이 떠오를 뿐이었다.

애덤이 말했다.

"너희들도 생각해 봐. 자 이제 자도록 해라. 그런데 오늘은 왜 학교에 안 갔니?"

"선생님이 아프세요."

아론이 말했다.

리가 그 말을 확인해 주었다.

"컬프 선생님이 사흘이나 앓고 계세요. 월요일부터 학교에 가면 될 겁니다. 얘들아, 가자."

그들은 순순히 그를 따라 방을 나갔다.

2

애덤이 미소를 띠고 말없이 램프를 바라보며 집게손가락으로 무릎을 치고 있을 때 리가 돌아왔다. 애덤이 물었다.

"얘들이 뭘 알고 있는 건가?"

"모르겠어요. 그 여자애 때문일 겁니다."

리가 대답했다.

리는 부엌으로 가서 커다란 마분지 상자를 들고 돌아왔다.

"여기에 장부가 있습니다. 1년 단위로 고무 밴드로 묶어 놓았지요. 대강 보았는데 빠진 건 없는 듯합니다."

"장부 전부를 말인가?"

리가 말했다.

"매년 장부가 하나씩 있고 영수증이 모두 들어 있어요. 현재의 재정 상태를 알고 싶다고 하셨지요. 여기 있습니다. 이게 전부예요. 정말로 이사를 하실 생각이십니까?"

"글쎄, 생각 중이네."

"아이들에게 사실을 알려 줄 수 있는 방법이 있으면 좋을 텐데요."

"그렇게 되면 자기 엄마에 대한 환상이 깨지게 될 거야."

"다른 위험도 생각해 보셨어요?"

"무슨 말인가?"

"아이들이 사실을 알게 될 수도 있지 않을까요? 많은 사람들이 그 사실을 알고 있으니까요."

"글쎄, 아마 애들이 더 크면 말하기가 쉬워지겠지."

"저는 그렇게 생각하지 않습니다. 하지만 그것이 가장 위험하다고 볼 수는 없지요."

리가 말했다.

"무슨 말인지 모르겠어, 리."

"제가 가장 위험하다고 생각하는 건 거짓말입니다. 거짓말이 모든 것에 안 좋은 영향을 미칠지도 모릅니다. 만약 이 일을 두고 트래스크 씨가 거짓말을 했다는 사실을 아이들이 알게 되면, 진실조차 통하지 않을 겁니다. 그렇게 되면 아이들은 어떤 말도 믿지 않을 겁니다."

"알겠네. 하지만 내가 그 애들에게 달리 뭐라고 얘기할 수 있겠나? 사실을 있는 그대로 말할 수는 없었어."

"일부만 사실대로 말해 줄 수도 있지요. 아이들이 알게 되어도 당신이 괴로워하지 않을 정도로 말입니다."

"생각해 봐야겠네, 리."

"살리나스에 가서 살게 되면 더 위험해질 겁니다."

"생각해 봐야겠어."

리는 끈질기게 말을 이었다.

"제가 아주 어렸을 때 아버지가 어머니 얘기를 해 주셨어요. 하나도 숨기지 않고 고스란히 말씀해 주셨죠. 제가 자라면서도 여러 번 얘기를 해 주셨어요. 물론 똑같은 내용은 아니었지요. 하지만 꽤 무서운 얘기였습니다. 하지만 아버지가 얘기를 해 주셔서 전 고마웠습니다. 아무것도 모른 채 살고 싶진 않았어요."

"그 얘기를 해 주겠나?"

"아니요, 하고 싶지 않습니다. 하지만 이쯤 말씀드리면 아이들에게 어떻게 말씀하셔야 될지 납득하시리라 생각해요. 어머니가 집을 나갔는데, 어디에 있는지는 모른다고 말씀하실 수도 있죠."

"하지만 내가 모르는 것도 아니고."

"네, 그게 문제예요. 일부만 얘기하는 한이 있더라도 그것이 전부 사실이어야 합니다. 제 생각을 강요드릴 수는 없지만요."

"생각해 보겠네. 자네 어머니 얘기는 어떤 건가?"

애덤이 말했다.

"정말 듣고 싶으세요?"

"자네가 괜찮다면."

리가 말했다.

"간단히 말씀드리죠. 맨 처음 기억나는 건 감자밭 한가운데 있는 작고 어두컴컴한 오두막집에서 아버지와 단둘이 살았던 것과 그곳에서 아버지가 어머니에 대해 들려주신 이야기입니다. 아버지는 광둥어를 쓰셨지만 그 얘기를 해 주실 때는 늘 가락이 높고 아름다운 표준어인 북경어로 말씀하셨죠. 좋아요, 그럼 말씀드리죠…….."

리는 기억을 더듬었다.

"먼저 말씀드려야 할 것은, 여기 서부에 철로를 건설할 때 땅을 고른다든가 침목을 놓는다든가 철로를 박는 일처럼 고된 일들을 수천 명의 중국인이 했다는 겁니다. 중국인들은 임금을 적게 받으면서도 열심히 일했어요. 또 죽더라도 아무도 걱정할 필요가 없었고요. 그들은 대부분 광둥에서 징발되어 왔어요. 광둥인들은 체구가 작고 힘이 세고 끈기가 있는 데다 싸움을 좋아하지 않거든요. 그들은 계약을 맺고 들어왔어요. 아마도 아버지의 이력이야말로 그 전형적인 예일 겁니다. 꼭 알아 두셔야 할 게 있는데, 중국 사람들은 설날이나 설날이 되기 전에 모든 빚을 갚아야 해요. 새해를 새롭게 시작하기 위한 거죠. 만일 갚지 못하면 체면을 잃게 됩니다. 뿐만 아니라 온 가족의 체면이 깎입니다. 변명의 여지가 없어요."

"나쁘지 않은 관습이군."

애덤이 말했다.

"나쁘든 좋든 사실이 그랬어요. 아버지는 운이 나쁘셨어요. 빚을 갚을 수가 없었거든요. 친척들이 모여 의논을 했지요. 우리 집은 훌륭한 가문이었어요. 불운은 누구의 잘못도 아니었지만 갚지 못한 빚은 가문의 빚이었어요. 친척들이 아버지의 빚을 해결해 주었고, 아버지는 그것을 갚아야 했어요. 하지만 그것도 거의 불가능했지요. 철도 회사의 노동자 모집원들은 계약을 맺고 즉석에서 목돈을 지불해 주는 일을 했어요. 그들은 이런 식으로 빚더미에 앉은 사람들을 많이 끌어들였습니다. 이건 합당하고 떳떳한 일이었지만 한 가지 아주 슬픈 일이 있었지요. 당시 아버지는 갓 결혼한 젊은이였는데, 아내에 대한 사랑이 무척 깊고 강렬했답니다. 분명 아버지에 대한 어머니의 사랑 역시 강했을 겁니다. 그럼에도 불구하고 부모님은 가족의 어른들이 모인 자리인 만큼 예를 갖춰 작별 인사를 나누었죠. 어쩌면 의례적인 예의범절이 가슴이 찢어질 듯한 괴로움을 덜어 주는 완충 역할을 하는지도 모른다는 생각을 저는 가끔 합니다. 남자들은 동물처럼 컴컴한 배의 창고에 실려서 6주를 항해한 끝에 샌프란시스코에 도착했어요. 창고가 어땠을지 충분히 상상이 가실 겁니다. 그들은 일을 할 수 있는 신체 조건을 갖춘 상태로 운반되어야 하기 때문에 학대를 당하지는 않았죠. 우리 중국인들은 오랜 세월에 걸쳐 악조건 속에서도 더불어 살고 몸을 청결히 하며 삶을 연명하는 법을 터득했지요. 일주일을 바다에서 지낸 뒤 아버지는 어머니를 발견하셨어요. 어머니는 남장을 하고 변발 모양으로 머리카락을 땋고 계셨답니다. 꼼짝 않고 앉아서 아무 말도 하지 않았기 때문에 발각되지 않을 수 있었죠. 그 당시만 해도 검진이니 종두니 하는 건 물론 없었습니다. 어머니는 아버지 옆으로 요를 옮기셨죠. 이야기를 나눌 때는 어둠 속에서 입을 귀에 대고 하는 수밖에 없었어요. 아버지는 어머니가 말을 듣지 않는다며 화를 내셨지만, 한편으로는 기쁘셨답니다. 그래서 부모님은 5년 동안 중노동을 할 수밖에 없는 운명에 빠진 겁니다. 일단 미국에 발을 들여놓은 이상 도망칠 생각은 할 수도 없었죠. 그들은 명예로운 민족이었고 계약서에 서명을 했으니까요."

리가 잠시 말을 멈췄다가 계속했다.

"간단히 얘기해 드리려고 했는데, 배경을 모르시니 그것까지 설명하느라 좀 길어졌군요. 물을 가지러 가야겠습니다. 드시겠어요?"

"그러지. 그런데 한 가지 이해할 수 없는 것이 있군. 여자의 몸으로 어떻게 그런 일을 할 수 있었을까?"

애덤이 말했다.

"금방 다녀와서 말씀드리죠."

그는 부엌으로 가서 양철 컵에 물을 따라 돌아와서 테이블 위에 놓았다.

"뭘 알고 싶다고 하셨죠?"

"자네 어머니께서 어떻게 남자들이 하는 일을 할 수 있었느냐 이 말이야."

리가 미소를 지었다.

"아버지는 어머니가 강인한 여자라고 말씀하셨어요. 전 강한 여자는 오히려 남자보다 더 힘이 세다고 믿습니다. 특히 사랑하는 남자가 있을 때 말입니다. 사랑을 하는 여자는 거의 불사조나 다름없지요."

애덤이 얼굴을 찌푸렸다. 리가 말했다.

"언젠가는 아시게 될 겁니다. 아시게 될 거예요."

"나쁘게 생각한 건 아닐세. 내가 한 번 경험한 걸로 어떻게 알 수 있겠나? 계속하게."

"그 지루하고 고된 항해 중에 어머니가 아버지에게 귓속말로 하지 않은 말이 한 가지 있었죠. 많은 사람들이 지독한 뱃멀미에 시달리고 있었기 때문에, 어머니는 몸이 불편하셨지만 그것에 대해선 전혀 내색하지 않으셨죠."

애덤이 소리쳤다.

"임신을 하셨던 건 아니겠지!"

"어머니는 임신한 상태였어요. 어머니는 아버지에게 더 이상 걱정을 끼치고 싶지 않았던 거죠."

"어머니는 처음에 출발할 때부터 알고 계셨나?"

"모르고 계셨어요. 가장 힘들 때 제가 생긴 거죠. 생각보다 얘기가 길어지는군요."

"끝까지 얘기해 보게."

애덤이 말했다.

"그렇게 해야지요. 샌프란시스코에서 살가죽과 뼈만 남은 수많은 사람들이 가축을 실어 나르는 화차에 실려 산 위로 올라갔어요. 그들은 산맥의 작은 언덕을 깎아 내고 산꼭대기 밑에 터널을 파는 일을 했어요. 어머니는 다른 화물차에 실려가셨기 때문에 부모님은 산꼭대기 목초지에 마련한 야영지에 가서야 서로 만날 수 있었죠. 그곳은 풀이 자라고, 꽃들이 피어 있고, 주위에 눈이 쌓인 산들이 있어서 대단히 아름다운 곳이었답니다. 그제야 어머니는 아버지께 저를 가지셨다는 얘기를 했던 겁니다. 두 분 다 일을 하러 나갔어요. 여자의 근육도 남자처럼 단단하게 되는 법이죠. 게다가 어머니는 정신력이 대단하셨어요. 어머니는 곡괭이와 삽을 가지고 할당된 일을 하셨는데 그건 분명 끔찍한 일이었을 겁니다. 그러나 무엇보다도 출산 때문에 두 분은 걱정이 이만저만이 아니었죠."

애덤이 말했다.

"그들은 무지하셨나? 왜 자네 어머니는 감독에게 가서 자기는 여자이고 임신 중이라고 말하지 않으셨지? 그럼 틀림없이 어머니를 돌봐 주었을 텐데 말이야."

"모르시겠어요? 제 설명이 충분하지 않았나 보군요. 이래서 말이 길어지는 겁니다. 그들이 무지했던 건 아닙니다. 거기 있는 사람들은 일이라는 한 가지 목적 때문에 수입된 겁니다. 일이 끝나면 죽지 않고 살아 있는 사람들은 회송(回送)하기로 계약이 되어 있었죠. 남자들이 온 것이지, 여자들은 아니었어요. 이 나라는 그들의 종족이 늘어나는 걸 원하지 않았던 겁니다. 남자와 여자와 자식이 있으면 땅을 파서 집을 짓기 마련이니까요. 그러면 그들을 뿌리째 뽑아 내기란 불가능하지요. 하지만 초조하고, 욕정에 휩싸여 반 실성한 남자들은 정착할 생각은 안 하고 어디든 가려고 하는데, 보통 고향으로 돌아갑니다. 그런데 어머니야말로 반은 미쳐 있고 반은 야만적인 남자들 틈에 있는 유일한 여자였죠. 남자들은 시간이 갈수록 마음을 잡지 못했습니다. 감독들 눈에 이들은 사람이 아니었어요. 통제를 하지 않으면 위험해지는 동물들이었죠. 어머니가 왜 도움을 청하지 않았는지 아시겠어요? 도움을 청했다면 그들은 어머니를 야영지 밖으로 쫓아냈을 거예요. 어쩌면 총으로 쏴서 소처럼 매장했을지도 모르죠. 사소한 소동 때문에 열다섯 명이 사살되기도 했으니까요. 이들은 가련한 인간들이 질서를 유지하기 위해 터득한 한 가지 방법으로 질서를 유지하려 했죠. 분명 더 좋은 방법들이 있을 거라고 생각하면서도 인간들은 결코 그걸 알려고 하지 않았어요. 늘 채찍과 밧줄, 총이 있었을 뿐이죠. 이런 얘기는 꺼내지 말았어야 했는데……."

"나한테 말하면 안 될 이유라도 있나?"

애덤이 물었다.

"저에게 이 말씀을 해 주시던 아버지의 얼굴이 눈에 선하군요. 쓰리고 고통스러웠던 예전의 비참한 기억들이 되살아나는군요. 아버지는 그때 얘기를 하시다가도 말을 멈추고, 마음을 가다듬어야 하셨어요. 다시 말을 계속하실 때는 엄숙한 어조로 냉정하고 날카로운 단어를 사용해 말씀을 하셨어요. 마치 그런 단어들로 당신 자신을 베어 버리기라도 하고 싶으신 듯 말입니다. 두 분은 삼촌과 조카 사이라고 우겨 가까이 함께 있을 수 있었죠. 여러 달이 흘렀지만 다행히도 어머니의 배는 그렇게 많이 부르진 않았답니다. 어머니는 고통 속에서 일을 하면서도 고통을 잊고 지내셨어요. 아버지는 '내 조카는 어린 데다 뼈가 약하다.'라고 변명을 해서 어머니를 조금이나마 도와주실 수 있으셨죠. 두 분은 아무 계획도 세우지 않았고, 어떻게 해야 될지도 몰랐습니다. 그러다 아버지가 계획을 세우셨어요. 높은 산속의 목초지로 도망을 가서 호숫가 근처에 굴을 파 어머니가 아기를 낳을 수 있도록 하는 거였죠. 어머니가 무사히 아이를 낳으면 아버지는 돌아와 벌을 받기로 했죠. 잘못을 저지른 조카 대신에 5년 더 일을 하겠다고 서약을 하기로 하고 말입니다. 현실에 당당히 맞서지 못하고 피해 가야 하는 신세가 비참하긴 했지만 달리 방법이 없었습니다. 그리고 그렇게 하는 게 가장 좋을 것 같고요. 그 계획이 잘 되려면 이 두 가지가 반드시 필요했어요. 시간이 정확히 맞아떨어져야 하고, 음식을 공급해야 한다는 것이었죠."

리가 말을 이었다.

"저의 부모님은……."

그러더니 그는 말을 멈추고는 자신이 방금 그런 단어를 입에 올렸다는 사실에 미소를 지었다. 그는 기분이 무척 좋아져서 더욱 애정이 담긴 목소리로 말했다.

"사랑하는 부모님은 준비를 하기 시작했어요. 매일 지급 받는 쌀 일부를 요 밑에 숨겨 두셨지요. 아버지는 긴 끈을 주워 왔고, 철사 조각을 갈아서 낚싯바늘을 만드셨지요. 산속의 호수에서 송어를 잡으려고 말입니다. 아버지는 지급되는 성냥을 아끼기 위해 담배를 끊으셨어요. 어머니는 눈에 띄는 헝겊 조각은 죄다 모으시고, 올이 풀리는 헝겊에서 실을 뽑아 나무 가시로 꿰매어 제 포대기를 만드셨죠. 어머니를 못 뵌 것이 유감이군요."

"나도 마찬가지일세. 이 얘기를 새뮤얼 해밀턴 씨에게도 해 드렸는가?"

애덤이 말했다.

"아니요. 그랬다면 좋았을 텐데 말입니다. 그분은 인간의 영혼을 찬미하셨던 분이니까요. 이 얘기를 들었으면 인간 승리라고 생각하셨을 겁니다."

"그분들이 그곳에 무사히 가셨기를 바라네."

애덤이 말했다.

"그 심정 이해합니다. 아버지가 얘기해 주실 때 전 이렇게 말했거든요. '그 호수에 가세요. 그리로 어머니를 모시고 가세요. 두 번 다시 그런 일이 있어선 안 돼요. 더 이상 안 돼요. 말해 주세요. 어떻게 아버지가 호수에 가서 전나무 가지로 집을 지으셨는지요.' 그러면 아버지는 더욱 중국인답게 이렇게 말씀하셨어요. '비록 섬뜩한 아름다움이라 할지라도 진실 속에 더 큰 아름다움이 있는 법이다. 성문 밖에 있는 이야기꾼들은 인생을 왜곡해 게으른 자와 어리석은 자와 나약한 자에게 인생을 달콤한 것으로 보이게 한다. 그래 봐야 그들의 약점만 더 커지고, 어떤 교훈도 얻을 게 없고, 아무것도 치유하지 못하고, 마음을 북돋워 주지도 못해.'"

"얘기 계속하게."

애덤이 채근했다.

리는 일어서서 창가로 갔다. 그는 3월의 바람에 흔들리며 빛나는 별들을 바라보고 이야기를 마무리지었다.

"작은 놀이 언덕을 굴러 아버지의 다리가 부러졌어요. 그들은 뼈를 맞춰 주고는 절름발이가 할 수 있는 일을 맡겼죠. 헌 못을 바위 위에 대고 망치로 펴는 일이었지요. 그리고 걱정 때문이었는지 고된 일 때문이었는지 몰라도 어머니는 예정보다 일찍 진통에 들어갔어요. 그러자 반 실성한 남자들이 이를 알고 모두 미쳐 버린 거죠. 굶주림은 또 다른 굶주림을 낳았고, 죄를 자꾸 짓다 보니 죄의식도 없어졌지요. 굶주린 사내들을 상대로 저지른 작은 죄들이 쌓이고 쌓여 광적인 큰 죄악으로 불타올랐죠. 아버지는 '여자다.' 하고 외치는 소리를 듣고 상황을 파악했습니다. 아버지는 뛰어가려고 했지만 다리가 다시 부러졌고 험한 비탈길을 기다시피 올라가서 사건이 벌어지고 있는 철로로 갔어요. 아버지가 그곳에 도착해 보니 하늘이 무너져 내릴 만한 비극적인 상황이 벌어져 있었지요. 광둥 남자들은 인간이 그렇게까지 될 수 있다는 것을 잊어버리기 위해 도망을 치고 있었답니다. 아버지는 바위 위에 쓰러져 있는 어머니에게로 갔습니다. 어머니는 눈도 뜨지 못했지만 그래도 입술을 움직여 지시를 하셨답니다. 아버지는 만신창이가 되어 있는 어머니의 몸에서 손가락으로 저를 끄집어냈어요. 어머니는 오후에 바위 위에서 돌아가셨지요."

애덤은 거칠게 숨을 내쉬었다. 리가 단조로운 어투로 말했다.

"그들을 증오하기 전에 이걸 아셔야 해요. 아버지가 늘 마지막에 그 말씀을 하셨어요. 저처럼 극진하게 보살핌을 받은 아이도 없을 거라고요. 야영지의 모든 사람들이 내 어머니가 되었거든요. 이건 아름다운 일이죠. 섬뜩한 아름다움이라고 할까요. 이제 주무시죠. 더는 얘기 못 하겠어요."

3

애덤은 초조하게 집 안의 서랍을 열어 보고, 선반을 올려다

보고, 상자 뚜껑을 열었다. 결국 그는 리를 불러 물어볼 수밖에 없었다.

"잉크와 펜이 어디 있지?"

"없어요. 몇 년 동안 글자 하나 쓰지 않으셨잖아요. 필요하시면 제 걸 빌려드릴게요."

리는 자기 방으로 가서 땅딸막한 잉크병과 무딘 펜, 편지지와 봉투를 들고 와서 탁자 위에 놓았다.

애덤이 물었다.

"내가 편지를 쓰려고 하는지 어떻게 안았나?"

"동생 분에게 편지를 쓰려고 하시는 거 아닙니까?"

"맞아."

"그렇게 오랜만에 편지를 쓰시려면 힘들 겁니다."

사실 편지를 쓰는 것은 쉽지 않았다. 애덤은 펜을 물어뜯고 입을 삐쭉거렸다. 몇 줄 쓰다가는 찢어 버리고 다시 시작했다. 펜대로 머리를 긁기도 했다.

"리, 동부에 좀 다녀오고 싶은데, 내가 올 때까지 애들과 있어 주겠나?"

"편시를 쓰시는 것보다 가시는 편이 더 나을 겁니다. 물론 여기 있겠습니다."

리가 말했다.

"아니야, 편지를 써야겠어."

"동생 분보고 이리로 오라고 하시면 어떨까요?"

"그래, 그거 좋은 생각이야, 리. 미처 그 생각을 못 했군."

"편지 쓸 구실도 되고, 그 편이 좋을 겁니다."

그러자 편지가 술술 잘 써졌다. 애덤은 고칠 데를 손본 후 옮겨 적었다. 그러고는 속으로 천천히 읽고 나서 봉투에 넣었다.
편지의 내용은 이러했다.

사랑하는 동생 찰스에게

아주 오랜만에 내 소식을 듣고서 상당히 놀랐겠구나. 편지 쓸 생각은 여러 번 했다만 자꾸 미루다 이제야 보낸다.

넌 지금 어떻게 지내고 있는지 궁금하다. 물론 건강하겠지. 이제 너도 아이를 다섯, 아니 열까지 두지 않았을까 하는 생각도 든다. 하하! 나는 아들 둘이 있는데, 쌍둥이야. 애들 어머니는 여기 없어. 시골 생활이 그 여자에게 맞지 않았다. 그 여자는 가까운 도시에 사는데, 내가 가끔 가서 만나.

나는 좋은 농장을 가지고 있어. 하지만 부끄럽게도 제대로 경작을 못 하고 있지. 앞으로 잘해 볼 생각이야. 결심은 늘 잘 했지. 하지만 몇 년 동안 비참한 생활을 했어. 지금은 괜찮다.

넌 어떻게 지내고 있니? 하는 일은 잘되고? 보고 싶구나. 여기 한번 오지 않을래? 이곳은 좋은 지대라 너도 와 보면 살고 싶은 생각이 들 거야. 여기엔 추운 겨울이 없어. 그래서 우리 같은 '늙은이들'이 살기엔 아주 좋아. 하하!

찰스, 생각해 보고 알려 줘라. 여행을 하면 너에게도 좋을 거다. 보고 싶다. 너에게 할 말이 많은데, 편지로는 다 할 수가 없구나.

찰스, 고향 소식은 전부 적어 보내라. 많은 일들이 있었겠지. 나이를 먹을수록 알고 지내던 사람들의 사망 소식이 많이 들리는구나. 세상살이가 다 그런 것 아니겠냐. 올 수 있는지 빨리 답장 다오.

형 애덤

그는 편지를 들고 앉아서 이마에 흉터가 있는 동생의 가무잡잡한 얼굴을 그려 보았다. 이글거리며 반짝이는 갈색 눈과 부르르 떠는 입술, 맹목적이고 파괴적인 동물성이 눈에 보이는 것 같았다. 그는 머리를 내저어 그 모습을 보았던 기억을 지워 버렸다. 그런 다음 찰스의 웃는 얼굴을 떠올리려 했다. 흉터가 생기기 전의 이마도 기억해 내려 했다. 그러나 어느 것도 뚜렷이 떠오르지 않았다. 그는 펜을 들어 서명 아래에 이렇게 적었다.

"추신. 어쨌거나 난 너를 절대 미워하지 않았다. 네가 내 동생이기에 항상 사랑했다."

애덤은 편지를 접고 손톱으로 꾹 문질렀다. 그러고는 봉투를 주먹으로 눌러 봉했다.

"리! 이보게, 리!"

그가 소리쳤다.

중국인이 문틈으로 들여다보았다.

"편지가 동부까지 가려면 얼마나 걸리지? 동부 끝까지 가려면?"

"잘 모르겠는데요. 두 주는 걸리겠죠."

29장

1

10년이 지나고 난 뒤에야 처음으로 동생에게 편지를 부치고 나서 애덤은 목이 빠져라 답장을 기다렸다. 시간이 얼마나 지났는지도 잊고 있을 정도였다. 편지가 샌프란시스코에 도착하기도 전에 그는 리에게 큰 소리로 물었다.

"왜 답장을 안 할까? 이제야 편지를 썼다고 화가 난 걸까? 하지만 편지를 안 쓰긴 서로 마찬가지인데. 아니지, 그 애가 우리 집 주소를 모르지. 어쩌면 이사를 갔는지도 모르겠군."

리가 말했다.

"며칠밖에 안 지난걸요. 기다려 보세요."

"동생이 정말 여기에 올까?"

그는 자문도 하고, 자신이 정말로 찰스가 오기를 바라는지 생각도 해 보았다. 편지를 부쳤기 때문에 그는 찰스가 수락을 할지도 모른다는 생각에 덜컥 겁이 났다. 그는 한시도 가만있지 못하고 이 물건 저 물건에 손을 대는 어린아이처럼 행동했다. 그는 쌍둥이들의 일에 관심을 갖고 학교에서 있었던 일에 대해 수시로 질문을 했다.

"오늘은 무엇을 배웠니?"

"아무것도 안 배웠어요!"

"저런! 무엇이든 배웠을 테지. 책을 읽었니?"

"네."

"뭘 읽었지?"

"개미와 베짱이 얘기요."

"재미있었겠구나."

"독수리가 아기를 채 가는 얘기도 있어요."

"그래, 기억난다. 줄거리는 생각나지 않지만."

"아직 거기까지 나가지는 않았어요. 그림만 봤어요."

소년들은 짜증이 났다. 애덤이 서툴게 아버지 노릇을 하고 있는 동안, 칼은 아버지에게서 주머니칼을 빌렸다. 그러면서 아버지가 그 사실을 까맣게 잊어버리고 칼을 돌려 달라는 말을 하지 않기를 바랐다. 마침 버드나무에 물이 오르기 시작해 나무껍질이 쉽게 벗겨졌다. 애덤은 아이들에게 버들피리 만드는 법을 가르쳐 주려고 칼을 도로 가져갔다. 버들피리 만드는 법은 3년 전에 리가 이미 가르쳐 준 것이었다. 그런데 애덤은 자르는 법을 잊어버렸다. 그가 만든 버들피리는 아무 소리도 나지 않았다.

어느 날 정오에 윌 해밀턴이 요란하게 엔진 소리를 내고 덜거덕거리며 새 포드 자동차를 몰고 왔다. 자동차는 저속 기어로 달리고 있었고, 차 덮개는 폭풍에 시달리는 배처럼 흔들거렸다. 차체에 달린 놋쇠 라디에이터와 발판의 프레스토라이트 탱크가 눈부시게 번쩍이고 있었다.

그는 브레이크 레버를 잡아당기고, 스위치를 끈 다음 가죽 의자에 등을 기댔다. 엔진이 과열되어 있었기 때문에 점화를 하지 않아도 여러 번 역화를 일으켰다.

"차를 가져왔습니다!"

월은 한껏 들뜬 척하며 소리쳤다. 그는 포드 자동차라면 질색을 했지만 그것으로 날마다 거액을 벌고 있었다.

애덤과 리가 차 내부를 들여다보는 동안 월 해밀턴은 날로 불어나는 살 때문에 씩씩거리며 자신도 잘 알지 못하는 자동차 작동 방법을 설명하고 있었다.

시동을 걸고, 운전을 하고, 자동차를 관리하는 방법을 배우는 것이 얼마나 어려웠는지 지금으로서는 상상하기 힘든 일이다. 전 과정이 복잡했을 뿐만 아니라 백지 상태에서 시작해야 했기 때문이다. 요즘 어린이들은 어려서부터 내연 엔진의 이론과 속성, 특징을 알면서 성장한다. 그러나 그 당시에는 엔진이 전혀 움직이지 않을 것이라고 굳게 믿고 운전을 배우기 시작했다. 그런 믿음이 들어맞는 경우도 간혹 있었다. 현대에 들어와서는 자동차 엔진에 시동을 걸려면 두 가지만 하면 된다. 즉, 열쇠를 돌리고 시동 장치를 작동시키기만 하면 되는 것이다. 그 외의 모든 것은 자동이다. 당시에는 그 과정이 아주 복잡했다. 자동차에 시동을 걸려면 좋은 기억력과 힘센 팔,

느긋한 성격, 맹목적인 희망뿐만이 아니라 어느 정도 마술을 부릴 줄도 알아야 했다. 간혹 T형 크랭크를 돌리다가 땅에 침을 뱉고 주문을 외우는 사람들도 볼 수 있었다.

윌 해밀턴은 자동차에 대해 설명을 한 다음 다시 처음부터 반복한다. 그의 손님들은 크게 눈을 뜨고 테리어 개처럼 흥미를 보이며 그의 말에 끼어드는 법 없이 적극 협조해 주었다. 그러나 세 번째 설명을 시작했을 때 윌은 더 이상 설명을 할 수가 없었다.

그는 쾌활하게 말했다.

"솔직히 말씀드려야겠군요! 이건 제 전문 분야가 아닙니다. 다만 배달하기 전에 자동차를 보여 드리고, 또 엔진 소리를 들려 드리고 싶었어요. 자, 이제 저는 시내로 돌아가고, 내일 전문가와 함께 이 자동차를 보내 드리겠습니다. 제가 일주일 걸려 설명할 것을 그 사람은 몇 분 만에 더 알차게 설명해 드릴 겁니다. 어쨌거나 전 차를 보여 드리고 싶었을 뿐입니다."

윌은 자기가 알아야 할 주의사항까지 잊어버리고 말았다. 그는 얼마 동안 크랭크를 돌리다가 다음 날 기술자를 보내겠다고 약속했다. 그러고는 애덤에서 마차와 말을 빌려 시내로 갔다.

2

다음 날 쌍둥이는 도저히 학교에 갈 수가 없었다. 학교에 가라고 해도 가지 않았을 것이다. 포드 자동차는 윌이 세워 둔 자리인 떡갈나무 밑에 혼자 떨어져서 보란 듯 뚱하게 있었다. 새 자동차 주인들은 그 주위를 빙 돌면서 위험한 말을 달래기나 하듯 가끔씩 어루만졌다.

리가 말했다.

"이 자동차에 익숙해질 수 있을지 모르겠군요."

애덤이 자신 없게 말했다.

"물론 익숙하게 될 거야. 자네가 제일 먼저 온 동네를 몰고 다닐 텐데."

"자동차의 원리를 이해하려고 노력은 하겠지만 운전은 절대 안 합니다."

리가 말했다.

두 소년은 차 안으로 들락날락하면서 뭔가를 만지고는 뛰어나왔다.

"이 장치는 뭐예요. 아버지?"

"손대지 마라."

"무엇에 쓰는 거예요?"

"모르겠다. 하지만 손대지 마. 골치 아픈 일이라도 생기면 어떡하니."

"그 아저씨가 아버지한테 설명을 해 주었잖아요?"

"잊어버렸다. 자, 물러서라. 말 안 들으면 학교에 보내 버린다. 칼, 내 말 안 들리니? 그걸 열지 마라."

그들은 아침 일찍 일어나서 준비를 했다. 11시가 되자 모두 초조해졌다. 점심때에 맞춰 기계공이 마차를 몰고 왔다. 그는 사슴 가죽 구두와 최신 유행의 더치스 바지를 입고 있었다. 넓고 네모진 코트는 거의 무릎까지 내려와 있었다. 마차에 타고 있는 그의 옆자리에 작업복과 도구가 든 가방이 놓여 있었다. 그는 열아홉 살이었는데, 담배를 질근질근 씹었다. 그는 3개월 동안 자동차 강습소에서 교육을 받으면서 인간을 극도로 경멸하게 되었다. 그가 침을 뱉더니 고삐를 리에게 던졌다.

"이 형편없는 말을 데리고 가요. 도대체 어디가 앞이고 어디가 뒤예요?"

그는 특별 열차에서 내리는 대사이 양 마차에서 내렸다. 그러고는 쌍둥이를 보더니 비웃는 듯한 표정을 짓고는 차갑게 애덤을 돌아보았다.

"식사 때에 맞춰 왔는데 늦은 건 아니겠지요."

리와 애덤은 서로 물끄러미 바라보았다. 그들은 점심 식사에 대해서는 까맣게 잊고 있었다. 자신이 무슨 신이라도 되는 양 유세를 떠는 기계공은 집 안에서 치즈와 빵, 차가운 고기, 파이, 커피, 초콜릿 케이크를 마지못해 먹었다.

"나는 음식을 따뜻하게 해서 먹거든요. 자동차가 제대로 붙어 있기를 바란다면 어린애들은 쫓는 게 나을걸요."

기계공은 느긋하게 식사를 들고 현관에서 잠시 쉰 후 가방을 들고 애덤의 방에 들어갔다. 잠시 뒤 그는 줄무늬 작업복에다 앞면에 포드라고 쓰여 있는 하얀 모자를 쓰고 나타났다.

"공부 좀 하셨습니까?"

그가 말했다.

"공부라니?"

애덤이 물었다.

"시트 밑에 있는 설명서를 읽지도 않으셨어요?"

"있는지도 몰랐는데."

애덤이 말했다.

"아이고."

젊은 친구가 진절머리를 치며 말했다. 그는 직업 정신을 겨우 그러모아 단호하게 차를 향해 갔다.

"시작하는 것이 좋겠어요. 공부를 하지 않았다면 시간이 얼마나 걸릴지 모르겠군요."

애덤이 말했다.

"해밀턴 씨는 어젯밤에 시동을 걸지 못하더군."

기계공이 잔뜩 폼을 잡고 말했다.

"그분은 항상 자석 발전기로 시동을 걸려고 하죠. 좋아요. 시작합시다. 내연기관의 원리는 알고 계시죠?"

"모르는데."

애덤이 말했다.

"세상에!"

그는 양철 뚜껑을 열고 말했다.

"이게 내연 엔진이에요!"

리가 조용히 말했다.

"젊은 사람이 아는 것도 많군."

청년은 그에게 몸을 홱 돌려 얼굴을 찌푸렸다.

"뭐라고 했어요?"

그가 다그치듯 물었다. 그러고는 애덤을 향해 말했다.

"중국 놈이 뭐라고 했어요?"

리는 양손을 벌리고 온화하게 미소를 지었다. 그가 조용히 말했다.

"아주 똑똑한 친구라고 했소. 대학에 다니는 모양이지. 아주 현명해요."

"조라고 불러요!"

청년은 아무 이유 없이 큰 소리로 말하더니 덧붙였다.

"대학이라고! 그 사람들이 뭘 알아요? 점화 시기 조절 장치를 달 줄 아나, 점전은 다듬을 줄을 이니! 대힉이라고요!"

그는 갈색 침을 땅바닥에 퉤 하고 뱉었다. 쌍둥이들은 감탄의 눈길로 그를 바라보았다. 칼은 자기도 한번 해 보려고 혀 속에 침을 모았다.

애덤이 말했다.

"리는 자네가 이 방면을 훤히 꿰고 있다고 감탄한 걸세."

그러자 오만불손하던 청년이 돌연 부드럽게 나왔다.

"그냥 조라고 부르세요. 차에 대해 알고 싶어서 시카고에 있는 자동차 학교에 다녔어요. 그곳이야말로 진짜 학교라고 할 수 있지요. 대학과는 차원이 달라요. 아저씨가 훌륭한 중국 놈, 그러니까 내 말은 훌륭한 중국 사람을 데리고 있다고 아버지가 그러시더라고요. 누구 못지않게 훌륭하대요. 그리고 정직한 사람이래요."

"하지만 나쁜 사람들은 정직하지 않지요."

"그럼요! 나쁜 사람은 정직하지 않지요. 하지만 훌륭한 중국인은 정직해요."

"나도 그런 부류에 포함되었으면 좋겠는데요?"

"착한 중국 사람처럼 보이는걸요. 조라고 불러요."

애덤은 그 대화에 어리둥절했으나 쌍둥이는 그렇지 않았다. 칼이 아론에게 시범을 보였다.

"조라고 불러요."

그러자 아론도 시범을 보였다.

"조라고 불러요."

기계공은 다시 본연의 업무로 돌아갔으나 말투는 부드러워졌고 업신여기는 듯한 태도는 사라지고 명랑하고 다정한 자세로 돌변했다.

"이게 내연 엔진이에요."

그들은 외경의 눈빛으로 볼썽사나운 쇠뭉치를 굽어보았다.

이제 청년의 말은 아주 빨라져서 새로운 시대를 찬양하는 위대한 노래처럼 들렸다.

"밀폐된 공간에서 휘발유가 폭발해 작동이 되는 거예요. 폭발력이 피스톤을 가동시키고 연결봉과 크랭크샤프트를 통해 뒷바퀴로 전달됩니다. 아시겠어요?"

그들은 거침없는 설명을 끊기가 두려워 멍하니 고개를 끄덕였다.

"2기통과 4기통, 두 종류가 있는데 이건 4기통이에요. 아시겠어요?"

그들은 다시 고개를 끄덕였다. 쌍둥이들도 선망의 눈초리로 그의 얼굴을 쳐다보며 고개를 끄덕였다.

"흥미롭군."

애덤이 말했다.

조는 서둘러 설명을 계속했다.

"포드 자동차가 다른 차들과 다른 중요한 점은 혁신적인 원칙에 따라 작동하는 유성 전동장치가 있다는 거예요."

그는 얼굴에 긴장한 빛을 띠면서 잠시 동안 말을 멈췄다. 네 사람이 다시 고개를 끄덕이자 그는 그들에게 주의를 주었다.

"이걸로 모든 걸 안다고 생각하지는 마세요. 유성 전동장치란 걸 잊지 마세요. 혁신적인 것이에요. 설명서를 자세히 보고 연구하는 게 좋은 거예요. 이제 이해하셨으면 자동차 작동으로 들어갑시다."

그는 이 말을 강조하며 말했다. 그는 전반부의 설명을 끝내서 아주 기쁜 모양이었다. 듣는 사람들 역시 그에 못지않게 기뻤다. 한참 집중을 한 탓에 머리가 지끈지끈 아프기 시작한 참이었다. 단 한 마디의 설명도 이해하지 못했다고 해서 집중력이 더 좋아지는 것은 전혀 아니었다.

"이리 와 보세요. 저기 저것이 보이죠. 그게 점화 키예요. 저걸 돌리면 앞으로 나갈 준비가 된 거죠. 자, 이 장치를 왼쪽으로 돌려 보세요. 그러면 배터리가 들어오죠. 보세요. 'Bat'라고 써 있죠. 배터리라는 뜻이에요."

그들은 목을 쭉 빼고 차 안을 들여다보았다. 쌍둥이들은 발판을 디디고 서 있었다.

"이런, 잠시만요. 제가 너무 앞질러 갔군요. 먼저 스파크를 줄이고 휘발유를 올리세요. 안 그러면 팔이 떨어져 나갈 거예요. 그런 다음 여기 보이죠? 이게 스파크예요. 이걸 올리세요.

아셨죠? 위로, 끝까지 올리세요. 그리고 이것이 휘발유예요. 이건 아래로 내리세요. 설명을 한 다음 실제로 해 볼 겁니다. 집중하세요. 얘들아, 너희들은 차에서 내려라. 햇빛을 막고 있잖아. 어서 내리라니까, 빌어먹을."

아이들은 마지못해 발판에서 내려와 문 너머로 쳐다보았다.

그는 깊게 숨을 들이마셨다.

"이제 준비됐지요? 스파크를 줄이고 휘발유는 올리세요. 스파크는 올리고, 휘발유는 내리고. 이번엔 배터리에 스위치를 넣어요. 왼쪽이에요. 기억하세요. 왼쪽입니다."

그러자 벌이 윙윙거리듯 커다란 소리가 들렸다.

"소리가 들리지요? 그러면 코일 통에 연결된 겁니다. 저 소리가 나지 않으면 접점을 조절하든지 줄로 다듬어야 합니다. 이해가 안 되면 요점을 정리해 놓고 철해 두어도 좋지요."

그는 애덤이 놀라는 것을 보고 친절하게 덧붙여 말했다.

"설명서를 자세히 공부하세요."

그는 차 앞으로 갔다.

"이것이 크랭크예요. 그리고 라디에이터에서 삐죽 나와 있는 작은 철사가 보이죠? 저게 초크예요. 시범을 보일 테니 잘 보세요. 크랭크는 이렇게 잡고 시동이 걸릴 때까지 계속 누르세요. 엄지손가락이 아래로 향해 있는 것이 보이죠? 만일 엄지손가락을 반대 방향으로 두고 크랭크를 잡고 누르면, 그 반동으로 엄지손가락이 잘릴 거예요. 아셨죠?"

그는 바라보지는 않았지만 사람들이 고개를 끄덕이고 있음을 알고 있었다.

"자세히 보세요. 압축이 될 때까지 눌렀다 놓았다 하는 겁니다. 그리고 이 철사를 잡아당기고 휘발유를 빨아들이도록 조심스럽게 들어 올립니다. 빨아들이는 소리가 들리지요? 저게 초크예요. 너무 많이 잡아당기지는 마세요. 그러면 휘발유가 넘치거든요. 이제 철사를 놓으면 엔진이 걸립니다. 엔진이 걸리면 빨리 뛰어가서 스파크를 올리고 휘발유를 줄이는 거예요. 그리고 나서 재빨리 손을 뻗어 자석 발동기에 스위치를 넣습니다. 'Mag'라고 써 있는 것이 보이시죠? 그러면 다 된 겁니다."

들고 있던 사람들은 진이 빠졌다. 이렇게 복잡한 과정을 거치고 나서야 시동이 걸리는 것이다.

청년은 그들을 잠시도 쉬게 하지 않았다.

"빨리 배울 수 있게 저를 따라 하세요. 스파크는 올리고, 휘발유는 내리고."

그들은 일제히 따라 했다.

"스파크는 올리고, 휘발유는 내리고."

"배터리에 스위치."

"배터리에 스위치."

"압축될 때까지 크랭크, 엄지손가락은 아래로."

"압축될 때까지 크랭크, 엄지손가락은 아래로."

"천천히, 초크를 잡아당기고."

"천천히, 초크를 잡아당기고."

"엔진 걸고."

"엔진 걸고."

"스파크 내리고, 휘발유 올리고."

"스파크 내리고, 휘발유 올리고."

"자석 발동기에 스위치."

"자석 발동기에 스위치."

"자, 다시 하겠어요. 조라고 부르세요."

"조라고 부르세요."

"그건 따라 하지 말고요. 스파크는 올리고, 휘발유는 내리고."

그 과정을 네 번째 반복하자 애덤은 지겹다는 생각이 들었다. 그는 이런 과정이 어리석게만 보였다. 잠시 후 윌 해밀턴이 나지막하고 멋진 빨간색 차를 몰고 오자 그는 한시름을 놓았다. 청년은 다가오는 차를 보고 경애하는 투로 말했다.

"저 차에는 밸브가 16개나 있지요. 특제랍니다."

윌이 차에서 몸을 내밀었다.

"어떻게 돼 가나?"

"잘돼 갑니다. 이해가 빠르신데요."

기계공이 말했다.

"이봐, 로이, 자네를 태워 가야겠어. 새 영구차의 베어링이 나갔어. 자네 늦게까지 일을 해야겠는걸. 내일 11시에 호크 부인의 장례식을 치러야 하니까."

로이는 재빨리 차려 자세를 취하더니 말했다.

"옷을 가져올게요."

그는 집으로 달려갔다. 그가 가방을 들고 달려올 때 칼이 길을 막고 섰다.

"있잖아요, 아저씨 이름이 조인 줄 알았는데요?"

칼이 말했다.

"조라니, 무슨 말이야?"

"아저씨가 우리한테 조라고 불러 달라고 했는데, 해밀턴 씨는 로이라고 부르잖아요?"

로이는 웃으면서 튀어 오르듯 차에 탔다.

"조라고 불러 달라는 말을 왜 했는지 아니?"

"아뇨, 왜 그랬어요?"

"내 이름이 로이니까."

그는 한참 웃더니 웃음을 거두고 애덤에게 진지한 목소리로 말했다.

"시트 밑에 설명서가 있으니 잘 읽어 보세요. 아시겠어요?"

"그렇게 하지."

애덤이 말했다.

30장

1

성서 시대와 마찬가지로 당시에도 기적이란 것이 있었다. 일주일 뒤 포드 자동차 한 대가 덜덜거리는 소리를 내며 킹시티 중심가에 나타나더니 우체국 앞에 멈춰 섰다. 운전대에는 애덤이, 그 옆에는 리가, 그리고 뒷좌석에는 두 소년이 몸을 꼿꼿이 세운 채 의젓하게 앉아 있었다.

애덤이 자동차 바닥을 내려다보았다. 네 사람이 입을 모아 합창을 했다.

"브레이크를 밟고, 휘발유를 올리고, 스위치를 끈다."

작은 엔진이 소리를 내더니 멈췄다. 애덤은 기운이 빠지긴 했지만 뿌듯한 마음이 들어서 잠시 동안 등을 기대고 앉아 있다가 밖으로 나왔다.

우체국장이 금빛 창살 틈으로 밖을 내다보았다.

"당신도 그 빌어먹을 놈의 차를 샀구려."

"시대에 맞춰 가야지요."

애덤이 말했다.

"트래스크 씨, 내 장담하는데 앞으로 때가 되면 말을 보기 힘들 겁니다."

"아마 그렇겠지요."

"시골 풍경도 달라질 거요. 여기저기서 덜덜거리는 소리가 나니 말입니다. 여기서도 그걸 느껴요. 편지를 찾으러 일주일 에 한 번씩 오던 사람들이 이제는 매일 와요. 하루에 두 번 올 때도 있지 뭡니까. 빌어먹을 놈의 카탈로그가 올 때까지 기다 리지 못하고 돌아다니는 거지요. 가만히 있지를 못 하고 늘 돌아다니는 겁니다."

그가 어찌나 질색을 하던지 애덤은 그가 아직 포드를 사지 않았다는 것을 알 수 있었다. 시기심에 부아가 치밀어서 그러 는 모양이었다.

"나는 사지 않을 거요."

우체국장의 이 말은 그의 부인이 자동차를 사자고 졸라 대 고 있다는 뜻이었다. 채근을 하는 쪽은 여자들이었다. 자동차 는 사회적 지위를 나타내는 것이기도 했다.

우체국장은 화가 나서 편지함에서 편지를 뒤적이다가 긴 편지 봉투를 던졌다.

"병원에서나 봅시다."

그가 심술궂게 말했다.

애덤은 그에게 미소를 지으며 편지를 받아 들고 나왔다.

편지를 받아 본 적이 거의 없는 사람은 편지를 가볍게 뜯는 법이 없다. 무게를 가늠해 보고, 봉투에 적힌 발신자의 이름과 주소를 읽고, 필적을 살피고, 소인과 날짜를 확인한다. 애덤은 우체국을 나와 보도를 가로질러 차에 와서야 그렇게 했다. 봉투의 왼쪽 구석에는 '법률 변호사 벨 로우스 앤드 하비'라고 인쇄되어 있었다. 주소는 애덤의 고향인 코네티컷의 소도시였다.

그는 유쾌하게 말했다.

"벨 로우스 앤드 하비는 내가 잘 알지. 그런데 무슨 용건일까?"

그는 봉투를 자세히 들여다보았다.

"내 주소를 어떻게 알았지?"

그는 봉투를 뒤집어 뒤를 보았다. 리가 그를 바라보고 미소를 지으며 말했다.

"내용을 읽어 보면 아실 텐데요."

"그렇겠군."

일단 뜯어 보기로 결심을 하자 그는 주머니칼을 꺼내 커다란 날을 펼치고, 칼이 들어갈 만한 데가 있는지 살폈다. 그러나 빈곳이 없는 것을 알고 편지지가 잘리지 않게 자르기 위해 편지를 햇볕에 비춰 보았다. 그러고 나서 한쪽으로 가볍게 친 다음 다른 쪽을 잘랐다. 그런 다음 끄트머리로 입김을 불어 넣고는 두 손가락으로 편지를 꺼내 천천히 읽기 시작했다.

"캘리포니아, 킹시티, 애덤 트래스크 씨 귀하."

편지는 급하게 시작되었다.

"지난 6개월 동안 우리는 모든 수단을 동원해 당신의 주소를 수소문했습니다. 전국의 신문에 광고도 내 보았으나 헛일이었습니다. 지방 우체국장이 당신이 동생에게 보낸 편지를 우리에게 회송했을 때에야 당신의 거처를 확인할 수 있었습니다."

애덤은 그들의 조바심을 느낄 수 있었다. 그다음 글은 완전히 다른 어투로 시작되었다.

"유감스러운 일입니다만 당신의 동생 찰스 트래스크 씨는 고인이 되었습니다. 그는 2주 동안 폐병을 앓다가 10월 12일에 세상을 떠났습니다. 시신은 오드 펠로스 묘지에 안치되어 있습니다. 묘비는 없습니다. 당신이 이 슬픈 일을 맡아서 처리하리라 믿습니다."

애덤은 깊게 숨을 들이쉬고는 그 대목을 다시 읽었다. 그러고는 한숨 소리가 나지 않도록 천천히 숨을 내쉬었다.

"내 동생 찰스가 죽었어."

"안됐습니다."

리가 말했다.

칼이 물었다.

"그분이 우리 삼촌이에요?"

"찰스 삼촌이란다."

애덤이 말했다.

"제 삼촌도 되지요?"

아론이 물었다.

"물론이지."

"삼촌이 있었는지 몰랐어요. 무덤에 꽃을 가져다 놔야겠어요. 에이브라가 도와줄 거예요. 기꺼이 도와줄 거예요."

아론이 말했다.

"그곳은 아주 멀어. 이 나라의 반대편 끝에 있어."

아론이 흥분하여 말했다.

"알아요! 어머니한테 꽃을 가지고 갈 때 찰스 삼촌 것도 가지고 가야지."

그러더니 조금 슬픈 어조로 말을 이었다.

"죽기 전에 삼촌을 알았으면 좋았을 텐데."

아론은 죽은 친척들이 점점 늘어난다는 것을 느꼈다. 그가 물었다.

"훌륭한 분이었어요?"

"아주 훌륭했지. 칼이 너의 유일한 동생인 것처럼 삼촌은 내 유일한 동생이었단다."

애덤이 말했다.

"아버지도 쌍둥이였어요?"

"아니, 쌍둥이는 아니었어."

칼이 물었다.

"삼촌은 부자였어요?"

애덤이 말했다.

"물론 아니었다. 어떻게 그런 생각을 했지?"

"삼촌이 부자라면 우리가 그것을 물려받는 거잖아요, 그렇죠?"

애덤이 엄중하게 말했다.

"사람이 죽었는데 돈 얘기를 하는 건 도리가 아니야. 삼촌이 죽었으니까 우리 모두 슬퍼해야지."

"어떻게 내가 슬퍼할 수 있겠어요? 한 번도 삼촌을 본 적이 없는데."

칼이 말했다.

리는 웃음을 감추려고 손으로 입을 막았다. 애덤은 편지를 다시 보았다. 어투가 다시 바뀌어 있었다.

"고인의 변호사로서 이 사실을 알려 드리게 되어 기쁩니다. 동생 분은 근면함과 비상한 두뇌를 밑천으로 상당한 재산을 남겼습니다. 토지와 유가증권과 현금으로 되어 있는 유산은 10만 달러가 넘습니다. 본 사무실에서 작성 날인된 유서는 우리가 보관하고 있으며, 요구하시면 송부하겠습니다. 내용에 따르면 모든 재산은 당신과 당신 부인에게 균배하도록 되어 있습니다. 당신의 부인이 사망한 경우 모든 재산은 당신에게, 당신이 사망한 경우에는 당신 부인에게 물려주도록 되어 있습니다. 편지를 보건대, 당신이 생존하고 있기에 축하를 보냅니다. 충실한 대리인, 벨 로우스 앤드 하비, 조지 하비 씀."

그리고 편지 끝에 휘갈겨 쓴 글이 있었다.

"친애하는 애덤에게. 잘살 때 충실한 대리인들을 잊어버리지는 말게. 찰스는 한 푼도 낭비하지 않았어. 한 푼을 쪼개 쓰면서 큰돈을 모았지. 당신과 당신 부인이 이 돈으로 조금이라도 기쁨을 얻길 바라네. 그곳에 좋은 변호사가 일할 만한 자리가 있나? 거기 가서 일해 볼까 해서 그러네. 옛 친구 조지 하비."

애덤은 편지 너머로 아들들과 리를 바라보았다. 세 사람 모두 그가 얘기해 주기를 기다렸다. 애덤은 입을 굳게 다물고 한 마디도 하지 않았다. 그러더니 편지를 접어서 봉투에 넣고 안 주머니에 조심스럽게 집어넣었다.

"무슨 복잡한 일이라도?"

리가 물었다.

"아니야."

"안색이 안 좋으셔서요."

"아니야. 동생 때문에 슬퍼서 그래."

애덤은 마음속으로 편지의 내용을 정리하려 했으나 둥지에 알을 낳으려는 암탉처럼 불안했다. 그래서 혼자 있을 때 신중하게 생각하기로 했다. 그는 자동차 안으로 들어가 기계장치를 멍하니 바라보았다. 순서가 하나도 기억나지 않았다.

리가 물었다.

"도와드릴까요?"

"이상하군! 뭐부터 시작해야 하는지 도무지 생각이 나질 않아."

애덤이 말했다.

리와 소년들이 부드럽게 말했다.

"스파크는 올리고, 휘발유는 내리고. 배터리에 스위치 넣고."

"아, 참, 그렇지."

코일 통에서 벌 소리 같은 것이 크게 들리는 동안 애덤은 크랭크를 걸고 스파크를 올리고 자석 발동기에 스위치를 넣었다.

그들이 집 근처 골짜기에 있는 떡갈나무 밑의 울퉁불퉁한 길을 천천히 지날 때 리가 말했다.

"고기 사는 걸 깜빡했네요."

"그랬나? 그랬군. 집에 먹을 게 없나?"

"베이컨과 계란은 어떠세요?"

"좋지, 좋아."

"내일 편지를 부치셔야 할 테니 고기는 그때 사죠."

"그렇게 해야겠어."

저녁 식사가 준비되는 동안, 애덤은 허공을 응시한 채 멍하니 있었다. 아무래도 리의 도움이 필요하다는 생각이 들었다. 큰 도움은 되지 않겠지만 리에게 말하는 것만으로도 생각이 정리될 것 같았다.

칼은 아론을 밖으로 끌고 나와 포드가 주차되어 있는 헛간으로 데리고 갔다. 칼은 문을 열고 운전석에 앉았다. 그가 말했다.

"어서 타!"

아론이 말렸다.

"아버지가 가까이 가지 말라고 하셨잖아."

"아버지는 모르실 거야, 타라니까!"

아론은 겁을 내면서 안으로 들어가 의자에 앉았다. 칼은 운전대를 좌우로 돌렸다. 그는 클랙슨 소리를 내더니 말했다.

"내가 무슨 생각을 하는지 알아? 찰스 삼촌은 부자였을 거야."

"그렇지 않아."

"틀림없어."

"그럼 아버지가 거짓말을 하셨다는 거야?"

"그건 아니지만, 삼촌이 부자였던 건 분명해."

그들은 잠시 동안 아무 말도 하지 않았다. 칼은 굽은 길이 있다고 상상하고 운전대를 거칠게 돌렸다. 그가 말했다.

"내가 꼭 알아낼 수 있을 거야."

"무슨 뜻이야?"

"물건을 걸어 내기할래?"

"안 해."

아론이 말했다.

"사슴 다리뼈로 만든 형의 호각을 거는 게 어때? 그 호각에 돌치기 구슬을 걸고 맹세하는데, 저녁 식사가 끝나자마자 아버지는 우리더러 자러 가라고 하실걸. 그럴 것 같지?"

"그럴 것 같아. 하지만 왜 그럴지 이유는 모르겠어."

아론은 막연히 대답했다.

칼이 말했다.

"아버지는 리 아저씨에게 말씀하실 거야. 그러면 나는 몰래 엿들어야지."

"그러면 못써."

"할 거야. 내가 못 할 거라고 생각해?"

"내가 이른다면 어쩔래?"

칼의 눈빛이 싸늘해지고 안색이 어두워졌다. 그가 아론에게 몸을 숙이고는 나직이 말했다.

"형은 말 못 해. 만일 형이 이르면, 난 누가 아버지 칼을 훔쳤는지 말할 거야."

"칼을 훔친 사람은 없어. 아버지가 갖고 계신걸. 그걸로 편지를 자르셨잖아."

칼이 냉랭하게 웃으며 말했다.

"난 오늘이 아니라 내일에 대해서 말한 거야."

아론은 그의 말뜻을 알아들었다. 칼은 아론이 고자질할 수 없다는 사실을 알았다. 아론은 그 일과 관련해 아무것도 하지 못할 것이었다. 칼은 더없이 무시했다.

아론의 얼굴에서 당황하는 기색과 무력감을 본 칼은 자신의 능력에 감탄하고 기뻐했다. 그는 형보다 머리 회전이 빨랐고, 한 발 앞서서 계획을 세웠다. 칼은 아버지도 자기 수에 넘어갈 것이라고 생각하기 시작했다. 그러나 리에게는 칼의 술수가 먹혀들지 않았다. 침착한 리는 힘 안 들이고 그를 앞질러 가서는 느긋하게 기다리며 그의 속을 훤히 꿰뚫고 있다가 마지막 순간에 '그렇게 하면 안 된다.' 하고 조용히 주의를 주었다. 칼은 리를 존경했으나 두려운 마음도 조금은 있었다. 그러나 무력하게 그를 바라보고 있는 아론은 그의 손아귀에 잡혀 있는 진흙 덩어리나 마찬가지였다. 문득 칼은 형에 대한 깊은 사랑과 그의 연약함을 보호해 주고 싶은 충동을 느꼈다. 그는 아론을 안아 주었다.

아론은 움찔하지도 않고 응하지도 않았다. 그저 뒤로 조금 물러서서 동생의 얼굴을 바라보았다.

칼이 말했다.

"내 생각이 우스워?"

"네가 왜 그런 짓을 하는지 이유를 모르겠다."

아론이 말했다.

"무슨 말이야? 그런 짓이라니?"

"교활하고 비열한 짓 말이야."

"교활하고 비열하다니?"

"토끼 일도 그렇고, 자동차에 몰래 타는 것도 그래. 그리고 넌 에이브라에게 뭔가 좋지 않은 짓을 했어. 그게 뭔지는 잘 모르겠지만 그 애가 상자를 버리게 만든 것도 분명히 너일 거야."

"그래! 알고 싶어?"

칼은 말은 그렇게 했지만 불안했다.

아론이 천천히 말했다.

"알고 싶지 않아. 다만 네가 왜 그런 짓을 하는지 알고 싶어. 너는 항상 어떤 일을 꾸미고 있어. 네가 왜 그러는지 모르겠어. 그렇게 해서 얻는 게 뭔지 모르겠다고."

칼은 가슴이 아팠다. 갑자기 자신의 계획이 비열하고 추잡해 보였다. 그는 형이 자기 정체를 알아냈다고 생각했다. 그는 아론의 사랑을 갈망했다. 그는 갈피를 못 잡고 상실감을 느꼈으며, 어찌할 바를 몰랐다.

아론은 차 문을 열고 내려와 헛간 밖으로 걸어 나갔다. 잠시 동안 칼은 운전대를 돌리면서 길을 질주하는 상상을 했다. 그러나 아무 소용이 없었다. 이윽고 그는 아론을 따라 집으로 향했다.

206

2

저녁 식사 후 리가 설거지를 끝내자 애덤이 말했다.

"너희들은 자거라. 오늘 큰일이 많았구나."

아론은 칼을 재빨리 보고는 호주머니에서 사슴 다리뼈 호각을 천천히 꺼냈다.

칼이 말했다.

"필요 없어."

아론이 말했다.

"이제 네 거야."

"글쎄, 필요 없다니까. 안 가질래."

아론은 뼈로 된 호각을 탁자 위에 놓으며 말했다.

"네 거 여기 있어."

애덤이 끼어들었다.

"웬 입씨름이야? 일찍 자러 가라고 했잖아."

칼은 천진난만한 표정을 지으며 말했다.

"왜요? 자기는 너무 일러요."

애덤이 말했다.

"사실은 리 아저씨하고 단둘이 할 얘기가 있다. 너무 어두워서 밖에 나가서 놀 수는 없으니까 자러 가라는 거야. 적어도 너희 방에라도 가 있으라는 거다. 알겠니?"

"알겠어요."

그들은 대답을 하고 나서 리를 따라 복도를 통과해 집 뒤쪽에 있는 그들의 방으로 갔다. 그들은 잠옷을 갈아입고 다시

나와 아버지에게 밤 인사를 했다.

리는 거실로 돌아와 복도에 있는 문을 닫았다. 그는 사슴 다리뼈 호각을 집어 들고 살핀 다음 다시 놓았다.

"무슨 얘기가 오갔을까?"

리가 말했다.

"리, 무슨 말인가?"

"저녁 식사 전에 내기를 한 모양이에요. 식사 후 아론이 졌기 때문에 이걸 내놓은 거지요. 우리가 무슨 얘기를 했지요?"

"자러 가라고 얘기한 것밖에 없는데."

"나중에 알게 되겠죠."

리가 말했다.

"아이들 일을 지나칠 정도로 중요하게 생각하는 것 같군. 별 뜻이야 없겠지."

"아니에요. 무슨 뜻이 있어요. 트래스크 씨, 사람의 생각이 어느 나이 때부터 갑자기 여문다고 생각하세요? 지금의 감정이나 생각이 열 살일 때보다 더욱 예민하고 명료해졌나요? 그 때만큼 잘 보이고, 잘 들리고, 맛이 잘 느껴지세요?"

"자네가 옳을지도 모르겠군."

애덤이 말했다.

"시간이 인간에게 나이와 슬픔 이외에도 다른 많은 걸 준다고 생각하신다면 그것은 큰 착각입니다."

"추억도 남겨 주지."

"맞아요. 추억이 없다면 시간은 우리에게 무력할 뿐이지요. 제게 무슨 말씀을 하시려고 한 거죠?"

애덤은 편지를 호주머니에서 꺼내 탁자 위에 놓았다.

"이 편지를 차근차근 읽어 보게. 그런 다음에 얘기를 하세."

리는 독서용 안경을 꺼내 썼다. 그런 다음 램프 밑에서 편지를 읽었다.

애덤이 물었다.

"어때?"

"여기에 변호사가 일할 만한 자리가 있나요?"

"무슨 뜻인가? 아, 알았네. 농담을 하는 거지?"

"아닙니다. 농담을 하는 게 아닙니다. 세상에 알려지지 않은 깍듯한 동양식 예법대로 제 의견을 말씀드리기 전에 당신의 의견을 알고 싶다는 뜻입니다."

"진심인가?"

"진심입니다. 동양식 예법은 집어치우겠습니다. 나이를 먹을수록 심술이 생깁니다. 참을성도 적어지고요. 중국인 하인들은 전부 나이를 먹을수록 충성심은 그대로이지만 인색해진다는 얘기를 듣지 못하셨습니까?"

"자네 감정을 언짢게 하고 싶지는 않네."

"괜찮습니다. 이 편지 이야기를 하고 싶으시죠. 그럼 말씀하십쇼. 그러면 정직하게 제 의견을 말씀드릴 수 있을지, 아니면 당신의 의견을 재확인시켜 드리는 것이 좋을지 알게 될 테니까요."

"편지를 이해할 수가 없네."

애덤이 힘없이 말했다.

"동생을 잘 알고 계시잖아요. 당신이 편지를 이해하지 못하면, 그분을 한 번도 본 일이 없는 제가 어떻게 이해를 하겠습니까?"

애덤은 일어서서 복도 문을 열었으나 그 뒤로 숨어 버린 그림자는 못 보았다. 그는 자기 방으로 가서 퇴색한 갈색 은판 사진을 들고 나와 리 앞에 있는 탁자 위에 놓았다.

"이것이 내 동생 찰스네."

그는 다시 복도로 가서 문을 닫았다.

리는 반사가 되어 잘 안 보이는 번쩍이는 사진을 램프 밑에서 이리저리 움직이며 살폈다.

"오래된 사진이야. 내가 입대하기 전에 찍은 거니까."

애덤이 말했다.

리는 사진 쪽으로 몸을 바짝 숙였다.

"알아보기 힘든데요. 하지만 표정을 보니 유머 감각은 별로 없겠군요."

"전혀 없지. 생전 웃지를 않았으니까."

애덤이 말했다.

"전 그런 뜻으로 말한 게 아닙니다. 동생의 유서 조항을 읽었을 때 대단히 잔인한 장난기가 있는 분이 아닐까 하는 생각이 들었어요. 동생이 트래스크 씨를 좋아했나요?"

"모르겠어. 가끔 그 애가 나를 좋아한다고 생각하기도 했지. 하긴 언젠가 나를 죽이려고 한 적도 있지만."

리가 말했다.

"그렇군요. 사랑과 살의 두 가지가 얼굴에 쓰여 있군요. 그 두 가지가 그를 인색한 사람으로 만들었어요. 인색한 사람이란 돈이라는 요새 속에 숨어 있는 겁쟁이죠. 그분이 당신의 부인을 알고 있었나요?"

"그랬지."

"그가 부인을 사랑했나요?"

"미워했어."

리는 한숨을 지었다.

"그건 중요하지 않습니다. 그게 당신의 문제는 아니지요?"

"아니. 그건 상관없어."

"문제를 들추어 생각해 보고 싶으세요?"

"그게 바로 내가 원하는 거야."

"그러면 그렇게 하세요."

"머릿속이 멍한데."

"그러면 당신 대신 제가 카드를 꺼내 볼까요? 간혹 제삼자는 그렇게 할 수가 있거든요."

"그게 내가 바라는 걸세."

"그러면 좋습니다."

갑자기 리가 중얼거리더니 놀란 표정을 지었다. 그는 여위고 작은 손으로 자신의 둥근 턱을 잡더니 말했다.

"저런! 그 생각을 못 했네요."

애덤은 불안하게 몸을 움직이며 짜증 섞인 투로 말했다.

"뜸들이지 말고 빨리 얘기해 주게."

리는 호주머니에서 담뱃대를 꺼냈다. 길고 가느다란 흑단나무에 작은 컵 같은 놋쇠 대통이 달린 것이었다. 그는 머리카락처럼 잘게 썬 잎담배를 골무 모양의 대통에 채우고 불을 붙인 다음 길게 네 모금 빨고 나서 불을 껐다.

"아편인가?"

"아니에요. 싸구려 중국산 잎담배입니다. 맛이 고약하지요."

"그런데 왜 피우나?"

"모르겠어요. 이걸 피우면 뭔가가 생각나요. 생각이 명료해지죠. 그다지 복잡한 건 아니지만요."

리의 눈이 반쯤 감겨 있었다. 그가 말을 이었다.

"그럼 좋습니다. 트래스크 씨의 생각을 계란 국수처럼 뽑아서 햇볕에 말리도록 하지요. 그 여자는 여전히 당신의 부인이고, 아직도 살아 있습니다. 유언에 따르면 그녀는 5만 달러 이상을 유산으로 받게 되어 있어요. 거액의 돈이지요. 그 돈이라면 좋은 일이든 나쁜 일이든 얼마든지 할 수가 있지요. 만일 동생이 그 여자가 어디에서 뭘 하고 있는지 안다면, 그래도 그 여자에게 돈을 남겨 주려고 할까요? 법정은 항상 유언자의 의사에 따르죠."

"동생은 그걸 원치 않을걸."

애덤이 말했다. 그러고 나서 그는 찰스가 술집 위층에 있던 여자들을 주기적으로 찾아가던 일을 떠올렸다.

"당신은 동생의 생각을 헤아려 보셔야 할 겁니다. 부인이 하는 일은 좋은 일도 나쁜 일도 아닙니다. 성자는 어떤 토양에서도 나올 수 있으니까요. 어쩌면 그 여자는 이 돈으로 어떤 선한 일을 할지도 모릅니다. 양심에 걸리는 게 있을 때 자선을 베풀면 그나마 위로가 되는 법이니까요."

애덤은 몸서리를 쳤다.

"그 여자가 돈이 있다면 무엇을 할 생각인지 나에게 말해 주더군. 자선은커녕 살인에 가까운 짓을 하려고 들었어."

"그러면 그 여자에게 돈을 주어서는 안 된다고 생각하시겠군요?"

"살리나스에 있는 많은 유명인사들을 파멸시켜 버리겠다고 했어. 그러고도 남을 여자야."

"알겠어요. 이 문제를 객관적인 시각으로 볼 수 있어서 기쁩니다. 명사들이라고 치부가 없겠습니까. 그래서 도의상 그 여자에게 돈을 줄 수 없다는 거죠?"

"그렇지."

"그럼 이 점을 생각해 보세요. 그 여자는 이름도, 든든한 배경도 없습니다. 창녀는 의지할 데라곤 없는 신세이지요. 그 여자가 이 사실을 안다 하더라도 당신의 도움 없이는 돈을 요구할 수 없을 겁니다."

"나도 그렇게 생각하네. 그렇지 내 도움 없이는 돈을 요구할 수 없겠지."

리는 담뱃대를 꺼내 작은 양철 핀으로 재를 파낸 다음 다시 대통을 채웠다. 그는 담배 네 모금을 천천히 빨면서 무겁게 내려앉은 눈꺼풀을 올리고 애덤을 살폈다.

"대단히 미묘한 도덕적인 문제이군요. 허락을 하신다면 나의 영예로운 친지들에게 생각해 보시라고 말씀드리고 싶군요. 물론 이름은 밝히지 않고요. 남자애들이 개의 진드기를 잡듯이 그들은 이 문제에 대해 깊이 숙고할 겁니다. 그들은 분명 흥미로운 결과를 끌어낼 거예요."

그는 담뱃대를 탁자 위에 놓더니 말을 이었다.

"하지만 선택의 여지가 없으시죠?"

"무슨 말인가?"

"그럼 당신은 제가 당신에 대해 알고 있는 것보다도 자신에 대해 더 모르신다는 겁니까?"

"어떻게 해야 할지 모르겠어. 생각을 많이 해 봐야겠군."

리는 화를 내며 말했다.

"시간만 낭비했군요. 당신은 자신에게 거짓말을 하고 계신 겁니까, 아니면 저에게만 거짓말을 하시는 겁니까?"

"나한테 그런 식으로 말하지 말게!"

"왜 안 됩니까? 저는 늘 기만을 싫어했어요. 당신이 어떻게 할지는 뻔합니다. 훤히 보인다고요. 당신의 숨결에 나타나 있어요. 제 마음 내키는 대로 말하겠습니다. 저는 성질이 좀 괴팍하거든요. 용기도 있고요. 저는 고서의 퀴퀴한 냄새와 훌륭한 사고가 뿜어내는 달콤한 향기를 고대하고 있습니다. 도덕적 갈림길에 직면하는 경우, 당신은 훈련받은 대로 행동할 겁니다. 소위 사고라는 게 그걸 바꾸어 놓진 못할 거예요. 당신의 부인이 살리나스의 창녀라는 사실도 상황을 바꾸지는 못할 겁니다."

애덤은 벌떡 일어섰다. 얼굴에는 노기가 등등했다. 그가 소리쳤다.

"이제 떠날 몸이니 이렇게 무례하게 굴어도 된다는 건가. 돈을 어떻게 할지 아직 결정을 내리지 못했어."

리는 깊게 한숨을 쉬었다. 그는 양손으로 무릎을 짚고 왜소한 몸을 일으켰다. 그러고는 지친 듯이 걸어가서 앞문을 열었다. 그는 돌아서서 애덤에게 미소를 지었다.

"거짓말쟁이!"

그는 상냥하게 말하고는 밖으로 나가더니 문을 닫았다.

3

칼은 어두운 복도를 살금살금 기어서 형과 함께 쓰는 방으로 들어갔다. 2인용 침대의 베개 위로 형의 머리가 보였으나 그가 잠들었는지는 알 수 없었다. 그는 아주 조용히 형의 옆자리로 들어가서 깍지를 껴 베개로 삼고 수많은 유색 미립자로 구성된 어둠을 응시했다. 차양이 서서히 불룩해지더니 밤바람이 불어왔고, 낡은 차양이 조용히 펄럭이며 창문을 때렸다.

잿빛 우울함이 이불처럼 그를 뒤덮었다. 아론이 자신을 남겨 두고 헛간에서 나가지 않았다면 좋았을 텐데 하는 생각을 했다. 그리고 방금 전에 복도 문 앞에 쭈그리고 앉아 엿들은 일을 뼈저리게 후회했다. 그는 어둠 속에서 입술을 움직여 마음속으로 기도를 했다. 그러나 그 말소리가 귓가에 들리는 것 같았다.

'주여, 제가 아론처럼 되게 해 주세요. 저를 비열한 사람이 되지 않게 해 주세요. 비열한 사람이 되고 싶지 않습니다. 모든 사람들이 저를 좋아하게 해 주시면, 세상에 있는 걸 다 드릴게요. 그렇게 되지 않으면 제가 그렇게 되도록 만들 겁니다.

전 비열한 사람이 되고 싶지 않아요. 외로워지고 싶지도 않아요. 예수님의 이름으로 기도 드립니다. 아멘.'

뜨거운 눈물이 그의 두 뺨을 타고 흘러내렸다. 그는 잔뜩 긴장한 채 얼어붙어 있었고, 울음소리나 훌쩍이는 소리를 내지 않으려고 애썼다.

아론이 어둠 속에서 베개에 대고 속삭였다.

"너 추운 모양이구나. 덜덜 떨고 있잖아."

그는 손을 뻗어 칼의 팔을 잡았다. 소름이 돋아 있었다. 그가 부드럽게 물었다.

"찰스 삼촌은 돈이 많던?"

"아니."

칼이 대답했다.

"나가서 한참 있다가 오던데, 아버지가 무슨 말씀을 하셨니?"

칼은 가만히 누워서 숨을 고르려고 애썼다.

아론이 물었다.

"나한테 말해 주고 싶지 않아? 싫으면 관둬."

"말해 줄게."

칼이 속삭였다. 그는 형을 등지고 옆으로 돌아누웠다.

"아버지가 어머니에게 꽃다발을 보내실 거래. 아주 커다란 카네이션 꽃다발을."

아론은 몸을 반쯤 일으키고 흥분하여 물었다.

"정말? 그 먼 곳까지 어떻게 보내지?"

"기차에 실어서. 그렇게 크게 말하지 마."

아론은 목소리를 낮추었다.

"하지만 꽃이 시들어 버릴 텐데."

"꽃다발 주위에 얼음을 채우실 거래."

아론이 물었다.

"얼음이 많이 들지 않을까?"

"엄청 많이 들겠지. 이제 그만 자."

칼이 말했다.

아론은 잠시 말이 없다가 다시 입을 열었다.

"꽃이 싱싱하게 그곳에 도착하면 좋겠다."

"그렇게 될 거야."

칼이 말했다. 그러면서 마음속으로는 소리쳤다.

'제가 비열해지지 않게 해 주세요.'

31장

1

애덤은 오전 내내 집 안을 서성거리며 생각에 잠겼다. 그러다 점심때가 되어서야 리를 찾으러 밖으로 나갔다. 그는 퇴비를 주어 거무스름한 색을 띠는 채소밭을 갈아 당근, 근대, 순무, 완두콩, 강낭콩, 무, 양배추 같은 봄 채소를 심고 있었다. 팽팽하게 맨 줄을 따라 직선으로 고르게 갈아 놓은 이랑 끝에는 말뚝을 박아 뭘 심어 놓았는지 구분할 수 있도록 씨 봉지를 매달아 놓았다. 채소밭 끝에 있는 모밭에는 이식할 준비가 된 토마토와 고추와 양배추의 모종들이 위험한 서리가 지나가기만 기다리고 있었다.

애덤이 말했다.

"내가 어리석었어."

리는 삼지창 삽에 몸을 기대고 그를 조용히 바라보았다.

"언제 가실 건가요?"

"2시 40분 차를 타고 가서 8시 차로 와야겠어."

"편지를 쓰시지 그러세요?"

"그 생각도 했지. 자네 같으면 편지를 쓰겠나?"

"아닙니다. 트래스크 씨가 옳습니다. 이번엔 제가 어리석었습니다. 편지론 안 되겠군요."

"가야겠네. 여러모로 생각을 해 봤지만, 가죽 끈에 매달린 사람처럼 항상 같은 자리로 되돌아오는군."

"다른 건 몰라도 그 문제에 대해서는 정직할 수밖에 없지요. 행운을 빕니다. 그 여자가 무슨 말을 하고 어떤 행동을 할지 벌써부터 궁금해지는데요."

"마차를 타고 가서 킹시티의 보관소에 맡겨야겠어. 혼자서 포드를 몰고 가려니까 불안해."

애덤이 케이트 집에 도착해 삐걱거리는 계단을 올라가 폭우에 시달린 흔적을 고스란히 드러내는 문을 두드렸을 때는 4시 15분이었다. 전과는 다른 사람이 문을 열었다. 그는 얼굴이 각진 핀란드 사람으로 셔츠와 바지 차림이었다. 넓은 소매에는 빨간색의 비단 팔 밴드가 둘러져 있었다. 그는 애덤을 현관에 세워 둔 채 안으로 들어갔다가 잠시 후에 돌아와서 식당으로 안내했다.

장식이 거의 없는 넓은 방이었다. 벽과 목세공은 흰색 칠이 되어 있었다. 방 한가운데는 길고 네모난 식탁이 있고, 흰 유포로 된 덮개 위에 접시와 컵과 받침접시가 있었다. 컵은 받침접시 위에 엎어 놓여 있었다.

케이트는 앞에 장부를 펼쳐 놓고 식탁 머리에 앉아 있었다. 수수한 차림새였다. 그녀는 녹색 보안용 챙을 쓰고, 손가락으로 초조하게 노란 연필을 돌리고 있었다. 그녀는 문간에 서 있는 애덤을 냉담한 눈초리로 쳐다보았다.

"이번엔 무슨 용무죠?"

핀란드 남자가 애덤 뒤에 서 있었다.

애덤은 대답하지 않았다. 그는 식탁으로 걸어가서 그녀 앞에 있는 장부 끝에 편지를 내밀었다.

"이게 뭐예요?"

그녀는 대답을 기다리지도 않고 편지를 재빨리 읽어 나갔다.

"문을 닫고 나가요."

그녀는 핀란드 사람에게 명령했다.

애덤은 그녀 옆에 앉았다. 그는 접시를 밀어내고 모자를 내려놨다.

문이 닫히자 케이트가 말했다.

"지금 농담하는 거예요? 아니지. 당신은 농담과는 거리가 먼 사람이지."

그녀는 곰곰이 생각하더니 말을 이었다.

"당신 동생이 농담을 하고 있는지도 모르죠. 죽은 게 확실해요?"

"편지만 받았을 뿐이오."

"내가 어떻게 하길 바라죠?"

애덤은 어깨를 으쓱했다. 케이트가 말했다.

"나한테 서명을 받아 낼 생각이라면 그건 시간 낭비예요.

원하는 게 뭐예요?"

애덤은 손가락으로 모자에 두른 검은 리본을 천천히 만졌다.

"그 변호사 사무실 주소를 적어 두었다가 당신이 직접 연락을 해 보지 그래?"

"그 변호사한테 나에 대해 뭐라고 한 거죠?"

"아무 말도 안 했소. 찰스한테 편지를 쓸 때는 당신이 다른 도시에 살고 있다고 했소. 그것뿐이오. 그런데 그곳에 편지가 도착했을 때 찰스는 이미 세상을 떠난 뒤였소. 그 편지는 변호사에게 신달되었고, 그들이 편지를 써서 보낸 거요."

"추신을 쓴 사람은 당신의 친구 같은데, 당신은 그에게 뭐라고 편지를 썼어요?"

"아직 답장을 쓰지 않았소."

"뭐라고 답장을 쓸 생각이에요?"

"똑같이 쓸 생각이오. 당신은 다른 마을에 산다고."

"우리가 이혼을 했다고 쓰면 안 돼요. 이혼을 한 건 아니니까."

"이혼했다고 쓸 생각은 없소."

"나를 매수하는 데 얼마의 돈이 드는지 알고 싶어요? 현금으로 4만 5000달러를 받겠어요."

"안 되오."

"안 된다니 무슨 말이에요? 흥정을 할 수는 없어요."

"흥정을 하자는 게 아니오. 편지를 읽었으니 당신도 나만큼 잘 알잖소. 당신 마음대로 하시오."

"언제부터 그렇게 위세 등등했죠?"

"난 아무 걱정이 없으니까."

그녀는 투명한 녹색 챙 밑으로 그를 빤히 쳐다보았다. 그녀의 짧은 곱슬머리가 녹색 지붕에 매달려 있는 덩굴처럼 코 위로 늘어져 있었다.

"애덤, 당신은 바보예요. 당신만 입을 다물었으면 내가 살아 있다는 걸 아무도 몰랐을 거 아니에요."

"나도 알아요."

"안다고요? 내가 겁이 나서 돈을 요구하지 못할 거라고 생각했나요? 그렇다면 당신은 정말 바보군요."

애덤은 참을성 있게 말했다.

"나는 당신이 무슨 짓을 하든 상관하지 않아."

그녀는 그를 보며 냉소를 지었다.

"상관하지 않아요? 이런 말을 듣고도 그럴 건가요? 보안관 사무실에 영구 각서가 보관되어 있는데, 어떤 내용인지 알아요? 만일 내가 당신의 성을 쓴다든지, 아니면 내가 당신의 부인이라는 걸 인정하면, 나는 이 군에서뿐만 아니라 이 주에서 쫓겨나게 된다는 거예요. 어때요, 구미가 당기나요?"

"구미가 당긴다니 무슨 말이오?"

"나를 쫓아내고 돈을 가로채고 싶은 생각이 들겠지요."

"난 내 발로 편지를 들고 왔소."

애덤이 참을성 있게 말했다.

"그 이유가 궁금하군요."

"당신이 무슨 생각을 하든 나에 대해 어떻게 생각하든 나는 관심 없소. 찰스가 유언으로 당신에게 돈을 남겨 놓았어.

아무 조건도 제시하지 않았더군. 내 눈으로 유언장을 확인하지는 않았지만 동생은 당신이 그 돈을 갖기를 원했어."

"당신은 5만 달러를 가지고 용의주도하게 술수를 쓰고 있군요. 그런다고 당신 뜻대로 될 것 같아요? 당신의 속셈이 뭔지는 모르겠지만 꼭 알아내겠어요. 내가 무슨 생각을 하는 거지? 당신은 똑똑한 사람이 아닌데. 누가 당신을 조종하고 있죠?"

"그런 사람은 없소."

"그 중국인 아닌가요? 똑똑하던데."

"그는 나한테 아무 충고도 하지 않았소."

애덤은 아무 감정도 들지 않는 게 흥미로웠다. 이곳에 와 있다는 실감도 들지 않았다. 그는 그녀를 흘끗 보았는데 그녀의 얼굴에 생전 보지 못했던 감정이 나타나 있는 것을 보고 놀랐다. 케이트는 그를 두려워했다. 그러나 그 이유가 뭘까?

그녀는 안색을 바꿔 두려움을 쫓아냈다.

"그러니까 당신이 정직하기 때문에 이렇게 한다는 건가요? 당신은 너무 순진해서 탈이에요."

"그런 생각은 해 본 적도 없소. 이건 당신 돈이고, 나는 도둑이 아니오. 당신이 그것에 대해 어떻게 생각하든 상관없어."

케이트는 보안용 창을 머리 위로 밀어 올렸다.

"당신이 순순히 내게 돈을 줄 거라고 내가 생각하기를 바라는군요. 당신이 무슨 꿍꿍이를 감추고 있는지 알아내고 말 거예요. 내가 내 앞가림도 못 한다고 생각하면 큰 오산이죠. 내가 이런 어리석은 미끼에 걸려들 거라고 생각했어요?"

"우편물을 어디로 보내면 되겠소?"

그가 참을성 있게 물었다.

"그건 알아서 뭐 하게요?"

"당신과 연락할 수 있는 주소를 변호사에게 알릴 작정이오."

"그러지 말아요!"

그녀는 회계장부 속에 편지를 넣고 표지를 덮고는 말했다.

"이건 내가 보관하겠어요. 법적 조언을 받겠어요. 그렇게 안 할 줄 알아요? 이제 순진한 척 좀 그만해요."

"마음대로 해요. 당신 몫은 당신이 가져요. 찰스가 당신에게 유언으로 그 돈을 남겼으니까 그건 내 것이 아니오."

"당신 속셈을 알아내고 말 거예요. 반드시."

"이해를 못 한 모양이군. 난 상관없소. 하긴 나도 이해가 안 되는 것이 한두 가지가 아니니까. 당신이 어떻게 나를 쏘았는지, 어떻게 자식들을 버렸는지 이해가 안 돼. 꼭 당신이 아니더라도 어떻게 사람이 이런 일을 하며 살 수 있는지도 이해할 수가 없어."

그러면서 그는 집 안을 가리키며 손을 저었다.

"누가 당신더러 이해해 달라고 했어요?"

애덤은 일어서서 탁자 위의 모자를 집어 들었다.

"할 얘기는 다 한 것 같군. 가겠소."

그는 문 쪽으로 걸어갔다.

그녀가 뒤에서 소리쳤다.

"꽁생원 양반, 많이 변했네요. 드디어 여자가 생긴 모양이죠?"

애덤은 멈춰 서서 천천히 몸을 돌렸다. 그는 생각에 잠긴 눈빛으로 말했다.

"전에는 미처 생각을 못 했는데……"

그는 그녀에게 가까이 다가가 그녀를 내려다보았다. 그녀는 고개를 젖혀 그의 얼굴을 올려다보았다. 그가 천천히 말을 이었다.

"내가 당신을 이해하지 못한다고 말했는데 이제 생각해 보니 당신이 이해하지 못하고 있느'는 걸 알겠규."

"꽁생원 양반, 내가 뭘 이해하지 못한다는 거죠?"

"당신은 인간의 추악한 면을 알고 있소. 나에게 그 사진들을 보여 주기도 했지. 당신은 인간이 가진 서글픈 모든 약점을 이용하고 있어. 그리고 신은 인간에게 그런 면이 있다는 걸 알고 계시지."

"누구나 다……"

애덤은 말을 이으면서도 자신이 그런 생각을 하고 있다는 사실에 놀랐다.

"하지만 당신은…… 그래, 맞아. 당신은 그 이외의 것은 모르고 있소. 내가 당신의 돈을 탐하지 않고 편지를 손수 들고 왔다는 걸 당신은 믿지 않지. 당신은 내가 당신을 사랑했다는 것도 믿지 않고. 추악한 면을 지닌 사람들, 사진에 있는 이 사람에게도 착하고 아름다운 면이 있을 수 있다는 걸 믿지 않아. 당신은 한 면만을 보고서 그것이 전부라고 생각하는 거요. 아니, 생각하는 정도가 아니라 확신하지."

그녀는 조롱하듯 깔깔 웃었다.

"어련하시겠어요? 꽁생원 양반, 대단한 공상가군요! 계속 설교를 해 보시죠."

"아니오. 당신이 인식하지 못하는 면이 있는 것 같으니 그만 두겠소. 녹색을 구분하지 못하는 사람들이 자신들이 그 색깔을 못 본다는 사실을 전혀 알지 못할 수도 있으니 말이오. 당신도 그런 사람인 것 같군. 그건 나도 어떻게 할 수가 없지. 하지만 보이지 않는 것들이 온통 당신 주위에 있다는 걸 당신이 느낀 적이 있는지 궁금하군. 주위에 그것이 있다는 사실을 알면서도 그것을 볼 수도 느낄 수도 없다면 그것이야말로 무서운 일이지. 무서운 일이고말고."

케이트는 의자를 밀어내고 일어섰다. 불끈 쥔 주먹을 양쪽 허리께의 스커트 주름 뒤로 숨겼다. 그녀는 소리라도 지르고 싶었지만 애써 말투를 부드럽게 하려고 노력했다.

"우리 꽁생원 양반이 철학자가 다 되었군요. 그런데 다른 일에도 신통치 않지만 철학이랍시고 떠드는 말 역시 형편없군요. 환각이라는 말 들어 봤어요? 만일 내가 못 보는 것들이 있다면 그것들이 병든 당신의 마음이 만들어 낸 꿈일 수도 있다는 생각은 안 들어요?"

"아니, 그렇게 생각하지 않소. 당신도 그렇게 생각하지 않을 걸."

그는 돌아서서 밖으로 나가 문을 닫았다.

케이트는 앉아서 닫힌 문을 물끄러미 바라보았다. 그녀는 자신이 주먹 쥔 손으로 하얀 식탁 위를 가만히 내려친 것을 알지 못했다. 그러나 희고 네모난 문이 눈물로 뒤틀려 보인다는 것과 자신의 몸이 분노 같기도 하고 슬픔 같기도 한 무엇 때문에 떨리고 있다는 것은 알고 있었다.

2

애덤은 케이트의 집을 나왔으나 킹시티로 가는 기차를 타려면 2시간 이상을 기다리야 했다. 그는 충동적으로 중심가를 벗어나 센트럴애비뉴를 걸어 130번지에 있는, 높고 하얀 어니스트 스타인벡의 집으로 향했다. 꽤 장엄하지만 허식이 없는 깨끗하고 정겨운 집이었다. 그 집은 흰 울타리 안에 자리해 있고, 말끔한 잔디에 둘러싸여 있었다. 장미와 섬개야광나무가 흰 울타리를 뒤덮고 있었다.

애덤은 넓은 베란다의 계단을 올라가 초인종을 눌렀다. 올리브가 문을 빠끔히 열었다. 메리와 존이 그녀의 양옆에서 내려다보고 있었다.

애덤은 모자를 벗고 말했다.

"저를 모르실 겁니다. 저는 애덤 트래스크라는 사람입니다. 부친의 친구였지요. 해밀턴 부인에게 인사를 드릴까 해서요. 제 쌍둥이 아들들을 보살펴 주셨어요."

"아, 그렇군요."

올리브는 문을 활짝 열고 말을 이었다.

"말씀 많이 들었습니다. 잠깐만 기다리세요. 어머니 방을 따로 마련해 드렸거든요."

그녀는 넓은 복도에서 조금 먼 곳에 있는 문을 두드리며 소리쳤다.

"어머니! 친구 분이 오셨어요."

그녀는 문을 열고 라이자가 거처하는 쾌적한 방으로 애덤을 안내했다. 그녀가 말했다.

"전 이만 실례할게요. 카트리나가 닭을 튀기고 있어서 봐줘야 하거든요. 존! 메리! 가자. 어서!"

라이자는 전보다도 더 작아 보였다. 그녀는 고리버들로 만든 흔들의자에 앉아 있었는데, 전보다 많이 늙어 보였다. 그녀는 검은색 알파카로 만든 넓은 스커트를 입고 있었고 목에는 금색으로 '어머니'라고 새겨진 핀을 걸고 있었다.

침실 겸 거실용의 아늑한 방에는 사진과 화장품, 레이스 바늘꽂이, 솔, 빗, 생일과 크리스마스 때 받은 수많은 도자기와 은제품들이 가득했다.

벽에 엷은 색깔을 바탕으로 한 새뮤얼의 커다란 사진이 걸려 있었다. 사진 속의 그는 냉정하고 근엄한 얼굴에 깨끗한 정장 차림이었다. 생전의 모습과는 다른 모습이었다. 사진에는 생기 있게 반짝이던 눈빛도, 뭔가를 깊이 생각하다 기뻐하곤 하던 모습도 찾아볼 수 없었다. 사진은 두툼한 금박 액자에 넣어 걸려 있었다. 방 어디에 있어도 그 눈이 자기를 보고 있는 것 같아서 아이들은 그 사진을 보면 기겁을 했다.

라이자 옆에 있는 고리버들 탁자에는 앵무새 폴리의 새장이 놓여 있었다. 그 안에 톰이 어떤 선원에게서 사 온 앵무새가 있었다. 쉰 살이나 되었다는 그 늙은 앵무새는 거친 생활을 한 탓에 선원들이 쓰는 상스러운 말을 입에 달고 살았다. 라이자는 녀석이 어렸을 때부터 입에 밴 우스꽝스러운 말 대신에 성가를 가르치려 했으나 성과가 없었다.

폴리는 머리를 갸웃거리며 애덤을 살피다가 부리 밑의 털을 앞발로 살살 긁었다.

"집어치워, 이 자식아."

폴리가 불쑥 내뱉었다.

라이자가 새를 보고 얼굴을 찡그리더니 엄하게 꾸짖었다.

"폴리, 무례하구나."

"구제 불능 바보!"

폴리가 지껄였다.

라이자는 저속한 말을 못 들은 척 작은 손을 내밀었다.

"트래스크 씨, 만나서 반가워요. 앉으세요."

"지나는 길에 조의를 표하고 싶어서요."

"꽃은 잘 받았어요."

라이자는 시간이 많이 흐른 지금에도 장례식 때 사람들이 보낸 화환을 일일이 기억하고 있었다. 애덤은 그때 잘 시들지 않는 좋은 꽃다발을 보냈다.

"새로운 생활에 적응하느라 힘드시겠어요."

라이자의 눈에 눈물이 어렸다. 그녀는 약한 모습을 보이지 않으려고 작은 입을 꼭 다물었다.

애덤이 말했다.

"아픈 곳을 들추는 것 같아 이런 말씀 드리기 죄송스럽지만, 저는 그분이 그립습니다."

라이자는 고개를 돌렸다.

"그곳 사정은 어떤가요?"

"올해는 좋습니다. 비가 많이 왔지요. 목초가 이미 많이 자랐습니다."

"톰의 편지에도 그렇게 적혀 있더군요."

"입 닥쳐."

앵무새가 말했다. 그러자 라이자는 아이들이 버릇없이 굴 때 그러는 것처럼 앵무새를 무섭게 노려보았다.

"살리나스에는 무슨 일로 오셨지요, 트래스크 씨?"

"볼일이 있었습니다."

그는 고리버들 의자에 앉아 있었는데, 그의 체중에 눌려 삐 걱대는 소리가 났다. 그가 이어 말했다.

"이곳으로 이사 올까 생각 중입니다. 아이들에게 더 좋을 것 같아서요. 농장에서는 외로워 하거든요."

"우리가 농장에서 살 때는 외로움 같은 건 전혀 몰랐지요."

그녀가 근엄한 어조로 말했다.

"이곳 학교가 더 나을지도 모른다는 생각이 들었어요. 이곳 에서 교육을 받는 것이 쌍둥이에게 유리할 것 같아서요."

"우리 딸 올리브가 피치트리와 플레이토, 더 빅서 학교에서 교편을 잡았지요."

그녀는 생각할 것도 없이 그 학교보다 더 좋은 학교는 없다 는 투였다. 애덤은 흔들림 없는 그녀의 강한 의지에 진심으로 감탄하기 시작했다.

"생각을 해 봤을 따름입니다."

"아이들은 시골에서 크는 게 훨씬 더 좋아요."

그것은 법칙이었다. 그리고 그녀는 그것을 자기 자식들을 통해 증명할 수 있었다. 그녀가 그를 자세히 바라보았다.

"살리나스에서 집을 구하고 있나요?"

"글쎄, 그럴까 합니다."

"내 딸 데시를 만나 보세요. 데시는 농장으로 돌아가 톰과 살고 싶어 해요. 그 애는 레이노드 빵집 다음 골목에 작고 아 담한 집을 갖고 있어요."

"꼭 그렇게 하겠습니다. 이제 가 봐야겠어요. 이렇게 잘 지 내시는 모습을 보니 기쁩니다."

"고마워요. 나는 편안하게 잘 지내요."

그녀가 말했다. 애덤이 문 쪽을 향해 나서려고 일어섰을 때 그녀가 물었다.

"트래스크 씨, 내 아들 톰을 만나 본 적이 있나요?"

"못 봤습니다. 아시다시피 제가 집에만 붙어 있었거든요."

그녀가 재빨리 말했다.

"그 애를 만나 보셨으면 좋겠어요. 그 애는 외로울 거예요."

그녀는 그 생각에 가슴이 미어졌는지 기겁을 하며 입을 다 물었다.

"꼭 그렇게 하겠습니다. 안녕히 계십시오, 부인."

그가 문을 닫을 때 앵무새가 지껄이는 소리가 들렸다.

"입 닥쳐, 구제 불능 바보야!"

그러자 라이자가 야단을 쳤다.

"폴리, 말조심하지 않으면 마구 때려 줄 테다."

애덤은 저녁 무렵 그 집에서 나와 중심가를 향해 걸었다. 그는 레이노드 프렌치 베이커리 옆 골목에 있는 조그만 정원이 보이는 데시의 집을 발견했다. 마당에 쥐똥나무가 어찌나 무성한지 나뭇잎에 가려 집이 잘 보이지 않았다. 말끔하게 페인트칠 된 간판이 앞문에 걸려 있었다. 간판에는 '데시 해밀턴 의상실'이라고 쓰여 있었다.

샌프란시스코 간이식당은 중심가와 센트럴애비뉴 모퉁이에 위치해 있었다. 양쪽 거리를 향해 창문이 나 있었다. 애덤은 저녁 식사를 하려고 그 안으로 들어섰다. 윌 해밀턴이 구석진 자리에 앉아 갈비 스테이크를 먹고 있었다.

"이리 오세요. 볼일이 있어 오셨습니까?"

그가 애덤에게 소리쳤다.

"그렇다네. 자네 어머니를 만나 뵙고 오는 길이야."

애덤이 말했다.

윌이 포크를 내려놓았다.

"저는 한 시간에 전에 왔어요. 어머니가 흥분하실까 봐 뵈러 가지 않았지요. 그리고 제가 간다고 하면 올리브 누이도 특별한 음식을 준비한다고 법석을 떨 테니까요. 그분들을 번거롭게 하고 싶지 않아서요. 게다가 갈 시간도 다 됐거든요. 스테이크를 주문하세요. 맛이 좋아요. 어머니는 어떠세요?"

"배짱이 두둑하시더군. 뵐수록 더 존경심이 생겨."

"어머니는 그런 분이세요. 자식들이나 남편에게 어떻게 그렇게 분별력을 잃지 않으시는지 모르겠어요."

"갈비 스테이크를 중간으로 익혀 줘요."

애덤이 웨이터에게 주문했다.

"감자는요?"

"아니, 프렌치프라이로 줘요. 자네 어머니는 톰 걱정을 하시더군. 톰은 잘 지내나?"

윌은 스테이크에서 비계를 잘라 접시 옆으로 밀어냈다.

"걱정하실 만도 하지요. 톰에게 문제가 있어요. 요즘 얼빠진 얼굴로 돌아다닌답니다."

"그 애는 부친에게 많이 의지했던 것 같아."

"지나칠 정도로 그랬죠. 너무 지나쳤어요. 쉽게 극복하지 못하는 것 같아요. 어떻게 보면 톰은 덩치 큰 어린애죠."

"가서 그를 만나 보겠네. 어머니 말씀이 데시가 농장으로 돌아가려고 한다는군."

윌은 나이프와 포크를 내려놓고 애덤을 바라보았다.

"그렇게는 안 돼요. 제가 말릴 겁니다."

"왜 안 되지?"

윌은 핑계를 댔다.

"글쎄요, 데시는 여기서 하는 일도 잘되고, 벌이도 좋아요. 그걸 집어치우다니 말이 됩니까?"

그는 다시 나이프와 포크를 집어 들고 고기를 잘라 입에 넣었다.

"나는 8시 기차로 돌아갈 생각이네."

"저도 그럴 겁니다."

윌은 더 이상 말하지 않았다.

32장

1

데시는 가족들의 사랑을 독차지했다. 귀여운 말괄량이 몰리와 고집 센 올리브, 몽상가 유나도 사랑을 받았지만, 데시는 지극한 사랑을 받았다. 그녀의 반짝이는 눈빛과 수두처럼 전염되기 쉬운 웃음, 쾌활한 성격 때문이었다. 누구나 그녀를 만나면 기분이 좋아졌고, 그녀와 헤어진 뒤에도 그날 하루가 즐거웠다.

이렇게 설명하면 될 것이다. 살리나스, 처치 스트리트 122번지에 클래런스 모리슨의 부인이 살고 있었는데, 그녀에게는 세 자녀와 포목점을 하는 남편이 있었다. 아침 식사 때 가끔씩 애그니스 모리슨은 이렇게 말하곤 했다.

"점심을 먹고 데시 해밀턴 의상실로 가봉을 하러 가야지."

어린아이들은 기뻐서 동전 같은 발가락으로 식탁 다리를

걷어차다가 주의를 들었다. 모리슨 씨는 손바닥을 비비며 가게로 나가면서 그날 행상인이 오기를 기대했다. 행상인이 오면 주문을 많이 할 것 같았다. 아이들과 모리슨 씨는 그날 날이 저물 때까지 왜 그렇게 하루가 즐거웠는지 까맣게 잊을 정도였다.

모리슨 부인은 2시에 레이노드 베이커리의 옆집에 가서 4시까지 거기에 있었다. 돌아올 때는 눈가에 눈물이 남아 있고 빨개진 코에서는 콧물이 흘렀다. 그녀는 집으로 걸어오면서 콧물을 닦고, 눈물을 닦고, 다시 한바탕 웃음을 터뜨렸다. 데시는 그저 침례교 목사처럼 보이려고 쿠션에 까만 바늘 몇 개를 꽂아 놓고 목사 흉내를 내면서 짤막하고 따분한 설교를 흉내 낸 것뿐인지도 모른다. 어쩌면 테일러 할아버지를 만난 얘기를 한 것일 수도 있었다. 그 할아버지는 오래된 집을 여러 채 사서 그가 소유하고 있는 넓은 공지에 옮겼다. 그런데 하도 집이 많이 들어서서 그 땅이 마치 육지의 해초 섬처럼 보였다는 이야기였다. 아니면 그녀는 《수다쟁이》라는 잡지에 나온 시 한 편을 몸짓을 섞어 가며 읽어 준 것뿐인지도 모른다. 모리슨 부인이 뭐가 그렇게 재미있어서 눈물까지 흘렸는지는 중요하지 않았다. 어쨌거나 데시가 배꼽을 쥐고 웃지 않으면 못 배길 만큼 재미있는 행동을 한 건 분명했다.

학교에서 돌아온 모리슨 씨 댁 아이들은 어디 아픈 데도 없고, 잔소리도 듣지 않았고, 머리가 아프지도 않았다. 시끄럽게 떠들어도 얼굴을 씻지 않아도 아무런 잔소리를 듣지 않았다. 그들이 킬킬대고 웃으면 그의 어머니는 따라 웃기까지 했다.

모리슨 씨는 귀가하면 그날 있었던 일을 가족들에게 말해 주었고, 가족들은 그의 말을 들어 주곤 했다. 그는 행상인한 테 들은 이야기도 해 주었는데, 전부는 아니고 적어도 그중 몇 가지를 들려주었다. 저녁 식사는 맛있었다. 오믈렛을 흘리며 먹는 식구는 한 명도 없었다. 케이크는 풍선처럼 가볍게 부풀 어 올랐고, 비스킷은 잘 구워져 있었다. 그리고 애그니스 모리 슨이 만든 스튜는 누구도 그 맛을 흉내 낼 수 없을 만큼 일품 이었다. 저녁을 먹고 나서 아이들이 웃다가 잠이 들면 모리슨 씨는 오래된 사랑의 표시로 애그니스 어깨에 손을 얹고 침실 로 들어가 사랑을 나누고 무척 행복해했다.

데시의 양장점에 다녀오면 계속 기분이 좋았다가 이틀이 지나면 다시 예전처럼 머리가 지끈지끈 아프기 시작했고, 사 업이 작년만큼 잘 풀리지가 않았다. 데시는 이런 식으로 사람 들을 즐겁게 해 주었고, 그것은 그녀의 타고난 재주였다. 그녀 는 새뮤얼처럼 사람들을 흥분시킬 재미난 것들을 양팔에 한 아름 안고 다녔다. 그녀는 가족의 사랑을 한 몸에 받았다.

데시는 미인은 아니었다. 예쁜 데라곤 없었지만, 남자들은 그녀의 밝은 성격에 이끌려 그녀를 따라다니곤 했다. 시간이 지나면 첫사랑의 상처를 이겨 내고 다른 사랑을 찾아낼 법도 한데, 그녀는 그러지 못했다. 해밀턴 가족은 모두 재주가 많았 지만 연애를 하는 재주는 하나같이 없었다. 그들 모두는 가벼 운 사랑이나 쉽게 변하는 사랑에는 서툴렀다.

데시는 그저 맥없이 손놓고 포기하고 있는 정도가 아니었 다. 그녀의 상처는 그보다 심각했다. 일은 여전히 하고 있었고 일상의 모습은 되찾았지만 그녀의 밝은 얼굴은 더 이상 볼 수 없었다. 그녀를 사랑하는 사람들은 그녀가 실연을 이겨 내려고 애쓰는 것을 보면서 마음 아파했다. 그리고 그녀를 위해 여러 면으로 마음을 써 주었다.

데시의 친구들은 선하고 의리가 있었다. 그러나 그들도 인간이었고, 기분이 좋으면 좋고 기분이 나쁘면 싫은 인간의 속성을 지니고 있었다. 마침내 모리슨 부인의 식구들은 어쩔 수 없는 몇 가지 이유를 들어 빵집 옆에 있는 데시의 아담한 양장점에 발길을 끊었다. 그들은 고마움도 모르는 사람들이라고 욕할 수는 없다. 그들은 행복해지고 싶지 슬퍼지고 싶지 않았을 뿐이다. 하고 싶지 않은 일을 안 하는 데 논리적이고 도덕적인 이유를 들라고 할 수는 없는 거니까.

데시의 가게는 예전 같지 않았다. 옷을 맞춰 입던 여자들은 그들이 정말로 원했던 건 행복이었음을 미처 몰랐던 것이다. 시대가 바뀌어 기성복이 유행하기 시작했다. 기성복을 입는 것은 이젠 더 이상 창피한 일이 아니었다. 모리슨 씨가 기성복 가게를 하고 있었으므로 애그니스 모리슨이 기성복을 입는 건 당연했다.

가족들은 데시가 걱정되었다. 그러나 그녀가 자신에게 문제가 있다는 것을 인정하지 않는 한 가족들이라도 별수가 없었다. 그녀는 자신이 옆구리에 심한 통증을 앓고 있다는 사실을 시인했다. 그러나 그 통증은 잠깐 지속되었고 어쩌다 가끔 찾아왔다.

새뮤얼이 세상을 떠나자 세상이 산산이 부서진 기분이 들었다. 그의 자녀들과 친구들은 부서진 조각들을 주워 모아 다시 그들의 세계를 조합해 보려고 애썼다.

데시는 가게를 정리하고 농장으로 돌아가 톰과 함께 살기로 결심했다. 팔 것은 그리 많지 않았다. 라이자는 그걸 알고 있었고, 올리브와 데시는 톰에게 편지를 보냈다. 샌프란시스코 간이식당에서 얼굴을 찌푸리며 앉아 있던 윌은 그 이야기를 들은 바 없었다. 윌은 속에서 부아가 났다. 마침내 그는 냅킨을 말아 식탁에 내려놓고는 벌떡 일어섰다.

"깜빡 잊은 게 있어서요. 이따가 기차에서 뵙는 걸로 하죠."

그가 애덤에게 말했다.

그는 반 블록쯤 걸어 데시의 집에 도착했다. 나무가 높게 자란 정원을 가로질러 초인종을 눌렀다.

그녀는 혼자 저녁을 먹고 있다가 냅킨을 손에 쥔 채 문을 열었다.

"어머, 웬일이야, 윌 오빠잖아."

그녀는 분홍빛 뺨을 내밀어 그의 키스를 받았다.

"언제 시내에 나왔어요?"

"일이 있어서 왔는데, 기차 시간에 맞춰 금방 가야 해. 너한테 할 얘기가 있어."

그녀는 부엌 겸 식당으로 쓰는 방으로 그를 안내했다. 꽃무늬 벽지를 바른 작고 아늑한 방이었다. 그녀는 묻지도 않고 커피를 따라서 설탕 용기와 크림 용기를 그의 앞에 갖다 놓았다.

"어머니를 만나 뵈었어요?"

그녀가 물었다.

"기차 시간 때문에 금방 가야 한다니까. 데시, 네가 농장으로 돌아간다는 게 사실이니?"

그는 퉁명스럽게 말했다.

"그럴까 생각하고 있어요."

"난 네가 돌아가지 않았으면 해."

그녀는 웃을 듯 말 듯한 표정이었다.

"왜 안 돼요? 문제 될 게 뭐가 있어요? 톰 혼자 그곳에서 외롭게 지내잖아요."

"네 사업도 잘되고 있잖아."

"사업이랄 것도 없어요. 오빠도 잘 알잖아요."

"난 네가 돌아가지 않았으면 한다."

그는 무뚝뚝하게 똑같은 말을 반복했다.

그녀는 씁쓸하게 미소를 짓고는 조소하는 듯한 표정으로 말했다.

"오빠가 억지를 부리네. 왜 안 되는지 이유를 말해 봐요."

"거긴 너무 외로운 곳이야."

"둘이 있으면 외롭지 않을 거예요."

윌은 화가 나서 입술을 삐쭉 내밀었다. 그가 불쑥 말했다.

"톰은 제정신이 아니야. 그 애하고 같이 있으면 안 돼."

"왜요? 톰한테 무슨 일이 있는데요? 우리가 도와야 하는 거 아니에요?"

윌이 말했다.

"너한테 이런 말은 안 하려고 했지만, 톰은 아버지의 죽음을 극복하지 못하는 것 같아. 걘 좀 이상해."

그녀는 상냥하게 미소 지었다.

"오빠는 늘 톰이 이상하다고 생각했어요. 톰이 사업에 관심을 두지 않을 때도 이상한 애라고 생각했잖아요."

"그거하곤 달라. 톰은 지금 자기만의 생각 속에 빠져 있어. 말도 안 해. 밤에는 혼자서 언덕을 쏘다닌다고 하더라. 톰을 보러 갔는데, 시를 쓰고 있더구나. 탁자 위에 종이가 널브러져 있더라고."

"오빠는 시를 써 본 적이 없지요?"

"없어."

"나는 써 봤어요. 탁자를 도배할 정도로 여러 장 써 봤지요."

"어쨌든 난 네가 가지 않았으면 한다."

그녀는 부드럽게 말했다.

"내가 결정하게 내버려 두세요. 난 지금 뭔가 잃어버리고 있는 것 같아요. 그걸 되찾고 싶어요."

"바보 같은 소리를 하고 있구나."

그녀는 식탁을 빙 돌아가 두 팔로 그의 목을 감쌌다.

"오빠, 내가 알아서 하게 해 줘요."

그는 화가 난 채 집을 나왔고 겨우 시간에 맞춰 기차를 탔다.

2

톰은 킹시티 역으로 데시를 마중 나갔다. 그녀는 톰이 차창

240

안으로 객차 안을 일일이 들여다보며 자신을 찾고 있는 것을 보았다. 그는 면도를 깨끗이 한 덕택에 까무잡잡한 피부가 니스 칠을 한 나무처럼 빛났다. 붉은 콧수염은 잘 다듬어져 있었다. 그는 납작한 새 카우보이모자를 쓰고, 파란 조개로 장식된 벨트 버클이 달린 황갈색 점퍼를 입고 있었다. 그가 신고 있는 구두가 한낮의 햇빛을 받아 반짝였다. 기차가 도착하기 직전에 손수건으로 구두를 닦았을 게 분명했다. 불그스름하고 단단한 목둘레에는 칼라가 빳빳하게 세워져 있었고 연푸른색 넥타이에는 편자 모양이 핀이 꽂혀 있었다. 그는 흥분 때문인지 햇볕에 탄 투박한 손을 마주 잡고 있었다.

기차가 그의 앞을 지날 때 데시는 덜커덩거리는 기차 소리 때문에 들리지 않을 것을 알면서도 차창 밖으로 손을 마구 내저으며 소리쳤다.

"여기 있어. 톰, 여기야."

그녀가 계단을 내려설 때 톰은 엉뚱한 곳을 바라보며 열심히 그녀를 찾고 있었다. 그녀는 미소를 지으면서 그의 뒤로 걸어가 살며시 말했다.

"실례합니다. 톰 해밀턴 씨가 이곳에 계신가요?"

그가 홱 돌아서더니 반가운 나머지 소리를 질렀다. 그러고는 그녀를 덥석 안아 빙글빙글 돌며 춤을 추었다. 그는 한 손으로 그녀를 안고, 다른 손으로 엉덩이를 찰싹 때렸다. 그는 껄껄한 콧수염으로 그녀의 뺨을 비볐다. 그런 다음 그녀의 어깨를 잡고 얼굴을 바라보았다. 두 사람은 고개를 젖히며 큰 소리로 웃었다.

역무원이 까만 토시를 낀 팔꿈치를 창틀에 올려놓고 창 밖으로 몸을 내밀었다. 그가 어깨 너머로 전신기사에게 말했다.

"저 해밀턴 남매 좀 보게!"

톰과 데시는 손을 맞대고 우아하게 스텝을 밟았다. 그가 두들두들두 하고 노래를 부르면 데시가 디들디들디 하고 맞받았다. 그런 다음 둘은 다시 얼싸안았다.

톰은 그녀를 내려다보고 말했다.

"데시 해밀턴 양 아니세요? 기억이 나는 것 같긴 한데, 많이 변했군요. 길게 땋은 머리가 안 보이네요?"

톰은 그녀의 수하물표를 받아 호주머니 속에 넣었는데 나중에 그걸 찾느라 시간이 꽤 걸렸다. 드디어 그는 데시의 짐을 찾아 사륜마차 뒤에 실었다. 두 필의 적갈색 말이 앞발로 단단한 땅을 차고 머리를 뒤로 젖혔다. 그러자 번쩍이는 수레채가 들리면서 가로대에서 삐걱거리는 소리가 났다. 마구는 반들반들 윤이 났고, 말의 놋쇠 장신구는 황금처럼 번쩍였다. 말채찍 가운데에 빨간색 나비 모양의 리본이 매여 있었고 갈기와 꼬리에도 빨간색 리본이 달려 있었다.

톰은 데시가 자리에 앉도록 도와준 뒤 수줍어하며 그녀의 발목을 슬쩍 내려다보았다. 그런 다음 고삐를 잡아당기면서 재갈의 가죽끈을 느슨하게 풀어 주었다. 채찍에서 줄을 풀자 말이 홱 돌아섰다. 그 바람에 마차바퀴에서 끽 소리가 났다.

톰이 말했다.

"킹시티를 둘러보시겠어요? 아름다운 곳이죠."

"아니야. 그건 나도 잊지 않았어."

그는 왼쪽으로 돌아 남쪽을 향해 힘차게 달리기 시작했다.

데시가 말했다.

"윌 오빠는 어디 있지?"

"몰라."

그는 퉁명스럽게 대답했다.

"오빠가 너한테 말했니?"

"응. 누나가 여기 오면 안 된다고 그랬어."

"나한테도 똑같은 얘기를 하더라. 조지 오빠한테 나에게 편지까지 쓰게 했다니까."

"누나가 오고 싶어 하는데, 왜 안 된다는 거야? 형이 왜 상관해?"

톰은 화가 났다.

그녀는 그의 팔을 잡았다.

"네가 정신이 이상하대. 시를 쓴다고 하면서 말이야."

톰의 얼굴이 어두워졌다.

"내가 없을 때 형이 집에 왔다 간 게 틀림없어. 도대체 왜 그러는 거지? 형이라고 마음대로 내 시를 볼 권리는 없다고."

"진정해. 윌 오빠는 네 형이야. 그걸 잊지 마."

데시가 말했다.

"내가 형이 쓴 글을 보면 형이 좋아하겠어?"

톰이 물었다.

"못 보게 하겠지. 금고 속에라도 넣어 둘걸. 그렇다고 화를 내서 하루를 망치면 되겠니?"

데시는 짐짓 엄숙한 체하며 말했다.

"알았어. 알았다고! 하지만 형이 나를 화나게 하잖아. 형처럼 살지 않으면 미친 건가? 나더러 미쳤다니."

"어머니가 오시겠다고 해서 아주 혼났어. 톰, 어머니가 우는 모습 본 적 있니?"

데시가 화제를 돌렸다.

"아니, 그런 기억 없는데. 어머니는 눈물을 보이는 분이 아니잖아."

"어머니가 우셨어. 많이 우시진 않았지만 당신으로서는 많이 우신 거지. 처음엔 목이 메이더니 두 번 훌쩍훌쩍 하시고는 코를 닦고 안경을 닦더니 입을 꽉 다무시더라."

톰이 말했다.

"와, 데시, 누나가 돌아와서 참 좋은데! 정말 좋아! 병이 씻은 듯이 나은 기분이야."

말이 도로를 따라 달리고 있었다. 톰이 말했다.

"트래스크 씨가 포드 자동차를 사셨어. 형이 그 아저씨에게 차를 팔았다고 말해야 되는 건가?"

"그 얘기는 처음 듣는구나. 그 아저씨가 내 집을 사겠대. 값도 아주 후하게 쳐주셨어."

그녀가 웃고 나서 말을 이었다.

"값을 아주 높게 불렀거든. 흥정을 하면 깎아 드릴 생각이었지. 그런데 트래스크 씨가 선뜻 그 값에 사겠다는 거야. 그래서 좀 당황했지."

"그래서 어떻게 했어?"

"아저씨한테 높게 불렀다가 나중에 금액을 깎아 드리려고 했다고 사실대로 말씀드렸지. 그런데 아저씨는 괜찮다고 하시더라."

톰이 말했다.

"그 얘기는 윌 형에게 절대 하지 마. 누나를 가둬 버릴걸."

"하지만 그 집 시세는 내가 부른 값만큼 안 되는걸!"

"어쨌든 형에게는 말하지 마. 그런데 트래스크 씨는 왜 그 집을 사셨지?"

"그리로 이사하실 거래. 쌍둥이를 살리나스에 있는 학교에 보내고 싶으시대."

"농장은 어쩌고?"

"몰라. 그런 말씀은 안 하셨어."

톰이 말했다.

"만일 아버지께서 먼지투성이인 마른 땅 대신 그 땅을 갖고 계셨더라면 어떻게 됐을까?"

"우리 땅도 그다지 나쁜 땅은 아니야."

"생활이 힘든 것 빼고는 다 좋지."

데시가 진지하게 말했다.

"우리보다 더 즐겁게 산 가족을 알고 있니?"

"아니. 하지만 가족은 그렇다고 해도 땅은 아니었어."

"톰, 네가 제니와 벨 윌리엄 자매를 소파에 앉혀 피치트리 학교의 댄스 파티에 데리고 갔던 거 생각나니?"

"어머니 덕분에 잊을 수가 없지. 제니와 벨을 초대하는 게 어때?"

"그 애들은 올 거야. 그렇게 하자."

그들이 도로를 벗어났을 때 그녀가 말했다.

"예전과는 달라 보인다."

"전에는 더 메마른 곳이었지?"

"그랬던 것 같아. 톰, 풀이 무성하구나."

"풀이 잘 자라서 소를 스무 마리 더 살까 해."

"너 부자구나."

"아니야. 풍년이 들면 소 값이 폭락할 거야. 윌 형이라면 어떻게 할까. 형 같은 사람도 보기 드물어. 언젠가 형이 나한테 항상 희귀한 것만 거래하라고 말하더라고. 형은 똑똑한 사람이야."

길은 바큇자국이 더 깊게 패고 돌도 더 많이 튀어나온 것을 빼면 그다지 변하지 않았다.

데시가 말했다.

"저 소나무 숲에 걸려 있는 카드는 뭐니?"

그 옆을 지날 때 그녀가 그것을 뽑아 들었다. 거기에는 '귀향 환영'이라고 적혀 있었다.

"톰, 네가 쓴 거구나!"

"난 아니야. 누가 왔다 간 모양이군."

약 50미터 간격으로 카드가 덤불에 꽂혀 있거나 마드론 나뭇가지에 매달려 있거나 칠엽나무 줄기에 압핀으로 붙어 있었다. 전부 '귀향 환영'이라고 적혀 있었다. 데시는 카드를 볼 때마다 탄성을 질렀다. 그들은 낡은 해밀턴 가옥과 작은 계곡이 내려다보이는 언덕으로 올라갔다. 톰은 그녀가 경치를 감상하도록 마차를 세웠다. 계곡 건너편 언덕에 돌에 흰색 칠을 해서

큼직하게 쓴 '데시 누나, 귀향을 환영해.'라는 글자가 보였다. 그녀는 머리를 톰의 옷깃에 파묻고 웃다가 울음을 터뜨렸다.

톰은 정색을 하고 앞을 바라보았다.

"누가 했는지 모르지만 솜씨가 좋군. 이젠 집도 마음대로 못 비우겠어."

새벽이면 데시는 가끔씩 찾아드는 고통스러운 오한으로 잠에서 깼다. 고통은 슬며시 찾아와 점점 심해지면서 옆구리에서 복부로 퍼졌다. 처음에는 물어뜯고 꼬집는 것 같다가 나중에는 꼭 쥐고 있는 것처럼 아팠다. 그러다 거대한 손으로 마구 쥐어짜는 듯 격렬한 통증이 몰려왔다. 통증이 가라앉으면 상처를 입은 것처럼 복부가 쓰라렸다. 통증은 오래 지속되지는 않았다. 그러나 고통이 계속되는 동안 외부 세계는 닫히고, 오직 몸속에서 일어나는 고통스러운 몸부림 소리만이 귓가에 울리는 것 같았다.

통증이 가시고 속이 쓰라릴 즈음, 그녀는 동이 트면서 창문으로 은백색의 햇살이 들어오는 걸 보았다. 상쾌한 아침 바람에 커튼이 나풀거리고, 풀과 나무뿌리와 축축한 대지의 냄새가 바람에 실려 와 코끝에서 맴돌았다. 그러고 나면 집 주변에서 갖가지 소리가 들려왔다. 참새들은 말싸움을 하는 듯 짹짹거리고 배고파서 심술 부리는 송아지를 암소는 점잖게 꾸짖었다. 어디선가 흥분해서 까마귀가 시끄럽게 지저귀고 보초를 서고 있는 수컷 메추라기가 경고를 알리기 위해 날카롭게 울어 대면 무성한 풀숲 어디에선가 이에 응답하는 암컷 메추라기의 약한 울음소리도 들려왔다. 닭장에서는 닭들이 알을 낳고 법석대는 소리가 들리고 2킬로그램 가까이 되는 커다란 암탉 로드아일랜드 레드는 한번 날개를 퍼덕이면 꼼짝도 못 하고 꼬리를 내릴 비쩍 마른 수탉이 발정이 나서 자기를 땅바닥에 짓누르려 한다고 야단이었다.

비둘기들의 구구거리는 울음소리를 들으니 옛 추억이 하나둘 밀려왔다. 데시는 아버지가 식탁 머리에 앉아 들려주던 이야기가 떠올랐다.

"내가 래빗에게 흰 비둘기 몇 마리를 키우겠다고 했더니 뭐라고 했는 줄 아니? '흰 비둘기는 키우지 마세요.' 이러는 거야. 그래서 '흰 비둘기는 왜 안 돼?' 하고 물었지. 그러니까 '흰 비둘기처럼 나쁜 불행을 가져다주는 새도 없어요. 흰 비둘기가 날면 슬픈 일이 생기고 사람이 죽는대요. 회색 비둘기를 키우세요.'라고 하더구나. 그래서 '난 흰 비둘기가 좋아.'라고 대꾸했지. 그랬더니 '안 돼요. 회색 비둘기를 키우세요.'라고 하더군. 하지만 어떤 일이 있어도 나는 흰 비둘기를 키울 거야."

그러자 라이자가 인내심을 가지고 말했다.

"여보, 당신은 왜 항상 고집을 피우죠? 회색 비둘기는 맛도 좋고 크기도 크잖아요."

"내가 말도 안 되는 옛날이야기에 겁먹을 줄 알아?"

새뮤얼이 말했다.

그러자 라이자는 아주 단순한 논리를 들고 그에게 맞섰다.

"이러쿵저러쿵 말이 많아진 걸 보니 벌써 겁을 먹었군요. 당신은 말 많은 고집쟁이예요, 고집쟁이!"

"나 같은 사람도 있어야지. 그렇지 않으면 인간은 영원히 운명의 노예가 될 것이고, 아무런 발전도 못 할 거야."

그는 입을 실쭉대며 말했다.

물론 그는 흰 비둘기를 사서 자신의 주장을 증명할 수 있을 때까지 슬픔과 죽음을 잔인하게 기다렸다. 이제 그 비둘기들의 증손자뻘 되는 비둘기들이 아침이면 구구 소리를 내며 휘날리는 하얀 스카프 자락처럼 헛간 주위를 날아다녔다.

데시는 과거의 기억 속에서 주위가 시끄러워지면서 사람들이 하나둘 모여드는 소리를 들었다. 그녀는 슬픔과 죽음, 그리고 죽음과 슬픔을 생각했다. 그러자 쓰린 뱃속이 뒤틀리기 시작했다. 오랫동안 기다리고 있으면 그것은 반드시 찾아올 것이다.

대장간의 커다란 풀무가 바람을 일으키는 소리와 모루 위로 망치 두드리는 소리가 들렸다. 라이자가 오븐을 여는 소리, 그리고 밀가루를 반죽하는 소리가 들렸다. 그런 다음 조가 신발을 찾아 엉뚱한 데를 뒤지다가 결국 침대 밑에서 그것을 찾아내는 모습이 보였다.

아침에 부엌에서 고음의 예쁜 목소리로 성경을 읽어 주는 몰리의 목소리와 쉰 목소리로 잘못 읽은 곳을 바로잡아 주는 유나의 목소리도 들렸다.

그리고 톰이 주머니칼로 몰리의 혀에 상처를 입혔다가 자기가 한 일을 보고 거의 죽을 정도로 토하던 모습도 보였다.

"아, 톰."

그녀는 이렇게 말하고 입술을 움직였다.

톰은 대단한 용기를 지니고 있었지만 겁도 많았다. 분명 위

인들도 그랬을 것이다. 그는 다정한 면도 있었지만 그에 못지
않게 난폭한 면도 있었다. 그의 마음 안에선 이런 기질들이
싸움을 벌였다. 그는 지금 혼란스러운 상태였다. 데시는 마치
조련사가 순종 말을 잘 다독거려 장애물을 넘게 하듯 톰을
잘 조련해서 그에게 방향을 제시할 수 있었다.

　데시가 반은 고통 속에서 반은 잠 속에서 헤매고 있을 때
아침 햇살이 창문을 환하게 비추었다. 문득 몰리가 독립기념
일에 주 상원의원 해리 포브스와 함께 무도회 개회 행진에서
선두에 서기로 한 일이 떠올랐다. 그런데 데시는 몰리의 드레
스에 장식을 달아 놓는 일을 끝내지 못했다. 그녀는 일어나려
고 애를 썼다. 달아야 할 장식이 많았는데, 그녀는 지금까지
자고 있었던 것이다.

　그녀가 소리쳤다.

　"곧 끝낼게, 몰리. 금방 될 거야."

　그녀는 침대에서 일어나 옷을 걸치고 맨발로 해밀턴의 식
구들이 모여 있는 집 안으로 걸어갔다. 복도에 가 보니 그들은
침실로 갔는지 보이지 않았다. 침실로 가 보니 침대는 말끔히
정리되어 있고 아무도 없었다. 부엌에 가 보니 그곳에도 식구
들의 모습은 보이지 않았다. 슬픔과 죽음, 회상의 물결이 물러
가면서 그녀는 정신이 맑아졌다.

　집 안은 아주 말끔히 청소되어 있었다. 커튼은 빨았는지 깨
끗했고, 창문은 투명하게 닦여 있었다. 그러나 남자의 솜씨라
는 게 금방 티가 났다. 다리미질을 한 커튼은 똑바로 걸려 있
지 않았고, 창문에는 줄처럼 자국이 남아 있었다. 탁자에 놓

인 책을 치우니 네모난 자국이 그대로 남았다.

뜨거운 스토브 뚜껑 틈으로 오렌지색 불이 보이고, 열린 구멍을 통해 바람이 들어가면서 불꽃이 너울거리며 부드럽게 타는 소리가 들렸다. 부엌 시계의 추가 유리 안에서 반짝이고 작은 나무망치가 빈 나무상자를 때리는 듯 똑딱거렸다.

밖에서 갈대 피리처럼 거칠고 요란한 휘파람 소리가 들려왔다. 고음에 곡조도 알 수 없는 휘파람 소리가 황량하게 울려 퍼졌다. 현관에서 톰의 발소리가 들렸다. 그는 앞이 안 보일 정도로 참나무 장작을 한 아름 안고 들어와서 나무상자에 장작을 쏟아 놓았다.

"일어났어? 아직 자고 있을지도 몰라서 잠에서 깨라고 휘파람을 불었지. 오늘 아침은 솜털처럼 날아갈 것 같은 날이야. 이런 날 게으름을 피워서야 되겠어?"

그의 얼굴은 행복으로 빛났다.

"꼭 아버지처럼 말하는구나."

데시가 말했다. 그들은 동시에 웃음을 터뜨렸다.

그는 너무 행복한 나머지 흥분해서 큰 소리로 말했다.

"그럼, 이제 우리는 이 집에서 예전처럼 살 거야. 그동안 난 등뼈가 부러진 뱀처럼 형편없이 살아왔어. 윌 형이 내가 제정신이 아니라고 생각할 만도 해. 하지만 이제 누나도 돌아왔으니 열심히 살 거야. 이 집에 다시 숨결을 불어넣을 거야. 내 말 듣고 있어? 이 집에 다시 생기가 돌 거야."

"돌아와서 기쁘구나."

그렇게 말했지만 그녀는 톰이 얼마나 여리고 좌절하기 쉬운

지, 그리고 자기가 그를 어떻게 보호해 주어야 될지를 생각하니 슬퍼졌다.

"집이 이렇게 깔끔한 걸 보니 밤낮으로 일만 했겠구나."

"아니야. 손가락만 좀 아팠을 뿐이야."

톰이 말했다.

"얼마나 아픈지 나도 알아. 양동이에 물을 떠 오고, 무릎을 꿇고 걸레질을 했을 거 아냐. 병아리나 바람의 힘을 이용해 청소하는 방법을 고안해 내지 않았다면 뻔하지 뭐."

"고안이라…… 그래서 내가 한가한 시간이 없는 거구나. 빳빳한 칼라 속에서도 넥타이가 자유롭게 움직일 수 있도록 작은 구멍을 고안해 냈지."

"너는 빳빳한 칼라 옷은 안 입잖니?"

"어제는 입었잖아. 사실 어제 고안한 거야. 그리고 닭도 수백만 마리 기를 계획이야. 농장 주변에 작은 닭장을 많이 짓고, 지붕 위에 둥근 석회수 통을 달아서 닭을 살균할 거야. 그리고 계란은 작은 컨베이어 벨트에 실려 나오게 할 거고. 여길 봐! 그림을 그려서 보여 줄게."

"나는 아침 식사 그림이나 그렸으면 좋겠다. 계란 프라이는 어떤 모양으로 할까? 베이컨은 어느 정도 익힐까?"

"내가 할게."

그가 소리쳤다. 그는 스토브 뚜껑을 열고 손의 털이 그슬려 도르르 말릴 정도로 열심히 부젓가락으로 불을 쑤셨다. 그런 다음 장작을 넣고 높은 휘파람을 불기 시작했다.

데시가 말했다.

"그리스 언덕에서 보리피리를 부는 목양신 같구나."

"내가 뭐 같다고?"

그가 소리쳤다.

데시는 자신이 한심했다. 톰이 정말 저렇게 기분이 좋다면 나도 그만큼 마음이 가벼워져야 되는 게 아닐까? 왜 나는 이 우울한 잿빛 구덩이 속에서 헤어나지 못할까? 나도 이겨 내야지. 그녀는 마음속으로 소리쳤다. 그가 할 수 있다면 나도 할 수 있어.

그녀가 밀쳤다.

"톰!"

"응."

"자주색 계란이 먹고 싶어."

33장

1

6월까지도 푸르던 언덕은 이제 누렇게 변해 있었다. 야생 귀리는 씨알이 어쩌나 많이 열렸던지 줄기가 부러질 듯 휘청 거렸다. 작은 샘은 늦여름까지 물이 졸졸 흘렀다. 목장의 소들은 살이 쪄서 비틀거렸고, 건강해 보이는 살갗엔 윤기가 흘렀다. 흉년이었던 때가 있었나 싶을 정도로 올해는 살리나스에 풍년이 들었다. 농부들은 힘에 부칠 만큼 땅을 더 사들이고는 장부를 펼쳐 놓고 이윤이 얼마나 남았는지 계산했다.

톰 해밀턴은 힘센 팔과 단단한 손으로, 뿐만 아니라 마음과 정성을 다해 거인처럼 일했다. 대장간에서는 다시 망치로 모루를 치는 소리가 들렸다. 그는 고옥에 흰 페인트를 칠하고 흰 벽토를 새로 발랐다. 그는 킹시티에 가서 수세식 변소를 유심히 살펴보았다. 그런 다음 훌륭한 솜씨로 양철을 구부리고 나무를 깎아 현대식 화장실을 만들었다. 샘에서는 물이 찔끔찔끔 나와서 그는 집 옆에 삼나무 물탱크를 설치했다. 그런 뒤 미풍에도 돌아가는 풍차를 고안해서 탱크에 물을 길어 올렸다. 그는 철과 나무를 이용해 두 개의 풍차 모델을 만들어 놓고 가을에 특허청에 보낼 계획을 세웠다.

그뿐만이 아니었다. 그는 기분 좋게 즐거운 마음으로 일했다. 데시는 아주 일찍 일어나서 집안일을 해야 했다. 늑장을 부리면 톰이 다 해 버렸기 때문이다. 그녀는 행복에 겨워 활력이 넘치는 톰을 지켜보았다. 그러나 그 행복은 그들의 아버지가 느꼈던 행복과는 달랐다. 그것은 행복 그 자체가, 가슴 밑바닥에서부터 솟아 올라오는 행복이 아니었다. 그는 자신이 알고 있는 교묘한 방법으로 틀을 만들어 행복을 찍어 내고 있었다.

데시는 계곡의 누구보다도 친구가 많았지만 속을 터놓을 만큼 절친한 친구는 없었다. 그녀는 고민이 있어도 아무에게도 말하지 않았다. 그리고 통증에 시달리고 있다는 사실도 비밀로 간직했다.

그녀는 몸을 쥐어짜는 듯한 고통으로 몸이 굳어졌다. 그런 그녀를 보고 톰이 놀라 소리쳤다.

"누나, 왜 그래?"

그녀는 애써 아무렇지도 않다는 표정을 지으며 말했다.

"약간 경련이 났을 뿐이야. 아무것도 아니야. 이제 괜찮아."

이윽고 그들은 웃음을 짓고 있었다.

그들은 스스로를 안심시키려는 듯 자주 웃었다. 그러다가

도 잠자리에 들기만 하면 데시는 쓸쓸하고 견딜 수 없는 상실
감에 휩싸였다. 그리고 톰은 어린아이처럼 어쩔 줄을 모르고
어두운 방에 누워 있었다. 그러면 심장이 뛰는 소리에다 쌕쌕
거리는 소리가 들렸다. 그는 사색 따위는 하지 않았고, 자잘한
계획이나 설계, 기계 같은 것에 집착하면서 마음을 붙들었다.

그들은 여름날 저녁이면 이따금씩 언덕에 올라 서산에 걸
리는 저녁노을을 보았다. 낮 동안 더워진 공기가 위로 밀려나
면서 계곡 쪽에서 불어오는 시원한 바람을 느껴 보기도 했다.
대개 그들은 잠시 동안 말없이 서서 편안하게 신선한 공기를
들이마셨다. 둘 다 속내를 털어놓지 못하는 성격이어서 자신
들에 대한 이야기는 결코 꺼내지 않았다. 그래서 그들은 서로
에 대해 잘 몰랐다.

"톰, 결혼을 하지 그러니?"

어느 날 저녁 언덕에서 데시가 불쑥 말을 꺼냈을 때, 톰은
깜짝 놀랐다. 그 말을 꺼낸 데시 자신도 놀란 상태였다.

그는 재빨리 그녀를 바라보았다가 눈길을 돌렸다.

"누가 나와 결혼을 하겠어?"

"농담이니, 아니면 진심으로 하는 말이니?"

"누가 나와 결혼을 하겠어? 누가 나 같은 놈을 좋아해?"

그는 똑같은 말을 했다.

"진심으로 하는 말이구나."

그러더니 그녀는 암묵적으로 서로에게 묻지 않기로 약속한
말을 꺼냈다.

"누군가를 사랑해 본 적 있니?"

"없어."

그는 짧게 대답했다.

"알고 싶은데."

그녀는 마치 그의 대답을 못 들은 것처럼 말했다.

톰은 함께 언덕을 내려오면서 한 마디도 하지 않았다. 그러나 현관에 이르자 그가 느닷없이 물었다.

"누나, 이곳에 있으니 외롭지? 여길 떠나고 싶지?"

그는 잠시 말문을 닫았다가 이어 말했다.

"대답해 봐. 내 말이 맞지?"

"나는 어느 곳보다도 여기에서 살고 싶어."

그녀는 대답을 하더니 이렇게 물었다.

"너 여자를 사 본 적 있니?"

"응."

"좋든?"

"별로."

"앞으로 뭘 할 생각이야?"

"모르겠어."

그들은 아무 말 없이 안으로 들어갔다. 톰은 낡은 거실에 있는 램프에 불을 밝혔다. 그가 고친 말털 소파의 S자형 등받이가 벽에 기대 놓여 있고 녹색 카펫에는 사람들의 발길에 닳아 색이 바랜 부분이 문에서 문으로 길처럼 나 있었다.

톰은 거실 한가운데에 놓인 둥근 탁자 옆에 앉고, 데시는 소파에 앉았다. 그녀는 톰이 방금 자신이 인정한 말 때문에 아직도 당황하고 있는 것을 알 수 있었다. 그녀는 생각했다.

어쩌면 저렇게 순진할까. 이 세상에 얼마나 어울리지 않는 사람인가. 그녀도 이 세상이 어떤 곳인지 그보다 더 많이 알고 있었다. 그는 용에게 잡혀 있는 아가씨를 구해 내고 용을 무찌를 만큼 착하고 용감했다. 또 조그만 잘못이라도 하면 큰일을 저지르기나 한 것처럼 죄책감에 시달리며 자신을 학대했다. 아버지가 여기 계시면 좋을 텐데. 그들의 아버지는 톰에게 아주 훌륭한 면이 있다는 걸 알고 있었다. 어쩌면 아버지는 톰의 그 훌륭한 면을 어둠 속에서 찾아내 그를 자유롭게 훨훨 날게 하는 방법을 알았을지도 모른다고 그녀는 생각했다.

그녀는 그의 마음속에서 열정을 불러일으킬 수 있는지 알아보려고 다른 방법을 생각해 냈다.

"우리 자신에 대해 얘기하다 보면 이런 생각 안 드니? 우리의 전 세계가 고작 이 계곡과 몇 번 가 본 샌프란시스코뿐이구나 하고 말이야. 넌 샌루이스오비스포에서 더 남쪽으로 가 본 적 있니? 나는 한 번도 없는데."

"나도 없어."

톰이 말했다.

"우습지 않니?"

"그런 사람이 어디 한둘인가?"

"하지만 꼭 그렇게 되라는 법은 없잖아. 우리는 파리와 로마, 그리고 예루살렘에도 갈 수 있어. 로마의 콜로세움에 가 보면 얼마나 좋을까."

그는 농담을 하는 것이겠거니 생각하며 의심쩍은 눈초리로 그녀를 바라보았다.

"우리가 어떻게 가겠어? 돈이 많이 들 텐데."

"내 생각은 달라. 근사한 숙소에서 묵을 필요는 없어. 제일 싼 배를 타고, 제일 싼 객실에 들면 돼. 아버지도 그런 방법으로 아일랜드에서 이리로 오셨어. 그리고 우리는 아일랜드에도 갈 수 있어."

그는 여전히 그녀를 바라보고 있었다. 그러나 조금 전과는 달리 그의 눈에 열망의 불꽃이 피어오르기 시작했다.

데시가 말을 이었다.

"우리 1년 동안 일해서 열심히 돈을 모으자. 나는 킹시티에서 바느질감을 얻어 올 수 있어. 윌 오빠가 도와줄 거야. 내년 여름에는 가축을 몽땅 팔고 떠나자. 못 할 것도 없잖아?"

톰은 일어나서 밖으로 나갔다. 그는 여름 하늘에 떠 있는 별들과 푸른빛을 띠는 금성과 붉은빛을 띠는 화성을 올려다보았다. 그는 양팔을 굽히고 주먹을 쥐었다가 도로 폈다. 그러고는 다시 안으로 들어왔다. 데시는 그대로 앉아 있었다.

"누나, 가고 싶어?"

"소원이야."

"그럼 가자!"

"너도 가고 싶니?"

"응, 소원이야. 이집트…… 이집트에 가 보고 싶다는 생각은 안 했어?"

"아테네."

"콘스탄티노플."

"베들레헴!"

"그렇지. 베들레헴."

그는 맞장구를 치더니 느닷없이 이렇게 말했다.

"이젠 그만 자. 우리는 1년 동안 일을 해야 돼. 1년이야. 휴식을 취해야지. 나는 윌 형한테 돈을 빌려서 새끼 돼지를 100마리 정도 살 거야."

"뭘 먹일 건데?"

"도토리. 도토리 줍는 기계를 만들 거야."

자기 방에 들어간 톰이 왔다 갔다 하면서 혼자 중얼대는 소리가 들렸다. 데시는 행복한 마음으로 창밖으로 별이 반짝이는 밤하늘을 바라보고 있었다. 그러나 정말로 자기가 가고 싶어 하는지, 그리고 톰도 진심으로 한 말인지 의심스러웠다. 그런 생각을 하고 있는데, 옆구리에 통증이 느껴졌다. 다음 날 아침 데시가 일어났을 때 톰은 벌써 제도판 앞에 앉아서 주먹으로 이마를 치기도 하고 투덜대기도 하면서 일을 하고 있었다. 데시가 그의 어깨 너머로 그림을 바라보며 말했다.

"도토리 줍는 기계니?"

"쓰기 편해야 하는데. 하지만 막대기와 돌을 어떻게 골라내지?"

"네가 솜씨 좋은 발명가인 건 잘 알아. 하지만 내가 세상에서 제일 좋은 도토리 줍는 기계를 발명했어. 당장이라도 쓸 수 있어."

"무슨 소리야?"

"아이들이야. 걔들은 조막만 한 손을 한시도 가만두질 않잖아."

"돈을 준대도 안 하려고 할걸."

"상을 준다고 하면 할 거야. 모든 아이에게 상을 하나씩 주고, 1등을 한 아이에게는 큰 선물을 주는 거야. 100달러 가치의 상을 주자. 그러면 계곡에서 도토리를 샅샅이 뒤져서 주워 올걸. 한번 해 볼까?"

그는 머리를 긁적였다.

"좋아. 하지만 도토리를 어떻게 한데 모으지?"

"아이들이 모아서 가져올 거야. 그건 나한테 맡겨. 저장해 둘 데는 많겠지?"

"그런데 그건 어린아이들을 착취하는 거잖아."

"그건 그래. 내가 양장점을 할 때는 바느질을 배우고 싶어 하는 처녀들을 착취했는데. 그리고 그들은 나를 이용했지. 그럼 이렇게 하면 어떨까? '몬터레이 군 도토리 줍기 경연대회'를 여는 거야. 그런데 누구나 다 참여시키지는 않겠어. 상품으로 자전거를 줄까? 너 같으면 자전거를 탈 생각으로 도토리를 줍지 않겠니?"

"물론 나라면 하지. 하지만 돈을 좀 주면 어떨까?"

"돈은 안 돼. 그러면 노동이 돼 버려. 아이들은 할 수만 있다면 노동은 안 하려고 해. 나도 마찬가지고."

톰은 제도판에서 등을 쭉 펴고 웃으며 말했다.

"하긴 나도 그래. 좋아. 누나는 도토리를 맡고, 나는 돼지를 맡는 거야."

"다른 사람들도 아니고 우리가 돈을 벌면 우습지 않을까?"

"하지만 누나는 살리나스에서 돈을 벌었잖아."

"약간. 많지는 않았어. 약속한 돈을 다 받았다면 부자가 됐
겠지. 청구서대로 돈을 다 받았다면 돼지를 기를 필요도 없을
거야. 당장 내일이라도 파리로 떠날 수 있었을 텐데."

"나는 윌 형한테 가서 얘기할 거야."

그는 제도판에서 의자를 뒤로 밀며 물었다.

"같이 갈래?"

"아니. 나는 집에서 계획을 세워야지. 내일 도토리 줍기 대
회를 열 거니까."

2

오후 늦게 마차를 타고 농장으로 돌아오는 길에 톰은 슬프
고 우울했다. 이번에도 어김없이 윌은 말 같지도 않은 소리를
한다며 그의 열의를 뭉개 버렸다. 윌은 입을 실쭉대고, 눈썹을
문지르고, 코를 비비고, 안경을 닦고, 시가를 잘라 불을 붙였
다. 윌이 볼 때 돼지를 기르겠다는 계획은 허점이 많은 터무니
없는 소리였다. 그는 명확하게 설명을 하지는 않았지만 도토
리 줍기 대회가 제대로 시행되지 않을 것이라고 말했다. 특히
요즘 같은 시대에 그런 계획들이 통할 리 없다는 것이다. 윌은
생각해 보겠다는 말로 이야기를 끝냈다. 대화 도중에 톰은 윌
에게 유럽 여행에 대해 말할까 하다가 직감적으로 금방 생각
을 바꾸었다. 은퇴를 한 뒤 전망 좋은 주식에 투자를 해 놓은
것도 아닌데 유럽 여행을 하겠다고 하면 윌은 정신 나간 소리

라고 할 게 분명했다. 사업가의 안목에서 볼 때 돼지를 기르겠다는 계획이나 여행 계획이나 한심하긴 마찬가지였다. 그래서 톰은 그 얘기는 일절 꺼내지 않았다. 그리고 '생각해 보겠다.'는 윌의 말을 듣고 그곳을 나왔다. 생각해 보나마나 윌은 돼지와 도토리 줍기 계획에 반대한다는 걸 톰은 잘 알았다.

가엾은 톰은 교묘하게 본심을 숨기는 것이 사업가들이 잘 써 먹는 수완이라는 것을 알지도 못했고, 알 방법도 없었다. 처음부터 열정을 내보이면 사업을 그르치기 십상이었다. 생가해 보겠다는 윌의 말은 진심이었다. 그 계획은 그의 마음을 확 끄는 데가 있었다. 톰이 어쩌다 아주 흥미로운 생각을 해 낸 것이었다. 새끼 돼지를 외상으로 사서 돈이 거의 들지 않는 사료를 먹여 살을 찌운 다음, 그걸 팔아서 외상을 갚고도 이익을 얻는다면, 그것이야말로 해 볼 만한 일이었다. 윌은 동생의 이익을 가로챌 생각은 없었다. 단지 이익을 나누고 싶을 뿐이었다. 그러나 윌은 공상가인 톰에게 그럴듯한 이 계획을 안심하고 맡길 수는 없었다. 이를테면 톰은 돼지고기의 가격도 모르고, 앞으로의 추세도 알지 못했다. 만일 일이 잘되면 윌은 톰에게 실질적인 선물, 심지어 포드 자동차라도 줄 수 있었다. 도토리 줍기 대회의 1등상으로 포드 자동차를 주는 건 어떨까? 그러면 이 계곡의 모든 사람이 도토리 줍기에 참여하려 들 것이다.

해밀턴 가의 진입로를 마차로 달리면서 톰은 그들의 계획이 실현 가망성이 없다는 말을 데시에게 어떻게 전할까 궁리했다. 최선의 방법은 다른 대안을 마련하는 것이었다. 1년 안에 유럽 여행에 드는 경비를 어떻게 마련할 수 있을까? 그러자 문득 그는 경비가 얼마나 드는지도 모른다는 사실을 깨달았다. 뱃삯이 얼마인지도 몰랐다. 저녁 내내 계산을 해 봐야 할 것 같았다. 그는 마차를 몰면서 데시가 뛰어나와 마중을 나와 주기를 은근히 기대하고 있었다. 최대한 밝은 표정을 짓고 농담을 건넬 생각이었다. 그러나 데시는 뛰어나오지 않았다. 어쩌면 낮잠을 자고 있는지도 모른다고 그는 생각했다. 그는 말에게 물을 먹인 다음 말을 마구간에 넣고 여물통에 건초를 던져 주었다. 톰이 집 안으로 들어갔을 때 데시는 거위 목 모양의 소파에 누워 있었다.

"낮잠 자는 거야?"

그가 물었다. 그런 다음 그는 그녀의 얼굴색을 보고 물었다.

"왜 그래?"

그녀는 고통을 누르고 기운을 내려 했다.

"배가 아파서 그래. 꽤 심하네."

"어휴, 깜짝 놀랐잖아. 복통이라면 내가 고쳐 주지."

그는 부엌으로 가서 진주색 액체가 든 유리컵을 들고 와서 그녀에게 내밀었다.

"이게 뭐니?"

"소금물인데, 민간요법으로 먹는 약이야. 마시면 조금 아프겠지만 나아질 거야."

그녀는 순순히 그것을 마시고 나서 얼굴을 찌푸렸다.

"이 맛 생각난다. 풋사과 맛이 나는 어머니의 약이구나."

"이제 가만히 누워 있어. 서둘러 저녁을 준비할게."

톰이 부엌에서 분주히 움직이는 소리가 들렸다. 지독한 통증이 온몸을 짓눌렀다. 고통이 극에 달하자 데시는 무서운 생각이 들었다. 약물이 뱃속으로 타들어 가는 것이 느껴졌다. 잠시 후 그녀는 몸을 질질 끌고 집에서 만든 새 수세식 변소에 가서 소금물을 토해 내려 했다. 이마에서 땀이 비 오듯 흘러 앞이 보이지 않았다. 그녀는 몸을 일으키려 했으나 배의 근육이 굳어서 움직일 수가 없었다.

얼마 후 톰이 계란 프라이를 들고 왔다. 그녀는 천천히 고개를 내저었다.

"못 먹겠어. 자야겠어."

그녀는 미소를 지으며 말했다.

"소금물을 마셨으니까 곧 효과가 나타날 텐데. 그럼 괜찮아질 거야."

톰이 그녀를 안심시켰다. 그는 그녀를 부축해 침실로 가서 물었다.

"뭘 먹어서 배가 아픈 것 같아?"

데시는 침실에 누워서 있는 힘을 다해 고통과 싸웠다. 저녁 10시쯤 그녀의 의지가 꺾이기 시작했다. 그녀는 소리쳤다.

"톰! 톰!"

그가 문을 열었다. 손에는 세계 연감을 들고 있었다. 그녀가 말했다.

"톰, 미안해. 하지만 너무 아파, 톰. 아파서 못 견디겠어."

그는 어스름 속에서 그녀의 침대 언저리에 앉았다.

"그렇게 심하게 아파?"

"응, 지독해."

"지금 화장실에 갈 수 있겠어?"

"아니, 지금은 안 되겠어."

"램프를 가져와서 옆에 앉아 있을게. 그럼 잠이 올 수도 있을 거야. 내일 아침이면 나아질 거야. 소금물이 통증을 없애 줄 거야."

그녀는 의지가 다시 살아나자 가만히 누워 있었다. 그동안 톰은 그녀의 마음을 가라앉히려고 연감을 읽어 주었다. 그녀가 잠이 든 것 같아서 그는 읽기를 멈췄다. 그러고는 램프 옆에 있는 의자에 앉아서 졸았다.

어렴풋하게 들려오는 비명에 그는 잠에서 깼다. 데시가 침대 위에서 몸부림치고 있었다. 가까이 가서 보니 그녀의 눈은 미친 말처럼 뒤집혀 흰자위만 보였고 입가에서는 거품이 부글부글 나오고 얼굴은 시뻘겋게 달아올라 있었다. 톰이 이불 밑으로 손을 넣어 배를 만져 보니 살이 쇠처럼 단단해져 있었다. 갑자기 데시의 몸부림이 그치더니 고개가 뒤로 넘어갔다. 반쯤 감긴 그녀의 눈에서 빛이 번득였다.

톰은 말에 고삐만 채우고 맨 등에 올라탔다. 그는 손으로 허리띠를 더듬어 풀어헤쳤다. 그런 다음 놀란 말에 채찍질을 가하며 마차 바큇자국이 파인 돌길을 허겁지겁 내달렸다.

도로변에 있는 2층집의 위층에서 자고 있던 던컨 가족들은 문 두드리는 소리를 듣지 못했다. 그러나 문이 자물쇠와 경첩을 매단 채 쿵 나가떨어지는 소리는 들었다. 레드 던컨이 엽총을 들고 아래층에 내려왔을 때, 톰은 이미 벽에 걸려 있는 전화통을 붙들고 있었다. 그는 킹시티 전화국에 전화를 걸어 고함치고 있었다.

"틸슨 의사! 틸슨 의사를 대 줘요! 상관없어요. 그를 대 줘요! 그를 대 달라고, 젠장!"

레드 던컨은 잠결에도 총을 그에게 겨누고 있었다.

틸슨 의사가 말했다.

"그래! 알았어, 들려. 톰 해밀턴이구나. 누나가 어떻게 됐는데? 배가 단단하다고? 그래서 어떻게 했지? 소금이라고! 이런 바보 같으니!"

그런 다음 의사는 치밀어 오르는 화를 억제했다.

"이봐, 톰, 진정하게. 돌아가서 찬 수건으로 마사지를 해 줘. 되도록 아주 찬 것이 좋아. 얼음이 없을 테니 수건을 계속 갈아 주게. 최대한 빨리 가겠네. 내 말 듣고 있나? 톰, 듣고 있는 거야?"

틸슨 의사는 전화를 끊고 옷을 입었다. 그는 화가 나기도 하고 피곤하기도 했지만 벽에 붙은 캐비닛을 열어 수술용 칼과 집게, 스펀지, 봉합용 실 등을 가방에 챙겼다. 그는 휘발유 압력 램프를 흔들어 기름이 가득 차 있는지 확인했다. 그런 뒤 에테르 통과 마스크를 책상 위의 램프 옆에 놓았다. 실내용 모자와 잠옷을 입은 그의 아내가 그런 그를 바라보고 있었다. 틸슨 의사가 말했다.

"나는 차고로 걸어가겠소. 윌 해밀턴에게 전화를 해요. 그에게 자동차로 나를 부친의 농장까지 태워다 주라고 해요. 왜 그러냐고 물으면, 여동생이 죽어 간다고 해요."

3

데시의 장례를 치른 지 일주일 만에 톰은 열병하는 기병처럼 어깨를 펴고 턱을 당기고 고고하게 말을 타고 농장으로 돌아왔다. 톰은 모든 일을 천천히, 그리고 흠 없이 처리했다. 그의 말은 깨끗하게 빗질되어 있고, 그는 네모반듯한 카우보이 모자를 썼다. 새뮤얼조차도 집으로 돌아올 때 톰만큼 의젓할 수는 없었을 것이다. 매 한 마리가 병아리를 노리고 발톱을 구부린 채 급강하했으나 그는 거들떠보지도 않았다.

헛간에 이르자 그는 말에서 내렸다. 그런 다음 말에게 물을 먹이고 고삐를 잡은 채 문간에 잠시 서 있었다. 그러다가 말에게 굴레를 씌우고 여물통 옆에 있는 상자에 보리를 넣었다. 그는 안장을 벗기고 모포를 뒤집어 말렸다. 말이 보리를 다 먹자 그는 암갈색 말을 밖으로 끌고 나와 울타리 없는 들에서 마음껏 풀을 뜯어먹게 했다.

집 안에 들어가자 가구와 의자, 스토브가 경멸감에 몸을 움츠리며 그를 외면하는 것 같았다. 그가 거실로 들어가자 의자가 그를 피했다. 성냥이 눅눅해서 그는 사죄하는 기분으로 부엌에 가서 성냥을 더 가져왔다. 거실에 있는 램프는 아름답고 호젓해 보였다. 톰이 성냥을 그어 로체스터 심지에 불을 붙이자 1인치의 노란 불꽃이 확 피어올랐다.

톰은 컴컴한 방에 앉아 주위를 둘러보았다. 그는 애써 말털 소파에 눈길을 두지 않았다. 부엌에서 쥐가 돌아다니는 소리가 희미하게 들려와 몸을 획 돌리자 모자를 쓴 자신의 그

림자가 벽에 드리워졌다. 그는 모자를 벗어 옆에 있는 탁자에
놓았다.

　그는 램프 밑에 앉아서 어떻게 변호를 할까 골몰하고 있었
다. 그러나 그는 이제 곧 호명이 될 것이고, 그러면 법정에 서
야 한다는 것을 알았다. 재판관은 자기 자신이었고, 배심원은
그가 저지른 죄들이었다. 그때 귀청이 떨어질 듯 그의 이름이
호명되었다. 그의 마음은 법정으로 들어가 고소인들과 대면했
다. '허영'은 그의 옷차림이 형편없고 더럽고 천박하다는 죄목
을 댔다. 그리고 '욕정'은 오입질을 하는 데 돈을 썼다는 죄목
을 댔다. '부정직'은 재능도 생각도 없으면서 있는 척했다는 죄
목을 댔다. 그런 다음 '나태'와 '탐욕'이 팔짱을 끼고 나타났다.
톰은 그들을 보자 마음이 놓였다. 뒷좌석에 앉아 기다리고 있
는, 덩치가 큰 '회색'이 그들의 모습에 가려 보이지 않았기 때
문이다. 회색은 음침하고 무시무시한 죄목을 들이댈 게 분명
했다. 톰은 사소한 일들을 들춰내고, 작은 죄들이 마치 선행이
기라도 한 양 그것을 이용해 자신을 구제하려 했다. 개중에는
윌의 돈을 탐낸 '탐욕죄', 어머니가 믿는 신에 대한 '반역죄',
시간과 희망을 훔친 '절도죄', 부당하게 사랑을 거절한 '거부
죄'가 있었다. 새뮤얼은 부드럽게 말했으나 그의 목소리는 법
정 안에 쩌렁쩌렁 울려 퍼졌다.

　"착하고, 순수하고, 위대한 톰 해밀턴답게 행동해라."

　톰은 부친의 말을 무시하고 말했다.

　"전 친구들과 인사를 나누느라 바쁜걸요."

　그는 '무례'와 '추악함'과 '불효'와 '불결한 손톱'에게 고개를

끄덕여 인사했다. 그러고 나서 다시 '허영'에게 인사하기 시작했다. '회색'이 어깨로 다른 것들을 밀어내고 앞으로 나왔다. 작은 죄들을 내세워 은근슬쩍 넘어가기에는 이미 늦었다. 이 '회색'이란 놈은 '살인'이었다.

톰의 손에서 유리컵의 냉기가 느껴졌다. 결정체가 녹아들어 빙빙 돌면서 진주색 액체가 투명한 거품을 일으키며 솟아오르는 것이 보였다. 그는 아무도 없는 텅 빈 방에서 큰 소리로 반복했다.

"효과가 나타날 텐데. 아침이면 나아질 거야. 소금물이 통증을 없애 줄 거야."

정확히 이런 소리였다. 벽과 의자와 램프가 모두 그 소리를 들었으므로 증명할 수도 있었다. 톰 해밀턴이 살 수 있는 곳은 이 세상 어디에도 없었다. 그러나 그것은 노력이 부족해서가 아니었다. 그는 가능성을 점쳐 봤다. 런던? 아니야! 이집트…… 이집트의 피라미드와 스핑크스. 아니야! 파리? 아니야! 잠깐, 하나같이 죄가 들끓는 곳이잖아. 아니야! 이곳들은 나중에 다시 생각하더라도 잠시 제쳐 두자. 베들레헴? 이런, 아니야! 이방인들에게는 외로운 곳일 거야.

그때 이런 생각이 들었다. 언제 어떻게 죽을지 생각하기란 무척 어렵다. 눈썹을 치뜨다가 혹은 속삭이다가 죽을 수도 있을 것이다. 아니면 어느 날 밤 섬광이 번쩍이면서 화약의 힘으로 날아온 총알이 감추어 둔 비밀을 꿰뚫어 피를 흘리며 죽을 수도 있을 것이다. 이제 이것은 어김없는 사실이다. 톰 해밀턴은 죽은 목숨이었고, 그는 몇 가지 손을 써서 최후를 맞이

하기만 하면 된다.

소파가 비난이라도 하는 양 삐걱거렸다. 톰은 소파를 보았고, 또 소파가 알려 준 램프를 보았다. 램프가 그을어 있었다.

"고맙다. 내가 미처 못 봤구나."

그는 소파에게 말했다. 그는 심지를 낮추어 그을음이 사라지게 했다.

그의 마음은 졸고 있었다. '살인'이 그를 찰싹 때려 깨웠다. 이제 '파렴치한 톰', '거짓말쟁이 톰'은 너무 지쳐서 자살할 수도 없었다. 자살을 하려면 몸을 꿈지럭거려야 하고, 어쩌면 고통이, 어쩌면 지옥이 뒤따를 것이다.

톰은 어머니가 자살을 극도로 혐오한다는 사실을 떠올렸다. 어머니는 자살이 그녀가 몹시 못마땅하게 여기는 세 가지, 즉 무례함과 비겁함, 그리고 죄가 결합해 이루어 낸 결과라고 생각했다. 자살은 간통이나 도둑질 못지않게 나쁜 것이었고, 어쩌면 그것과 똑같은 죄였다. 어머니가 못마땅하게 여기는 것들을 피할 수 있는 방법이 분명 있을 것이다. 어머니가 못마땅해 한다면 마음이 편치 않을 것이다.

새뮤얼이라면 그런 것 때문에 괴로워하지는 않았을 것이다. 그러나 달리 생각해 보면 아버지는 어디에나 계시기 때문에 피할 수가 없었다. 톰은 새뮤얼에게 말해야 했다.

"아버지, 죄송해요. 어쩔 수가 없어요. 아버지는 저를 과대평가하셨어요. 아버지가 잘못 아셨어요. 아버지는 저를 무척 사랑해 주시고, 저를 자랑스럽게 생각하셨어요. 제가 아버지의 사랑을 받을 만한 자식이었다고 떳떳이 말할 수 있다면 얼마나 좋을까요. 어쩌면 아버지는 방법을 생각해 내실 수 있을 거예요. 하지만 저는 할 수가 없어요. 전 살 수가 없어요. 제가 데시 누나를 죽였으니 전 잠들고 싶어요."

이 세상에 없는 아버지를 대신해 그의 마음이 대답했다.

"그래, 네 마음이 어떨지 이해한다. 인간이 이 세상에 태어 났다가 다른 세상에서 다시 태어나기 전까지는 여러 선택권이 있지. 하지만 네 어머니가 괜찮다고 여길 만한 방법을 함께 생 각해 보자. 얘야, 왜 그렇게 안절부절못하는 거냐?"

"기다릴 수가 없어서요. 더 이상 기다릴 수가 없어요."

"너는 분명 기다릴 수 있어, 사랑하는 내 아들아. 내 짐작대 로 넌 훌륭하게 자랐다. 탁자의 서랍을 열어라. 그런 다음 네 가 시원찮게 생각하는 네 머리를 굴려 봐."

톰은 서랍을 열었다. 그 안에는 편지지와 봉투 한 묶음, 씹 어서 끝이 뭉툭해진 연필 두 자루가 있었다. 그리고 먼지 낀 서랍 깊숙한 곳에 우표 몇 장이 보였다. 그는 편지지를 꺼내고 주머니칼로 연필을 깎았다.

그는 편지를 썼다.

사랑하는 어머니께.

어머니, 건강하시죠. 앞으로 어머니와 더 많은 시간을 보낼 생각이에요. 올리브 누나가 추수감사절에 오라고 했으니 그때 갈게요. 올리브 누나는 칠면조 요리를 어머니만큼 잘하잖아요. 어머니는 그럴 리가 있겠냐고 하시겠지만요. 이번에 아주 기분 좋은 일이 있었어요. 15달러를 주고 말 한 필을 샀거든요. 거세

한 말인데, 제가 보기엔 순종 같아요. 그 녀석이 사람을 싫어한다고 해서 싸게 샀어요. 전 주인은 말 등에 타고 있을 때보다 떨어져 땅에 나자빠질 때가 더 많았대요. 꽤 예민한 놈이에요. 그놈은 저를 두 번씩이나 바닥에 내동댕이쳤어요. 하지만 기어코 타고 말 거예요. 그놈의 기를 꺾기만 하면 군 전체에서 제일 좋은 말을 갖는 셈이니까요. 겨울 내내 걸린다고 해도 반드시 놈의 기를 꺾어 놓을 거예요. 자꾸 말 얘기만 하게 되네요. 전 주인이 재미있는 말을 했어요. 그놈이 어찌나 심술궂은지 등에 타고 있는 사람도 잡아먹을 거래요. 우리가 토끼 사냥을 갔을 때 아버지께서 입버릇처럼 하시던 말씀 기억나세요? 싸움에 이겨 방패를 갖고 돌아오든지 아니면 죽어서 방패에 실려 오라고 하셨잖아요. 그럼 추수감사절에 찾아뵐게요.

아들 톰 올림

그는 편지를 제대로 썼는지 의심이 들었지만 너무 피곤해서 다시 쓸 여력이 없었다. 그는 편지 끝에 이렇게 덧붙였다.

추신. 폴리는 조금도 나아지지 않았더군요. 그 녀석이 지껄이는 소리를 들으면 민망해서 얼굴을 못 들겠어요.

그는 또 다른 편지 한 장을 썼다.

윌 형에게.

형은 어떻게 생각할지 모르지만 나를 도와줘야겠어. 또 어머니를 위해서라도 부탁할게. 나는 말에 차여 죽었어. 말에서 떨어져 머리를 차여 죽었다고. 제발!

동생 톰으로부터

그는 우표를 붙인 다음 편지를 호주머니에 넣고 새뮤얼에게 물었다.

"이 정도면 됐나요?"

그는 침실에 들어가서 새 탄알 상자를 뜯어 한 알을 기름 칠이 잘된 스미스앤드웨슨 33구경 총의 탄창에 넣었다. 그러고는 탄창을 격침 왼쪽 한 칸 건너에 끼웠다.

울타리 근처에서 졸고 있던 말이 그의 휘파람 소리를 듣고 다가왔다. 말은 그가 안장을 얹는 동안에도 졸고 있었다.

그가 킹시티 우체국의 우편함에 두 통의 편지를 집어넣고, 오래된 해밀턴 농장의 불모지를 향해 말머리를 남쪽으로 돌렸을 때는 새벽 3시였다.

그는 위풍당당한 신사였다.

4부

34장

1

어린아이는 이런 질문을 던질지도 모른다.

"세상 이야기란 대체 어떤 거예요?"

어른들도 한번쯤은 이런 의문을 품을 것이다.

"세상은 대체 어떻게 돌아가는 걸까? 결말은 어떻게 될까? 우리가 지금 살고 있는 이 세상 이야기란 어떤 것일까?"

나는 이 세상에 오직 한 가지 이야기밖에 없다고 생각한다. 그 유일한 이야기가 우리를 항상 두렵게 하는 동시에 고무시키기 때문에, 우리는 진주 목걸이에 연결된 알처럼 줄곧 생각과 자문을 거듭하며 살아가는 것이다. 인간은 자기 생활과 생각, 욕망과 야심, 탐욕과 잔인함, 친절과 관용, 다시 말해 얽히고설킨 선과 악의 그물에 붙잡혀 있다. 이것이야말로 유일한 우리 모두의 이야기이며, 감성과 지성이 서로 다른 각계각층의 사람들에게 공통적으로 일어나는 일이다. 선과 악은 우리가 세상에 태어나 처음으로 인식하는 씨줄과 날줄이며, 우리가 세상을 떠날 때에도 인식하게 될 직물이다. 강산과 경제와 관습이 어떻게 변한다고 해도 이것만은 변하지 않을 것이다. 이것 이외에 다른 이야기는 없다. 인간이 평생을 살아오면서 쌓인 먼지와 찌꺼기를 다 털어 버리고 나면 분명하고 확고한 한 가지 의문만이 남을 것이다. "내 삶은 선한 것이었을까, 악한 것이었을까? 나는 그동안 똑바로 살았을까, 비뚤어지게 살았을까?"

그리스의 역사학자 헤로도토스는 페르시아 전쟁을 기술하면서 크로이소스 왕에 관한 이야기를 들려준 바 있다. 당대의 왕들 가운데 가장 부유하고 누구에게나 환영받던 크로이소스가 어느 날 아테네의 현인 솔론에게 유도신문을 했다. 어떤 대답이 나올지 걱정하지 않았더라면 처음부터 질문을 하지 않았을 것이다. 그는 "이 세상에서 가장 행복한 사람은 누구인가?" 하고 물었다. 스스로 의심에 사로잡힌 나머지 확인을 받고 싶었던 것이다. 솔론은 고대의 행복했던 사람 세 명을 들어 이야기해 주었다. 하지만 그 이야기가 크로이소스의 귀에 들어올 리 없었다. 자기 자신에 대한 걱정에 사로잡혀 있었기 때문이다. 솔론이 자신에 대해 언급하지 않자 왕은 할 수 없이 직접 물었다.

"너는 내가 행복하다고 생각지 않느냐?"

솔론은 서슴지 않고 말했다.

"제가 그걸 어떻게 말씀드릴 수 있겠습니까? 아직도 생존해 계신데."

훗날 그의 부와 왕국이 행복과 더불어 사라졌을 때, 이 불길한 대답이 크로이소스의 뇌리에서 떠나지 않았을 것이다. 그는 화형을 당할 때도 이 현답을 떠올렸을 것이고, 어쩌면 괜한 질문을 해서 답을 들었던 걸 후회했을지도 모른다.

오늘날에도 인간의 죽음 앞에서 상황은 크게 다르지 않다. 만약 죽은 사람이 생전에 부러움의 대상인 부와 영향력, 권력, 명예 등을 갖고 있었다면, 살아 있는 사람들은 그가 남긴 재산과 명성, 업적 등을 자세히 평가하고 난 후 마지막으로 한 가지 의문을 품을 것이다. 그의 인생은 선한 것이었을까, 악한 것이었을까? 이 말은 크로이소스의 질문을 다르게 표현한 것에 불과하다. 그를 부러워했던 마음은 어느샌가 사라지고, 그를 평가하는 유일한 척도는 오직 '그는 사람들로부터 사랑을 받았던가, 미움을 받았던가? 그의 죽음을 안타깝게 생각하는가, 후련하게 생각하는가?' 하는 것이다.

나는 세 사람의 죽음을 지금도 선명하게 기억하고 있다. 그 중 한 사람은 당대 최고의 부자였다. 그 부를 쌓기 위해 그는 사람들의 영혼과 육체를 짓밟았고, 그 후 수년 동안은 잃어버린 사랑을 되찾기 위해 몸부림쳤다. 그 과정에서 그는 출세를 위해 저질렀던 많은 죄악을 보상하고도 남을 만큼 세상을 위해 크게 봉사했다. 그가 죽었을 때 나는 항해 중이었다. 게시판에 부음이 나붙자 대부분의 사람들은 기뻐했다. 몇몇 사람들은 "그 개자식, 잘 죽었군." 하고 말했다.

두 번째는 사탄처럼 영리한 사람이었다. 그는 인간의 존엄성에 대해서는 전혀 모른 채 오직 인간의 약점과 사악한 면만을 꿰뚫고 있었다. 결국 그 특별한 재능을 활용하여 사람을 왜곡하고 매수하고 뇌물을 먹이고 위협하고 유혹한 끝에 상당히 높은 권좌에 오르게 되었다. 그는 미덕이라는 허울 좋은 이름으로 자신의 속마음을 위장했다. 인간에게서 자신을 사랑하는 마음을 빼앗으면 훗날 어떤 선물로도 그의 사랑을 되살 수 없다는 것을 그가 알고 있었는지 모르겠다. 뇌물을 받은 사람은 뇌물을 준 사람을 증오할 뿐이다. 이 사람이 죽었을 때 온 나라가 그를 찬양했지만, 그 이면에는 그의 죽음을 기뻐하는 마음이 깔려 있었다.

마지막으로 세 번째 사람이 있었다. 비록 실행 과정에서 많은 과오를 범했지만, 그의 삶은 수많은 사람들에게 커다란 영향을 미쳤다. 사람들이 가난하고 두려워할 때, 그리고 추악한 세력이 그 두려움을 악용하려고 할 때, 그의 영향을 받은 사람들은 용감하고 위엄 있고 선량하게 행동했다. 물론 그를 미워하는 사람도 몇몇 있었다. 그가 세상을 떠났을 때, 사람들은 거리에서 울음을 터뜨리며 마음속으로 울부짖었다. '이제 우리는 어떻게 해야 하는가? 그가 없는 세상을 어떻게 살아갈 것인가?' 불확실성의 세상 속에서 나는 한 가지를 확신한다. 인간이란 연약하기 짝이 없는 허울 밑에서 선량해지기를 원하고, 사랑받기를 원하는 존재이다. 인간이 저지르는 대부분의 악행들은 사랑에 이르는 지름길을 택하기 위해 시도된다. 인간이 죽음에 이르렀을 때, 생전의 재능과 영향력과 자질이 제아무리 훌륭하다고 해도, 만약 사랑받지 못한 채 죽는다면 그 삶은 실패작이요 그의 죽음은 싸늘한 두려움일 뿐이다. 만일 우리가 생각과 행동, 이 두 가지 길 중에서 어느 하나를 선택해야만 한다면, 미래의 죽음을 염두에 두고, 우리의 죽음을 세상이 기쁘게 받아들이는 일이 없도록 최선을 다해 살아야 할 것이다.

세상에는 한 가지 이야기밖에 없다. 모든 소설과 시는 우리 마음속에서 벌어지는 선악의 끊임없는 대결에 바탕을 두고 있다. 악은 끊임없이 또 다른 악을 낳지만, 선, 다시 말해 미덕은 불멸하는 것이다. 악은 항상 새롭고 싱싱한 젊은 얼굴을 하고 있지만, 미덕은 이 세상 무엇보다도 숭고하고 존엄한 얼굴을 하고 있다.

35장

1

리는 애덤과 두 소년이 살리나스로 이사 가는 걸 도와주었다. 단순히 도와주었다기보다는 실질적인 일들을 모두 도맡아 했다. 그는 짐을 꾸려서 기차로 부치거나, 포드 자동차 뒷좌석에 실었다. 그리고 살리나스에 도착한 후에는 다시 짐을 풀고, 애덤의 가족이 데시가 살았던 작은 집에 정착하는 모습을 지켜보았다. 리는 가족들의 편의를 도모하기 위한 일은 물론, 그다지 필요하지 않은 일에서부터 나중을 대비한 일까지 모조리 해치웠다. 그러던 어느 날 밤, 쌍둥이들이 잠자리에 든 뒤 그는 의례적으로 애덤의 시중을 들고 있었다. 아마도 애덤은 리의 차갑고 형식적인 태도에서 그의 의중을 짐작한 듯했다.

애덤이 먼저 말을 꺼냈다.

"좋아. 나도 이런 일이 있으리라고 예상하고 있었네. 어서 말해 보게."

애덤의 말에 리는 전부터 말하려고 별러 왔던 것들을 그만 모두 잊어버리고 말았다.

"지난 몇 년 동안 저는 나름대로 최선을 다해 일해 왔습니다. 그러나 이젠……."

리는 잠시 머뭇거렸다.

"그동안 상당히 오래 미루어 왔습니다만, 이제는 말씀드릴 준비가 된 것 같습니다. 말씀드려도 될까요?"

"꼭 하고 싶은가?"

"아니요. 꼭 그렇지만은 않습니다. 하지만 꽤 멋진 작별 인사말이 될 텐데요."

"언제 떠날 건가?"

"가능하면 빨리 떠날까 합니다. 곧 떠나지 않으면 마음이 흔들릴까 봐 걱정돼서요. 다른 사람을 구할 때까지 제가 기다리기를 바라십니까?"

"그럴 생각은 없네. 알다시피 나는 게으른 사람이야. 시간이 꽤 걸릴지도 모르지. 영영 못 얻을지도 모르고."

"그럼 전 내일 떠나겠습니다."

"아이들이 무척 실망할걸. 어떤 반응을 보일지 모르겠군. 아무래도 아이들한테는 내가 나중에 말할 테니, 자네는 몰래 떠나는 게 좋겠어."

"지금껏 제가 지켜본 바로는, 아이들은 항상 우리의 예상을 뒤엎지요."

리가 말했다.

과연 그 말은 사실이었다. 다음 날 아침 식사 때 애덤이 말했다.

"얘들아, 리 아저씨가 떠난단다."

"그래요?"

칼이 말했다.

"오늘 밤에 농구 시합이 있는데, 입장료가 10센트래요. 가도 돼요?"

"그러려무나. 그런데 너희들 내가 한 말을 듣기는 한 거냐?"

"그럼요."

아론이 대답했다.

"리 아저씨가 떠난다고 말씀하셨잖아요."

"하지만 이번에 가면 다시 돌아오지 않을 거다."

칼이 물었다.

"어디로 가는데요?"

"샌프란시스코로."

"아, 참!"

아론이 말했다.

"시내 중심가에서 어떤 남자가 작은 스토브를 놓고 소시지를 구워 빵에다 끼워서 팔아요. 한 개에 5센트래요. 겨자는 달라는 대로 주고요."

리가 부엌문 앞에 서서 애덤을 향해 빙긋 웃어 보였다.

쌍둥이들이 책을 챙기자 리가 말했다.

"얘들아, 잘 있어라."

"안녕히 가세요!"

아이들이 한목소리로 외치고는 우당탕거리며 밖으로 나 갔다.

애덤은 커피 잔을 들여다보면서 미안한 듯 중얼거렸다.

"괘씸한 녀석들 같으니! 10년이 넘도록 돌봐 준 것에 대한 보답이 고작 그거란 말이야!"

"차라리 그러는 편이 더 좋습니다."

리가 태연하게 말했다.

"슬픈 척한다면 그것이야말로 거짓이죠. 아이들에겐 이런 슬픔은 아무 의미도 없는 거예요. 가끔씩 제 생각을 할지도 모르죠. 마음속으로 말입니다. 전 아이들이 슬퍼하는 걸 원치 않아요. 아이들이 섭섭해 하는 모습을 보고 기뻐할 만큼 속이 좁지 않습니다."

그는 애덤이 앉아 있는 식탁 위에 50센트를 내려놓으며 말 했다.

"오늘 밤 아이들이 농구 시합을 보러 갈 때, 이 돈을 제가 주더라고 하면서 전해 주세요. 아까 말한 핫도그나 사 먹으라 고요. 제 작별 선물을 먹고 아이들이 배탈이 날지도 모르겠군 요."

애덤은 리가 식당으로 들고 들어온 뚜껑 달린 바구니를 바 라보았다.

"그게 자네 짐 전부인가?"

"책 말고는 이게 전부입니다. 책들은 상자에 담아 지하실에 갖다 두었어요. 괜찮으시다면, 사람을 보내든지 아니면 제가 어느 정도 자리를 잡고 난 뒤 직접 와서 가져가겠습니다."

"자네가 어떻게 생각할지 모르겠지만, 나는 자네를 그리워할 걸세. 정말 서점을 차릴 계획인가?"

"그럴 생각입니다."

"가끔 소식은 전할 거지?"

"모르겠어요. 그건 좀 생각해 봐야 할 것 같습니다. 인연은 딱 잘라 버리는 것이 제일 빨리 상처를 아물게 하는 길이라고들 하더군요. 우표 붙인 편지 따위로 연결되는 관계처럼 서글픈 것은 세상에 아마 없을 겁니다. 직접 얼굴을 보고 목소리를 듣고 손을 잡아 볼 수 없을 바엔 깨끗이 떠나보내는 게 훨씬 나아요."

애덤이 식탁에서 일어섰다.

"정거장까지 함께 가세."

"아닙니다!"

리가 날카롭게 소리쳤다.

"그러실 필요 없습니다. 안녕히 계십시오, 트래스크 씨. 잘 지내세요, 애덤."

리가 서둘러 집 밖으로 나갔기 때문에 애덤의 "잘 가게."라는 말은 그가 현관 계단을 다 내려갔을 때에야 들렸다.

"잊지 말고 편지하게나."

대문이 철컥 닫히는 소리와 함께 애덤의 마지막 인사가 울려 퍼졌다.

2

그날 밤 농구 시합이 끝난 후 칼과 아론은 소시지 빵을 다섯 개씩 먹었다. 마침 애덤이 저녁 식사 준비를 잊고 있었기 때문에 그나마 다행이었다. 쌍둥이 소년들은 집으로 돌아오는 길에 처음으로 리에 관한 이야기를 나누었다.

"리 아저씨가 왜 떠난 걸까?"

칼이 물었다.

"선에노 벼나셨나고 밀란 직이 있잖이."

"우리가 없으면 아저씨가 무슨 일을 할 것 같아?"

"모르겠어. 하지만 틀림없이 돌아올 거야."

아론이 말했다.

"그게 무슨 말이야? 아버지 말씀으로는 그가 서점을 차린다잖아. 생각만 해도 우습지 않냐? 중국인 서점이라……."

"아저씬 돌아올 거야."

아론이 중얼거렸다.

"우리들이 보고 싶어서 견딜 수 없을걸. 두고 보라고."

"아니, 그렇지 않아. 그가 돌아오지 않는다는 데 10센트 걸겠어."

"기한은 언제까지로 하고?"

"언제까지든 상관없어."

"좋아. 그럼 난 돌아온다는 데 10센트를 걸게."

아론이 말했다.

아론은 그 후 거의 한 달 동안 내기에 건 돈을 받을 수 없었다. 그러나 그로부터 엿새가 지난 후, 그는 내기에서 이겼다.

리는 10시 40분 기차로 돌아와 그때까지 갖고 있던 집 열쇠로 문을 열고 들어왔다. 식당에 불을 켜 둔 채 애덤이 부엌에서 프라이팬에 두껍게 눌어붙은 시커먼 더께를 깡통 따개 끝으로 긁어내고 있었다.

리가 바구니를 내려놓으며 말했다.

"그런 건 하룻밤 물에 담가 놓으면 쉽게 벗겨집니다."

"그래? 요리할 때마다 그릇이란 그릇은 죄다 태워 먹었어. 마당에 사탕무를 졸이다 태운 냄비를 내다 놨어. 냄새가 하도 지독해서 집 안에 둘 수가 있어야지. 불에 탄 사탕무 냄새란 정말 역겹…… 아니, 자네 리 아닌가!"

애덤이 소리쳤다.

"어떻게 된 거야?"

리는 그에게서 시커먼 양철 팬을 받아 싱크대에 넣고 수돗물을 틀었다.

"새 가스스토브만 있으면 2, 3분 안에 커피를 끓일 수 있을 테지만 어쩔 수 없군요. 불을 피워야겠습니다."

"하지만 스토브에 불이 안 붙던걸?"

리가 스토브의 뚜껑을 열며 물었다.

"재는 치우셨습니까?"

"재라니?"

"이런, 식당에 가서 기다리세요. 커피를 끓여다 드리겠습니다."

애덤은 잠자코 기다리고 있기가 힘들었지만 리가 시키는 대로 따랐다. 이윽고 리가 식탁 위에 커피 두 잔을 내려놓았다.

"프라이팬에 끓였더니 훨씬 빠르군요."

그는 자신의 여행용 바구니 위로 허리를 굽혀 묶어 둔 끈을 풀었다. 그러고는 바구니 안에서 돌로 만든 병 하나를 꺼냈다.

"중국에서 만든 술입니다. 오가피주는 10년 이상 보관할 수 있죠. 그리고 보니, 저 대신 다른 사람을 고용하셨는지 여쭈어본다는 걸 잊었군요."

"에둘러 말하는 건 여전하군."

애덤이 말했다.

"저도 압니다. 사실대로 솔직히 털어놓고 처분을 기다리는 게 가장 좋은 방법이란 것도 알고요."

"자네 팬탠[4]을 하다 돈을 잃은 게로군."

"아닙니다. 그러기라도 했으면 좋게요. 돈은 그대로 있습니다. 이런, 젠장! 빌어먹을 코르크가 부서졌네요. 아예 병 속으로 밀어 넣는 게 좋겠어요."

리는 검은빛 술을 자기 커피에 따랐다.

"이렇게 마시기는 처음입니다. 향기가 좋군요."

"썩은 사과 냄새가 나는걸."

애덤이 말했다.

"그래요. 하지만 새뮤얼 해밀턴은 제대로 썩은 사과 냄새 같다고 했었죠."

---

4) 중국 도박의 일종.

"그동안 무슨 일이 있었는지 언제쯤 말할 텐가?"

"아무 일 없었습니다."

리가 대답했다.

"외로웠어요. 그뿐이에요. 이 말로 충분히 설명되지 않나요?"

"책방은 어떻게 됐나?"

"책방은 차리고 싶지 않아요. 제 마음이 그렇다는 걸 기차를 타기 전부터 깨달았죠. 다만 그런 제 생각을 확인하기 위해 이렇게 시간이 걸린 거예요."

"그럼 자네의 마지막 꿈도 사라진 게로군."

"잘된 거예요."

리는 히스테리를 일으키기 직전인 것 같았다.

"트래슈키 씨, 우리 중국 사람 취하고 싶다."

애덤은 무척 놀랐다.

"이봐, 왜 그래?"

리는 술병을 입에 대고 한 모금 크게 들이켰다. 타는 듯한 목구멍에서 독한 술 냄새가 풍겨 났다.

"애덤, 이렇게 집에 돌아오니 뭐라고 말할 수 없을 정도로 기쁘네요. 내 평생 그토록 지독하게 외로웠던 적은 한 번도 없었어요."

36장

1

살리나스에는 초등학교가 두 곳 있었다. 두 학교 모두 덩치 큰 누런색 건물이었는데, 커다란 창문은 쓸쓸해 보였고 문짝 또한 투박하기 그지없었다. 학교 이름은 각각 동부학교와 서부학교였다. 시내에서 멀리 떨어진 동부학교는 중심가 동쪽에 사는 아이들이 다니는 곳으로, 굳이 여기서는 언급하지 않겠다.

서부학교는 커다란 2층 건물이었다. 건물 전면에는 옹이투성이 미루나무가 서 있었다. 이 미루나무를 기준으로 운동장이 여학생용과 남학생용으로 나뉘었다. 건물 뒤쪽 운동장에서 그 기준이 되는 것은 높다란 판자 울타리였다. 운동장 뒤쪽으로는 왕골과 부들이 무성한 작은 늪이 경계선을 이루며 자리하고 있었다. 서부학교에는 3학년부터 8학년까지의 학생들이 있었다. 그보다 어린 1, 2학년 아이들은 약간 떨어진 곳에 있는 유년학교로 다녔다.

서부학교에는 학년마다 교실이 하나씩 있었는데, 3, 4, 5학년은 1층에, 그리고 6, 7, 8학년은 2층에 있었다. 각 교실에는 낡고 평범한 떡갈나무 책상들과 교단, 교사용 책상, 세스 토머스 벽시계, 그리고 그림 한 점이 있었다. 각 교실의 특징을 대표하는 그림들은 라파엘로 이전의 화풍이 두드러졌다. 3학년 교실에는 갑옷을 입은 원탁의 기사 갤러헤드가 학생들에게 미래를 제시하고 있었다. 4학년 교실에서는 그리스 신화에 나오는 걸음 빠른 여신 아탈란타가 아이들을 재촉했으며, 5학년 학생들은 바질 화분 그림에 난감해 했다. 그림의 영향은 이렇게 이어져, 고등학교 진학을 앞둔 8학년 학생들은 '캐털라인의 탄핵' 장면을 담은 그림을 통해 시민의식을 키웠다.

칼과 아론은 나이 때문에 7학년에 배정되었고, 교실에 걸린 그림이 시사하는 깊은 뜻을 모두 알게 되었다. 전신이 뱀에 칭칭 휘감긴 라오콘[5]의 그림이었다.

교실이 한 개뿐인 시골 학교에 다녔던 두 소년은 서부학교의 규모와 장엄함에 기가 눌렸다. 학년마다 담임교사가 따로 있는 것도 무척 인상적이었다. 소년들에게 그것은 일종의 낭비로 보였다. 하지만 모든 인간들이 그렇듯, 등교 첫날 어리둥절해 하던 그들은 이튿날에는 찬사를 보냈고, 사흘째가 되자 자

---

5) 트로이의 아폴로 신전의 사제. 여신 아테나의 노여움을 사 아들과 함께 바다뱀에 감겨 죽었다.

신들이 다른 학교에 다녔었다는 사실조차 까맣게 잊어버렸다.

선생님은 살결이 가무잡잡한 미인이었다. 수업 시간에 쌍둥이 소년들은 적절하게 손을 들었다 내렸다 하여 별달리 걱정할 필요가 없었다. 칼이 잽싸게 요령을 터득하여 아론에게 알려 주었던 것이다.

"다른 애들이 하는 걸 좀 봐."

칼이 말했다.

"답을 알면 손을 들고, 모르면 책상 밑으로 기어들어 가듯 바싹 움츠리잖아. 그러니 우리가 어떻게 해야 되는지 알겠지?"

"난 잘 모르겠는걸. 어떻게 해야 하는데?"

"선생님은 항상 손을 든 아이들만 시키진 않아. 손을 안 든 애들도 시킨다고. 답을 모르는데도 말이야."

"그래, 맞아."

아론이 맞장구를 쳤다.

"그러니 우선 첫째 주에는 죽어라 공부를 하고도 손을 들지 않는 거야. 그래서 선생님이 우리를 지명하면, 척척 대답을 하는 거지. 아마 선생님이 무척 놀라겠지. 둘째 주에는 공부를 하지 않고도 손을 드는 거야. 그때는 선생님이 우리를 안 시켜. 셋째 주에는 그저 가만히 앉아 있는 거야. 그러면 선생님은 우리가 답을 아는지 모르는지 헷갈려 하겠지. 그러다 보면 곧 선생님은 우리를 가만히 내버려 둘 거야. 답을 아는 학생을 지적하여 시간을 낭비하려 들지 않을 테니까."

칼의 생각은 효과가 있었다. 얼마 안 가서 쌍둥이는 어느 누구의 간섭도 받지 않았을 뿐 아니라, 상당히 영리하다는 평가도 받게 되었다. 사실 칼이 궁리해 낸 요령도 일종의 시간 낭비였다. 두 소년 모두 아주 쉽게 학교생활에 적응해 갔기 때문이다.

칼은 구슬치기를 잘해서 학교 운동장에서 백악, 유리알, 공깃돌 등 온갖 종류의 구슬들을 모조리 따 모았다. 구슬치기 유행이 한물가면 그것들을 팽이와 바꾸었다. 한때 그는 투박하고 모양 없는 소형 팽이에서부터 날씬한 몸체에 끝이 바늘처럼 뾰족해서 다소 위험하기까지 한 팽이에 이르기까지, 적어도 45개가 넘는 형형색색의 팽이들을 보유하고 그것을 마치 법정통화인 양 사용하기도 했다.

쌍둥이를 본 사람은 누구나 두 소년이 서로 많이 다르다는 사실에 어리둥절한 듯했다. 칼은 자라면서 피부가 가무잡잡해지고 머리색도 짙게 변했다. 그는 약삭빠르고 빈틈이 없었지만 어딘가 비밀스러운 면이 있었다. 스스로 그렇지 않게 보이려고 시도도 해 보았지만, 그의 명민함은 감추어질 수 없었다. 어른들은 소년의 그런 성품을 조숙함이라고 여기고 감탄하는 동시에 조금 두려워하기도 했다. 어느 누구도 칼을 좋아하지 않았지만 모두 그를 두려워했고, 두려운 만큼 그를 떠받들었다. 그에게는 진정한 친구는 없었지만 앞에서 아첨하는 몇몇 급우들이 있어서 학교 운동장에서 자연스레 냉혹한 대장 역할을 맡게 되었다.

칼이 자기 재능을 감춘 것이 사실이라면 마음의 상처 또한 드러내지 않았을 것이다. 그래서 그는 뻔뻔스럽고 감수성이라고는 찾아볼 수 없는 잔인한 사람으로 여겨졌다.

반면에 아론은 모든 사람에게 사랑을 받았다. 그는 수줍음이 많고 섬세해 보였다. 발그레하면서도 뽀얀 피부, 황금빛 머리칼, 미간이 넓은 푸른 눈동자가 주위 사람들의 시선을 잡아끌었다. 유달리 예쁘장한 외모 탓에 처음에는 학교 운동장에서 다소 곤란을 겪기도 했지만, 그를 한번 건드려 본 아이들은 그가 겁이 없고 끈질기고 굽힐 줄 모르는 싸움꾼이라는 것을 알게 되었다. 특히 그가 울음을 터뜨릴 때는 누구도 당해 낼 수 없었다. 그런 소문이 퍼지자 으레 새로 전학 온 학생들을 골려 먹던 아이들도 그를 가만히 내버려 두었다. 아론은 굳이 자신의 기질을 숨기려 하지 않았다. 다만 자신의 기질과 전혀 동떨어진 외모 탓에 그것이 드러나지 않았을 뿐이다. 그는 일단 방향이 정해지면 절대로 바꾸지 않았다. 말하자면 비교적 단순하고 융통성이 거의 없었다. 그의 정신이 예민하지 않은 만큼 그의 육체 또한 고통에 둔감했다.

칼은 형에 대해 잘 알고 있었기 때문에, 평정을 깨뜨림으로써 그를 조종할 수 있었다. 그러나 그 또한 어느 정도 한계가 있었다. 칼은 언제 옆으로 비켜서야 하고 언제 도망쳐야 하는지를 잘 알고 있었다. 아론은 그와 같은 방향 전환에 다소 혼란스러워 했지만, 그 외에는 전혀 동요되는 법이 없었다. 그는 자기 길을 정해 놓고 묵묵히 그 길을 따라갈 뿐, 그 밖의 것에는 한눈을 팔거나 관심을 갖지 않았다. 그의 감정은 단순하고 무게가 있어서 좀처럼 밖으로 드러나지 않았다. 말하자면 그의 모든 것은 천사 같은 얼굴 뒤에 숨겨져 있었다. 다만 새끼 사슴이 자신의 여린 털가죽에 난 황갈색 얼룩점을 대하듯, 아론 또한 그런 자신의 용모에 대해 걱정도 책임감도 느끼지 않았다.

2

서부학교로 등교한 첫날, 아론은 쉬는 시간을 애타게 기다렸다. 그는 에이브라와 이야기를 나누려고 여학생 운동장으로 갔다. 많은 소녀들이 한꺼번에 꺅꺅 소리를 질렀지만 그를 쫓아낼 수는 없었다. 결국 나이 지긋한 교사가 와서 그를 남학생 운동장으로 돌려보냈다.

점심시간에도 아론은 그녀를 만날 수 없었다. 멋진 사륜마차를 타고 나타난 에이브라의 아버지가 점심을 먹이기 위해 그녀를 집으로 데려갔기 때문이다. 아론은 수업이 끝난 후 교문 밖에서 그녀를 기다렸다.

에이브라가 다른 여학생들과 어울려 밖으로 나왔다. 그녀의 표정은 침착했으며, 그가 기다리고 있기를 기대하지는 않은 듯했다. 그녀는 교내에서 가장 예쁜 소녀였지만, 아론이 그 사실을 알고 있었는지는 확실치 않다.

여학생들은 구름처럼 떼를 지어 걸어갔다. 아론은 서너 걸음 뒤떨어져서 그 뒤를 따라갔다. 에이브라의 친구들이 이따금 뒤를 돌아보며 그에게 가시 돋친 핀잔을 퍼부었지만, 그는 전혀 당황하지 않고 끈기 있게 따라갔다. 이윽고 소녀들이 하나둘 각자의 집을 향해 흩어졌고, 에이브라가 하얀 대문 앞에 이르러 안으로 들어가 버리고 나자 아론의 주위에는 세 명의 소녀만이 남았다. 그들은 잠시 아론을 노려보고는 키득거리며 제각각 자기 집으로 향했다.

아론은 보도 가장자리에 걸터앉았다. 잠시 후 하얀 대문의 빗장이 올려지더니 문이 열리며 에이브라가 나타났다. 그녀는 보도를 가로질러 그에게 다가왔다.

"무슨 일이니?"

아론은 커다란 눈으로 그녀를 올려다보았다.

"너 다른 사람하고 약혼한 거 아니지?"

"그게 무슨 뚱딴지같은 소리야!"

그녀가 중얼거렸다.

소년이 힘겹게 자리에서 일어서며 말했다.

"우리가 결혼하려면 한참 기다려야 할 거야."

"누가 너랑 결혼하고 싶대?"

아론은 대답하지 않았다. 어쩌면 소녀의 말을 듣지 못했는지도 모른다. 두 사람은 나란히 걷기 시작했다.

에이브라는 정면을 응시한 채 또박또박 걸어갔다. 그녀의 얼굴은 지혜롭고 사랑스러워 보였다. 무언가 깊은 생각에 잠긴 듯하기도 했다. 아론은 그런 그녀의 얼굴에서 줄곧 눈을 떼지 못했다. 그의 온 정신이 단단한 밧줄로 그녀의 얼굴에 묶여 있는 듯했다.

두 사람은 아무 말 없이 유년학교까지 걸어갔다. 거기서부터는 도로포장이 안 되어 있었다. 에이브라는 오른쪽으로 돌아 여름 한철 풀을 베고 난 들판 사이로 걸어 들어갔다. 검은

흙덩이가 그들의 발밑에서 부스러졌다.

들판의 끝에는 조그만 양수기 헛간이 있고, 그 옆에 버드나무 한 그루가 서 있었다. 양수기에서 흘러나온 물을 흠뻑 빨아들여서인지 버드나무는 무성하게 자라 가지가 땅바닥까지 길게 늘어져 있었다.

에이브라가 커튼처럼 드리워진 가지를 젖히고 안으로 들어갔다. 나무 둥치 주위로 버들가지가 땅바닥까지 치렁치렁 늘어져 있어서 그 안은 버들잎으로 지은 집처럼 아늑했다. 나뭇잎 사이로 밖이 내다보였지만, 밖에서 보면 안이 들여다보이지 않아서 달콤하리만큼 따스하고 포근했다. 오후의 햇살이 싱싱한 버들잎 사이로 새어 들어와 황금빛으로 빛났다.

에이브라가 바닥에 앉았다. 마치 바람에 실려 살포시 내려앉은 듯 그녀 주위로 스커트 자락이 물결치듯 펼쳐졌다.

아론도 그녀 곁에 앉았다.

"우리가 결혼하려면 꽤 오래 기다려야 할 거야."

그가 같은 말을 되풀이했다.

"아니, 그리 오래는 아닐 거야."

에이브라가 말했다.

"지금 했으면 좋겠는데……."

"그리 오래 걸리지 않을 거래두."

아론이 물었다.

"너희 아버지가 우리 결혼을 승낙해 주실까?"

그것은 에이브라에게 뜻밖의 질문이었다. 그녀는 몸을 돌려 아론을 바라보았다.

"아버지한테는 말씀드리지 않으면 되지, 뭐."

"그럼 너희 어머니는?"

"공연히 부모님께 걱정 끼쳐 드리지 말자."

에이브라가 말했다.

"엄마 아빠는 우리 결혼을 엉뚱하거나 못된 짓으로 여기실 거야. 그런데 너 비밀 지킬 수 있어?"

"물론이지. 나는 누구보다 비밀을 잘 지킬 수 있어. 이미 몇 가지 비밀을 갖고 있기도 하고."

"그럼 그 비밀들 가운데 이것도 포함시키면 되겠네."

아론은 작은 나뭇가지 하나를 집어 시커먼 땅바닥 위에 금을 그었다.

"에이브라, 아기가 어떻게 생기는지 알아?"

"알아."

그녀가 대답했다.

"그러는 넌 누구한테 들었는데?"

"리 아저씨한테. 아주 자세히 설명해 줬어. 우리는 앞으로 한참 동안 아기를 가질 수 없을 거야."

에이브라는 다 알고 있다는 듯 입가를 삐죽거렸다.

"그다지 한참은 아닐 거야."

"우리도 언젠가는 집을 갖게 되겠지."

아론이 생각에 잠겨 말했다.

"집에 들어가서 문을 걸어 잠그면 기분이 아주 근사할 거야. 하지만 그것도 한참 기다려야 가능한 일이겠지."

에이브라가 손을 뻗어 아론의 팔을 잡았다.

"시간에 대해선 걱정하지 마. 여기도 집이나 다름없어. 기다리는 동안 이곳을 집으로 삼으면 되잖아. 너는 내 남편이 될 테니까, 나를 여보라고 불러도 돼."

아론은 속으로 몇 차례 중얼거린 끝에 마침내 입 밖으로 소리 내어 외쳤다.

"여보!"

"그래. 그런 식으로 연습하는 거야."

에이브라의 손에 닿은 아론의 팔이 가볍게 떨고 있었다. 그녀는 그의 팔을 잡아끌어 손바닥을 위로 향하게 한 채 자신의 무릎 위에 올려놓았다.

"그렇다면 연습 삼아 다른 것도 해 보면 어떨까?"

"뭘?"

"너는 싫어할지도 몰라."

"뭔데 그래?"

"네가 내 엄마 노릇을 하는 거야."

"그거야 쉽지."

"싫어?"

"아니, 좋아. 지금 시작하고 싶니?"

"응. 그런데 어떡하면 되지?"

"내가 가르쳐 줄게."

에이브라가 달래는 목소리로 말했다.

"아가야, 이리 온. 엄마 무릎을 베고 누우렴. 어서. 엄마가 안아 줄게."

그녀가 아론의 머리를 끌어다 무릎에 눕히자, 소년의 눈에서 느닷없이 눈물이 쏟아졌다. 눈물은 그칠 줄 몰랐다. 그는 조용히 울었다. 에이브라가 그의 뺨을 어루만지며 흐르는 눈물을 스커트 자락으로 닦아 주었다.

해가 살리나스강 너머로 기울자 새 한 마리가 황금빛으로 물든 들녘의 그루터기에서 아름답게 지저귀기 시작했다. 버드나무 가지 밑은 이 세상 그 어느 곳보다 아름다웠다.

아론이 천천히 울음을 그쳤다. 실컷 울고 나니 한결 후련하고 포근한 기분이었다.

"우리 아가, 착하기도 하지!"

에이브라가 말했다.

"엄마가 머리를 빗겨 줄게."

그러자 아론이 벌떡 일어나 앉으며 화난 듯한 목소리로 말했다.

"난 화가 났을 때를 제외하곤 거의 울지 않아. 그런데 아까는 왜 눈물이 난 걸까?"

에이브라가 물었다.

"넌 엄마를 기억하니?"

"아니, 기억 못 해. 내가 아주 어렸을 때 돌아가셨거든."

"어떻게 생겼는지도 몰라?"

"몰라."

"사진이라도 봤을 거 아냐?"

"못 봤다니까. 사진이 있어야 보지. 리 아저씨에게 물어봤는데 사진 따윈 하나도 없대. 아니, 내가 직접 알아본 건 아니고, 칼이 아저씨한테 물어봤어."

"언제 돌아가셨는데?"

"칼과 나를 낳고 바로."

"이름이 뭐였는데?"

"리 아저씨 말로는 캐시였대. 그런데 왜 그런 걸 꼬치꼬치 묻지?"

에이브라가 차분하게 말을 이었다.

"색깔은?"

"뭐라고?"

"머리색이 옅으냐 짙으냔 말이야."

"몰라."

"너희 아버지가 말씀 안 해 주셨어?"

"물어본 적도 없는데."

에이브라는 말이 없었다. 잠시 후 아론이 물었다.

"왜 그래? 왜 아무 말도 안 하는 거야?"

에이브라는 지는 해를 바라보고 있었다.

아론이 초조한 듯 물었다.

"나한테 화났어?"

그는 장난 삼아 덧붙였다.

"여보?"

"아니, 화 안 났어. 그냥 생각 중이야."

"무슨 생각?"

"그냥 생각."

에이브라는 굳은 얼굴로 무언가를 골똘히 생각하는 듯했다. 마침내 그녀가 입을 열었다.

"엄마가 없다는 건 어떤 기분일까?"

"모르겠어. 그저 그런 거지, 뭐."

"넌 아마 엄마가 있고 없고의 차이점조차 모를 테지."

"그럴지도 몰라. 그러니 네가 말해 줘. 지금 넌 마치 《블러틴》지에 나오는 수수께끼 같아."

에이브라가 침착한 목소리로 물었다.

"너도 엄마가 있었으면 좋겠니?"

"그걸 말이라고 해? 당연하지. 누구나 다 마찬가지야. 너 나를 약 올리려고 그러는 건 아니지? 칼은 가끔씩 나를 바짝 약 오르게 해 놓고 킬킬거린다니까."

에이브라는 지는 해를 바라보다가 눈길을 돌렸다. 햇빛 때문에 자줏빛 반점이 어른거려 앞이 잘 보이지 않았다.

"너 아까 비밀을 잘 지킬 수 있다고 그랬지?"

"응."

"너 독약을 먹이고 목에 칼을 들이댄대도 그 비밀 지킬 수 있어?"

"물론이야."

에이브라가 부드럽게 말했다.

"그럼 내게 말해 봐, 아론."

그녀는 그의 이름을 유난히 달콤하게 불렀다.

"뭘 말하라는 거야?"

"네 마음속 깊이 꽁꽁 감추고 있는 비밀을 말해 보란 말이야."

아론은 멈칫하며 그녀에게서 물러섰다.

"싫어! 네가 무슨 권리로 나한테 그걸 요구하는 거야? 난 누구한테도 말하지 않을 거야."

"아가, 그러지 말고 엄마한테 말해 보려무나."

그녀가 달래듯 말했다.

아론의 눈에 다시 눈물이 차올랐다. 이번에는 분노의 눈물이었다.

"너와 정말 결혼을 해야 할지 의심스러워졌어."

그가 말했다.

"아무래도 집에 돌아가야겠다."

에이브라가 떠나려는 그의 손목을 잡고 매달렸다. 그녀의 목소리는 다시 차분해졌다.

"널 시험해 보고 싶었을 뿐이야. 너 정말 비밀을 잘 지키는구나."

"도대체 왜 그랬어? 나 화났단 말이야. 기분 나빠."

"너한테 비밀 얘기를 해 주려고 해."

"쳇!"

그가 빈정거리는 투로 말했다.

"정작 비밀을 지키지 못하는 게 누군지 모르겠군."

"이 얘기를 해야 할지 말아야 할지 고민 많이 했어. 하지만 너를 위한 일일지도 모른다는 생각이 들어서 말하려는 거야. 네가 좋아할지도 몰라."

"누가 얘기하지 말라고 그랬는데?"

"아무도 그런 말을 한 적은 없어. 그저 나 혼자 고민했을 뿐이야."

"그렇담 상관없겠군. 대체 그 비밀이 뭐야?"

붉은 해가 블랑코 거리의 톨로트네 집 지붕에 걸려 있었다. 노을을 배경으로 그 집 굴뚝이 검은 엄지손가락처럼 보였다.

에이브라가 조용히 입을 열었다.

"우리가 너희 집에 갔던 때를 기억하니?"

"물론이지!"

"마차 안에서 나는 잠이 들었었어. 그러다 어느 순간 잠에서 깨었는데, 우리 엄마 아빠는 내가 깬 줄을 모르셨나 봐. 두 분이 말씀하시는 걸 들었는데, 네 엄마는 죽지 않았대. 어디론가 도망갔다나 봐. 확실히는 모르지만 무언가 안 좋은 일이 생겨서 도망쳐 버린 거래."

아론이 목이 메는 듯 쉰 목소리로 중얼거렸다.

"엄마는 돌아가셨어."

"돌아가시지 않았다면 더 좋지 않아?"

"분명히 돌아가셨다고 아버지가 그랬단 말이야. 우리 아버진 거짓말쟁이가 아니야."

"돌아가셨다고 생각하는 건지도 모르지."

"아버지는 진실을 알고 계실······."

그의 목소리에는 확신이 없었다.

에이브라가 말했다.

"우리가 네 엄마를 찾을 수 있다면 얼마나 좋을까? 너희 엄마가 기억상실증에 걸렸을지도 모르잖아. 그런 얘기를 책에서 읽은 적이 있어. 우리가 너희 엄마를 찾아내서 기억을 되살리게 할 수 있을지도 몰라."

에이브라는 스스로 지어낸 환상적인 이야기에 도취한 것
같았다.

아론이 말했다.

"아버지한테 직접 물어봐야겠어."

"아론, 내가 얘기한 건 어디까지나 비밀이야."

그녀가 사뭇 엄숙하게 말했다.

"누가 그래?"

"누군 누구야? 나지. 자, 지금부터 내 말을 따라 해. 비밀을
누설하면 독약을 먹고 내 목을 딸 것이다."

그는 잠시 머뭇거린 끝에 시키는 대로 따라 했다.

"비밀을 누설하면 독약을 먹고 내 목을 딸 것이다."

"이제 네 손바닥에 침을 뱉어. 이렇게 말이야. 그래, 그렇게.
이번엔 손을 내놔 봐. 잘 봐, 이렇게 침을 비비는 거야. 그래.
그다음엔 그 침을 머리에다 문질러."

두 사람은 나름대로 의식을 치렀다. 그러고 나서 에이브라
가 엄숙하게 말했다.

"이제 비밀을 누설할 테면 해 봐. 이런 맹세를 하고도 비밀
을 누설한 아이가 헛간에 불이 나서 타 죽었다는 얘기도 있단
말이야."

어느덧 해가 톨로트네 지붕 너머로 사라지자 황금빛도 자
취를 감추었다. 저녁별이 토로 산 위에 가물거렸다.

에이브라가 말했다.

"어쩜 좋아! 호되게 꾸지람을 듣게 생겼어. 빨리 가자! 아버
지가 개를 데리고 나를 찾아 나섰을 거야. 매를 맞을지도 몰

라.”

아론이 믿을 수 없다는 듯 그녀를 바라보았다.

“매를 맞다니! 설마 너를 때린다는 거야?”

“정말이래두.”

아론이 열을 올리며 말했다.

“때릴 테면 때려 보라지. 너를 때렸다간 내가 가만있지 않을 거라고 말해.”

미간이 넓은 푸른 두 눈이 가늘어지면서 빛을 발했다.

“누구도 내 아내를 건드릴 순 없어!”

버드나무 밑의 어스름 속에서 에이브라가 그의 목에 두 팔을 감았다. 그러고는 그의 벌어진 입에 키스를 했다.

“사랑해요, 여보.”

그녀는 스커트 자락을 무릎 위로 치켜들고는 쏜살같이 집으로 달려갔다. 레이스를 단 하얀 속바지가 보였다.

3

아론은 버드나무로 되돌아가서 둥치에 등을 기댄 채 주저앉았다. 기분이 찜찜하고 왠지 배도 슬슬 아파 왔다. 그는 통증을 누그러뜨리기 위해 마음을 가라앉히고 생각을 정리해 보려 애썼다. 하지만 그마저 쉽지 않았다. 천천히 생각해 보아도 갖가지 생각들과 감정들이 한꺼번에 밀려와 쉽게 정리되지 않았다. 마음의 문은 육체적 고통만을 받아들인 채 꽉 닫혀 있었다. 한참 후에야 문이 조금씩 열리면서 한 번에 한 가지씩 차례로 빨아들여 마침내 모든 것들을 흡수시켰다. 닫힌 마음 밖에서 거대한 무언가가 들어오겠다고 아우성쳤지만, 아론은 마지막 순간까지 그것을 거부했다.

그는 먼저 에이브라를 들어오게 했다. 그녀의 옷과 얼굴, 뺨에 닿던 손의 감촉, 우유 냄새 같기도 하고 갓 베어 낸 풀 냄새 같기도 한 그녀의 체취를 더듬어 보았다. 아론은 그녀를 처음부터 다시 보고 듣고 느끼고 향내를 맡았다. 손과 손톱을 포함한 그녀의 모든 것이 얼마나 청결했던가, 그녀가 학교 운동장에서 낄낄대는 여느 소녀들과 얼마나 차별되고 솔직한가를 그는 새삼 깨달았다.

이어서 그는 차례로 그녀가 머리를 껴안았던 일과, 자신이 아기처럼 울던 일을 생각했다. 그것은 무언가를 애타게 원하고 그리워하다가 마침내 그것을 손에 넣은 듯한 느낌에서 터져 나온 눈물이었다. 어쩌면 실제로 그는 그 무언가를 얻어서 눈물을 흘린 것인지도 몰랐다.

다음으로 그는 에이브라가 자신을 시험해 보던 일을 생각했다.

'만일 내가 비밀을 털어놓았다면 그녀는 어떤 반응을 보였을까? 그 비밀은 어떤 것이었을까?' 그러나 지금으로서는 그의 마음속으로 들어오겠다고 아우성치는 비밀 이외에 다른 것은 전혀 생각나지 않았다.

에이브라는 아주 예리한 질문을 했다.

"엄마가 없다는 건 어떤 기분일까?"

그 질문이 아론의 마음속으로 슬그머니 파고들었다. 과연 그건 어떤 기분일까? 그것은 그 무엇과도 비교할 수 없는 특별한 느낌이었다. 크리스마스나 졸업 축하 파티에 다른 애들의 어머니가 참석했을 때, 교실에서 소리 없이 눈물지으며 품게 되는 그리움 같은 것이었다. 어머니가 없다는 것은 바로 그런 기분이었다.

살리나스는 늪과 왕골이 무성한 연못들로 둘러싸여 있었고, 그 연못마다 수천 마리의 개구리가 우글거렸다. 저녁이 되면 온 사방이 개구리 울음소리로 가득해서 그것이 일종의 포효 속의 고요를 이루었다. 말하자면 개구리 울음소리는 장막이자 배경으로, 그 소리가 뚝 그치면 마치 천둥이 치고 난 뒤의 고요를 연상케 했다. 만일 한밤중에 개구리 소리가 멈춘다면, 살리나스 사람들은 모두 엄청난 굉음이라도 들은 것처럼 벌떡 잠에서 깨어날 것이었다. 게다가 수천 마리의 개구리 노랫소리에는 일정한 리듬과 박자가 있는 듯했다. 그것은 시각의 특별한 작용으로 별이 반짝거려 보이는 것처럼, 청각의 어떤 작용 때문에 그렇게 들리는지 모를 일이었다.

이제 버드나무 그늘 밑은 아주 어두웠다. 아론은 그 커다란 문제를 어떻게 받아들여야 할지 갈피를 잡을 수 없었다. 그가 그렇게 망설이는 동안, 그 커다란 문제는 그의 마음속에 슬며시 들어와 버렸다.

그의 어머니는 살아 있다. 가끔씩 그는 부패하지 않은 싸늘한 모습으로 지하에 꼼짝 않고 누워 있는 어머니의 모습을 마음속에 그려 보곤 했다. 그런데 바로 그 어머니가 지금 어딘가에서 살아 움직이며 말을 하고 눈을 뜬 채 손도 흔들고 있다니……. 홍수처럼 밀려오는 기쁨의 한가운데서 한 가닥 슬픔이 그를 짓눌렀다. 그것은 무시무시한 상실감이었다. 아론은 어리둥절했다. 그는 희부연 구름 같은 슬픔을 가만히 들여다보았다. 어머니가 살아 있다면 아버지는 거짓말쟁이일 터였다. 한 사람이 살아 있다면 다른 한 사람은 죽어 있는 것이다. 아론은 나무 밑에서 크게 소리쳤다.

"우리 엄마는 돌아가셨어! 동쪽 땅 어디엔가 묻혀 있단 말이야!"

어둠 속에서 그는 리의 얼굴을 보았고, 그의 부드러운 목소리를 들었다. 리는 빈틈이 없었다. 그는 숭배에 가까우리만큼 진실을 중요시했고, 당연히 그 반대인 거짓에 대해선 혐오감을 느꼈다. 그는 그러한 신념을 쌍둥이에게도 철저히 가르쳤다. 진실이 아닌 것이 있는데도 그것을 모른다면 잘못이라는 것이었다. 또한 진실을 알고도 그것을 진실이 아닌 것처럼 바꾸어 놓는다면, 그렇게 만든 사람과 그 진실 둘 다가 혐오의 대상이 된다고 했다.

리의 목소리가 말했다.

"좋은 뜻에서 거짓말을 할 때가 종종 있지. 하지만 난 그것이 좋은 결과를 낳으리라고 생각지 않아. 진실의 고통은 곧 사라지지만, 서서히 썩어 들어가는 거짓의 고뇌는 결코 사라지지 않으니까. 일종의 고질적인 아픔이라고 할 수 있지."

리는 인내심을 가지고 서서히 애덤을 진실의 화신으로 바꾸어 놓는 데 성공한 터였다.

어둠 속에서 아론은 도저히 믿을 수 없는 사실에 거칠게 도리질을 쳤다.

"아버지가 거짓말쟁이라면 리 아저씨도 거짓말쟁이야."

그는 어찌할 바를 몰랐다. 물어볼 사람은 아무도 없었다. 칼도 거짓말쟁이였다. 그러나 리의 신념에 의해 그는 영리한 거짓말쟁이가 되었다. 아론은 무언가가 반드시 죽어야 한다고 느꼈다. 그것이 어머니이든, 자신의 세계든.

문득 해결책이 떠올랐다. 에이브라는 거짓말을 하지 않았다. 그녀는 들은 이야기를 했을 뿐이고, 그녀의 부모님도 그런 소문을 들었을 뿐이다. 아론은 벌떡 일어서서 어머니를 죽음의 세계로 다시 밀어 넣고는 마음의 문을 굳게 닫았다.

아론은 저녁 식사에 늦었다.

"에이브라와 함께 있었어요."

그가 말했다.

저녁 식사 후, 애덤은 새로 사 온 안락의자에 앉아서 《살리나스 인덱스》지를 읽고 있었다. 누군가 자신의 어깨를 툭 치는 느낌에 그가 고개를 들었다.

"무슨 일이냐?"

그가 물었다.

"안녕히 주무세요, 아버지."

아론이 말했다.

37장

1

살리나스의 2월은 춥고 습하고 우울했다. 1년 중 비가 제
일 많이 오고, 이따금 강물이 범람하는 것도 그 무렵이었다.
1915년 2월은 유난히 비가 많이 온 해였다.

트래스크 일가는 살리나스에서 어느 정도 자리를 잡았다.
책방을 차리겠다는 꿈을 접은 리는 레이노드 빵집 옆에 있는
트래스크 스트리트에 자신의 새 거처를 마련했다. 농장에서
그는 한 번도 자기 짐을 풀어 놓은 적이 없었다. 늘 다른 곳으
로 옮겨 갈 생각을 했기 때문이다. 그랬던 그가 이제 처음으
로 안락하고 영구적인 자신의 거처를 마련한 것이다. 리의 새
보금자리는 현관문에서 가장 가까이에 있는 널찍한 침실이었
다. 그는 그동안 아껴 두었던 목돈을 깼다. 전에는 단 한 푼이
라도 헛되이 돈을 쓰지 않던 그였다. 책방을 차릴 준비를 하고

있었기 때문이다. 그는 작고 딱딱한 침대와 책상을 샀다. 직접 책꽂이를 만들어 그동안 묶어 보관했던 책을 꽂고, 바닥에 부드러운 양탄자를 깔고, 벽에는 판화를 걸었다. 또한 최고급 독서용 램프를 사들여 그 아래 푹신한 모리스식 안락의자를 놓았다. 마지막으로 그는 타자기를 구입해서 사용법을 익히기 시작했다.

리는 지금까지의 검소한 스파르타식 생활 방식에서 벗어나 트래스크의 집을 새로 꾸몄다. 애덤도 그에 반대하지는 않았다. 그리하여 집 안에는 새 가스스토브가 들어오고, 전기가 가설되고 전화가 설치되었다. 리는 애덤의 돈을 아낌없이 썼다. 새 가구와 새 카펫, 가스 온수기, 커다란 아이스박스도 샀다. 얼마 안 가 애덤의 집은 살리나스에서 가장 세간을 잘 갖춘 집이 되었다. 리가 그러한 자신의 행동을 변호하듯 애덤에게 말했다.

"당신은 돈이 많아요. 그러니까 돈을 쓰지 않는 것도 수치스러운 일이라고요."

"아니, 내가 뭐랬다고 그러나?"

애덤이 항의하듯 말했다.

"다만 나도 무언가 사고 싶을 뿐이야. 뭘 사면 좋겠나?"

"로건 악기점에 가서 새 축음기를 골라 보시면 어때요?"

"그래야겠군."

애덤은 고딕풍의 커다란 빅터 축음기를 사들이고는 새 레코드판이 들어왔는지를 알아보러 정기적으로 나갔다. 급변하는 새 시대가 애덤을 단단히 둘러싸고 있던 껍데기를 깨뜨리고 있었다. 그는 《애틀랜틱 먼슬리》지와 《내셔널 지오그래픽》지를 정기 구독했다. 프리메이슨에 가입하고, 엘크스 자선 보호회에 대해서도 진지하게 생각하기 시작했다. 또한 그는 새로 산 아이스박스에 매료되어, 급기야 냉동에 관련된 서적을 구입하여 연구하기 시작했다. 사실 애덤은 일을 필요로 했던 것이다. 오랜 잠에서 깨어나 무언가 할 일이 필요했다.

"난 사업을 해 볼 생각이네."

그가 리에게 말했다.

"굳이 그러실 필요가 있을까요? 먹고살 돈은 충분하잖아요."

"하지만 무언가 해 보고 싶어."

"그건 좀 다른 얘기죠. 대체 무슨 일을 하고 싶으신 건데요? 당신이 사업에 재능이 있다고는 생각되지 않아요."

"왜 재능이 없다는 거지?"

"그저 제 생각이 그렇다는 겁니다."

"리, 자네한테 보여 주고 싶은 신문 기사가 있어. 시베리아에서 거대한 마스토돈[6]이 발견되었대. 그런데 수천 년 동안 얼음 속에 있었기 때문에 그 고기가 아직도 신선하다는군."

리가 빙긋 웃음을 지었다.

"참 별난 생각을 하고 계시군요. 저 아이스박스 속의 작은 그릇들 안에는 뭘 넣어 두신 거죠?"

"여러 가지라네."

---

6) 신생대 3기에 번성한 고대형 코끼리.

"그게 말씀하시는 사업인가요? 몇몇 그릇에서는 고약한 냄새가 나던데요."

"그게 아이디어야. 나는 잠시도 그 생각을 떨쳐 버릴 수가 없어. 무엇이든 차갑게만 유지한다면 상당히 오랫동안 보관할 수 있다는 게 내 생각이지."

"우리 집 아이스박스에 마스토돈 고기는 넣어 두지 마세요."

리가 말했다.

만일 애덤이 새뮤얼 해밀턴처럼 수천 가지의 아이디어를 갖고 있었다면 모두 물거품같이 사라져 버렸을지도 모르지만, 그는 오직 한 가지 아이디어만을 갖고 있었다. 그의 머릿속에서는 얼어붙은 마스토돈에 대한 생각이 떠나질 않았다. 아이스박스 안에는 여전히 과일이나 푸딩, 익힌 고기와 날고기 등을 담은 작은 그릇들이 보관되어 있었다. 그는 박테리아에 관한 서적을 모조리 구입하고, 알기 쉽게 풀어 쓴 과학 잡지들을 구해 오기 시작했다. 한 가지 아이디어에 집착하는 사람들이 흔히 그러듯이 애덤도 자신의 생각에 완전히 사로잡혔던 것이다.

살리나스에는 작은 제빙 공장이 하나 있었다. 그리 큰 규모는 아니었지만 아이스박스가 있는 집과 아이스크림 가게에 얼음을 대 주기에는 충분했다. 그래서 매일 말이 끄는 얼음 마차가 배달을 다녔다.

애덤은 제빙 공장을 방문하기 시작했고, 얼마 후부터는 집에서 쓰던 그 작은 그릇들을 직접 들고 공장의 냉동 창고를 드나들었다. 그는 새뮤얼 해밀턴이 살아 있어서 함께 냉동에 관한 이야기를 나눌 수 있으면 얼마나 좋을까 하고 절실하게 생각했다. 새뮤얼이라면 그런 일들을 재빨리 처리할 수 있을 것 같았다.

어느 비 내리는 오후, 애덤은 새뮤얼 해밀턴을 생각하며 제빙 공장에서 돌아오는 길에 윌 해밀턴이 애보트 술집 안으로 들어가는 것을 보았다. 뒤따라 들어간 그는 바에 몸을 기대며 옆자리의 윌에게 말했다.

"윌, 우리 집에 가서 저녁 식사나 함께 하지 않겠나?"

"저도 그러고 싶지만, 해결할 일이 좀 있어서요. 일찍 끝나면 돌아가는 길에 들르도록 하죠. 무슨 중요한 일이라도 있으신가요?"

"글쎄. 내가 요즘 생각 중인 일에 대해 자네의 조언을 얻고 싶어서 그러네."

지역 내의 사업에 관계된 일이라면 대부분 조만간에 윌 해밀턴의 귀에 들어가기 마련이었다. 애덤이 부자라는 걸 몰랐다면 그는 애덤의 말에 관심조차 보이지 않았을 것이다. 아이디어는 별 볼일 없더라도 일단 재정적인 뒷받침이 되면 사정은 완전히 달라졌다.

"설마 농장을 좋은 값에 팔려고 내놓으시려는 건 아니죠?"

"글쎄. 우리 집 애들이, 특히 칼이 농장을 좋아해서 말이지. 당분간 그냥 두고 볼 생각이야."

"파실 생각이라면 제가 도와드릴 수도 있는데요."

"아니야. 세를 주었으니까 그걸로 세금은 충당할 수 있어.

그대로 갖고 있으려네."

"지금 저녁 식사를 하러 갈 수는 없으니 다음에 찾아뵙도록 하겠습니다."

윌이 말했다.

윌 해밀턴은 능력 있는 사업가였다. 그가 얼마나 많은 사업에 관여하고 있는지 정확하게 아는 사람은 아무도 없었으나 그가 제법 수완이 좋아서 상당한 재산을 모았다는 것은 널리 알려져 있었다. 실질적인 거래가 계속해서 이어진 것은 아니었지만, 늘 바삐 뛰어다니는 것이 그의 사업상 전략이었다.

윌은 애보트 술집에서 혼자 저녁 식사를 했다. 그러고는 한참 생각한 끝에 센트럴애비뉴 모퉁이를 돌아 걸어가서 애덤 트래스크의 집 초인종을 눌렀다.

아이들은 잠자리에 들고 없었다. 리는 반짇고리를 끼고 앉아 쌍둥이가 학교에 갈 때 신는 기다란 검정 양말을 꿰매고 있었다. 애덤은 《사이언티픽 아메리칸》지를 읽고 있었다. 그는 윌을 반기며 의자에 앉으라고 권했다. 리가 커피 한 주전자를 갖다 주고는 바느질을 계속했다.

윌은 의자에 앉아 굵직한 검은색 시가를 꺼내 불을 붙이고는 애덤이 입을 열기를 기다렸다.

"기분 전환하기에 좋은 날씨야. 그래, 요즘 어머니는 어떠신가?"

"잘 지내십니다. 갈수록 젊어지시는 것 같아요. 아드님들도 많이 컸겠군요?"

"그럼. 칼은 학교 연극에 출연할 거라네. 제법 배우 기질이 있어. 아론은 정말 훌륭한 모범생이고. 칼은 농사를 짓고 싶어 하지.”

“농사일도 잘만 하면 나쁠 것 없지요. 나라에서도 미래지향 적인 농부들을 환영할 거예요.”

윌은 기다리고 있기가 편치 않았다. 애덤이 자산가라는 소 문은 부풀려진 것이 아닐까? 혹시 돈을 빌려달라고 부탁하려 는 건 아니겠지? 윌은 잽싸게 트래스크 농장에 돈을 얼마나 빌려줄 수 있고 또 농장을 담보로 돈을 얼마나 빌릴 수 있는 지 계산해 보았다. 액수도 이자율도 정확히 가늠되지 않았다. 그런데도 애덤은 여전히 본론을 얘기하지 않았다. 윌은 슬슬 조바심이 났다.

“오래 앉아 있을 수는 없습니다. 오늘 밤 늦게 누굴 좀 만나 기로 약속이 돼 있거든요.”

“커피 한 잔 더 하겠나?”

“아닙니다. 커피를 많이 마시면 잠이 안 와서요. 저를 보자 고 하신 구체적인 용건이 있으셨던가요?”

“요즘 계속 자네 부친에 대해 생각하고 있었어. 그래서 그의 집안 사람을 만나 얘기를 나누고 싶었지.”

윌은 다소 편안하게 자세를 고쳐 앉았다.

“아버진 대단한 재담꾼이셨죠.”

“사람들을 실제 이상으로 좋게 보셨지.”

애덤이 말했다.

리가 바느질용 목각 계란에 양말을 뒤집어 씌워 꿰매다 말 고 고개를 들고 말했다.

"아마도 가장 훌륭한 재담가는 다른 사람으로 하여금 말을 하도록 돕는 사람일 겁니다."

"리 자네가 그렇게 말하는 걸 들으니 꽤 재미있군. 전에는 분명 중국식 영어를 했잖아?"

"예전엔 그랬죠."

리가 말했다.

"허식을 부리느라 그랬던 것 같아요."

그는 애덤을 향해 싱긋 미소를 지어 보이고는 다시 윌에게 말했다.

"시베리아 어딘가의 얼음덩이 속에서 마스토돈이 발견되었다는 소식을 들어 보셨나요? 수만 년이나 지났는데도 고기가 여전히 싱싱했대요."

"마스토돈이라니?"

"오래전에 멸종한 코끼리의 조상이지요."

"그런데 그 고기가 여전히 싱싱했단 말이지?"

"포크찹처럼 맛이 있었대요."

그는 구멍이 난 양말의 무릎 부분에 목각 계란을 밀어 넣었다.

"거참 재미있는 얘기군."

윌이 중얼거렸다.

그러자 애덤이 껄껄 웃으면서 말했다.

"이러다간 내가 리한테 한 방 얻어맞겠는걸. 너무 딴소리만 지껄여 댔으니 말이야. 이번 일은 내가 그냥 가만히 앉아만 있기가 지루해서 생각해 낸 것이네. 무언가 소일거리를 갖고 싶었거든."

"농장 일을 하시지 그러세요?"

"아니야, 그 일엔 흥미가 없어. 월 자네도 알다시피 난 직업을 구하려는 게 아니네. 무언가 할 일을 찾고 있는 거야. 내게 직업 따윈 필요 없어."

그제야 월은 이제까지의 조심스러운 태도에서 벗어났다.

"제가 도울 일은 뭡니까?"

"내가 갖고 있는 아이디어에 대해 자네 의견을 듣고 싶네. 자네는 진짜 사업가 아닌가."

"그러죠."

월이 말했다.

"제가 도움이 된다면야 기꺼이."

"그동안 냉동에 대해서 연구를 해 봤네. 내가 생각해 낸 아이디어가 하나 있는데, 도무지 그게 머릿속에서 떠나질 않더군. 잠을 자도 그 생각이 나는 거야. 이런 일은 내 평생 처음이야. 이건 정말 대단한 아이디어야. 물론 허점도 많긴 하겠지만."

월은 꼬았던 다리를 풀고는 바지 허리춤을 잡고 추켜올렸다.

"어서 말씀하시죠. 시가 하나 드릴까요?"

애덤은 그의 말을 듣지 못했다. 아니, 들었더라도 그의 머릿속에는 들어오지 않았을 것이다.

"나라 전체가 변해 가고 있어."

애덤이 말했다.

"이제 사람들은 더 이상 옛날 식으로 살지 않을 것이네. 자네 겨울철에 제일 큰 오렌지 시장이 어디에 서는지 아나?"

"모르겠는데요. 어딥니까?"

"뉴욕시지. 신문에서 읽었네. 요즘은 추운 지방 사람들도 겨울에 나지 않는 산물들, 예를 들면 완두콩이나 상추, 꽃양배추 같은 것들을 먹고 싶어 할 거라고 생각해 본 적 없나? 대부분의 지방에서는 몇 달씩이나 이런 싱싱한 채소들을 먹지 못하고 지내지. 그런데 이곳 살리나스 계곡에서는 1년 내내 그런 채소들을 재배할 수 있단 말이야."

"여기와 거기는 다르니까요."

윌이 말했다.

"대체 아이디어란 게 뭐죠?"

"언젠가 리가 커다란 아이스박스를 사 왔는데, 거참 흥미롭더군. 난 그 안에다가 여러 가지 채소들을 집어넣고, 이런저런 방식으로 배열해 보았어. 그런데 윌, 얼음을 잘게 부순 다음 그 안에 상추를 넣고 유지로 싸 두었더니, 3주가 지나도 맛이 변하지 않은 채 싱싱하지 뭔가."

"계속하세요."

윌이 조심스럽게 말했다.

"자네도 알다시피 철도 회사에서는 과일 운송 차량을 만들었어. 직접 가서 봤는데 아주 멋지더군. 그렇다면 한겨울에도 상추를 동부 해안으로 수송할 수 있을 거라고 생각하지 않나?"

"그래서 어떻게 하시겠다는 겁니까?"

윌이 물었다.

"이곳 살리나스의 제빙 공장을 사들여서 특산물을 수송해 볼까 생각 중이네."

"돈이 어마어마하게 들 텐데요."

"돈은 충분히 있어."

애덤이 말했다.

윌 해밀턴은 짜증이 나는지 입을 비쭉거렸다.

"제가 여길 왜 왔는지 모르겠군요. 쓸데없는 시간 낭비란
걸 알면서."

"그게 무슨 말인가?"

"누군가 제게 어떤 아이디어에 대해 조언을 구하러 왔을
때, 실제로 조언을 구할 생각은 없는 겁니다. 제가 찬성해 주
기를 바랄 뿐이죠. 그런 사람과 관계를 유지하려면 그 아이디
어에 대해 칭찬하면서 계속 밀고 나가라고 해야겠지요. 하지
만 저는 당신을 좋아하고 저희 가족과도 친분이 있으니, 목숨
을 내놓고라도 솔직히 말씀드리렵니다."

리가 바느질하던 손을 멈추었다. 그러고는 반짇고리를 내려
놓고 안경을 고쳐 썼다.

애덤이 나무라듯 말했다.

"무엇 때문에 그렇게 화를 내는 건가?"

"저는 빌어먹을 발명가 집안에서 태어났습니다."

윌이 말했다.

"우리는 아침 식사 때도 아이디어를 먹었습니다. 아침 식
사 대신 아이디어를 먹고 살았단 말입니다. 아이디어가 너무
많아서 식료품을 살 돈을 벌어야 한다는 생각조차 잊고 있었
죠. 돈이 좀 모이면 아버지와 톰은 특허를 내는 데 써 버렸어

요. 우리 집안에서 아이디어를 갖고 있지 않은 사람은 어머니와 저뿐이었습니다. 톰은 사람들을 돕기 위한 아이디어를 갖고 있었는데, 그건 일종의 사회주의와 비슷한 것이었어요. 만약 당신이 한 푼이라도 이윤을 바라고 하는 일이 아니라고 말씀하신다면, 이 커피포트를 당신 머리를 향해 날려 버릴 겁니다."

"이윤에는 별로 관심이 없다니까."

"제발 그만 좀 하세요. 솔직히 말씀드리죠. 4, 5만 달러를 잃어도 괜찮다면 한번 해 보시든가요. 그렇지만 그 빌어먹을 놈의 아이디어는 제발 좀 잊어버리세요. 그냥 땅속에 묻어 버리시라고요."

"대체 뭐가 잘못됐단 거지?"

"전부 다 잘못됐어요. 동부 사람들은 겨울철 채소에 익숙하지 않아요. 그러니까 사지도 않을 거라고요. 당신의 화물차는 철도 측선에 묶여 있게 될 거고, 그러면 적재 화물을 잃게 될 거예요. 시장은 전문가의 손에 좌우된다고요. 젠장! 사업에 대해선 아무것도 모르는 분이 아이디어 하나만 들고 덤벼들려 하다니! 정말 답답해 미치겠군요."

애덤이 한숨을 쉬었다.

"자네 얘기를 듣고 있자니 마치 새뮤얼 해밀턴이 죄인이었던 것처럼 느껴지는군."

"그분은 제 아버지였고, 전 그분을 사랑했습니다. 그러면서도 늘 아버지가 아이디어 따위는 집어치우기를 간절히 바랐어요."

월은 애덤의 얼굴을 바라보았다. 그의 눈에는 당혹감이 가득했다. 문득 부끄러워진 월이 천천히 고개를 가로저으며 말했다.

"제 가족을 깎아내리려는 의도는 아니었습니다. 선량한 사람들이었다고 생각해요. 하지만 방금 전 말씀드린 제 생각에는 변함이 없습니다. 냉동 사업에 대해선 생각을 접으세요."

애덤은 천천히 리에게 고개를 돌렸다.

"저녁 때 먹었던 레몬 파이가 좀 남아 있나?"

"없는데요."

리가 말했다.

"부엌에서 생쥐 소리가 들렸던 것 같아요. 내일 아침 아이들 베개 맡에 파이 부스러기가 떨어져 있을지 모르겠네요. 위스키는 반병 정도 남아 있는데요."

"그거라도 좀 마실까?"

"제가 좀 흥분한 것 같군요."

월이 웃으려 애쓰며 말했다.

"한잔 마시면 나아질지도 모르죠."

그의 얼굴은 벌겋게 달아올랐고 목소리는 긴장되어 있었다.

"요즘 살이 너무 쪄서 걱정입니다."

월은 위스키 두 잔을 마시고 나자 슬슬 긴장이 풀렸다. 그는 편안하게 앉아 애덤에게 설교 조로 말했다.

"어떤 것들은 좀처럼 그 가치가 변하지 않습니다. 투자를 하려면 우선 세상이 어떻게 돌아가는지를 알아야 합니다. 이번 유럽에서의 전쟁은 상당히 오래갈 것 같습니다. 전쟁이 있으면 굶주리는 사람이 생기기 마련이죠. 지금 당장 그렇다는 게 아닙니다. 앞으로 그렇게 될지도 모른단 거예요. 저는 현직 대통령인 월슨을 신뢰하지 않습니다. 거창한 이론만 내세우고 큰소리만 치죠. 기아가 발생할 경우, 썩지 않는 곡물에 투자한 사람들은 큰돈을 벌게 될 겁니다. 그때는 쌀과 옥수수와 보리와 콩이 필요하지 얼음 따윈 필요 없다고요. 곡식은 저장이 가능하니까 사람들은 당장 먹고살 곡식을 필요로 할 거예요. 당신이 그 넓은 땅에 콩을 심는다면, 당신 자식들은 앞날을 걱정할 필요가 없을 겁니다. 콩이 지금은 3센트밖에 안 하지만, 우리가 참전하게 되면 틀림없이 10센트까지는 오를 거예요. 그러니 돈을 벌고 싶으시면 콩을 심으세요."

월은 기분 좋게 애덤의 집에서 나왔다. 한때 느꼈던 부끄러움은 온데간데없이 사라졌다. 그는 스스로 훌륭한 조언을 했다고 생각했다.

월이 가고 나자, 리가 3분의 1쯤 남은 레몬 파이를 가지고 와서 반씩 나누었다.

"그분은 체중 관리를 해야 할 것 같아서요."

애덤은 생각에 잠겨 있었다.

"난 다만 무언가를 하고 싶다고 말했을 뿐이야."

"그래서 제빙 공장 건은 어떻게 하실 생각이십니까?"

"사들일 생각이야."

"콩도 심으시면 좋을 텐데요." 리가 말했다.

2

그해가 다 갈 무렵 애덤은 자신의 계획을 실행에 옮겼다. 지역적으로뿐 아니라 전 세계적으로도 센세이셔널한 한 해였던 그해에 애덤의 사업 시작은 또 하나의 센세이션이었다. 그가 준비를 완료하자 사업가들은 그를 일컬어 장래를 내다볼 줄 알고, 선견지명이 있으며, 진보적인 정신의 소유자라고 떠들어 댔다. 얼음으로 포장된 상추가 여섯 량의 화물열차에 실려 출발할 때는 온 마을이 떠들썩했다. 상공회의소 임직원들까지 출발을 보러 나왔다. 각 차량에는 '살리나스 계곡 상추'라고 쓴 커다란 포스터까지 붙어 있었다. 그러나 어느 누구도 이 사업에 투자하려고는 하지 않았다.

애덤은 스스로도 상상하지 못했던 어마어마한 정력을 그 사업에 쏟아부었다. 상추를 거두어 다듬고, 상자에 넣고, 얼음을 채우고, 화물차에 싣는 것은 큰일이었다. 그런 일들을 처리할 장비는 없었다. 모든 일을 즉석에서 처리해야 했고, 많은 인력을 고용하여 작업 방법을 가르쳐야 했다. 모든 사람들이 충고를 해 주었지만, 아무도 일을 거들어 주지는 않았다. 사람들은 애덤이 이 아이디어에 거액을 투자했다고 짐작했지만, 정확히 얼마가 들었는지는 아무도 몰랐다. 애덤 자신도 모르기는 마찬가지였다. 그것을 알고 있는 사람은 오직 리뿐이었다.

아이디어 자체는 훌륭해 보였다. 애덤의 상추는 좋은 값에 뉴욕의 위탁 판매인에게 탁송되었다. 열차가 출발하고 나자,

사람들은 모두 집으로 돌아가서 기다렸다. 이번 사업이 성공만 하면 상당수의 투자가들이 나설 분위기였다. 심지어 윌 해밀턴조차 자신이 잘못된 조언을 한 것은 아닌지 의심했다.

그러나 뒤이어 이어진 일련의 상황들은 한마디로 기가 막힌 것이었다. 전지전능하고 무자비한 적이 계획한 음모였다고 해도 이보다 더 치명적일 수는 없었을 것이다. 열차가 새크라멘토에 이르렀을 때 뜻밖의 눈사태가 발생했고, 그로 인해 시에라 산맥의 통행이 금지되자 상추를 실은 열차는 대피선에서 이틀 동안이나 꼼짝없이 기다려야 했다. 그동안 상추를 포장한 얼음은 다 녹아 버렸다. 사흘째 되는 날 간신히 열차가 산맥을 통과할 수 있었지만, 중서부 지방 전역에서는 이상고온 현상으로 따뜻한 날씨가 이어졌다. 시카고 역에서는 지시의 혼선이 있었다. 이는 흔히 발생하는 일로 어느 누구의 탓도 아니었지만, 덕분에 애덤의 화물열차는 닷새 동안이나 역에 정차해 있어야 했다. 일이 이 정도로 꼬였다면 더 이상 다른 설명이 필요하지 않을 것이다. 뉴욕에 도착했을 때는 열차 여섯 량 분량의 상추가 죄다 썩어 곤죽이 되어 버렸으므로, 그것을 치우는 데만도 엄청난 비용이 들었다.

위탁 판매소에서 부친 전보를 읽고 난 애덤은 의자에 깊숙이 파묻힌 채 야릇한 미소를 얼굴에 머금고 있었다. 그 미소는 꽤 오랫동안 사라지지 않았다.

리는 멀찌감치 떨어져서 애덤이 혼자 괴로움을 삭이도록 내버려 두었다. 쌍둥이들의 귀에도 애덤의 실패에 대한 살리나스 주민들의 반응이 들려왔다. 그들은 애덤이 바보이며, 똑똑한 체하는 몽상가들은 늘 곤경에 빠지기 마련이라고 수군거렸다. 사업가들은 그 일에 투자하지 않은 자신들의 선견지명이 옳았다며 통쾌해 했다. 사업에는 경험이 중요한데, 물려받은 유산만 믿고 무턱대고 덤벼들었으니 낭패를 보고 만 거라며 떠들었다. 그 증거를 보고 싶으면 애덤이 자기 농장을 경영하는 꼴을 보라고 했다. 바보는 돈과 인연이 없으며, 이번 일로 그가 큰 교훈을 얻었을 거라고 멋대로 지껄여 댔다. 애덤은 이미 제빙 공장의 생산량을 두 배로 늘린 상태였다.

윌 해밀턴은 자신이 처음부터 이 계획에 반대했을 뿐만 아니라 앞으로 닥칠 일에 대해서 상세하게 예언까지 해 주었던 것을 머릿속에 떠올렸다. 애덤이 실패한 것에 대해 그 또한 기분이 좋은 것은 아니었다. 하지만 그처럼 견실한 사업가의 조언을 받아들이지 않는 사람을 두고 그가 무엇을 어떻게 할 수 있단 말인가? 실제로 윌은 황당무계한 아이디어로 망한 경우를 수없이 보아 왔다. 따지고 보면 그의 아버지 새뮤얼 해밀턴도 어리석었다는 생각이 들었다. 톰 해밀턴의 경우는 제정신이 아니었다고밖에 달리 생각할 길이 없었다.

시간이 충분히 흘렀다고 판단한 리는 그제야 자기 생각을 솔직히 털어놓았다. 그는 혹시라도 애덤이 딴생각을 하지 않도록 그와 똑바로 마주앉았다.

"기분이 어떠십니까?"

"좋아."

"스스로 굴을 파고 들어앉을 생각은 아니시죠?"

"왜 그런 생각을 하지?"

"예전의 표정을 되찾으셨으니까요. 눈에서는 몽유병자 같은 눈빛도 엿보이고요. 이렇게 말씀드려서 기분 상하셨습니까?"

"아니."

애덤이 대꾸했다.

"다만 내가 완전히 망한 건지 궁금하군."

"그런 건 아닙니다. 9000달러와 농장이 남았죠."

"쓰레기를 처분하는 데 2000달러가 들었잖아."

"그걸 제외한 금액이 9000달러예요."

"새 제빙 기계를 들이는 데 든 돈도 있고."

"이미 지불했어요."

"그러니까 지금 내게 9000달러가 남아 있단 말이지?"

"농장도 있고요."

리가 덧붙였다.

"제빙 공장도 처분할 수 있을 텐데요?"

이 말에 애덤의 얼굴이 굳어지면서 몽롱했던 미소가 사라졌다.

"난 아직도 일이 잘될 거라고 믿고 있네. 이번 일은 예기치 않은 사고 때문에 그랬던 거야. 제빙 공장은 그대로 둘 생각이네. 무엇이든 차갑게 하면 얼마든지 보존이 가능해. 게다가 제빙 공장에서 약간의 이윤도 나오잖나. 곧 무언가 생각해 낼 수 있을 거야."

"되도록이면 돈 드는 일은 생각해 내지 마십쇼."

리가 말했다.

"제 가스스토브까지 내다 팔고 싶지는 않으니까요."

3

쌍둥이는 아버지 애덤의 실패로 큰 충격을 받았다. 이제 열다섯 살인 데다 오랫동안 스스로 부잣집 자식이라고 생각해 왔기 때문에 그 충격은 쉽게 가시질 않았다. 상추를 실은 화물열차가 출발할 때 온 마을이 축제를 하듯 떠들썩하지만 않았더라도, 그렇게 실망이 크지는 않았을 것이다. 열차 밖에 걸렸던 커다란 플래카드를 생각하면 소름이 끼쳤다. 사업가들이 애덤을 조롱했다면, 고등학교 학생들은 그보다 훨씬 더 잔인했다. 아이들은 하룻밤 새에 그들을 '아론과 칼 상추' 또는 짧게 '상추 대가리'라고 부르며 놀려 댔다.

아론은 이 문제를 에이브라와 상의했다.

"앞으로는 상황이 크게 달라질 거야."

아론이 말했다. 에이브라는 어엿한 처녀로 성장해 있었다. 나이가 들면서 젖가슴은 봉긋하게 부풀어 올랐고, 얼굴은 차분하고 온화한 빛을 띠었다. 깜찍하고 귀엽다는 표현은 더 이상 그녀에게 어울리지 않았다. 그녀는 당당하고 자신감에 넘쳤으며 여성미가 돋보였다. 에이브라는 아론의 걱정스러운 얼굴을 바라보며 물었다.

"왜 상황이 달라질 거란 거니?"

"한마디로, 우리 집은 이제 가난하니까."

"어쨌든 지금까진 잘살아 왔잖아."

"너도 알다시피 난 대학에 가고 싶어."

"갈 수 있어. 내가 도울게. 그런데 너희 아버지는 돈을 몽땅

날리셨니?"

"모르겠어. 하지만 사람들이 그렇게들 말해."

"사람들이라니?"

"주위의 모든 사람들 말이야. 너희 부모님도 네가 나와 결혼하는 걸 탐탁지 않게 생각하실 거야."

"그럼 부모님께는 말씀 안 드리면 되지, 뭐."

"넌 네 자신에 대해 확신이 있는 모양이구나."

"그래."

에이브라가 말했다.

"난 확신이 있어. 나한테 키스해 주지 않을래?"

"뭐라고? 길 한복판에서 말이야?"

"안 될 것 없잖아?"

"사람들이 다 보잖아."

"보라지 뭐."

아론이 말했다.

"난 싫어. 사람들이 보는 앞에서는 하고 싶지 않다고."

그녀는 그의 주위를 한 바퀴 돌고는 그의 앞을 가로막았다.

"저 좀 보세요. 어서 키스해 달라고요."

"너 자꾸 왜 그래?"

그녀가 천천히 대답했다.

"그래야 사람들이 내가 상추 대가리 부인이란 걸 알게 될 테니까."

아론은 재빨리 그녀를 끌어안고 가볍게 입을 맞춘 뒤 아무 일 없었다는 듯 그녀를 자기 옆으로 당겨 세웠다.

"어쩌면 내가 스스로 약속을 깨뜨리게 될지도 모르겠어."

"그게 무슨 소리니?"

"이제 나는 너한테 어울리는 짝이 아니란 뜻이야. 난 별 볼일 없는 집안의 자식일 뿐이라고. 너희 아버지의 태도가 전과 달라지신 걸 내가 못 느낀 줄 알아?"

"너 돌았구나."

에이브라가 얼굴을 찡그리며 말했다. 그녀 또한 아버지가 달라진 사실을 눈치 채고 있었던 것이다.

그들은 벨 제과점에 들어가 테이블 앞에 앉았다. 그해에는 샐러리 토닉이 크게 유행했다. 그 전해에는 루트비어 아이스크림 소다가 인기였다.

에이브라는 빨대로 조심스럽게 거품을 저으면서 상추 사업이 실패한 뒤로 자기 아버지의 마음이 변한 것에 대해 생각했다. 아버지는 이렇게 말했다.

"이제 기분 전환 삼아 다른 청년을 만나 보는 게 어떻겠냐?"

"하지만 전 아론과 약혼했는걸요."

"약혼이라니!"

아버지는 콧김을 뿜으며 화를 냈다.

"언제부터 머리에 피도 안 마른 것들이 제멋대로 약혼을 한다더냐? 넌 주위를 둘러볼 필요가 있어. 바닷속에는 물고기가 수없이 많은 법이다."

요즘 들어 혼인은 집안 형편이 서로 엇비슷해야 한다는 얘기가 몇 번 나왔고, 좋지 못한 소문은 영원히 감추어질 수 없는 법이라는 말도 얼핏 들은 것 같았다. 이런 말이 나온 것은 애덤이 사업으로 재산을 모두 날렸다는 소문이 나고부터였다.

에이브라가 테이블 위로 몸을 숙이며 말했다.

"우리가 실제로 할 수 있는 일은 아주 단순해. 아마 듣고 나면 코웃음을 칠걸."

"뭔데 그래?"

"우리가 네 아버지 농장을 경영하는 거야. 우리 아버지가 그러는데, 무척 아름다운 땅이래."

"그건 안 돼."

아론이 잘라 말했다.

"왜 안 돼?"

"난 농사꾼이 될 생각이 없고, 너도 농사꾼의 아내로 만들고 싶지 않아."

"네가 무슨 일을 하든 난 네 아내가 될 텐데."

"난 대학 진학을 포기하지 않을 거야."

"나도 도울게."

에이브라가 거듭 말했다.

"돈이 어디서 나서?"

"훔치면 되지, 뭐."

"난 이곳을 떠나고 싶어. 사람들이 모두 나를 조롱하듯 바라본다고. 더 이상 견딜 수가 없어."

"그런 건 사람들의 머릿속에서 금방 잊혀질 거야."

"아니, 그렇지 않아. 고등학교를 졸업하려면 2년이나 더 있어야 하는데 그때까지 기다릴 자신이 없어."

"아론, 너 내 곁을 떠나고 싶어 그러는 거니?"

"그건 아니야. 제기랄! 왜 아버진 잘 알지도 못하는 그런 일에 손을 대서 일을 이 지경으로 만든 걸까!"

그러자 에이브라가 그를 나무랐다.

"아버지를 원망해선 안 돼. 그 사업이 성공했더라면 모두들 너희 아버지 앞에서 굽실거렸을걸."

"어쨌거나 실패했잖아. 아버지 때문에 내가 이런 꼴을 당하는 거야. 고개를 들고 다닐 수가 없어. 젠장! 아버지가 미워!"

에이브라가 진지하게 말했다.

"아론! 그런 식으로 말하지 마!"

"내 어머니에 대해서도 거짓말을 한 걸지 누가 알아?"

에이브라는 화가 난 듯 얼굴을 붉혔다.

"너 매 좀 맞아겠구나! 다른 사람들 앞이 아니라면 나라도 패 줄 텐데."

그녀는 분노와 절망감으로 일그러진 아론의 잘생긴 얼굴을 바라보다가 갑자기 전략을 바꾸었다.

"어머니에 대해서 여쭈어 보면 어떨까? 그냥 직접적으로 물어봐."

"안 돼. 그러지 않기로 너와 약속했잖아."

"나한테 들었다는 말만 하지 않으면 돼."

"아버지에게 물으면 그런 얘기를 어디서 들었냐고 캐물으실걸."

"싫음 관둬, 이 바보야!"

에이브라가 소리쳤다.

"약속 같은 건 안 지켜도 되니까 어서 가서 물어보란 말이야!"

"그래야 할지 말아야 할지 확신이 서질 않아."

"가끔씩 난 네가 죽도록 미울 때가 있어."

그녀가 달래듯 말했다.

"하지만 그래도 난 널 사랑해. 널 정말 사랑한다고."

소다수 판매기 앞에 앉아 있던 사람들이 킬킬거리며 웃어 댔다. 그들의 목소리가 커졌기 때문에 다른 사람들에게까지 들렸던 것이다. 아론은 얼굴이 빨개지고 화가 치밀어 눈물까지 솟아올랐다. 그는 가게를 뛰쳐나와 거리로 내달렸다. 에이브라는 침착하게 지갑을 집어 들고 일어나 구겨진 스커트의 주름을 펴고 톡톡 먼지를 털었다. 그러고는 도도한 걸음걸이로 가게 주인인 벨 씨에게 다가가 샐러리 토닉 값을 치렀다. 그녀는 문 쪽으로 걸어가다 말고 킬킬거리며 웃고 있는 사람들을 향해 차갑게 쏘아붙였다.

"쓸데없이 남의 일에 참견하지 마세요."

뒤돌아서 나가는 에이브라의 등 뒤에 대고 그들이 그녀의 목소리를 흉내 내어 말했다.

"오, 아론! 난 널 사랑해."

거리로 나온 그녀는 재빨리 아론을 뒤쫓아 달려가려 했으나 그의 모습이 보이질 않았다. 그녀는 아론의 집에 전화를 걸었다. 전화를 받은 리는 아론이 아직 집에 돌아오지 않았다고 대답했다. 그러나 아론은 자기 침실에서 분을 삭이고 있었다. 리는 그가 슬그머니 방으로 들어가 문을 잠그는 모습을 보았던 것이다.

에이브라는 아론을 찾으려고 살리나스 거리를 헤매고 돌아다녔다. 아론 때문에 화가 났지만, 한편으로는 자신도 당황스러울 만큼 무척 외로웠다. 지금껏 아론이 그녀를 혼자 두고 달아난 적은 한 번도 없었다. 에이브라는 홀로 있는 것이 견디기 힘들었다.

고독을 감당하는 법을 배워야만 했던 것은 칼도 마찬가지였다. 아주 잠깐 동안 그는 에이브라와 아론과 함께 어울리려고 해 보았다. 그러나 그들은 칼이 끼어드는 걸 원치 않았다. 칼은 질투심에 그녀를 유혹해 보려고 했지만 뜻대로 되지 않았다.

그에게 학교 공부는 어렵지 않았지만 그렇다고 재미있지도 않았다. 아론은 칼보다 더 열심히 공부를 해야만 했다. 무언가를 배웠을 때 느끼는 성취감의 정도가 더 컸기 때문이다. 그는 차츰 공부를 잘하고 못하고를 떠나서 공부 자체를 중요시하게 되었다. 반면 칼은 뚜렷한 갈피를 잡지 못한 채 방황했다. 그는 운동이나 과외활동에도 흥미를 느끼지 못했다. 갈수록 초조해져서 밤이면 밖으로 나돌았다. 그는 팔다리가 길고 키가 훤칠하게 컸으며, 그의 주위에는 항상 어두움이 깃들여 있었다.

38장

1

처음 기억을 더듬어 보면 칼 역시 다른 사람들처럼 온정과 애정에 목말라 했다. 만약 그가 외아들이었거나 아론이 다른 타입의 소년이었다면, 칼도 정상적이고 원만한 대인관계를 이룰 수 있었을 것이다. 그러나 처음부터 사람들은 아론의 잘생긴 용모와 단순함에 곧장 매료되었다. 자연히 칼은 사람들의 관심과 애정을 얻기 위해 형과 경쟁을 벌여야 했다. 그가 알고 있는 유일한 방법은 형을 흉내 내는 것뿐이었다. 그러나 천진난만한 금발의 소년 아론이 하면 매혹적으로 보이는 것도, 거무튀튀한 얼굴에다 눈이 쭉 째진 칼이 하면 어딘지 모르게 의심스럽고 찜찜해 보였다. 게다가 겉으로 흉내만 내는 것이기 때문에 그의 행동은 설득력을 갖지 못했다. 똑같은 행동을 하거나 말을 하더라도 아론은 귀여움을 받고 칼은 욕을 먹기 일쑤였다.

강아지도 콧등을 몇 번 얻어맞으면 기가 죽듯이, 어린아이도 몇 번 핀잔을 들으면 단번에 풀이 죽기 마련이다. 강아지 같으면 비실비실 뒷걸음질 치거나, 벌렁 누워 뒹굴거나, 넙죽 엎드려 설설 기기라도 하겠지만, 어린 소년은 풀이 죽었을 때 일부러 태연한 듯 가장하거나 허세를 부리거나 은밀히 숨기게 되는지도 모를 일이다. 한번 거절을 당하고 나면 실제로 거절을 당하지 않아도 미리 그러려니 지레짐작을 할지도 모르고, 더욱 나쁜 것은 그러리라고 예상하고 일부러 사람들에게서 거절을 이끌어 낼 수도 있다.

칼의 경우, 이런 과정이 긴 세월에 걸쳐 아주 천천히 진행되었기 때문에 그 자신은 전혀 이상하다고 느끼지 못했다. 그는 자기 주변에 자만심이라는 성벽을 쌓았다. 그 벽은 온 세상에 대항해서도 끄떡없을 만큼 튼튼했다. 만약 그 벽에 약한 부분이 있었다면, 그것은 아론과 리, 특히 아버지인 애덤에게서 가장 가까운 쪽이었을 것이다. 아버지의 무관심 때문에 칼은 오히려 편안함을 느꼈다. 관심을 받지 않는 것이 욕을 먹는 것보다는 더 나았던 것이다.

아주 어렸을 때 칼은 비결을 하나 알아냈다. 아버지가 앉아 있을 때 살금살금 다가가 그의 무릎에 살포시 기대면, 아버지는 자연스럽게 칼의 어깨를 쓰다듬곤 했다. 어쩌면 그것은 아버지가 무심결에 하는 행동인지도 몰랐다. 그러나 소년은 그 손길에 크게 감격했기 때문에 특별히 고이 간직했다가 꼭 필요할 때만 그 기쁨을 맛보았다. 그것은 소년이 의지할 수 있는 일종의 마법이었다. 그것은 아버지에 대한 한없는 존경과 애정을 상징하는 일종의 의식이었다.

장소가 바뀌었다고 해서 사정이 달라지는 것은 아니다. 칼은 킹시티에서 그랬듯이 살리나스에서도 친구를 사귀지 못했다. 함께 어울려 다니는 아이들도 있고 그들로부터 권위와 존경을 얻기도 했지만, 진정한 친구는 없었다. 그는 혼자 지내고 혼자 다녔다.

2

칼이 밤이면 집을 나가 아주 늦은 시각에 돌아온다는 사실을 리가 알고 있었더라도, 그는 모른 척했을 것이다. 그 문제에 대해 그가 할 수 있는 일이 없었기 때문이다. 야간 순찰 경관이 가끔씩 혼자 돌아다니는 칼을 보았다. 경찰서장 하이저만은 이 사실을 학교 선도부에 통보했지만, 선도부 담당 교사는 칼이 무단결석을 한 적이 없음은 물론 훌륭한 모범생이라는 회신을 보내왔다. 경찰서장은 애덤을 잘 알고 있는 데다 칼이 남의 집 창문을 깨뜨리거나 말썽을 피운 일이 없었으므로, 계속 감시는 하되 사고를 일으키지 않는 한 그냥 내버려 두라고 경관들에게 지시했다.

어느 날 밤, 늙은 경관 톰 왓슨이 칼을 뒤쫓아 가서 물었다.

"너 왜 이렇게 밤중에 쏘다니는 거냐?"

"전 다른 사람에게 피해를 주지 않아요."

칼이 방어 조로 말했다.

"나도 알아. 하지만 밤엔 집에서 잠을 자야지."

"잠이 오지 않는걸요."

늙은 톰은 그의 말을 납득할 수 없었다. 지금껏 살아오면서 잠이 오지 않아 힘들었던 적은 단 한 번도 없었기 때문이다. 소년은 중국인 거리에 가서 팬탠 노름을 구경했지만, 직접 판에 끼어들지는 않았다. 그것은 이상한 일이었다. 그러나 당시에 톰 왓슨에게는 아주 단순한 일도 이상하게만 보였으므로, 더 이상 개의치 않기로 했다.

거리를 방황하면서 칼은 아버지와 리가 농장에서 했던 이야기를 종종 머릿속에 떠올렸다. 그는 진실을 캐내고 싶었다. 거리에서 언뜻 들은 이야기나 당구장에서 지껄이는 소리 등을 듣는 사이에 그의 뇌리에는 단편적인 정보들이 서서히 축적되어 갔다. 만약 아론이 그런 짤막한 얘기를 들었더라면 별달리 신경 쓰지 않았겠지만, 칼은 그 얘기들을 하나씩 마음속 깊이 심어 두었다. 그는 어머니가 죽지 않았다는 것을 알고 있었다. 또한 그동안 들어 온 이야기들을 종합해 볼 때, 그는 형이 어머니를 찾는 일을 그다지 달가워하지 않으리란 것도 알고 있었다.

어느 날 밤, 칼은 우연히 래빗 홀먼과 마주쳤다. 그는 반년 만에 술을 먹으러 산아르도에서 시내로 올라온 참이었다. 촌사람이 낯선 고장에서 아는 사람을 만나면 으레 그러듯이, 래빗은 칼을 보자 반색을 했다. 그는 애보트 술집 뒷골목에서 1파인트들이 술을 병째로 마시며 칼에게 온갖 이야기를 늘어

놓았다. 그는 자기 땅을 좋은 값에 팔고는 그것을 자축하기 위해 살리나스에 왔던 것이다. 자축이란 곧 술타령을 뜻했다. 래빗은 창녀촌에 가서 진정한 사내란 무엇인지 보여 주겠다고 큰소리를 쳤다.

칼은 그의 옆에서 가만히 앉아 이야기를 듣고만 있었다. 래빗의 술병이 거의 바닥을 드러내자 칼은 슬그머니 일어나 루이스 슈나이더 상점에서 술 한 병을 더 사다 놓았다. 래빗은 그런 줄도 모르고 빈 병을 내려놓고는 손을 뻗어 새 술병을 집어 들었다.

"거참, 이상하네."

그가 중얼거렸다.

"다 마신 줄 알았는데……. 어쨌든 잘됐어."

두 번째 병을 반쯤 비우고 난 래빗은 정신이 혼미해져서 칼이 누구이며 몇 살인지조차 잊어버렸다. 그는 옆에 있는 사람을 자신과 가장 친한 죽마고우라고 착각했다.

"이봐, 조지."

래빗이 말했다.

"여기서 좀 더 마시다가 적당히 달아오르면 우리 뒷골목으로 가세. 돈 걱정은 할 것 없어. 화대는 내가 책임질 테니까. 내 땅 40에이커를 팔아 치웠다고 말했던가? 별로 좋지도 않은 땅이었어."

그가 말을 이었다.

"해리, 내 말 좀 들어 봐. 우리 싸구려 갈보 집엔 가지 말고 케이트네 집으로 가세. 좀 비싸기는 하지. 10달러니까. 하지만 정말 끝내 준다니까! 거기선 서커스를 한다고. 이봐 해리, 자네 서커스를 본 적이 있나? 아주 죽여준다네. 케이트는 정말 대단해. 케이트가 누군지 기억하지? 이봐 조지, 기억 안 나냐고? 애덤 트래스크의 마누라 있잖아! 그 쌍둥이 어미 말이야. 젠장! 그 여자가 애덤을 쏘고 도망치던 순간을 나는 결코 잊을 수 없어. 남편의 어깨를 쏘고는 그대로 내빼 버렸잖아. 마누라로서는 형편없지만 창녀로서는 대단한 여자야. 웃기는 얘기지만, 창녀 기질이 있는 여자가 마누라로도 좋다고들 하잖나? 여자깨나 밝히는 사내라면 다 아는 사실이야. 해리, 나 좀 일으켜 줘. 그런데 내가 무슨 얘기를 하고 있었지?"

"서커스."

칼이 나지막이 중얼거렸다.

"아, 맞아. 케이트의 서커스를 보면 아마 자네 눈알이 튀어나올걸? 그 여자가 어떻게 하는지 아나?"

칼은 래빗이 자신을 알아보지 못하도록 약간 뒤처져서 따라갔다. 래빗은 그곳에서 벌어지는 일에 대해 떠들어 댔다. 그런 얘기를 듣고도 칼은 그다지 불쾌하지 않았다. 그저 바보짓처럼 생각될 뿐이었다. 진짜 바보는 돈을 내고 그것을 구경하는 남자들이었다. 가로등에 비치는 래빗의 얼굴을 보고, 칼은 그런 서커스를 구경하는 남자들이 어떤 종류의 인간들인지 알 것 같았다.

그들은 수풀이 우거진 앞마당을 지나 페인트칠이 안 된 입구로 들어갔다. 칼은 나이에 비해 키가 큰 편이었지만, 그래도 혹시나 싶어 발끝을 세우고 걸어갔다. 유곽의 문지기는 그를 눈여겨보지 않았다. 램프 불이 희미하게 켜진 어둠침침한 방 안에서 초조하게 차례를 기다리고 있는 사내들 틈에 묻혀 그의 존재는 눈에 띄지도 않는 모양이었다.

3

언제나 그랬듯이 칼은 눈으로 보고 귀로 들은 모든 것들을 자신의 어두운 가슴속에 모아 두고 싶었다. 당장은 용도를 알 수 없으나 언젠가 필요하게 될지도 모를 도구들을 보관하는 일종의 창고를 마음속에 짓고 싶었던 것이다. 그러나 케이트의 집에 다녀온 후에는 누군가의 도움이 절실히 필요했다.

어느 날 밤, 리가 타자기를 두드리고 있을 때 가볍게 노크하는 소리가 들리더니 칼이 들어왔다. 칼은 침대 끝에 걸터앉았다. 리는 깡마른 몸을 모리스식 안락의자에 파묻듯 기대고 앉았다. 의자가 푹신해서 기분이 좋았다. 리는 중국 전통 의상을 입었을 때처럼 두 손을 배 위에 포갠 채 참을성 있게 기다렸다. 칼은 리의 머리 위 허공에 있는 어느 한 지점을 응시하고 있었다.

이윽고 소년이 나지막하면서도 빠른 속도로 말했다.

"나는 내 어머니가 어디서 무엇을 하고 있는지 알아요. 내 눈으로 직접 봤어요."

그 순간 리는 마음속으로 기도하듯 어떻게 반응해야 할지 자문했다.

"뭘 알고 싶니?"

그가 부드럽게 물었다.

"그건 아직 생각 못 했어요. 지금 생각하는 중이에요. 사실대로 말해 줄 건가요?"

"물론이지."

칼의 머릿속에서는 갖가지 의문이 한꺼번에 소용돌이치고 있었으므로 그중에서 딱 한 가지만 골라 말하기가 쉽지 않았다.

"아버지도 알고 계신가요?"

"알고 계시지."

"그런데 왜 어머니가 죽었다고 말씀하신 거죠?"

"네게 고통을 주고 싶지 않아서였단다."

칼은 생각했다.

"아버지가 뭘 어떻게 했기에 어머니가 나간 건가요?"

"아버지는 몸과 마음을 다 바쳐 네 어머니를 사랑하셨어. 할 수 있는 건 뭐든 다 해 주셨지."

"어머니가 아버지한테 총을 쐈나요?"

"그래."

"왜요?"

"어머니를 나가지 못하게 말렸기 때문이야."

"아버지가 어머니의 마음을 상하게 한 일이 있었나요?"

"내가 아는 한 그렇지 않다. 아버진 어머니의 마음을 상하게 할 분이 아니셨어."

"아저씨, 어머니는 왜 그런 짓을 했을까요?"

"그건 나도 모른단다."

"정말 모르는 거예요, 아니면 말하고 싶지 않은 거예요?"

"모른대두."

칼이 너무 오랫동안 침묵을 지키는 바람에 손목을 마주 잡고 있던 리의 손가락이 조금씩 꼼지락거리기 시작했다. 칼이 다시 입을 열자, 리는 비로소 마음이 놓였다. 소년의 어조는 조금 전과는 달리 애원하는 투였다.

"아저씨, 아저씬 내 어머니를 알죠? 어떤 분이었어요?"

리는 한숨을 내쉬고는 손목을 풀었다.

"나는 내 생각을 말할 뿐이다. 내 생각이 틀릴 수도 있어."

"어떻게 생각했는데요?"

"칼, 나는 네 어머니에 대해 무척 오랫동안 생각을 해 봤지만 아직도 모르겠어. 그 여자는 알 수 없는 사람이야. 다른 사람들과는 전혀 다르지. 그녀에겐 결정적으로 결핍되어 있는 것이 있어. 인정이라고 할까, 양심이라고 할까 하여간 그런 것이 없는 여자였지. 마음속에 그런 감정을 가지고 있어야 남을 이해할 수 있는 법인데 말이다. 또한 나는 그 여자의 속을 알수가 없었어. 그녀에 대해 생각하는 순간 내 감정이 시커먼 어둠 속으로 빠져들어 버렸거든. 따라서 그 여자가 진정으로 원하는 게 뭔지, 뭘 추구하는지 나로선 짐작조차 할 수가 없었어. 그 여자의 마음은 증오심으로 가득 차 있었는데, 그 이유와 대상에 대해선 지금까지도 알 수가 없구나. 그건 일종의 미스터리야. 그 여자의 증오심은 정당하지도 않았고, 단순한 분노도 아닌, 무언가 냉혹한 것이었어. 이런 얘길 너한테 해도 좋을지 모르겠다만⋯⋯."

"나는 진실을 다 알 필요가 있어요."

"왜? 모르는 편이 낫지 않아?"

"그럴지도 모르죠. 그러나 여기서 멈출 수는 없어요."

"그야 그렇지."

리가 말했다.

"일단 처음의 순수한 마음이 사라져 버린 후에는 중도에 물러나 주저앉을 수 없는 법이니까. 네가 위선자나 바보가 아닌 이상 말이다. 하지만 나는 더 이상 아는 게 없으니까 더 해 줄 말도 없단다."

"그럼 아버지에 대해서 말해 주세요."

"그건 내가 할 수 있지."

리가 잠시 멈췄다가 입을 열었다.

"누가 우리 얘기를 들을지도 모르니 조그맣게 말하렴."

"아버지에 대해 말해 달라고요."

칼이 말했다.

"내 생각에 네 아버지는 네 어머니가 갖고 있지 않은 것을 무척 많이 갖고 있어. 그분의 마음속에 자리 잡고 있는 인정이나 양심은 너무나 큰 나머지 오히려 흠이 되기도 하지. 그것이 그분에겐 거추장스러운 장애물이야."

"어머니가 도망갔을 때 아버지는 어땠어요?"

"죽은 사람 같았지."

리가 말했다.

"살아 움직이긴 했지만 죽어 있는 거나 다름없었어. 그나마 어느 정도 생기를 되찾으신 건 아주 최근의 일이지."

리는 칼의 얼굴에서 전에 보지 못한 이상한 낌새를 읽었다. 그의 두 눈은 휘둥그레졌고 언제나 꼭 다물고 있던 입은 헤벌쭉하게 벌어져 있었다. 리는 생전 처음으로 그의 얼굴에서 색깔은 다르지만 아론의 얼굴을 볼 수 있었다. 오랫동안 긴장해서 딱딱하게 굳어 있던 근육이 풀렸는지 칼의 어깨가 약간 들썩거렸다.

"왜 그러니, 칼?"

리가 물었다.

"나는 아버지를 사랑해요."

"나도 그분을 사랑한단다."

리가 말했다.

"그렇지 않았다면 이 집에 이렇게 오래 머물러 있지는 못했을 거야. 세속적인 의미에서 영리하진 않지만, 선량한 분이셔. 내가 알고 있는 사람 중에서 가장 선량한 분인지도 몰라."

갑자기 칼이 자리에서 일어서며 말했다.

"안녕히 주무세요, 리 아저씨."

"잠깐 기다려. 이 얘긴 아무한테도 하지 않았겠지?"

"안 했어요."

"아론에게도 안 했지? 물론 그럴 리 없다고 믿는다만."

"만약 형도 알게 되면요?"

"그럼 네가 도와주어야 할 거다. 잠깐, 아직 나가지 마라. 네가 이 방에서 나가는 순간, 다시는 너와 대화를 나눌 수 없게 될지도 몰라. 네가 진실을 알고 있다는 걸 내게 말해 놓고 후회할지도 모르니까 말이다. 대답해 봐, 칼. 어머니를 미워하니?"

"미워해요."

"그렇구나. 그저 물어보고 싶었단다."

리가 말을 이었다.

"네 아버지는 어머니를 미워했던 적은 없는 것 같아. 단지 슬퍼만 하셨지."

칼이 천천히 그리고 조용히 문 쪽으로 향했다. 두 손은 호주머니 깊숙이 찔러 넣고 있었다.

"사람을 이해한다는 것에 대해 말씀하시려는 것 같군요. 나는 어머니가 왜 도망을 쳤는지 알기 때문에 어머니가 미워요. 나는 알 수 있어요. 내 안에 어머니와 닮은 부분이 존재하니까요."

그는 고개를 떨군 채 비통한 목소리로 말했다.

리가 벌떡 일어나며 소리쳤다.

"그만두지 못하겠니! 내 말 안 들려? 내 앞에서 그런 모습은 보이지 마라. 물론 그렇게 생각할 수도 있겠지. 누구나 그럴 수 있으니까. 하지만 너에겐 다른 면도 있어. 나를 봐! 고개 들고 나를 보란 말이야!"

칼이 얼굴을 들고 지친 듯이 말했다.

"무슨 말이에요?"

"너는 다른 일면도 갖고 있단 말이야. 내 말을 들어! 너는 자신에게 다른 일면이 없는지 스스로 자문해 보지도 않았겠지? 그따위 나약한 모습은 보이지 마라. 모든 걸 부모 탓으로 돌리는 건 너무 쉬운 변명이야. 다시는 내 눈앞에서 그런 모습을 보이지 말란 말이다. 자, 내 얼굴을 똑바로 보고 기억해 둬. 네가 무슨 짓을 하든 그건 네가 하는 짓이지, 네 어머니가 하는 게 아니야."

"리 아저씨, 정말 그렇게 생각해요?"

"그래, 나는 확신한다. 너도 그렇게 생각하는 게 좋아. 안 그랬다간 내가 아주 박살을 내 놓을 테니까."

칼이 나간 뒤 리는 다시 의자에 앉았다. 왠지 기분이 울적했다.

'나의 동양적인 평정심은 어디로 사라진 걸까?'

4

칼이 어머니를 찾아낸 것은 그에게 있어 새로운 일이라기보다는 일종의 확인에 가까웠다. 오랫동안 그는 자세한 내막은 알지 못했으나 무언가 석연치 않은 부분이 있다는 것을 어렴풋이 느끼고 있었다. 그래서 그의 반응 또한 이중적으로 나타났다. 그는 모든 것을 스스로 알아냈다는 사실에 대해 거의 쾌감에 가까운 감정을 느꼈다. 그는 주변 사람들의 행동이나 표정을 읽을 수 있었고, 모호한 말들의 진의를 파악할 수 있었고, 과거사를 캐내어 다시 짜 맞출 수 있었다. 그러나 진실에 수반되는 고통은 무엇으로도 보상받을 수 없었다.

그의 육체는 어른으로 변해 가고 있었다. 그는 사춘기라는 변덕스러운 바람에 휘말려 들었다. 한순간 경건하고 순수하고 헌신적이다가도 다음 순간 더러운 일에 빠져들어 수치심에 신음한 뒤 또다시 경건해지곤 했다.

어머니를 발견하고서 그의 모든 감정은 극도로 날카로워졌다. 자신이 유별난 이유는 모두 그런 혈통을 갖고 있기 때문이라고 생각했다. 리의 말도 전적으로 믿을 수 없었고, 다른 아이들도 그와 똑같은 일을 경험하고 있을 거라고도 생각할 수 없었다.

케이트의 집에서 목격한 광경이 그의 마음에서 한시도 떠나지 않았다. 어느 순간 그 기억이 그의 몸과 마음에 깃든 사춘기의 열정에 불을 질러 놓았지만, 다음 순간 이내 반발심과 혐오감에 구역질이 났다.

칼은 아버지를 더욱 자세히 살피게 되었고, 아버지가 간직하고 있는 슬픔과 고뇌를 실제보다 더 크게 느끼게 되었다. 그의 마음속에서는 아버지에 대한 뜨거운 애정과 함께 그를 보호하고 지금까지 겪은 고통을 보상해 주고 싶다는 소망이 싹트기 시작했다. 칼의 섬세한 마음에 아버지의 고통은 견딜 수 없는 것이었다. 그는 아버지가 목욕을 하는 동안 실수로 욕실 문을 열었다가 흉측한 탄흔을 보고는 자기도 모르게 물었다.

"아버지, 그건 무슨 흉터예요?"

애덤은 흉터를 감추려는 듯 재빨리 손을 위로 올렸다.

"아주 오래된 흉터란다, 칼. 인디안 토벌 때 생긴 거지. 나중에 시간이 나면 얘기해 주마."

칼은 아버지의 얼굴에서 그의 마음이 거짓말을 찾아 과거로 뛰어 들어가는 것을 보았다. 칼은 거짓말 자체를 싫어하지는 않았지만, 거짓말을 할 수밖에 없는 상황은 혐오했다. 그역시 갖가지 이득을 위해 거짓말을 했었다. 그러나 거짓말을 하도록 몰리게 되면 스스로 몹시 수치스러웠다. 그는 이렇게 소리치고 싶었다.

'전 아버지의 흉터가 왜 생긴 건지 알고 있어요. 하지만 상관없어요!'

물론 그런 말을 입 밖에 내지는 못했다. 그는 다만 이렇게 말했을 뿐이다.

"그 얘기를 듣고 싶군요."

아론 역시 변화의 소용돌이 속에 휘말려 있었다. 그러나 그의 충동은 칼에 비해 훨씬 약했다. 그의 육체는 그다지 날카롭게 소리치지 않았으며, 그의 정열은 종교적인 방향으로 흘러갔다. 그는 신부가 되기로 마음먹었다. 그래서 성공회 교회의 모든 예배에 참석하고, 축일에는 꽃꽂이를 도왔으며, 많은 시간을 고수머리 젊은 신부 롤프 씨와 보냈다. 아론은 세상 물정 모르는 풋내기 성직자의 영향을 받아서, 현실과 경험을 무시한 채 모든 것을 보편화하는 능력을 갖게 되었다.

아론은 성공회 교회에서 안수례를 받고, 주일마다 성가대에서 노래를 불렀다. 에이브라도 그를 따라 교회에 나갔다. 그녀는 여성된 도리로써 그러한 일들이 필요하긴 하지만, 중요하지는 않다고 생각했다.

신앙심을 갖게 된 아론은 당연히 칼을 전도하려고 했다. 처음에는 칼을 위해 조용히 기도만 했지만, 나중에는 직접적으

로 접근했다. 그는 하느님을 믿지 않는 칼을 비난하고 교인이
되라고 강요했다.

아론이 좀 더 현명하게 대처했더라면, 칼도 교회에 나가 보
려 노력했을지도 모른다. 그러나 아론의 순수성은 도가 지나
쳐 다른 사람들에게 거부감을 일으켰다. 몇 차례 설교를 듣고
난 칼은 형의 독선을 참을 수가 없다고 단도직입적으로 말해
버렸다. 아론이 동생을 영원한 죄악의 세계에 남도록 포기하
고 나자, 둘 다 마음이 편해졌다.

아론의 신앙심은 불가피하게 성 문제에 부딪치게 되었다.
그는 에이브라에게 금욕의 필요성에 대해 말하고는 평생 독신
으로 살기로 결심했다. 지혜로운 에이브라는 그런 현상이 일
시적인 것이리라 기대하면서 일단 아론의 말에 동의했다. 독
신이란 그녀가 지금껏 몸소 체험해 온 유일한 생활이었다.

그녀는 아론과 결혼하여 아이를 많이 낳고 싶었지만 당분
간 그런 얘기는 꺼내지 않았다. 전에는 질투심 같은 것을 한
번도 느껴 보지 않았던 그녀였지만, 이제는 자기도 모르게 롤
프 신부에 대해 본능적이고 어쩌면 당연한 증오심을 품기 시
작했다.

칼은 아론이 스스로 저지르지도 않은 죄를 이겨 냈다고 기
뻐하는 모습을 지켜보았다. 그는 가끔씩 형에게 어머니에 대
해 얘기해 주고, 형이 그것을 어떻게 감당해 내는지 지켜보고
싶다는 심술궂은 생각을 하곤 했다. 그러나 그런 생각은 이내
수그러들었다. 아론은 결코 그 일을 감당해 내지 못할 거라고
믿었기 때문이다.

39장

1

살리나스 주민들은 이따금씩 폭발하듯 일어나는 도덕성 정화 운동에 시달리곤 했다. 사실 폭발이라고는 하지만 그 진행 과정은 매번 엇비슷했다. 때로는 종교 단체에서 문제를 제기하기도 하고, 때로는 여성 시민 단체의 야심만만한 새 회장이 캠페인을 시작하기도 했다. 그중에서도 도박은 언제나 뿌리 뽑아야 할 죄악으로 부각되었다. 도박을 비난의 대상으로 삼는 데는 몇 가지 분명한 이점이 있었다. 매춘과는 달리 도박은 공공연히 드러내 놓고 논할 수 있었다. 도박은 명백한 죄악이며, 대부분 중국인들이 주도했으므로 친척들을 궁지에 몰아넣을 위험도 거의 없었다.

일단 교회와 시민 단체에서 문제를 제기하면, 지역의 두 신문사가 도화선에 불을 댕겼다. 신문 사설에서 도박의 근절을 부르짖었고, 경찰은 그에 동조하면서도 인력 부족을 호소하며 예산을 늘려 달라고 요구했고, 가끔씩 성공하기도 했다.

도박 문제가 신문 사설에 오르내릴 단계가 되면 사람들은 자동적으로 카드를 내려놓았다. 그 후로는 발레 공연처럼 모든 순서가 딱딱 맞아떨어졌다. 경찰이 준비를 완료하고, 노름 방도 그에 대처하여 준비하고, 신문들은 미리 축하 논설을 써 놓고 기다렸다. 그러고 나면 마침내 계획적이고 빈틈없는 검거 작전이 실행되었다. 파야로에서 데려온 20명 남짓의 중국인과 주정뱅이 몇 명, 미처 정보를 얻지 못한 뜨내기 장사꾼 6, 7명이 경찰의 그물망에 걸려들어 조서를 꾸미고 유치장에 갇혔다가, 다음 날 아침이면 벌금을 내고 풀려났다. 주민들은 부패가 일소되었다고 안심하고, 도박장은 하룻저녁 수입에다 벌금 몇 푼만 손해 보면 그만이었다. 뻔히 알면서도 믿지 못하는 것이 인간의 타고난 장점 중 하나인 모양이다.

1916년 가을, 칼은 어느 날 밤 쇼티림의 집에서 팬탠 노름을 구경하다가 경찰의 일제 검거에 걸려들었다. 어두워서 그를 알아본 사람은 아무도 없었다. 다음 날 아침 유치장에서 그를 발견한 경찰서장이 몹시 당황하여 애덤에게 전화를 걸었다. 식사 중이던 애덤은 전화를 받자마자 시청까지 두 블록을 걸어가서 칼을 인계받고는 길 건너 우체국에 들러 편지를 부치고 집으로 돌아왔다.

리는 애덤이 먹다 남긴 계란을 따뜻하게 데우고, 칼에게 계란 프라이 두 개를 해 주었다.

학교에 가려던 아론이 식탁 앞에서 멈춰 섰다.

"기다렸다 같이 갈까?"

아론이 칼에게 물었다.

"됐어."

칼은 고개를 숙인 채 계란만 먹었다.

애덤은 시청에서 경찰서장에게 고맙다는 인사를 한 다음 칼에게 "어서 가자!"라고 한마디 했을 뿐, 그 후로는 입을 굳게 다물고 있었다.

칼은 내키지 않는 아침 식사를 억지로 삼키면서 아버지의 얼굴을 힐끔힐끔 훔쳐보았다. 애덤의 표정에서는 아무것도 읽어 낼 수 없었다. 그의 얼굴에는 당혹감과 분노, 고뇌와 슬픔이 뒤섞여 있는 듯했다.

애덤은 묵묵히 커피 잔만 내려다보고 있었다. 점점 커져 가는 침묵의 무게에 짓눌려 숨이 막힐 것 같았다.

리가 잔을 들여다보며 물었다.

"커피 더 드릴까요?"

애덤은 천천히 고개를 저었다. 리가 식탁에서 물러나서 부엌문을 닫았다.

시계 초침 소리만이 크게 울리는 무거운 침묵 속에서 칼은 두려워지기 시작했다. 아버지에게서 전에는 알지 못했던 어떤 힘이 흘러나오고 있는 것 같았다. 다리가 저려 왔지만 몸을 움직여 피를 통하게 하는 것조차 겁이 났다. 포크를 접시에 부딪쳐 일부러 소리를 내 보기도 했지만, 이내 그 소리도 침묵 속에 빨려들어 갔다. 시계가 9시를 알리는 괘종을 치고는 다시 잠잠해졌다.

두려움이 오한으로 바뀌어 온몸이 부들부들 떨리기 시작하자 문득 화가 치밀었다. 덫에 걸린 여우가 자기를 덫에 걸리게 한 앞발을 탓하는 식이었다.

갑자기 칼이 자리에서 벌떡 일어났다. 자기도 모르게 한 행동이었다. 그러고는 엉겁결에 버럭 고함까지 쳤다.

"아버지 하고 싶은 대로 하세요! 어서요! 마음대로 해 보시라고요!"

그러나 그의 외침은 침묵 속에 빨려들고 말았다.

애덤이 천천히 고개를 들었다. 지금껏 칼은 아버지의 눈을 그렇게 가까이서 들여다본 적이 없었다. 사실 자기 아버지 눈을 자세히 들여다본 사람은 별로 많지 않을 것이다. 애덤의 눈동자는 옅은 푸른색이었고, 동공을 향해 까만 줄이 방사상으로 모여들어 있었다. 마치 두 명의 칼이 자기를 바라보고 있는 것처럼, 아버지의 양쪽 동공 깊은 곳에 자신의 얼굴이 비치고 있었다.

애덤이 천천히 입을 열었다.

"내가 널 잘못 키웠어. 그렇지?"

칼은 그 말이 무서웠다. 야단보다 더 혹독하게 들렸다.

"그게 무슨 말씀이에요?"

칼은 더듬거렸다.

"너는 도박장에서 붙잡혔어. 네가 어떻게 거길 갔는지, 가서 뭘 했는지, 왜 거길 갔는지 나는 전혀 모른다."

칼은 팔다리에서 힘이 쭉 빠지는 것 같았다. 그는 맥없이 앉아 접시만 내려다보았다.

"너 노름하니?"

"아뇨, 구경만 한 거예요."

"전에도 갔니?"

"네. 자주 갔어요."

"왜 그런 데엘 가지?"

"저도 모르겠어요. 이상하게 밤만 되면 불안해져요. 발정 난 암고양이처럼 말예요."

칼은 케이트를 염두에 두고 말한 자신의 서툰 농담에 스스로 두려워졌다.

"잠이 안 올 때면 여기저기 돌아다녀요. 잡념을 털어 내려고요."

애덤은 한 마디 한 마디를 깊이 생각하고 나서 말했다.

"네 형도 그렇게 돌아다니니?"

"아니에요, 아버지. 형은 그런 생각조차 안 할걸요. 불안하지 않으니까요."

"난 잘 모르겠구나."

애덤이 말했다.

"너에 대해선 아무것도 모르겠어."

칼은 아버지 목에 양팔을 두른 채 매달리고 싶었다. 아버지를 꼭 끌어안고 싶었고, 아버지가 꼭 끌어안아 주기를 바랐다. 칼은 아버지에 대한 동정과 사랑을 표현하고 싶은 강한 욕구를 느꼈다. 그는 공연스레 나무로 만든 냅킨 고리를 집어서 그 구멍에 집게손가락을 밀어 넣었다 뺐다를 반복했다.

"아버지가 물으시면 대답할게요."

그가 나지막이 중얼거렸다.

"그래, 나는 묻지 않았어. 너에 대해 아무것도 물어보지 않았지. 나는 네 할아버지만큼이나 나쁜 아버지다."

칼은 아버지가 그런 식으로 말하는 것을 난생처음 들었다. 격정에 휩싸인 나머지 아버지의 목소리는 쉬어 있었다. 그는 말을 제대로 잇지도 못했다. 어둠 속에서 무언가를 찾듯 단어 하나하나를 더듬거리며 말했다.

"내 아버지는 하나의 틀을 만들어 억지로 그 속에 나를 끼워 맞추려고 했지. 나는 애초부터 잘못 만들어졌지만 다시 주조될 수는 없었다. 누구도 그럴 순 없는 거야. 결국 난 평생 실패작으로 남게 됐어."

"슬퍼하지 마세요. 아버진 이미 너무나 많은 슬픔을 겪으셨어요."

"그랬나? 그런지도 모르지. 하지만 쓸데없이 슬퍼했어. 정작 슬퍼해야 하는 건 내가 내 아들들에 대해 잘 모른다는 건데 말이다. 앞으로도 알게 될 수 있을지 모르겠구나."

"아시고 싶은 건 다 말씀드릴게요. 저한테 물어보세요."

"어디서부터 시작할까? 처음부터?"

"제가 유치장에 갇혔던 게 속상하세요? 화나셨어요?"

놀랍게도 애덤이 껄껄 웃었다.

"넌 단지 거기 있었던 것뿐이다. 진짜 잘못을 저지르진 않았어."

"거기 있기만 한 것도 잘못인지 모르죠."

칼은 자책감이 들었다.

"언젠가 나는 어떤 장소에 있었다는 이유만으로 1년 가까이 감옥 생활을 한 적이 있단다."

칼은 그 말을 이해하려고 애썼으나 쉽지 않았다.

"믿기지가 않아요."

그러자 애덤이 고개를 끄덕였다.

"나도 가끔씩 안 믿긴다. 하지만 정말로 도망치게 됐을 때는 남의 가게에 들어가 옷을 훔쳤어."

"믿을 수 없어요."

칼이 조그맣게 중얼거렸다. 그러나 아버지에게서 느껴지는 온정 내지 친밀감이 너무나 달콤해서 그는 그것에 기를 쓰고 매달렸다. 행여 온정이 사라져 버릴까 봐 숨소리도 크게 낼 수 없었다.

애덤이 말했다.

"너 새뮤얼 해밀턴을 기억하지? 틀림없이 기억할 거야. 네가 갓난아이였을 때, 그분이 나더러 나쁜 아버지라고 했단다. 그 뜻을 알게 하려고 나를 때려눕힌 적도 있었지."

"그 노인이요?"

"그는 힘이 센 노인이었지. 이제야 그분이 말한 뜻을 알겠어. 나는 네 할아버지와 똑같아. 그분은 나를 사람으로 인정하지 않았는데, 나 역시 지금껏 내 자식들을 사람으로 보지 않았어. 그게 바로 새뮤얼이 내게 일깨워 주고 싶어 했던 거란 걸 이제야 알겠구나."

그는 칼의 눈을 들여다보며 미소 지었다. 칼은 아버지에 대한 애정으로 가슴이 저려 왔다.

"저흰 아버지가 나쁜 사람이라고 생각하지 않아요."

"가여운 녀석들. 너희들이 어떻게 알겠니? 다른 아버지를 가져 본 적이 없는데."

"유치장에 가길 잘한 것 같아요."

"그래. 네 말이 맞다."

애덤이 소리 내어 웃었다.

"우리 둘 다 유치장에 갇혀 본 경험이 있어서 이렇게 서로 말이 통하는 거야."

애덤은 정말 흐뭇한 모양이었다.

"이제 네가 어떤 사람인지 말해 줄 수 있겠니?"

"그럼요."

"정말이냐?"

"네, 아버지."

"그럼 말해 보렴. 너도 알겠지만, 인간이 되는 데는 책임이 따르는 거야. 공기가 채우고 있는 공간에 한 자리를 차지하는 것 이상의 의미를 갖는단다. 자, 너는 어떤 아이지?"

"농담하시는 거 아니죠?"

칼이 부끄러운 듯이 물었다.

"아니다. 절대로 농담이 아니야. 너에 대한 얘기를 해 봐. 물론 네가 그걸 원한다면 말이다."

칼이 천천히 입을 열었다.

"음…… 저는……."

그는 더 이상 말을 잇지 못했다.

"막상 하려니 쉽지 않네요."

"그렇겠지. 어쩌면 불가능할지도 몰라. 그럼 네 형에 대해서 얘기해 봐라."

"형에 대해 뭘 알고 싶으신데요?"

"그에 대해 네가 어떻게 생각하는지 말하면 돼. 그걸로 충분하단다."

칼이 대답했다.

"형은 착해요. 나쁜 짓은 하지 않죠. 나쁜 생각조차 하지 않아요."

"그럼 이제 너에 관한 얘기를 할 수 있겠구나."

"네?"

"너는 반대로 나쁜 짓을 하고, 나쁜 생각을 한다는 뜻이 아니더냐?"

칼은 얼굴을 붉혔다.

"음, 그런 셈이죠."

"아주 나쁜 짓이니?"

"네. 더 자세히 말씀드릴까요?"

"아니다, 칼. 난 이미 알고 있어. 네가 너 자신과 격렬히 싸우고 있다는 걸 너의 눈과 목소리를 통해 알 수 있단다. 그러나 수치스럽게 생각할 필요는 없다. 수치심은 흥한 거야. 아론이 수치스러워 한 적이 있냐?"

"형은 수치스러울 만한 짓을 하지 않아요."

애덤이 몸을 앞으로 굽혔다.

"정말이니?"

"네. 정말이에요."

"칼, 말해 봐라. 너는 그를 보호하니?"

"무슨 말씀이세요?"

"네가 나쁘거나 잔인하거나 추잡한 얘기를 듣는 경우, 그걸 그에게 숨기냔 말이다."

"그, 그런 편이에요."

"네가 견딜 수 있는 일을 형은 견뎌 내지 못한다고 생각해서?"

"그런 건 아니에요. 형은 착해요. 진짜 착하죠. 남에게 해가 되는 일은 절대 하지 않고, 남을 헐뜯는 일도 없어요. 치사하지도 않고 불평도 하지 않고, 또 용감하기도 하죠. 싸움을 좋아하는 건 아니지만, 꼭 싸워야 할 때는 물러나지 않아요."

"형을 사랑하는구나. 그렇지?"

"네. 하지만 전 형에게 못되게 굴어요. 골탕을 먹이기도 하고 놀리기도 하죠. 때로는 아무 이유도 없이 그를 속상하게 만들고요."

"그러고 나면 비참한 생각이 드니?"

"네."

"아론도 비참해 하는 때가 있니?"

"모르겠어요. 제가 교회에 나가지 않았을 땐 기분 나빠 했어요. 언젠가 에이브라가 형에게 화를 내며 밉다고 말했을 때도 몹시 기분 나빠 하더군요. 열이 나서 끙끙 앓기까지 했어요. 기억 안 나세요? 리 아저씨가 의사를 부르러 사람을 보냈잖아요."

애덤은 어리둥절한 듯했다.

"한집에 살면서도 난 그런 것들을 전혀 모르고 있었구나. 에이브라가 왜 화를 냈지?"

"말씀을 드려도 될지 모르겠네요."

"그렇다면 듣고 싶지 않다."

"나쁜 얘기는 아니에요. 아시다시피 형은 신부가 되고 싶어 해요. 롤프 씨는 고교회파[7]를 선호하죠. 형도 그렇고요. 그래서 평생 결혼도 하지 않고 은둔 생활을 할 생각인가 봐요."

"수도사처럼 말이냐?"

"네."

"그래서 에이브라가 좋아하지 않더란 말이지?"

"좋아하다뇨? 무지무지하게 화를 냈죠. 물론 평소에도 가끔씩 삐치긴 하지만요. 하지만 그때는 형의 만년필을 빼앗아 길바닥에 내던지고 짓밟아 버릴 정도였어요. 아론 때문에 반평생을 허송했다고 푸념을 했죠."

애덤이 소리 내어 웃었다.

"에이브라가 올해 몇 살이지?"

"열다섯 살이 다 되었죠. 하지만 어떤 면에서는 나이보다 조숙한 편이에요."

"그렇더구나. 그래서 아론은 어떻게 했니?"

"아무 말도 안 했지만 마음이 많이 상한 듯했어요."

애덤이 말했다.

"그럼 네가 에이브라를 빼앗을 수도 있었겠구나?"

---

7) 교의나 의식을 중시하지 않는 영국 국교의 한 종파.

"에이브라는 형의 애인인걸요."

애덤은 칼의 두 눈을 가만히 들여다보았다. 그러다가 갑자기 소리쳤다.

"리!"

대답이 없었다.

"리!"

다시 불렀지만 마찬가지였다.

"나가는 소리를 못 들었는데. 갓 끓인 커피나 한잔 마셨으면 좋겠구나."

"제가 할게요."

칼이 벌떡 일어서며 말했다.

"넌 학교에 가야지."

"가고 싶지 않아요."

"그래도 가야 한다. 형은 이미 갔잖니."

"전 지금 이대로가 행복해요. 아버지와 함께 있고 싶어요."

애덤은 자기 손을 내려다보았다.

"그럼 커피를 끓여 다오."

애덤이 상냥하게 말했다. 그의 목소리에는 겸연쩍은 데가 있었다. 칼이 부엌에 있는 동안 애덤은 자신의 마음속을 들여다보고 깜짝 놀랐다. 온몸의 신경과 근육이 끓어오르는 흥분으로 요동치고 있었다. 손가락은 무언가를 움켜잡고 싶어 했고, 다리는 어디론가 마구 달려가고 싶어 했다. 두 눈은 탐욕스럽게 방 안을 둘러보았다. 의자와 그림, 카펫의 붉은 장미 무늬마저도 새롭고 신선해 보였고, 왠지 친근하게 느껴졌다. 머릿속에서는 미래에 대한 강한 욕구가 샘솟아 올랐다. 앞으로 다가올 하루하루가 틀림없이 기쁨을 가져올 것만 같은 행복하고 따뜻한 예감이 들었다. 황금빛으로 물든 아름답고 평온한 나날, 그런 날을 기약하는 새벽녘의 여명을 보는 듯했다. 애덤은 깍지 낀 두 손으로 뒷머리를 받치고 두 다리를 쭉 폈다.

칼은 부엌에서 커피포트에 물을 끓였다. 마음이 급했으나 기다리는 시간조차 더할 나위 없이 행복했다. 기적은 일단 일어나면 친숙해져서 더 이상 기적이라고 할 수 없었다. 아버지와 맺게 된 황금 같은 관계에 대해 더 이상 경이로운 느낌은 없었지만, 기쁨만은 그대로 남아 있었다. 이제 고독에서 비롯된 독기와 외롭지 않은 사람에 대한 뼈저린 부러움은 그에게서 모두 빠져나가고, 순수하고 달콤한 기운이 그 자리를 대신 채웠다. 칼은 그것을 느낄 수 있었다. 자신을 시험해 보기 위해 지난날의 증오심을 끌어내 보았으나 이미 사라지고 없었다. 그는 아버지를 보살펴 드리고 싶었고, 무언가 근사한 선물을 해 드리고 싶었고, 아버지가 자랑스럽게 여길 착한 일을 해보고 싶었다.

그런 생각을 하는 동안 커피 물이 끓어 넘쳐서 스토브를 닦는 데 몇 분이 걸렸다. 칼이 혼잣말로 중얼거렸다.

'어제만 해도 이런 일은 안 했을 텐데…….'

칼이 김이 모락모락 나는 커피포트를 들고 나타나자 애덤이 웃었다. 그가 코를 킁킁거리며 말했다.

"콘크리트 무덤 속에 누워 있다가도 벌떡 일어나 앉을 만큼

향이 기막히구나."

"조금 끓어 넘쳤어요."

"그게 맛을 내는 비결이란다. 그런데 리가 어딜 갔는지 모르겠구나."

"자기 방에 있을지도 모르죠. 가 볼까요?"

"아니다. 거기 있으면 대답을 했겠지."

"아버지, 학교를 졸업하면 제가 농장을 경영해도 될까요?"

"일찌감치 계획을 세워 두었구나. 아론은 어떠니?"

"형은 대학에 가고 싶어 해요. 저한테 들었다고 하지 마세요. 형이 직접 말씀드릴 거예요. 아버지를 놀라게 해 드리고 싶어 하거든요."

"알겠다. 그런데 너는 대학에 진학하고 싶지 않니?"

"전 농장에서 돈을 벌겠어요. 형이 대학에서 편히 공부할 수 있도록 학비를 대 주고 싶어요."

애덤이 커피를 홀짝거리며 말했다.

"기특한 생각이구나."

그가 말을 이었다.

"이런 얘기를 해도 되는지 모르겠지만, 조금 전 아론에 대해 물었을 때 네가 그 애를 심하게 감싸고돌기에 난 네가 그 애를 싫어하거나 증오하는 게 아닌가 하고 생각했단다."

"형을 증오한 적도 있어요."

칼이 열을 내며 말했다.

"그래서 그에게 상처를 주기도 했죠. 하지만 아버지…… 이제는 형을 미워하지 않아요. 다시는 미워하지 않을 겁니다. 어느 누구도 미워하지 않을 거예요. 어머니마저도……."

칼은 자기도 모르게 불쑥 튀어나온 말에 놀라서 입을 다물고 말았다. 심장이 오그라드는 듯 가슴이 죄어 어찌할 바를 몰랐다.

애덤은 똑바로 정면을 응시했다. 그리고 손바닥으로 이마를 문지르다가 천천히 입을 열었다.

"네 어머니에 대해 알고 있구나."

그것은 질문이 아니었다.

"네, 알고 있어요. 아버지."

"모든 걸 다?"

"네."

애덤이 의자에 몸을 기댔다.

"아론도 아니?"

"아, 아니요. 모릅니다. 형은 몰라요."

"왜 그렇게 말하지?"

"형에겐 감히 말 못 했어요."

"왜 못 했지?"

칼은 더듬더듬 말했다.

"형이 견뎌 낼 수 있을 거라고 생각지 않았으니까요. 그런 소릴 듣고도 견뎌 낼 만큼 형은 독하지 않아요."

그는 말끝에 "아버지처럼요."라고 덧붙이고 싶었지만 목구멍 안으로 삼키고 말았다. 애덤의 얼굴은 지쳐 보였다. 그가 고개를 절레절레 흔들며 말했다.

"칼, 잘 들어라. 이 일을 아론이 모르게 할 방법이 있을까?

잘 생각해 보렴."

"형은 그런 곳엔 얼씬도 안 할 거예요. 저와는 다르니까요."

"누군가 얘기해 주면 어쩌지?"

"믿지 않을 거예요. 그런 얘기를 들으면 상대가 누구든 한 대 갈기고는 거짓말이라고 생각해 버릴걸요."

"그럼 넌 거기 가 봤단 말이냐?"

"네, 알아야 했으니까요."

칼이 흥분하여 말을 이었다.

"형이 대학에 진학하면 다시는 이런 곳에서 살지 않을 거예요."

애덤이 고개를 끄덕였다.

"그럴지도 모르지. 하지만 졸업하려면 2년이나 더 남았잖니."

"제가 재촉하면 1년 만에 졸업을 할 수도 있어요. 형은 머리가 좋으니까요."

"머리는 네가 더 좋지 않니?"

"다른 방면에선 그렇죠."

애덤의 몸이 점점 커져서 방 한쪽을 가득 채우는 것 같았다. 표정은 엄숙해지고 푸른 두 눈은 날카롭게 번뜩였다.

"칼!"

그가 쉰 목소리로 불렀다.

"네, 아버지."

"나는 너를 믿는다, 아들아."

애덤이 말했다.

2

아버지로부터 인정을 받게 된 칼은 행복감에 넘쳤다. 발걸음
도 가벼워졌고, 이맛살을 찌푸릴 때보다 밝게 웃는 때가 더 많
았으며, 얼굴에 비밀스러운 그늘이 드리워지는 일도 드물었다.

그의 변화를 알아차린 리가 조용히 물었다.

"여자 친구라도 생겼니?"

"여자요? 아뇨! 여자가 무슨 필요예요?"

"누구나 여자를 필요로 하지."

그 후 리는 애덤에게 물어보았다.

"칼에게 무슨 일이 있습니까?"

"제 어미에 대해 알고 있더군."

"그래요?"

리는 더 이상 이 문제에 끼어들지 않았다.

"아이들에게 얘기하는 게 좋겠다고 제가 말씀드렸던 걸 기
억하지 못하시는군요."

"내가 말한 게 아니야. 제가 스스로 알았지."

"아니, 그럴 수가!"

리가 말을 이었다.

"그 사실을 알고도 기분이 좋아 보이니 정말 알다가도 모를
일이군요. 요즘 녀석은 공부하면서 콧노래를 부르기도 하고
걸어갈 때 모자를 던져 올리기도 하면서 아주 신나 보이던데
요. 그나저나 아론은 어떻습니까?"

"그게 걱정이야. 그 애는 몰랐으면 좋겠는데……."

"너무 늦었는지도 모르죠."

"아론과 얘기를 나누어 보면 어떨까? 넌지시 떠볼 겸해서."

리는 잠시 생각에 잠겼다.

"당신한테도 무슨 일이 일어났군요."

"그래? 그런지도 모르지."

콧노래를 부르거나 모자를 하늘 높이 날리거나 숙제를 재빨리 끝내는 정도의 일은 변화된 칼의 행동 가운데 극히 일부분이었다. 새로운 기쁨을 맛보면서 칼은 스스로 아버지의 행복을 지켜 주는 파수꾼이 되리라고 다짐했다. 어머니를 증오하지 않는다는 말은 사실이었다. 하지만 그녀가 아버지에게 깊은 상처를 주고 수치심 속에서 살게 만든 장본인이라는 생각에는 변함이 없었다. 칼은 어쩌면 어머니가 예전에 저질렀던 일을 또 저지를지 모른다고 생각했다. 그래서 어머니에 대한 모든 것을 알아보기로 했다. 적을 알면 그만큼 위험성도 줄어들고, 충격도 덜 수 있을지 몰랐다.

칼은 밤마다 철길 건너 케이트의 집으로 향했다. 때로는 오후에 길 건너 풀숲에 숨어 그 집의 동정을 살피기도 했다. 집 안에서 여자들이 나오는 것이 보였다. 그들은 수수하다 못해 초라하기까지 한 옷차림에, 항상 둘씩 짝을 지어 다녔다. 칼은 눈으로 여자들의 뒤를 밟았다. 그들은 캐스트로빌 스트리트 모퉁이에서 왼쪽으로 돌아 중심가로 향했다. 칼은 그들이 어느 집에서 나왔는지 모르는 한, 누구도 그들의 직업이 무엇인지 짐작할 수 없을 거라고 생각했다. 그러나 그가 기다렸던 것은 그 여자들이 아니었다. 그는 환한 대낮에 어머니의 얼굴을 보고 싶었던 것이다. 마침내 그는 매주 월요일 1시 30분에 케이트가 집 밖으로 나온다는 사실을 알아냈다.

칼은 매주 월요일 오후 수업에 빠지는 것을 보충하기 위해 더욱 열심히 공부했기 때문에 학업에는 큰 지장을 일으키지 않았다. 아론이 무슨 일인지 궁금해 하자 그는 자신이 놀라운 일을 하고 있는데, 비밀이기 때문에 아무에게도 말해 줄 수 없다고 대답했다. 사실 아론은 그다지 관심도 없었다. 그는 자기 일에 몰두하고 있었기 때문에 이내 자신이 궁금해 했다는 사실조차 잊고 말았다.

칼은 몇 차례 케이트의 뒤를 밟아 보고는 그녀가 가는 코스가 늘 일정하다는 사실을 알아냈다. 그녀는 항상 똑같은 장소에 갔다. 맨 처음 들르는 곳은 몬터레이 군립 은행이었다. 그녀는 번쩍이는 쇠창살로 가로막힌 금고실로 들어가 15분 내지 20분쯤 있다가 나왔다. 그러고는 시내 중심가를 따라 천천히 걸으면서 쇼윈도를 구경했다. 그러다가 포터앤어빈 상점 앞에 이르면 안으로 들어가 옷들을 구경하고, 때로는 물건을 구입하기도 했다. 고무줄이나 옷핀, 베일, 장갑 따위의 자질구레한 것들이었다. 2시 15분쯤 그녀는 미니프랭킨 미용실에 들러 1시간 후에 나왔다. 그곳에서 나올 때는 핀으로 머리칼을 단단히 말아 올리고 머리에 실크 스카프를 둘러 턱 밑에서 묶은 차림이었다.

3시 30분에 케이트는 농민상회 위에 있는 계단을 올라가 로젠 의원으로 들어갔다. 진찰을 받고 나서는 벨 제과점에 잠깐 들러 1킬로그램들이 초콜릿 한 상자를 샀다. 그녀는 단 한 번도 정해진 코스에서 벗어나지 않았다. 벨 제과점에서 나오면 곧장 캐스트로빌 스트리트를 지나 집으로 향했다.

그녀의 옷차림에서 유별난 구석이라고는 찾아볼 수 없었다. 월요일 오후에 쇼핑을 나온 살리나스의 부잣집 마나님의 모습과 하나도 다르지 않았다. 다만 언제나 장갑을 끼고 있는 것이 조금 색달랐다. 이는 살리나스에서는 좀처럼 찾아보기 힘든 모습이었다.

장갑 때문인지 케이트의 손은 통통 부은 것처럼 보였다. 그녀는 마치 유리로 된 막에 둘러싸인 것처럼 걸었다. 어느 누구에게도 말을 걸지 않았고, 다른 사람을 바라보는 것 같지도 않았다. 가끔씩 사내들이 고개를 돌려 그녀의 뒷모습을 바라보다가 이내 허둥지둥 하던 일로 되돌아가곤 했다. 그러나 대부분 그녀는 투명인간처럼 살그머니 지나다녔다.

몇 주 동안 칼은 눈에 띄지 않게 조심하며 케이트를 미행했다. 그녀가 항상 앞만 보고 걸었기 때문에 그는 들키지 않았을 거라고 확신했다.

케이트가 자기 집 마당으로 들어서면 칼은 우연히 지나치는 사람처럼 다른 길로 접어들어 집으로 돌아가곤 했다. 그는 왜 그녀를 미행하는지 딱 잘라서 이유를 설명할 수 없었다. 그저 그녀의 모든 걸 알고 싶었을 뿐이다.

칼이 미행을 시작한 지 8주째 되는 날, 케이트는 평소처럼 외출을 끝내고 수풀이 무성한 마당 안으로 들어갔다.

칼은 잠시 기다렸다가 삐걱거리는 대문 앞을 어슬렁거리며 지나쳐 갔다. 그때였다. 케이트가 멋대로 자란 키 큰 쥐똥나무

덤불숲 뒤에 숨어 있다가 앙칼지게 물었다.

"원하는 게 뭐야?"

칼은 그 자리에 얼어붙었다. 마치 시간이 멈춘 듯 숨쉬기조차 힘들었다. 그는 어렸을 때 터득한 것을 실행해 보기로 했다. 주된 대상 이외의 사소한 것들을 세밀하게 관찰하는 것이었다. 그는 키 큰 쥐똥나무 숲에 새로 돋아난 작은 잎사귀들이 남쪽에서 불어오는 바람에 나부끼는 것을 보았다. 진흙길은 사람들의 발에 짓밟혀 검은 곤죽같이 변해 있었고, 그 옆으로 진흙을 피해 멀찌감치 비켜 서 있는 케이트의 발이 보였다. 저 멀리 서던퍼시픽 철도 회사의 역내에서 수증기를 뿜어대는 기차 엔진의 날카롭고 메마른 소리가 들렸다. 싸늘한 공기가 그의 뺨에 자라기 시작한 솜털을 스치고 지나갔다. 칼은 줄곧 케이트에게서 눈을 떼지 않았고, 케이트 역시 그를 노려보고 있었다. 칼은 그녀의 눈동자와 머리색과 모양, 심지어 움츠린 듯이 보이는 어깨까지 아론과 똑같이 닮았다는 것을 깨달았다. 그러나 그녀의 입과 작은 치아, 넓은 광대뼈가 자신과 비슷하다는 것을 알아차릴 만큼 그는 자신의 얼굴에 대해 잘 알고 있지 못했다. 남풍이 두 번 몰아치는 동안 두 사람은 그렇게 꼼짝하지 않고 그대로 서 있었다.

마침내 케이트가 입을 열었다.

"나를 미행한 게 이번이 처음은 아니잖아. 무슨 일이지?"

칼은 고개를 숙였다.

"아무 일도 아닙니다."

"누가 시킨 거야?"

그녀가 다그쳤다.

"아무도 안 시켰습니다, 부인."

"끝까지 말을 하지 않을 셈이군, 그렇지?"

"당신이 내 어머니라서 어떤 사람인지 보고 싶었을 뿐이에요."

칼은 자신이 내뱉은 말에 스스로도 깜짝 놀랐다. 미처 자제할 틈도 없었다. 그러나 그의 말은 명백한 사실이었다. 사실이 느닷없는 뱀의 공격처럼 불쑥 튀어나와 버린 것이었다.

"뭐라고? 그게 무슨 소리야? 너는 대체 누구지?"

"칼 트래스크입니다."

칼은 시소가 움직일 때처럼 미묘한 균형의 변화를 느꼈다. 지금은 그가 탄 쪽이 위에 올라가 있었다. 그녀의 표정은 변하지 않았지만, 칼은 그녀가 방어 태세를 취하고 있다는 것을 알 수 있었다.

케이트는 그의 얼굴을 하나하나 자세히 뜯어보았다. 희미한 기억 속에서 문득 찰스의 모습이 마음속에 떠올랐다. 그녀가 대뜸 소리쳤다.

"이리 따라와!"

그녀는 뒤돌아서서 진창을 피해 한쪽으로 조심조심 걸어갔다.

칼은 잠시 머뭇거리다가 그녀를 뒤따라갔다. 어둠침침하고 커다란 방은 기억이 났으나 나머지 것들은 생소했다. 케이트는 넓은 홀을 지나 자기 방으로 향했다. 부엌을 지날 때 그녀가 소리쳤다.

"차 좀 갖다 줘! 두 잔!"

방에 들어선 케이트는 칼의 존재 따위는 이미 잊어버린 듯했다. 그녀는 뚱뚱하고 무딘 장갑 낀 손가락으로 소맷부리를 당겨 외투를 벗었다. 그러고는 침대가 놓인 한쪽 벽에 새로 낸 작은 문을 향해 다가갔다.

그녀가 문을 열고 들어간 곳은 새로 이어 만든 자그마한 곁방이었다.

"의자 하나 갖고 이리 들어와!"

칼은 그녀를 따라 상자 같은 방 안으로 들어갔다. 방에는 창문도 없고 아무런 장식품도 없었다. 벽은 짙은 회색으로 칠해져 있고, 바닥에는 무늬 없는 회색 카펫이 깔려 있었다. 방 안에 있는 가구라고는 회색 실크 쿠션이 놓인 커다란 의자 하나와 경사진 독서용 테이블, 깊숙이 갓을 씌운 램프뿐이었다. 케이트가 장갑 낀 손의 엄지손가락과 집게손가락 사이에 램프 줄을 끼우고 잡아당겼다. 손놀림이 마치 의수를 단 것처럼 어색했다.

"문을 닫아!"

그녀가 말했다.

램프 불빛이 독서용 테이블 위에 원을 그리며 회색의 방을 희미하게 밝혀 주었다. 회색 벽이 모든 빛을 빨아들여 소멸시켜 버리는 듯했다. 케이트가 두툼한 쿠션 사이에 조심스럽게 앉은 다음 천천히 장갑을 벗었다. 양손의 손가락에 모두 붕대가 감겨 있었다.

케이트가 화난 목소리로 말했다.

"그렇게 빤히 들여다보지 마. 관절염이야. 아이참, 넌 보고 싶겠지, 안 그래?"

그녀가 오른손 집게손가락에서 기름이 묻은 듯한 붕대를 풀고 불빛 아래로 구부러진 손가락을 내밀었다.

"자 봐. 관절염이라니까."

그녀는 느슨하게 다시 붕대를 감으면서 고통에 겨운 듯 앓는 소리를 냈다.

"아이고, 장갑 때문에 아파 죽겠네! 그렇게 서 있지 말고 앉아."

칼은 웅크린 채 의자 끝에 살짝 걸터앉았다.

"너도 관절염에 걸릴지 몰라."

케이트가 말했다.

"우리 대고모님도 이 병에 걸렸고, 우리 엄마도 이 병에 막 걸리려던 참에……."

그녀가 말을 멈췄다. 방 안은 매우 고요했다. 그때 가볍게 문 두드리는 소리가 들렸다. 케이트가 큰 소리로 외쳤다.

"조, 너냐? 쟁반은 거기에 내려놔. 조, 내 말 듣고 있어?"

문틈으로 웅얼대는 소리가 들렸다.

케이트가 메마른 목소리로 말했다.

"객실이 몹시 지저분하더라. 깨끗이 치우도록 해. 앤이 자기 방 청소를 하지 않았던데, 한 번 더 주의를 줘. 마지막 경고라고 하고. 에바는 간밤에 잘했어. 앞으로 그 애는 내가 보살필 생각이야. 그리고 조, 요리사에게 전해. 이번 주에도 홍당무 요리를 만들면 쫓겨날 줄 알라고 말이야. 내 말 들려?"

문틈으로 웅얼대는 소리가 다시 들렸다.

"그럼 가 봐!"

그녀가 소리쳤다.

"더러운 돼지 새끼들 같으니!"

케이트가 조그만 소리로 중얼거렸다.

"내가 감시하지 않으면 모두들 썩어 문드러질 거야. 나가서 차 쟁반 좀 들고 와라."

칼이 문을 열었을 때는 침실에 아무도 없었다. 그는 쟁반을 들고 들어와 경사진 독서 테이블 위에 조심스럽게 내려놓았다. 커다란 은쟁반 위에 백랍 찻주전자와 종이처럼 얇고 하얀 찻잔 두 개, 설탕과 크림, 그리고 포장을 뜯은 초콜릿 상자 하나가 놓여 있었다.

"차를 따르렴. 나는 손이 아프니까."

케이트가 초콜릿 한 개를 입안에 넣었다.

"넌 이 방을 자세히 둘러보더구나."

그녀가 초콜릿을 삼키고 나서 말했다.

"불빛 때문에 눈이 아파서 이 방에 들어와 휴식을 취하곤 하지."

그녀는 칼이 자신의 눈을 힐긋 바라보는 것을 느꼈다. 그래서 단호한 목소리로 말했다.

"불빛이 내 눈을 아프게 한다니까."

그녀가 쉰 목소리로 말을 이었다.

"왜 그래? 차가 싫으냐?"

"안 마실래요. 차를 좋아하지 않아요."

그녀가 붕대가 감긴 손가락으로 찻잔을 들었다.

"그럼 뭘 줄까?"

"아무것도 필요 없어요."

"그저 내 얼굴을 보고 싶었단 말이지?"

"네."

"그래서 이제 만족해?"

"네."

"내가 어떻게 보이지?"

그녀는 빈정거리는 웃음을 지었다. 날카롭고 하얀 작은 이가 드러났다.

"보기 좋아요."

"넌 솔직하지 않구나. 네 형은 어디 있지?"

"학교 아니면 집에 있을 거예요."

"그 앤 어떻게 생겼니?"

"당신과 비슷하게 생겼어요."

"오, 그래? 나를 닮았다고?"

"형은 신부가 되고 싶어 해요."

칼이 말했다.

"나를 닮은 녀석이 신부가 되고 싶어 하다니…… 그럴 수도 있겠지. 인간이란 교회에서도 얼마든지 파괴적인 일을 할 수 있으니까. 이런 곳에 올 때는 경계를 하게 되지만 교회에선 개방적이 되거든."

"형은 진심이에요."

그녀가 칼을 향해 몸을 굽혔다. 이야기가 흥미로운지 얼굴에 생기가 가득했다.

"차를 더 따라 다오. 네 형은 멍청하지?"

"형은 착해요."

"멍청하냐고 물었어."

"그렇지 않아요."

케이트가 뒤로 기대앉으면서 찻잔을 들었다.

"네 아비는 어떠냐?"

"아버지에 대해선 말하고 싶지 않아요."

"오, 이런! 아버지를 좋아하는 모양이지?"

"전 아버지를 사랑해요."

칼이 대답했다.

케이트가 그의 얼굴을 빤히 들여다보았다. 갑자기 이유 없이 온몸에 경련이 일었다. 가슴이 뒤틀리면서 통증이 왔다. 잠시 감정을 억누르자 자제력이 되돌아왔다.

"초콜릿 좀 먹을래?"

"네. 그런데 왜 그런 짓을 하셨죠?"

"무슨 짓을?"

"왜 아버지를 총으로 쏘고 우리를 버리고 도망쳤어요?"

"네 아버지가 그러던?"

"아니에요. 아버지는 아무 말씀도 안 하셨어요."

케이트가 두 손을 마주 잡았다가 마치 뜨거운 것에 데기라도 한 듯 얼른 떼면서 물었다.

"아버지가 젊은 여자들을 집으로 데리고 오던?"

"아니요."

칼이 다시 물었다.

"왜 아버지를 쏘고 도망쳤냐고요?"

마치 근육을 조종하는 그물이라도 달려 있는 것처럼 일순간 그녀의 뺨이 굳어지면서 입이 꽉 다물어졌다. 고개를 든 그녀의 두 눈이 차갑고 천박해 보였다.

"나이보다 어른스럽게 말을 하는구나. 그렇다고 네가 다 큰 건 아니다. 가서 놀기나 해라. 콧물부터 깨끗이 닦고."

"가끔씩 난 형을 못살게 굴 때가 있어요. 그를 헷갈리게 하기도 하고, 울리기도 하죠. 형은 내 술수를 몰라요. 형보다는 내가 더 영리하거든요. 나도 그러고 싶지 않아요. 그러고 나면 기분이 좋지 않으니까요."

케이트는 마치 자기 이야기인 양 그의 말에 귀 기울였다.

"그들은 모두 스스로 영리하다고 생각했지. 그래서 나를 보고 나에 대해 다 안다고 생각했던 거야. 그런데 내가 그들을 우롱했어. 그들 한 사람 한 사람을 모두 바보로 만들어 버렸지. 그들이 내게 이래라저래라 말했을 때……. 오! 그때가 바로 내가 결정적으로 그들을 우롱했던 때야. 난 그때 그들을 완전히 바보 천치로 만들어 버렸단다, 찰스."

"내 이름은 칼렙이에요."

칼이 말했다.

"칼렙은 약속의 땅으로 갔다고 리 아저씨가 말해 줬어요. 성경에 그렇게 나와 있대요."

"그 중국 사람 말이구나."

케이트가 열을 내며 말했다.

"애덤은 나를 소유했다고 생각했지. 내가 부상을 당해 엉망진창이 되었을 때, 그가 나를 집으로 데려가서 간호하고 밥을 먹여 줬어. 그는 그런 식으로 나를 붙잡아 두려고 했던 거야. 그렇게 되면 대부분의 사람들이 얽매이기 마련이니까. 은혜에 감지덕지하며 빚을 진 것처럼 생각하게 되지만, 바로 그게 가장 무서운 족쇄가 되는 거야. 그러나 누구도 나를 구속할 순 없어. 나는 힘이 생길 때까지 기다리고 기다리다가 마침내 뛰쳐나왔지. 나에게 올가미를 씌울 수 있는 사람은 아무도 없어."

그녀가 말을 이었다.

"난 그가 무슨 짓을 하고 있는지 알고 있었어. 그래서 때를 기다렸던 거야."

회색 방 안은 그녀의 흥분된 숨소리만 들릴 뿐 물을 끼얹은 듯이 조용했다.

칼이 물었다.

"왜 아버지를 쏘았어요?"

"나를 가로막으려고 했기 때문이지. 그를 죽일 수도 있었지만 죽이지는 않았어. 나를 방해하지만 않게 하고 싶었을 뿐이야."

"그대로 있을걸 그랬다는 생각을 해 본 적은 없나요?"

"천만에! 난 어렸을 때부터 내가 하고 싶은 일은 무엇이든 할 수 있었어. 그 비결을 아는 사람은 아무도 없었지. 아무도 몰랐어. 사람들은 항상 자기네들이 옳다고 믿고 있었기 때문에, 전혀 알 수가 없었던 거야. 단 한 사람도 몰랐다고."

케이트는 문득 한 가지 사실을 깨닫게 되었다.

"그래, 맞아. 넌 나와 같은 종류의 인간이야. 어쩌면 똑같은지도 모르지. 안 그래?"

칼이 자리에서 일어나 뒷짐을 지며 말했다.

"어렸을 때 말예요……."

그는 잠시 말을 멈추고 생각을 가다듬었다.

"무언가를 놓치고 있다는 느낌을 받은 적은 없나요? 가령 당신이 모르는 걸 다른 사람들은 알고 있다든가…… 다른 사람들이 당신에게만 비밀을 말해 주지 않는 것 같은 그런 느낌 말예요."

그가 이야기하는 동안 케이트의 얼굴에는 그를 향한 마음의 문을 닫는 듯한 표정이 떠올랐다. 그가 말을 마쳤을 때는 이미 문이 닫히고 두 사람 사이의 통로는 막혀 버렸다.

그녀가 말했다.

"내가 지금 무슨 짓을 한 거지? 어린애한테 이런 얘기를 하고 있다니!"

칼이 뒷짐을 지고 있던 손을 풀어 호주머니에 찔러 넣었다.

"코흘리개랑 말을 하고 있으니 내가 미쳤나 봐."

칼의 얼굴은 흥분으로 번들거렸고 두 눈은 환상을 본 듯 휘둥그레졌다.

케이트가 물었다.

"너 왜 그래?"

그는 꼼짝 않고 서 있었다. 이마에서는 땀방울이 빛나고, 두 주먹이 불끈 쥐어져 있었다.

케이트는 언제나 그랬듯이 잔인성을 드러내며 영리하지만 무분별하게 칼을 휘둘러 댔다. 그녀가 키득거리며 말했다.

"내가 너에게 몇 가지 재미있는 걸 물려주었는지도 모르겠구나. 이를테면 이런 것……."

그녀는 구부러진 손을 쳐들었다.

"하지만 네게 간질, 말하자면 지랄병 같은 게 있다면 그건 내가 물려준 게 아니야."

그녀는 칼이 이 말에 충격을 받고 근심하기 시작할 거라고 기대하면서 즐거운 듯이 그를 흘끗 쳐다보았다.

그러나 칼은 행복한 얼굴로 말했다.

"이제 가 봐야겠어요."

그가 잊었다는 듯 한마디 덧붙였다.

"다 잘됐어요. 리 아저씨의 말이 사실이란 걸 알았으니까요."

"리가 뭐라고 그랬는데?"

"내 안에 당신이 있을까 봐 걱정했거든요."

"물론 네 안에 내가 있지."

케이트가 말했다.

"아뇨, 없어요. 나는 나일 뿐예요. 당신과 같아질 필요가 없어요."

"네가 그걸 어떻게 알아?"

그녀가 다그쳤다.

"그냥 알아요. 저절로 알게 됐죠. 내가 비겁하다면 그건 나 자신이 원래 비겁하기 때문이에요."

"그 중국 놈이 어린애들을 잘도 구슬려 놓았군. 그럼 왜 그렇게 나를 노려보는 거지?

"난 불빛이 당신의 눈을 아프게 한다고 생각지 않아요. 당신은 두려운 거예요."

"썩 나가!"

그녀가 소리쳤다.

"빨리 나가지 못해!"

"갑니다."

칼이 문손잡이를 잡고 말했다.

"나는 당신을 미워하지 않아요. 하지만 당신이 두려워하는 걸 보니 기뻐요."

케이트는 '조!' 하고 소리치려 했으나 목이 메어 쉰 소리가 났다.

칼이 손잡이를 비틀어 문을 열고 등 뒤로 쾅 소리가 나게 문을 닫았다.

조는 응접실에서 한 여자와 이야기를 나누고 있었다. 가볍고 날쌘 발소리에 고개를 들고 쳐다보니 사람 그림자가 이미 문 밖으로 빠져나가고 있었다. 뒤이어 묵직한 현관문이 쾅 소리를 내며 닫혔다. 현관에서 단 한 번 발소리가 들렸고, 곧 땅바닥으로 쿵 하고 뛰어내리는 소리가 났다.

"저게 대체 무슨 소리야?"

여자가 물었다.

"낸들 알아?"

조가 대답했다.

"가끔 난 허깨비를 보는 것 같아."

"나도 그래."

여자가 말을 이었다.

"클라라가 요즘 금단증상에 시달린다고 내가 말했던가?"

"마약 때문에 환영을 보는 거겠지."

조가 말했다.

"그래서 모르는 게 약이라고 하잖아."

"누가 아니래."

여자가 맞장구를 쳤다.

40장

1

케이트는 푹신한 쿠션에 파묻힌 채 의자에 기대고 앉았다. 온몸에 전율이 일면서 솜털들이 하나하나 곤두서고 얼음장 같은 고통이 살을 에는 것 같았다.

그녀가 나지막하게 중얼거렸다.

"이제 진정해야지. 마음을 가라앉혀. 상처를 받아선 안 돼. 잠시 생각을 멈춰. 빌어먹을 코흘리개 녀석 같으니라고!"

문득 그녀에게 지금과 똑같은 증오심을 갖게 만들었던 또 하나의 유일한 인물이 떠올랐다. 그것은 새뮤얼 해밀턴이었다. 새하얀 턱수염에 볼이 발그레했던 그는 웃음 띤 눈으로 그녀의 살가죽을 젖히고 그 속까지 들여다보는 것 같았다.

케이트가 붕대를 감은 집게손가락으로 목에 걸린 가느다란 쇠줄을 찾아내어 끌어당겼다. 사슬 끝에 연결된 물건들이 코르셋 밖으로 끌려 나왔다. 사슬에는 금고 열쇠 두 개와 붓꽃 모양의 핀으로 장식된 금시계 하나, 마개에 고리가 달린 작은 금속 튜브 하나가 매달려 있었다.

그녀가 아주 조심스럽게 튜브의 마개를 비틀어 열었다. 그러고는 양 무릎을 쭉 편 뒤 튜브를 흔들어 젤라틴 질의 캡슐을 꺼냈다. 그녀는 캡슐을 불빛에 비추어 보았다. 캡슐 안에든 흰색 결정체가 보였다. 모르핀 여섯 알. 충분한 양이었다. 케이트는 아주 천천히 캡슐을 튜브 속에 다시 넣고 마개를 돌려서 닫은 다음, 쇠줄을 옷 속으로 집어넣었다.

칼이 내뱉은 마지막 한마디가 그녀의 머릿속에서 떠나질 않았다.

"당신이 두려워하는 걸 보니 기뻐요."

케이트는 머릿속에서 윙윙 울려 대는 그 소리를 떨쳐 버리기 위해 큰 소리로 그 말을 되뇌었다. 반복된 울림은 멈추었으나 대신 강렬한 인상이 마음속에 떠올랐다. 그녀는 그 인상을 마음속에 내버려 둔 채 다시 찬찬히 분석해 보기로 했다.

2

곁방을 만들기 전의 일이었다. 케이트는 찰스가 남긴 돈을 긁어모아 수표를 모두 고액권으로 바꾸었다. 그리고 그 많은 돈다발을 몬터레이 군립 은행의 금고 속에 보관해 두었다.

통증으로 그녀의 두 손이 뒤틀리기 시작했을 무렵이었다.

이제 도망칠 돈도 충분했다. 문제는 지금 살고 있는 이 집을 얼마나 비싼 값에 처분하느냐는 것이었다. 그러나 몸이 완전히 회복될 때까지는 기다리는 것이 좋겠다는 생각이 들었다.

그녀의 건강은 좀처럼 나아지질 않았다. 게다가 뉴욕은 춥고 무척 멀게 느껴졌다.

그러던 중 겉봉에 '에델'이라고 써 있는 편지 한 장이 날아왔다. 도대체 에델이 누구던가? 그녀가 누구든, 돈을 뜯어내려고 혈안이 되어 있는 것이 틀림없었다. 에델이라는 이름은 수없이 많았다. 어디서나 흔히 볼 수 있는 게 에델이었다. 그 수많은 에델 중에 하나가 줄 쳐진 종이에 알아볼 수 없을 만큼 마구 휘갈겨 쓴 편지를 보내 온 것이다.

얼마 후 그 에델이란 여자가 케이트를 만나러 왔다. 처음에 케이트는 그녀를 알아보지 못했다.

케이트는 당당한 자세로 책상 앞에 앉아 있었다. 그녀는 의심쩍은 눈길로 상대를 바라보며 경계를 늦추지 않았다.

"오랜만이네."

그녀가 말했다.

에델은 신병 시절 자신을 훈련시켜 준 하사관을 나이 들어 만난 것처럼 궁색하게 말했다.

"그동안 무척 힘들었어요."

그녀는 온몸의 살이 퉁퉁 부어 축 처져 있었다. 옷차림은 궁핍함을 증명이라도 하듯 꾀죄죄하기 그지없었다.

"지금 어디서 지내?"

케이트는 이 늙은 여인이 언제쯤 용건을 꺼낼지 궁금했다.

"서던퍼시픽 호텔에요. 방을 하나 얻었어요."

"그럼 지금은 일을 안 하나 보지?"

"새 출발을 할 수 없었어요. 여기서 그렇게 쫓겨나지만 않았어도……."

에딜이 면장갑 끝으로 굵은 눈물방울을 훔쳐 냈다.

"운이 나빴어요."

그녀가 말을 이었다.

"일이 처음 꼬인 건 새로 온 판사를 만났을 때예요. 전과가 없었는데도 90일 형을 받았지 뭐예요. 적어도 여기서는 전과가 없었는데 말예요. 형을 치르고 나와서는 곧 매독에 걸렸어요. 난 걸린지도 몰랐어요. 그래서 병을 단골손님한테 옮겼죠. 철로 보선 구역에서 일하는 착한 사람이었는데, 병에 걸린 걸 알고는 화를 내며 나를 두들겨 팼어요. 코뼈가 내려앉고 이가 네 개 부러졌죠. 그러자 그 새 판사는 내게 180일의 형을 내렸어요. 세상에나! 케이트 당신도 알겠지만, 180일 동안 갇혀 지내면 아는 사람이 모두 떨어져 나가게 돼 있어요. 사람들은 나란 인간이 있었는지조차 잊어버린다고요. 그래서 새 출발을 할 수 없었던 거예요."

케이트는 아주 약간의 동정심을 느끼며 고개를 끄덕였다. 이제 곧 에딜이 본격적인 용건을 말하리란 것을 눈치 챈 그녀가 먼저 선수를 쳤다. 그녀는 책상 서랍에서 돈을 꺼내 에딜에게 내밀었다.

"곤경에 빠진 친구를 실망시킬 순 없지. 새로운 도시로 가서 다시 시작해 보지 그래? 사정이 달라질지도 모르잖아."

에델은 눈앞에 놓인 돈을 덥석 움켜쥐고 싶은 마음이 굴뚝같았지만 꾹 참았다. 대신 포커를 할 때처럼 지폐를 부채 모양으로 쫙 펼쳐 보았다. 10달러짜리 넉 장이었다. 감정에 북받친 에델의 입꼬리가 실룩거리기 시작했다. 마침내 그녀가 입을 열었다.

"40달러보단 더 주리라고 기대했어요."

"무슨 뜻이야?"

"내 편지 받았어요?"

"무슨 편지?"

"오! 분실된 모양이군요! 하긴 요즘 우편물들이 함부로 다뤄지긴 하죠. 아무튼 난 당신이 날 돌봐 줄 거라고 생각했어요. 몸 상태가 영 좋질 않거든요. 체중이 하도 불어서 창자가 점점 밑으로 처지는 것 같다고요."

에델이 한차례 숨을 돌리고는 다시 빠르게 말을 이었다. 미리 연습을 해 온 모양이었다.

"기억하실지 모르겠지만 제겐 예지력 같은 게 있어요. 제가 예언하는 건 항상 들어맞아요. 꿈에 보이는 게 현실로 나타난다니까요. 사람들은 제게 직업적인 점쟁이로 나서는 게 어떠냐고들 하죠. 타고난 점쟁이라는 거예요. 이제 기억나세요?"

"아니."

케이트가 말했다.

"난 모르겠는데."

"기억이 안 나요? 당신은 눈치를 못 챘던 모양이군요. 다른 사람들은 모두 알았는데. 다른 사람들에겐 많은 걸 말해 줬는

390

데 그것이 모두 실제로 벌어졌어요."

"대체 무슨 말을 하고 싶은 거야?"

"이런 꿈을 꾼 적이 있어요 날짜도 똑똑히 기억해요. 페이가 죽던 바로 그날이었으니까."

에델이 케이트의 싸늘한 얼굴을 힐끗 바라보고는 다시 집요하게 말을 이었다.

"그날 밤엔 비가 내렸죠. 내 꿈속에서도 비가 왔고요. 아무튼 축축이 젖은 그런 날씨였어요. 꿈속에서 당신이 부엌문을 빠져나가는 걸 봤어요. 칠흑같이 어둡지는 않았어요. 문틈으로 희미하게 달빛이 새어 들어왔으니까요. 꿈에서 본 건 확실히 당신이었어요. 당신이 뒤뜰로 나가 몸을 수그리고 무언가를 하더군요. 정확히 뭘 하는지는 못 봤지만…… 어쨌든 잠시 후 살금살금 집 안으로 돌아왔어요. 그런데 아 글쎄, 그날 밤에 페이가 죽었지 뭐예요."

에델은 여기서 말을 멈추고 케이트의 반응을 살폈다.

그러나 케이트의 얼굴은 무표정했다. 잠시 기다려 봤지만 무언가를 말할 낌새가 아니었다.

"아까도 말했듯이 나는 항상 내 꿈을 믿어요. 그런데 우습게도 현장에는 깨진 약병들과 안약을 넣을 때 쓰는 고무 꼭지만이 떨어져 있더군요."

케이트가 천천히 말했다.

"그래서 그걸 의사에게 가져갔단 말이지? 그래, 의사가 약병 안에 뭐가 들었다고 그러대?"

"의사한테 보이진 않았어요."

"왜, 그렇게 하지 그랬어?"

케이트가 빈정거리듯 말했다.

"누구든 곤경에 빠지는 건 보고 싶지 않으니까요. 나 자신이 이런저런 힘든 일을 하도 많이 겪어서 그런가 봐요. 대신에 그 깨진 유리병을 봉투에 넣어 보관하고 있어요."

그러자 케이트가 사뭇 상냥하게 물었다.

"그래서 나한테 조언을 구하러 온 거란 말이지?"

"맞아요."

"그럼 내 생각을 말해 줄까? 넌 이제 쓸모없는 늙은 매춘부야. 그리고 너무 여러 번 머리를 얻어맞았지."

"그래서 지금 내 머리가 돌았단 거예요?"

"아니, 설마 그렇기야 하겠어. 하지만 너는 지치고 병들었어. 아까도 말했듯이 난 곤경에 처한 친구를 모른 척하진 않아. 원한다면 이곳으로 다시 와도 돼. 손님을 받을 수는 없겠지만, 이것저것 잡일을 거들고 청소도 하고 주방 일도 할 수 있잖아. 그러면 적어도 먹고 자는 건 해결될 거야. 어때? 용돈도 좀 줄게."

에델이 초조한 듯 몸을 들썩였다.

"싫어요. 여기서 자는 건 싫다고요. 그 봉투가 지금 제 수중에 있는 건 아니에요. 친구한테 맡겨 놓았어요."

"그래서 어쩔 생각인데?"

케이트가 물었다.

"글쎄요. 당신이라면 내게 매달 100달러씩은 줄 수 있으리라고 생각했어요. 그 돈이면 그럭저럭 살면서 병도 고칠 수 있을 테니까요."

"지금 서던퍼시픽 호텔에 묵고 있다고 했지?"

"네. 프런트 바로 위에 있는 방이에요. 밤에 근무하는 직원이 나와 잘 알아요. 절대 근무 중에 조는 일은 없죠. 착한 사람이에요."

"무턱대고 좋아하지 마, 에델. 그 '착한 사람'이 얼마짜리인가만 신경 쓰라고. 잠깐 기다려 봐."

케이트가 책상 서랍에서 10달러짜리 여섯 장을 더 꺼내 세어 보고는 에델에게 내밀었다.

"매달 초하룻날에 보내 주실래요? 아니면 제가 받으러 올까요?"

"여기서 보내 줄게. 그리고 에델."

케이트가 차분히 말을 이었다.

"아무래도 그때 그 약병을 의사에게 보였어야 했다는 생각이 드네."

에델은 손안의 돈을 꼭 움켜쥐었다. 넘치는 승리감에 날아갈 것 같은 기분이었다. 지금껏 살면서 이렇게 기분이 좋아 본적이 없었다.

"그럴 생각은 없어요. 꼭 그래야 할 필요가 있으면 또 몰라도."

에델이 돌아간 후, 케이트는 뒤뜰로 나가 보았다. 몇 년이 지났는데도 땅이 고르지 않은 걸 보니, 누군가가 아주 깊숙이 파헤쳤던 게 분명했다.

다음 날 아침, 평소대로 판사는 경미한 폭행과 절도 사건을 심리했다. 네 번째 사건에 대해서는 제대로 귀를 기울이지도 않았다. 피해자 측의 간단한 증언이 끝나자 그가 물었다.

"그래서 잃어버린 돈이 모두 얼마요?"

짙은 머리털의 남자가 대답했다.

"100달러 가까이 됩니다."

판사는 피의자를 데려온 경관에게 물었다.

"그 여자는 얼마를 갖고 있었나?"

"96달러요. 오늘 아침 6시에 호텔 야간 근무 직원에게서 위스키와 담배, 잡지를 샀답니다."

에델이 소리쳤다.

"난 저 남자를 태어나서 처음 보는걸요!"

판사가 잠시 서류를 들여다보고는 고개를 들었다.

"두 번의 매춘에 이번엔 절도까지. 그 정도면 충분해. 정오까지 이 도시를 떠날 것을 명한다."

그는 경관을 향해 말했다.

"보안관더러 이 여자를 군 경계선 밖으로 쫓아내라고 해."

판사가 에델에게 다시 말했다.

"다시 돌아오면 당국에 최고형을 요청할 테다. 그럼 바로 형무소 행이야. 알겠어?"

그러자 에델이 말했다.

"판사님, 조용히 말씀드릴 것이 있는데요."

"뭔데?"

"직접 말씀드려야 해요."

그녀가 조그맣게 속삭였다.

"이건 다 조작된 거라고요."

"세상만사가 다 조작이지."

판사가 심드렁하게 말했다.

"다음."

보안관이 에델을 차에 태워 파야로강에 걸린 다리 위의 군경계로 끌고 갔다. 그동안 사건의 피해자는 어슬렁어슬렁 캐스트로빌 스트리트를 따라 케이트의 집으로 향하다가 마음이 변했는지 머리를 깎으러 키노 이발관으로 들어갔다.

2

에델의 방문을 받았을 때 케이트는 그다지 혼란스러워 하지 않았다. 그녀는 원한을 품은 매춘부를 어떻게 대해야 하는지 알고 있었고, 깨진 약병을 분석한다 하더라도 독성이 검출될 리가 없다는 것도 알고 있었다. 그녀는 페이의 일을 거의 잊고 있었다. 굳이 회상하자면 그저 그리 유쾌하지 않은 기억일 뿐이었다.

그러나 차츰 케이트는 자신이 그 일을 여전히 생각하고 있다는 것을 깨닫게 되었다. 어느 날 밤, 식료품 구입 목록을 훑어보고 있는데 문득 어떤 생각이 그녀의 가슴속으로 뛰어들어 왔다. 그것은 반짝이는 별똥별처럼 순간적으로 왔다가 사라졌기 때문에 그녀는 하던 일을 멈추고 그 정체가 무엇이었는지 되짚어 보아야 했다. 그 생각 속에 찰스의 거무스름한 얼굴이 비치는 건 왜일까? 새뮤얼 해밀턴의 수수께끼 같은 장난기 섞인 두 눈이 자꾸 어른거리는 건 웬일일까? 그리고 그 섬광처럼 스쳐 간 생각 때문에 온몸이 떨리고 두려워지는 건 또 무슨 까닭일까?

케이트는 생각을 떨쳐 버리고 하던 일로 되돌아갔다. 그러나 찰스의 얼굴이 어깨 너머에서 자신을 내려다보고 있는 것 같았다. 손가락이 쑤시기 시작했다. 답답하고 불안한 화요일 밤이었다. 서커스를 벌이기엔 손님이 너무 없었다.

케이트는 이 집의 여자들이 자기를 어떻게 생각하는지 알고 있었다. 그들은 케이트를 몹시 두려워했다. 케이트가 그런 식으로 여자들을 관리했기 때문이다. 그녀를 미워하는지도 모르지만 그런 건 별 문제가 되지 않았다. 중요한 것은 그들이 케이트를 신뢰한다는 사실이었다. 그녀가 세운 규칙을 정확하게 지키기만 하면 케이트는 그들을 보살피고 보호해 주었다. 거기에 사랑이나 존경 같은 것은 없었다. 잘했다고 상을 주지는 않았지만, 규칙을 위반하면 두 번까지 벌을 주고 세 번째에는 가차 없이 내쫓았다. 여자들은 이유 없이 처벌을 받지는 않는다는 점에서 안도했다.

케이트가 집 안을 돌아다닐 때면 여자들은 애써 무심한 척했다. 케이트는 그 사실을 알고 있었고, 으레 그러려니 했다. 그러나 그날 밤만은 혼자라는 느낌이 들지 않았다. 찰스가 나란히 옆에서 걷는 것 같기도 하고, 뒤에서 따라오는 것 같기도 했다.

그녀는 식당을 통해 부엌으로 들어가서 아이스박스를 열고 들여다보았다. 쓰레기통 뚜껑을 열고는 혹시 낭비가 없는지도 살폈다. 매일 밤 하는 일이었지만 그날 밤에는 특별히 더 꼼꼼하게 확인했다.

케이트가 휴게실에서 나가자 여자들은 서로의 얼굴을 바라보면서 이상하다는 듯 어깨를 들썩였다. 검은 머리 조와 이야기를 나누던 엘로이즈가 말했다.

"왜 저런대요?"

"나도 모르겠는데. 왜 그럴까?"

"무척 불안해 하는 것 같아요."

"흠, 싸움이라도 했나 보지."

"무슨 싸움이요?"

"잠깐!"

조가 말했다.

"나도 모르고 너도 모르는 일이야."

"흥, 무슨 말인지 알겠어요. 남의 일에 상관하지 말란 거죠?"

"눈치 한번 빠르군."

조가 말했다.

"그냥 모른 척하자고. 우리가 나설 일이 아니잖아."

"알고 싶지도 않아요."

엘로이즈의 대꾸에 조가 무릎을 치며 말했다.

"진작 그랬어야지!"

그동안 케이트가 집 안을 한 바퀴 둘러보고 돌아왔다.

"난 이제 자야겠다."

그녀가 조에게 말했다.

"꼭 필요하지 않으면 깨우지 마."

"시키실 일이라도?"

"차 좀 끓여 와. 엘로이즈, 다림질은 다 했니?"

"네, 마담."

"썩 잘 다리진 못했군."

"네."

케이트는 불안했다. 그녀는 서류들을 가지런히 챙겨서 책상 속 정리함에 집어넣었다. 잠시 후 조가 차 쟁반을 들고 들어오자 그것을 침대 옆에 내려놓으라고 지시했다.

케이트는 베개에 기댄 채 차를 홀짝이며 생각을 정리해 보았다. 왜 뜬금없이 찰스가 생각나는 걸까? 그때 문득 한 가지 생각이 떠올랐다.

찰스는 영리했다. 새뮤얼 해밀턴 역시 괴짜이긴 하지만 영리한 사람이었다. 두려움에 쫓기면 이런 생각도 나는 걸까? 이 세상에는 영리한 사람들이 있다. 샘과 찰스는 이미 죽었지만, 또 다른 영리한 사람들이 있을지도 모른다. 케이트는 아주 천천히 생각을 이어 갔다.

만약 땅속에서 약병을 파낸 것이 나였다면? 나는 어떤 생각을 하고 어떤 행동을 했을까? 가슴속에서 공포감이 고개를 쳐들었다. 왜 병을 깨뜨려서 파묻었을까? 그것은 분명 독약이 아니었다. 그런데도 왜 땅속에 파묻은 걸까? 무엇이 그녀로 하여금 병을 파묻게 했을까? 중심가의 도랑 속에 내던지든지, 쓰레기통에 던져 버렸어야 했다. 의사 와일드는 이미 세

398

상을 떠났다. 그러나 그가 어떤 진료 기록을 남겨 놓았는지는 알 수 없었다. 만약 그녀가 유리병을 발견하여 내용물을 알아냈다고 가정해 보자. 그녀는 알 만한 사람에게 이렇게 묻지 않았을까.

"파두 기름을 사람에게 먹이면 어떻게 될까?"

"아주 조금씩 오랜 기간 동안 꾸준히 먹였다면?"

그 결과를 그녀는 이미 알고 있었다. 누구라도 알았을 것이다.

"만약 돈 많은 마담이 새로 온 젊은 여자에게 전 재산을 넘기겠다는 유언을 남기고 죽었다면?"

누구든 이 말을 듣고 제일 먼저 무슨 생각이 떠오를지 케이트는 너무나 잘 알고 있었다. 에델을 그냥 놓아주다니 내가 제정신이었을까? 이제는 그녀를 찾을 길이 없었다. 에델에게 돈을 주고 구슬려 그 유리병을 내놓게 만들었어야 했다. 유리병은 지금 어디에 있을까? 봉투 속에 넣었다고 했는데, 그 봉투는 어디에? 이제 와서 에델을 어떻게 찾는담?

에델은 자기가 무슨 이유로 어떻게 이 도시에서 쫓겨났는지 알 것이다. 그녀가 영리하진 않지만, 영리한 사람에게 자신이 알고 있는 사실을 말할지도 모른다. 페이가 어떻게 병이 났고, 안색이 어땠으며, 유언장 내용이 무엇이었는지까지 그 수다스러운 목소리로 나불나불 지껄일지도 모른다.

문득 케이트는 숨이 가빠지고, 밀려오는 두려움에 온몸이 바늘로 찌르는 듯 아파 오기 시작했다. 집을 팔 생각 따위는 집어치우고 당장 뉴욕 같은 곳으로 멀리 떠나야만 할 것 같았다. 더 이상 돈은 필요 없었다. 지금 가지고 있는 돈으로도 충분했다. 지금 떠나면 아무도 그녀를 찾을 수 없을 터였다. 그러나 그녀가 갑자기 자취를 감추고 난 후 어떤 영리한 자가 에델의 이야기를 들으면 오히려 더 의심을 사게 되지 않을까?

케이트는 침대에서 일어나 진정제를 한 움큼 삼켰다.

그때부터 두려움은 몸을 잔뜩 웅크린 채 단 한시도 그녀의 곁에서 떠나지 않았다. 손의 통증이 관절염으로 악화되었다는 의사의 말을 들었을 때, 그녀는 오히려 기쁘기까지 했다. 그것이 죄에 대한 형벌이라는 악마의 속삭임을 들었기 때문이다.

평소에도 시내에 자주 나가는 편은 아니었지만, 이제는 아예 두문불출했다. 그녀는 자신이 누군지를 아는 사내들이 은근슬쩍 자신의 뒷모습을 지켜본다는 것을 알고 있었다. 그중 누군가가 찰스의 얼굴을 하거나 새뮤얼 해밀턴의 눈을 갖고 있다고 상상해 보라. 그녀는 내키지 않았지만 일주일에 한 번씩 억지로 외출을 했다.

그 무렵 케이트는 자신의 침실 옆에 곁방을 짓고, 벽을 온통 회색으로 칠했다. 다른 사람들에게는 불빛 때문에 눈이 아파서라고 말했다. 그녀 또한 차츰 실제로 빛이 자신의 눈을 아프게 한다고 믿기 시작했다. 시내에 나갔다 오면 눈이 화끈거리고 아팠다. 그녀는 그 작은 방에서 점점 더 많은 시간을 보내게 되었다.

어떤 사람들에게는 서로 상반된 두 가지 생각을 동시에 할 수 있는 능력이 있다. 케이트가 바로 그런 사람이었다. 그녀는 빛이 자신의 눈을 아프게 한다고 믿었으며, 또한 그 회색 방이 몸을 숨길 수 있는 동굴이자 어두운 지하 세계의 은신처이며, 타인의 시선을 피할 수 있는 장소라고 생각했다. 한번은 푹신한 쿠션이 놓인 의자에 앉아, 탈출로로 통하는 비밀 문을 만들까도 생각했다. 하지만 그런 문을 만들어 봤자 자신을 온전히 보호할 수는 없으리라는 예감이 들었다. 그 문을 통해 그녀가 밖으로 나갈 수 있다면, 역시 그 문을 통해 무언가가 안으로 들어올 수도 있기 때문이었다.

그 무언가가 집 밖에서 웅크리고 있다가 밤이 되면 담장에 바짝 붙어 기어와서는 슬그머니 몸을 일으켜 창문 너머로 방 안을 들여다볼 수도 있었다. 그리하여 케이트는 월요일 오후 외출을 하는 데 점점 더 커다란 의지력을 필요로 하게 되었다.

칼이 그녀를 미행하기 시작했을 때, 그녀는 지독한 두려움에 사로잡혔다. 쥐똥나무 덤불 뒤에서 소년을 기다릴 때는 공포감으로 숨이 막힐 지경이었다.

그러나 푹신한 베개 속에 머리를 깊숙이 파묻고 있는 지금, 그녀의 눈은 부드러운 진정제의 효력에 젖어 들고 있었다.

41장

1

미국은 전쟁에 대해 두려움과 매력을 동시에 느끼며 어느 틈엔가 그 속으로 미끄러져 들어갔다. 사람들은 거의 60년 동안이나 몸이 떨리는 전쟁의 흥분을 느끼지 못하고 있었다. 스페인 내전은 전쟁이라기보다는 원정에 가까웠다. 윌슨은 참전하지 않겠다는 공약을 내세워 그해 11월 대통령에 재선되었지만, 그와 동시에 강경책을 쓰라는 압력을 받았다. 강경책이란 당연히 전쟁을 의미했다. 기업들이 호황을 맞았고, 물가가 오르기 시작했다. 영국의 구매 대리인들은 전국을 돌아다니면서 식량과 옷감, 금속, 화공약품 등을 사들였다. 전국이 흥분의 열기에 휩싸여 있었다. 사람들은 전쟁을 계획하면서도 실제로 전쟁이 일어나리라고는 믿지 않았다. 살리나스 계곡 주민들의 생활도 여느 때와 다름없었다.

2

칼은 아론과 함께 학교를 향해 걷고 있었다.

"너 꽤 피곤해 보이는구나."

아론이 말했다.

"그래?"

"어젯밤에는 새벽 4시에 들어오는 소리가 들리더라. 그렇게 늦게까지 뭘 한 거야?"

"그냥, 생각 좀 하면서 돌아다녔어. 학교를 그만두고 농장으로 돌아가면 어떨까?"

"뭘 하러?"

"우리 둘이 아버지를 위해 돈을 벌 수 있지 않겠어?"

"난 대학에 진학할 거야. 지금이라도 당장 떠났으면 좋겠어. 다들 우리를 비웃고 있잖아. 난 이 도시를 떠나고 싶어."

"미쳤군."

"난 미치지 않았어. 돈을 잃은 건 내가 아니야. 그 빌어먹을 상추 아이디어를 낸 건 내가 아니라고. 그런데도 사람들은 마치 내가 일을 저지르기나 한 것처럼 날 비웃고 있어. 그러나저러나 날 대학에 보낼 돈이나 있는지 모르겠군."

"아버지가 일부러 돈을 잃은 건 아니잖아."

"어쨌든 돈을 날린 건 사실이야."

"대학에 가려면 올해하고 내년까지 공부를 끝내야 하잖아."

"지금 내가 그걸 모를까 봐 하는 소리냐?"

"열심히 공부한다면 내년 여름에 입시를 치르고 가을에 대학에 들어갈 수 있을지도 몰라."

칼의 말에 아론이 몸을 홱 돌렸다.

"난 그렇게 못 해!"

"내 생각엔 할 수 있을 것 같은데. 교장 선생님한테 상의해 보지 그래? 롤프 신부님도 틀림없이 도와줄 거야."

아론이 말했다.

"나는 이곳을 떠나고 싶어. 다시는 돌아오고 싶지 않아. 사람들은 아직도 우리를 '상추 대가리'라고 놀려. 우리를 비웃는다고."

"에이브라는 어떻게 하고?"

"에이브라야 최선의 길을 택하겠지."

칼이 물었다.

"에이브라는 형이 떠나기를 바랄까?"

"그 아인 내가 하자는 대로 할 거야."

칼은 잠시 동안 생각에 잠겼다.

"지금부터 내 얘기 잘 들어. 나는 지금부터 돈을 벌어 볼 생각이야. 형이 열심히 공부해서 1년 앞당겨 시험에 통과하면 대학을 졸업할 때까지 내가 도와줄게."

"그게 정말이야?"

"물론이지."

"그럼 지금 당장 교장 선생님한테 가서 의논해 봐야겠어."

아론이 발걸음을 재촉했다.

"형, 잠깐 기다려! 할 말이 있어. 만일 교장 선생님이 동의하더라도, 아버지한테는 당분간 비밀이야."

"왜?"

"대학에 합격한 뒤에 형이 직접 말씀드리면 얼마나 멋질까 싶어서."

"그러나저러나 마찬가지일 것 같은데?"

"그래?"

"마찬가지야. 바보 같은 생각이라고."

칼은 문득 이렇게 소리치고 싶은 충동을 느꼈다. '나는 우리 엄마가 누구인지 알아. 형에게 보여 줄 수도 있어!' 이 말은 아론의 폐부 깊숙이 꽂힐 것이다.

수업 시작을 알리는 종이 울리기 전, 칼은 복도에서 에이브라와 마주쳤다.

"아론에게 무슨 일이 있는 거야?"

칼이 물었다.

"난 몰라."

"아니, 넌 알고 있어."

"그 앤 환상에 빠져 있어. 그 신부 때문이야."

"집에 갈 때 아론과 같이 가지?"

"응. 나는 그 애 마음속을 속속들이 알고 있어. 그 앤 환상에 빠진 거야."

"형은 아직도 상추 사건을 부끄럽게 생각하고 있어."

"나도 알아."

에이브라가 말했다.

"내가 계속 잊어버리라고 말하는데도 소용없어. 어쩌면 그 일을 즐기고 있는지도 몰라."

"그게 무슨 뜻이야?"

"아무것도 아니야."

에이브라가 얼버무리듯 말했다.

그날 밤, 저녁 식사를 끝낸 뒤 칼이 아버지에게 말했다.

"아버지, 금요일 오후에 농장에 가 보고 싶은데 괜찮을까요?"

애덤은 의자에 앉은 채 고개만 돌렸다.

"거긴 뭐 하러?"

"그냥 한번 둘러보고 싶어서요."

"아론도 같이?"

"아뇨. 저 혼자 갈래요."

"가지 못할 이유야 없지. 리, 칼이 농장에 가면 안 되는 이유가 있다고 생각하나?"

"그야 없죠."

리가 칼의 눈치를 살피며 물었다.

"농사짓는 일을 진지하게 생각하는 거야?"

"네. 아버지, 그 땅을 넘겨주면 제가 한번 농사를 지어 보겠어요."

"임대 기간이 1년 이상 남았는데?"

애덤이 말했다.

"그 후엔 제가 농사를 지어도 돼요?"

"학교는 어떻게 하고?"

"그때쯤이면 졸업을 하죠."

"글쎄, 좀 더 생각해 보자."

애덤이 한 마디 덧붙였다.

"너도 대학에 가고 싶어질지 모르니까."

칼이 현관문 쪽으로 향했다. 리가 밖으로 따라 나왔다.

"무슨 생각을 하고 있는 건지 말해 줄 수 있겠니?"

"그저 농장을 한번 둘러보고 싶을 뿐이에요."

"알았다. 난 빠지라 이거지?"

리가 돌아서서 집 안으로 들어가려다 말고 소리쳤다.

"칼!"

소년이 걸음을 멈췄다.

"무언가 걱정되는 게 있지?"

"아뇨."

"네가 필요하다면 내게 5000달러가 있단다."

"제가 그 돈이 왜 필요한데요?"

"글쎄다."

리가 중얼거렸다.

3

월 해밀턴은 차고 안에 유리 칸막이를 한 새장 같은 자기 사무실을 좋아했다. 그는 자동차 대리점 이외에도 여러 분야의 사업에 관심을 가졌으나 다른 사무실을 차리지는 않았다. 네모난 유리 사무실 밖에서 일어나는 일들에 호기심이 많았던 그는 차고의 소음을 방지하기 위해 이중유리를 끼웠다.

윌은 붉은색 가죽을 씌운 커다란 회전의자에 앉아 대부분의 시간을 보내며 자기 인생을 즐겼다. 동부에서 광고업으로 성공한 그의 동생 조에 대해 사람들이 얘기를 하면, 그는 항상 자신은 작은 연못의 큰 개구리라고 짐짓 겸손하게 말했다.

"난 그저 시골 촌놈이라 대도시로 진출하기가 겁나."

그는 이렇게 말했을 때 으레 사람들에게서 터져 나오는 웃음소리를 좋아했다. 그 웃음은 친구들이 그의 부를 인정하고 있다는 증거였기 때문이다.

어느 토요일 아침, 칼이 그를 만나러 왔다. 윌의 당황해 하는 표정을 보고 그가 자기소개를 했다.

"저는 칼 트래스크입니다."

"아, 그렇군. 이제 제법 청년 티가 나는군 그래. 아버지와 같이 왔나?"

"아닙니다. 저 혼자 왔어요."

"일단 앉게. 아직 담배는 안 피우지?"

"가끔씩 피웁니다. 시가는 아니고 궐련을 피우죠."

윌이 뮤라즈 담뱃갑을 책상 위로 내밀었다. 칼은 담뱃갑을 열었다가 도로 닫았다.

"지금은 피우지 않겠어요."

윌은 까무잡잡한 소년의 얼굴을 바라보았다. 어쩐지 그가 마음에 들었다. 꽤 영리한 녀석이라는 생각이 들었다.

"머지않아 사업에 뛰어들어도 되겠군."

"네. 고등학교를 졸업하면 농장을 운영해 볼 생각입니다."

"농사일을 해서는 돈을 못 벌지. 농사꾼은 돈을 벌지 못해.

농사꾼한테서 물건을 사서 되파는 사람이 돈을 버는 거야. 농사를 지어서는 결코 큰돈은 벌 수 없어."

월은 소년이 자신을 유심히 살피면서 시험해 보고 관찰하고 있다는 것을 눈치 챘다. 그 점이 더욱 마음에 들었다.

칼은 이미 작정한 바가 있었지만, 먼저 이렇게 말했다.

"해밀턴 아저씨, 아직 아이가 없으시죠?"

"아쉽게도 그렇단다. 아주 속상해. 그런데 그런 걸 왜 묻지?"

칼은 그의 질문을 무시하고 다시 물었다.

"제게 충고를 해 주시겠어요?"

월은 아주 기뻤다.

"도움이 될 수 있다면야 나도 기쁘지. 알고 싶은 게 뭔가?"

칼은 더욱더 월 해밀턴의 마음에 들게 행동했다. 그는 솔직함을 무기로 내세웠던 것이다.

"전 큰돈을 벌고 싶어요. 어떻게 하면 되죠?"

월은 터져 나오려는 웃음을 간신히 참았다. 순진하기 짝이 없는 말이었지만, 칼이 천진하다고는 생각되지 않았다.

"그건 누구나 원하는 바이지. 그런데 자네가 말하는 큰돈이란 대체 얼마쯤인가?"

"2만 내지 3만 달러요."

"이런!"

월이 끼익 소리를 내며 의자를 앞으로 끌어당겼다. 그러고는 크게 웃었다. 비웃음은 아니었다. 칼도 월을 따라 살짝 웃었다.

윌이 물었다.

"그만한 돈을 벌려는 이유가 뭔지 알 수 있을까?"

"네."

칼이 뮤라즈 담뱃갑을 열고는 타원형의 코르크 필터가 달린 담배 한 개비를 꺼내 불을 붙였다.

"말씀드리죠."

윌이 흥미롭다는 표정으로 의자를 뒤로 젖혔다.

"저희 아버지가 큰돈을 잃으셨어요."

"알고 있네. 상추를 싣고 대륙 횡단을 하지 말라고 주의를 드렸지."

"그러셨어요? 왜 그러셨죠?"

"성공한다는 보장이 없었으니까. 사업가는 자기 자신을 보호해야 해. 사고가 일어나면 끝장이야. 그런데 사고가 났지. 어서 얘기를 계속해 보게."

"아버지가 잃은 돈만큼 벌어서 돌려드릴 생각입니다."

이 말에 윌의 입이 떡 벌어졌다.

"왜?"

"그냥 그러고 싶어요."

윌이 물었다.

"아버지를 좋아하나?"

"네."

윌의 살찐 얼굴이 일그러지면서 추억 하나가 싸늘한 바람처럼 그를 스치고 지나갔다. 과거가 천천히 되살아난 것이 아니라, 그 숱한 세월이 일순간에 섬광처럼 나타난 것이다. 하나의 풍경이, 감정이, 절망이 마치 고속 카메라가 세계를 멈추게 한 것처럼 그렇게 정지해 있었다. 새뮤얼 해밀턴이 새벽녘 하늘로 날아오르는 제비처럼 근사한 모습으로 번쩍 나타났다가 이내 사라졌다. 어두운 불꽃처럼 찬란하고 사색적인 톰, 혁명의 기운을 탄 유나, 사랑스러운 몰리, 웃음이 많은 데시, 꽃향기처럼 방 안을 가득 채우는 달콤함을 지닌 잘생긴 조지, 그리고 귀여운 막내둥이 조까지, 모두들 아무런 노력 없이도 가족에게 소중한 선물을 안겨 주었었다.

형제들은 저마다 자기만의 비밀스러운 고통의 상자를 끌어안고, 누구에게도 내색하지 않았다. 윌도 자신의 속마음을 감춘 채 실없이 껄껄 웃으며 심술궂은 성질을 억누르고 시기심을 드러내지 않으려고 애썼다. 그는 스스로를 느리고 멍청하고 보수적이며 평범한 사람이라고 생각했다. 큰 욕망에 취해 본 적도 없고, 절망에 싸여 허우적거려 본 적도 없었다. 그는 항상 주변을 맴돌면서 신중함과 이성, 성실함이라는 타고난 재능으로 가족이라는 테두리에 힘겹게 매달려 왔다. 장부를 정리하고, 변호사를 대고, 장의사를 부른 사람도 그였고, 그 비용을 지불한 사람도 그였다. 다른 식구들은 자신들이 윌을 필요로 한다는 사실조차 깨닫지 못했다. 윌은 돈을 벌고 그 돈을 지키는 데 재능이 있었다. 그 유일한 재능 때문에 해밀턴 가 사람들 모두가 자신을 얕잡아 본다고 그는 생각했다. 그럼에도 불구하고 그는 끈질기게 가족을 사랑했다. 가족들이 실수를 저질렀을 때 구하기 위해 그는 항상 돈을 들고 그들의 곁을 지켰다. 그는 가족들이 자신을 부끄럽게 여긴다고 생각했고, 그들로부터 인정을 받기 위해 지독하게 노력했다. 이 모든 것이 얼음처럼 차디찬 바람이 되어 그의 온몸을 훑고 지나갔다.

칼을 바라보는 그의 약간 튀어나온 두 눈이 축축하게 젖어 있었다.

"해밀턴 씨, 왜 그러세요? 어디가 불편하세요?"

월은 가족들의 존재를 느끼긴 했지만 이해하지는 못했다. 해밀턴 가족들도 이해와는 상관없이 그저 그를 받아들였다. 그러던 차에 지금 이 소년이 나타난 것이다. 월은 소년을 이해하고 느끼고 인정했다. 이 소년이 자신의 아들이나 동생 또는 아버지였다면 얼마나 좋았을까. 차디찬 바람결 같은 옛 추억이 칼을 향한 온정으로 변했다. 그러자 문득 배가 뒤틀리고 무언가가 폐부를 깊이 찌르는 듯한 느낌이 들었다.

월은 일부러 유리 사무실 쪽으로 관심을 돌렸다. 칼은 의자에 앉아 잠자코 기다렸다. 월은 자신이 얼마나 오랫동안 침묵을 지키고 있었는지 알지 못했다.

"생각 좀 하느라 그랬네."

그가 더듬거리듯 말했다. 그러고는 근엄한 목소리로 말을 이었다.

"자네가 내게 질문을 했지? 알다시피 나는 사업가네. 그래서 무엇이든 거저 주는 법은 없어. 돈을 받고 팔아야 하니까."

"알고 있습니다."

칼은 긴장을 늦추지 않았다. 그러나 월 해밀턴이 자신에게 호감을 갖고 있다는 것을 느낄 수 있었다.

월이 말했다.

"알고 싶은 게 있는데, 솔직히 대답해 주겠나?"

"글쎄요."

칼이 대답했다.

"마음에 드는군. 질문을 들어 보지도 않고 딱 잘라 대답할 순 없겠지. 아주 영리한 태도야. 정직하기도 하고. 이봐, 자네에겐 형이 하나 있지? 아버지는 자네보다 형을 더 좋아하고 말이야?"

"다들 그렇죠."

칼이 차분하게 말했다.

"누구나 아론을 좋아해요."

"자네는 어떤가?"

"좋아합니다. 적어도…… 그래요, 좋아해요."

"적어도라니?"

"가끔씩 형이 멍청하다고 생각되는 때가 있긴 하지만, 어쨌든 그를 좋아해요."

"그럼, 아버지에 대해선 어떻게 생각하나?"

"그분을 사랑합니다."

칼이 대답했다.

"그런데 아버지는 형을 더 좋아하는군?"

"잘 모르겠어요."

"아버지가 잃은 돈만큼 벌어서 갖다 드리고 싶다고 했는데, 이유가 뭐지?"

평소 같으면 경계하듯 눈을 가느다랗게 떴겠지만 지금 칼은 눈을 크고 둥그렇게 뜨고 있었다. 마치 사방을 살피고 월의 속마음을 꿰뚫어 보려는 듯이. 칼은 가능한 한 본심을 털어놓을 작정이었다.

"아버지는 선량한 분이에요. 하지만 전 그렇지 못하기 때문에 아버지께 그것을 보상해 드리려는 겁니다."

"자네가 그렇게 하면 자네도 착한 사람이 되지 않겠나?"

"아뇨. 그래도 나쁘죠."

윌은 지금껏 이렇게 솔직하게 말하는 사람을 만나 본 적이 없었다. 그는 소년의 솔직함에 조금 당황스러우면서도 한편으로는 그토록 꾸밈이 없으니 믿을 만하다는 생각이 들었다.

"하나만 더 묻지. 반드시 대답하지 않아도 돼. 나라면 대답하지 않을 테니까. 내가 묻고 싶은 건…… 자네가 돈을 벌어 아버지에게 드렸다고 가정해 보자고. 그랬을 때, 과연 자네가 돈으로 아버지의 사랑을 매수하려 했다는 생각이 안 들까?"

"맞아요. 그런 생각이 들겠죠. 그리고 그게 사실일 겁니다."

"내가 알고 싶은 건 그것뿐이야. 이제 됐네."

윌이 몸을 약간 앞으로 숙이고, 핏줄이 펄떡이며 땀이 흐르는 이마에 손을 얹었다. 여지껏 살면서 지금처럼 마음이 혼란스러운 적은 없었다. 칼의 마음속에서는 조심스러운 승리감이 솟구쳐 올랐다. 칼은 자기가 승리했다는 사실을 깨닫고 그것을 내색하지 않으려 애썼다. 윌이 고개를 들고 안경을 벗어 물기를 닦았다.

"같이 밖으로 나갈까? 드라이브나 하지."

윌은 요즘 커다란 윈튼을 몰고 다녔다. 관처럼 기다란 보닛에 강력한 엔진이 요란한 소리를 내는 차였다. 그는 봄기운이 완연한 시골길을 따라 킹시티 남쪽으로 차를 몰았다. 눈앞에서 들종다리 한 마리가 포드닥 날아오르더니 철조망 위에 앉아 노래를 불렀다. 봉우리에 흰 눈을 뒤집어쓴 피코블랑코산이 서쪽 하늘을 배경으로 우뚝 솟아 있고, 방풍림으로 계곡을 가로질러 심은 유칼리나무가 새로 돋아난 은빛 잎사귀를 번뜩이고 있었다.

트래스크 농장으로 들어가는 샛길에 이르자 윌이 길 옆에 차를 세웠다. 킹시티를 벗어난 이래 그는 단 한 마디도 하지 않았다. 대형 엔진이 나지막하게 부르릉거리는 소리를 냈다.

윌이 똑바로 앞을 응시하면서 말했다.

"칼, 나하고 파트너가 되어 볼 생각이 있나?"

"네."

"그런데 난 돈 없는 파트너는 싫어. 내가 돈을 빌려줄 수는 있지만, 그럼 꼭 골치 아픈 문제가 생기거든."

"저도 돈을 구할 수 있어요."

"얼마나?"

"5000달러요."

"그래? 믿어지지 않는데."

칼은 잠자코 있었다.

"좋아. 믿도록 하지. 빌릴 생각인가?"

"네."

"이자는?"

"무이자예요."

"수완 한번 좋군. 어디서 빌릴 건데?"

"그건 말씀드릴 수 없습니다."

윌은 고개를 저으면서 웃었다. 기분이 무척 좋았다.

"바보짓을 하는 건지는 모르겠지만, 자네를 믿겠네. 사실 난 멍청하지 않지."

그가 엔진을 빠르게 회전시키다가 다시 늦추었다.

"자네 신문을 읽나?"

"읽습니다."

"이제 곧 언제든 우리는 전쟁에 끼어들 거야."

"그럴 것 같더군요."

"많은 사람들이 그렇게 예상하지. 자네, 요즘 콩 값이 얼마나 하는지 아나? 살리나스에서 콩 100자루를 얼마에 팔 수 있다고 생각하나?"

"확실치는 않지만 킬로그램당 6센트 내지 7센트는 받지 않을까요?"

"확실치 않다는 건 무슨 말이야? 그걸 어떻게 알았지?"

"아버지께 농장을 경영해 보겠다고 말씀드릴 생각이거든요."

"그렇군. 하지만 자네는 농사일은 못할 거야. 그러기엔 머리가 너무 좋으니까. 자네 부친의 소작인은 란타니라는 친구야. 스위스계 이탈리아인인데 꽤 훌륭한 농사꾼이지. 그는 500에이커 정도를 경작하고 있어. 만일 우리가 킬로그램당 10센트를 보장해 주고 씨를 빌려주면 그는 콩을 심을 거야. 그런 조건이라면 누구든 나설 테니까. 그렇게 하면 우리는 콩밭을 5000에이커쯤 계약할 수 있지."

칼이 말했다.

"시장 가격이 킬로그램당 6센트인데 10센트짜리 콩으로 뭘 어쩌시겠다는 거예요? 아차, 그렇지! 그러나 그걸 어떻게 장담하죠?"

월이 말했다.

"우리는 파트너지?"

"그렇습니다."

"그럼 그냥 월이라고 부르게!"

"알겠어요, 월."

"5000달러를 언제까지 구할 수 있나?"

"다음 주 수요일까지요."

"자, 악수하세!"

다부진 체구의 남자와 깡마르고 까무잡잡한 소년이 진지하게 악수를 나누었다.

월이 칼의 손을 잡고 말했다.

"이제 우리는 동업자가 된 거야. 난 영국 구매 대리인과 접촉할 수 있고 병참 본부에도 아는 친구가 있어. 말린 콩을 킬로그램당 20센트나 그 이상에 확실히 팔 수 있을 것이네."

"그게 언제죠?"

"계약서에 서명하기 전이라도 팔릴 거야. 자, 이제 자네가 살던 농장으로 가서 란타니에게 직접 말해 보겠나?"

"그러죠."

월이 윈튼에 이중 클러치를 넣자 커다란 녹색 차는 부르릉거리며 샛길로 들어갔다.

42장

1

전쟁이란 항상 남의 일처럼 생각되기 마련이다. 살리나스 사람들은 미국이 세계에서 가장 크고 가장 힘이 센 국가라고 믿었다. 미국인은 모두 타고난 명사수라서 전쟁터에 나가면 미국인 한 사람이 외국인 10명, 아니 20명쯤은 거뜬히 상대할 수 있다고 생각했다.

미국의 퍼싱 장군이 멕시코의 반군 지도자 빌라를 뒤쫓은 멕시코 원정은 한동안 미국의 신화를 뒤바꿔 놓았다. 미국인들은 멕시코 사람들이 총도 제대로 쏘지 못하고 게으르며 멍청하다고 믿고 있었다. 그러나 전선에서 지친 몸으로 돌아온 미 기병 중대는 그 믿음이 사실과 다르다고 증언했다. 멕시코인들은 기막힌 명사수였다. 빌라가 이끄는 기병대는 미국 기병대보다 말도 잘 타고 지구력도 대단했다. 한 달에 두 번 하는 훈련으로는 강인한 군대를 탄생시킬 수 없었다. 멕시코인들은 블랙잭 퍼싱 장군보다 전술이 뛰어난 복병이었다. 더구나 그들이 동맹군인 이질(痢疾)과 합세했을 때, 그 위력은 정말 대단했다. 젊은 미군들 가운데 일부는 몇 년 동안이나 회복되지 못했다.

어쨌든 우리는 독일인들을 멕시코인들과 연관시키지 않았다. 우리는 곧 옛 신화를 되새겨, 미국인 한 명이 독일인 20명을 대적할 수 있다고 생각했다. 그러므로 미국이 강력히 나가기만 한다면 이내 독일의 황제가 굴복하리라고 믿었다. 우리는 감히 독일이 우리의 무역을 방해하지는 못할 거라고 생각했지만, 그들은 방해했다. 우리는 독일이 위험을 무릅쓰고 미국의 배를 침몰시키지는 못할 거라고 생각했지만, 그들은 우리 배를 침몰시켰다. 무모한 짓이었지만 사실이 그랬다. 따라서 미국은 독일과 전면전을 벌일 수밖에 없었다.

아무튼 처음에는 전쟁을 남의 일이라고 생각했었다. 우리들, 나, 내 가족, 친구들은 관중석에 앉아 있는 기분이었고, 전쟁은 꽤 흥분을 자아냈다. 우리에게 전쟁이 항상 남의 일이었던 것처럼, 전쟁에서 죽는 사람들도 항상 나와는 상관없는 사람들이었다. 그런데 이게 어찌된 일인가! 그것도 사실이 아니었다. 끔찍한 전보가 하나둘씩 날아들기 시작했다. 비보의 주인공은 바로 우리들의 형제였다. 우리는 분노와 소음의 현장에서 1만 킬로미터 이상이나 떨어져 있었으나 여전히 안심할 수 없었다.

상황은 전혀 재미있지 않았다. 자유여성단이 흰색 샤크스

킨[8]으로 만든 모자와 제복을 입고 행진을 벌였다. 우리 삼촌은 7월 4일 독립기념일 연설문을 다시 써서 들고 다니며 국채를 파는 데 이용하곤 했다. 고등학생들은 국방색 제복과 운동모 차림으로 물리 교사로부터 기초 총검술을 배웠다. 그러나 아뿔싸! 내 여동생이 세 살 때부터 사랑해 왔던, 길 건너 사는 잘생긴 마티 호프가 전장에서 산화하고 만 것이다.

홀쭉하게 키만 크고 다부지지 못한 청년들이 옷가방을 들고 중심가를 가로질러 서던퍼시픽 역을 향해 어설픈 행진을 벌였다. 그들의 얼굴은 모두 양처럼 유순해 보였다. 살리나스 악대가 앞장서서 「성조기여, 영원하라」를 연주했다. 그러나 옆에서 따라가는 가족들이 모두 울먹이는 바람에 음악은 마치 장송곡처럼 들렸다. 징집된 젊은이들은 어머니의 얼굴을 보려고 하지 않았다. 감히 바라볼 수가 없었던 것이다. 그 누구도 전쟁이 우리에게 현실로 닥치리라고는 생각지 못했다.

살리나스의 당구장이나 술집에서는 은밀히 수군거리는 사람들이 생겨나기 시작했다. 그들이 어느 군인에게서 들은 바로는 진실이 은폐되고 있다는 것이었다. 미군은 무기도 없이 전선에 투입되고 있고, 군 수송선이 격침되었는데도 정부가 공식 발표를 꺼리고 있다, 독일군이 미군보다 훨씬 우세하여 우리가 승리할 가망은 전혀 없다, 독일 황제는 머리가 비상한 사람으로 미국 본토까지 침공할 계획을 세우고 있다……. 그렇다면 윌슨 대통령은 이 사실을 국민에게 알릴 것인가? 그

---

8) 상어 껍질처럼 거칠거칠한 질감의 직물.

렿지 않을 것이다. 대개 이런 소문을 퍼뜨리는 몹쓸 인간들은 미군 한 명이 독일군 20명과 맞먹는다고 떠들어 대던 바로 그 자들이었다.

이국적인 제복 차림(그러면서도 정말 멋있다.)의 영국인들이 몇 명씩 무리를 지어 전국을 돌아다니면서 그 자리에 못 박힌 것이 아니면 무엇이든 엄청난 돈을 주고 사들였다. 영국 구매인들 중 상당수가 다리를 절뚝거렸지만, 다른 이들과 똑같이 제복을 입고 다녔다. 그들은 다른 무엇보다 콩을 구입하려고 했다. 콩은 수송하기도 쉽고 잘 썩지 않아서 비상식량으로는 제격이었기 때문이다. 콩의 시세는 킬로그램당 25센트였지만 그 가격에도 구하기가 쉽지 않았다. 6개월 전, 고작 킬로그램당 4센트에 계약을 맺었던 농부들은 후회막급이었지만, 당시에는 그것도 시세보다 좋은 가격이었기 때문에 달리 할 말은 없었다.

살리나스 계곡뿐 아니라 전국적으로 유행하는 노래가 바뀌었다. 처음에는 적을 쳐부수고 독일 황제를 교수형에 처하고, 대륙으로 진군하여 외국 놈들이 만들어 놓은 난장판을 정리한다는 내용이었다. 그러다가 갑자기 노래가 바뀌었다.

전쟁의 핏빛 저주 속에 적십자 간호사가 서 있네.
그녀는 지옥 속에 핀 한 떨기 장미.
'여보세요. 천당과 연결해 주세요. 우리 아빠가 거기 계시니까요.'
새벽녘 희미한 불빛 아래 아가의 기도.

아가는 이층으로 올라가 기도를 올리네.
'하느님! 우리 아빠 몸조심하라고 전해 주세요.'

　그 시절 우리는 첫 한 방에 코를 된통 얻어맞은, 거칠지만
경험이 부족한 사춘기 소년과 같았다. 상처는 아팠다. 우리는
그 상처가 어서 빨리 낫기를 바랐다.

43장

1

늦여름 어느 날, 리가 커다란 장바구니를 든 채 외출에서 돌아왔다. 리는 살리나스에 살면서부터 보수적인 미국인처럼 옷을 입었다. 외출을 할 때면 늘 검은색 포플린 양복을 입었다. 새하얀 셔츠에 칼라는 높고 빳빳했으며, 한때 남부 상원의원들의 상징이었던 폭이 좁은 검은색 줄무늬 타이를 즐겨 맸다. 모자 역시 검은색에 머리 부분이 둥글고 챙이 곧았으며, 위쪽은 변발을 말아 넣을 수 있을 만큼 봉긋했다. 그의 옷차림은 흠잡을 데 없이 말끔했다. 언젠가 애덤이 리의 멋진 옷차림에 대해 한마디 하자, 리가 이를 드러내고 빙긋 웃었다.

"저로선 그럴 수밖에 없어요."

그가 말했다.

"부자들은 당신처럼 아무렇게나 옷을 입어도 상관없죠. 하

지만 저처럼 가난한 사람은 어쩔 수 없이 옷을 잘 입어야 해
요.”

“가난하다니!”

애덤이 소리쳤다.

“우리가 파산 지경에 이르면 자네가 돈을 빌려줄 거라 믿고
있는데?”

“그럴지도 모르겠군요.”

그날 오후, 리가 무거운 장바구니를 바닥에 내려놓으며 말
했다.

“동과 수프를 만들어 보려고요. 중국식 요리죠. 차이나타운
에 사는 사촌이 요리법을 일러 주었어요. 사촌은 폭죽 장사도
하고 팬탠 노름집도 운영하지요.”

“난 자네한테 친척이 전혀 없는 줄 알았는데.”

“중국인들은 모두가 제 친척이에요. 그중에서도 ‘리’라는 성
을 가진 사람이 가장 가깝긴 하지만요. 제 사촌은 수에이 동
이랍니다. 최근에 건강이 좋지 않아 하던 일은 그만두고 요리
를 배웠대요. 항아리에 동과를 세워 놓고 꼭지를 조심스럽게
자른 다음 속을 파내고 그 안에다가 통닭 한 마리와 버섯, 물
밤, 파, 그리고 생강을 약간 넣어요. 그러고는 다시 멜론 꼭지
를 덮고 이틀 동안 뭉근한 불에 푹 고는 거예요. 그러니 맛이
없을 수가 없지요.”

애덤은 의자에 기대어 깍지 낀 두 손을 뒤통수에 받친 채
로 천장을 올려다보며 웃고 있었다.

“좋아, 좋아.”

"제 말은 귀담아듣지도 않으셨잖아요."

리가 말했다.

그러자 애덤이 몸을 똑바로 일으켜 세우면서 말했다.

"사람들은 자기 자식에 대해서 잘 안다고 생각하지만 사실은 전혀 그렇지가 않단 말이야."

리가 빙긋 미소를 지었다.

"아이들에게 일어난 사소한 일들을 모르고 지나간 적이 있었나 보죠?"

애덤이 소리 내어 웃었다.

"우연히 알게 됐어. 올여름에 아론이 도통 집에 붙어 있질 않기에 놀러 나가는 줄만 알았지."

"놀다니요! 아론은 최근 몇 년째 놀아 본 적이 없어요."

"글쎄. 그 애가 뭘 했든……."

애덤이 말을 이었다.

"늘 킬커니 씨를 만났어. 왜 녀석의 고등학교 선생 있잖나. 그 선생 말이 내가 다 알고 있는 줄 알았대. 자네 아론이 요즘 뭘 하는지 아나?"

"모르는데요."

리가 대답했다.

"아론은 내년에 할 공부를 미리 다 마쳤어. 대학 입학시험을 봐서 1년을 벌 생각이래. 킬커니 선생은 녀석이 시험에 합격하리라고 확신한다는구먼. 자네는 이 문제를 어떻게 생각하나?"

"대견한 일이군요. 그런데 그렇게 하는 이유가 뭐죠?"

"1년을 벌기 위해서라니까."

"1년을 벌어서 뭘 하려고요?"

"이봐, 리. 그 애에겐 야심이 있어. 그래도 모르겠나?"

"모르겠는데요."

리가 말했다.

"녀석은 그 문제에 관해 나한테 한 번도 말한 적이 없어. 동생은 알고 있는지 모르겠군."

"아마 우리를 깜짝 놀라게 해 주려나 보죠. 그러니 먼저 말을 꺼내서는 안 되겠군요."

"자네 말이 옳아. 리, 알고 있나? 나는 아론이 자랑스러워. 정말이지 대견해. 녀석을 생각하면 기분이 좋아진다니까. 칼에게도 야심이 있다면 좋을 텐데……."

"야심이 있을지도 모르죠."

리가 말했다.

"칼도 어떤 비밀을 갖고 있을지 몰라요."

"그럴지도 모르지. 그러고 보니 요즘엔 그 녀석 얼굴도 자주 못 보겠군. 그 애가 그렇게 밖으로 나돌아 다녀도 괜찮을까?"

"칼은 자기 자신을 찾기 위해 애쓰고 있어요. 그런 개인적인 숨바꼭질은 흔한 일이죠. 어떤 사람은 평생 자아를 찾지 못한 채 방황하기도 해요. 절망적으로 헤매기만 하는 거죠."

"어쨌든 생각 좀 해 보자고."

애덤이 말했다.

"꼬박 1년 공부를 미리 해치우다니……. 아론이 얘기를 꺼내면 근사한 선물이라도 해 줘야 할 텐데, 뭐가 좋을까?"

"금시계를 사 주시죠."

리가 말했다.

"바로 그거야! 금시계를 하나 사서 글자를 새겨 넣어 준비해 두어야겠네. 뭐라고 새길까?"

"보석상에서 말해 줄 겁니다."

리가 계속해서 말했다.

"이틀 후에 닭을 꺼내 뼈만 발라내고 살코기는 도로 집어넣어야 해요."

"닭이라니?"

"동과 수프 말입니다."

"이봐, 아론을 대학에 보낼 돈은 충분한가?"

"우리가 아껴 쓰고, 그 애도 사치스러운 생활을 하지 않는다면요."

"사치를 부릴 녀석이 아니야."

"저도 제가 그런 사람이 아닌 줄 알았는데, 지금 보면 그러고 있는걸요."

리는 자신의 양복저고리 소매를 감탄의 눈으로 바라보았다.

2

세인트폴 성공회 교회의 사제관은 넓고, 그런 만큼 주위가 산만했다. 원래는 대가족을 거느린 성직자를 위해 지은 건물이었다. 롤프 신부는 미혼인 데다 검소하고 깔끔한 것을 좋아해서 대부분의 방을 사용하지 않고 잠가 놓았다. 그러나 아론이 공부할 장소를 필요로 하자, 그가 커다란 방 하나를 내주고 공부에 전념하도록 도와주었다.

롤프 신부는 아론을 좋아했다. 아론의 천사처럼 아름다운 얼굴과 부드러운 두 뺨, 날씬한 엉덩이, 길게 쭉 뻗은 다리 등 모든 것이 마음에 들었다. 그는 그 방에 앉아서 학구열에 불타 긴장한 아론의 얼굴을 지켜보는 것을 좋아했으며, 아론이 왜 자기 집에서는 차분하게 앉아서 공부에 열중할 수 없는지 이해했다. 롤프 신부는 아론이야말로 자신의 창조물이자 영적인 아들이며, 교회에 대한 봉헌이라고 생각했다. 그는 아론을 도와 독신 생활의 어려움을 극복하게 하고, 그를 잔잔한 물가로 인도해 주고 있다고 느꼈다.

그들은 종종 오랜 시간 격의 없는 대화를 나누곤 했다.

"나도 내가 비판을 받고 있다는 걸 안다."

롤프 신부가 말했다.

"난 다른 사람들과 달리 엄격한 구교를 믿게 되었지. 누가 뭐래도 난 고백성사가 영성체에 못지않게 중요하다고 생각한단다. 명심해라. 나는 언젠가 고백성사 의식을 부활시킬 거야. 천천히, 아주 조심스럽게 말이다."

"저도 나중에 신부가 되면 그렇게 하겠어요."

"그렇게 하려면 남다른 능력이 필요하지."

아론이 머뭇거리며 말을 이었다.

"저…… 이런 말씀드려도 좋을지 모르겠지만, 우리 교회에도 아우구스티누스회나 프란체스코회 같은 수도회가 있었으면 좋겠어요. 은둔할 장소 말예요. 가끔 저 자신이 불결하다는 느낌이 들어요. 그 불결함에서 벗어나 깨끗해지고 싶어요."

"네가 어떤 기분인지 알겠다."

롤프 신부가 진지하게 말했다.

"그러나 그 점에 관한 한, 네게 전적으로 동의할 수 없단다. 우리 주 예수께서는 성직자가 현실 세계에 봉사하지 않고 물러서는 걸 원치 않으신다. 우리가 복음을 전하고, 병든 자와 가난한 자를 돕고, 심지어 죄인을 악의 구렁텅이에서 구하기 위해서라면 스스로 그 안에 빠져 들어가기를 주님께선 바라신단다. 우리는 주께서 스스로 보이신 모범을 항상 기억해야 해."

신부의 두 눈이 빛나기 시작했다. 목소리 또한 설교할 때처럼 쩌렁쩌렁 울렸다.

"아마 이런 말은 너한테 하지 말아야 할 것이고, 또 이런 말을 하는 나도 결코 자랑스럽지는 않단다. 하지만 이 얘기 속에는 일종의 영광된 부분이 있지. 지난 5주 동안 한 여인이 저녁 미사에 참석했단다. 네가 있는 성가대 자리에서는 안 보였을 거다. 그 여인은 항상 왼쪽 맨 뒷줄에 앉아 있었으니까. 그래, 어쩌면 너도 봤겠구나. 그녀는 맨 구석 자리에 앉아 있었어. 늘 베일을 쓰고 다니는 그 여인은 내가 퇴장 성가를 마치고 돌아오기 전에 자리를 떠나지."

"그 여자가 누군데요?"

아론이 물었다.

"글쎄, 너도 이런 것들을 알아 두어야 할 거다. 그동안 아주 신중하게 조사해 보았는데, 너는 아마 상상도 못 할 거다. 그 여인은…… 사창가 주인이다."

"이곳 살리나스에요?"

"그래, 이곳 살리나스에."

롤프 신부는 몸을 앞으로 숙였다.

"아론, 네가 반감을 품는 걸 이해한다. 그걸 극복해야만 해. 주님과 성모님을 늘 기억해라. 잘난 척하려는 게 아니라, 난 진심으로 그 여인을 일으켜 세워 줄 거다."

"그런 여자가 교회에서 원하는 게 뭔데요?"

아론이 채근했다.

"그야 우리가 마땅히 주어야 하는 것, 즉 구원이겠지. 그녀를 구원하려면 대단한 노력이 필요할 거야. 그 과정이 어떨지 짐작하고도 남는다. 내 얘기 잘 들어라. 이런 사람들은 대부분 겁이 많단다. 언제고 그 여인은 내 문을 두드리며 받아 주기를 간청할 거다. 아론, 나는 나 자신이 현명하고 끈기 있기를 바랄 뿐이다. 내 말을 믿어라, 아론. 길 잃은 영혼이 광명을 찾는 순간이야말로 성직자로서 가장 지극하고 아름다운 경험을 맞보는 순간이란다. 그게 바로 우리가 존재하는 이유지. 그것 때문에 우리가 살고 있는 거야, 아론."

롤프 신부가 힘겹게 숨을 고르며 덧붙였다.

"제발 실패하지 않게 해 달라고 하느님께 기도하고 있단다."

3

애덤 트래스크는 이번 전쟁을 이제는 희미하게 떠오르는 인디언 토벌 작전과 비교하여 생각해 보았다. 어느 누구도 대규모 전면전에 대해서는 알지 못했다. 리는 과거의 단편으로부터 미래의 양상을 점쳐 볼 수 있을까 싶어 유럽사를 열심히 읽었다.

라이자 해밀턴이 입가에 일그러진 미소를 지은 채 세상을 떠났다. 얼굴에 핏기가 가시자 광대뼈가 무서울 정도로 튀어나와 보였다.

애덤은 아론이 시험 결과를 알려 오기를 학수고대하고 있었다. 그는 묵직한 금시계를 손수건으로 잘 싸서 옷장의 맨 위 서랍에 넣어 두고는 가끔씩 태엽을 감으면서 자기 시계를 보고 정확한 시간을 맞추었다. 리는 애덤의 지시대로 발표일 저녁에 칠면조를 요리하고 케이크를 굽기로 했다.

"파티를 열 생각이네. 샴페인은 어떨까?"

애덤이 물었다.

"아주 좋습니다."

리가 말했다.

"클라우제비츠[9]가 쓴 책을 읽어 본 적이 있으십니까?"

"뭐 하는 사람인데?"

---

9) 프로이센의 군인이자 군사 이론가. 그가 쓴 『전쟁론』은 전쟁 이론의 고전으로 꼽힌다.

"썩 유쾌한 책은 아니에요."

리가 화제를 돌렸다.

"샴페인은 한 병이면 될까요?"

"그럼. 건배만 할 건데. 파티 기분을 내 보자는 거야."

애덤은 아론이 시험에 불합격하리라고는 꿈에도 생각지 않았다.

어느 날 오후, 아론이 집에 들어와서 리에게 물었다.

"아버지 어디 계시죠?"

"면도 중이신데."

"오늘 저녁은 집에서 안 먹을 거예요."

아론이 말했다.

욕실로 간 그는 애덤의 등 뒤에 선 채 거울에 비친 비누 거품투성이의 아버지 얼굴을 향해 말했다.

"롤프 신부님이 사제관에서 저녁 식사를 함께 하재요."

애덤은 화장지를 접어 면도날을 닦으면서 말했다.

"거 잘됐구나."

"목욕해도 돼요?"

"금방 나갈게."

아론이 거실을 지나면서 저녁 인사를 했다. 칼과 애덤은 멍하니 그의 뒷모습만 바라보았다.

"내 향수를 발랐군. 아직도 냄새가 나네."

칼이 말했다.

"파티가 맞긴 맞나 보구나."

애덤이 잠시 머뭇거렸다.

"저렇게 축하받길 원한다고 해서 형을 욕하고 싶진 않아요. 아주 힘든 일을 해냈으니까요."

"축하라니?"

"시험 말예요. 형이 말씀 안 드렸어요? 형은 시험에 합격했어요!"

"아, 그렇지! 시험……."

애덤이 말했다.

"으응, 얘기 들었다. 아주 잘했어. 애비는 그 애를 자랑스럽게 생각한단다 그래서 금시계를 사 줄끼 헤."

칼이 날카롭게 물었다.

"형이 말씀 안 드렸군요?"

"아니야, 했어! 오늘 아침에 말했다니까."

"아침엔 형도 결과를 몰랐어요."

칼이 그렇게 말하고는 자리에서 일어나 밖으로 뛰쳐나갔다.

그는 점점 더 짙어지는 어둠 속을 빠르게 걸어 센트럴애비뉴를 벗어났다. 공원을 거쳐 스톤월 잭슨 스마트 상점을 지나, 가로등이 끝나는 곳까지 갔다. 거기서부터는 지방도로로 바뀌어 길은 톨로트 농장을 비켜 꺾어졌다.

밤 10시에 편지를 부치려고 나가던 리가 집 앞 현관의 맨 아래 계단에 앉아 있는 칼을 발견했다.

"무슨 일이야?"

그가 물었다.

"산책 좀 하고 왔어요."

"아론은?"

"저도 몰라요."

"아론에게 무슨 기분 나쁜 일이라도 있는 것 같구나. 우체국까지 같이 갔다 올까?"

"싫어요."

"왜 여기 앉아 있는 건데?"

"아론을 두들겨 패 주려고요."

"그러지 마라."

"왜요?"

"네가 그 애를 팰 수 있을 것 같지 않아서 그래. 되레 네가 죽도록 얻어맞을걸."

"그럴지도 모르죠."

칼이 중얼거리듯 말했다.

"개자식 같으니라고!"

"그런 말 하면 못써."

칼이 피식 웃었다.

"같이 가겠어요."

"너 클라우제비츠의 책을 읽어 본 적이 있니?"

"그런 이름도 처음 들어 보는데요."

아론이 집에 돌아왔을 때, 현관 맨 아래 계단에 앉아 있던 사람은 리였다.

"내 덕분에 얻어맞지 않은 줄이나 알아라."

리가 말했다.

"이리 와서 앉아라."

"들어가서 잘래요."

"앉으래두! 할 말이 있다. 왜 아버지한테 시험에 합격했다는 말씀을 안 드렸니?"

"아버지는 이해를 못 하실 테니까요."

"너 뒈지게 맞고 싶은 모양이구나."

"그런 상스러운 말은 싫어요."

"내가 왜 그런 말을 썼는지 알아? 괜히 그런 게 아니야. 아론, 네 아버지는 오늘만을 기다리며 살아오셨어."

"아버지가 그걸 어떻게 아셨죠?"

"네가 직접 말씀드렸어야 했다."

"아저씬 상관하지 마세요!"

"당장 아버지한테 가서 말씀드려라. 주무시면 깨워서라도 말씀드려. 아마 주무시진 않을 거다."

"싫어요."

리가 조용히 말했다.

"아론, 덩치가 너의 반밖에 안 되는 사람과 싸워 본 적 있니?"

"그게 무슨 말이에요?"

"세상에서 가장 난처한 일 중의 하나지. 그는 절대 물러나지 않을 테고, 그럼 너는 머지않아 그를 한 대 치게 될 거야. 그럼 문제가 아주 심각해지지."

"대체 지금 무슨 얘길 하는 거예요?"

"아론, 내가 시키는 대로 하지 않으면 너와 한판 붙어 볼 생각이다. 상상만 해도 우습지 않니?"

아론은 그냥 지나가려고 했다. 그러나 리가 그를 가로막으며 작은 주먹을 불끈 쥐었다. 그 모습이 하도 어색해서 그가 먼저 웃음을 터뜨리고 말았다.

"어떻게 싸우는 건지는 모르지만 그래도 한번 해 보련다."

리가 말했다.

아론은 신경질적으로 뒤로 물러섰다. 마침내 그가 계단 위에 주저앉자 리는 깊은 한숨을 내쉬었다.

"휴우, 겨우 끝났구나. 하늘이 도왔어. 정말 끔찍했을 텐데. 얘, 아론. 무슨 일인지 나한테 말해 줄 수 없니? 전에는 내게 말도 곧잘 했잖아?"

갑자기 아론이 울음을 터뜨렸다.

"나는 여길 떠나고 싶어요. 여긴 더러운 고장이야!"

"그렇지 않아. 다른 곳과 다를 게 하나도 없단다."

"여긴 내가 있을 곳이 아니에요. 여기로 이사 오지 말았어야 했어요. 나도 내가 왜 이러는지 모르겠지만, 어쨌든 여길 떠나고 싶어요!"

아론은 거의 울부짖고 있었다.

리가 그의 넓은 어깨 위에 팔을 얹고 달랬다.

"너는 지금 어른이 되어 가고 있는 거야. 확실해."

리가 조용히 말을 이었다.

"가끔 세상이 우리를 아주 혹독하게 시험할 때가 있지. 그 때 우리는 시선을 안으로 돌려 두려운 마음으로 자기 자신을 바라보게 된단다. 그러나 그게 최악은 아니야. 우리는 모든 사람들이 우리의 속마음을 꿰뚫어 보고 있다고 생각하지. 그러면 더러운 것은 아주 더러워지고 순결한 것은 하얗게 빛나게

436

돼. 아론, 지금의 시련은 곧 끝날 거다. 조금만 더 기다려 봐. 곧 끝날 테니. 지금은 내 얘기가 너한테 별 위안이 안 될 거다. 네가 믿지 않으니까. 그렇지만 이게 내가 해 줄 수 있는 최선의 것이야. 네가 지금 보는 것처럼 세상은 그리 좋기만 한 것도, 그리 나쁘기만 한 것도 아니란 걸 믿으려고 노력해 봐라. 그래, 내가 도와줄게. 지금은 들어가서 푹 자고, 내일 아침 일찍 일어나 시험에 관해 아버지께 말씀드려라. 가능한 한 생기 있는 말투로 말이다. 아버지는 꿈을 품어 볼 아름다운 미래가 없기 때문에 너보다 훨씬 외로우시다. 억지로 꾸며서라도 연극을 해 보렴. 새뮤얼 해밀턴이 이런 말을 했지. 사실이라고 생각하면 사실이 될 수도 있다고 말이야. 그러니 연극을 해. 알겠지? 자, 이제 가서 자라. 나는 내일 아침에 먹을 케이크를 구워야 해. 그리고 아론, 아버지께서 네 베개 밑에 선물을 놓아 두셨단다."

44장

1

에이브라는 아론이 대학으로 떠나고 난 후에야 그의 가족
에 대해 진정으로 알게 되었다. 그 전까지 아론과 에이브라는
둘만의 울타리를 친 채 그 안에 틀어박혀 있었다. 아론이 떠
나고 나자, 그녀는 나머지 트래스크 가 사람들에게 애착을 갖
기 시작했다. 친아버지보다 애덤에게 더욱 믿음이 갔고, 리에
게 더 친근감을 느꼈다.

그러나 칼에 대해서는 무어라 단정 지을 수가 없었다. 그는
때로는 그녀를 화나게 했고, 때로는 고통스럽게 했으며, 때로
는 호기심을 불러일으켰다. 그는 줄곧 그녀와 경쟁을 벌이고
있는 것 같았다. 그가 자신을 좋아하는지 싫어하는지 종잡을
수가 없어서 에이브라는 그가 못마땅했다. 트래스크 씨 집에
찾아갔을 때 칼이 보이지 않으면 마음이 놓였다. 칼은 그녀를

몰래 훔쳐보면서 자기 마음대로 판단하고 평가하고 생각하다가 눈길이 마주치면 잽싸게 고개를 돌리곤 했기 때문이다.

에이브라는 이제 날씬하고 건강하며 가슴이 풍만한 여인이 되어, 성례를 치를 날만을 기다리고 있었다. 그녀는 으레 수업이 끝나면 트래스크 씨 집으로 가서 리와 나란히 앉아 아론이 매일 보내오는 편지를 읽곤 했다.

아론은 스탠퍼드에서 외롭게 지내고 있었다. 그가 보낸 편지에는 외로움과 연인에 대한 그리움이 구구절절이 담겨 있었다. 함께 있을 때는 덤덤했지만, 이제 150킬로미터나 떨어진 대학에서 주변 사람들과 단절된 채 생활하자니 연인에 대한 열정적인 사랑이 느껴진 것이었다. 그에게는 오로지 공부하고, 먹고, 자고, 에이브라에게 편지 쓰는 일이 생활의 전부였다.

오후가 되면 에이브라는 부엌에서 리와 함께 콩을 실에 엮거나 깍지를 벗기는 일을 했다. 때로는 캔디를 만들기도 했으며, 자기 집에서보다는 그 집에서 저녁 식사를 하는 경우가 더 잦았다. 리와는 터놓고 이야기하지 못할 게 없을 만큼 가까웠다. 자기 부모와는 별로 대화할 기회도 없을 뿐더러, 대화를 해 봤자 재미도 없고 지루하고 대부분 솔직하지 못했다. 그 점에 있어서 리는 달랐다. 에이브라는 스스로 무엇이 사실인지 확실치 않을 때도 리에게만은 사실만을 말하고 싶었다.

리는 엷은 미소를 지으면서 빠른 손놀림으로 일을 했다. 그의 손은 약해 보였지만, 마치 독립된 생명체인 양 부지런히 움직였다. 에이브라는 자기 혼자서만 이야기를 하고 있다는 사실을 전혀 깨닫지 못했다. 그녀가 이야기를 하는 동안 리의 마음은 마치 온 동네를 헤매고 다니는 강아지처럼 끊임없이 방황하곤 했다. 이따금씩 그는 고개를 끄덕이며 나지막이 콧노래를 부르기도 했다.

리는 에이브라를 좋아했다. 그녀의 강인함과 선량함 그리고 다정함이 마음에 들었다. 에이브라의 겉모습은 무척 대담하고 강인해 보여서, 장차 아주 추해 보이거나 아주 아름다워 보일 두 가지 가능성을 모두 안고 있었다. 그녀의 이야기를 들으면서 리는 고향 광둥의 처녀 얼굴을 떠올렸다. 광둥 처녀들은 몸이 날씬해도 얼굴만은 보름달처럼 둥글고 매끈했다. 아름다움이란 다소 자신과 흡사한 것이어야 하므로 그런 얼굴을 가장 좋아해야 했지만, 실제로 리는 그렇지 않았다. 중국적인 아름다움을 생각했을 때, 그의 머릿속에는 만주인들의 냉혹하고 탐욕스러운 얼굴이 떠올랐다. 그것은 세습으로 권력을 이어받은 민족의 오만하고 고집 센 얼굴이었다.

에이브라가 말했다.

"새삼스러운 얘기는 아니지만, 저는 지금도 잘 모르겠어요. 아론은 좀처럼 아버지 얘기를 꺼내지 않았어요. 그건 바로 그…… 아저씨도 아시잖아요, 그 상추 사건……. 그 일이 나고부터예요. 아론은 그때 몹시 화를 냈어요."

"왜?"

리가 물었다.

"사람들이 놀려 댔으니까요."

리는 가슴이 덜컥 내려앉았다.

"아론을 비웃다니? 왜 그 애를 비웃지? 아론은 그 일과 아무 상관도 없었잖아?"

"어쨌거나 아론은 그렇게 느꼈어요. 제가 무슨 생각을 하는지 알고 싶으세요?"

"말해 보렴."

"그동안 여러 가지로 생각을 해 봤어요. 물론 아직도 결론을 짓진 못했지만요. 아론은 늘 자기 자신을, 음 뭐랄까……불구자라고 해야 하나, 미완성이라고 해야 하나, 암튼 그렇게 생각한 것 같아요. 어머니가 없다는 사실 때문에요."

리가 눈을 휘둥그렇게 떴다가 다시 내리깔았다. 그리고 고개를 끄덕였다.

"그랬군. 칼도 그렇다고 생각하니?"

"아니요."

"그런데 왜 아론만 그렇다는 거지?"

"글쎄요, 아직까지 그건 잘 모르겠어요. 어떤 사람들은 남보다 더 많은 걸 원하기도 하고, 뭔가를 유별나게 싫어하기도 하죠. 우리 아버지는 순무를 아주 싫어하세요. 항상 그러셨죠. 별다른 이유도 없이 순무만 보면 불같이 화를 내신다니까요. 언젠가 엄마가 짓궂게도 순무를 갈아서 그 위에 후춧가루를 듬뿍 치고 치즈를 얹어 갈색으로 구우셨어요. 아버지는 그 요리를 반쯤 드시다가 그게 뭐냐고 물으셨어요. 어머니가 순무라고 대답하자, 아버지는 접시를 마룻바닥에다 내던지고는 밖으로 나가 버리셨어요. 그리고 끝까지 그 일을 용서하지 않으셨죠."

리가 킬킬거리며 웃었다.

"어머니가 솔직하게 순무라고 대답했으니 용서하실 만도 한데 그러시는군. 하지만 에이브라, 아버지가 물었을 때 어머니가 거짓말로 둘러댔다고 가정해 보렴. 아버지는 그 요리가 맛있어서 한 그릇 더 드셨을지도 모르지. 그러다가 나중에 사실을 알게 되면 그땐 어머니를 죽이려고 덤벼드셨을걸."

"저도 그렇게 생각해요. 어쨌든 아론은 칼보다도 어머니를 더 절실히 필요로 하는 것 같아요. 그래서 항상 아버지를 원망하는 거고요."

"왜 그렇게 생각하지?"

"모르겠어요. 그냥 제 생각이 그래요."

"대답을 회피하는군. 그렇지?"

"그러면 안 되나요?"

"안 될 것도 없지."

"캔디 좀 만들까요?"

"오늘은 됐어. 아직 남은 게 있거든."

"그럼 뭘 할까요?"

"파이를 덮을 밀가루 반죽 좀 만들어 다오. 여기서 저녁 먹고 갈 거니?"

"아뇨. 생일 파티에 가야 해요. 그런데 아론이 정말 성직자가 될까요?"

"그건 나도 모르지. 그저 지금 생각이 그렇다는 걸 수도 있고."

"성직자가 안 되었으면 좋겠어요."

에이브라는 그런 말을 하고서 자기도 놀라 입을 다물었다.

리가 일어서서 도마와 붉은 살코기를 꺼내고 그 옆에 밀가루를 내릴 체를 갖다 놓았다.

"고기를 다질 땐 칼등으로 해야 한다."

"저도 알아요."

그녀는 리가 자기 말을 못 들었기를 바랐다.

그러나 리가 이렇게 물었다.

"왜 아론이 성직자가 되기를 바라지 않지?"

"그 얘긴 하지 말았어야 하는 건데."

"하고 싶은 말은 뭐든 해야지. 그걸 굳이 설명할 필요는 없어."

리가 그렇게 말하고는 자기 의자로 되돌아갔다. 에이브라가 밀가루를 체로 쳐서 고기 위에 뿌린 다음 커다란 칼로 고기를 다지기 시작했다. 탁탁탁……

"사실 이런 말은 하지 말아야 하는데요……"

탁탁.

리는 그녀가 일에 전념하도록 고개를 돌리고 신경 쓰지 않는 척했다.

"아론은 외골수예요."

에이브라가 고기를 다지며 말했다.

"같은 교회라도 아론은 굳이 규율이 엄격한 고교회파를 염두에 두고 있어요. 진정한 성직자라면 결혼을 해서는 안 된다고 하더라고요."

"최근 보내온 편지에는 그런 낌새가 없던데?"

리가 그녀의 반응을 살폈다.

"알아요. 예전에 그랬다는 거예요."

에이브라가 손을 멈췄다. 그녀의 얼굴에 젊은이다운 고뇌가 어려 있었다.

"리 아저씨, 저는 아론에게 어울리는 짝이 아닌가 봐요."

"그게 무슨 뜻이지?"

"농담이 아녜요. 아론은 저에 대해 생각하지 않아요. 그는 나름대로 이상형을 만들어 두고 그 위에 제 거죽을 씌워 놓고 있는 거예요. 하지만 난 그저 나일 뿐예요. 아론이 원하는 이상형이 될 순 없다고요."

"그 이상형은 어떤 여자지?"

"순결한 여자요. 순결 그 자체죠. 부정한 것은 하나도 없고 오직 깨끗하고 순결한 것만 갖춘 여자예요. 하지만 저는 그렇지 않아요."

"세상에 그런 사람은 아무도 없어."

리가 말했다.

"아론은 저를 몰라요. 저에 대해 알고 싶어 하지도 않죠. 그저 제가 새하얀 유령이기만을 바라고 있어요."

리가 크래커를 잘게 부스러뜨렸다.

"넌 그 애를 좋아하잖니? 넌 아주 젊어. 그러니 그런 건 중요한 문제가 아냐."

"물론 아론을 좋아해요. 그리고 그의 아내가 될 거예요. 하지만 아론도 저를 좋아해 줬으면 좋겠어요. 그렇지만 저에 대해 아무것도 모르면서 어떻게 저를 좋아할 수 있겠어요? 전엔 아론이 저에 대해 알고 있다고 생각했어요. 하지만 이제 와서 생각해 보면 그렇지도 않은 것 같아요."

"아론은 지금 아주 힘든 시기를 겪고 있는지도 모른다. 하지만 오래가지는 않을 거야. 너는 영리한 아이란다. 아주 영리하지. 그렇기 때문에 한평생 아론이 만들어 낸 이상형의 여자로서 살아가기가 힘들지 않겠니?"

"아론이 만들어 놓은 여자에게는 없는 그 무언가를 그가 내 안에서 발견하게 될까 봐 겁이 나요. 나는 화도 낼 것이고, 나쁜 냄새를 풍길 수도 있어요. 아론은 그걸 여지없이 알아차리겠죠."

"반드시 그런 건 아니야."

리가 말했다.

"그러나 순결한 여인이나 동정녀처럼 살아가면서 동시에 평범한 인간의 역할을 해내기란 무척 힘들 거다. 인간이란 누구나 가끔씩 나쁜 냄새를 풍기기도 하거든."

에이브라가 테이블 쪽으로 다가갔다.

"리 아저씨, 제가 바라는 건……."

"마룻바닥에 밀가루를 흘리지 않도록 해라. 그래, 바라는 게 뭐지?"

"이건 제 생각인데요. 아론은 어머니가 없으니까 자기가 생각해 낼 수 있는 좋은 점만 모두 동원하여 상상의 어머니에게 씌워 놓은 것 같아요."

"그런지도 모르지. 그리고 그걸 네게 다시 덮어씌웠고 말이야."

에이브라가 리를 빤히 바라보았다. 그녀의 손가락은 조심스럽게 칼날을 쓰다듬고 있었다.

"그리고 넌 그것을 벗어 버릴 수 있는 방법을 찾아내고 싶은 거야. 그렇지?"

"네."

"그랬다가 아론이 널 싫어하면 어쩌고?"

"그래도 한번 시도해 볼래요. 저는 다만 저 자신이고 싶으니까요."

리가 말했다.

"나처럼 남의 일에 잘 말려드는 사람도 없을 거다. 하지만 내가 어떤 일에 최종적인 해답을 줄 순 없어. 고기 다지는 일을 계속할래? 아니면 내가 할까?"

에이브라가 맡은 일을 다시 시작했다.

"아직 고등학교도 졸업하지 않았는데 이런 심각한 얘길 하다니, 우습지요?"

"그야 어쩔 수 없는 일이지."

리가 말했다.

"웃음은 사랑니처럼 나중에 오는 거야. 죽음과 격렬한 싸움을 벌인 후에야 비로소 자신을 향해 웃을 수 있지. 그 웃음이 제때에 나오지 않을 때도 있고 말이야."

그녀의 고기 다지는 속도가 빨라졌다. 마치 화가 난 것처럼 신경질적인 손놀림이었다. 에이브라는 손에 속도를 더해서 신경질적으로 고기를 마구 다졌다. 리가 말린 강낭콩 다섯 개를 식탁 위에 놓고 여러 가지 모양으로 배열하기 시작했다. 직선을 만들었다가 각도 만들고, 둥근 원도 만들었다. 갑자기 고기 다지는 소리가 멎었다.

"트래스크 부인은 살아 계신가요?"

콩을 만지려던 리의 집게손가락이 잠시 멈췄다가 다시 천천히 콩을 밀어 모양을 O자에서 Q자로 만들어 놓았다. 그는 에이브라가 자기를 바라보고 있다는 것을 알았다. 또한 보지 않고도 그녀가 자신이 던진 질문 때문에 겁에 질린 표정을 하고 있다는 것도 알았다. 그의 생각은 철망 덫에 걸린 생쥐처럼 갈피를 잡을 수가 없었다. 리는 한숨을 내쉬며 더 이상 생각하지 않기로 하고, 천천히 고개를 돌려 에이브라를 바라보았다. 그녀의 모습은 생각한 대로였다.

리가 덤덤하게 말했다.

"그동안 많은 얘기를 나누었지만, 정작 나 자신에 대해서 말한 적은 없는 것 같구나."

그가 수줍은 미소를 지었다.

"에이브라, 내 얘길 들어 보련? 나는 이 집의 하인이고, 늙은이에다 중국인이다. 이 세 가지는 너도 알고 있지? 나는 이제 지쳤고, 겁이 많단다."

"그렇지 않아……."

에이브라가 말했다.

"아니, 나는 지독한 겁쟁이야. 그래서 다른 사람의 일에 끼어들고 싶지 않단다."

"그게 무슨 말씀이세요?"

"에이브라, 네 아버진 순무 외에 또 뭘 싫어하시지?"

그녀의 표정이 고집스러워졌다.

"질문은 제가 먼저 했어요."

"난 못 들었다."

리가 부드럽지만 단호한 목소리로 말했다.

"에이브라, 넌 아무 질문도 하지 않았어."

"제가 너무 어리다고 생각하시는 모양이군요."

그때 리가 말을 가로막았다.

"언젠가 나는 서른다섯 살 된 부인을 모신 적이 있었단다. 그녀는 경험이나 학식, 아름다움 따위와는 아예 담을 쌓고 살았지. 만약 그녀가 여섯 살 난 아이였다면 부모 속깨나 썩였을 거야. 서른다섯 살 나이에 그 부인은 돈과 주변 사람들을 제 마음대로 주무르며 살았단다. 에이브라, 나이는 아무 상관이 없어. 너한테 해야 할 얘기가 있다면, 난 기꺼이 말해 줄 거다."

에이브라가 미소를 지었다.

"저는 영리해요. 그런데 지금보다 더 영리해져야 하나요?"

"이런 세상에! 그런 게 아니야."

"그럼 저더러 스스로 알아내라는 건 아니죠?"

"나는 아무 관계도 없으니까 네가 무슨 짓을 하든 상관 안 한다. 아무리 약하고 소극적인 선량한 사람이라고 해도, 자기가 감당할 수 있을 만큼의 죄는 짓고 사는 법이니까. 내게도 자신을 괴롭히는 죄가 있지. 남들에 비하면 대단한 건 아니지만, 그래도 내가 감당할 수 있다고 생각한다. 제발 나를 용서해 다오."

에이브라가 식탁 너머로 밀가루 묻은 손을 뻗어 리의 손등을 잡았다. 그의 누런 손은 팽팽하면서도 윤기가 흘렀다.

리는 그녀의 밀가루 묻은 손가락이 남긴 하얀 자국을 내려다보았다.

에이브라가 말했다.

"저희 아버진 아들을 원하셨죠. 아버지는 순무와 여자아이를 싫어해요. 남들에게 왜 제 이름을 그렇게 이상하게 지었는지 떠벌리곤 하시죠. '나는 다른 이를 불렀으나, 에이브라가 왔도다.'라고요."

리는 웃음을 지었다.

"넌 정말 멋진 아가씨야. 내일 저녁 식사 때 오면 순무를 사다 놓으마."

에이브라가 나지막이 물었다.

"그 여자는 살아 있죠?"

"그래."

리가 대답했다.

그때 현관문이 쾅 닫히는 소리가 나면서 칼이 부엌으로 들어왔다.

"안녕, 에이브라? 리 아저씨, 아버지는 돌아오셨나요?"

"아니, 아직. 그런데 왜 그렇게 싱글벙글하지?"

칼이 수표 한 장을 내밀었다.

"받으세요. 아저씨 돈이에요."

리는 수표를 내려다보았다.

"이자는 받을 생각이 없었는데."

"받아 두세요. 그래야 다음에 또 빌릴 수 있을 거 아녜요?"

"어디서 났는지 말해 주지 않을래?"

"아직은 밝힐 수 없어요. 제게 좋은 아이디어가 하나 있는데……."

그가 에이브라를 힐긋 바라보았다.

"전 이제 가 봐야겠어요."

에이브라가 말했다. 그러자 칼이 재빨리 말을 바꾸었다.

"에이브라도 어차피 알게 될 테니 지금 들어도 상관없겠군. 돌아오는 추수감사절에 깜짝 놀랄 일이 있을 거예요. 에이브라도 함께할 거고, 형도 집에 올 테니까 말예요."

"뭘 할 건데?"

그녀가 물었다.

"아버지께 드릴 선물이 있어."

"뭔데?"

"비밀이야. 그때 가면 알게 될 거야."

"리 아저씬 알고 계셔?"

"알지만 말 안 할걸."

"칼이 이렇게 즐거워하는 모습은 처음 보는 것 같아. 여태껏 네가 기뻐하는 걸 한 번도 본 적이 없거든."

에이브라는 가슴속에서 칼에 대한 온정이 피어나고 있음을 깨달았다.

에이브라가 돌아가고 나자 칼이 자리에 앉으며 말했다.

"추수감사절 만찬을 끝내고 드려야 할지 그 전에 드려야 할지 모르겠어요."

"끝나고 나서 드리렴."

리가 말했다.

"돈이 정말 있는 거야?"

"1만 5000달러예요."

"정직하게 번 돈이냐?"

"그럼 내가 훔치기라도 했단 말예요?"

"그냥 물어보는 거다."

"정직하게 번 거예요."

칼이 들뜬 목소리로 말했다.

"지난번에 형을 위해서 샴페인을 준비했던 거 기억하시죠? 이번에도 샴페인을 사요. 그리고 식당에 멋지게 장식도 하고요. 에이브라가 도와줄 거예요."

"아버지께서 정말 그 돈을 바라실까?"

"마다하실 이유가 없잖아요?"

"네 생각이 맞았으면 좋겠구나."

리가 말했다.

"학교 공부는 어떻게 했니?"

"썩 좋은 편은 아니지만 추수감사절이 지난 뒤에 만회하면 돼요."

2

다음 날 수업이 끝난 후, 에이브라는 서둘러 칼의 뒤를 쫓아갔다.

"안녕, 에이브라? 네가 만든 캔디 아주 맛있더라."

"지난번 것은 너무 딱딱했어. 크림같이 몰캉거려야 하는데."

"리 아저씬 너한테 홀딱 반했던데? 뭘 어떻게 한 거야?"

"나도 아저씨가 좋아."

그녀가 말을 이었다.

"칼, 물어볼 게 있는데……."

"그래?"

"아론이 대체 왜 그러는 걸까?"

"그게 무슨 소리야?"

"그 앤 자기 자신만 생각하는 것 같아."

"새삼스러운 일도 아니잖아? 형하고 다투기라도 한 거야?"

"아니. 지난번에 아론이 성직자가 돼서 결혼은 안 하겠다고 그러기에 내가 화가 나서 덤벼들었어. 그런데 아예 상대도 안 해 주더라."

"너와 결혼을 안 하겠다고? 믿기지 않는걸."

"칼, 요즘 그 애가 연애편지를 보내오고 있지만, 그게 꼭 나한테만 쓰는 건 아닌 것 같아."

"그럼 또 누구한테 쓴다는 거야?"

"음, 자기 자신에게 쓰는 편지 같아."

칼이 말했다.

"나도 그 버드나무 일을 알고 있어."

그녀는 놀라는 것 같지 않았다.

"그래?"

"형에게 화가 나 있니?"

"아니, 화가 나는 건 아니야. 그 애를 이해할 수 없을 뿐이야. 어떤 사람인지 모르겠어."

"좀 기다려 봐."

칼이 말했다.

"형이 힘든 시기를 겪고 있는 건지도 모르잖아."

"내가 전적으로 옳은 건지 모르겠어. 지금까지 줄곧 내가 잘못된 생각을 하고 있는 건 아닐까?"

"그건 나도 모르지."

"칼, 너 밤늦게 집 밖을 돌아다닌다는 게 사실이니? 그러니까, 음…… 썩 좋지 않은 집에까지 드나든다던데?"

"사실이야. 형이 그러던?"

"아니, 아론은 그런 말 안 했어. 그런데 왜 그런 델 가는 거니?"

칼은 아무 대답도 하지 않았다.

"어서 말해 보라니까?"

에이브라가 다그쳤다.

"그게 너와 무슨 상관이야?"

"네가 원래 나쁜 사람이라 그런 거야?"

"네가 보기엔 어떤데?"

"나도 착한 사람은 아니야."

"너도 미쳤구나. 형이 들으면 펄펄 뛰겠다."

"그럴까?"

"틀림없어."

칼이 말했다.

"그러고도 남을 사람이야."

45장

1

조 발레리는 눈과 귀를 활짝 연 채 그의 표현대로 '겁 없이 간을 배 밖으로 내놓는' 일 따위는 결코 하지 않으며 조심조심 세상을 살아갔다. 그의 증오심은 오랜 세월 동안 조금씩 천천히 키워져 왔다. 그것은 자신을 내팽개친 채 돌봐 주지 않던 어머니와 극단적인 애정과 매질을 번갈아 퍼붓던 아버지로부터 시작되었다. 뒤이어 그 증오심은 그를 벌주던 교사와 그를 뒤쫓는 경관, 무조건 설교하는 목사에게로 향했다. 처음으로 치안판사로부터 멸시를 당하기 이전부터 이미 그는 자신이 알고 있는 세상에 대해 가슴속 깊이 증오심을 품었던 것이다.

증오란 저 혼자 존재할 수 없다. 증오는 일종의 방아쇠 내지 자극제 역할을 하는 사랑을 동반하기 마련이다. 조는 일찍부터 자신을 보호하고 사랑하는 마음을 키워 나갔다. 그는 스스로를 위로하고 치켜세우고 소중히 여겼다. 적대적인 세상으로부터 자신을 지키기 위해 높은 벽을 쌓았다. 그리고 날이 갈수록 자신만이 옳다고 생각했다. 자신에게 문제가 생기면 그것은 온 세상이 야합해서 음모를 꾸몄기 때문이라고 여겼다. 그가 세상을 공격하는 것은 일종의 복수로서, 못된 인간들이 그럴 만한 짓을 했기 때문이었다. 조는 모든 정성을 다해 자신을 아끼고 사랑했으며, 다음과 같은 나름대로의 규칙을 정해 놓았다.

1. 이 세상 누구도 믿지 말 것. 나쁜 놈들이 너를 쫓고 있다.
2. 입을 굳게 다물 것. 괜한 위험을 자초하지 말 것.
3. 귀는 항상 열어 놓을 것. 상대가 실언을 하면 그것을 물고 늘어지면서 기다릴 것.
4. 이 세상 사람들은 모두 개자식이므로 네가 무슨 짓을 하든 그것은 그놈들 탓이다.
5. 매사에 우회 전술을 쓸 것.
6. 여자는 어떤 일에서든 절대 믿지 말 것.
7. 돈을 믿을 것, 누구나 돈을 원하고 돈에 매수된다.

그 밖에 다른 규칙도 있었으나, 대부분 위 내용의 부연 설명에 지나지 않았다. 그의 체계는 효과적으로 운용되었다. 그것 말고는 달리 아는 것이 없었으므로, 다른 것과 비교할 근거가 없었다. 조는 영리하게 살아야 한다는 것을 알았고, 스스로 영리하다고 생각했다. 만약 일이 잘 풀리면 그것은 자기가 영리해서이고, 잘 풀리지 않으면 운이 나쁜 탓이었다. 조는 크게 성공하지는 못했지만 최소한의 노력으로 그럭저럭 살아갔다. 케이트는 조가 돈을 받으면 무슨 일이든 마다 않고 해내고, 오히려 일할 기회를 잃을까 전전긍긍한다는 사실을 알고 있었다. 그래서 그를 데리고 있었던 것이다. 조에 대한 환상 따위는 전혀 없었다. 그저 사업상 조가 필요했을 뿐이다.

조가 케이트의 집에서 처음 일을 시작했을 때의 일이다. 그는 장차 편하게 지낼 생각에 그녀에게서 허영심, 음탕함, 고민 또는 양심의 가책, 탐욕, 히스테리 같은 약점을 찾아내려고 했다. 여자이니까 분명 그와 같은 약점이 있으리라고 생각했던 것이다. 그리고 끝내 찾지 못했을 때, 그는 상당한 충격을 받았다. 그 여자는 남자처럼 생각하고 행동했으며, 오히려 남자보다 훨씬 강하고 민첩하고 명석했다. 조가 몇 번 잘못을 저질렀을 때, 케이트는 그를 호되게 질책했다. 그는 차츰 케이트를 두려워하면서도 존경하게 되었다.

조는 몇 차례 시도한 속임수가 실패로 돌아가자 딴짓은 절대 통하지 않는다고 믿기 시작했다. 지난 시절 그가 여자들에게 그랬듯이, 케이트는 그를 노예처럼 부렸다.

케이트가 자기보다 더 명석하다는 것을 깨달은 조는 그녀가 어느 누구보다 영리하다고 믿었다. 그가 생각하는 그녀에게는 남다른 재능이 있었다. 그녀는 영리할 뿐 아니라 운도 따랐다. 그 이상을 바란다는 것은 무리였다. 조는 그녀가 시키는 일은 무엇이든 마다하지 않고 했다. 오히려 일을 할 기회를 잃을까 봐 걱정했다. 조의 말을 빌리면 케이트는 빈틈이 없었다.

그녀의 지시에만 따른다면 그녀가 끝까지 돌봐 줄 거라고 믿었다. 그런 생각은 이제 습관처럼 그의 몸에 배어 버렸다. 에델을 군 경계선 밖으로 내쫓은 것도 당연한 일이었다. 그것은 케이트가 시킨 일이었고, 그녀는 영리했다.

2

관절염이 악화되면서 케이트는 잠을 제대로 이루지 못했다. 관절이 퉁퉁 부어오르고 딱딱하게 굳는 것이 느껴졌다. 그녀는 점점 뒤틀려 가는 손가락과 끊어지는 것 같은 고통을 잊기 위해 애써 다른 일을 생각했다. 불쾌한 일이라도 상관없었다. 때로는 한동안 전혀 들여다보지 않았던 방의 사소한 부분들까지도 기억해 내려고 애썼다. 천장을 쳐다보면서 마음속으로 거기에 숫자를 적어 전부 더해 보기도 했다. 지나간 추억을 떠올릴 때도 있었다. 에드워즈의 얼굴과 옷, 그리고 멜빵 버클에 새겨진 글자도 생각해 냈다. 특별히 눈여겨 본 것은 아니었지만, 틀림없이 '보다 높이'라고 쓰여 있었다.

밤이면 종종 페이를 생각했다. 그녀의 눈, 머리카락, 목소리, 떨리던 손, 왼쪽 엄지손톱 옆의 작은 사마귀, 오래된 흉터 등이 생각났다. 그녀는 페이에 대한 자신의 감정을 생각해 보았다. 그녀를 미워했던가, 사랑했던가? 가엾게 여겼던가? 죽인 걸 미안하게 생각했던가? 케이트는 자벌레처럼 자신의 생각을 조금씩 헤아려 보았다. 그리고 페이에 대해서는 아무 느낌도 없다는 것을 깨달았다. 페이 혹은 그녀에 대한 기억은 좋은 것도 싫은 것도 아니었다. 죽어 가는 그녀에게서 나는 소리와 냄새가 너무나도 싫어서 빨리 죽여 없애야겠다고 생각했을 뿐이다.

페이의 마지막 모습이 떠올랐다. 흰 옷을 입고 자줏빛 관속에 누워 있던 그녀는 입가에 장의사가 만든 미소를 짓고, 흙빛 얼굴에는 분과 연지로 화장을 했었다.

케이트의 등 뒤에서 누군가가 말했다.

"요 몇 년 동안 저렇게 예뻐 보이는 건 처음인걸?"

그러자 다른 누군가가 맞장구를 쳤다.

"저만큼 치장을 하면 나라도 예뻐 보일 거다."

그러면서 두 사람은 낄낄거리고 웃었다. 첫 번째 목소리는 에델의 것이었고, 다음은 아마 트릭시였을 것이다. 케이트도 좀 우스운 반응을 보였었다. '창녀도 죽으니 별수 없군.' 하고 생각했던 것 같았다.

그렇다, 처음 목소리는 분명 에델이었다. 밤이면 언제나 에델이 생각났다. 에델 생각만 하면 항상 섬뜩하리 만큼 두려워졌다. '멍청하고 꼴사나운 데다 참견하기 좋아하는 계집, 비열한 늙은 년…….' 그러다가도 종종 이런 의문이 들었다. '가만있자, 그년이 왜 비열하다는 거지? 내가 잘못을 저질렀기 때문이 아닌가? 왜 그년을 그냥 내쫓았을까? 어떻게든 머리를 굴려서 여기 붙잡아 두었어야 했는데…….'

케이트는 지금쯤 에델이 어디에 있는지 궁금해서 견딜 수가 없었다. '사람을 시켜서 최소한 어디로 갔는지만 알아볼까? 에델이란 년은 그날 밤의 일을 미주알고주알 털어놓고 깨진 유리병을 보여 줄지도 몰라.' 그러면 냄새를 맡은 사람이 하나에서 둘로 늘어나는 셈이다. '그런다고 해서 달라질 게 뭐람. 그년은 술을 마실 때마다 아무나 붙잡고 그 얘길 할 텐데. 그래, 그래 봤자 늙은 갈보가 헛소리를 한다고 생각할 거야. 그럼 한번 사람을 사서 찾아볼까? 아냐, 직업적인 사람은 안 돼.'

케이트는 몇 시간 동안 에델에 대해서 곰곰이 생각해 보았다. '그것이 조작이라는 사실을 판사는 눈치 챘을까? 너무 단순했나? 꼭 100달러일 필요는 없었는데……' 100달러는 너무 뻔한 액수였다. 보안관은 어땠을까? 조의 말로는 그녀를 군 경계선 밖 샌타크루즈에 데려다 놓았다고 했다. '혹시 에델이 차 안에서 부관에게 무슨 말을 한 것은 아닐까?' 에델은 늙고 게을러서 왓슨빌에 그대로 주저앉았을지도 모른다. 파야로에는 철로가 연결되어 있다. 그리고 왓슨빌로 들어가는 다리가 파야로강 위에 걸쳐 있다. 수많은 철로 인부들이 그곳을 드나들었다. 그중에는 멕시코 사람도 있고 인도 사람도 있었다. 멍청한 에델이라면 그들을 상대로 무언가를 해 볼 수 있을 거라고 생각할지도 모른다. '그녀가 겨우 50킬로미터 떨어진 왓슨빌에서 한 번도 벗어나지 않았다면 오히려 우습지 않을까?' 마음만 먹으면 몰래 경계선을 넘어 친구들을 만날 수도 있다. 이따금 살리나스에 올 수도 있다. 어쩌면 지금 살리나스에 와 있을지도 모른다. 경찰도 그년을 계속해서 감시하진 않을 테니까. '에델이 있는지 왓슨빌에 조를 보내 알아볼까?' 어쩌면 그녀은 샌타크루즈로 갔을지도 모른다. 조가 샌타크루즈까지 돌아볼 수 있을 것이다. 그리 긴 시간이 걸리지도 않을 것이다. 어느 곳에 가든 조에게 매춘부를 찾는 일은 단 몇 시간이면 충분했다. 에델은 멍청했다. '조가 그년을 찾아내면 내가 직접 가서 만나는 게 좋을 거야. 문을 잠그고 '면회 사절'이라고 써 붙인 다음 왓슨빌로 가서 볼일을 보고 돌아오면 돼. 택시를 타면 안 되니 버스를 타고 가야지. 심야 버스에서라면 누구도 알아보지 못할 테니까. 모두들 구두를 벗은 채 둘둘 만 외투를 베개 삼아 잠을 자겠지.' 케이트는 문득 두려운 생각이 들었다. '아니, 무슨 일이 있어도 내가 직접 가야 해. 직접 가서 해결을 해야 모든 의심을 풀 수 있어. 왜 진작 조를 보낼 생각을 하지 않았을까.' 조는 완벽한 조건을 갖추었다. 일단 수완이 좋고, 멍청하게도 자기가 똑똑한 줄 알았다. 한마디로 그는 세상에서 가장 다루기 좋은 유형의 인간이었다. 반면에 에델은 미련하기 때문에 더욱 다루기가 힘들었다.

몸과 마음이 점점 더 괴로워지자 케이트는 조 발레리를 자신의 오른팔이자 대리인 그리고 행동 대원으로서 더 많이 의지하게 되었다. 그녀는 기본적으로 자기가 데리고 있는 여자들을 경계했다. 그들이 조보다 믿을 만하지 못해서가 아니라, 그들의 내부에 잠재하고 있는 히스테리가 언제 어디서 폭발할지 모르기 때문이었다. 그럴 경우 자기 신세만 망치는 게 아니라 주변에까지 피해를 줄 수도 있었다. 지금까지는 케이트가 그런 위험 요소를 잘 처리해 왔지만, 이제 나이가 먹어 몸이 말을 잘 듣지 않게 되자 불안감이 커져서 타인의 도움을 받아야만 했다. 그래서 그녀는 조에게 도움을 청했다. 그녀가 아는 종류의 여자들보다는 그래도 남자가 자기 파괴를 막는 힘이 좀 더 세리라고 믿었기 때문이다.

그녀는 조를 믿을 수 있다고 생각했다. 언젠가 절도죄로 5년 형을 받고 4년째 철도 건설 노역을 하다가 도로 공사장에서 탈주한 조셉 베누타라는 자에 대한 뉴스를 듣고 메모를 해 두었기 때문이다. 지금까지는 한 번도 조 앞에서 그 사실을 언급한 적이 없었다. 그러나 조가 제대로 말을 듣지 않을 때 그 얘기를 비치면 꼼짝 못하리란 사실을 그녀는 알고 있었다.

매일 아침 조는 아침 식사 쟁반을 들고 들어왔다. 중국 녹차와 크림과 토스트였다. 그는 쟁반을 그녀의 침대 옆 테이블 위에 내려놓고는 그날의 보고와 함께 할 일을 지시받았다. 조는 케이트가 점점 자신에게 의지하고 있다는 것을 알았다. 그리하여 그녀에게서 모든 것을 넘겨받게 될 가능성에 대해 서서히 그리고 은밀히 생각해 보았다. 그녀의 병세가 더 악화되면 가능성이 있을지도 몰랐다. 그러나 조는 여전히 케이트가 두렵게만 느껴졌다.

"안녕히 주무셨습니까?"

그가 인사를 건넸다.

"일어나기 싫으니까 차만 좀 줘. 자네가 들고 있어야 해."

"손이 또 아프세요?"

"응. 한번 이렇게 쑤시고 나면 좀 가라앉을 거야."

"밤잠을 못 주무신 것 같군요."

"아냐, 잘 잤어. 새 약을 구했거든."

조가 찻잔을 그녀의 입술 가까이 대 주었다. 그녀는 뜨거운 차를 후후 불면서 조금씩 마셨다.

"됐어."

그녀가 차를 반쯤 마시고 나서 말했다.

"간밤엔 어땠어?"

"어젯밤에 찾아뵙고 말씀드리려고 했습니다만, 킹시티에서 촌놈 하나가 왔어요. 뭐 농사지은 걸 팔았다나요. 가게를 전세 낸 듯 아주 난리를 치고 갔답니다. 여자들에게 준 돈을 빼고도 700달러는 뿌리고 갔어요."

"이름이 뭐래?"

"모르겠어요. 또 올 겁니다."

"이름을 알아 두었어야지. 조, 내가 몇 번을 말해야 알겠어?"

"좀처럼 속을 터놓으려 하지 않는 녀석이었어요."

"그렇다면 더욱이 이름을 알아 놨어야지. 애들이 돈을 훔치진 않았겠지?"

"그건 모르겠는데요."

"한번 알아봐."

조는 그녀의 말투가 다정하게 느껴져서 기분이 좋았다.

"알겠습니다. 그쯤이야 식은 죽 먹기죠."

케이트의 눈이 무언가를 시험하면서 탐색하듯 그를 위아래로 훑어보고 있었다. 조는 무슨 일이 있음을 직감했다.

"이 집이 마음에 드나?"

그녀가 상냥하게 물었다.

"네, 아주 좋습니다."

"자네 하기에 따라서 더 좋아질 수도 있고 더 나빠질 수도 있어."

"전 이 집이 참 좋아요."

그는 자기가 혹시 무슨 잘못을 저지르지 않았나 생각해 보면서 불안하게 말했다.

"정말입니다."

케이트가 화살처럼 뾰족한 혀로 입술을 적셨다.

"우리 함께 잘해 보자고."

"무슨 일이든 시켜만 주십쇼."

조가 아첨하듯 말했다. 그의 마음은 기대감으로 한껏 부풀어 올랐지만, 참을성 있게 기다렸다. 그녀가 한참 뜸을 들이고 나서 입을 열었다.

"조, 나는 우리 집에서 뭐든 도둑맞는 건 싫어."

"저는 아무것도 훔치지 않았는데요."

"자네가 그랬다는 게 아니야."

"그럼 누가……?"

"말해 주지. 조, 우리가 내쫓았던 그 늙은 여편네를 기억하나?"

"에델인가 뭔가 하는 여자 말이죠?"

"맞아. 그년이 뭘 훔쳐 갔단 말이야. 그땐 몰랐어."

"뭘 훔쳐 갔는데요?"

그러자 갑자기 케이트의 목소리가 냉랭해졌다.

"그건 자네가 알 바 아니야! 그저 내 얘기만 들으라고. 자네는 똑똑한 친구잖아? 그년을 어디 가면 찾을 수 있을까?"

조는 이성이 아닌 경험과 본능을 토대로 재빨리 머리를 굴렸다.

"그 여자는 매를 많이 맞았어요. 멀리 가지는 않았을 겁니다. 늙은 창녀는 멀리 가지 못하는 법이니까요."

"역시 자네는 똑똑해. 그렇다면 왓슨빌에 있지 않을까?"

"거기 아니면 샌타크루즈에 있을 겁니다. 어쨌든 장담하건대 아무리 멀리 갔어도 산호세를 벗어나진 못했을 거예요."

케이트가 손가락을 어루만졌다.

"조, 500달러쯤 벌어 볼 생각 없어?"

"저더러 그 여자를 찾으라는 말씀이십니까?"

"그래. 찾기만 하면 돼. 그년이 모르게 주소만 알아 와."

"알겠습니다. 무언가 큰 걸 훔쳐 간 게 틀림없군요."

"자네가 알 바 아니래두."

"알겠습니다. 지금 당장 떠날까요?"

"그래, 빨리 떠나."

"좀 어려울지도 모르겠어요. 오래 지난 일이라."

"자네 하기에 달려 있지."

"오늘 오후에 왓슨빌로 떠나겠습니다."

"그렇게 해."

케이트는 그렇게 말하고는 잠시 생각에 잠겼다. 조는 그녀가 아직 할 말이 남아 있는데 그 말을 해야 할지 망설이고 있다는 것을 눈치 챘다. 이윽고 그녀가 마음을 정한 모양이었다.

"조, 그년이 재판을 받던 날 뭐랄까…… 좀 특별한 행동을 하진 않았나?"

"별다른 건 없었어요. 늘 그러는 것처럼 사건이 조작된 거라고 소리쳤죠."

그때 갑자기 당시에는 별로 주의 깊게 듣지 않았던 말이 조의 머릿속에 떠올랐다. 그의 기억으로는 에델이 이런 말을 한 것 같았다.

"판사님, 조용히 말씀드릴 것이 있는데요. 직접 말씀드려야 돼요."

그러나 조는 그 기억을 조용히 묻어 버린 채 겉으로 내색하지 않았다.

케이트가 물었다.

"조, 왜 그래?"

말을 하기엔 이미 너무 늦었다. 그의 마음은 안전한 쪽을 택하려고 했다.

"무슨 말을 하긴 했던 것 같은데……"

조는 일부러 시간을 끌었다.

"잘 기억이 안 나서 지금 생각 중이에요."

"잘 생각해 봐!"

케이트의 목소리는 초조한 데다 가시가 박혀 있었다.

"글쎄요. 그 여자가 경관들에게 얘기하는 걸 들었는데……, 뭐라더라…… 옳지! 왜 남쪽으로 가면 안 되느냐고 했어요. 샌루이스오비스포에 친척이 산다면서요."

케이트가 재빨리 그에게로 몸을 기울였다.

"그래서?"

"경관이 말하길, 거기는 너무 멀다고 하더군요."

"역시 자네는 머리가 좋아. 우선 어디부터 갈 텐가?"

"왓슨빌로 가죠. 샌루이스에는 친구가 하나 있어요. 전화를 걸어서 대신 좀 찾아봐 달라고 부탁하면 돼요."

"조!"

그녀가 날카롭게 말했다.

"이번 일은 아무도 모르게 조용히 처리하면 좋겠어."

"500달러를 줄 테니 조용히 신속하게 해결하란 말씀이시군요."

그녀의 눈이 다시 가늘어지면서 탐색하듯 변했지만 그는 기분이 좋았다. 그러나 이어지는 그녀의 한마디에 그는 가슴이 덜컥 내려앉았다.

"조, 화제를 바꾸려는 건 아니지만, 베누타라는 이름이 자네와 무슨 관계가 있나?"

조는 대답을 하려 했지만 목이 죄어 오는 것 같았다.

"전혀 관계없습니다."

"될 수 있는 한 빨리 돌아오도록 해. 그리고 헬렌을 들어오라고 하고. 자네가 하던 일을 대신 시켜야 하니까."

3

조는 여행 가방을 챙겨 역으로 가서 왓슨빌행 기차표를 샀다. 그는 북부행 노선의 첫 정류장인 캐스트로빌에서 기차를 내려 4시간 뒤 샌프란시스코발 몬터레이행 델몬트 급행열차로 갈아탔다. 몬터레이는 그 지선의 종착지였다. 몬터레이에 도착한 그는 센트럴 호텔에 존 비커라는 이름으로 체크인 했다. 그러고는 아래층으로 내려가 팝에른스트 식당에서 스테이크를 먹고 위스키 한 병을 사들고 자기 방으로 돌아왔다.

조는 구두와 외투, 조끼, 넥타이를 차례로 벗어 버리고 침대에 누웠다. 놋쇠로 장식된 침대 옆 테이블 위에는 위스키와 유리잔이 놓여 있었다. 머리 위의 등불이 그의 얼굴을 내리비추었지만 상관하지 않았다. 등불이 있는지조차 의식하지 못했다. 위스키 반 잔을 마시고 나니 머릿속이 가뿐해진 느낌이었다. 그는 팔베개를 하고 두 발을 엇갈리게 걸쳤다. 그러고는 온갖 생각과 인상, 직감, 본능 등을 총동원하여 이리저리 짜 맞추기 시작했다.

지금 하고 있는 일은 마음에 들었다. 조는 그녀를 속여 넘겼다고 생각했으나 사실은 그렇지가 않았다. 그녀를 과소평가했던 것이다. '내가 탈옥한 사실을 그녀가 대체 어떻게 알아냈을까? 이제 리노나 시애틀로 가 보면 어떨까? 항구 도시는 대체로 좋지. 아니, 가만. 천천히 한번 생각해 보자.'

에델은 무엇을 훔친 것이 아니다. 무언가를 갖고 있는 것이다. 케이트는 그녀를 겁내고 있다. 늙은 창녀 하나 찾는 데 500달러를 쓴다는 건 예삿일이 아니다. 일단 에델이 판사에게 하려던 말은 사실일 것이다. 그리고 케이트는 그것을 두려워하고 있다. 잘하면 그걸 이용할 수도 있을 것이다. 하지만 젠장! 그녀가 탈옥한 사실을 알고 있으니 다 틀렸다. 또다시 감옥살이를 하고 싶지는 않았다.

그러나 생각만 하는데 손해 볼 건 없었다. '지난 4년을 걸고 도박을 해 보면 어떨까? 그래, 한 1만 달러쯤 불러 볼까? 내가 손해인가? 지금 꼭 결정지을 필요는 없지. 그녀는 내 비밀을 알고 있으면서도 고발하지 않았어. 그런 걸 보면 나를 써먹을 데가 있는 충견이라고 생각했을 거야.'

에델이 결정적인 카드인지도 모른다.

자, 시간을 두고 천천히 생각해 보자. 다시없는 좋은 기회일지도 모른다. 어쩌면 패를 뽑아 들고 지켜보는 것이 나을 수도 있다. 그러나 젠장, 케이트는 너무나 영리했다. 조는 그녀를 상대할 수 있을지 의심스러웠다. 그래도 그냥 한번 밀고 나가 볼까?

조는 벌떡 일어나 유리잔 가득 위스키를 채웠다. 불을 끄고 블라인드를 올렸다. 맞은편 방에서 비쩍 마르고 왜소한 체구의 여자가 목욕 가운을 걸친 채 세면대에서 스타킹을 빨고 있는 것이 보였다. 조는 술을 마시면서 그 모습을 지켜보았다. 술기운이 돌자 귀에서 윙윙거리는 소리가 났다.

'그래, 다시없는 기회일지도 몰라. 이미 기다릴 만큼 충분히 기다렸어.' 그는 작고 날카로운 이빨을 가진 그 계집이 몹시 싫었다. 그러나 지금 당장 결정을 내릴 필요는 없었다.

조가 가만히 창문을 열고 테이블 위에 있던 펜을 집어 창밖으로 던졌다. 건너편의 바싹 마른 여자가 소스라치게 놀라며 급히 블라인드를 내렸다. 그는 재미있다는 듯이 킬킬거렸다.

세 잔째 마시자 위스키 한 병이 바닥을 드러냈다. 조는 거리로 나가서 시내 구경을 하고 싶었다. 그러나 술에 취하면 외출을 하지 않는다는 나름대로의 규칙이 있었기 때문에 그것을 어길 수 없었다. 그렇게만 하면 절대 사고는 나지 않는 법이다. 사고가 나면 경찰이 오고, 경찰은 신원 조회를 할 것이고, 그러면 또다시 형무소로 끌려가게 될 것이다. 이번에는 모범수가 된다고 해도 절대로 철도 건설 현장에서 일할 수는 없을 것이다. 그는 외출할 생각을 접었다.

그에게는 혼자 있을 때를 위해 마련해 놓은 또 다른 즐거움이 있었다. 그러나 그것이 진정한 즐거움이라고는 생각지 않았다. 그는 지금 그것을 탐닉하기로 했다. 조는 침대에 누워 어둡고 비참했던 어린 시절과 돌발적인 비행으로 얼룩졌던 사춘기를 회상해 보았다. 그는 그야말로 징그럽게 운이 없었다. 무릇 큰 인물은 운이 따르는 법이다. 그도 몇 차례 날치기를 하는 데는 성공했지만, 주머니칼을 잔뜩 소지하고 있었던 게 화근이었다. 경찰이 집에 와서 그를 잡아갔다. 그 뒤로는 요주의 인물로 꼽혀 줄곧 감시를 받게 되었다. 달리시티에서는 누군가 트럭에서 딸기 한 상자를 훔치기만 해도 여지없이 조가 의심을 받았다. 학교에서도 운이 없기는 마찬가지였다. 선생이나 교장 모두 그를 미워했다. 누구라도 그런 개 같은 상황은 견뎌 낼 수 없었을 것이다. 그는 도망칠 수밖에 없었다.

불운했던 추억을 떠올리자 가슴속에서 따뜻한 슬픔이 자라났다. 조는 계속 기억을 더듬어 갔다. 의지할 곳 하나 없는 외로운 소년이었던 자신의 모습이 측은하게 느껴졌다. 결국 두 눈에 눈물이 차오르면서 입술이 파르르 떨렸다. 그런데 지금의 자신은 또 어떤가. 남들은 가정을 갖고 자가용을 굴리는데, 자기는 도망자 신세가 되어 유곽에서 허드렛일이나 하고 있지 않은가. 이 세상 다른 사람들은 모두 안정되고 행복했다. 그리고 밤이 되면 블라인드를 내려서 조를 멀찌감치 소외시켰다. 그는 흐느껴 울다가 잠이 들었다.

이튿날 아침 10시에 일어난 조는 팝에른스트 식당에서 아침 식사를 했다. 그리고 이른 오후에 버스를 타고 왓슨빌로 가서 전화 연락을 받고 나온 친구와 당구를 세 게임 했다. 마지막 게임에서는 조가 이겼다. 그는 친구에게 10달러짜리 지폐 두 장을 내밀었다.

"이게 뭐야! 돈은 필요 없어."

친구가 말했다.

"받아."

조가 말했다.

"별로 도움이 되지도 못했는데……."

"아니, 충분해. 그 여자가 여기 없다는 걸 알려 줬잖아. 자네라도 되니까 그걸 알아냈지."

"그 여자를 왜 찾는지 끝까지 말 안 해 줄 텐가?"

"윌슨, 처음부터 말했지만 나도 몰라. 그저 맡은 일을 할 뿐이야."

"알겠네. 어쨌거나 내가 해 줄 수 있는 건 그뿐이야. 무슨 모임이 있었던 것 같아. 뭐라더라? 치과의사들이라나, 그 비슷한 샌님들이라나. 아무튼 그 여자가 거길 간다고 했는지 내가 그냥 그렇게 추측한 건지는 나도 잘 모르겠어. 더 이상은 도무지

생각이 나질 않는단 말이야. 샌타크루즈를 뒤져 봐. 누구 아
는 사람이라도 있어?"

"안면이 있는 사람은 몇 있지."

"말러라는 자를 만나 봐. 할 말러야. '할 당구장'을 운영하면
서 골방에서는 노름판도 벌이지."

"고맙네."

"뭘. 이봐, 조! 돈은 필요 없다니까."

"어차피 내 돈이 아니니까 받아 둬. 담배나 사 피우게."

버스에서 내리니 두 집 건너에 할의 가게가 있었다. 저녁 식
사 때였지만 스터드 노름은 계속되고 있었다. 한 시간쯤 지난
후 할이 변소로 향할 때 조가 뒤쫓아 가서 말을 건넸다. 할은
크고 흐릿한 눈으로 그를 물끄러미 바라보았다. 두꺼운 안경
알 때문에 그의 눈은 더욱 커 보였다. 그는 천천히 바지 단추
를 채운 뒤, 검은색 알파카 토시를 매만지고 녹색 보안용 챙
을 똑바로 고쳐 썼다.

"게임이 끝날 때까지 앉아서 기다리슈. 아님 한판 붙어 보
시든지."

"몇 사람이 합니까?"

"한 사람뿐이오."

"나도 하죠."

"한 시간에 5달러요."

할이 말했다.

"이기면 10퍼센트를 갖는 거고요?"

"좋소. 상대는 노랑머리 윌리엄스요."

새벽 1시에 할과 조는 발로그릴로 갔다.

"갈비 스테이크 2인분과 감자튀김을 줘요. 수프도 들겠소?"

할이 물었다.

"아뇨. 그리고 난 감자튀김은 안 먹습니다. 변비가 생겨서요."

"나도 그렇지."

할이 말했다.

"그래도 나는 먹겠소. 운동을 충분히 하지 못하니까."

할은 식사를 하기 전까지는 말이 별로 없었다. 입안에 음식이 들어 있을 때에야만 말을 하는 것 같았다.

"정확히 의도가 뭐요?"

그가 스테이크를 씹으며 물었다.

"그저 단순한 일일 뿐입니다. 이 일로 100달러를 버는데, 그 중에서 25달러를 드리지요. 괜찮겠습니까?"

"증거가 필요한가요? 증빙서류 같은 것?"

"아뇨. 있으면 좋지만 없어도 상관없습니다."

"언젠가 그 여자가 내 가게로 와서는 손님을 좀 모아 달라고 하더군요. 아주 쓸모없는 여자였어요. 일주일에 20달러도 못 벌었으니까. 그 여자가 우리 가게에서 일하는 걸 본 빌 프리머스가 나중에 여자가 발견되고 난 후 내게 와서 알려 줬어요. 그제야 난 그 여자에 대해 알게 되었죠. 빌은 좋은 친구요. 이곳 경찰은 꽤 괜찮은 편이라니까."

에델은 나쁜 여자가 아니었다. 게으르고 칠칠맞지 못하지만 성격은 좋았다. 그러면서도 품위를 지키고 자존심을 잃지 않으려고 했다. 그리 영리하지도, 예쁘지도 않다는 두 가지 결점 때문에 그리 운도 따르지 않은 모양이었다. 파도에 떠밀려 모래밭에 반쯤 파묻힌 그녀를 사람들이 끌어올렸을 때, 그녀는 스커트가 말려 올라가 엉덩이가 훤히 드러나 있었다. 만일 품위를 중시하는 그녀가 그 사실을 알았다면 몹시 부끄러워했을 것이다.

할이 말했다.

"정어리잡이 배를 타는 사람들 중에는 아주 난폭한 놈들도 있죠. 값싼 술을 퍼마시고 온갖 망나니짓을 다 하거든. 내 생각에는 그런 녀석들 중에 하나가 그 여자를 끌고 나가 뱃전에서 밀어 버린 것 같아요. 아니면 어떻게 그 여자가 물에 빠졌겠습니까?"

"선창에서 뛰어내렸는지도 모르죠."

"그 여자가요?"

할이 감자를 씹으며 말했다.

"에이, 그건 말도 안 돼요! 너무 게을러서 자살할 위인도 못 된다니까. 확인해 보겠소?"

"당신이 맞다면 맞는 거겠죠."

조가 그렇게 말하면서 25달러를 테이블 너머로 건네주었다. 할은 지폐를 담배처럼 말아 조끼 주머니에 찔러 넣었다. 그러고는 고기를 세모지게 잘라 입에 넣었다.

"틀림없이 그 여자였다니까."

그가 말했다.

"파이 좀 들겠소?"

이튿날 조는 정오까지 잠을 잘 생각이었으나 7시에 잠에서 깼다. 그는 오랫동안 침대에 누워 있었다. 그날 밤 자정을 넘긴 후에야 살리나스로 돌아갈 계획이었다. 좀 더 생각할 시간이 필요했기 때문이다.

이윽고 침대에서 일어난 그는 거울을 들여다보며 여러 가지 표정을 연습했다. 실망한 표정을 짓고 싶었지만 지나치게 실망한 것처럼 보이고 싶진 않았다. 케이트는 징그럽게 영리한 여자였다. 그래서 그녀가 하는 대로 따라 하기만 하면 되었다. 그녀는 빈틈이 없었다. 조는 그런 그녀가 여전히 무섭고 두려웠다.

조는 마음속으로 자신에게 조심스럽게 주의를 주었다.

'그냥 돌아가서 사실대로 말하고 500달러만 받아 챙겨.'

조는 그런 자신의 소심함을 야멸치게 윽박질렀다.

'이건 행운이야! 그동안 이만한 행운을 잡아 본 적이나 있어? 행운이 찾아왔을 때 그걸 알아차리면 행운이 절반은 굴러들어 온 거나 다름없어. 평생을 더러운 포주 노릇이나 하며 보낼 셈이냐? 치밀하게 대처해야 해. 그녀가 스스로 입을 열도록 만들라고. 손해날 것 없잖아? 일이 잘 안 풀리면, 그때 가서 막 알게 된 것처럼 얘기해도 된다고. 그녀는 단 6시간 안에 너를 감방에 집어 처넣을 수도 있어. 만약 치밀하게 대처하지 않으면? 내가 잃는 게 뭐지? 내가 지금껏 행운을 잡아 본 적이 있던가?'

4

케이트는 한결 기분이 좋아졌다. 새 약이 효험이 있는 것 같았다. 손의 통증이 줄어들면서 손가락이 곧게 펴지고 관절도 그다지 부어오르지 않는 듯했다. 오랜만에 잠을 푹 자서인지 기분이 상쾌하고 조금 흥분되기까지 했다. 아침 식사로는 삶은 계란을 먹고 싶었다. 그녀는 자리에서 일어나 실내복으로 갈아입고 손거울을 침대로 가져갔다. 그리고 베개를 높이 베고 드러누운 채 자기 얼굴을 들여다보았다.

휴식이란 대단한 것이었다. 통증이 일어나면 보통 턱이 굳고, 근심으로 눈이 퀭하게 빛나고, 관자놀이 위와 뺨 주변의 근육은 물론 코 주변의 연약한 근육마저 다소 부어올랐다. 그것이야말로 질병의 증거이자 고통에 대한 저항의 표시였다.

휴식을 취하고 난 케이트의 얼굴은 놀라울 정도로 달라졌다. 10년은 더 젊어 보였다. 그녀는 입을 벌리고 치아를 들여다보았다. 치석을 제거할 때가 된 것 같았다. 그녀는 치아를 소중히 간수했다. 어금니가 있던 자리에 금니를 대신 해 넣은 것 말고는 치료할 데가 없을 정도로 상태가 깨끗했다. 케이트는 자신이 굉장히 젊어 보인다고 생각했다. 단 하룻밤을 잘 잤을 뿐인데도 그녀는 옛날로 되돌아가 있었다. 이것이 사람들을 어리둥절하게 만드는 또 하나의 사실이었다. 사람들은 그녀가 허약하고 가냘프다고 생각했다. 그녀는 빙그레 미소를 지으며 생각했다. '그래, 난 강철 덫처럼 가냘프지.' 그녀는 항상 몸을 아끼는 편이었다. 술도 마시지 않고, 약물도 복용하지 않고, 최근에는 커피도 마시지 않았다. 과연 그 효과가 있는 것인지, 그녀는 여전히 천사 같은 미모를 갖고 있었다. 그녀는 목덜미의 잔주름이 보이지 않도록 거울을 약간 치켜들었다.

그녀의 생각이 비약해서 자신과 꼭 닮은 또 다른 천사의 얼굴을 떠올렸다. '이름이 뭐라더라……? 대체 그 애의 이름이 뭐였지? 알렉?' 레이스가 달린 새하얀 제복을 입고, 앙증맞은 턱을 아래로 당기고, 촛불에 비친 머리칼이 반짝이고 있었다. 그가 떡갈나무 지팡이를 들고 천천히 걸어가는 모습이 눈앞에 그려졌다. 소년의 목에는 황동 십자가가 걸려 있었다. 그에게는 뭔지 모를 차디찬 아름다움이 있었고, 그 아름다움은 전혀 오염되지 않은, 그래서 함부로 다가갈 수 없는 것이었다. 하긴, 케이트도 지금껏 진정으로 더럽혀진 적은 없었다. 그 어떤 것도, 혹은 그 누구도 그녀의 내부 깊숙이 파고들지는 못했던 것이다. 단단한 거죽만은 숱한 접촉으로 닳았는지 모르지만, 내면만은 그 알렉이라는 소년만큼이나 순결하고 빛이 났다. '알렉이란 이름이 맞긴 한가?'

케이트가 깔깔대며 웃었다. 두 아들의 어미인 그녀가 지금은 어린애같이 보였다. 만일 그 금발의 소년과 함께 있는 그녀를 누군가가 본다면 이상하다고 생각할까? 군중 틈에 그와 함께 나란히 서서 사람들에게 자신들의 관계를 알아맞혀 보라고 하면 어떨까 하는 생각도 해 보았다. '만일 그 애가…… 맞아, 그 애 이름이 아론이었지. 만약 아론이 모든 사실을 안다면 어떻게 될까? 그의 동생은 알고 있어. 그 영악한 후레아들 놈이…… 아니, 이런 말을 쓰면 안 되지. 그 애를 그렇게 불러서는 안 돼.' 너무나 당연한 사실인지도 모르지만, 그렇게 믿는 사람들도 개중에는 있었다. 어쨌거나 그 아이들은 떳떳하지 못한 사생아가 아니라, 신성한 결혼을 통해서 낳은 자식들이었다. 케이트는 다시 깔깔대고 웃었다. 기분이 좋았다. 재미있었다.

그런데 그 영악한 아이, 얼굴이 까무잡잡한 그 아이가 자꾸 마음에 걸렸다. 그는 찰스를 닮았다. 그녀는 찰스를 좋아했다. 그리고 할 수만 있다면 찰스는 그녀를 죽이려고 했을 것이다.

정말 신통한 약이었다. 그 약은 손가락의 통증을 멈추게 했을 뿐 아니라 잃었던 용기까지 되살아나게 했다. 그녀는 이전부터 계획했던 대로 되도록이면 빨리 모든 것을 정리하고 뉴욕으로 떠나야겠다고 생각했다. 에델에게 겁을 먹었던 일이 떠올랐다. 그깟 멍청하고 한심한 늙은 년 때문에 전전긍긍하다니, 그녀가 대단히 아프기는 아팠던 모양이다. 그년에게 친절을 베푸는 척하면서 감쪽같이 죽여 없애는 건 어떨까? 조가 그년을 찾아내면 어떻게 한다? 뉴욕으로 데려갈까? 데려가서 옆에 두고 꼼짝 못하게 만드는 거다.

케이트에게 한 가지 재미있는 생각이 떠올랐다. 그렇게 하면 아주 우스꽝스러운 살인 사건이 될 것이다. 누구든 어떤 상황에서도 해결을 하려거나 의심조차 하지 않을 살인. 초콜릿…… 그래, 초콜릿과 캔디를 한 상자씩 사다가 먹이는 거야. 베이컨도 좋겠지. 기름이 잘잘 흐르는 바삭바삭한 베이컨. 달착지근한 포도주와 함께 주면 좋아할 거야. 그리고 버터. 무엇이든 버터와 크림을 듬뿍 발라서 먹여야지. 채소와 과일은 절대 안 돼. 놀게 해서도 안 되지. 나가지 말고 집에 있어라. 난 너를 믿어. 뒤치다꺼리는 내가 다 해 줄게. 넌 피곤하니까 들어가서 자렴. 자, 술 한 잔 받고. 널 주려고 새로 나온 과자를 사 왔어. 상자째 들고 가서 드러누워 먹지 그래? 기분이 좋지 않으면 약을 먹지 그러니? 이 캐슈는 아주 좋은 건데……. 그러면 그 늙은 계집년은 자꾸 몸이 불어서 6개월 후엔 풍선이 터지듯 죽고 말 거다. 그게 아니면 촌충은 어떨까? 촌충을 사용해 본 사람이 있을까? 아무리 노력해도 자기 목구멍에 물 한 방울 넣을 수 없었던 사람이 누구더라? 탄탈로스였던가?

케이트의 입가에 달콤한 미소가 번지면서 기분이 좋아 온몸이 달아올랐다. 떠나기 전에 아들들에게 파티를 열어 주는 것도 좋을 듯싶었다. 조촐한 파티가 끝나면 보배같이 귀여운 그 녀석들 앞에서 서커스를 보여 줘야지. 문득 자기와 꼭 닮았다는 아론의 예쁜 얼굴이 떠올랐다. 그러자 가슴 언저리가 묘하게도 뻐근하게 아파 왔다. 그 애는 영리하지 못하다고 했지. 그렇다면 자신을 보호할 수도 없을 텐데. 그 까무잡잡한 동생 녀석이 문제야. 그녀는 칼의 기질을 짐작할 수 있었다. 그는 그녀를 꼼짝 못하게 만들었었다. 떠나기 전에 녀석의 버르장머리를 고쳐 놓아야지. 어떻게 한다…… 그래, 성병에라도 걸리게 해 놓으면 녀석의 기가 한풀 꺾일 거야.

케이트는 문득 아론에게 자신에 대해 알리지 말아야겠다는 생각이 들었다. 나중에 뉴욕으로 찾아오게 해도 된다. 그러면 그 아이는 자기 엄마가 줄곧 이스트사이드의 아담한 고급 주택에서 살고 있었다고 생각할 것이다. 아론을 데리고 극장

478

이며 오페라 구경을 가면 사람들은 그들 두 사람의 아름다움에 넋을 잃고, 그들이 남매간이나 모자간이라고 생각할 것이다. 암, 그렇고말고. 에델의 장례식에도 함께 갈 수 있다. 에델은 초대형 관이 필요할 것이고, 그 관을 들려면 힘 좋은 장정 여섯은 필요하겠지. 케이트는 즐거운 상상에 푹 빠진 나머지 조가 노크하는 소리도 듣지 못했다. 그는 문을 살짝 열고 방 안을 들여다보았다. 기분 좋게 미소 짓고 있는 얼굴이 보였다.

"아침 식사 가져왔는데요."

조는 리네 상부가 덮인 쟁반이 모서리로 문을 밀어 열었다. 그러고는 다시 무릎으로 밀어 문을 닫았다.

"저리로 가져갈까요?"

조가 턱으로 회색 방을 가리키며 물었다.

"아니, 여기서 먹겠어. 삶은 계란 하나하고 시나몬 토스트 한 쪽만 더 가져와. 계란은 4분 30초 동안 삶도록 해. 시간을 정확히 지켜. 덜 익어서 끈적대는 계란은 싫으니까, 알았지?"

"기분이 무척 좋아 보이시는군요, 마담."

"그래. 새 약이 효험이 있는 것 같아. 그런데 자네는 도살장에라도 끌려가는 사람 같군. 왜, 기분이 좋지 않아?"

"괜찮습니다."

조가 크고 푹신한 안락의자 앞의 테이블 위에다 쟁반을 내려놓았다.

"4분 30초라고 하셨죠?"

"응. 그리고 맛있는 사과가 있으면 그것도 하나 가져와. 아삭아삭한 걸로."

"이렇게 잡수시는 건 처음이군요."

주방에서 계란이 삶아질 때를 기다리면서 조는 공연히 불안했다. 그녀가 눈치를 챘는지도 모른다. 조심해야지. 이런, 젠장! 내가 알지도 못하는 일을 가지고 그녀가 나를 미워할 순 없는 거 아냐? 내가 무슨 나쁜 짓을 한 것도 아닌데.

조가 그녀의 방으로 돌아가서 말했다.

"사과는 없답니다. 대신 이 배가 괜찮다던데요."

"차라리 그게 더 낫겠군."

그는 케이트가 계란의 윗부분을 잘라낸 후 스푼으로 속을 파내는 것을 지켜보았다.

"어떻습니까?"

"적당히 잘 익었어."

"안색이 좋아 보이시네요."

"기분이 좋아. 그런데 자네는 죽을상이군. 무슨 일이야?"

조는 조심스럽게 이야기를 꺼냈다.

"마담, 500달러가 필요한 사람은 저 말고는 아무도 있지 않았습니다."

그녀가 조의 어눌한 말투를 놀리듯 장난스럽게 말했다.

"그냥 아무도 없었다고 하면 되지, 아무도 있지 않은 건 또 뭔가?"

"네?"

"아니야. 그래서 그게 대체 무슨 말이야? 계집을 찾을 수 없었다, 그 뜻인가? 좋아. 자네가 제대로 찾아본 것 같으면, 약속대로 500달러를 주지. 자세히 얘기해 봐."

케이트가 소금 병을 집어 들고 계란 위에 약간의 소금을 뿌렸다.

조는 짐짓 기쁜 표정을 지었다.

"고맙습니다. 곤란한 일이 생겨서 그 돈이 꼭 필요했거든요. 그건 그렇고, 저는 파야로와 왓슨빌을 뒤져 봤어요. 왓슨빌에서 꼬리를 잡았는데 이미 샌타크루즈로 떠나고 없더군요. 그래서 거기까지 쫓아가 보니 냄새만 풍긴 채 또 종적을 감춰 버렸더라고요."

케이트가 계란을 조금 맛보고는 소금을 더 쳤다.

"그게 다야?"

"아닙니다. 열이 올라서 무작정 샌루이스로 가 봤어요. 그랬더니 거기서도 역시 잠시 머물다 떠나 버린 후였어요."

"흔적도 없이 사라졌단 말이야? 어디로 갔는지 전혀 감도 오질 않아?"

조는 초조하게 손가락을 끄딱거렸다. 말 한 마디에 그의 성공 여부가, 어쩌면 남은 평생이 걸려 있을지도 몰랐다. 그는 입을 열기가 싫었다.

"어서 말해 봐."

이윽고 그녀가 재촉했다.

"자네는 무언가 알고 있어. 그게 뭐지?"

"대수로운 건 아닙니다. 다만 그걸 어떻게 생각해야 할지 모르겠어요."

"생각할 것 없어. 그냥 말만 해. 생각은 내가 할 테니까."

그녀가 날카롭게 쏘아붙였다.

"사실이 아닐지도 몰라요."

"당장 말하라니까!"

화가 치민 케이트가 소리쳤다.

"그 여자를 마지막으로 본 사내와 만났었어요. 이름이 저처럼 조라고 하더군요."

"왜, 그 친구 할머니 이름도 물어보지 그랬어?"

그녀가 빈정거리며 말했다.

"그 조라는 남자가 말하기를, 그 여자가 어느 날 술에 잔뜩 취해 자기는 살리나스로 되돌아가서 모든 걸 털어놓겠다고 하더라는 거예요. 그러고는 자취를 감췄대요. 그 친구가 아는 건 거기까지였어요."

케이트는 화들짝 놀라 어쩔 줄을 몰랐다. 처음에는 그저 불안한가 싶더니 이내 절망적인 공포에 휩싸여 현기증마저 느끼는 듯했다. 조는 그것을 한눈에 알아볼 수 있었다. 그것이 무엇이든 간에 조는 자신이 무언가를 잡았음을 깨달았다. 마침내 그에게 행운이 찾아온 것이다.

케이트가 한동안 무릎 위에 놓인 뒤틀린 손가락을 내려다보다가 고개를 들었다.

"이제 그 늙은 계집에 대해선 잊기로 하고, 약속대로 500달러를 주지."

조가 소리 죽여 숨을 돌렸다. 혹시나 자신의 조그만 숨소리에 그녀가 제정신으로 돌아오기라도 할까 봐 조바심이 났던 것이다. 그녀는 조를 믿었다. 그뿐 아니라 그가 말하지 않은 것에 대해서도 믿고 있었다. 조는 가능하면 빨리 그 방에서 나가고 싶었다.

"고맙습니다, 마담."

그가 나지막한 목소리로 말하고 조용히 문 쪽으로 걸음을 옮겼다.

그의 손이 문손잡이에 닿았을 때, 케이트가 짐짓 무심코 생각난 듯이 말했다.

"그런데 말이야, 조……."

"네, 마담?"

"어디서 무슨 얘기라도 들으면, 그러니까 그 여자에 대해서 말이야, 나한테 곧 알려 주게. 알겠지?"

"그러죠. 다시 한 번 알아볼까요?"

"아니, 그럴 필요는 없어. 그리 중요한 건 아니니까."

자기 방으로 돌아온 조는 문을 잠그고 의자에 앉아 팔짱을 꼈다. 그의 입가에 회심의 미소가 번졌다. 그는 곧장 앞으로의 계획을 짜기 시작했다. '다음 주까지 케이트가 그 생각에 빠져 있도록 내버려 두자. 한시름 놓을 때까지 기다렸다가 다시 에델 얘기를 꺼내는 거지.' 그는 자신의 무기가 무엇인지, 또 그 것을 어떻게 사용해야 하는지도 몰랐다. 그러나 그 무기가 날 카롭다는 것, 그리고 그 무기를 사용하고 싶어 좀이 쑤신다는 것만은 알고 있었다. 케이트가 회색 방으로 들어가 문을 걸어 잠그고 커다란 의자에 꼼짝 않고 앉아 눈을 감고 있다는 사실을 알았더라면, 조는 아마 통쾌함에 크게 웃었을 것이다.

46장

1

살리나스 계곡에는 가끔씩 11월에도 비가 내렸다. 그것은 자주 있는 일이 아니기 때문에 비가 내릴 때면《저널》지나《인덱스》지, 혹은 두 신문이 동시에 그에 대한 사설을 실었다. 하룻밤 사이에 언덕은 온통 연둣빛으로 변하고, 대기는 싱그러워졌다. 그러나 이 시기에 내리는 비가 농사에 큰 도움이 되는 것은 아니었다. 농사짓는 데 도움이 되려면 한동안 지속적으로 내려야 하는데, 그런 경우는 극히 드물었다. 대개는 금방 건기가 돌아와서 풀들은 시들고 서리가 내리면 더욱 오그라들어 종자만 낭비하는 셈이었다.

전쟁이 벌어지는 몇 해 동안에는 비가 무척 많이 내렸다. 사람들은 프랑스에서 대포를 많이 쏘아 이상 기온으로 비가 많이 내린다고 투덜거렸다. 이는 신문에 기사화되어 진지한 논쟁이 벌어지기까지 했다.

그 전쟁 첫해 겨울에는 미군이 프랑스로 대거 파견되지는 않았지만, 언제든 출동할 수 있도록 수백 만 병사가 훈련을 받으며 대기하고 있었다.

전쟁은 고통스럽기는 했지만 한편으로 흥분을 자아냈다. 독일군들은 쉽게 저지되지 않았다. 그들은 다시 주도권을 잡고 파리를 향해 조직적으로 진군하고 있었다. 언제쯤 그들을 저지할 수 있을지, 아니 그것이 가능한 일일지조차 예측하기 힘든 상황이었다. 만약 미국을 구원할 유일한 사람이 있다면, 그것은 단연코 퍼싱 장군일 터였다. 매일같이 신문에는 단정하고 맵시 있게 군복을 차려입은 그의 사진이 실렸다. 그의 턱은 돌처럼 단단했고 군복에는 주름 하나 없었다. 퍼싱 장군이야말로 완벽한 군인의 전형이었다. 그 누구도 퍼싱 장군이 무슨 생각을 하고 있는지 짐작조차 할 수 없었다.

우리는 전쟁에서 패하지 않으리라고 굳게 믿었지만, 실제 상황은 불리하게 진행되고 있는 것 같았다. 하얀 밀가루를 사려면 누런 밀가루 값의 네 배를 주어야 했다. 그러나 여유가 있는 사람들은 하얀 밀가루로 빵과 과자를 만들어 먹고, 누런 밀가루는 닭 모이로 주었다.

옛 C 기병대 본부에서는 향토예비군이 훈련을 받았다. 이제 쉰 살이 넘어 제대로 된 군인 역할을 하기엔 역부족인 사람들이었지만, 예비군 휘장에 배 모양의 약식 모자를 쓰고 일주일에 두 차례씩 체력 훈련을 받았다. 그들은 서로 명령을 내리기도 하고 누가 지휘관이 되느냐 하는 문제를 두고 늘 다투었다. 윌리엄 버트는 훈련소 마룻바닥에서 팔굽혀펴기를 하다가 목숨을 잃었다. 그의 심장이 견뎌 내지 못했던 것이다.

영화관이나 교회에서 미국을 위해 1분 동안 연설을 하고 다니는 사람에게는 '1분 인간'이라는 별명이 붙었다.

여자들은 적십자 제복을 입고 붕대를 감는 자신들을 '자비의 천사'라고 생각했다. 모든 여자들이 각자 누군가를 위해 뜨개질을 했다. 군복 소매 틈으로 파고드는 바람을 막기 위한 토시를 짜는 여자도 있었고, 눈만 내놓고 나머지 얼굴과 머리 전체를 감싸게 되어 있는 털실 헬멧을 짜는 여자도 있었다. 이 헬멧은 새 철모가 차가운 겨울바람에 머릿속까지 얼어붙게 하는 것을 막기 위한 것이었다.

품질 좋은 가죽은 장교용 군화나 벨트를 만드는 데 사용되었다. 이 멋진 벨트는 장교만이 맬 수 있는 것으로, 넓은 벨트에 가슴을 가로질러 왼쪽 견장 아래로 넘어가는 멜빵이 달려 있었다. 이 벨트는 영국군의 것을 본뜬 것이었는데, 영국에서마저도 그 본래의 목적을 상실한 지 오래였다. 이 벨트를 착용하는 본래의 목적은 무거운 검을 받쳐 주기 위한 것이었다. 장교들은 열병식을 할 때 이외에는 검을 차지 않았다. 그러나 장교들이 전사했을 때 보면 누구나 이 벨트를 매고 있었다. 잘 만들어진 벨트는 값이 25달러나 나갔다.

미국인은 영국인으로부터 많은 것을 배웠다. 그들이 훌륭한 군인이 아니었다면 우리는 많은 것을 모방하지 않았을 것이다. 우리 군인들도 소매 속에 손수건을 매고 다니기 시작했고, 일부 멋쟁이 중위들은 단장을 들고 다녔다. 그러나 단 한

가지 미군이 받아들이지 않은 것이 있었다. 바로 손목시계였다. 손목시계를 찬 모습은 어쩐지 바보 같아 보였기 때문에, 그것만은 영국군을 따라 하지 않은 것 같았다.

국내에도 적이 있었으므로 경계를 게을리 할 수 없었다. 산호세에서는 간첩 소동이 벌어졌다. 살리나스도 점점 커 가는 도시라서 방심할 수는 없었다.

살리나스에는 20여 년간 수제 양복을 만들어 온 펜첼이라는 자가 있었다. 키가 작고 뚱뚱한 펜첼은 독특한 억양을 구사해서 누구든 그의 말소리를 들으면 웃음을 터뜨릴 수밖에 없었다. 그는 알리설 스트리트에 있는 작은 양복점에서 하루 종일 작업대 위에 두 다리를 걸친 채 앉아 있었다. 그리고 저녁이 되면 가게에서 멀리 떨어진 센트럴애비뉴의 자기 집까지 걸어서 가곤 했다. 그는 늘 자기 집과 울타리를 흰색 페인트로 칠했다. 전쟁 전에는 그의 독특한 억양에 관심을 두는 사람이 아무도 없었다. 그러다가 어느 날 갑자기 그의 억양이 독일식임을 알게 된 것이다. 살리나스에도 공식적인 독일인이 있었던 셈이었다. 그는 파산하기 직전까지 전 재산을 털어 전시공채를 샀지만, 아무 소용이 없었다. 마을 사람들은 그것을 자기 신분을 감추기 위한 얕은 수작으로만 보았다.

향토예비군에서도 그를 받아 주지 않았다. 간첩이 살리나스 방어를 위한 비밀 계획을 알아내기를 바라는 사람은 아무도 없었다. 그렇다고 적이 만든 양복을 입고 싶어 하는 사람도 없었다. 결국 펜첼은 할 일이 없어 하루 종일 작업대 앞에 우두커니 앉아 있었다. 그는 옷 한 벌을 꿰맸다가 뜯고, 다시 꿰맸다가 또 뜯곤 했다.

　사람들은 온갖 방법을 동원하여 펜첼을 잔인하게 대했다. 그는 우리 마을에 사는 독일인이었으므로 매일같이 마을을 지나다녔다. 한때 그는 마을의 남자, 여자, 어린아이, 심지어 지나가는 강아지에게까지 인사를 건네고 인사를 받았다. 그러나 이제 그에게 말을 붙이는 사람은 아무도 없었다. 공허한 외로움과 상처받은 자존심으로 어둡게 그늘이 드리워진 그의 얼굴이 지금도 눈에 선하다.

　나와 내 누이도 펜첼에게 못되게 굴었다. 지금까지도 그 부끄러운 기억을 떠올리면 나도 모르게 식은땀이 흐르고 목이 죄어 오는 듯 갑갑하다. 어느 날 저녁, 우리 남매는 집 앞 잔디밭에 서 있었다. 저 멀리 풍채 좋은 펜첼이 걸어가고 있는 게 보였다. 그는 손질이 잘된 검은색 중절모를 똑바로 쓰고 있었다. 우리가 계획에 대해 미리 상의를 했는지 확실히 기억나진 않지만 아마도 그랬던 것 같다. 계획이 아주 성공적이었기 때문이다. 펜첼이 가까이 다가올 때쯤, 우리 남매는 나란히 느린 걸음으로 길을 건너갔다. 고개를 든 펜첼이 자신을 향해 다가가고 있는 우리를 보았다. 우리는 도랑 앞에 멈추어 섰다.

　그가 미소를 지으며 말했다.

　"잘 있었니, 존? 메리도 오랜만이구나."

　우리는 몸을 꼿꼿이 세우고 나란히 서서 합창하듯 외쳤다.

　"독일 황제 만세!"

　지금도 그의 얼굴이 눈에 선하다. 소스라치게 놀란 선량한 푸른색 두 눈. 그는 무언가 말을 하려다 그만 울음을 터뜨렸다. 굳이 눈물을 감추려고도 하지 않았다. 그는 그 자리에 선 채 서럽게 흐느껴 울었다. 그것을 보고 우리 남매는 어떻게 했을까? 유감스럽게도 메리와 나는 그냥 뒤돌아서서 부리나케 길을 건너 집으로 달려 들어갔다. 우리는 몹시 겁이 났다. 지금도 그 일을 생각하면 두려움이 앞선다.

그때 우리는 너무 어려서 펜첼을 제대로 골탕 먹이지는 못했다. 그러려면 장정 30명 정도가 필요했다. 어느 토요일 저녁, 30여 명의 장정이 어느 술집에 모였다가 사열 종대로 서서 '으! 으!' 구호를 외치며 센트럴애비뉴로 행진했다. 그들은 펜첼의 집 흰색 나무 울타리를 부수고 들어가 집 앞에 불을 질렀다. 독일 황제를 찬양하는 개자식을 그냥 두고 볼 수 없다는 것이었다. 그리하여 살리나스는 산호세와 어깨를 나란히 할 수 있었다.

그 일이 도화선이 되어 왓슨빌까지도 몹시 분주해졌다. 그들은 폴란드인을 독일인으로 착각하고 몸에 다르 칠을 하여 깃털을 붙이는 행패를 부렸다. 그도 물론 독특한 억양을 구사하는 사람이었다. 우리 살리나스 주민들은 일반적으로 전쟁 중에 불가피하게 벌어지는 일들을 모두 몸소 체험했다. 그리고 불가피한 생각들을 불가피하게 했다. 좋은 소식을 들으면 환호성을 질렀고, 나쁜 소식을 들으면 공포에 떨었다. 누구나 비밀을 갖고 있었고, 그것을 비밀로 간직하기 위해 조금씩 왜곡해서 소문을 퍼뜨렸다. 생활 패턴도 변했다. 임금과 물가도 올랐다. 식량 부족 현상이 올 거라는 풍문이 돌자, 너도나도 식료품을 사재기하기에 바빴다. 얌전했던 부인들도 토마토 통조림 하나를 놓고 아귀다툼을 벌였다.

그렇다고 모두가 못되고 치사하고 신경질적이었던 것만은 아니다. 영웅 의식도 존재했다. 군에 가지 않아도 될 사람들이 자진 입대를 하는가 하면, 도덕적 혹은 종교적인 이유 때문에 전쟁을 반대하는 사람들이 예상대로 골고다 언덕을 오르는 수난을 당했다. 이번 마지막 전쟁에서 승리해야만 살에 박힌 가시를 빼내듯 이 세계가 전쟁의 공포에서 자유로워지고, 그래야만 이 무의미하고 끔찍한 사태가 더 이상 존재하지 않을 수 있다고 믿는 사람들은 전 재산을 털어 공물로 바치기도 했다.

전쟁터에서의 죽음이란 위엄이나 존엄과는 전혀 상관이 없다. 대부분의 경우, 죽음은 인간의 피와 살이 산산이 흩어지는 것을 뜻하며 그 결과는 비참하다. 그러나 전사 소식을 알리는 전보 한 통이 가족에게 안겨 주는 슬픔과 절망과 비애는 장엄하고 감미로운 비극이었다. 그들은 특별히 할 말도 없고, 할 일도 없었다. 오직 한 가지 바람이 있다면 '그가 눈을 감을 때 고통스러워하지 않았었으면……' 하는 것이었다. 이 얼마나 서글프고 공허한 바람인가! 그리고 슬픔이 가시기 시작할 즈음이면 그 슬픔을 오히려 자랑스럽게 생각하는 사람들도 있었다. 상실감이 자부심으로 변한 것이었다. 그러한 사람들 중에는 전쟁이 끝난 후 그것을 잘 이용하는 사람들도 있었다. 돈벌이를 인생의 임무로 생각하는 사람이 전쟁을 이용하여 돈을 벌고자 하는 것이 자연스러운 것처럼, 그 또한 극히 자연스러운 일이었다. 돈을 벌었다고 해서 그를 비난할 사람은 아무도 없었다. 다만 전쟁에서 모은 재산의 일부를 전시 공채에 투자하리라는 기대는 했다. 우리들은 그 모든 것들이, 심지어 슬픔마저도 살리나스에서 처음 만들어진 거라고 생각했다.

47장

1

레이노드 빵집 옆에 있는 트래스크 가에서는 리와 애덤이 서부전선의 지도를 걸어 놓고 색색의 핀을 꽂아 구불구불한 선을 표시하며 마치 자기들도 참전한 듯한 기분을 맛보았다. 켈리가 세상을 떠나자, 애덤 트래스크가 대신 징병 위원으로 임명되었다. 그는 그 일에 안성맞춤이었다. 그는 이제 제빙 공장 일에 많은 시간을 소비하지 않는 데다, 군 복무 시 전혀 문제없이 명예롭게 만기 제대를 한 경력이 있었다.

애덤 트래스크는 직접 전쟁을 목격한 적이 있었다. 전쟁이라야 기동작전과 학살에 지나지 않는 소규모 전투였지만, 적어도 인간이 가능한 한 많은 인간을 죽여도 된다는 왜곡된 규율을 몸소 체험해 보았던 것이다. 애덤은 그 전쟁에 대해 잘 기억하지 못했다. 그러나 몇 가지 인상들은 그의 뇌리에 뚜렷하게 각인되어 있었다. 어느 사병의 얼굴, 산더미처럼 쌓여 불타는 시체들, 속보로 행진할 때 칼집 안에서 부딪치는 검의 금속성 소리, 귀청을 찢을 듯 불규칙하게 들려오는 카빈총 소리, 밤하늘에 울려 퍼지는 싸늘한 나팔 소리가 그것이었다. 이런 인상들은 마치 서툰 솜씨로 그려진 삽화처럼 움직임도 감정도 없었다.

애덤은 서글프지만 열심히 그리고 정직하게 일했다. 그러나 자기가 입대시킨 젊은이들이 사형선고를 받은 것이나 다름없다는 생각을 떨쳐 버릴 수가 없었다. 그는 자기가 약한 존재임을 알고 있었기 때문에 점점 더 엄격하고 성실하게 일했다. 구차한 변명을 하거나 조금이라도 부적합하다고 판단되는 사람에 대해서는 과감하게 집으로 돌려보냈다. 그는 명부를 집에까지 가져와서 검토하기도 하고, 부모들을 직접 찾아가는 등 자신에게 주어진 것보다 더 많은 일을 했다. 그는 교수형을 혐오하면서도 교수형을 내릴 수밖에 없는 판사가 된 기분이었다.

헨리 스탠튼은 애덤이 점점 더 수척해지고 말이 없어지는 것을 곁에서 지켜보았다. 헨리는 농담을 좋아하는, 아니 농담을 필요로 하는 사람이었다. 그러므로 침울한 사람과 사귀면 그 역시 기분이 언짢아졌다.

"마음을 편히 가져."

그가 애덤에게 말했다.

"자네 혼자 전쟁의 무게를 짊어지려고 하지 말란 말이야. 이봐, 그건 자네 책임이 아니야. 그저 정해진 규칙을 따르기만 하면 돼. 규칙대로 따라가면서 마음을 느긋하게 가져. 자네가 전쟁을 벌이고 있는 건 아니잖아."

애덤은 늦은 오후 햇살이 눈부셔 블라인드를 내렸다. 그러고는 책상 위로 새어 들어오는 빛을 가만히 응시했다.

"나도 알고 있어."

애덤이 지친 목소리로 말했다.

"그 정도쯤은 나도 안다고! 하지만 헨리, 결정을 내려야 한다는 게 문제야. 내 고유 권한으로 적부 심사를 하는 게 너무 힘들단 말이야. 캔덜 판사의 아들을 입대시켰는데, 그만 훈련 중에 죽고 말았지."

"그건 자네와 상관없는 일이야. 애덤, 저녁에 술이라도 한잔 하지 그래? 영화 구경을 가든지. 그런 다음 푹 자라고."

헨리는 조끼 겨드랑이에 엄지손가락을 꽂고는 의자 뒤로 기댔다.

"말이 났으니 말이지만, 애덤 자네가 끙끙대고 걱정해 봤자 입대 지원자들에게는 아무런 도움도 안 돼. 나라면 불합격 처리할 사람도 자네는 그대로 통과시키더군."

"나도 알아."

애덤이 말했다.

"전쟁이 얼마나 더 오래 계속될까?"

헨리가 애덤의 얼굴을 가만히 바라보더니 불룩한 조끼 주머니에서 연필을 꺼내 끝에 달린 지우개로 자신의 커다랗고 하얀 앞니를 문질렀다.

"자네 말뜻은 알겠네."

그가 조용히 말했다. 그러자 애덤이 깜짝 놀라 그를 바라보았다.

"내 말뜻이 뭔데?"

그가 다그쳐 물었다.

"그렇게 예민하게 굴 건 없어. 전에는 딸들만 있는 게 서운했는데, 이제는 천만다행이란 생각이 들어."

애덤은 책상 위에 비친 블라인드의 그림자를 집게손가락으로 짚었다.

"자네는 운이 좋은 거야."

그가 한숨 쉬듯 나지막하게 말했다.

"자네 아들들이 징집되려면 아직 한참 남았어."

"그래."

애덤의 손가락이 한줄기 빛을 따라 천천히 움직였다.

헨리가 말했다.

"나라면……"

"자네라면 뭐?"

"내 자식을 입대시켜야 한다면 어떤 기분이 들까 생각해 봤네."

"나는 사임할 거야."

애덤이 말했다.

"그래. 무슨 뜻인지 알겠어. 자기 자식만은 입대시키고 싶지 않은 게 인지상정이겠지."

"그런 게 아니야."

애덤이 말했다.

"그 애들을 입대시켜야만 하기 때문에 그만두는 거라고. 내 자식이라고 면제시킬 수는 없지."

헨리가 두 손을 깍지 껴서 책상 위에 올려놓았다. 그의 얼굴은 불만이 가득해 보였다.

"알았네, 알았어. 그래, 자네 말이 옳아. 사람이 그럴 수야 없지."

헨리는 농담을 좋아했기 때문에 엄숙하고 진지한 이야기가 나오면 일부러 회피했다. 그것을 슬픔과 혼동하고 있었기 때문이다.

"아론은 스탠퍼드에서 어떻게 지내나?"

"잘 지내. 힘들기는 하지만 잘 해낼 수 있을 거라고 편지에 썼더군. 추수감사절엔 집에 오겠대."

"나도 보고 싶군. 간밤엔 길에서 칼을 만났어. 아주 영리한 아이야."

"하지만 1년 앞서 대학 시험을 치르지는 못했지."

애덤이 말했다.

"진학할 생각이 없는지도 모르지. 나도 대학에 가지 않았다네. 자네는 어떤가?"

"나도 안 갔어. 대신 군에 입대했지."

애덤이 대답했다.

"좋은 경험을 했군. 하지만 자진해서 그런 경험을 한 건 아니겠지?"

애덤이 천천히 일어나 벽에 붙은 사슴뿔에 걸린 모자를 집어 들었다.

"잘 있게나, 헨리."

2

애덤은 집으로 돌아오면서 책임 문제에 관해 곰곰이 생각해보았다. 레이노드 빵집 앞을 지날 때, 리가 황금빛 프렌치 빵 한 덩어리를 들고 나왔다.

"마늘빵이 몹시 먹고 싶더라고요."

리가 말했다.

"스테이크와 함께 먹으면 좋겠군."

애덤이 말했다.

"그러지 않아도 벌써 준비했습니다. 편지는 없던가요?"

"깜박 잊고 우편함을 열어 보지 않았네."

그들은 함께 집으로 들어갔다. 리는 부엌으로 들어갔다. 잠시 후 애덤이 들어와 식탁 앞에 앉았다.

"리."

애덤이 말을 꺼냈다.

"우리가 입대시킨 청년이 전쟁터에서 전사한다면 그게 우리 책임이라고 생각하나?"

"좀 더 자세히 말씀해 보시죠. 다 듣고 나서 말씀드리겠습니다."

"다소 석연찮은 부분이 있었는데도 그냥 무시하고 입대를 시켰는데, 그 청년이 죽었다고 가정해 보자고."

"무슨 말씀이신지 알겠어요. 지금 고민하시는 게 책임 문제입니까, 비난 문제입니까?"

"난 비난을 받고 싶지 않아."

"때로는 책임이 더 큰 괴로움을 주기도 하지요. 책임은 결코 기분 좋은 일은 아니니까요."

"언젠가 새뮤얼 해밀턴과 자네와 내가 한 단어를 놓고 꽤 길게 논쟁을 벌였던 거 기억하나? 그 단어가 뭐였지?"

"기억납니다. 팀셸이었죠."

"맞아, 팀셸. 그리고 자네는 이런 말을 했지."

"팀셸에는 인간의 위대성이 내포되어 있다고 말했죠."

"새뮤얼 해밀턴은 그 말을 듣고 기뻐했던 것 같은데."

"그 말이 그분을 자유롭게 해 드렸으니까요. 그 말을 통해 그분은 남들과 구분되는 독자적인 인간이 될 권리를 얻으셨죠."

"그건 고독한 일이기도 해."

"위대하고 소중한 것은 모두 고독한 법이에요."

"그 단어가 뭐라고? 다시 한 번 말해 보게나."

"팀셸! 너는 죄를 다스릴 수도 있을 것이다."

3

애덤은 아론이 집에 오기로 한 추수감사절을 손꼽아 기다렸다. 아론이 집을 떠난 지는 얼마 되지 않았지만, 애덤은 어느새 아들의 본모습을 잊고 마치 사랑하는 연인을 제멋대로 상상하듯 그의 모습을 자기 마음대로 그려 보았다. 아론이 떠난 후 집 안이 조용하고 썰렁한 것도 그가 없기 때문이고, 조금만 괴로운 일이 생겨도 그가 없기 때문이라고 생각했다. 애덤은 자기도 모르는 사이에 아들 자랑을 늘어놓고 있었다. 아론이 얼마나 영리했고, 어떻게 월반을 했는지에 대해 관심도 없는 사람들을 붙잡고 구구절절하게 설명했다. 그는 아들의 노고를 치하하기 위해 추수감사절에 멋진 축하 파티를 여는 것이 좋겠다고 생각했다.

아론은 스탠퍼드 대학이 있는 팰러앨토의 한 자취방에 살면서 매일 약 2킬로미터를 걸어서 통학했다. 그는 비참했다. 대학 생활에 대한 그의 기대는 막연하나마 아름다운 것이었다. 맑은 눈의 남학생들과 청순한 여학생들이 단정한 복장으로 저녁마다 숲이 우거진 언덕 위의 새하얀 정자 아래 모여든다. 그들의 얼굴은 빛나고 진지하며, 그들의 목소리는 청아한 합창 소리처럼 숲속에 울려 퍼진다. 때는 항상 저녁이다. 아론이 어디서 이런 학창 생활의 이미지를 얻게 된 것인지는 그 자신도 몰랐다. 어쩌면 단테의 『지옥편』에 나오는, 아름다운 천사들을 그린 도레의 삽화로부터 그런 이미지를 갖게 되었는지도 모른다. 그러나 리랜드 스탠퍼드 대학은 아론이 꿈꾸었던 이미지와는 전혀 달랐다. 목초지 한가운데 평범한 갈색 석조 건물들이 사방으로 늘어서 있었다. 교회의 전면은 이탈리아식 모자이크로 장식되어 있고, 교실 벽은 니스 칠을 한 송판으로 되어 있었다. 그리고 각종 동아리들의 흥망성쇠를 통해 투쟁과 분노의 위대한 세계가 재현되고 있었다. 빛나는 천사로 상상했던 학생들은 지저분한 코듀로이 바지를 입고 있었으며, 학업에 짓눌려 허덕이는 학생들도 있었고, 부모들의 시시한 악행을 답습하는 학생들도 있었다.

지금껏 가정을 그리 소중하게 생각지 않았던 아론도 이제는 집이 못 견디게 그리웠다. 그는 주변 상황에 대해 알고 싶지도 않았고, 그 속에 끼고 싶지도 않았다. 환상에서 깨어난 그는 학생들이 떠들썩하게 소리치고 야단법석을 떠는 것이 무섭게만 느껴졌다. 그래서 학교 기숙사에서 나와 가구가 딸린 초라한 셋방을 얻었다. 아론은 그곳에서 새로운 꿈을 키우기 시작했다. 그 새로운 무채색 은신처에서 대학과는 정을 끊고 강의가 끝나면 곧장 자취방으로 돌아와 새삼스레 옛 기억 속에 젖어 들었다. 그의 추억 속에서 레이노드 빵집 옆의 집은 아늑하고 정다운 가정으로, 리는 이상적인 친구이자 조언자로 되살아났다. 그에게는 냉철하고 믿음직한 신적 존재와 같은 아버지와 명석하고 쾌활한 동생 칼, 그리고 에이브라가 있었다. 꿈속에서 그는 순결한 에이브라와 사랑에 빠졌다. 매일 밤 공부를 마치고 난 아론은 향기로운 목욕이라도 하듯이 그녀에게 편지를 쓰기 시작했다. 에이브라는 찬란하고 순결하고 아름다운 여인으로 승화시키고, 자신은 부정하고 사악하다는 생각을 하면서 아론은 묘한 쾌감을 느끼게 되었다. 자신이 못나고 비천하다는 내용의 글을 미친 듯이 즐거워하며 편지에 써 넣고는, 마치 성애를 즐기고 난 사람처럼 순화되어 잠자리에 들곤 했다. 그는 마음속에 떠오르는 온갖 사악한 생각들을 편지에 옮겨 적은 뒤 스스로 이렇게 해서는 안 되겠다고 다짐했다. 그것이 결국 그리움이 뚝뚝 묻어나는 연애편지가 되었던 것이다. 에이브라는 그 편지들을 읽고 내심 불안해졌다. 그녀는 아론의 성적 관심이 왜 그렇게 비뚤어진 것인지 이해할 수 없었다.

아론은 한 가지 실수를 범했다. 그는 실수를 인정하긴 했으나 번복할 수는 없는 노릇이었다. 그래서 혼자 다짐을 했다. 추수감사절에 집으로 가자. 그러면 모든 것을 확인할 수 있을 것이다. 어쩌면 다시 대학으로 돌아올 수 없을지도 모른다. 언젠가 에이브라가 함께 농장으로 가서 살자고 했던 말이 떠올랐다. 이제 그것은 아론의 꿈이었다. 커다란 떡갈나무들, 신선한 공기, 그윽한 세이지 향을 풍기며 언덕에서 불어오는 바람, 그 바람에 나부끼는 갈색 떡갈나무 잎사귀……. 이 모든 것들이 기억 속에서 되살아났다. 에이브라가 나무 아래 서서 일을 마치고 돌아오는 자신을 기다리고 있는 모습이 꿈결처럼 보였다. 때는 물론 저녁이었다. 정해진 하루 일과를 마치면 작은 골짜기 사이로 속세와 격리된 채 자연과 더불어 순수하고 평화롭게 살 수 있으리라. 어두운 저녁이면 세상의 추악함으로부터 벗어나 살게 되리라.

48장

1

11월이 끝나갈 무렵 포주 니거가 세상을 떠났고, 그녀의 유언에 따라 매우 간소하게 장례가 치러졌다. 그녀의 시신은 흑단과 은박으로 장식한 관에 안치되어 뮐러 장의사에서 하루를 보냈다. 그녀의 마르고 근엄한 옆얼굴은 관 네 귀퉁이에 세워진 네 개의 촛불 아래 엄격한 고행자의 인상을 짙게 풍겼다.

키가 작은 그녀의 흑인 남편이 시체 오른쪽 어깨 옆에 고양이처럼 쭈그리고 앉아 있었다. 그는 그렇게 꽤 오랫동안 죽은 아내처럼 꼼짝도 않고 앉아 있었던 듯했다. 그녀의 유언대로 장례식장에는 꽃도 없고, 예식이나 설교도 없었으며, 슬퍼하는 사람도 없었다. 낯선 가톨릭 신자들 몇몇이 주민들을 대표하여 영안실 문 앞까지 왔다가 슬쩍 안을 들여다보고는 이내 자리를 떠났다. 그들은 변호사, 노동자, 사무원, 은행원으로 대부분 중년을 넘긴 사람들이었다. 니거가 데리고 있던 매춘부들이 한 사람씩 차례로 들어와 예의를 갖추어 시신을 들여다보며 명복을 빌고 나갔다.

인간의 희생만큼이나 어둡고 절망적이고 치명적인 섹스의 명물이 이제 살리나스에서 영원히 사라져 버린 것이다. 그러나 제니의 집에서는 여전히 싸구려 술잔을 부딪치고 왁자지껄 웃어 대며 흥청거릴 것이다. 케이트의 집에서도 사내들의 말초신경을 자극하여 죄스러운 황홀경으로 몰아넣고, 끝내는 부르르 몸을 떨며 진이 다 빠져 버린 자신의 모습에 소스라치게 놀라게 하는 일이 계속될 것이다. 그러나 부두교[10] 의식과도 같이 음울하고 신비롭던 마담은 이제 영원히 사라졌다.

장례식 또한 망자의 유언에 따라 치러졌다. 관을 실은 영구차와 작은 승용차 한 대가 장례 행렬의 전부였다. 영구차 안에는 몸집이 작은 흑인 한 사람이 관 뒤쪽 한구석에 몸을 웅크린 채 앉아 있었다. 잔뜩 찌푸린 날씨였다. 장례사(葬禮師) 밀러의 집전에 따라 기름칠한 윈치로 관이 차에서 내려지자 영구차는 곧장 가 버렸다. 흑인 남편이 몸소 새 삽으로 흙을 퍼서 구덩이를 메웠다. 100미터쯤 떨어진 곳에서 잡초를 베고 있던 묘지 관리인은 바람에 실려 들려오는 곡소리를 들었다.

조 발레리는 올빼미 술집에서 버치 비버스와 맥주를 마시다가 소식을 듣고는 그와 함께 니거를 보러 갔다. 비버스는 잠

---

10) 미 남부 및 서인도제도의 흑인들 간에 행해지는 원시 종교. 잔인하고 주술적인 성격이 강하다.

시 얼굴만 비치고 서둘러서 나티비다드로 떠났다. 해리퍼드종 소들을 경매에 붙여 다른 소를 사기 위해서였다.

조는 빈소에서 나오다가 앨프 니켈슨과 마주쳤다. 앨프는 구시대부터 살아온 인물로, 정신이 약간 이상했다. 그는 닥치는 대로 일을 했다. 목수부터 땜장이, 대장장이, 전기공, 미장이, 가위 갈이, 구두 수선공 등 못하는 일이 없었다. 그는 늘 일을 했지만 여전히 가난을 면치 못했다. 그리고 남의 일에 관한 한 처음부터 끝까지 모르는 것이 없었다.

그 옛날 앨프가 잘나가던 시절에는 집집마다 드나들면서 온갖 소문을 접할 수 있었던 두 가지 유형의 사람들이 있었다. 바로 침모와 수리공이었다. 앨프는 중심가를 기점으로 양옆에 사는 모든 사람들에 관해 속속들이 알고 있었다. 심술궂은 떠버리인 그는 지칠 줄 모르는 호기심과 세상에 대한 원한 같은 것을 가지고 있었으나, 악한 사람은 아니었다.

앨프가 조를 보고는 누군지 기억해 내려고 애를 썼다.

"난 자네가 누군지 알아."

그가 말했다.

"말하지 말게. 내가 알아맞힐 테니."

조는 슬금슬금 자리를 피하려 했다. 자신을 안다는 사람을 보면 일단 경계심이 앞섰기 때문이다.

"잠깐 기다려 봐. 그래! 이제 알았어. 자네 케이트네 집에서 일하지?"

조는 안도의 한숨을 내쉬었다. 앨프가 그 이전의 자기를 알고 있을까 봐 겁이 났던 것이다.

"맞습니다."

조가 짤막하게 대답했다.

"난 한 번 보면 절대 얼굴을 잊어버리지 않는다네. 케이트네 집에다 그 괴상한 곁방을 지을 때 자네를 봤지. 그 여잔 대체 왜 그런 방을 꾸민다던가? 창문도 없이 답답하더구먼."

"눈이 아파서 어두운 걸 좋아하세요."

조가 말했다.

앨프는 코를 쿵쿵거렸다. 그는 아무리 단순하고 호의적인 이야기를 들어도 그것을 곧이듣지 않았다. 누군가 지나가다 인사를 하면 그것을 암호라고 생각했다. 누구나 비밀을 갖고 있기 마련인데, 그 비밀을 꿰뚫어 볼 수 있는 사람은 자기뿐이라고 확신했다.

앨프가 장의사 뮐러에게 고개를 홱 돌렸다.

"거봐, 이번이 중대 시점이라니까. 이제 옛사람들은 거의 다 갔어. 등신 같은 제니만 죽으면 다 끝나는 거지. 제니도 곧 갈 거야."

조는 불안했다. 그 자리에서 도망치고 싶었다. 눈치 빠른 앨프가 그런 낌새를 놓칠 리 없었다. 앨프는 자신에게서 도망치려는 사람을 다루는 데 전문가였다. 따지고 보면 그의 이야기 보따리가 항상 불룩한 것도 그 때문인지 몰랐다. 무언가 흥미로운 얘깃거리가 나올 것 같은 상황에서 그냥 자리를 떠날 수 있는 사람은 아무도 없었다. 누구나 마음속으로는 남의 얘기를 알고 싶어 한다. 앨프는 그런 재주 탓에 미움을 샀지만, 그래도 사람들은 그의 말에 귀를 기울였다. 그는 조가 곧 자리를 떠나리라는 것을 알아차렸다. 그러고 보니 최근 케이트네 집 소식에 대해 별로 들은 바가 없는 듯했다. 그가 옛날 얘기를 들려주면 조도 최근 소식을 말해 줄지 몰랐다.

"옛날엔 참 좋았는데……. 물론 자네 어렸을 때 얘기지."

앨프가 말을 꺼냈다.

"저, 친구와 약속이 있어서요."

앨프는 조의 말을 못 들은 척했다.

"페이를 생각해 봐. 그 여자가 문제였어."

그는 말을 이었다.

"알다시피 지금의 케이트네 가게는 예전에 페이 것이었어. 케이트가 그 가게를 어떻게 소유하게 되었는지 아는 사람은 아무도 없어. 완전히 베일에 싸여 있단 말이야. 수상쩍게 생각하는 사람도 있더군."

그는 조가 자기 얘기에 흥미를 보인다는 것을 눈치 채고 흡족해 했다.

"뭘 수상쩍게 생각했다는 겁니까?"

"떠도는 소문이란 게 알고 보면 대부분 허무맹랑한 얘기란 것쯤은 알고 있지? 하지만 듣고 보니 흥미롭긴 하더군."

"맥주 한잔하시겠어요?"

조가 제안했다.

"자네도 관심이 있나 보군."

앨프가 말했다.

"사내들은 장례식에 갔다 오자마자 곧장 침실로 뛰어든다고 하더군. 하지만 난 이제 몸이 예전 같지 않아. 장례식을 보고 나면 그저 목이 마를 뿐이지. 니거는 대단한 여자였어. 그 여자 얘기라면 다 알고 있지. 그 여자를 안 지가 35년…… 아니 벌써 37년이나 되는군."

"페이가 누구였습니까?"

조가 물었다.

두 사람은 그리핀 살롱으로 들어갔다. 그리핀은 술을 한 잔도 못 마셨고, 주정뱅이라면 질색을 했다. 그런 사람이 중심가에서 술집을 운영하고 있는 것이다. 그리핀 살롱에서는 토요일 저녁 이미 많이 취했다고 생각하는 손님에게는 더 이상 술을 팔지 않았다. 결과적으로 깨끗하고 조용하고 멋진 그 술집에는 최고의 손님들만 드나들었다. 사업상 거래나 차분한 대화를 나누기에 그리핀 살롱만큼 적당한 장소도 없었다.

조와 앨프는 후미진 구석 자리에 앉아 맥주 세 병씩을 마셨다. 그 자리에서 조는 사실인 것과 사실이 아닌 것, 근거가 있는 것과 없는 것, 그 밖에 온갖 추잡한 억측에 대해서까지 모두 알게 되었다. 이야기를 듣다 보니 모든 것이 뒤죽박죽이었다. 그러나 몇 가지는 명백했다. 우선 페이의 죽음에 무언가 미심쩍은 부분이 있는 듯했다. 또 케이트가 애덤 트래스크의 아내일지도 모른다는 생각이 들었다. 그러나 그 생각은 그냥 덮어 두기로 했다. 트래스크에게 복수를 당할지도 모르기 때문이었다. 페이의 문제는 너무나 중대한 사안이라 손을 댈 엄두가 나지 않았다. 그 문제에 대해서는 혼자 생각해 볼 필요가 있었다.

두어 시간이 지나자 앨프는 불쾌해졌다. 조가 전혀 맞장구를 쳐 주지 않았기 때문이다. 거래란 오가는 것이 있어야 하는 법인데, 그는 아무런 정보도, 추측할 만한 얘기조차도 넘겨 주지 않았다. 끝까지 입을 다물고 있는 걸 보면 무언가 감추고 있는 게 틀림없다는 생각이 들었다. 그러고 보니 조의 신변에 대해 알고 있는 사람은 아무도 없는 듯했다.

앨프가 마지막으로 말을 꺼냈다.

"나는 케이트를 좋아해. 가끔씩 일거리도 주고, 수고비도 그 자리에서 넉넉하게 주거든. 떠도는 얘기가 다 무슨 상관이 겠나? 하지만 생각해 보면 지독하게 냉정한 여자지. 평판도 아주 나빠. 자네는 어떻게 생각하나?"

"저는 마담과 잘 지내고 있습니다."

조가 대답했다.

그의 배신적인 대답에 화가 난 앨프가 자극적인 한마디를 던졌다.

"나는 아주 재미있는 생각을 했다네. 창문이 없는 곁방을 지을 때 있었던 일이야. 어느 날 그 여자가 차가운 눈초리로 나를 바라보더군. 그때 문득 이런 생각을 했지. 만일 그 여자가 내가 자기에 관한 모든 내막을 알고 있다는 걸 눈치 채고 내게 술이나 컵케이크를 권하면 '고맙지만 사양하겠습니다.'라고 답해야지 하고 말이야."

"어쨌든 저하고 마담은 잘 지냅니다."

조가 말했다.

"이제 친구를 만나러 가 봐야겠어요."

조는 자기 방으로 돌아와서 생각했다. 왠지 불안했다. 그는 벌떡 일어나 옷가방을 살펴보고 책상 서랍을 모두 열어 보았다. 누군가 자기 물건을 뒤져 본 것 같았다. 그저 그런 생각이 들었을 뿐, 확실한 증거는 없었다. 이것이 그를 불안하게 만들었다. 그는 엘프에게 들은 이야기들을 머릿속으로 정리해 보았다.

그때 노크 소리가 들렸다. 델마였다. 눈이 퉁퉁 부어오른 데다 코끝이 빨갰다.

"케이트한테 무슨 일이라도 있어?"

델마가 물었다.

"요새 좀 아팠지."

"그런 얘기가 아냐. 내가 부엌에서 밀크셰이크를 과일병에 넣고 흔들고 있는데 그 여자가 들어오더니 나를 냅다 때리는 거야."

"그 속에 위스키를 넣고 흔들었던 거 아냐?"

"천만에. 바닐라 향을 넣었을 뿐이야. 그걸 가지고 그렇게 욕을 퍼붓다니 말도 안 돼."

"옛날에도 그런 적이 있었잖아. 안 그래?"

"이번에는 그냥 넘어가지 않을래."

"그냥 안 넘어가면 어쩔 건데? 쓸데없는 소리 집어치우고 어서 나가!"

델마는 생각에 잠긴 듯한 예쁘장한 눈으로 그를 바라보았다. 그러다가 조심스럽게 물었다.

"조, 너는 진짜 충견인 거니, 아니면 그런 척하는 거니?"

"그게 너와 무슨 상관인데?"

"상관이야 없지, 이 개새끼야."

2

조는 천천히 신중하게 그리고 반드시 오랫동안 깊이 생각한 다음에 행동을 취하기로 마음먹었다. 그는 몇 번이나 이렇게 다짐했다.

'드디어 행운을 잡았어. 그러니 잘 이용해야 해.'

그는 케이트의 방에 들어가 그녀의 뒷모습을 마주하고 선 채 그날 저녁에 처리할 지시 사항을 들었다. 그녀는 녹색 보안용 챙을 깊숙이 눌러쓰고 책상 앞에 앉아 있었다. 그를 돌아보지도 않았다. 간단한 지시를 마친 그녀가 말을 이었다.

"조, 요즘 자네 일에 관심이 있긴 한 건가? 그동안은 내가 몸이 아파 신경을 못 썼지만 이제 나았어. 거의 다 나았지."

"뭐 잘못된 거라도 있습니까?"

"그런 징조가 보여. 델마가 바닐라 향료를 먹느니 차라리 위스키를 마시는 게 나아. 사실 위스키도 안 마셨으면 좋겠지만 말이야. 요즘 자네가 꾀를 부리는 것 같은데."

조는 머릿속으로 빠져나갈 구멍을 찾았다.

"음, 그동안 좀 바빴습니다."

"바빴다고?"

"마담을 위해 그 일을 알아보느라고요."

"그 일이라니?"

"다 아시면서…… 에델에 관한 일 말입니다."

"에델 따윈 잊어버리라니까!"

"그러죠."

그때 생각지도 않은 말이 조의 입에서 튀어나왔다.

"어제 그 여자를 보았다는 사람을 만났습니다."

만일 그가 케이트의 성질을 몰랐더라면 그렇게 뜸을 들이지도 않았을 것이다. 정확히 10초의 침묵이 흐른 뒤, 마침내 케이트가 먼저 입을 열었다.

"어디서?"

"여기서요."

그녀가 회전의자를 천천히 돌려 그를 마주 보았다.

"처음부터 자네에게 솔직히 털어놓고 일을 맡겼어야 하는 건데 그랬군. 잘못을 시인하기란 어려운 일이지만 자네한텐 말해야겠어. 에델을 군 경계 밖으로 내쫓은 게 나라는 건 굳이 다시 말할 필요도 없겠지. 그 여자가 네게 어떤 나쁜 짓을 했다고 생각했기 때문이었어."

그녀의 목소리는 점점 침울해졌다.

"그런데 나중에 알고 보니 그건 내 착오였어. 그 후 그 생각이 머릿속에서 떠나질 않았지. 에델은 내게 아무 짓도 하지 않았어. 그래서 어서 찾아내 보상을 해 주고 싶어. 자네 눈에는 내가 이런 생각을 하는 게 이상하게 보이지?"

"아닙니다. 마담."

"에델을 찾아 줘. 그 여자한테 보상을 해 줘야 기분이 좋아질 것 같아. 가엾은 늙은이거든."

"노력하겠습니다, 마담."

"그리고 조, 돈이 필요하면 말해. 그 여자를 찾으면 내 얘기를 전해 주고. 이리 오기가 싫다고 하면 전화 연락이 되는 곳을 알아 놔. 돈이 필요한가?"

"지금은 필요 없습니다. 그러나 전보다도 더 자주 집을 비워야 할 것 같은데요."

"그렇게 해. 자, 이제 그만 나가 봐, 조."

조는 자신을 껴안아 주고 싶은 심정이었다. 복도로 나온 그는 자기 팔꿈치를 움켜쥐고 희열이 온몸으로 퍼지는 것을 느꼈다. 모든 일이 계획대로 되어 간다는 확신이 들기 시작했다. 그는 초저녁의 나지막한 속삭임이 들려오는 어둠침침한 응접실을 지나갔다. 그리고 밖으로 나가 바람결에 움직이는 구름 사이로 무수히 빛나는 별들을 올려다보았다.

조는 문득 잔소리가 심했던 아버지가 생각났다. 아버지가 했던 말이 떠올랐기 때문이다.

"수프를 날라다 주는 사람을 조심해라."

조의 아버지는 그렇게 말했었다.

"누군가에게 항상 수프를 날라다 주는 여자를 예로 들어 보자. 그 여자는 무언가를 바라고 있는 거다. 이 말을 잊지 마라."

조가 나지막하게 중얼거렸다.

"수프를 날라다 주는 친절한 여자. 난 마담이 그보다는 더 영리한 줄 알았는데……."

조는 혹시나 자기가 놓친 것이 없는지 확인하기 위해 케이트가 했던 말 한 마디 한 마디와 음조를 되새겨 보았다.

"아니, 수프를 날라다 주는 사람은 아냐."

그리고 앨프가 한 말도 생각해 보았다.

"만일 그 여자가 술이나 컵케이크를 권한다면……."

3

케이트는 책상 앞에 앉아 있었다. 마당에 심은 키 큰 쥐똥나무 숲 사이로 바람이 스쳐가는 소리가 들렸다. 바람결에도 어둠 속에도 에델의 모습이 가득 차 있었다. 뚱뚱하고 게으른 에델이 미끄덩한 해파리처럼 눈앞에 어른거렸다. 갑자기 피로감이 뻐근하게 몰려왔다.

그녀는 회색 방으로 들어가 문을 걸어 잠그고 어둠 속에 앉아서 손가락 마디가 쑤셔 오는 고통의 소리에 귀를 기울이고 있었다. 관자놀이에서 맥박이 팔딱거렸다. 그녀는 목에 건 쇠줄에 달린 금속 튜브를 더듬어 찾았다. 젖가슴에 묻혀 따뜻해진 그 튜브를 뺨에 문지르자 용기가 되살아났다. 그녀는 세수를 하고, 화장을 하고, 머리를 풍성하게 빗어 올렸다. 그러고는 복도로 나가 평소에 하던 대로 응접실 문 앞에 서서 귀를 기울였다.

문 오른쪽에서 두 여자가 이야기를 나누고 있었다. 케이트가 들어서자 대화가 즉시 중단되었다. 그녀가 말했다.

"헬렌, 바쁘지 않으면 나 좀 봐."

헬렌은 케이트를 따라 복도를 지나서 방으로 들어갔다. 그
녀는 옅은 금발에 백옥같이 투명한 피부를 갖고 있었다.

"무슨 일이시죠, 마담?"

헬렌이 겁에 질린 목소리로 물었다.

"앉아. 별것 아니야. 니거 장례식에 갔니?"

"가면 안 되나요?"

"상관없어. 갔던 모양이구나."

"네."

"그 얘기 좀 해 봐."

"무슨 얘기를요?"

"그냥 기억나는 대로 말하면 돼. 분위기가 어땠지?"

헬렌이 불안해 하며 말했다.

"글쎄요……. 조금 무서운 것 같기도 하고, 아름다운 것도
같고……."

"무슨 말이야?"

"잘 모르겠어요. 조화도 없고, 아무것도 없었어요. 단지……
그러니까…… 음, 뭐랄까 위엄 같은 것이 있었던 것 같아요. 니
거 마담은 까만 나무 관에 누워 있었어요. 엄청나게 커다란
은 손잡이가 달린 관이었죠. 뭐랄까…… 잘 표현을 못 하겠네
요. 어떻게 이야길 해야 할지 모르겠어요."

"다 표현했는지도 모르지. 그 여자는 뭘 입고 있었어?"

"옷이오?"

"그래, 옷. 알몸으로 묻지는 않았겠지?"

헬렌의 얼굴에는 고민하는 표정이 역력했다. 그러나 결국

514

이렇게 말했다.

"모르겠네요. 기억이 안 나요."

"장지에도 갔니?"

"아뇨. 아무도 안 갔어요. 그 사람 빼고는요."

"그 사람이라니?"

"남편요."

케이트가 재빨리 화제를 돌렸다. 어쩐지 서두르는 것 같았다.

"오늘 밤 단골손님이 있나?"

"없어요. 내일이 추수감사절이니까 한가할 거예요."

"잊고 있었군. 그만 나가 보도록 해."

헬렌이 밖으로 나가는 것을 지켜본 후 케이트는 다시 초조한 마음으로 책상 앞에 앉았다. 수도관 보수공사 청구 내역을 들여다보면서 그녀는 왼손으로 목을 더듬어 쇠줄을 잡았다. 한결 마음이 편해지고 안심이 되었다.

49장

1

리와 칼은 역으로 마중을 나가겠다는 애덤을 만류했다. 아론이 타고 올 기차는 샌프란시스코발 로스엔젤레스행 야간열차였다.

칼이 말했다.

"에이브라 혼자 나가게 하시죠. 에이브라를 제일 먼저 보고 싶을 거예요."

"아론의 눈에는 에이브라밖에 안 보일 겁니다. 그러니 우리가 나가든 안 나가든 의미가 없어요."

리도 한마디 거들었다.

"난 아론이 기차에서 내리는 모습을 보고 싶어."

애덤이 말했다.

"그 애는 많이 변했을 거야. 어떻게 변했는지 보고 싶단 말일세."

리가 말했다.

"집 떠난 지 두어 달밖에 안 됐으니 크게 변하진 않았을 겁니다. 나이가 더 들어 보이지도 않을 거고요."

"많이 변했을걸. 경험을 쌓으면 변하기 마련이니까."

"아버지가 가시면 우리 모두 가야 하잖아요."

칼이 말했다.

"그럼 넌 형이 보고 싶지도 않단 말이냐?"

애덤이 준엄하게 물었다.

"저야 보고 싶죠. 하지만 형은 절 보고 싶어 하지 않을걸요. 적어도 제일 먼저는요."

"보고 싶어 할 거다."

애덤이 말했다.

"아론을 깎아내리는 말은 하지 마라."

그러자 리가 두 손을 들고 말했다.

"알겠습니다. 우리 모두 가도록 하죠."

"자네는 상상이 가나?"

애덤이 말했다.

"그 애는 새로운 걸 많이 배웠을 거야. 말투도 달라졌는지 궁금하군. 동부에서는 대학마다 독특한 말투가 있다더군. 그래서 누구나 하버드대 학생과 프린스턴대 학생을 구별할 수 있지. 나도 다른 사람에게 들은 얘기지만 말이야."

리가 말했다.

"잘 들어 봐야겠군요. 스탠퍼드 대학에선 어떤 말씨를 쓰는

지 궁금하네요."

그는 칼을 바라보고 미소 지었다. 애덤은 그것이 우습다고 생각지 않았다.

"리, 아론 방에 과일을 갖다 놓았나? 그 애는 과일을 좋아해."

"배하고 사과 그리고 머스캣 포도를 조금 갖다 두었어요."

"그래, 아론은 머스캣 포도를 좋아하지. 이제야 기억이 나는군."

애덤이 중얼거렸다. 그들은 애덤이 재촉하는 통에 열차 도착 예정 시각보다 30분이나 앞서 서던퍼시픽 역에 도착했다. 에이브라도 이미 와 있었다.

"리 아저씨, 내일 저녁 식사는 함께 못 할 것 같아요."

그녀가 말했다.

"아버지가 집에 있으래요. 가능한 한 빨리 갈게요."

"좀 흥분한 것 같은데?"

리가 말했다.

"아저씬 안 그러세요?"

"나도 그런 것 같다."

리가 말했다.

"선로 위쪽을 올려다보렴. 신호기에 녹색 불이 들어오는지."

열차 시각은 거의 모든 사람들에게 가슴 뿌듯함과 초조감을 안겨 주기 마련이다. 저 멀리 선로 위에 장치되어 있는 폐쇄 구간 신호기가 빨간색에서 녹색으로 바뀌고, 헤드라이트 불빛이 커브를 돌아 정거장 쪽을 환히 비추면, 사람들은 시계를 보며 소리치는 것이었다.

"정각이다!"

이 말 속에는 자랑스러움과 안도감이 깃들어 있다. 우리에게는 0.5초의 중요성이 점점 부각되고 있다. 인간의 활동이 날이 갈수록 서로 교차되고 통합됨에 따라 10분의 1초라는 것이 생기고, 나아가 100분의 1초에도 새 명칭을 부여하게 되는 날이 분명 올 것이다. 그러다가 어느 날 '이런 빌어먹을! 그렇게 1초 2초 따져서 뭐 하자는 거야? 그게 무슨 대수라고!'라고 투덜대는 때가 올지도 모른다. 불론 나 개인직으로는 그렇게 생각지 않는다. 짧은 시간 단위에 집착하는 것은 절대 어리석은 일이 아니다. 어떤 일이 너무 늦거나 빠르게 되면 그 주위의 모든 것이 혼란에 빠지게 된다. 그리고 그 혼란은 잔잔한 연못에 던진 돌멩이 하나가 파문을 일으키듯 원을 그리며 외곽으로 퍼져 나간다.

기차는 멈출 생각이 없는 듯 전속력으로 돌진했다. 기관차와 화물칸 몇 량이 지나가고 난 후에야 공기 브레이크에서 요란한 소리를 내면서 마침내 기차가 멈춰 섰다.

살리나스에 내리는 사람들은 제법 많았다. 추수감사절을 맞아 고향을 찾는 사람들의 손에는 선물 보따리가 잔뜩 들려 있었다. 수많은 군중 틈에서 가족들은 이내 아론을 찾아냈다. 그는 전보다 약간 살이 오른 것 같았다.

아론은 윗부분이 평평하고 챙이 좁은 세련된 모자를 쓰고 있었다. 가족들을 보자 그가 모자를 벗어 쥐고 냅다 달려왔다. 윤기 흐르던 머리칼은 짧게 잘라 뾰족뾰족하게 곤두서 있었다. 가족들은 밝게 빛나는 그의 눈을 보고는 기쁨을 억누를 수 없었다.

아론이 옷가방을 내려놓고 에이브라를 번쩍 안아 올렸다. 잠시 후 그녀를 내려놓고는 애덤과 칼에게 두 손을 내밀었다. 그리고 리의 어깨에 팔을 두르고 으스러지게 꼭 안았다.

집으로 돌아오는 길에 그들은 신나게 떠들어 댔다.

"잘 있었어?"

"좋아 보이는데?"

"에이브라, 넌 더 예뻐졌다."

"안 그래. 그런데 왜 머리를 깎았지?"

"모두들 그렇게 하니까."

"그래도 긴 머리가 보기 좋았는데."

그들은 중심가를 향해 걸음을 재촉했다. 거기서 한 블록 더 지나 중심가에서 모퉁이를 돌면 프렌치 빵이 진열창에 가득한 레이노드 빵집이었다. 검은 머리의 레이노드 부인이 밀가루 묻은 하얀 손을 흔들며 인사했다. 그들은 곧장 집으로 들어갔다.

애덤이 말했다.

"리, 우리 커피 좀 마실까?"

"떠나기 전에 미리 준비해 두었어요. 지금 끓고 있답니다."

리는 잔까지 미리 꺼내 놓았다. 오랜만에 온 가족이 한자리에 모였다. 아론과 에이브라는 긴 소파에 앉고, 애덤은 불빛이 비치는 자기 의자에 앉았다. 리는 커피를 나르고, 칼은 복도로 통하는 문 입구에 버티고 서 있었다. 잠시 침묵이 흘렀다. 새삼 인사를 나누기에는 너무 늦었고, 다른 이야기들을 꺼내기에는 아직 너무 일렀다.

이윽고 애덤이 입을 열었다.

"네 얘기를 듣고 싶구나. 성적은 좋겠지?"

"기말시험이 다음 달에 있어요, 아버지."

"아, 그래? 어쨌든 너는 틀림없이 좋은 성적을 받을 거다."

아론은 더 이상 참기 힘들어서 자기도 모르게 얼굴을 조금 찌푸렸다.

"너, 피곤한 모양이로구나."

애덤이 말했다.

"자세한 얘기는 내일 하기로 하자."

그러자 리가 말했다.

"피곤한 게 아니라 혼자 있고 싶은 거겠죠."

애덤이 리를 바라보았다.

"어, 그래……. 그럴 거야. 자네 생각은 어떤가? 다들 그만 자러 갈까?"

에이브라가 대신 나서서 대답했다.

"전 이만 집에 돌아가야 해요. 아론, 우리 집까지 바래다줄래? 나머지 얘기는 내일 만나서 하자."

에이브라를 데려다주는 길에 아론이 그녀의 팔을 꽉 잡았다. 그는 떨고 있었다.

"서리가 내리려나 봐."

"집에 오니까 좋지?"

"응, 좋아. 너한테 할 얘기가 많아."

"좋은 얘기야?"

"그럴지도 모르지. 네가 좋게 생각했으면 좋겠어."

"심각한 얘기인 것 같은데?"

"심각한 얘기야."

"언제 돌아갈 거야?"

"일요일 밤까진 있을 수 있어."

"그럼 꽤 시간이 넉넉하네. 나도 할 얘기가 많아. 내일부터 금요일, 토요일, 일요일 하루 종일이 있으니 여유가 있어 다행이다. 오늘 밤엔 우리 집에 들르지 않고 그냥 가는 게 좋겠어."

"왜?"

"나중에 말해 줄게."

"지금 알고 싶어."

"아버지가 고집을 부리셔."

"나를 여전히 반대하시니?"

"응, 내일 저녁 식사 때는 못 갈 거야. 하지만 집에서는 조금만 먹을 거니까 리한테 말해서 내 몫 좀 남겨 줘."

아론은 주춤거리고 있었다. 그녀의 팔을 잡고 있던 손에서 힘이 조금 빠진 채 아무 말도 하지 않는 것을 보면 알 수 있었다. 고개를 든 그의 표정을 보자 그것은 더욱 명백해졌다.

"오늘 밤엔 그런 얘기를 하는 게 아닌데 그랬나 봐."

"아니, 얘기하길 잘했어."

그가 천천히 말했다.

"솔직히 말해 줘. 지금도 나와 함께 있고 싶니?"

"그럼, 물론이야."

"그렇다면 됐어. 나 그만 가 볼게. 내일 얘기해."

아론은 그녀의 집 현관에서 하는 듯 마는 듯 가볍게 입을 맞추고는 그곳을 떠났다. 에이브라는 그가 너무 쉽게 받아들이는 것에 기분이 상했다. 자기가 부탁해 놓고 그것이 받아들여졌다고 속상해 하는 자신을 보니 쓴웃음이 나왔다. 그녀는 길모퉁이 가로등 불빛 속으로 성큼성큼 걸어가는 아론의 뒷모습을 지켜보며 생각했다.

'내가 미쳤나 봐. 쓸데없는 상상이나 하고 있다니……'

2

아론은 가족들에게 인사를 하고 자기 방으로 들어갔다. 그리고 침대 끝에 걸터앉아 무릎 사이로 깍지 낀 자신의 두 손을 내려다보았다. 문득 좌절감과 무력감이 밀려왔다. 마치 둥지 안의 새알처럼 자신이 아버지의 기대라는 솜털 속에 휩싸여 있는 느낌이었다. 아버지의 기대가 얼마나 커다란 위력을 갖고 있는지 그는 오늘 밤에야 비로소 깨달았다. 그 보드랍고 집요한 위력에서 벗어날 힘이 자신에게 있는지 생각해 보았다. 그러나 좀처럼 집중이 되지 않고 머리만 아파 왔다. 집 안이 습하고 썰늘해서 몸서리가 쳐졌다. 그는 자리에서 일어나 살며시 문을 열었다. 칼의 방문 밑에서 불빛이 새어 나왔다. 그는 가볍게 노크를 하고는 대답을 기다리지 않고 그냥 들어갔다.

칼은 새 책상 앞에 앉아 있었다. 그는 포장지와 빨간 리본 뭉치를 들고 무언가를 하고 있었다. 아론이 들어서자 그는 커다란 장부로 책상 위의 물건을 허겁지겁 감췄다. 아론이 웃으며 물었다.

"선물이니?"

"응."

칼은 짤막한 대답 외에 더 이상 아무 말도 없었다.

"얘기 좀 할 수 있을까?"

"물론이지! 어서 들어와. 그렇지만 조용히 얘기해야 해. 안 그랬다간 아버지가 오실 거야. 한순간도 놓치지 않으려고 하시거든."

아론은 침대에 걸터앉았다. 그가 너무 오랫동안 말이 없어서 칼이 먼저 입을 열었다.

"무슨 일이야? 무슨 문제라도 생겼어?"

"아니, 아무 문제 없어. 그저 너와 얘기를 하고 싶었을 뿐이야. 칼, 나는 더 이상 대학에 다니고 싶지 않아."

이 말에 칼이 고개를 휙 돌렸다.

"뭐, 대학에 다니고 싶지 않다고? 왜?"

"그냥 다니기 싫어."

"아직 아버지한테는 말하지 않았지? 엄청 낙담하실 거야. 내가 대학에 가지 않겠다는 것만으로도 충분히 실망하셨으니까. 그럼 대체 뭘 하고 싶은 건데?"

"농장을 넘겨받아 경영하고 싶어."

"에이브라는 뭐라는데?"

"오래전에 그 애도 그렇게 하고 싶다고 말했었어."

칼이 말했다.

"농사일로는 돈을 벌 수 없어."

"많은 돈을 바라지는 않아. 먹고살 정도면 돼."

"나는 아냐. 난 큰돈을 벌고 싶어. 반드시 많은 돈을 벌고야 말겠어."

"어떻게?"

칼은 자기가 형보다 더 어른스럽고 확신에 차 있다고 느꼈다. 형을 보호해 주고 싶다는 생각마저 들었다.

"형이 학업을 계속한다면 내가 먼저 시작해서 기반을 닦아 놓을게. 형이 학업을 마치면 우리는 동업자가 될 수 있어. 나는 나대로 일거리를 갖고 형도 하고 싶은 일을 할 수 있잖아. 그럼 일이 잘 풀릴지 누가 알아?"

"나는 학교로 돌아가고 싶지 않아. 왜 내가 돌아가야만 하냔 말이야?"

"아버지가 바라시니까."

"그렇다고 해도 나는 돌아갈 수 없어."

칼이 형을 무섭게 노려보았다. 옅은 색깔의 머리칼과 미간이 넓은 두 눈을 보자 문득 왜 아버지가 아론을 좋아하는지 분명하게 알 것 같았다.

"오늘은 일단 자고 나중에 생각해 보자."

그가 빠르게 말했다.

"최소한 이번 학기는 마치는 게 좋을 것 같아. 괜히 당장 일을 벌일 생각은 하지 마."

아론이 일어서서 문 쪽으로 향했다.

"누구에게 줄 선물이냐?"

"아버지에게. 내일 보게 될 거야. 저녁 식사 후에."

"크리스마스도 아닌데?"

"알고 있어. 크리스마스보다도 더 좋은 날이야."

아론이 돌아가고 난 뒤 칼은 선물을 다시 꺼냈다. 그리고 열다섯 장의 지폐를 다시 한 번 세어 보았다. 빳빳한 새 돈이어서 날카로운 소리를 냈다. 몬터레이 군립 은행에서는 그 돈을 준비하기 위해 샌프란시스코까지 사람을 보내야 했다. 그러기 위해선 충분한 이유가 밝혀져야 했다. 은행에서는 그 거금의 주인이 열일곱 살 소년인 데다 그 돈을 현금으로 찾아가겠다는 소리에 충격을 받고 믿으려 하지 않았다. 은행가들은 어떠한 경우라도 돈을 가볍게 취급하는 것을 좋아하지 않았다. 따라서 그 돈이 분명 칼의 소유이며, 정당하게 번 돈이므로 칼이 마음대로 쓸 수 있다는 사실을 은행에서 믿기까지는 윌 해밀턴의 확인이 필요했다.

칼은 지폐를 얇은 종이로 싼 후 빨간 리본을 둘러 서툰 솜씨로 나비매듭을 지었다. 그러고 보니 그 작은 꾸러미는 손수건같이 보였다. 그는 돈뭉치를 서랍 속 셔츠 밑에 감추고 잠자리에 들었다. 그러나 잠이 오지 않았다. 가슴이 설레기도 하고 조금 수줍기도 했다. 어서 날이 밝아 선물을 드렸으면 싶었다. 칼은 선물을 드리면서 아버지에게 하려는 말을 되뇌어 보았다.

'아버지, 이거 받으세요.'

'이게 뭐니?'

'선물이에요.'

그다음에는 어떤 일이 일어날지 예측할 수 없었다. 칼은 밤새 잠을 못 이루고 몸을 뒤척였다. 이윽고 동이 트자 일어나서 옷을 입고 살며시 집 밖으로 나갔다.

중심가로 나가자 마틴 영감이 빗자루로 도로를 쓸고 있었다. 최근 시의회는 청소차 구입을 논의하고 있었다. 마틴 영감이 그 차를 운전하기를 바랐지만, 그렇게 될 수 있을지에 대해서는 회의적이었다. 좋은 자리는 모두 젊은 사람들의 차지였기 때문이다. 바시칼루피의 쓰레기 마차가 지나가자 마틴 영감은 못마땅한 눈으로 그 뒤를 노려보았다. 기막힌 사업은 이탈리아 이민자들이 먼저 선수를 쳐서 자기들의 배를 불리고 있었다.

닫힌 가게 문 앞에서 킁킁거리는 개 몇 마리와 샌프란시스코 간이식당 주변의 뜸한 인기척을 빼고는 중심가는 아직 고요했다. 페트 불린의 새 택시가 가게 앞에 주차되어 있었다. 페트는 윌리엄스네 아가씨들을 샌프란시스코행 아침 열차 시각에 맞추어 실어다 주기 위해 간밤에 밤을 샜던 것이다.

마틴 영감이 칼에게 소리쳤다.

"이봐, 젊은이! 담배 가진 거 있나?"

칼은 걸음을 멈추고 뮤라즈 담뱃갑을 꺼냈다.

"오, 고급 담배구먼. 난 성냥도 없는데."

마틴 영감이 말했다.

칼은 노인의 반백 수염에 불이 붙지 않도록 조심하면서 담

뱃불을 붙여 주었다. 마틴 영감은 빗자루에 기댄 채 담배를
빨며 서글프게 말했다.

"재미는 모두 젊은 것들 차지이지. 나한테 운전을 맡기진 않
을 거야."

"무슨 말씀이십니까?"

칼이 물었다.

"새 청소차 말일세. 소식 못 들었나? 어디 갔드랬어?"

알 만한 사람이 청소차 소식을 듣지 못했다는 것을 노인은
도무지 믿을 수가 없었다. 그러고는 곧 칼의 존재를 잊어버렸
다. 어쩌면 바시칼루피가 그에게 새 일자리를 마련해 줄지도
몰랐다. 짐마차가 세 대나 있는데도 트럭 한 대를 더 구입한
것을 보면 요즘 한창 돈을 벌고 있는 것이 틀림없었다.

칼은 다시 알리설 스트리트로 향했다. 우체국에 들러 632번
우편함을 들여다보았다. 비어 있었다. 어슬렁어슬렁 집으로
돌아와 보니, 리가 벌써 일어나 커다란 칠면조에 속을 채워 넣
고 있었다.

"밤을 새운 거니?"

리가 물었다.

"아뇨. 산책 좀 하고 왔어요."

"초조해서?"

"네."

"그럴 만도 하지. 나라도 그랬을 거다. 선물을 준다는 건 어
려운 일이야. 하긴 받는 것이 더 어렵긴 하지. 내 말이 우습게
들리지, 안 그래? 같이 커피 마실까?"

"좋죠."

리가 손을 닦고 커피를 두 잔 따랐다.

"아론은 어떤 것 같니?"

"별일 없는 것 같던데요."

"얘기 좀 나눠 봤어?"

"아뇨."

칼은 이렇게 대답하는 편이 나을 것 같았다. 사실대로 말했다가는 리가 더 자세히 알고 싶어 할 것이 틀림없었다. 그날은 아론의 날이 아니라 칼의 날이었다. 그는 자기 힘으로 이날을 애서 만들었고, 그런 만큼 완벽하게 자기의 날로 만들 결심이었다.

아론이 아직 잠이 덜 깬 몽롱한 눈으로 들어왔다.

"리 아저씨, 오늘 저녁 식사는 몇 시에 할 거죠?"

"글쎄……. 3시 30분이나 4시쯤이 어떨까?"

"5시쯤 하면 안 될까요?"

"아버지가 좋다고만 하면 그렇게 하지. 그런데 왜?"

"그 이전에는 에이브라가 올 수 없거든요. 아버지께 말씀드릴 게 있는데 그때 에이브라도 함께 있었으면 싶어서요."

"그럼 그렇게 하자꾸나."

리가 말했다.

칼은 벌떡 일어서서 자기 방으로 갔다. 그는 전기 스탠드가 켜진 책상 앞에 앉아 용솟음치는 불안과 분노에 어쩔 줄 몰라 했다. '아론은 힘도 안 들이고 나의 날을 빼앗으려 하고 있다. 결국 오늘은 아론의 날이 될 거다…….' 그는 갑자기 극도의 수치심을 느꼈다. 그래서 두 손으로 눈을 가리고 중얼거렸다.

"이건 질투심이야. 지금 형을 질투하고 있는 거야. 난 원래 이런 놈이야. 하지만 질투 따윈 하고 싶지 않아."

그는 같은 말을 몇 번이고 되뇌었다. 마치 입 밖으로 내뱉어서 그것을 부숴 버리려는 것 같았다.

'질투…… 질투…… 질투…… 질투…….'

그러다가 급기야 자책을 하기 시작했다.

"난 왜 아버지께 돈을 드리려고 하는 걸까? 그게 순수하게 아버지를 위한 것일까? 윌 해밀턴은 내가 아버지를 매수하려는 거라고 말했지. 그건 떳떳하지 못한 일이야. 내게서 순수한 구석이라곤 찾아볼 수 없어. 나는 지금 형에 대한 질투심에 빠져 허우적거리고 있으니까. 왜 사실을 사실로서 인정하지 않으려는 걸까?"

그는 쉰 목소리로 중얼거렸다.

'왜 정직하질 못하지? 아버지가 형을 좋아하는 이유를 나는 알고 있어. 형이 어머니를 닮았기 때문이지. 아버지는 그 여자를 단념하지 못한 거야. 스스로 의식하지 못할지도 모르지만, 사실은 사실이야. 아버지가 그것을 알고 있을까? 지금 난 그 여자에 대해서도 질투하고 있는 거야. 이 돈을 갖고 그냥 도망쳐 버릴까? 그들은 나를 그리워하지도 않을 거야. 얼마 지나면 내가 존재했다는 사실조차 잊겠지. 리를 제외하고는……. 하지만 리가 나를 좋아하는지도 알 수 없어. 좋아하지 않을지도 몰라.'

그는 두 주먹을 이마에 얹었다.

'아론도 이렇게 자기 투쟁을 할까? 아니, 그렇지 않을 거야. 하지만 또 누가 알아? 직접 물어볼까? 아니, 형은 대답하지 않을 거야.'

칼의 마음은 자신에 대한 분노와 연민으로 기울었다. 어디선가 새로운 목소리가 들려왔다. 차갑고 냉소적인 목소리였다.

'네가 정직하다면, 왜 스스로를 학대하며 즐기고 있다고 말하지 못하는가? 그게 사실일 텐데. 왜 있는 그대로의 네 자신이 되지 못하고 네가 하고 싶은 대로 행동하지 못하는가?'

칼은 이런 생각에 충격을 받았다. 즐기고 있다고? 물론이다. 스스로 자신을 학대함으로써 다른 사람으로부터 학대받는 것을 막고 있다. 그는 마음을 굳혔다. 아버지께 돈을 드려라. 단, 가벼운 마음으로 드려라. 어디에든 의존하지 마라. 무엇이든 예견하지 마라. 그저 돈을 드리고 곧장 잊어버려라. 지금 당장 잊어라. 드려라. 드려라. 오늘을 아론에게 주어라. 오늘을 아론의 날이 되게 하라. 못 할 것도 없지 않은가? 그는 벌떡 일어나 부엌으로 갔다.

리가 칠면조 뱃속에 소를 집어넣는 동안 아론은 칠면조를 붙잡아 벌리고 있었다. 뜨겁게 달아오른 오븐에서 탁탁 소리가 났다.

리가 말했다.

"이놈이 8킬로그램짜리인데 말이야……. 1킬로그램에 45분을 잡으면, 45 곱하기 8이니까……. 360분, 딱 여섯 시간이군. 11시에서 12시. 12시에서 1시……."

리는 손가락으로 시간을 계산하고 있었다.

칼이 말했다.

"형, 그 일 끝내고 나서 함께 산책 좀 할까?"

"어디로?"

"동네나 한 바퀴 돌지, 뭐. 물어볼 것도 있고."

칼은 형을 데리고 길 건너 '버지스앤개리지에르' 상점으로 들어갔다. 수입산 고급 포도주와 주류를 판매하는 곳이었다.

칼이 말했다.

"형, 나한테 돈이 좀 있어. 오늘 저녁을 위해 포도주 한 병 사고 싶지 않아? 돈은 내가 낼 테니 형이 사는 걸로 하자."

"어떤 걸로 살까?"

"오늘은 정말 근사한 축하연을 벌이자. 샴페인을 사도록 해. 그럴듯한 선물이 될 거야."

그러나 주인인 조 개리지에르가 말했다.

"자네들은 너무 어려서 술을 못 팔겠는데."

"디너파티를 위해서예요. 정말입니다."

"미안하지만 못 팔겠어."

칼이 말했다.

"그럼 제게 생각이 있어요. 돈은 우리가 지불할 테니 술은 우리 아버지에게 보내 주세요."

"그렇게 할 수는 있지. '외 드 페르드리'가 괜찮을 것 같은데."

그는 마치 맛이라도 보듯이 입술을 오므렸다.

"그게 뭔데요?"

칼이 물었다.

"샴페인이란다. 색이 아주 곱지. 자고새의 눈과 똑같은 분홍빛이야. 아니 분홍색보다는 약간 짙고 맛은 약간 씁쓸하다고 할까. 암튼 한 병에 4달러 50센트다."

"너무 비싸지 않아?"

아론이 물었다.

"당연히 비싸야지!"

칼이 소리 내어 웃었다.

"그럼 세 병만 보내 주세요, 아저씨."

그러고는 아론을 향해 말했다.

"형이 드리는 선물이야."

3

칼에게는 그날 하루가 한없이 길기만 했다. 집 밖으로 나가고 싶었으나 그럴 수도 없었다. 11시에 애덤은 문이 닫힌 징병위원회 사무실로 나가 다음번 심사가 예정된 젊은이들의 기록을 검토했다.

아론은 무척 차분해 보였다. 그는 거실에 앉아 철 지난 《리뷰 오브 리뷰스》지의 만화를 보고 있었다. 부엌에서는 칠면조 굽는 냄새가 풍겨 나와 온 집 안을 가득 채웠다.

칼은 자기 방으로 가서 선물을 꺼내 책상 위에 올려놓았다. 그러고는 선물과 함께 드릴 카드를 쓰기 시작했다.

"칼렙이 아버지께."

"애덤 트래스크 귀하, 칼렙 트래스크 올림."

그는 이렇게 쓴 두 장의 카드를 모두 갈기갈기 찢어 변기에다 버리고 물을 내렸다.

그는 생각했다.

'왜 이걸 꼭 오늘 드려야 하지? 내일 조용히 아버지에게 가서 '이거 받으세요.' 하고 드린 뒤 그냥 돌아 나올 수도 있잖아? 그게 훨씬 쉬울 거야.'

"아니야!"

그는 큰 소리로 중얼거렸다.

"다른 사람들이 보는 앞에서 드리고 싶어!"

반드시 그래야만 했다. 하지만 그 생각을 하니 가슴이 답답하고 손에는 무대 공포증 환자처럼 진땀이 배었다. 칼은 아버지가 유치장에서 자기를 빼내 주었던 그 아침을 생각했다. 그날 느꼈던 아버지의 다정함과 친밀감은 결코 잊을 수 없는 것이었다. 그리고 아버지의 신뢰도…… '난 너를 믿는다.'라고 아버지는 말씀하셨다. 갑자기 마음이 한결 가벼워진 느낌이었다.

오후 3시쯤 애덤이 귀가하는 소리가 났다. 조금 후에는 거실에서 조용조용히 대화를 나누는 소리도 들렸다. 칼도 아버지와 형 사이의 대화에 끼어들었다.

애덤이 말했다.

"이제 시대가 변했단다. 전문가가 되지 않으면 할 일이 없어. 네가 대학에 진학한 걸 반긴 이유가 바로 그 때문이지."

아론이 말했다.

"저도 그 문제에 대해서 생각해 봤습니다. 그러나 여전히 확신이 서질 않아요."

"이제 그만 생각하렴. 먼저 선택한 길이 옳아. 아비를 봐라. 나는 다방면에 걸쳐 조금씩은 알고 있지만, 한 가지도 제대로 깊이 아는 것이 없질 않니. 요즘 세상에는 그래선 먹고살 길이 없단다."

칼이 조용히 와서 앉았다. 애덤은 미처 그를 보지 못했다. 생각에 푹 빠져 있었기 때문이다.

"자식이 성공하기를 바라는 건 자연스러운 일이다. 게다가 너보다는 내가 이 세상을 더 잘 알지도 모르잖니?"

그때 리가 거실 쪽으로 고개를 내밀고 말했다.

"부엌 저울이 고장 났나 봅니다. 생각보다 칠면조가 훨씬 빨리 익었어요. 8킬로그램짜리가 못 되는 게 틀림없어요."

애덤이 리에게 말했다.

"식지 않게 잘 덮어 두게."

그러고는 말을 이었다.

"작고한 새뮤얼 해밀턴은 이런 날이 오리라고 예견했어. 만능 철학자는 있을 수 없다고 말이다. 한 사람이 다 흡수하기엔 이 세상 지식의 양이 너무 방대하지. 그래서 개인은 오직 한 분야만을 좀 더 전문적으로 익히게 될 거라고 그는 생각했었단다."

"맞아요."

리가 문턱에 선 채 말했다.

"그분은 그 사실을 개탄했죠. 아니 증오하기까지 했어요."

"지금 같아도 그럴까?"

애덤이 물었다.

리가 거실로 들어왔다. 들어오기 전 그는 오른손에 커다란 국자를 들고 국물이 카펫 위에 떨어질까 봐 왼손을 컵 모양으로 오므려 국자 밑을 받치고 있었다. 그러나 정작 거실에 들어와서는 깜박 잊고 국자를 흔들다가 칠면조 기름방울을 바닥에 떨어뜨렸다.

"그렇게 물으시니 잘 모르겠다고밖에 답할 수가 없군요. 그분이 시대를 증오했는지. 아니면 제가 그분 대신 증오하고 있는 건지 잘 모르겠습니다."

"흥분하지 말게."

애덤이 말했다.

"무슨 문제든 자네와는 더 이상 토론을 벌일 수 없을 것 같군. 자네가 늘 고깝게 받아들이니까."

"지식은 많아지고 사람은 작아지는지도 모르죠. 원자 앞에 굴복하고 난 후로 사람의 영혼도 원자만큼 쪼그라들고 있는 것 같습니다. 전문가란 좁다란 자기만의 울타리 바깥 세상은 내다보기 두려워하는 겁쟁이에 불과한지도 모릅니다. 전문가가 놓치고 있는 걸 생각해 보세요. 울타리 너머의 모든 세상을 놓치고 있는 셈이죠."

"우리는 먹고사는 문제에 관해서만 얘기하고 있는 걸세."

"먹고사는 문제라면 곧 돈을 말하는 거군요."

리가 흥분하여 말했다.

"원하는 게 돈이라면야 벌기는 쉽지요. 몇몇 예외는 있지만 사람들이 원하는 건 돈 자체가 아닙니다. 사람들은 사치와 사랑과 찬양을 원하죠."

"그럴 수도 있지. 그럼 자네는 대학에 가는 걸 반대하나? 지금 우리가 얘기하는 건 바로 그 문제야."

"죄송합니다. 주인어른 말마따나 제가 너무 흥분했나 보네요. 대학에 가는 걸 반대하진 않습니다. 대학이 이 세상과 자신과의 관계를 발견하기 위해 가는 곳이라면요. 어때, 그런 곳인가? 아론, 대답 좀 해 봐."

"모르겠어요."

아론이 말했다.

부엌에서 쉭쉭거리는 소리가 들렸다.

"이런, 칠면조 내장이 끓어 넘치나 보네."

리가 이렇게 중얼거리고는 재빨리 부엌으로 달려갔다. 애덤이 다정한 눈길로 그의 뒷모습을 바라보며 말했다.

"좋은 사람이야. 아주 좋은 친구지."

아론도 한 마디 거들었다.

"아저씨가 백 살까지 사셨으면 좋겠어요."

그 말에 애덤이 껄껄 웃었다.

"이미 백 살이 넘었을지도 모르지."

칼이 물었다.

"아버지, 제빙 공장은 어떻게 돼 가요?"

"그럭저럭 잘되고 있다. 약간의 이윤도 내고 있지."

"저한테 진짜 이윤을 늘릴 수 있는 두세 가지 아이디어가 있어요."

"오늘은 그만두렴."

애덤이 잘라 말했다.

"그 얘긴 오늘 말고 월요일에 하도록 하자. 지금껏 나는 오늘처럼 기분이 좋은 적이 없었다. 지금 내 기분은…… 뭐랄까, 무언가를 성취한 듯 뿌듯한 느낌이다. 어쩌면 간밤에 잠을 푹 자고 상쾌하게 목욕을 했기 때문일지도 모르지. 아니면 이렇게 온 식구가 한자리에 평화롭게 모였기 때문일 수도 있고."

그는 아론에게 미소를 지었다.

"우리는 네가 집을 떠나고 난 후에야 우리에게 네가 어떤 존재였는지 깨닫게 되었단다."

"저도 집이 그리웠어요. 처음 며칠 동안은 거의 죽을 만큼 힘들었죠."

아론이 말했다.

바로 그때 에이브라가 달려 들어왔다. 뺨이 발갛게 달아오른 것이 무척이나 행복해 보였다.

"토로 산에 내린 눈을 보셨어요?"

"그래, 봤다."

애덤이 말했다.

"풍년의 징조라고들 하던데, 우리도 그 덕을 좀 봤으면 좋겠구나."

"집에서는 식사를 하는 둥 마는 둥 하고 왔어요. 여기서 많이 먹으려고요."

에이브라가 말했다.

리는 멍청한 노인처럼 요리가 신통치 않은 것에 대해 사과

538

했다. 가스오븐은 장작 스토브만큼 화력이 좋지 않고, 신품종 칠면조도 옛날 칠면조에 비해 맛이 떨어진다고 구시렁거렸다. 누군가가 리에게 칭찬을 받으려는 노파처럼 군다고 말하자 리도 그만 다른 사람들과 함께 웃음을 터뜨리고 말았다.

푸딩이 들어오자 애덤이 샴페인을 터뜨렸다. 그리고 격식을 차려 샴페인을 따랐다. 사뭇 진지한 분위기가 테이블에 감돌았다. 다 함께 서로의 건강을 기원하는 축배를 들었다. 애덤이 에이브라의 건강을 빌며 한마디 했다.

그녀의 눈은 빛났다. 아론이 식탁 밑으로 에이브라의 손을 잡았다. 살짝 술기운이 돌자 칼은 불안한 마음이 한결 가라앉는 듯했다. 더 이상 선물에 대한 걱정도 없어졌다.

애덤이 푸딩을 다 먹고 나서 말했다.

"이렇게 즐거운 추수감사절은 처음이다."

칼은 주머니에서 재빨리 리본을 맨 작은 꾸러미를 꺼내 아버지에게 내밀었다.

"이게 뭐냐?"

애덤이 물었다.

"선물이에요."

애덤은 기뻐했다.

"크리스마스도 아닌데 선물을 다 받다니……. 뭔지 궁금한걸?"

"손수건인가 보네!"

에이브라가 말했다.

애덤은 어설픈 리본 매듭을 풀고 종이를 벗겼다. 그리고 그 안에서 나온 돈을 물끄러미 내려다보았다.

"뭐예요?"

에이브라가 궁금한 듯 자리에서 일어났고, 아론도 앞으로 몸을 굽혔다. 문턱에 서 있던 리는 걱정스러운 마음을 내색하지 않으려고 애쓰고 있었다. 그는 칼을 힐긋 바라보았다. 그의 눈에는 기쁨과 승리의 빛이 역력했다.

애덤은 아주 천천히 손가락을 움직여 지폐들을 부채처럼 쫙 펼쳤다. 그의 목소리는 아주 먼 곳에서 들려오는 듯했다.

"이, 이게 뭐냐? 이게……."

그는 말을 잇지 못했다. 칼은 마른침을 삼켰다.

"그건…… 제가 번 돈이에요. 아버지께 드리려고…… 상추에 대한 보상을 해 드리려고요."

애덤은 천천히 고개를 들었다.

"네가 벌었다고? 어떻게?"

"해밀턴 씨와 동업으로 콩을 팔아서 벌었어요."

그가 재빨리 말을 이었다.

"장래를 내다보고 5센트에 샀는데 나중에 가격이 엄청 뛰었어요. 그래서…… 1만 5000달러예요. 아버지께 드리는 거예요."

애덤은 지폐를 가지런히 모아 종이로 싼 후 양끝을 접었다. 그러고는 절망이 가득한 눈길로 리를 쳐다보았다. 그 순간 칼은 불길한 느낌이 들었다. 온 세상이 무너지는 듯한 느낌이었다. 가슴 깊은 곳에서부터 구역질이 올라오는 듯했다. 아버지가 말하는 소리가 들렸다.

"이 돈을 돌려줘라."

칼은 전처럼 아주 멀리서 나오는 듯한 자신의 목소리를 들었다.

"돌려주라고요? 누구한테요?"

"네게 돈을 주었던 사람한테."

"영국 구매관한테요? 그럴 수 없어요. 그들은 전국을 돌아다니면서 12달러 50센트에 콩을 사들이고 있는걸요."

"그럼 네가 사기 친 농부들에게 돌려줘."

"제가 사기를 쳤다고요?"

칼이 소리쳤다.

"시장 가격보다 파운드당 2센트나 더 주었어요. 사기 친 게 아니라고요."

칼은 공중에 매달린 듯한 기분이 들었다. 시간이 아주 느리게 흐르는 것 같았다.

아버지가 한동안 침묵을 지킨 끝에 입을 열었다. 그의 말 한 마디 한 마디 사이에는 커다란 공간이 존재하는 듯했다.

"나는 젊은이들을 전쟁터로 보내고 있다. 내가 서명만 하면 곧장 떠나는 거야. 개중에는 죽는 사람도 있고, 팔다리를 잃고 의지할 곳 없이 되는 사람들도 있다. 상처 하나 없이 돌아오는 사람은 아무도 없어. 얘야, 그런데 어떻게 내가 그 참상을 이용해서 번 돈을 받을 수 있겠니?"

"아버지를 위해서 번 거예요."

칼이 말했다.

"손해보상을 해 드리고 싶었다고요."

"내게 돈은 필요 없다. 상추만 해도 그래. 그 일은 이윤을 남기기 위해서 한 게 아니었다. 그곳까지 상추를 운반할 수 있는가를 알아보기 위한 일종의 게임이었어. 물론 나는 그 게임에서 졌다. 하지만 나는 돈을 바라지 않아."

칼은 똑바로 앞만 바라보고 있었다. 리와 아론과 에이브라의 시선이 자신에게 꽂혀 있다는 것을 느꼈다. 그는 아버지의 입술을 응시했다.

"내게 선물을 주려는 마음만은 좋게 받아들이마. 그런 생각을 해 줘서 고맙······."

"그럼 제가 보관하고 있을게요."

"아니, 나중에라도 그걸 받을 생각은 없다. 만일 네가······ 네 형이 갖고 있는 자질, 다시 말해 자기가 하는 일에 대한 자부심, 그리고 그 일이 진척되었을 때 느끼는 기쁨 같은 것을 내게 보여 주었다면 나는 정말 기뻤을 거다. 아무리 깨끗한 돈이라 하더라도 돈은 거기에 비하면 아무것도 아니야."

그는 눈을 조금 더 크게 뜨고 말을 이었다.

"내 말에 화가 났니? 화내지 마라. 네가 내게 선물을 주고 싶으면, 내게 열심히 살아가는 모습을 보여 다오. 그게 바로 내가 소중히 여기는 거다."

칼은 숨이 막히는 것 같았다. 이마에서는 식은땀이 흐르고 혀에서는 짠맛이 느껴졌다. 그는 자리에서 벌떡 일어섰다. 의자가 뒤로 넘어졌다. 칼은 숨을 멈춘 채 방에서 뛰쳐나갔다. 애덤이 뒤에서 소리쳤다.

"칼, 화내지 마라!"

그들은 칼을 혼자 있게 내버려 두었다. 그는 자기 방에 들어가 책상 위에 팔꿈치를 괸 채 앉아 있었다. 눈물이 날 줄 알았지만 그렇지는 않았다. 일부러 울려고도 해 보았지만 머릿속이 뜨거운 쇳물로 가득 찬 것 같아 눈물이 나올 틈이 없었다.

잠시 후 그의 숨결은 안정을 되찾았다. 그리고 그의 두뇌가 조용하면서도 교활하게 움직이기 시작했다. 그는 증오심으로 가득한 두뇌가 은밀히 움직이는 것을 막아 보려고 했으나, 그 두뇌는 옆길로 슬쩍 빠져나가 일을 계속했다. 그의 힘은 점점 더 미약해졌다. 증오가 온몸 구석구석까지 스며들어 모든 신경을 마비시켰기 때문이다. 그는 스스로 자제력을 잃고 있음을 느꼈다.

마침내 자제력과 두려움이 모두 사라지자, 그의 두뇌가 고통스러운 승리감에 도취되어 울부짖었다. 그의 손은 연필을 쥐고 압지 위에 촘촘한 나선형을 수없이 그려 갔다. 한 시간 후 리가 방에 들어왔을 때, 그 나선형은 수백 개에 이르렀고 그 크기는 점점 작아져 있었다. 칼은 여전히 고개를 들지 않았다.

리가 조용히 문을 닫고 말했다.

"커피 좀 가져왔는데."

"마시고 싶지 않아요. 아니, 마실게요. 신경 써 줘서 고마워요, 리 아저씨."

갑자기 리가 소리쳤다.

"그만둬! 당장 그만두라니까! 내 말 안 들리니?"

"뭘요? 뭘 그만두라는 거죠?"

리가 불안한 목소리로 말했다.

"언젠가 네가 물었을 때, 모든 것은 너한테 달려 있다고 말했었지. 네가 마음만 먹으면 억제할 수 있다고 했잖아."

"뭘 억제한다는 거예요? 무슨 얘기인지 난 모르겠어요."

리가 말했다.

"내 말이 안 들려? 내가 하는 얘기가 제대로 안 들리냐고? 칼, 내가 무슨 말을 하는 건지 정말 모르겠니?"

"소리는 들리지만 무슨 뜻인지는 모르겠어요."

"칼, 아버지는 그러실 수밖에 없었단다. 천성이 그런 분이니까. 그분이 아는 건 그 길밖에 없었던 거야. 선택의 여지가 없었던 거지. 그러나 너는 달라. 칼, 이제 내 말이 무슨 말인지 알겠니? 너에겐 선택권이 있단 말이다."

나선형은 점점 작아지면서 마침내 까만 점이 되어 빛났다.

칼이 차분하게 말했다.

"아무것도 아닌 일을 두고 괜한 법석을 떠시는 거 아니에요? 아저씨가 잘못 짚으셨어요. 아저씬 지금 내가 살인이라도 저지른 것 같은 투로 말씀하시는데요, 제발 그러지 마세요. 그러지 말라고요, 아저씨."

방 안은 고요했다. 잠시 후 칼이 고개를 돌렸을 때 방에는 아무도 없었다. 서랍장 위에 놓인 커피 잔에서 김이 모락모락 피어올랐다. 칼은 뜨거운 커피를 마시고는 거실로 갔다.

아버지는 미안한 얼굴로 그를 올려다보았다.

칼이 말했다.

"죄송해요, 아버지. 아버지가 어떻게 생각하실지는 미처 몰랐어요."

그는 벽난로 장식 위에 놓인 돈뭉치를 집어 안주머니에 도로 집어넣었다.

"이 돈을 어떻게 처리해야 좋을지 생각해 볼게요."

칼은 아무렇지도 않은 듯 물었다.

"다들 어디 갔죠?"

"음, 아론은 에이브라를 데려다주러 갔고, 리도 나간 모양이다."

"저도 산책이나 다녀올게요."

칼이 말했다.

4

그 11월의 밤도 저물어 가고 있었다. 칼이 현관문을 벌컥 열자 길 건너 프렌치 세탁소의 하얀 담벼락을 배경으로 리의 어깨와 머리 윤곽이 보였다. 리는 계단에 앉아 있었다. 두꺼운 코트를 입고 있어서인지 둔해 보였다.

칼은 문을 가만히 닫고 거실로 돌아와서 말했다.

"샴페인을 마셔서 그런지 목이 마르네요."

아버지는 그를 쳐다보지도 않았다.

칼은 부엌문으로 살짝 빠져나가 시들어 가는 리의 채소밭을 지났다. 높다란 담장을 타고 넘자 시커먼 물웅덩이 위를 가로지르는 외나무다리가 나왔다. 그는 다리를 건너 캐스트로빌 스트리트에 있는 철물점과 랭스 빵집 사잇길로 걸어갔다.

그는 가톨릭 성당이 있는 스톤 스트리트에서 왼쪽으로 돌아 캐리아가 씨네와 윌슨 씨네, 자발라 씨네 집을 지난 다음 센트럴애비뉴에 있는 스타인벡 씨네 집 앞에서 다시 왼쪽으로 꺾었다. 거기서 두 블록을 걸어 올라가다가 또다시 왼쪽으로 돌아 서부학교 옆을 지나갔다.

학교 운동장 앞의 미루나무들은 잎이 거의 다 떨어져 벌거숭이가 되어 있었다. 노랗게 시든 채 남아 있던 나뭇잎 몇 개마저도 저녁 바람에 흩날려 빙빙 원을 그리며 떨어졌다.

칼은 무감각한 심정이었다. 산에서부터 서리가 내리고 있어서 공기가 몹시 차가워진 것도 느끼지 못했다. 세 블록쯤 떨어진 저쪽에서 아론이 가로등 밑을 지나 그를 향해 걸어오고 있는 것이 보였다. 걸음걸이와 몸짓으로 보아 그는 형이라는 사실을 알아차렸다. 아니, 굳이 그런 이유가 아니더라도 그냥 알 수 있었다.

칼은 걸음을 늦추었다. 그리고 아론이 가까이 다가왔을 때 말했다.

"형을 찾으러 나왔어."

"아까 오후에 많이 속상했지?"

아론이 말했다.

"형인들 어쩔 수 없었겠지. 그냥 잊어버려."

그는 돌아서서 형과 나란히 걸었다. 칼이 말했다.

"형하고 같이 갈 데가 있어. 보여 줄 게 있거든."

"뭔데?"

"아마 깜짝 놀랄걸? 그래도 아주 재미있어. 형도 흥미를 갖게 될 거야."

"시간이 오래 걸리는 거 아냐?"

"아니, 별로 안 걸려. 잠깐이면 돼."

그들은 센트럴애비뉴를 지나 캐스트로빌 스트리트로 향했다.

5

산호세 징병 사무소의 문은 보통 아침 8시에 액셀 데인 중사가 와서 열었다. 그가 조금 늦을 경우에는 켐프 하사가 이를 대신했는데, 켐프는 그런 일로 불평을 하지는 않았다. 사실 액셀이 유별난 것은 아니었다. 스페인 전쟁과 독일 전쟁 사이의 평화 시대에 군복무를 한 탓에 그는 냉혹하고 무질서한 민간인들의 생활에 제대로 적응하지 못했다. 두 차례 군 복무 사이의 공백기인 한 달 동안 사회생활을 경험해 보고는 그 사실을 깨달았다. 평화 시대에 두 차례에 걸쳐 군대 생활을 한 바람에 그는 실전에는 결코 적합지 않은 군인이 되어 버렸고, 나름대로 전투를 회피하는 방법을 터득했다. 산호세 징병 사무소에 근무하게 된 것도 그 결과물 중 하나였다. 그는 리치네집 막내딸과 놀아났는데 그녀가 사는 곳이 바로 산호세였다.

켐프 하사는 군 경험이 많은 것은 아니었지만 기본 규칙은 알고 있었다. 그래서 고참 하사관들과는 가깝게 지내고 장교들은 가능한 한 멀리했다. 액셀 데인 중사가 은근슬쩍 괴롭힐 때 크게 개의치 않는 것도 그런 이유에서였다.

8시 30분에 데인 중사가 사무소에 출근했다. 켐프 하사는 책상에 엎드려 잠을 자고, 그 옆에 지친 얼굴의 앳된 젊은이가 앉아서 기다리고 있었다. 데인은 젊은이를 힐끗 바라보고는 의자 뒤로 돌아가 켐프의 어깨에 손을 얹었다.

"이봐 친구! 종달새가 지저귀는 새 아침이 밝았어."

켐프는 팔에 묻고 있던 고개를 들고는 손등으로 코를 한 번 훔치더니 재채기를 했다.

"착하기도 하지. 이제 그만 일어나라고."

중사가 말했다.

"손님이 오셨잖아."

켐프는 눈곱 낀 눈을 가늘게 뜨며 말했다.

"전쟁이 끝나려면 아직 멀었어요."

데인은 젊은이의 얼굴을 자세히 살펴보았다.

"이런, 미남인걸? 이런 친구는 군에서 잘 보살펴 주어야 하는 건데…… 켐프 하사, 자네는 이 친구가 적에게 총을 겨누고 싶어서 나선 거라고 생각하나? 내가 보기에는 사랑의 도피를 하려는 것 같군."

켐프는 중사가 완전히 맑은 정신이 아님을 알고 안심했다.

"여자 때문에 마음의 상처라도 입은 걸까요?"

그는 중사가 바라는 대로 맞장구를 쳤다.

"자네는 군이 무슨 외인부대라도 되는 줄 아나?"

"어쩌면 자기 자신에게서 도망치려고 하는 건지도 모르지."

켐프가 말했다.

"그런 영화를 본 적이 있어요. 미친 새끼 같은 한 중사 녀석이 나오죠."

"설마 그럴 리가."

데인이 말을 이었다.

"젊은이, 일어서 봐. 열여덟 살이라고? 정말이야?"

"네, 그렇습니다."

데인은 부하에게 몸을 돌렸다.

"자네 생각엔 어때?"

"체격만 크면 나이쯤이야 상관없죠."

중사가 말했다.

"열여덟 살이라고 칠 테니 나중에 딴소리하면 안 돼? 알겠나?"

"알겠습니다."

"이 서류를 기입하게. 몇 년도에 태어났는지 잘 따져 보고 적어. 그리고 절대 잊어버리면 안 돼. 알겠나?"

50장

1

조는 케이트가 가만히 앉아서 몇 시간씩 앞만 응시하고 있는 것이 싫었다. 그것은 그녀가 무언가를 골똘히 생각하고 있다는 뜻이었다. 그녀의 무표정한 얼굴에서는 아무것도 읽어낼 수가 없었다. 그래서 그는 불안했다. 처음으로 붙잡은 행운을 놓치고 싶지 않았다.

그에게는 단 한 가지 계획밖에 없었다. 케이트가 스스로 입을 열 때까지 그녀를 초조하게 내버려 두는 것이었다. 그렇게만 되면 그는 마음 놓고 활동할 수 있을 터였다. 그러나 이렇게 벽만 바라보고 앉아 있으면 어쩌란 말인가? 그녀는 초조해하는 걸까, 아닐까?

조는 그녀가 간밤에 잠을 이루지 못했다는 사실을 알고 있었다. 아침 식사를 들겠냐고 물었을 때 그녀가 아주 천천히 고개를 저었기 때문에 그는 자기 말을 들었는지조차 알 수 없었다.

그는 조심스럽게 다짐했다.

'아무것도 하지 마라! 그저 주위를 맴돌며 눈과 귀만 바짝 열어 놓고 있으면 돼.'

집 안의 여자들도 무슨 일이 벌어지고 있다는 것을 눈치 챘지만, 다들 돌대가리여서인지 제각기 말이 달랐다.

사실 케이트는 생각하고 있는 것이 아니었다. 그녀의 마음은 어스름한 저녁 하늘을 날아다니는 박쥐처럼 갖가지 인상들 틈에서 헤매고 있었다. 눈앞에 금발의 미소년이 보였다. 소년의 눈빛은 충격을 받아 미친 듯했다. 그는 상스러운 욕설을 퍼붓고 있었다. 그녀를 향해서라기보다는 자기 자신을 향해 하는 말이었다. 소년의 등 뒤에서 까무잡잡한 얼굴의 동생이 문에 기댄 채 낄낄 웃고 있었다.

케이트도 웃었다. 웃음은 가장 효과가 빠른 최선의 자기 보호 수단이었다. 내 아들이 무슨 짓을 하려나? 조용히 돌아간 후에 무슨 짓을 저지른 걸까?

천천히 문을 닫으며 그녀를 꿰뚫어 보던 칼의 눈초리가 떠올랐다. 활기는 없었지만 잔인함이 가득한 눈초리였다.

그 애는 왜 형을 데리고 온 걸까? 무엇을 원했던 걸까? 무엇을 찾으려고 했을까? 그것을 알기만 하면 그녀 자신을 보호할 수 있을 터였다. 그러나 그녀는 알 수 없었다.

지독한 통증이 또다시 손가락을 파고들면서 다른 곳까지 아파 왔다. 움직일 때마다 오른쪽 골반이 신경질적으로 쑤셨다. 통증이 점점 몸의 중심을 향해 모여들고 있었다. 이러다간 조만간 온갖 통증들이 중심에서 만나 떼로 모인 쥐새끼들처럼 한 덩어리가 될 것 같았다.

조는 몇 번이고 다짐했음에도 도저히 가만히 있을 수가 없었다. 그는 찻주전자를 들고 가서 조용히 문을 두드린 다음 안으로 들어갔다.

"마담, 차를 가져왔습니다."

"테이블 위에다 내려놔."

그녀는 잠시 뜸을 들였다가 덧붙였다.

"고마워, 조."

"기분이 좋지 않으십니까?"

"통증이 또 시작됐어. 그 약에 속았던 것 같아."

"제가 할 일이라도?"

그녀가 두 손을 들며 말했다.

"여길 잘라 버렸으면 좋겠어. 이 손목을 말이야."

손을 쳐들자 통증이 더욱 커진 듯 그녀는 얼굴을 찌푸렸다.

"아무래도 가망이 없는 것 같아."

그녀가 애처로운 목소리로 말했다.

조는 지금껏 이렇게 연약한 목소리를 들어 본 적이 없었다. 그는 본능적으로 지금이야말로 행동을 개시할 때라고 생각했다.

그가 말했다.

"귀찮게 해 드리고 싶진 않습니다만, 그 일에 대해 말씀드릴 게 있습니다."

케이트는 대답하기 전에 잠시 뜸을 들였다. 긴장하고 있는 것이 틀림없었다.

"그 일이라니?"

그녀가 부드럽게 물었다.

"그 여자 말씀입니다."

"아! 에델 말이야?"

"네, 마담."

"에델이라면 이제 지겨워. 그래, 이번엔 또 무슨 얘기지?"

"있는 그대로 말씀드리겠습니다. 조금도 보태거나 빼지 않고요. 제가 켈로그 담배 가게에 있는데 누군가 다가와서 '당신이 조요?' 하고 묻더군요. 그래서 '댁은 누구요?' 하고 되물었죠. 그랬더니 '당신 지금 누굴 찾고 있죠?' 하더군요. 그래서 무슨 얘긴지 해 보라고 했어요. 처음 보는 사람이었어요. 그가 말하기를 '저기 있는 패거리가 그러는데 그 여자가 당신한테 할 얘기가 있답니다.'라고 하더군요. 그래서 그럼 직접 와서 하지 그러냐고 했어요. 그러자 그 친구가 저를 한참 바라보더니 이렇게 말했어요. '판사가 한 얘기를 잊고 있나 보지?'라고 말예요. 제가 생각하기엔 그 여자가 돌아왔다는 말 같았어요."

그는 케이트의 표정을 살폈다. 그녀는 차분하고 창백한 얼굴로 똑바로 앞을 응시하고 있었다.

케이트가 물었다.

"돈을 달라고 하던가?"

"아뇨. 그는 뜻 모를 말을 했어요. '당신, 페이와 무슨 관련이 있소?' 하는 거예요. 그래서 없다고 했죠. 그랬더니 '그 여

자에게 묻는 게 낫겠군.'이라고 하더군요. 그래서 저는 그냥 알
겠다고 대답하고는 돌아왔어요. 하지만 그게 다 무슨 말인지
도무지 이해가 안 되더군요. 그래서 마담께 여쭈어 보려고요."

그녀가 물었다.

"자네, 페이에 대해 알고 있는 게 있나?"

"전혀요."

그녀의 목소리가 아주 나긋나긋해졌다.

"페이가 원래 이 집 주인이었다는 사실도 모른단 말이지?"

조는 갑자기 뱃속이 불편해지는 것을 느꼈다. 이런, 또 멍청
한 짓을 저지르고 말았군! 그냥 입을 다물고 있었어야 하는
건데……. 그는 몹시 혼란스러웠다.

"글쎄요…… 그러고 보니 들어본 것 같기도 하고……. 참, 그
렇지! 페이스라나 뭐라나 하는 이름을 들어본 적이 있어요."

조의 당황하는 빛이 케이트에겐 좋은 약이 되었다. 금발의
미소년에 대한 생각도 통증과 함께 모두 사라졌다. 무언가 할
일이 생겼기 때문이다. 그녀는 쾌감 같은 것을 느끼면서 그 도
전을 받아들였다.

그녀는 부드럽게 웃었다.

"후후, 페이스라고……."

그러고는 나지막이 말을 이었다.

"차 좀 따라 줘, 조."

그의 손이 떨려서 주전자가 찻잔에 부딪혀 달그락거리는 소
리를 냈지만 그녀는 듣지 못한 듯했다. 그녀 앞에 찻잔을 내려
놓고 그녀의 시선이 미치지 않는 곳으로 멀찌감치 물러섰지만

그녀는 쳐다보지도 않았다. 조는 겁에 질려 떨고 있었다.

마침내 케이트가 애원 조로 말했다.

"조, 자네가 날 도와줄 수 있다고 생각하나? 만일 내가 자네에게 1만 달러를 주면 모든 걸 마무리 지을 수 있겠어?"

그녀는 잠시 뜸을 들였다가 몸을 돌려 그를 정면으로 바라보았다.

조의 눈에는 눈물이 그렁그렁했다. 그는 입술에 침을 바르고 있었다. 그녀가 갑자기 몸을 돌리자 그는 마치 한 대 얻어맞기라도 한 것처럼 움찔하며 뒤로 물러났다. 그녀의 눈빛은 그를 옴짝달싹 못하게 만들었다.

"조, 나한테 들켰지?"

"마담, 무슨 말씀이신지……."

"무슨 말인지는 나가서 잘 생각해 봐. 그런 다음 다시 와서 얘기하자고. 자네는 생각하는 데 남다른 재주를 갖고 있으니까. 나가서 테레즈를 들어오라고 해. 알겠나?"

그는 방에서 한시라도 빨리 나가고 싶었다. 괜히 잘못 넘겨짚었다가 보기 좋게 당한 꼴이었다. 모든 일이 엉망이 된 것 같았다. 행운을 망쳐 버린 것은 아닌지 걱정스러웠다. 그때 늙은 여우가 태연스럽게 말했다.

"차를 갖다 줘서 고마워. 자네는 아주 착한 사람이야."

그는 문을 쾅 소리 내어 닫고 싶었지만 감히 그러지 못했다. 케이트는 골반의 통증을 건드리지 않으려고 뻣뻣한 자세로 몸을 일으켜 세웠다. 그리고 책상으로 가서 종이를 꺼냈다. 펜을 잡기도 어려웠다.

그녀는 팔 전체를 움직여서 무언가를 적었다.

    랄프 씨께
    조 발레리의 지문을 조사해도 괜찮다고 보안관에게 전해 주
세요. 조를 기억하시죠? 저희 집에서 일하는 사내 말예요.
                                    케이트 올림

그녀가 다 쓴 편지를 접고 있을 때, 테레즈가 겁에 질린 얼
굴로 들어왔다.
"부르셨어요? 제가 잘못한 거라도 있나요? 전 나름대로 최
선을 다했어요. 마담, 사실 제가 요즘 몸이 좀 불편해서……."
"이리 가까이 와 봐."
테레즈가 책상 옆에서 기다리는 동안 케이트는 천천히 봉
투에 주소를 적고 우표를 붙였다.
"간단한 심부름 하나만 해 줘. 벨 제과점에 가서 5파운드들
이 초콜릿 한 상자와 1파운드들이 한 상자를 사 와. 큰 것은
너희끼리 나눠 먹도록 하고. 그리고 오는 길에 크라우 약국에
들러 중간 크기의 칫솔 두 개와 가루 치약 한 통만 사다 줘.
주둥이가 달린 치약 알지?"
"네."
테레즈는 크게 안심이 되었다.
"그동안 내가 쭉 눈여겨봐 왔는데, 너는 꽤 괜찮은 아이인
것 같더구나. 테레즈, 나는 몸이 좋지 않아. 이번 일처리 하는
걸 봐서, 내가 입원하게 되면 너한테 가게 운영을 맡길까 생각

중이야."

"병원에 입원하시려고요?"

"아직 모르겠어. 하지만 네 도움이 필요해. 자, 여기 초콜릿 살 돈 받고. 중간 크기의 칫솔이야, 알지?"

"네, 마담. 고맙습니다. 지금 다녀올까요?"

"그래. 가능한 한 몰래 나가도록 해. 내가 한 얘기는 다른 애들한테 비밀이라는 거 명심하고."

"그럼 뒷길로 빠져나갈게요."

그녀는 서둘러 문 쪽으로 갔다.

케이트가 말했다.

"이런, 깜빡 잊어버릴 뻔했네. 가는 길에 이것 좀 우체통에 넣어 줄 테야?"

"그럼요. 뭐 또 시키실 일은 없으세요?"

"그거면 됐어. 고마워."

테레즈가 나가자 케이트는 팔과 손을 책상 위에 올려 구부러진 손가락을 받치고 있었다. 문제는 바로 이것이었다. 그녀는 전부터 그 사실을 알고 있었다. 틀림없이 알고 있었으나 지금은 그걸 따질 때가 아니었다. 나중에 다시 생각해도 늦지 않을 터였다. 조를 제거하고 나면 또 다른 사람이 나타날 것이고, 그리고 또…… 에델이 있었다. 머지않은 때에 언젠가는……. 그러나 지금 그 문제를 생각할 필요는 없었다. 케이트는 조심스레 문제의 본질을 들여다보기로 했다. 그녀의 마음속에 슬그머니 고개를 들이밀었다가 이내 도망치기를 반복하는 무언가가 있었다. 그 단편적인 생각이 처음 모습을 드러낸 것은 노랑머리의 아들을 마음속에 떠올렸을 때였다. 상처받고 당황하고 절망에 빠진 소년의 얼굴이 그 생각을 하게 만들었다. 그녀는 회상에 잠겼다.

케이트에게도 아들의 얼굴처럼 사랑스럽고 순수했던 소녀 시절이 있었다. 아주 어린아이였을 때부터 그녀는 자신이 누구보다 영리하고 예쁘다는 것을 알았다. 그러나 때때로 외로운 공포감이 엄습하여 마치 높다란 나무숲으로 둘러싸인 것처럼 적에게 포위당한 느낌이 들었다. 그럴 때면 주위의 모든 생각과 말과 형상이 자기를 해치려고 덤벼드는 것 같았다. 도망칠 곳도, 숨을 곳도 없었다. 자신을 받아 줄 은신처가 없었기 때문에 그녀는 그저 엉엉 울음을 터뜨릴 수밖에 없었다. 그러던 어느 날 책 한 권을 읽게 되었다. 그녀는 다섯 살 때부터 글을 읽을 줄 알았다. 그것은 은박으로 제목이 쓰인 갈색 책이었다. 표지는 찢어졌고 두툼했다. 그 책은 『이상한 나라의 앨리스』였다.

케이트는 천천히 손을 움직여 팔로 지탱하여 몸을 살짝 일으켰다. 그 책의 그림이 눈에 들어왔다. 생머리를 길게 늘어뜨린 앨리스였다. 그녀의 삶을 변화시켰던 것은 '나를 마셔요.'라는 글이 적힌 병이었다. 앨리스가 그녀에게 그것을 가르쳐 주었다.

숲처럼 적들이 그녀를 포위했을 때, 그녀는 만반의 준비를 하고 있었다. 설탕물을 담은 병에 '나를 마셔요.'라고 적힌 빨간색 라벨을 붙여 주머니에 넣고 다녔다. 그 병의 물을 조금 마시면 그녀의 몸이 점점 작아졌다. 그다음 적들에게 자기를 찾아보게 했다. 어린 캐시는 나뭇잎 아래 숨기도 하고 개미굴 안에서 밖을 내다보며 키득거리기도 했다. 적은 그녀를 찾아내지 못했다. 문이 닫혀 있건 열려 있건 그녀에겐 상관없었다. 허리를 꼿꼿이 편 채 문 밑으로 자유롭게 들락날락할 수 있었으니까.

그리고 그녀의 곁에는 항상 앨리스가 있었다. 그녀를 사랑하고 믿어 주는 앨리스. 앨리스는 그녀의 둘도 없는 친구로, 언제나 그녀가 작아지기만을 기다리고 있었다.

캐시는 이 모든 것이 좋았다. 너무 좋아서 때로는 비참해지는 것도 가치가 있다고 생각했다. 그렇지만 가슴 한구석에 석연찮은 부분이 한 가지 더 있었다. 그것은 그녀에게 위협인 동시에 안전장치였다. 그 병의 물을 다 마시기만 하면 그녀는 점점 작아져 눈에 띄지 않게 되고 마침내 이 세상에 존재하지 않게 될 터였다. 무엇보다 좋은 것은 그녀가 세상에 존재하지 않게 되면 그 흔적조차 사라져 버린다는 점이었다. 이것이 그녀가 마음에 들어 하는 안전장치였다. 이따금 잠자리에서 '나를 마셔요.'라는 약을 넉넉히 마시면 몸이 모기 새끼만큼 줄어들어 끝내 하나의 점이 되었다. 그러나 단 한 번도 완전히 사라진 적은 없었다. 그럴 필요가 없었다. 그것은 모든 사람들로부터 자신을 지키는 일종의 자구책이었다.

케이트는 외부 세계와 단절되었던 어린 소녀 시설을 회상하면서 슬픈 듯이 고개를 저었다. 그 놀라운 기술을 그동안 어떻게 잊고 지냈는지 의아했다. 어린 시절 그녀는 그 기술을 통해 온갖 불행으로부터 벗어날 수 있었다. 클로버 잎사귀를 통해 비쳐 오는 빛은 찬란했다. 캐시와 앨리스는 어깨동무를 하고 무성한 풀숲 사이를 거닐었다. 그들은 서로에게 둘도 없는 친구였다. 캐시는 '나를 마셔요.'라는 약을 전부 마실 필요가 없었다. 그녀에게는 앨리스가 있었기 때문이다.

케이트는 굽은 두 손 사이에 놓인 장부 위에다 머리를 괴고 있었다. 한없이 춥고 버림받은 듯한 기분이 들었다. 지금까지 했던 일은 모두 막다른 골목에 내몰린 상황에서 어쩔 수 없이 한 것이었다. 그녀는 좀 특별해서 다른 사람들보다 더 많은 것을 지니고 있었다. 잠시 후 그녀는 고개를 쳐들었지만 흐르는 눈물을 닦을 생각은 하지 않았다. 그렇다. 그것은 사실이었다. 그녀는 남들보다 더 영리하고 더 강인했으며, 다른 사람이 갖지 못한 것을 갖고 있었다.

한창 생각에 몰두하고 있을 때, 칼의 검은 얼굴이 그녀 눈앞의 허공에 떠올랐다. 입가에는 잔인한 미소를 띠고 있었다. 위에서 짓누르는 듯한 중압감에 그녀는 숨을 몰아쉬어야만 했다.

사람들은 그녀가 갖고 있지 않은 무언가를 갖고 있었다. 하지만 그것이 무엇인지는 알 수 없었다. 그것이 무엇인지를 알게 되자마자 그녀는 준비를 했다. 그리고 준비를 하자마자 그녀는 아주 오래전부터, 아니 평생 동안 자신이 준비를 하고 있었다는 것을 알았다. 그녀의 마음은 나무처럼 딱딱하게 굳어 있었고 몸뚱이는 어설픈 꼭두각시처럼 보기 흉하게 움직였지만, 자기 일만은 꾸준히 해 나갔다.

어느덧 정오였다. 식당에서 여자들이 떠드는 소리가 들리는 것을 보면 알 수 있었다. 게을러터진 그들은 이제야 겨우 일어난 것이다.

케이트는 문손잡이를 돌리는 데 애를 먹었다. 손잡이를 두 손바닥 사이에 끼고 비틀어 간신히 문을 열었다.

여자들이 깔깔거리다 말고 바짝 긴장하여 그녀를 올려다보았다. 요리사도 주방에서 나왔다.

케이트는 핼쑥한 유령처럼 보였다. 뒤틀린 몸이 어딘지 모르게 무시무시했다. 그녀는 벽에 몸을 기대고 여자들을 향해 미소를 지었다. 그 미소가 그들을 더욱 몸서리치게 했다. 그것이 비명을 대신하는 듯했기 때문이다.

"조는 어디 있지?"

케이트가 물었다.

"나갔는데요."

"내 말 잘 들어. 난 오랫동안 잠 한숨 못 잤어. 지금부터 약을 먹고 잘 거니까 방해하지 말도록 해. 저녁 식사도 필요 없어. 늘어지게 잠만 잘 거야. 그러니 내일 아침까지 아무도 내 방 근처에 오지 못하게 하라고 조에게 일러둬. 알겠어?"

"네."

"그럼 모두들 잘 자. 아직 오후긴 하지만 미리 인사를 해 두는 거야."

"안녕히 주무세요, 마담."

그들은 입을 모아 공손하게 인사했다.

케이트는 돌아서서 게걸음으로 자기 방으로 돌아갔다.

그녀는 문을 잠그고 주위를 둘러보았다. 이제부터 간단한 절차를 밟으려는 것이었다. 그녀는 우선 책상으로 가서 앉았다. 그리고 고통을 참으며 손에 힘을 주어 또박또박 글씨를 쓰기 시작했다.

"내 전 재산을 내 아들 아론 트래스크에게 물려준다."

그녀는 날짜를 적고 서명을 했다.

"캐서린 트래스크."

그녀는 한동안 아픈 손가락을 종이 위에 올려놓고 있었다. 그러고는 유서의 앞면을 똑바로 펼쳐 놓은 채 책상에서 일어섰다.

그녀는 방 한가운데 놓인 테이블에서 식은 차를 한 잔 따라 회색 곁방으로 들어가 독서용 테이블 위에 찻잔을 내려놓았다. 그러고는 화장대로 가서 머리를 빗고 얼굴에 화장수와 분을 가볍게 바른 후 늘 사용하는 엷은 립스틱을 입술에 발랐다. 마지막으로 손톱도 깔끔하게 정리했다.

회색의 방으로 통하는 문을 닫자 외부의 빛은 완전히 차단되고 오직 독서용 램프만이 테이블 위를 비췄다. 그녀는 베개를 가지런히 놓고 톡톡 두드려 정리한 후 침대에 앉았다. 그리고 마치 실험이라도 하듯이 베개에 머리를 기대어 보았다. 파티에라도 가는 것처럼 기분이 좋았다. 그녀는 조심스럽게 윗옷 속에 손을 집어넣어 쇠줄을 밖으로 꺼냈다. 작은 튜브의 뚜껑을 열고 안에 든 캡슐을 손바닥 위에 쏟았다. 그 캡슐을 보고 있자니 미소가 흘러나왔다.

"나를 먹어요."

케이트는 그렇게 중얼거리고 캡슐을 입안에 털어 넣었다.

그런 다음 찻잔을 들었다.

"나를 마셔요."

그녀는 이번엔 이렇게 중얼거렸다. 그러고는 식어 빠진 씁쓸한 차를 삼켰다.

그녀는 앨리스를 떠올리려고 애썼다. 아주 작은 앨리스가 그녀를 기다리고 있었다. 그녀의 눈 한구석에서는 다른 여러 사람들이 그녀를 응시하고 있었다. 아버지, 어머니, 찰스, 애덤, 새뮤얼 해밀턴, 아론, 그리고 자기에게 미소를 던지고 있는 칼의 모습도 보였다.

그는 말을 할 필요가 없었다. 그의 눈빛이 말을 대신하고 있었기 때문이다.

"당신에겐 무언가 결핍된 게 있어요. 다른 사람은 갖고 있지만 당신은 갖고 있지 못한 게 있지요."

그녀는 다시 앨리스를 떠올렸다. 맞은편 회색 벽에 못 구멍 하나가 보였다. 앨리스는 그 안에 있을 것이다. 앨리스는 캐시의 허리에 팔을 감고, 캐시는 앨리스의 허리에 팔을 감고 걸어갈 것이다. 그들은 못대가리처럼 작지만 서로에게 둘도 없는 친구였다.

팔과 다리에 따뜻한 마비 증세가 번지기 시작했다. 손의 통증도 사라져 갔다. 눈꺼풀이 무겁게 느껴졌다. 그것도 아주 대단히…… 하품이 나왔다.

그녀는 생각했다. 아니, 말했다. 아니, 생각했다.

'앨리스는 몰라. 나는 과거를 향해 똑바로 걸어갈 테야. 똑바로……'

두 눈이 감기면서 현기증과 함께 구역질이 치밀어 오르기
시작했다. 그녀는 눈을 뜨고 겁에 질려 주위를 살폈다. 어두워
진 회색 방 안에 램프 불빛만이 물결처럼 흐르고 있었다. 다
시 눈이 감기고 열 손가락이 작은 젖가슴을 움켜쥔 것처럼 뒤
틀리기 시작했다. 심장이 장엄하게 고동치고 호흡이 느려지면
서 그녀의 몸은 조금씩 줄어들다가 끝내 사라지고 말았다. 이
세상에 그녀라는 존재는 흔적조차 남지 않았다.

2

케이트에게서 쫓겨난 조는 마음이 심란할 때면 늘 그러듯
이 이발소로 향했다. 머리를 깎고 계란 샴푸로 머리를 감고 토
닉을 발랐다. 얼굴 마사지도 하고 진흙 팩도 하고 손톱도 다듬
고 구두도 닦았다. 평소에는 이렇게 치장을 하고 새 넥타이까
지 매고 나면 기분이 상쾌해졌지만, 이번에는 50센트의 팁까
지 주고 이발소를 나온 후에도 여전히 기분이 울적했다.

케이트는 쥐를 잡듯 그를 덫에 가둬 꼼짝 못하게 만들었다.
오도 가도 못 하게 팬티까지 벗겨 놓은 격이었다. 그녀의 재빠
른 두뇌 회전에 그는 혼란스럽고 무력할 뿐이었다. 자신이 무
슨 생각을 하고 있는지 알아맞혀 보라는 그녀의 말은 아리송
하기만 했다.

그날 초저녁은 무척 한가했다. 얼마 후 스탠퍼드 대학 동아
리인 '시그마 알파 엡실론'의 회원 16명과 준회원 2명이 산후

안에서 모임을 마친 후 와자지껄하게 몰려 들어와 법석을 떨었다.

서커스 중에 담배를 피워야 하는 플로렌스가 심한 기침을 했다. 담배를 피우려고 할 때마다 기침이 나서 망쳐 버리고 말았다. 그리고 어린 종마는 설사 증세가 있었다.

대학생들은 괴성을 지르고 서로 어깨를 두드려 가며 흥겨워 했다. 그리고 들고 갈 수 있는 것은 모두 훔쳐 갔다.

그들이 떠나고 난 뒤 두 여자가 피곤하고 지루한 말다툼을 벌였다. 테레스는 매독 초기 증상을 보이기 시작했다. 참으로 기막힌 밤이었다.

복도 저쪽 닫힌 문 뒤에는 위험한 존재가 조용히 생각에 빠져 있었다. 조는 자러 자기 전에 그 문 앞에 서서 귀를 기울였으나 아무 소리도 들리지 않았다. 새벽 2시 30분에 가게 문을 닫고 3시에 잠자리에 들었으나 좀처럼 잠이 오지 않았다. 그는 다시 일어나『바바라 워스의 승리』를 7장까지 읽었다. 그리고 동이 트자 조용히 부엌으로 가서 커피를 끓였다.

그는 테이블 위에 팔꿈치를 얹고 두 손으로 잔을 잡았다. 분명 무언가가 잘못되었는데 그것이 무엇인지 알 수가 없었다. 에델이 죽었다는 것을 케이트가 알고 있을지도 모른다. 그렇다면 바짝 조심해야만 한다. 마침내 그는 마음의 결정을 내리고 굳게 다짐했다. 9시에 케이트를 보러 가서 무슨 말을 하는지 다시 한 번 자세히 들어 보자. 지난번엔 잘못 들은 것인지도 모른다. 솔직하게 털어놓는 것이 상책이다. 공연히 욕심을 부려서는 안 된다. 1000달러만 받겠다고 말한 후 여기서 도망치는 거다. 만일 그녀가 안 된다고 하더라도 어쨌든 이곳을 벗어나야만 한다. 매춘부들과 함께 일하는 것에도 신물이 났다. 리노에 가면 도박장에서 일거리를 구할 수 있을 것이다. 그러면 정해진 시간 동안만 일하고 꼴 보기 싫은 매춘부들을 상대하지 않아도 된다. 아파트를 얻어서 커다란 의자 몇 개와 침대 겸용 소파를 갖다 놓아야지. 더 이상 이 더러운 마을에서 골치 썩을 필요는 없다. 주 경계 밖으로 나가면 더욱 좋을 것이다. 그는 당장이라도 떠나고 싶었다. 지금 이 자리에서 일어나 계단을 올라가 옷가방을 챙기는 거다. 단 2분이면 이 집에서 떠날 수 있다. 기껏해야 3, 4분이면 된다. 누구에게도 알릴 필요는 없다. 생각할수록 멋진 아이디어였다. 에텔이 가져다준 행운은 처음 생각했던 것만큼 좋지는 않은 것 같다. 그러나 1000달러는 꽤 큰돈이다. 조금 더 기다리자.

요리사가 들어왔을 때, 그는 무척 기분이 안 좋은 상태였다. 목덜미에 난 뾰루지가 악화되고 있어서 계란 속껍질을 환부에 붙이고 있었다. 요리사는 기분이 나쁜 만큼 주방에 누군가 다른 사람이 있는 것이 달갑지 않았다.

조는 자기 방으로 돌아가 책을 좀 더 읽다가 옷가방을 쌌다. 무슨 일이 있든 집을 나갈 생각이었다.

9시에 그는 케이트의 방문을 조용히 두드리고 안으로 들어갔다. 침대에는 잠을 잔 흔적이 없었다. 쟁반을 내려놓고 곁방쪽으로 가서 몇 번이고 문을 두들겼다. 끝까지 인기척이 없자 그는 마침내 문을 열고 안으로 들어갔다.

램프 불빛이 책상 위를 비추는 가운데 케이트가 머리를 베개 깊숙이 파묻고 있었다.

"밤새 여기서 주무셨군요."

조가 그녀를 향해 다가갔다. 입술에는 핏기 하나 없었고, 반쯤 감긴 눈꺼풀 사이로 보이는 두 눈은 완전히 풀려 있었다. 그는 케이트가 죽었음을 직감했다.

그는 잠시 두리번거리다가 재빨리 옆방으로 가서 문이 잠겨 있는지를 확인했다. 그러고는 기막히게 빠른 속도로 화장대와 서랍을 뒤지고 핸드백을 열어 보고 침대 곁에 있는 작은 상자를 열어 보았다. 그리고 한동안 멍하니 서 있었다. 그녀는 아무것도 남기지 않았다. 은제 머리빗 하나 남아 있지 않았다.

그는 곁방으로 돌아가서 케이트 앞에 섰다. 반지 하나 핀 하나 보이지 않았다. 그때 목에 걸린 가느다란 쇠줄이 눈에 띄었다. 살짝 들어 고리를 풀어 보니, 작은 금시계 하나와 튜브 하나, 각각 27과 29라고 쓰인 금고 열쇠 두 개가 달려 있었다.

"옳아, 여기다 감춰 뒀었군. 이 여우 같은 년……."

그가 중얼거렸다.

조는 쇠줄에서 시계를 풀어 호주머니 속에 넣었다. 그녀의 코라도 한 대 쥐어박고 싶었다. 그때 그녀의 책상이 생각났다.

두 줄짜리 친필이 눈에 들어왔다. 누군가가 그 대가를 치를지도 모른다. 그는 유서를 호주머니에 넣었다. 서류함에서 서류 한 뭉치를 꺼냈다. 청구서와 영수증이었다. 다음 함에서는 보험증서가, 그다음 함에서는 여자들의 신상 기록이 적힌 작은 노트가 나왔다. 그는 그것도 호주머니에 넣었다. 갈색 봉투들을 묶어 놓은 고무줄을 풀고 한 봉투에서 사진들을 꺼냈다.

사진 뒷면에는 케이트의 깔끔하고 예리한 필체로 이름과 주소와 직위가 적혀 있었다.

조는 큰 소리로 웃음을 터뜨렸다. 이것이야말로 진짜 행운이었다. 봉투를 하나하나 열어 보았다. 말 그대로 노다지였다. 이것만 있으면 몇 년 동안 먹고살 걱정은 하지 않아도 될 것 같았다. 저 시의원 좀 봐! 엉덩이가 제법 투실투실한걸? 그는 고무줄을 도로 묶었다. 맨 위 서랍에는 10달러짜리 지폐 여덟 장과 열쇠 뭉치가 있었다. 어김없이 돈은 주머니에 챙겨 넣었다. 편지지와 봉함과 잉크가 들어 있는 두 번째 서랍을 열었을 때, 노크 소리가 들렸다. 그는 문 쪽으로 가서 살짝 열어 보았다.

요리사였다.

"어떤 사람이 좀 만나자는데요."

"누군데?"

"낸들 압니까?"

조는 방을 한 번 둘러보고 밖으로 나와 문을 잠그고 열쇠를 호주머니에 넣었다. 무언가 놓친 게 있을지도 몰랐기 때문이다.

오스카 노블이 넓은 거실에 서 있었다. 회색 모자에 빨간색 바둑판무늬 코트를 목까지 단단히 여며 입고 있었다. 그의 눈은 연회색으로 구레나룻과 같은 색깔이었다. 거실 안은 약간 어둠침침했다. 아직까지 누구도 블라인드를 올리지 않았던 것이다.

조가 가벼운 걸음으로 복도를 지나오자 오스카가 물었다.

"당신이 조요?"

"당신은 누구요?"

"보안관이 당신한테 몇 가지 물어볼 게 있다고 합니다."

조는 등골이 오싹해졌다.

"지금 날 체포하는 거요? 영장 있소?"

"아니, 단지 조사만 하려는 거요. 같이 가십시다."

"그러죠."

조가 중얼거렸다.

"못 갈 것도 없지."

두 사람은 함께 밖으로 나왔다. 조가 몸을 떨었다.

"외투를 입고 나오는 건데."

"도로 들어가 입고 오겠소?"

"그냥 갑시다."

그들은 캐스트로빌 스트리트를 향해 걸어갔다.

오스카가 물었다.

"수배 사진이나 지문을 찍힌 적이 있소?"

조는 한참 동안 대답하지 않았다.

"있습니다."

"무슨 이유로?"

"술에 취해 경관을 때렸어요."

"그랬군. 조사해 보면 알겠지."

오스카가 그렇게 말하면서 모퉁이를 돌았다.

바로 그때 조가 토끼처럼 달아났다. 길 건너 철로를 넘어 상점과 차이나타운이 있는 곳을 향해 내달렸다.

오스카는 장갑을 벗고 코트 단추를 푼 뒤 권총을 꺼냈다. 급한 마음에 겨냥을 하지 않고 쏜 것이 빗나갔다.

조가 지그재그로 달리기 시작했다. 거리가 50미터쯤 벌어지면서 두 건물 사이의 공터 근처에 이르렀다.

오스카는 보도 끝 전신주로 달려가 왼쪽 팔꿈치를 기대고 왼손으로 오른쪽 손목을 움켜쥔 뒤 골목 입구를 향해 총을 겨누었다. 조가 조준 안에 들어오자 그는 방아쇠를 당겼다.

조는 얼굴을 땅에 박고 앞으로 고꾸라지면서 1피트가량을 미끄러졌다.

오스카는 필리핀인이 운영하는 당구장으로 들어가 전화를 걸었다. 그가 밖으로 나왔을 때는 이미 수많은 사람들이 시체 주위를 에워싸고 있었다.

51장

1

1903년 호레이스 퀸은 R. 키프를 물리치고 보안관 직에 취임했다. 그는 수석 보안관보로 많은 경험을 쌓아 왔다. 대부분의 선거인들은 그동안 퀸이 치안 업무를 혼자 도맡다시피해 왔으므로 그에 걸맞은 직책을 맡기는 게 좋겠다고 판단했다. 호레이스 퀸은 1919년까지 보안관의 임무를 수행했다. 그가 너무 오랫동안 보안관 노릇을 했기 때문에 몬터레이에서자란 우리들은 자연히 '보안관' 하면 '퀸'을, '퀸' 하면 '보안관'을 떠올렸다. 다른 사람이 보안관 직을 맡는다는 것은 상상할수도 없었다. 퀸은 보안관을 하면서 늙어 갔다. 오래전에 입은 부상으로 다리를 약간 절뚝이기는 했지만 그가 용감하다는 것은 모두가 아는 사실이었다. 그는 여러 차례의 권총 싸움에서 그 용맹성을 증명한 바 있었다. 게다가 그는 외모까지도 진짜 보안관다웠다. 어쩌면 그가 우리가 알고 있는 유일한 보안관이었기 때문에 그렇게 느껴졌을지도 모른다. 어쨌든 그의 얼굴은 크고 불그스레했으며, 하얀 콧수염은 스페인산 수소의 뿔 모양을 하고 있었다. 떡 벌어진 어깨에다 나이에 알맞게 약간 살이 쪄서 더욱 위엄 있어 보였다. 그는 멋진 카우보이모자에 노포크 재킷[11]을 입고 다녔으며, 만년에는 권총을 어깨에 달린 가죽 케이스에 넣고 다녔다. 허리에 차던 예전의 총집은 복부를 심하게 압박했기 때문에 모양이 나지 않았다. 퀸은 1903년 취임 당시에도 관할 군의 지역 사정을 잘 알고 있었으나 1917년에는 더 많은 것을 알게 된 만큼 업무 수행도 더욱 매끄러웠다. 살리나스 계곡의 산들처럼 그는 이제 지역을 대표하는 명물이 되었다.

애덤이 총상을 입고 난 후부터 퀸 보안관은 몇 년 동안 줄곧 케이트를 감시했다. 페이가 죽었을 때는 직감적으로 케이트에게 책임이 있을지도 모른다고 생각했다. 그러나 그녀의 유죄를 입증할 증거가 부족하다는 것 또한 알고 있었다. 현명한 보안관은 불가능한 일에 머리를 부딪지 않는 법이었다. 결국 그녀들은 둘 다 매춘부일 뿐 아닌가.

그 후 몇 해 동안 케이트는 퀸 보안관을 정중하게 대했다. 그 또한 차츰 그녀를 존중하게 되었다. 어차피 그런 집이 존재해야 한다면 능력 있는 사람이 운영하는 편이 나았다. 케이트는 종종 수배자를 찾아내 그에게 넘겨주기도 했다. 그녀가 운

---

11) 허리에 띠가 달리고 앞뒤에 주름이 잡힌 헐렁한 남자용 윗옷.

영하는 집에서는 결코 사고가 나는 법이 없었다. 그리하여 퀸 보안관은 케이트와 좋은 관계를 유지했다.

추수감사절 다음 토요일 정오 무렵, 퀸 보안관은 조 발레리의 호주머니에서 나온 서류를 들여다보고 있었다. 38구경 권총 탄알이 조의 심장 한구석을 뚫고 들어가 갈비뼈를 바스러뜨리고 주먹만 한 구멍을 내 놓았다. 갈색 서류 봉투들은 시커먼 피와 범벅이 되어 서로 딱 달라붙어 있었다. 보안관은 젖은 손수건으로 서류들을 적셔 한 장 한 장 조심스레 떼어 놓았다. 나앵히 유시는 접혀 있었기 때문에 바깥쪽에만 피가 묻어 있었다. 그는 케이트의 유서를 천천히 읽고, 봉투에 든 사진들을 조사했다. 그리고 깊은 한숨을 내쉬었다.

각각의 봉투 안에는 한 남자의 명예와 마음의 평화를 위협하기에 충분한 자료들이 들어 있었다. 잘만 이용하면 그 사진들로 인해 최소한 여섯 사람은 자살하게 만들 수 있을 것 같았다. 케이트는 이미 밀러 장의사에 안치되어 혈관에 포르말린 주사를 맞고 있었다. 그녀의 위는 병에 담겨 검시관에게 보내졌다. 퀸 보안관은 사진을 다 살펴보고 난 후 어딘가로 전화를 걸었다. 그는 전화기에 대고 이렇게 말했다.

"내 사무실에 잠깐 들러 줄 수 있겠소? 점심은 좀 이따가 먹도록 하고. 그렇소. 당신도 보면 중대한 일이란 걸 알게 될 거요. 그럼 기다리겠소."

몇 분 후 익명의 사나이가 재판소 뒤에 있는 군립 형무소 사무실에 나타났다. 책상 앞에 앉아 있던 퀸 보안관이 그에게 유서를 내밀었다.

"변호사로서 이 유서가 법적으로 유효하다고 생각하시오?"

방문객은 두 줄짜리 유서를 읽고 깊은 숨을 들이켰다가 코로 내뿜었다.

"내가 짐작하는 여자가 쓴 거요?"

"그렇소."

"만일 그 여자의 이름이 캐서린 트래스크고, 이것이 자필이고, 또 아론 트래스크가 그 여자의 아들이라면, 이 유서는 금덩어리나 다름없는 효과를 가질 거요."

퀸은 집게손가락 등으로 멋스러운 콧수염 끝을 살짝 건드리며 말했다.

"당신, 그 여자와 잘 아는 사이였지?"

"잘 안다기보다는 누군지 아는 정도였소."

퀸은 팔꿈치를 책상 위에 얹고 몸을 앞으로 굽혔다.

"할 말이 있소. 거기 앉으시오."

방문객은 의자를 끌어당겨 앉은 후 코트 단추를 만지작거렸다. 보안관이 물었다.

"케이트가 당신에게 협박 편지를 보내던가요?"

"천만에. 그럴 이유라도 있어야지."

"친구로서 묻는 거요. 그 여자가 이미 죽었다는 걸 알잖소. 자, 어서 말해 봐요."

"대체 무슨 소릴 하는 건지 모르겠군. 나는 누구에게도 협박당한 적이 없소."

퀸은 봉투 속에서 사진 한 장을 꺼내 카드놀이를 하듯 뒤집은 상태로 책상 너머로 밀어 주었다.

방문객은 안경을 고쳐 쓰고 사진을 들여다보았다. 그의 콧구멍에서 휘파람소리 같은 것이 새어 나왔다.

"맙소사!"

그가 소리 죽여 중얼거렸다.

"그 여자가 이 사진을 갖고 있다는 걸 몰랐소?"

"아니, 알고 있었소. 그 여자가 그럽디다. 제발, 호레이스…… 이걸 가지고 뭘 할 작정이오?"

퀸 보안관은 그의 손에서 사진을 빼앗았다.

"호레이스, 그 사진을 어떻게 할 거요?"

"태워 없애야지."

보안관은 엄지손가락으로 서류 봉투들의 모서리를 펄럭펄럭 넘겼다.

"그런 사진이 이 안에 수두룩하오. 이 사진들이 우리 군 전체를 발칵 뒤집어 놓을 수도 있을 거요."

퀸은 종이 위에 명단을 써 내려갔다. 잠시 후 힘겹게 몸을 일으켜 절룩거리는 다리로 사무실 북쪽 벽에 놓인 쇠 난로를 향해 다가갔다. 그리고는 《살리나스 모닝 저널》지를 구겨 불을 붙인 후 난로 안에 던져 넣었다. 불이 활활 타오르자 갈색 서류 봉투들을 불길 속에 모두 처넣고 바람구멍만 열어 놓고는 난로의 문을 닫았다. 난로 앞에 뚫린 작은 창 너머로 노란 불길이 너울거렸다. 퀸 보안관은 더러운 것이 묻기나 한 것처럼 두 손을 탁탁 털었다.

"원판도 저 안에 들었소. 그 여자의 책상을 뒤져 보았는데 다른 사본은 없더군."

방문객은 무언가 말을 하려고 했으나 목이 쉬어서 속삭이는 것처럼 들렸다.

"고맙소, 호레이스."

보안관은 절룩거리며 책상 앞으로 걸어가 명단을 집어 들었다.

"부탁이 있소. 여기 이 명단에 적힌 사람들한테 모두 전화를 걸어 내가 사진을 태워 버렸다고 전해 주시오. 당신이 모두 아는 사람들일 거요. 그들도 당신한테서 듣는 편이 낫겠지. 순수한 사람은 아무도 없으니까. 한 사람씩 따로따로 전화를 걸어 있는 그대로의 사실을 전하시오. 자, 여길 좀 봐요!"

그는 난로를 열고 까맣게 탄 종이를 부지깽이로 휘저어 재를 만들었다.

"이대로 그들에게 전하시오."

방문객이 그를 바라보았다. 퀸은 이번 일로 변호사의 증오를 피할 길이 없다는 것을 깨달았다. 남은 일생 동안 그들 사이에는 하나의 장벽이 생길 것이고, 둘 중 누구도 그것을 인정하지 않을 것이다.

"호레이스, 어떻게 감사의 말을 전해야 할지 모르겠소."

그러자 보안관이 서글픈 심정으로 말했다.

"괜찮소. 내 친구들도 나를 위해 이렇게 해 주기를 바랄 뿐이오."

"빌어먹을 갈보년 같으니."

방문객이 조그맣게 욕을 했다. 호레이스 퀸은 그 욕의 일부가 자신을 향한 것임을 알았다.

또한 그는 이제 보안관으로서 오래 버틸 수 없으리란 것도 알았다. 곧 죄책감을 느끼게 될 자들은 그를 보안관 직에서 내쫓을 능력을 가지고 있었고, 또 그렇게 할 수밖에 없을 터였다. 그는 한숨을 쉬며 자리에 앉았다.

"이제 가서 점심이나 드시오. 나는 할 일이 있으니."

1시 15분에 퀸 보안관은 중심가를 돌아 센트럴애비뉴로 들어섰다. 그는 레이노드 빵집에서 프렌치 빵 한 덩어리를 샀다. 갓 구운 듯 아직 따끈따끈하고 냄새가 구수했다.

그는 난간에 의지하여 트래스크 집 계단을 올라갔다.

리가 허리에 행주를 두른 채 문을 열었다.

"지금 집에 안 계시는데요."

"아마 오는 중일 거요. 내가 징병 사무소로 전화를 걸었으니까. 기다리겠소."

리는 옆으로 비켜서서 그를 들어오게 한 후 거실로 안내했다.

"뜨거운 커피 한 잔 드시겠습니까?"

"그러지."

"방금 새로 끓인 겁니다."

리는 이렇게 말하고 부엌으로 갔다.

퀸은 아늑한 거실을 둘러보았다. 더 이상 보안관 노릇을 하고 싶지 않다는 생각이 들었다. 어느 산부인과 의사가 한 이야기가 생각났다.

"난 아기 받는 일이 좋아요. 잘 끝내면 기쁨이 따르니까요."

보안관은 이 말을 종종 생각했다. 그의 경우는 일을 잘 끝내도 결국 누군가에게 슬픔을 안겨 주는 게 아닌가 싶었다. 누군가는 해야만 할, 반드시 필요한 일이라는 사실도 이제 더 이상 마음에 크게 와 닿지 않았다. 이제 좋든 싫든 머지않아 보안관직에서 물러나야 할 것이다.

누구나 은퇴 후의 계획을 갖고 있기 마련이다. 그동안 시간에 쫓겨 하지 못했던 일들을 해 보고 싶어 한다. 마음 편히 여행을 한다거나, 겉핥기 식으로 읽고도 줄곧 제대로 읽은 척했던 책들을 정독하는 것도 좋을 것이다. 지난 몇 년 동안 퀸 보안관은 그런 황금 같은 시간이 오면 사냥과 낚시를 하겠다는 꿈을 꾸어 왔다. 샌타루시아 지방을 여행하고, 어렴풋이 기억나는 냇가에서 캠핑도 해 보리라. 그러나 막상 그런 때가 눈앞에 다가온 지금은 그런 일들이 썩 내키지 않았다. 맨땅에서 잠을 자면 다리가 아플 것 같았다. 사슴이 얼마나 무거울 것이며, 사냥터에서부터 사지를 덜렁거리는 죽은 사슴을 운반하기는 또 얼마나 힘이 들까. 솔직히 말해서 그는 사슴고기를 그다지 좋아하지 않았다. 레이노드 부인이 고기를 포도주에 재서 양념까지 해 줄지도 모르지만, 그 정도로 정성을 들이면 낡은 신발 가죽이라도 맛있을 것 같다.

리는 새로 산 여과기로 커피를 끓이고 있었다. 물이 끓어올라 유리 돔에 부딪치는 소리가 들렸다. 오랫동안 훈련된 그의 생각은 커피를 새로 끓여 놓았다는 리의 말이 사실이 아니라는 데에 미쳤다.

늙은 보안관은 명석했다. 오랜 경력으로 인해 그의 두뇌는 예민하게 움직였다. 한 번 본 얼굴은 모두 머릿속에 담아 세밀하게 기억하고 있었다. 어떤 장면이나 대화 내용도 마찬가지였다. 그는 녹음기나 영화 필름처럼 그것들을 고스란히 재생시킬 수 있었다. 그는 사슴고기를 생각하면서도 눈으로는 거실 안을 구석구석 살펴보았다. 그의 마음이 넌지시 말했다.

'이봐, 여기엔 무언가 잘못된 것이 있어. 뭔가 이상하단 말이야……'

보안관은 그 소리에 귀를 기울이고 방 안을 둘러보았다. 꽃 그림이 있는 무명 의자 커버, 레이스로 된 커튼, 수를 놓은 하얀 테이블보, 밝고 화려한 무늬의 쿠션들……. 남자들만 사는 집이지만 모든 것이 여성 취향이었다.

그는 자신의 거실을 떠올렸다. 파이프 스탠드를 제외한 모든 물건이 아내가 선택하고 구입하고 손질한 것들이었다. 생각해 보니 파이프 스탠드도 아내가 그에게 사 준 것이었다. 여자의 방도 하나 있었다. 그러나 이 방은 어딘지 모르게 위장된 것 같았다. 지나치게 여성 취향이었다. 남자가 꾸민 여자의 방이라고 해도 심하게 과장되고 여성적이었다. 틀림없이 리의 솜씨일 터였다. 애덤은 방을 꾸미는 것을 돕기는커녕 방의 분위기조차 알아차리지 못했을 것이다. 리는 가정적인 분위기를 만들려고 노력했고, 애덤은 그것을 알아차리지도 못했다.

호레이스 퀸은 아주 오래전 애덤을 심문하던 때가 기억났다. 당시의 애덤은 고뇌에 사로잡혀 있었다. 무언가에 사로잡힌 듯 잔뜩 겁에 질려 있던 그의 눈빛이 지금도 눈에 선했다. 그때 그는 애덤이 너무나 정직해서 결코 다른 생각은 할 수 없는 사람이라고 생각했다. 그 후에도 보안관은 애덤을 자주 만났다. 두 사람 모두 프리메이슨 회원으로서 회장 직도 똑같이 역임했다. 호레이스는 애덤의 뒤를 이어 지부장을 맡았고, 두 사람은 지금까지도 그 기념 핀을 꽂고 다녔다. 그러다가 어느 날인가부터 애덤은 따로 떨어져 나갔다. 보이지 않는 장벽이 그를 세상으로부터 고립시킨 것이다. 누구도 그의 마음속으로 들어갈 수 없었고, 그 또한 자신의 울타리를 벗어나 다른 사람에게 접근하려고 하지 않았다. 그러나 애덤이 고뇌에 사로잡혀 있을 때는 장벽 같은 것은 전혀 존재하지 않았었다.

애덤은 아내를 통해서 살아 있는 세상과 접촉할 수 있었다. 호레이스는 지금의 그 여자를 생각했다. 잿빛 몸뚱이는 장례사에 의해 세척을 당하고, 목구멍에는 주사 바늘이 꽂히고, 주사에 연결된 고무 포르말린 튜브는 천장에서부터 치렁치렁 늘어져 있으리라.

애덤은 절대 부정을 저지를 만한 사람이 아니었다. 그는 원하는 것이 아무것도 없었다. 무언가 갈망하는 것이 없는 한 부정을 저지를 수는 없는 법이었다. 그의 장벽 뒤에서는 무슨 일이 일어나고 있을까. 어떤 압력이, 어떤 기쁨이, 어떤 아픔이 존재하고 있을까. 보안관은 그것이 궁금했다.

호레이스 퀸은 체중에 짓눌려 다리가 아파 오자 엉덩이를 약간 옮겨 놓았다. 커피 끓는 소리 외에 집 안은 고요했다. 애덤이 징병 사무소에서 돌아오는 데 시간이 많이 걸리는 모양이었다. 보안관은 문득 즐거운 생각이 들었다.

'나도 나이를 먹어 가고 있군. 나쁘지 않은걸.'

그때 현관 쪽에서 애덤의 목소리가 들렸다. 리도 그 소리를 들고 복도로 달려 나갔다.

"보안관이 와 계십니다."

리가 그에게 경고라도 하듯이 말했다. 애덤은 미소를 지으며 들어와 손을 내밀었다.

"안녕하시오, 호레이스. 영장이라도 가져오셨소?"

정말 썰렁한 농담이었다.

"잘 지냈나? 자네 하인에게 커피 한 잔 얻어 마실 참이었네."

리가 부엌으로 들어갔고 곧이어 커피 잔 부딪치는 소리가 들렸다.

애덤이 말했다.

"무슨 안 좋은 일이라도 있나, 호레이스?"

"내 일이야 항상 그렇지 뭐. 커피가 올 때까지 기다리겠네."

"리는 신경 쓰지 않아도 돼. 어떻게든 결국에는 듣는걸. 문을 닫아도 다 듣는다니까. 그에게 감추는 건 하나도 없어. 감출 수가 없거든."

리가 쟁반을 들고 들어왔다. 그는 속으로 히죽이 웃고 있었다. 그가 커피를 따르고 나가자 애덤이 다시 물었다.

"무슨 일이야, 호레이스?"

"별일 아냐. 애덤, 그 여자는 아직도 자네와 결혼한 상태인가?"

애덤의 몸이 굳어졌다.

"그렇긴 한데…… 무슨 일이라도……?"

"간밤에 자살을 했어."

애덤의 얼굴이 일그러지면서 두 눈에 물이 차오르더니 이내 주르르 흘러내렸다. 그는 울지 않으려고 입술을 깨물었지만 곧 포기하고 두 손에 얼굴을 파묻은 채 통곡하기 시작했다.

"가엾은 친구 같으니……."

퀸은 조용히 앉아서 그가 감정을 가라앉히기를 기다렸다. 얼마 후 애덤은 자제력을 되찾고 고개를 들었다.

"미안하네."

부엌에 있던 리가 물수건을 들고 들어와 애덤에게 건네주었다. 애덤은 눈가를 몇 번 꾹꾹 누른 뒤 수건을 돌려주었다.

"전혀 예상치 못했어."

애덤의 얼굴에는 부끄러운 기색이 떠올랐다.

"이제 어떻게 하면 되지? 내가 시신을 인계해서 장례를 치르겠네."

"그럴 것까지는 없어."

호레이스가 말했다.

"자네가 꼭 그렇게 해야만 될 것 같다면 말릴 수는 없지만. 사실 내가 온 건 그 문제 때문이 아니네."

그는 호주머니에서 접힌 유서를 꺼내 내밀었다.

애덤은 몸을 움찔했다.

"이, 이게…… 그 여자의 피인가?"

"아니. 절대 그 여자의 피는 아니야. 한번 읽어 보게."

애덤은 두 줄의 유서를 읽었다. 그러고는 가만히 종이를 응시했다. 어쩌면 허공을 바라보고 있는지도 몰랐다.

"그 애는 몰라……. 그 여자가 자기 엄마인 줄."

"아들에게 여태 말하지 않았나?"

"안 했지."

"저런!"

애덤은 진지하게 말했다.

"그 애는 분명 그녀가 남긴 것을 받으려 하지 않을 거야. 그냥 찢어 버리고 잊자고. 아론은 진실을 알고 난 뒤에도 아무것도 받으려 하지 않을 것이네."

"그건 안 돼."

퀸이 말했다.

"우리는 몇 가지 불법을 저지르고 있어. 그 여자는 은행에 개인 금고를 가지고 있었네. 내가 어디서 이 유서와 열쇠를 발견했는지는 말할 필요가 없겠지. 어쨌든 난 법원의 명령을 기다릴 새도 없이 은행에 가 봤어. 무슨 관계가 있을 거라고 생각했거든."

더 많은 사진이 거기에 있을지도 몰라서 가 보았다는 말은 하지 않았다.

"밥 영감이 금고를 열어 주더군. 언제든 거절할 수도 있었는데 말이야. 그 속에는 돈이 10만 달러 이상이나 들어 있었어. 돈다발이 산더미처럼 쌓여 있더라고. 돈 말고 다른 것은 눈을 씻고 봐도 없었어."

"정말 아무것도 없었나?"

"사실 한 가지가 더 있긴 했는데…… 결혼 증명서더군."

애덤은 의자 깊숙이 몸을 파묻었다. 둘 사이의 거리가 다시금 멀어졌다. 부드러운 방어막 같은 것이 그와 세상 사이에 둘러쳐졌다. 애덤은 한동안 커피 잔을 내려다보고는 한 모금 마셨다.

"자네 생각에 내가 어떻게 하면 좋겠나?"

그는 침착하고 조용하게 물었다.

"나 같으면 어떻게 하겠다는 말밖에 할 수 없겠지."

퀸 보안관이 말했다.

"반드시 내 충고를 받아들일 필요는 없어. 나 같으면 지금 당장 아들을 불러서 사실대로 말할 걸세. 있는 그대로 하나도 빼놓지 않고. 왜 이전에는 얘기를 못 했는지 그 이유까지도 설명할 걸세. 아들이 지금 몇 살이지?"

"열일곱."

"이제 어른이군. 언젠가는 알아야 할 일이야. 당장 모든 사실을 알게 되는 게 좋을 것이네."

"칼은 알고 있어."

애덤이 말했다.

"그 여자가 왜 하필 아론에게 유산을 남겼는지 모르겠군."

"그걸 아는 사람은 아무도 없지. 자네 생각은 어때?"

"전혀 모르겠어. 그래서 자네 말대로 할 작정이네. 함께 있어 주겠나?"

"물론이지."

"리!"

애덤이 소리쳤다.

"아론을 불러오게. 집에 있지?"

리가 문 앞으로 왔다. 무거운 눈꺼풀을 잠시 동안 감았다가

584

다시 떴다.

"아직 안 들어왔습니다. 학교로 돌아갔는지도 모르겠어요."

"그랬다면 나한테 말을 했겠지. 이봐, 호레이스. 우리는 추수감사절에 샴페인을 실컷 마셨다네. 칼은 어디 있나?"

"자기 방에 있습니다."

리가 말했다.

"이리 내려오라고 하게. 그 애도 알아야 하니까."

칼의 얼굴은 피곤해 보였고, 지친 나머지 어깨가 축 늘어져 있었다. 그러나 표정만은 옹색하고 음흉하고 교활하고 야비했다.

애덤이 물었다.

"네 형이 어디 있는지 아니?"

"모르겠는데요."

칼이 대답했다.

"형하고 같이 있었던 거 아냐?"

"아닌데요."

"그 애는 이틀씩이나 집에 들어오지 않았어. 어디 있는지 정말 모르냐?"

"그걸 내가 어떻게 알아요? 내가 형의 보호자라도 되나요?"

애덤은 고개를 떨구고 몸을 약간 떨었다. 그의 눈동자 뒤에서 작지만 놀랄 만큼 밝은 푸른빛이 날카롭게 번뜩였다. 그가 쉰 목소리로 말했다.

"대학으로 돌아간 모양이로구나."

그의 입술이 무거운 듯이 보였다. 그는 잠꼬대하는 사람처럼 중얼거렸다.

"형이 대학으로 돌아갔다고는 생각지 않니?"

그때 퀸 보안관이 자리에서 일어섰다.

"내가 할 일은 나중에라도 할 수 있으니 이제 그만 가 보겠
네. 애덤, 좀 쉬도록 하게. 충격이 클 테니."

애덤은 그를 올려다보았다.

"충격이라고? 아, 그렇지. 고마워요, 조지. 대단히 고마워요."

"조지라니?"

"대단히 고마워요."

애덤이 말했다.

보안관이 떠나고 난 뒤 칼은 자기 방으로 돌아갔다. 애덤
은 의자에 기댄 채 이내 잠이 들었다. 입을 벌린 채 코까지
골았다.

리는 한동안 잠든 그의 모습을 바라보다가 부엌으로 돌아
갔다. 그는 빵 상자를 열고 가죽 장정의 자그마한 책 한 권을
꺼냈다. 표지의 금박 글씨는 거의 닳아 없어진 상태였다. 마르
쿠스 아우렐리우스의 『명상록』 영역본이었다.

리는 행주로 철테 안경을 닦고는 책장을 대충 넘기기 시작
했다. 의식적으로 마음의 안정을 주는 글귀를 찾으려 애쓰는
자신의 모습에 피식 웃음이 나왔다.

그는 천천히 한 단어 한 단어 소리 내어 읽었다.

"모든 것은 오직 하루뿐이다. 기억하는 것도 기억되는 것
도 모두 마찬가지다. 모든 것은 변화에 의해 발생한다는 걸 항
상 기억하라. 이 세상은 본래부터 현존하는 걸 변화시켜서 새

것으로 만들기를 무엇보다 좋아한나는 사실을 언세나 명심하라. 현존하는 만물은 어떤 의미에서 미래에 존재할 씨앗이기 때문이니라."

리는 다음 페이지를 훑어보았다.

"그대는 곧 죽게 되리라. 그러나 그대는 여전히 단순하지 못하고, 마음의 혼란에서 벗어나지도 못하며, 외부에 의해 상처받고 있다는 의혹에서 벗어나지도 못하고, 모든 이에게 관대하지도 못하며, 지혜를 발휘하여 공정하게 행동하지도 못하는도다."

리는 책에서 눈길을 들었다. 그러고는 마치 옛 선현들에게 답이라도 하듯이 중얼거렸다.

"옳은 말씀이십니다. 그렇지만 실천하기가 대단히 힘들군요. 죄송합니다. 그러나 분명 이런 말씀도 하셨다는 걸 잊지 마십시오. '언제나 지름길을 택하라. 지름길이야말로 자연스러운 길이다.' 이 말씀을 절대로 잊지 마십시오."

그는 손가락 사이로 책장을 휘리릭 넘겼다. 맨 끝 페이지에는 두꺼운 목수용 연필로 쓴 '새뮤얼 해밀턴'이라는 이름이 적혀 있었다. 리는 갑자기 기분이 좋아졌다. 새뮤얼 해밀턴은 이 책을 되찾고 싶어 했을까? 책을 훔쳐 간 사람이 누군지는 알고 있었을까? 그때는 그 책을 훔쳐 오는 것만이 유일한 길이라고 생각했었고, 지금도 그 일을 생각하면 마음이 흐뭇했다. 그는 책을 빵 상자에 도로 넣으면서 손가락으로 부드러운 가죽 표지를 쓰다듬었다. 그러고는 중얼거렸다.

"새뮤얼 해밀턴은 누가 이 책을 가져갔는지 알고 있었던 게

틀림없어. 마르쿠스 아우렐리우스를 훔쳐 갈 사람이 나밖에
또 누가 있겠어?"

그는 거실로 들어가서 잠들어 있는 애덤의 곁으로 의자를
바짝 끌어당겨 앉았다.

2

칼은 자기 방에서 책상에 팔꿈치를 괴고 깨질 듯한 머리를
양손바닥으로 감싼 채 앉아 있었다. 땀구멍이며 옷이며 할 것
없이 몸 전체에서 시금씁쓸한 위스키 냄새가 진동을 했다. 뱃
속은 울렁거리고 머리까지 지끈지끈 아팠다.

전에는 이렇게 취해 본 적이 없었고, 또 그럴 필요도 없었
다. 케이트의 집을 찾아갔지만 고통은 여전히 해소되지 않았
고, 복수를 했지만 마음이 후련하지도 않았다. 그의 기억은
소용돌이치는 구름처럼 혼란스러웠고, 머릿속에는 일련의 소
리와 광경과 감정이 산산조각으로 흩어져 있었다. 무엇이 사
실이고 무엇이 상상인지 구별되지 않았다. 케이트의 집을 나오
면서 그가 흐느껴 우는 형의 어깨에 손을 얹었을 때, 아론은
채찍질하듯 칼을 한 방에 때려눕혔다. 그러고는 어둠 속에서
그를 한동안 내려다보며 서 있다가 마치 상심한 어린아이처럼
비명을 지르며 달아났다. 지금도 달려가는 형의 발소리와 목
쉰 울부짖음이 귓가에 쟁쟁했다. 칼은 케이트의 집 앞마당에
있는 키 큰 쥐똥나무 아래 쓰러진 채 가만히 누워 있었다. 차

고 옆에서 기관차들이 칙칙거리며 수증기를 뿜어내는 소리와 화차들이 굉음과 함께 연결되는 소리가 들려왔다. 그는 눈을 감고 있었다. 그때 가벼운 발소리가 들리더니 누군가 옆에 와 서 있는 느낌이 들었다. 그는 눈을 떴다. 누군가가 그의 몸을 굽어보고 있었다. 케이트 같았다. 잠시 후 그 사람은 조용히 사라졌다.

한참 후에 칼은 일어나서 몸을 털고 중심가를 향해 걸어갔다. 의외로 기분이 덤덤해서 스스로도 놀랐다. 그는 나지막하게 노래를 불렀다.

"무인지에서 자라는 장미 한 송이, 보기에도 아름다워라……."

칼은 금요일 하루 내내 생각에 잠겨 있었다. 저녁 때 조 래거너가 그에게 위스키 한 병을 사다 주었다. 칼은 미성년자라서 술을 살 수 없었기 때문이다. 조는 칼과 함께 있으려 했지만, 칼이 심부름 값을 쥐어 주자 만족한 얼굴로 싸구려 포도주를 마시러 가 버렸다.

칼은 애보트 주점 뒷골목으로 가서 어머니를 처음 본 바로 그날 밤 앉았던 전신주 뒤의 으슥한 곳을 찾아냈다. 그는 책상다리를 하고 땅바닥에 앉아 속이 울렁거리는 것을 억지로 참으며 위스키를 벌컥벌컥 들이켰다. 두 번이나 구토를 했지만 그래도 계속 마셨다. 급기야 땅바닥이 튀어나오면서 흔들리고 가로등이 눈앞에서 빙글빙글 돌았다.

결국 그는 술병을 바닥에 떨어뜨리고 정신을 잃었다. 무의식 상태에서도 계속 토했다. 털이 짧고 꼬리가 위로 말린 동네

똥개 한 마리가 어슬렁거리며 골목 안으로 들어왔다. 칼의 냄새를 맡은 녀석은 그 주위를 한 바퀴 빙 돌았다. 조 래거너도 그를 발견하고는 킁킁거리며 냄새를 맡았다. 조는 칼의 다리 옆에 비스듬히 쓰러져 있는 술병을 발견하고는 재빨리 가로등에 비추어 보았다. 3분의 1쯤 남아 있었다. 병마개를 찾아보았으나 찾을 수 없었다. 그는 술이 새어 나오지 않게 엄지손가락으로 병 주둥이를 틀어막고는 유유히 사라졌다.

새벽녘의 차디찬 공기에 정신이 든 칼은 구역질을 참으면서 뭉개진 벌레처럼 무거운 몸을 질질 끌고 집으로 향했다. 집은 멀지 않아서 골목길에서 나와 큰길을 건너기만 하면 되었다.

리는 칼이 문을 열고 들어오는 소리를 들었다. 그가 비틀대며 복도를 지나 자기 방으로 들어가 침대 위에 나동그라지기까지 역한 냄새가 집 안에 진동을 했다. 머리가 깨질 듯 아프고 잠은 오지 않았다. 그에게는 슬픔을 이겨 낼 힘도 없었고, 수치심을 떨쳐 버릴 방도도 없었다. 잠시 후 그는 이를 악물고 일어났다. 얼음같이 찬 냉수로 목욕을 하고 경석(輕石)으로 온몸을 박박 문질렀다. 마찰에서 오는 통증이 기분 좋았다.

그는 자기 잘못을 아버지에게 말하고 용서를 빌어야 한다는 것을 알았다. 또한 지금뿐만 아니라 항상 아론 앞에서는 겸허해져야 한다는 것도 알았다. 그러지 않고는 스스로 살 수가 없었다. 그러나 막상 퀸 보안관과 아버지가 있는 거실로 불려 나가 섰을 때는 험악한 개처럼 화를 내고 거칠게 굴었다. 자기 자신에 대한 증오심을 엉뚱하게도 다른 사람들에게 퍼부은 셈이었다. 그는 누군가를 사랑하지도, 사랑받지도 못하는 심술궂은 똥개가 되어 있었다.

방으로 되돌아오자 죄의식이 엄습해 왔다. 그러나 칼에게 는 그에 맞서 싸울 무기가 하나도 없었다.

아론을 생각하니 덜컥 겁이 났다. 어딘가 다쳤을지도 모르 고 어려움에 빠져 있을지도 모른다. 아론은 자기 자신을 추스 르지 못하는 위인이었다. 칼은 그런 형을 찾아와서 예전의 모 습으로 돌려놓아야만 한다고 생각했다. 자신이 희생되는 한이 있더라도 반드시 그렇게 해야만 했다. 죄의식에 사로잡힌 사람 이 으레 그리듯이, 칼 역시 희생이라는 개념에 집착했다. 내가 희생하면 아론을 데려올 수 있을지도 모른다.

칼은 서랍에서 손수건에 싸인 납작한 종이 뭉치를 꺼냈다. 그는 방 안을 한번 둘러보고는 자그마한 도자기 접시를 책상 으로 가져갔다. 숨을 깊이 들이쉬니 차가운 공기가 상쾌하게 느껴졌다. 그는 빳빳한 새 지폐 한 장을 꺼내 모서리가 지도록 가운데를 접은 다음 책상 밑에서 성냥불을 그어 지폐에 불을 붙였다. 불길이 조금씩 치솟으면서 지폐가 새까맣게 타 들어 갔다. 불길이 손가락 끝에 닿으려 할 때 그는 비로소 재가 된 종이를 접시에 내려놓았다. 그러고는 똑같은 방식으로 다음 지폐에 불을 붙였다.

여섯 번째 지폐를 태울 때, 리가 노크도 없이 들어왔다.

"무언가 타는 냄새가 나는데……."

그는 칼이 하는 짓을 보고 소리쳤다.

"저런!"

칼은 방해를 받을까 봐 바짝 긴장했다. 그러나 아무 일도 일어나지 않았다. 리는 그저 팔짱을 낀 채 조용히 지켜보기만 했다. 칼은 끈질기게 지폐 한 장 한 장을 모두 불태웠다. 까맣게 탄 종이를 가루로 부숴 놓은 후 리가 말을 꺼내기를 기다렸다. 그러나 리는 말없이 꼼짝 않고 서 있었다.

급기야 칼이 먼저 입을 열었다.

"빨리 말씀하세요. 저한테 하고 싶은 말이 있잖아요? 어서요!"

"아니."

리가 대답했다.

"하고 싶은 말 같은 건 없어. 너도 내게 할 말이 없다면, 난 그냥 잠시 있다가 나가마. 여기 좀 앉아도 되지?"

그는 두 손을 포개고 앉아서 기다렸다. 그는 빙긋이 웃고 있었다. 수수께끼 같은 웃음이었다.

칼은 그에게서 시선을 돌렸다.

"가만히 앉아 있는 일이라면 내가 아저씨보다 더 나을걸요."

"시합이라면 그럴지도 모르지."

리가 말했다.

"하지만 하루 이틀, 1년 2년, 아니 100년 200년 동안 앉아 있어야 하는 거라면 또 누가 알아? 칼, 넌 나를 이기지 못할 거야."

잠시 후 칼이 짜증을 내며 말했다.

"설교를 하려면 빨리 하세요."

"설교 따윈 하지 않을 거다."

"그러면 대체 왜 그러고 앉아 있는 거죠? 내가 무슨 짓을 했는지 아시잖아요. 그리고 어젯밤엔 술을 먹었어요."

"네가 무슨 짓을 했는가는 짐작할 뿐이고, 술을 마셨다는 건 냄새로 알 수 있었다."

"냄새요?"

"아직도 술 냄새가 나는걸."

"처음이었어요. 좋지 않더군요."

"나도 그래. 체질적으로 맞질 않더구나. 게다가 술을 마시면 상난을 치고 싶어지거든. 지능적이긴 하지만 아무튼 장난을 치게 되지."

"그게 무슨 말이죠?"

"예를 들어 설명하마. 젊었을 때 난 테니스를 쳤지. 꽤 좋아했어. 또한 테니스는 하인에게 수지맞는 운동이었단다. 복식 경기를 할 때 주인이 잘못 친 공을 만회하면 고맙다는 말 대신 용돈을 받았거든. 그러던 어느 날 술을 마셨지. 아마 셰리 주였던 것 같다. 술김에 난 이 세상에서 가장 빠르고 붙잡기 힘든 동물이 박쥐라는 생각을 했었어. 그러다 결국 한밤중에 산리앤드로에 있는 감리교회 종탑에서 체포되었단다. 그런데 마침 손에 라켓을 들고 있어서 경관에게 그럴듯하게 둘러댈 수 있었지. 박쥐를 상대로 백핸드를 연습 중이라고 말이야."

칼이 무척 재미있어 하며 소리 내어 웃었다. 그 모습을 보고 리는 자기가 진짜 그랬더라면 더 좋았을 거라는 생각이 들었다.

칼이 말했다.

"난 전신주 뒤에 앉아서 돼지처럼 술을 퍼마셨어요."

"항상 동물을……."

"술이라도 마시지 않으면 자살을 하게 될 것 같아 두려웠어요."

칼이 리의 말을 가로막았다.

"넌 결코 자살 따위는 하지 못해. 너무 비겁하거든."

리가 말을 이었다.

"그런데 아론은 어디 있어?"

"도망쳤어요. 어디로 갔는지 몰라요."

"그 애는 너무 오기가 없어서 탈이지."

리는 초조한 목소리로 말했다.

"나도 알아요. 내 생각도 그러니까. 저, 아저씨…… 형이 설마 그런 짓은 하지 않겠죠? 안 그래요?"

그러자 리가 퉁명스럽게 중얼거렸다.

"빌어먹을! 인간이란 불안할 때 언제나 친구에게 자기가 내심 바라는 말을 하도록 강요한단 말이야. 웨이터에게 오늘 저녁엔 뭐가 맛있는가를 묻는 것과 똑같지. 젠장, 대체 내가 그걸 어떻게 알아?"

칼이 괴로워하며 부르짖었다.

"내가 왜 그랬을까…… 내가 왜 그랬을까……?"

"문제를 복잡하게 만들지 마라. 왜 그랬는지는 네 자신이 잘 알고 있지 않니? 너는 형에게 화풀이를 한 거야. 아버지가 너의 감정을 상하게 했으니까. 간단해. 너는 비열했어."

"내가 의아스럽게 생각하는 게 그거예요. 왜 나는 비열하

죠? 아저씨, 난 비열하고 싶지 않아요. 아저씨, 제발 나 좀 도
와줘요!"

"잠깐."

리가 말했다.

"아버지 소리가 들린 것 같았어."

그는 문 밖으로 달려 나갔다.

잠시 두 사람의 말소리가 들리더니 리가 방으로 돌아왔다.

"아버지가 우체국에 다녀오신단다. 오후에는 우편물이 없는
데 말이야. 그런데 살리나스 사람들은 누구나 오후가 되면 우
체국에 가지."

"도중에 술을 마시는 사람들도 있죠."

"일종의 습관이자 휴식이지. 친구도 만나고."

리가 말을 이었다.

"칼, 아버지의 안색이 좋지 않으셔. 멍한 표정이야. 아, 잊고
있었군. 너 아직 모르지? 네 어머니가 간밤에 자살했다."

"그래요?"

칼은 빈정거리는 투로 말했다.

"그거 잘됐군요. 아니, 이런 말도 해선 안 되지. 그 여자에
대해선 생각하고 싶지도 않아요. 이런! 나도 모르게 또 생각
나는군. 또! 정말이지 생각하고 싶지 않다고요!"

리는 머리를 한번 긁적였다. 그러자 머리 전체가 가렵기 시
작했다. 그는 머리를 벅벅 긁으면서 시간을 끌었다. 깊은 생각
에 잠긴 표정이었다.

"돈을 태우고 나니까 기분이 좋아?"

"그, 그런 것 같아요."

"너는 자신을 학대하면서 기뻐하는구나? 절망을 즐기는 거냐?"

"리 아저씨!"

"네 마음속엔 오직 너 자신에 대한 생각뿐이야. 그래서 칼렙 트래스크의 비극에 스스로 놀라고 있지. 칼렙은 당당하고 특별하니까 그가 겪는 고통 또한 호메로스의 시처럼 웅대하고 장엄해야 한다고 생각하는 거다. 하지만 칼! 너는 자신을 코흘리개 어린애라고 생각해 본 적은 없니? 때로는 비열하고 때로는 놀랍도록 관대한 어린애, 겉으로 보이는 행동은 지저분하지만 속마음만큼은 신비스러울 정도로 순수한 인간 말이다. 어쩌면 너는 다른 아이들보다 다소 에너지가 넘치는지도 모르겠다. 하지만 그걸 제외하고는 다른 철부지 아이들과 다를 것이 하나도 없어. 네 어머니가 매춘부라는 이유 때문에 스스로 더 비극적으로 보이고 엄숙해 보이고 싶은 거니? 만일 형에게 무슨 일이 일어나면, 네가 살인자가 되는 영광을 차지할 수 있을 거라고 생각해?"

칼은 천천히 책상 앞으로 몸을 돌렸다. 리는 마치 의사가 피하주사의 반응을 살피듯이 숨을 죽인 채 그를 지켜보았다. 칼의 몸 전체에서 갖가지 반응이 불꽃처럼 피어올랐다. 모욕에 대한 분노, 반항, 그리고 그에 뒤따르는 마음의 상처…… 그 상처는 바로 구원의 시작이기도 했다.

그제야 리는 한숨을 내쉬었다. 아주 열심히, 아주 완곡하게 설명한 덕분에 일단 그의 임무는 성공한 것 같았다. 그가 차분하게 말했다.

"칼, 우리는 과격한 민족이란다. 내가 '우리'라는 말을 써서 나 자신까지 포함시킨 게 이상하니? 그건 사실이야. 우리 조상은 성질이 급하고 예민하고 범죄도 잘 저지르고 말싸움과 와자지껄 떠드는 걸 좋아했단다. 하지만 다른 한편으로는 용감하고 독립적이고 관대하기도 했지. 만일 우리의 조상이 그렇지 못했다면, 여기와는 전혀 다른 세계에서 척박한 땅을 일구다가 결국 굶어 죽었을 거야."

칼이 리를 향해 고개를 돌렸다. 그의 얼굴에서 긴장감이 사라져 있었다. 그가 미소를 지어 보였다. 리는 자신이 어린애 앞에서 헛소리를 한 게 아님을 깨달았다. 이제 칼은 리의 수고를 고맙게 여겼다.

리가 말을 이었다.

"그래서 나 자신을 포함시킨 거야. 조상이 어느 나라 출신이든, 우리는 그 유산을 물려받았어. 피부색이 제각각이고 혈통이 다르더라도 미국인은 다소 비슷한 기질을 갖고 있지. 우연히 선발된 단일 종족이라고나 할까. 우리들은 지나치게 용감한가 하면 지나치게 겁이 많기도 해. 때로는 어린애처럼 친절하다가도 때로는 무섭게 잔인해지고. 낯선 사람 앞에서 다정하게 구는 동시에 두려워하지. 허풍도 떨고 감동도 잘 받아. 지나치게 감상적인가 하면 현실적이기도 해. 세속적이고 물질적이지. 우리처럼 이상을 위해 행동하는 민족이 또 있을까? 우리는 엄청 먹어 대지만 미각과 평형감각을 전혀 갖고 있지 못해. 게다가 쓸데없이 정력을 낭비하고 있어. 구대륙 사람들은 우리가 중간 단계도 없이 야만주의에서 퇴폐 문화로 곧장 넘어가고 있다고 말한단다. 우리의 비평가들은 우리 문화를 해석하는 적절한 언어나 열쇠를 갖고 있지 못한 걸까? 칼, 그게 우리 모두가 처한 상황이야. 너라고 해서 크게 다르진 않아."

"계속 말씀해 보세요."

칼이 웃으며 재촉했다.

"어서요."

"더 말할 것도 없어. 이게 끝이야. 그나저나 네 아버지가 빨리 돌아오셨으면 좋겠구나. 은근히 걱정이 돼."

리는 초조한 듯 밖으로 나갔다.

현관문 바로 안쪽 복도에서 애덤이 벽에 기댄 채 서 있었다. 모자는 눈 위로 푹 눌러쓰고 어깨는 축 늘어져 있었다.

"애덤, 무슨 일이에요?"

"모르겠어. 피곤한 것 같아. 몹시 피곤해⋯⋯."

리는 그를 거실로 데려가야 할 것 같아서 팔을 부축해 안내했다. 애덤은 힘없이 의자에 털썩 주저앉았다. 리가 그의 모자를 벗겼다. 애덤은 오른손으로 왼쪽 손등을 문질렀다. 그의 눈동자가 이상했다. 아주 맑았지만 움직임이 없었다. 입술은 바짝 말라 약간 부어오른 듯했다. 말소리는 잠꼬대처럼 느릿느릿하고 멀리서 들려오는 듯했다. 그는 손을 거칠게 문질렀다.

"이상해."

그가 말했다.

"우체국에서 내가 기절했었나 봐. 지금껏 그런 적은 한 번도 없었는데. 피오다 씨가 날 부축해 일으켜 줬어. 아주 짧은 순간이었던 것 같아. 난 쉽게 정신을 잃을 사람이 아닌데……."

리가 물었다.

"우편물은 있었나요?"

"으응……. 그래, 있었던 것 같아."

그는 왼손을 호주머니에 넣었다가 다시 꺼냈다.

"손이 마비된 것 같군."

그는 변명하듯 말했다. 그러고는 오른손을 뻗어 호주머니에서 노란 관제엽서를 꺼냈다.

"내가 읽었던 것 같은데……. 그래, 틀림없이 읽었어."

그는 엽서를 눈앞으로 들어 올렸다가 이내 무릎 위에 떨어뜨렸다.

"리, 이젠 돋보기를 써야겠어. 여태까지는 필요 없었는데, 편지를 읽을 수가 있어야지. 글자가 빙빙 도는구면."

"제가 읽어 드릴까요?"

"참 이상한 일이야. 당장에 돋보기를 사러 가야겠어. 그건 그렇고, 뭐라고 쓰여 있지?"

리가 엽서를 소리 내어 읽었다.

"아버지께. 저는 군에 입대했습니다. 열여덟 살이라고 속였어요. 별일 없을 겁니다. 제 걱정은 마세요. 아론 올림."

"이상한 일이군."

애덤이 중얼거렸다.

"읽은 것 같기도 하고……. 아니, 안 읽었던가 봐."

그는 손을 문질렀다.

52장

1

1917년에서 1918년 사이의 겨울은 암울하고 공포스러웠다. 독일군은 천하무적으로 군림했다. 영국군은 석 달 동안 30만 명의 사상자를 냈고, 프랑스 군대는 반란을 일으키기까지 했다. 러시아는 전쟁에서 물러났다. 동부전선의 독일 사단은 재정비 후 전원 서부전선으로 투입되었다. 이제 전쟁은 희망이 없어 보였다.

5월이 되자 우리는 무려 12개 사단의 병력을 전장에 투입했고, 여름이 무르익을 무렵에는 부대들이 대거 바다를 건너기 시작했다. 연합군 장성들은 서로 다투기만 했고, 바다를 건너는 군함들은 독일 잠수함에 의해 무참히 침몰되었다.

그제야 우리는 전쟁이란 결코 단번에 끝낼 수 있는 영웅적 돌격 작전이 아니라, 지루하게 이어지는 복잡 미묘한 과정임을 깨달았다. 그 겨울 동안 우리들의 사기는 땅에 떨어졌다. 불꽃 같은 흥분은 사라진 지 오래였고, 장기전에 대비한 끈질긴 정신 상태를 갖추지도 못했다.

독일 장군 루덴도르프는 패배를 모르는 명장이었다. 그를 저지할 수 있는 것은 아무것도 없었다. 그는 지리멸렬한 영국군과 프랑스군에 쉬지 않고 공격을 퍼부었다. 우리는 '시기를 놓쳐 버린 게 아닐까, 머지않아 우리만 무적 독일군에 대항하여 싸우게 되는 것이 아닐까.' 하는 의심을 품기에 이르렀다.

그러는 가운데 전쟁을 외면하고 환상에 빠지거나 나쁜 짓을 일삼거나 미친 듯이 쾌락만 좇는 사람들이 심심치 않게 생겨났다. 점쟁이들이 바빠졌고 술집들은 호황을 누렸다. 한편에서는 만연한 공포와 절망감을 잊기 위해 자기만의 은밀한 기쁨과 슬픔에 탐닉하기도 했다. 그러고 보면 오늘날 우리가 그 시절 기억을 까맣게 잊고 지내는 것이 이상하지 않은가. 우리는 1차 세계대전을 단기간 내에 승리를 이끌어 냈던 전쟁으로 기억하고 있다. 1차 세계대전 하면 일단 깃발과 악대, 행진과 기마행렬, 귀환 장병들의 모습이 머릿속에 떠오르고, 자기들 덕에 승리한 거라고 우겨 대는 빌어먹을 영국놈들과 술집에서 싸움판을 벌이던 일이 생각난다. 그해 겨울, 루덴도르프는 결코 패배를 모르는 명장이었으며 수많은 사람들이 마음속으로 패배를 인정했다. 하지만 그 겨울에 대한 기억이 우리의 머릿속에서 너무나 쉽게 잊혀진 것은 아닌지…….

2

애덤 트래스크는 슬프다기보다는 당혹감을 감추지 못했다. 징병 사무소에는 사직서 대신 병가를 냈다. 그는 우두커니 앉아 몇 시간이고 왼쪽 손등을 문질렀다. 거친 솔로 박박 밀기도 하고 뜨거운 물에 담그기도 했다.

"혈액순환이 문제야."

그가 말했다.

"혈액순환만 제대로 되면 괜찮을 거야. 그런데 눈이 왜 이리 속을 썩이지? 지금껏 이런 적이 없었는데……. 아무래도 검사를 받고 안경을 써야겠어. 내가 안경을 쓰다니! 익숙해지기가 힘들겠지. 오늘 당장 다녀오면 좋겠는데, 좀 어지러워서 문제군."

그는 생각했던 것보다 현기증이 더 심했다. 벽을 짚지 않고는 집 안을 돌아다닐 수도 없었다. 의자에서 일어날 때나 아침에 침대에서 일어날 때도 종종 리의 도움을 받아야만 했다. 왼손이 마비되었기 때문에 구두끈도 혼자 맬 수 없었다.

그는 거의 매일같이 아론에 대해 말했다.

"청년이 입대하고 싶어 하는 이유를 나는 알아. 아론이 입대 전에 내게 얘기를 했더라도, 말리려고 애는 썼겠지만 결국 막지는 못했을 거야. 리, 자네는 내 말이 무슨 뜻인지 알지?"

"네."

"그런데 이해할 수 없는 건 왜 그 애가 몰래 입대를 했느냐는 거야. 왜 편지도 보내지 않는 거지? 아론에 대해 어느 정도는 안다고 생각했는데…… 에이브라에겐 편지를 보냈을까? 그 애한텐 편지를 쓰겠지."

"제가 물어보죠."

"그래, 그렇게 하게. 지금 당장."

"훈련이 고될 거예요. 그렇다는 얘기를 어디선가 들었어요. 편지를 쓸 시간 여유도 주지 않는다고요."

"엽서 한 장 쓰는 데 그리 많은 시간이 걸리는 건 아니잖아?"

"당신은 군대 시절에 부친께 편지를 쓰셨나요?"

"옛날 생각을 하게 만드는군. 나야 안 썼지. 하지만 그럴 만한 이유가 있었어. 나는 입대하기를 원치 않았는데 아버지가 억지로 보낸 거였거든. 그래서 반발심에 그랬던 거야. 그만하면 충분한 이유가 되지 않나? 하지만 아론은 대학에 멀쩡하게 잘 다니던 아이야. 얼마 전 대학에서 그 애 안부를 묻는 편지가 왔더군. 자네도 읽어 봤지? 그 애는 옷 한 벌 챙겨 가지 않고, 금시계도 놓고 갔어."

"군대에선 옷이 따로 필요하지 않을 테고, 금시계도 필요 없겠죠. 모든 걸 지급해 주잖아요."

"자네 말이 옳아. 그래도 난 이해가 안 돼. 이 눈을 어떻게든 빨리 고쳐야겠어. 자네에게 매번 읽어 달라고 부탁할 순 없잖은가."

애덤은 눈에 대해 무척 신경이 쓰이는 모양이었다.

"글씨가 가물거려서 편지를 읽을 수가 없어."

그는 하루에도 열두 번씩 신문이나 책을 집었다가 도로 내려놓곤 했다.

리는 그가 불안해 하지 않도록 신문을 읽어 주었는데, 도중에 애덤이 잠들어 버리는 때가 종종 있었다.

그러다가 잠이 깨면 이렇게 말하는 것이었다.

"리? 칼, 너냐? 지금껏 눈 때문에 고생한 적은 한 번도 없었는데…… . 내일은 꼭 가서 눈 검사를 받아야겠어."

2월 중순경 칼이 부엌으로 들어가 말했다.

"리 아저씨, 아버지가 계속 저러시는데 눈 검사를 받게 해 드리는 게 어때요?"

리는 살구 스튜를 만들고 있었다. 그는 스토브 곁을 떠나 부엌문을 닫고 다시 돌아왔다.

"그럴 필요 없어."

"왜요?"

"눈이 문제가 아닌 것 같아. 진짜 병이 뭔지 알게 되면 더 괴로워하실 거야. 그러니 당분간 그냥 지켜보자. 아버진 심한 충격을 받으셨어. 회복할 때까지 그대로 두는 것이 좋아. 원하시는 건 내가 대신 읽어 드릴 테니까."

"아저씨 생각엔 뭐가 문제인 것 같은데요?"

"말하고 싶지 않아. 에드워드 선생님이 인사차 집에 들를지도 모르겠다. 그냥 안부만 살피러."

"마음대로 하세요."

칼이 말했다.

"칼, 요즘 에이브라를 본 적 있니?"

"보기야 하죠. 그 애가 날 피하는 게 문제지만."

"잡을 수는 없어?"

"당연히 없죠. 그 애를 붙잡아 패대기치고 뺨을 때려서 입을 열게 할 수야 있지만요. 하지만 그렇게는 안 할래요."

"네가 먼저 말을 걸면 되잖니. 장애물이란 것은 때로는 너무나 약해서 슬쩍 건드리기만 해도 무너진단다. 에이브라를 따라가서 내가 보고 싶어 한다고 전해 줄래?"

"싫어요."

"죄책감이 대단하군그래?"

칼은 대답하지 않았다.

"너도 에이브라를 좋아하지 않아?"

역시 대답하지 않았다.

"끝까지 덮어 두려고만 하면 점점 더 곪아터질 거야. 속 시원히 털어놓는 게 좋아. 다시 한 번 경고하지만, 솔직히 털어놓도록 해."

칼이 소리쳤다.

"내가 한 짓을 아버지께 말씀드리라는 거예요? 좋아요, 그렇게 하라면 하죠!"

"아니다, 칼. 지금은 하지 마. 아버지가 회복되면 말씀드려. 너 자신을 위해서 그렇게 해야 해. 너 혼자 이 짐을 지고 갈 순 없어. 그러다간 죽고 말 거다."

"난 죽어야 마땅할지도 몰라요."

"그따위 소린 집어치워!"

리가 차갑게 소리쳤다.

"그런 건 값싼 자기도취일 뿐이야. 그런 소린 입에 담지도 마!"

"어떻게 그런 말을 하지 말라는 거죠?"

칼이 물었다.

리는 화제를 바꾸었다.

"에이브라가 왜 집에 놀러오지 않는지 모르겠어. 단 한 번
도 안 왔잖아."

"지금은 올 이유가 없잖아요."

"에이브라답지 않아. 무언가 문제가 있는 것 같아. 최근에
본 적이 있니?"

칼이 얼굴을 찌푸렸다.

"아까 봤다고 했잖아요. 아저씨도 정신이 좀 이상해진 거
아네요? 세 번이나 말을 붙이려고 했지만 피하더라고요."

"뭔가 분명 잘못됐어. 좋은 여자인데······. 순수한 여자야."

"그 애는 아직 소녀예요." 칼이 말했다. "여자라고 하니까 우
습군요."

"아니야."

리가 부드럽게 말했다.

"태어날 때부터 숙녀다운 아이가 몇몇 있지. 에이브라에겐
여성스러운 매력이 있고, 용기와 힘과 지혜도 있어. 그 애는
사리를 알고 포용할 줄 알아. 에이브라는 편협하거나 비열하
지도 않고, 꼭 필요한 때가 아니고는 잘난 척을 하지도 않아."

"그 애를 좋게만 생각하시는군요."

"에이브라는 우리를 버릴 사람이 아냐. 보고 싶군. 내가 보
고 싶어 한다고 전해 줘."

"나를 피한다니까요."

"그러면 쫓아가서 내가 보고 싶단다고 해. 정말 보고 싶어."

칼이 말했다.

"그러지 말고 아버지 눈에 대해서나 다시 얘기해 봐요."

"싫다."

"그럼 형 얘기를 할까요?"

"싫어."

3

다음 날 칼은 온종일 에이브라를 찾으려고 애를 쓰다가 방과 후에야 그녀가 집으로 돌아가는 것을 멀리서 보게 되었다. 그는 모퉁이를 돌아 에이브라가 가는 길과 나란히 나 있는 길을 따라 달려갔다가 다시 돌아왔다. 그러고는 시간과 거리를 계산해서 그녀와 마주치도록 되돌아갔다.

"안녕?"

그가 말했다.

"안녕? 나보다 뒤에 오는 줄 알았는데."

"그랬을 거야. 너와 마주치려고 한 블록을 돌아서 뛰어왔어. 얘길 좀 하고 싶어서."

에이브라는 그를 진지하게 바라보았다.

"그렇게까지 하지 않아도 되는데……."

"학교에서 얘기하려고 했지만, 네가 피하더구나."

"네가 화가 나 있는 것 같아서 그랬어. 화난 사람하고는 말하고 싶지 않거든."

"내가 화가 나 있는지 어떻게 알았는데?"

"얼굴 표정이나 걸음걸이를 보고 알았지. 지금은 화가 안 났네?"

"안 났어."

"내 책 좀 들어 줄래?"

그녀는 미소를 지었다.

칼은 마음이 따뜻해지는 것을 느꼈다.

"그, 그래. 그러지 뭐."

그는 그녀의 교과서를 겨드랑이에 끼고 나란히 걸었다.

"리 아저씨가 보고 싶다고 전해 달라더라."

이 말에 그녀는 기뻐했다.

"그래? 놀러 가겠다고 전해 줘. 아버지는 좀 어떠셔?"

"좋지 않으셔. 눈 때문에 고생하시지."

두 사람은 한동안 묵묵히 걸었다. 칼이 더 이상 참지 못하고 먼저 입을 열었다.

"아론에 대해서 알고 있어?"

"응……."

그녀는 잠시 말이 없었다.

"내 바인더를 열고 첫 장을 들춰 봐."

칼은 그녀의 바인더를 열었다. 싸구려 엽서 한 장이 끼워져 있었다.

에이브라에게.

나는 마음이 개운치 않아. 난 너에게 어울리는 사람이 아니야. 서운하게 생각지 마. 나는 군에 입대했어. 우리 아버지 곁에 가지 마. 안녕.

아론으로부터

칼은 바인더를 소리 내어 덮었다.

"개새끼."

그가 조그맣게 중얼거렸다.

"뭐라고?"

"아무것도 아니야."

"네가 뭐라고 했는지 들었어."

"아론이 왜 떠났는지 알아?"

"몰라. 하지만 추측할 순 있어. 둘에 둘을 더하는 것처럼 뻔한 일이야. 하지만 생각하고 싶지 않아. 네가 말하고 싶지 않다면 나도 안 할래."

칼이 불쑥 말했다.

"에이브라, 너 내가 밉니?"

"아니, 하지만 넌 나를 미워하잖아. 이유가 뭐야?"

"난…… 난 네가 두려워."

"그럴 필요 없어."

"나는 네가 알고 있는 것보다도 더 많이 네 마음을 상하게 했어. 그리고 넌 내 형의 애인이고."

"어떻게 내 마음을 상하게 했는데? 그리고 이제 난 네 형의 애인이 아냐."

"좋아, 까짓것!"

그가 비장하게 말했다.

"내가 말해 주지. 어디까지나 네가 먼저 물었기 때문에 말하는 거란 걸 잊지 마. 우리 어머니는 창녀였어. 이곳 시내에서 유곽을 운영했지. 난 그 사실을 오래전부터 알고 있었어. 그리고 지난 추수감사절 밤에 형을 그 집으로 데리고 가서 그 여자를 보여 줬어. 난……"

에이브라가 흥분하여 끼어들었다.

"그래서 아론이 어떻게 됐니?"

"형은 화를 냈어. 미친 사람 같았지. 그 여자에게 마구 소리를 쳤어. 그러고는 밖으로 나와 나를 때려눕히고는 도망쳤어. 결국 우리 어머니는 자살하고…… 아버지도 뭔가 잘못되신 것 같아. 이제 나란 인간에 대해서 알겠지? 이제 정말 나를 피해야 할 이유가 생겼을 거야."

"이제야 그에 대해 알 것 같아."

그녀는 차분하게 말했다.

"형 말이야?"

"응."

"착한 사람이었지. 이런, 내가 왜 옛날얘기처럼 말하지? 형은 착한 사람이야. 형은 나처럼 비열하지도, 지저분하지도 않아."

그들은 아주 천천히 걸었다. 문득 에이브라가 걸음을 멈췄다. 칼도 멈췄다. 그녀는 그를 마주 보았다.

"칼, 나는 네 어머니에 대해서 오래전부터 알고 있었어."

"그게 정말이야?"

"내가 자는 줄 알고 우리 부모님이 말씀하시는 걸 들었어. 너한테 할 말이 있어. 말하기는 어렵지만 그래도 하는 게 좋을 것 같아."

"말하고 싶어?"

"할 수밖에 없어. 이젠 나도 철부지 소녀가 아니야. 내 말뜻을 알겠어?"

"응."

칼이 말했다.

"정말?"

"그렇다니까."

"그럼 됐어. 하지만 지금 말하기는 힘든 일이야. 그때 말했더라면 좋았을걸……. 나는 아론을 사랑하지 않았어."

"왜?"

"나도 그 이유를 알아내려고 많이 생각해 봤어. 어린 시절에 우리는 스스로 꾸며 낸 동화 속에서 살았지. 하지만 자라고 보니 그 동화만 가지고는 충분하지 않았어. 더 이상 동화와 현실은 같은 것이 아님을 깨달았기 때문에 무언가 다른 것이 필요했던 거야."

"그래서……."

"기다려. 내 얘기를 끝까지 들어 봐. 그런데 아론은 성장하지 않았어. 아마 앞으로도 영원히 어른이 되지 못할지도 몰라. 그는 동화의 세계를 원했고, 세상이 자기 뜻대로 실현되기를 바랐어. 그 애는 이 세상이 자기 생각과는 다른 방식으로 펼쳐지는 걸 못 견뎌 했어."

"너는 어떤데?"

"나는 세상이 어떻게 펼쳐지든 알고 싶지 않아. 다만 있는 그대로의 세상 속에 존재하고 싶을 뿐이야. 칼, 우리는 이 세상에서 동떨어진 외톨이였어. 다만 그것에 익숙해 있었기 때문에 상관하지 않았을 뿐이야. 그러나 이제는 더 이상 동화 속 세상을 믿지 않아."

"아론은 어땠는데?"

"현실 세계를 뿌리째 뒤흔들어서라도 자기가 꿈꾸는 세계를 실현시키려고 했지."

칼은 땅바닥을 내려다보며 서 있었다.

에이브라가 물었다.

"너 내 말을 믿지?"

"좀 생각해 봐야겠어."

"어렸을 때는 누구나 자기가 모든 것의 중심이지. 모든 것이 자기를 위해 일어나고 있다고 생각하는 거야. 그럼 다른 사람들은? 다른 사람들은 모두 자신의 들러리에 불과한 유령일 뿐이야. 하지만 자라서 철이 들면 각자 이 세상에서의 자기 위치를 잡게 되고, 자기만의 크기와 모습을 갖추게 되지. 다른 사람에게 영향을 미치고, 다른 사람으로부터 영향을 받기도 하는데, 그건 좋은 일이기도 하고 나쁜 일이기도 해. 아론에 대해 얘기해 줘서 고마워."

"왜?"

"이렇게 된 게 내 탓만은 아니란 걸 알았으니까. 아론은 자기 어머니의 정체를 알고 견딜 수가 없었던 거야. 자기가 꿈꾸던 것과 달랐기 때문이지. 그는 꿈과 다른 현실을 받아들이기가 싫었던 거야. 그래서 세상을 뒤집어엎어 버린 거야. 나를 갈기갈기 찢어 놓았던 것처럼 말이야. 성직자가 되고 싶다고 했을 때, 그 앤 이미 이 에이브라를 버렸던 거야."

칼이 말했다.

"생각할 시간이 필요해."

"내 책 이리 줘."

그녀가 말했다.

"리에게 내가 찾아가겠다고 전해 줘. 이제 마음이 홀가분하다. 나도 생각 좀 더 해 봐야겠어. 칼, 아무래도 난 너를 사랑하는 것 같아."

"나는 착하지 않아."

"착하지 않기 때문에 사랑해."

칼은 서둘러 집으로 돌아왔다.

"에이브라가 내일 온대요."

그가 리에게 말했다.

"그래? 그런데 너 무척 흥분한 것 같구나."

리가 말했다.

4

집 안에 들어선 에이브라는 발끝으로 조용히 걸었다. 마룻바닥에서 삐걱거리는 소리가 나지 않게 하려고 벽에 바싹 붙어서 걸었다. 그녀는 카펫이 깔린 층계 맨 아랫단에 발을 올려놓았다가 마음을 바꾸어 부엌으로 들어갔다.

"왔구나."

어머니가 말했다.

"곧장 온 것 같지 않은데?"

"수업 마치고 볼일이 좀 있었어요. 아버진 좀 괜찮으세요?"

"그런 것 같다."

"의사 선생님이 뭐래요?"

"처음 말한 그대로야. 과로래. 좀 쉬셔야 한다는구나."

"피곤해 보이시진 않던데요."

그녀의 어머니는 통을 열고 구이용 감자 세 개를 꺼내 싱크대로 가져갔다.

"네 아버지는 아주 훌륭한 분이셔. 진작 알았어야 했는데……. 자기 일 외에 전쟁 관련 업무까지 떠맡아 하셨단다. 의사 선생님 말씀이 사람이 갑작스레 허물어지는 경우가 종종 있다지 뭐니."

"들어가서 아버지를 뵐까요?"

"아니, 안 그러는 게 좋겠다. 아무도 만나고 싶지 않으신가봐. 넛슨 판사한테 전화가 왔는데도 자고 있다고 말하라고 하시더라."

"제가 도와드릴 일은 없나요?"

"가서 옷이나 갈아입으렴. 예쁜 옷에 때 타겠다."

에이브라는 발끝을 세운 채 살금살금 아버지 방을 지나 자기 방으로 들어갔다. 방 안은 밝은 색 벽지에 니스 칠까지 해서 더욱 환해 보였다. 서랍장 위에는 부모님의 사진이 액자에 담겨 놓여 있고, 벽에도 역시 액자에 담긴 시화가 걸려 있었다. 그리고 그녀의 자그마한 옷장이 있었다. 모든 것이 완벽하게 제자리에 있었다. 마룻바닥은 반들반들 윤이 났으며, 신발도 한 치의 흐트러짐 없이 가지런히 놓여 있었다. 어머니는 에이브라를 위해 모든 것을 해 주었다. 아니, 그렇게 해 주기를 고집했다. 스스로 딸의 장래에 대해 계획을 세우고 옷까지 직접 입혀 주었다.

에이브라는 그 방에 자기만의 물건을 두는 것을 일찌감치 단념했다. 그렇게 지내 온 지가 꽤 오래되었기 때문에 자기 방이 은밀한 자기 공간으로 생각되지도 않았다. 대신 그녀는 마음속에 비밀을 간직했다. 몇 통의 편지는 거실에 있는 두 권짜리 『율리시스 그랜트 자서전』 속에 끼워 두었다. 그 책은 그녀가 알고 있는 한 출간된 이래 단 한 번도 자신 이외의 다른 사람이 펼쳐 본 적이 없었다.

에이브라는 기분이 좋았다. 그러나 굳이 그 이유를 밝혀내고 싶지는 않았다. 묻지 않고도 알 수 있는 몇 가지 일에 대해서는 입 밖에 내지 않는 것을 원칙으로 삼았기 때문이다. 예를 들면 그녀는 자기 아버지가 아프지 않다는 것을 알고 있었다. 아버지는 무언가로부터 자신을 숨기고 있는 것이 틀림없었다. 반면에 애덤 트래스크가 병을 앓는 것은 사실이었다. 언젠가 그가 길을 걷는 모습을 보았기 때문이다. 그녀는 아버지가 실제로 아픈 게 아니라는 사실을 어머니가 알고 있는지 궁금했다.

에이브라는 드레스를 벗고 집안일을 할 때 입는 무명옷으로 갈아입었다. 그리고 머리를 빗은 다음 아버지 방을 지나 조용히 아래층으로 내려갔다. 그녀는 층계 밑에서 바인더를 열고 아론의 엽서를 꺼냈다. 그러고는 거실로 들어가 『율리시스 그랜트 자서전 2』 속에서 아론의 편지들을 꺼내 꼭꼭 접어 팬티 고무줄 밑에 끼워 넣었다. 편지 때문에 배가 불룩해 보였다. 그런 모습을 감추려고 부엌으로 들어가 재빨리 넓은 앞치마를 둘렀다.

"홍당무 껍질 좀 벗겨 다오."

그녀의 어머니가 말했다.

"물이 데워졌니?"

"아주 뜨거워요."

"그 컵에 응고된 육수 덩어리 하나만 넣으렴. 의사 선생님 말씀이 고기 국물이 아버지 건강에 도움이 될 거래."

어머니가 김이 나는 컵을 들고 2층으로 올라가자, 에이브라는 가스스토브의 소각로를 열고 편지를 던져 넣은 뒤 불을 붙였다.

어머니가 들어오면서 말했다.

"어디서 타는 냄새가 나는 것 같은데?"

"쓰레기를 태웠어요. 가득 차 있어서요."

"그런 일을 할 때는 나한테 먼저 물어보렴. 아침에 부엌 난방용으로 쓰려고 쓰레기를 모아 두거든."

"죄송해요, 어머니. 미처 생각을 못 했어요."

"정신 좀 차려. 요즘 들어 네가 부쩍 생각 없이 일을 하는 것 같구나."

"죄송해요."

"아껴야 잘살지."

그때 식당에서 전화벨이 울렸다. 전화를 받은 어머니가 이런 말을 했다.

"아니, 만나실 수 없어요. 의사 선생님의 지시예요. 아무도 만나선 안 된답니다."

그러고는 부엌으로 돌아와서 말했다.

"넛슨 판사가 또 전화를 했구나."

53장

1

다음 날 수업을 받는 동안, 에이브라는 리를 만날 생각에 내내 기분이 좋았다. 쉬는 시간에 복도에서 칼을 만났다.

"리 아저씨한테 내가 갈 거라고 전했니?"

"응. 널 주려고 파이를 만들더라."

칼이 말했다. 그는 제복 차림이었다. 목을 꼭 죄는 칼라에 엉성한 군복 윗도리를 걸치고 종아리에는 각반을 차고 있었다.

"교련 수업이 있나 보네."

에이브라가 말했다.

"그럼 나 먼저 갈게. 그런데 무슨 파이라고?"

"나도 모르겠어. 어쨌든 내 몫으로 두 개만 챙겨 줘. 딸기 냄새가 나는 것도 같던데…… 잊지 말고 두 개는 남겨야 돼. 알겠지?"

"리 아저씨한테 줄 선물을 볼래? 이것 봐!"

그녀는 자그마한 마분지 상자를 열었다.

"감자 껍질 벗기는 기구야. 새로 나온 건데, 껍질만 싹싹 벗겨져. 아주 쉬워. 아저씨에게 주려고 내가 샀어."

"내 파이 남겨 둬."

칼이 잠시 머뭇거리다 한마디 덧붙였다.

"내가 좀 늦더라도 가지 말고 기다려 주겠어?"

"그럼 대신 내 책을 집까지 갖다줄래?"

"그럴게."

에이브라가 한참 동안 칼의 두 눈을 뚫어져라 바라보았다. 칼은 어색해서 고개를 돌렸다. 그러자 그녀는 자기 교실을 향해 총총히 걸어갔다.

2

애덤은 늦잠을 자곤 했다. 아니, 밤이든 낮이든 때를 가리지 않고 종종 선잠을 잤다. 리는 여러 번 애덤을 들여다보고 나서야 그가 잠이 깬 것을 알았다.

"오늘 아침엔 기분이 상쾌한데."

애덤이 말했다.

"아침이라고 하시지만 11시가 다 됐습니다."

"저런! 일어나야겠군."

"뭐 하시려고요?"

리가 물었다.

"뭘 하다니? 아 그래, 특별히 할 일은 없지. 하지만 기분이 좋은걸. 걸어서 징병 사무소에나 다녀오고 싶은데……. 바깥 날씨는 어떤가?"

"으슬으슬 춥습니다."

그는 애덤을 부축해 일으켰다. 애덤은 단추를 잠그거나 구두끈을 맬 때 몹시 힘들어 했다. 리의 도움을 받으며 애덤이 말했다.

"꿈을 꾸었어. 아주 생생한 꿈이야. 아버지가 나왔지."

"제가 듣기론 무척 훌륭한 노신사셨다면서요? 동생분의 변호사가 보내온 신문 스크랩에서 읽은 적이 있습니다요. 틀림없이 훌륭한 분이었던 것 같아요."

애덤이 차분한 눈길로 리를 바라보았다.

"그분이 도둑이었다는 건 알고 있나?"

"꿈을 꾸신 게 틀림없군요. 그분은 알링턴 국립묘지에 안장되셨어요. 어떤 기사를 보니까 장례식에 부통령과 국방장관까지 참석했다죠. 《살리나스 인덱스》 신문에서는 그분에 대한 기사를 싣고 싶어 할지도 모릅니다. 전쟁 중이니까요. 그 자료들을 어떻게 하실 작정이세요?"

"그분은 도둑이었어. 한때는 그런 생각을 하지 않았지만 지금은 그렇게 생각하네. 재향군인회에서 훔치셨지."

"믿기지 않습니다."

리가 말했다.

애덤의 눈에 눈물이 고였다. 최근 들어 애덤은 갑작스레 눈물을 흘리는 일이 잦았다. 리가 말했다.

"여기 가만히 앉아 계십시오. 아침 식사를 가져올게요. 오늘 오후에 누가 오는지 아세요? 에이브라가 와요."

애덤이 되물었다.

"에이브라? 아, 그 에이브라? 좋은 처녀지."

"저는 그 아가씨가 좋아요."

리는 스스럼없이 말했다. 그러고는 애덤을 침실에 있는 카드 테이블 앞에 앉혔다.

"식사 준비를 하는 동안 카드 패나 떼어 보시겠어요?"

"아니야. 오늘 아침엔 안 하겠어. 잊어버리기 전에 간밤에 꾼 꿈이나 다시 생각해 보려네."

리가 아침 식사를 들고 들어왔을 때 애덤은 의자에 앉은 채 졸고 있었다. 리는 그를 깨우고, 그가 식사를 하는 동안 《살리나스 저널》을 읽어 주었다. 그리고 식사 후에는 그를 부축하여 화장실로 데리고 갔다.

부엌에서는 달콤한 파이 냄새가 났다. 오븐 속의 딸기가 약간 끓어 넘치면서 코를 찌르듯 톡 쏘는 새콤달콤한 냄새가 진동을 했다.

리의 마음속에서는 잔잔한 기쁨이 일고 있었다. 변화에 대한 기쁨이었다. 애덤의 시대가 서서히 끝나 가고 있었다. 죽음은 리 자신에게도 다가오고 있었지만 직접 느낄 수는 없었다. 마치 영원히 살 것만 같았다. 젊은 시절에는 자신도 언젠가 죽을 거라고 생각했으나 지금은 그렇지 않았다. 죽음은 그에게서 멀찌감치 물러나 있는 듯했다. 리는 자신이 정상적인 사고를 하고 있는지 의아했다.

자기 아버지를 도둑이라고 표현한 애덤의 진짜 속뜻은 무엇이었을까. 어쩌면 꿈을 꾼 것인지도 모른다. 으레 그렇듯이 리의 두뇌가 바삐 움직이기 시작했다. 애덤의 말이 사실이라면, 세상에서 가장 올곧고 정직한 인물인 애덤은 한평생을 도둑질한 돈으로 살아온 셈이었다. 리는 웃음이 나왔다. 이번에는 두 번째 유언장과 아론을 연결지어 생각해 보았다. 순수하다 못해 자기 탐닉에 빠져 있기까지 한 아론이 유곽에서 나오는 수입으로 한평생을 살게 된다면 어떨까? 이건 일종의 농담일까, 아니면 사람이 한쪽으로 너무 기울어지면 저울이 자동적으로 미끄러져 다시 균형을 잡게 되는 것과 같은 이치일까.

리는 새뮤얼 해밀턴을 떠올렸다. 그는 수많은 문을 두드렸고, 갖가지 고안을 해서 계획을 세웠지만 돈벌이와는 인연이 없었다. 하기야 그는 가진 것이 많은 부자였으므로, 더 이상 받을 필요가 없었는지도 모른다. 부는 정신적으로 가난한 자, 재미와 기쁨을 모르는 자에게 찾아오는 것 같다. 더 솔직히 말하자면 부자란 불쌍한 족속들이다. 리는 이것이 과연 사실일까 의아했다. 아무튼 부자들의 행동을 보면 가끔 그렇기도 한 것 같았다.

그는 칼이 자책감에서 돈을 불태우던 일을 생각했다. 그러나 그 벌은 범죄만큼 심각한 마음의 상처를 주지는 않았다. 리가 혼잣말로 중얼거렸다.

"언젠가 새뮤얼 해밀턴을 다시 만나게 되면 할 얘기가 정말 많을 거야. 하긴 그분도 마찬가지일 테지!"

리는 애덤에게 갔다. 그는 아버지와 관련된 신문 스크랩이 담긴 상자를 열기 위해 애쓰고 있었다.

3

그날 오후는 바람이 차가웠다. 그런데도 애덤은 징병 사무소에 가겠다고 고집을 부렸다. 할 수 없이 리는 옷을 단단히 입혀 그를 나가게 했다.

"현기증이 나면 아무 데서나 바로 주저앉으세요."

"그러지."

애덤이 말했다.

"오늘은 한 번도 어지럽지 않았으니 걱정 말게. 오는 길에 안경점에 들러 빅토에게 눈 검사를 받아 볼까 하는데?"

"내일까지 기다리세요. 제가 모시고 갈게요."

"알겠네."

그는 허세를 부리듯 씩씩하게 팔을 휘저으면서 집을 나섰다.

에이브라가 눈을 반짝이며 들어왔다. 찬바람에 코가 빨갰다. 그녀의 즐거운 표정을 보자 리는 저절로 키득키득 웃음이 나왔다.

"파이는 어디 있어요? 칼이 못 찾게 숨겨 둬요."

그녀는 부엌에 와서 앉았다.

"오랜만에 다시 와 보니 참 좋아요."

리는 무언가 말을 하려고 했지만 목이 메었다. 그렇지만 아

무래도 하고 싶은 말을 하는 게 좋을 것 같았다. 다만 조심할
필요는 있을 듯했다.

그는 잠시 머뭇거린 끝에 입을 열었다.

"너도 알다시피 나는 지금까지 사는 동안 그리 많은 걸 원
하지는 않았단다. 아주 어릴 때부터 물욕을 갖지 말라고 배웠
거든. 욕망은 실망만을 안겨 줄 뿐이었어."

에이브라가 쾌활하게 말했다.

"하지만 지금은 무언가 바라고 계시는 것 같은데요. 그게
뭐예요?"

"네가 내 딸이었으면 좋겠……."

그는 엉겁결에 내뱉은 말에 스스로도 놀랐다. 그래서 스
토브로 가서 찻주전자를 올려놓고 애꿎은 가스만 켰다 껐다
했다.

그녀가 부드럽게 말했다.

"저도 아저씨가 우리 아버지였으면 좋겠어요."

리는 그녀를 힐끗 바라보고는 다시 눈길을 돌렸다.

"그래?"

"그래요."

"왜?"

"아저씨를 좋아하니까요."

리는 재빨리 부엌 밖으로 나갔다. 그리고 자기 방에 앉아
두 손을 꼭 마주 잡고 숨을 가다듬었다. 잠시 후 그는 일어나
서 서랍장 위에 놓인 작은 흑단 상자를 집어 들었다. 상자 뚜
껑에는 승천하는 용의 형상이 조각되어 있었다. 그는 상자를

부엌으로 늘고 가서 에이브라에게 내밀었다.

"네게 주는 거다."

그의 목소리는 여전히 차분했다.

에이브라는 상자를 열고 안을 들여다보았다. 조그마한 진녹색 비취 단추 하나가 들어 있었다. 표면에는 사람의 오른손이 새겨져 있었다. 손가락을 편안하게 구부리고 있는 아주 예쁜 손이었다. 에이브라는 단추를 꺼내서 찬찬히 살펴보았다. 그러고는 그 차가운 돌에 혀끝을 대 보기도 하고, 입술에 문지르기도 하고, 뺨에 비벼 보기도 했다.

리가 말했다.

"내 어머니의 유일한 장식품이었단다."

에이브라는 벌떡 일어서서 그를 끌어안고 뺨에 입을 맞추었다. 리로서는 태어나서 처음 겪어 보는 일이었다.

그는 껄껄 소리 내어 웃었다.

"내 동양적인 조용한 기질이 어느 틈에 사라져 버린 것 같군. 아가, 우리 차를 마시자꾸나. 그렇게라도 해야 마음이 가라앉을 것 같아."

그가 스토브 옆에서 말을 이었다.

"그런 말을 해 본 건 오늘이 처음이야. 이 세상 누구에게도 한 적이 없어."

에이브라가 말했다.

"오늘 아침에 눈을 떴을 때 왠지 기분이 좋았어요."

"나도 그랬단다. 왜 그렇게 기분이 좋았는지 이제 알겠구나. 에이브라가 오는 날이라 그랬던 거야."

"그 점에 대해선 저도 기뻤어요. 하지만……."

"많이 변했구나. 이젠 어느 모로 보나 더 이상 귀여운 소녀 티가 나지 않아. 무슨 일이냐?"

"아론의 편지를 전부 태워 버렸어요."

"그 애가 나쁜 짓이라도 했니?"

"아니에요. 최근에 저는 한 번도 기분이 좋았던 적이 없어요. 기분이 좋지 않다는 걸 늘 그에게 설명하고 싶었고요."

"이제는 완벽해질 필요가 없기 때문에 기분이 좋다는 거니? 그런 거야?"

"그런 것도 같아요."

"쌍둥이의 어머니에 대해서 알고 있니?"

"네, 알아요. 그런데요, 아저씨. 저 지금까지 파이 맛도 못 본 거 아세요? 그리고 목도 말라요."

"차를 마시렴. 에이브라, 너 칼이 좋으냐?"

"네."

"그 애는 좋은 점도 많고 나쁜 점도 많아. 사람은 거의 손가락만 한 무게로도……."

에이브라가 고개를 숙여 찻잔을 내려다보았다.

"진달래가 피면 알리설로 놀러 가재요."

리는 식탁에 두 손을 짚고 몸을 앞으로 기울였다.

"갈 거냐고 묻지는 않으마."

"그러실 필요 없어요."

에이브라가 말했다.

"저는 갈 거거든요."

리는 식탁을 사이에 두고 그녀를 마주 보고 앉았다.

"네가 이 집을 멀리하지 않길 바란다."

"부모님이 제가 여기 오는 걸 싫어하세요."

"딱 한 번 그분들을 본 적이 있지."

리가 비꼬듯 말했다.

"좋은 분들 같았어. 에이브라, 때로는 아주 이상한 약이 효과가 있을 때가 있단다. 만일 아론이 10만 달러가 넘는 유산을 물려받게 되었다는 걸 네 부모님이 알게 되면 도움이 될지도 모르겠구나."

에이브라는 입을 비쭉거리지 않으려고 애쓰면서 진지하게 고개를 끄덕였다.

"도움이 되겠죠. 하지만 그런 얘기를 어떻게 말씀드려야 할지 모르겠어요."

"애야, 내가 만일 그런 소식을 듣게 되면 우선 본능적으로 누구에겐가 전화를 걸고 싶을 거다. 주변에 나쁜 사람이 있을지도 모르니까."

에이브라가 고개를 끄덕였다.

"아저씨라면 그 돈이 어디서 난 건지 어머니에게 말씀드릴 거예요?"

"아마 말하지 않을 거다."

리가 말했다.

그녀는 벽에 걸린 괘종시계를 쳐다보았다.

"벌써 5시가 다 됐네요."

그녀가 말했다.

"그만 가야겠어요. 아버지가 편찮으시거든요. 칼이 많이 늦네요. 만나 보고 가려고 했는데⋯⋯."

"금방 오겠지."

리가 말했다.

4

에이브라가 막 나가려는 참에 칼이 현관으로 들어섰다.

"잠깐만 기다려."

칼이 이렇게 말하고는 집 안으로 들어가서 책을 내려놓았다.

"에이브라의 책을 잘 챙겨서 갖다줘라."

리가 부엌에서 소리쳤다.

매서운 바람이 몰아치는 겨울밤이었다. 가로등의 탄소 불빛이 불안하게 흔들리며 깜박였고, 그 그림자가 2루 베이스를 훔치려는 주자처럼 쉴 새 없이 왔다 갔다 했다. 퇴근길의 사람들은 외투 깃에 턱을 파묻고 아늑한 집을 향해 발길을 재촉했다. 저 멀리 어느 스케이트장에서 들려오는 단조로운 음악 소리가 밤의 적막을 깨뜨렸다. 칼이 말했다.

"에이브라, 잠깐 이 책 좀 들고 있을래? 칼라의 호크를 풀어야겠어. 목이 죄어서 떨어져 나갈 것 같아."

그는 가까스로 호크를 풀고는 안도의 숨을 내쉬었다.

"살갗이 쓸려서 다 벗겨졌어."

그는 책을 도로 건네받았다. 버지스네 앞마당에 있는 커다란 종려나무 가지들이 바람에 바스락거리고, 집에서 쫓겨난 고양이가 닫힌 부엌문 앞에서 계속 울어 댔다.

에이브라가 말했다.

"너는 군인감은 아닌 것 같아. 자립심이 너무 강해서 말이 야."

"그럴 거야."

칼이 말했다.

"늙은 크락 요르젠센 선생에게 교련 수업을 받는다는 게 얼마나 우스꽝스러운 일인지 몰라. 하지만 때가 되어 나도 흥미를 갖게 되면 훌륭한 군인이 될지도 모르지."

"파이는 맛있었어."

에이브라가 말했다.

"한 개 남겨 놨어."

"고마워. 형은 틀림없이 훌륭한 군인이 될 거야."

"나도 그렇게 생각해. 아마 부대 내에서 제일 잘생긴 군인이겠지. 그런데 우리 진달래 꽃구경은 언제 가는 거야?"

"봄이 돼야 가지."

"일찌감치 출발해서 점심 도시락을 먹자."

"비가 올지도 모르는데?"

"비가 오든 안 오든 꼭 가자. 알았지?"

그녀가 자기 책을 받아 들고 집으로 들어가며 인사했다.

"안녕, 내일 만나."

칼은 집으로 발길을 돌리지 않았다. 불안한 밤거리를 걸어 고등학교 앞을 지나 스케이트장을 지나쳤다. 커다란 천막을

처 놓은 스케이트장에서는 전축에서 흘러나오는 오케스트라 소리가 크게 울려 퍼졌다. 스케이트를 타는 사람은 한 명도 없었다. 매표소 안에는 나이 든 주인이 처량하게 앉아 입장권 뭉치의 한쪽 끝을 집게손가락으로 탁탁 튀기고 있었다.

중심가도 적막하기는 마찬가지였다. 바람에 흩날린 휴지 조각들이 보도 위에서 뒹굴었다. 톰 미크 경관이 벨 제과점에서 나오다가 칼과 마주쳤다.

"군복의 호크를 채우지 그러니?"

그가 부드럽게 말했다.

"안녕하세요, 미크 경관님? 칼라가 너무 목을 꽉 조여서요."

"최근엔 밤중에 마을 주변을 배회하지 않는 것 같던데?"

"요즘엔 안 해요."

"마음을 고쳐먹은 거냐?"

"그런지도 모르죠."

톰은 사람을 티 나지 않게 은근히 놀리는 재주를 자랑으로 여기고 있었다.

"애인이라도 생긴 모양이군."

칼은 대답하지 않았다.

"자네 형은 나이를 속이고 입대했다지? 형의 애인을 가로챘나?"

"아, 맞아요. 그랬어요."

칼이 대답했다.

톰은 점점 흥미를 느끼는 모양이었다.

"잊어버릴 뻔했네. 자네가 콩을 팔아서 1만 5000달러를 벌었다며? 윌 해밀턴이 그러더군. 그게 사실인가?"

"사실입니다."

"자네는 아직 나이가 어리잖아. 그래, 그 돈을 가지고 뭘 할 작정이지?"

칼은 그를 보고 히죽 웃었다.

"불태워 버렸어요."

"뭐라고?"

"성냥을 그어 태워 버렸다니까요."

톰은 그의 얼굴을 가만히 들여다보았다.

"오, 그래! 거참 잘했군. 난 여기 좀 들러야겠어. 잘 가려무나."

톰은 자기를 놀리는 사람을 싫어했다.

"머리에 피도 안 마른 개자식이⋯⋯."

그는 혼자 중얼거렸다.

"점점 약아져 간단 말이야."

칼은 가게의 진열장을 들여다보면서 중심가를 따라 천천히 걸어갔다. 케이트가 어디에 묻혀 있는지 궁금했다. 알 수만 있다면 꽃다발이라도 들고 찾아가고 싶은데⋯⋯. 그런 충동을 느끼는 자신을 발견하고는 피식 웃음이 나왔다. 그건 착한 생각이었을까, 아니면 단지 자신을 우롱하는 것이었을까? 살리나스의 겨울바람은 카네이션 꽃다발은 고사하고 묘석까지 날려 버릴 만큼 매몰찼다. 어떤 이유에서인지 그는 문득 카네이션을 뜻하는 멕시코어가 생각났다. 어렸을 때 누군가가 가르쳐 주었었다. 카네이션은 멕시코어로 '사랑의 손톱'이었다. 그리고 금잔화는 '죽음의 손톱'이라고 했다. 어쩌면 어머니 무덤 위에는 금잔화를 갖다 놓는 것이 더 어울리는지도 몰랐다.

"나도 형과 같은 생각을 하기 시작하는군."

그는 혼자 중얼거렸다.

54장

1

겨울은 쉽사리 물러날 것 같지 않았다. 추위가 가실 때가 되었는데도 여전히 춥고 습하고 바람이 불었다. 사람들은 입버릇처럼 말했다.

"프랑스에서 대포를 마구 쏘아 대는 바람에 전 세계의 날씨를 망쳐 버렸지 뭐야."

살리나스 계곡에서는 곡식이 더디게 싹을 틔우고 들꽃들도 한참이나 늦게 피어나서 몇몇 사람들은 아예 꽃이 피지 않을 거라고 예상하기도 했다.

모든 주일학교가 알리설로 봄 소풍을 가는 메이데이에는 개울가를 따라 심긴 진달래꽃이 만개하지 않을까 하고 다들 마음속으로 기대했다. 진달래꽃은 메이데이에 반드시 따르는 필수 조건이었기 때문이다.

하지만 그해 메이데이는 몹시 추웠다. 소풍은 차가운 비로 취소되었다. 진달래꽃도 피지 않았다. 2주가 지나도 진달래꽃은 여전히 필 기미가 없었다.

칼이 에이브라에게 진달래꽃이 피면 소풍을 가자고 말했을 때는 미처 이런 일을 예상치 못했었다. 그러나 일단 진달래꽃을 상징으로 정해 놓은 이상 그것을 어길 수는 없었다.

포드 자동차는 타이어에 바람을 잔뜩 넣고, 배터리도 새로 두 개를 갈아 넣은 채로 윈덤의 차고에서 출발할 날만 기다리고 있었다. 소풍날 샌드위치를 만들기 위해 신경을 곤두세우고 있던 리도 이제 기다리는 데 지쳐서 이틀에 한 번 꼴로 샌드위치 빵을 사 오던 것을 중단하고 말았다.

"왜 그냥 한번 가 보지 그래?"

리가 말했다.

"어떻게 그냥 가요? 진달래꽃이 피면 가자고 했는데."

"가 보지도 않고 어떻게 알아?"

"실라치 씨 댁 아이들이 거기 살아서 학교에서 만났을 때 물어봤어요. 그 애들 말로는 일주일이나 열흘은 더 있어야 될 거예요."

"저런!"

리가 말했다.

"소풍을 기다리다가 지쳐 쓰러지는 건 아닌지 모르겠구나."

애덤의 건강은 서서히 회복되고 있었다. 손의 마비 증세도 점점 사라져 갔고, 책도 조금은 읽을 수 있어서 매일 조금씩 읽는 양이 늘어났다.

"글씨가 가물거려 보였던 건 피로 때문이었던 것 같아."

애덤이 말했다.

"공연히 안경을 써서 눈을 버리지 않은 게 다행이야. 눈에는 아무 이상이 없으니 말이야."

리는 고개를 끄덕이며 기뻐했다. 그는 샌프란시스코까지 가서 필요한 책을 구해 오기도 하고 우편으로 각종 소책자들을 주문하기도 했다. 그리하여 뇌의 해부학적 구조와 뇌 손상 및 뇌혈전증의 증세에 관해 두루 섭렵하게 되었다. 리는 예전에 히브리어 동사 하나를 두고 요모조모로 깊이 파헤쳤던 것처럼 무서울 정도의 집중력을 발휘하여 연구하고 자문했다. 의사 머피는 그러한 리에 대해 자세히 알게 되고부터 더 이상 그를 중국인 하인이라 깔보지 않고 오히려 존경하기에 이르렀다. 머피는 진단과 치료에 관한 리의 새 문헌들을 빌려다 보기까지 했다. 그는 동료인 에드워드에게 말했다.

"저 중국인은 뇌일혈의 병리학에 관해 나보다 더 자세히 알고 있더군. 아마 지식 면에서는 자네한테도 뒤지지 않을걸세."

머피는 애정과 노여움이 뒤섞인 미묘한 어조로 말했다. 의사들은 평범한 사람들의 의학적 지식에 대해 무의식적으로 신경을 곤두세우기 마련이다.

리가 애덤의 상태에 대해 의사에게 보고했다.

"제가 보기엔 흡수작용은 계속……."

"전에 비슷한 환자를 본 적이 있네."

그러면서 의사는 희망적인 이야기를 들려주었다.

"재발이라도 할까 봐 늘 걱정입니다."

리가 말했다.

"그건 신께 맡기는 수밖에 없지."

머피 의사가 말했다.

"구멍 난 자전거 튜브를 때우듯 사람의 동맥을 때울 수는 없어. 그건 그렇고, 자네 환자의 혈압을 잴 때는 어떻게 하나?"

"누구의 혈압이 더 높은지 내기를 걸지요. 저는 애덤의 혈압이 더 높을 거라고 하고, 애덤은 제가 더 높다고 하고요. 경마보다 더 재미있어요."

"누가 이기는가?"

"당연히 제가 이길 수 있어요. 하지만 일부러 져 드리죠. 그랬다간 내기는 물론 진료 차트까지 망쳐 버릴 테니까요."

"환자를 흥분하지 않게 만드는 비결이 뭔가?"

"제가 고안해 낸 방법이 있어요. 나름대로 이름을 대화 치료법이라고 붙였어요."

"시간을 많이 소비하겠군?"

"그런 편이죠."

리가 말했다.

2

1918년 5월 28일, 미군은 1차 세계대전에서 최초로 중요한 임무를 수행했다. 블라드 장군이 지휘하는 1사단은 캔티그니 마을을 점령하라는 명령을 받았다. 그 마을은 고지에 위치해

636

아브르강 계곡을 굽어보고 있었다. 적군은 참호와 중기관총과 야포로 방어하고 있었으며, 전선은 1.6킬로미터 남짓 되었다.

1918년 5월 28일 오전 6시 45분, 한 시간가량 계속된 포병의 지원 사격에 이어 마침내 공격이 개시되었다. 투입된 부대는 28보병 연대(엘리 대령), 18보병 연대의 1개 대대(파커), 1공병 연대의 1개 대대, 사단 포병대(서머럴), 여기에 프랑스군의 탱크와 화염방사기가 동원되었다.

공격은 완벽한 성공을 거두었다. 미군은 새 전선에 참호를 구축하고 두 차례에 걸친 독일의 강력한 반격을 물리쳤다. 1사단은 클레망소, 포슈, 페탱으로부터 축하를 받았다.

3

실라치 가 아이들이 연어의 속살 같은 분홍빛 진달래꽃이 피기 시작했다는 소식을 갖고 온 것은 5월 말이었다. 칼은 수요일 아침 9시 수업종이 울릴 때 그 소식을 전해 들었다.

그는 영어 수업을 받으러 허겁지겁 교실로 달려갔다. 노리스 선생님이 나지막한 교단 위로 막 올라섰을 때, 칼은 손수건을 흔들고는 요란하게 코를 풀었다. 그런 다음 남자 화장실로 달려가 벽 너머 여자 화장실에서 물 내리는 소리가 들릴 때까지 기다렸다. 그는 지하실 문을 통해 밖으로 나온 뒤 붉은 벽돌담에 바짝 붙어 걷다가 옻나무를 끼고 살금살금 돌아 교정에서 빠져나갔다. 그리고 학교 건물이 보이지 않을 만큼 멀리 벗어나자 걸음을 늦추고 에이브라가 뒤쫓아올 때까지 기다렸다.

"꽃이 언제 폈대?"

그녀가 물었다.

"오늘 아침에."

"그럼 우리 내일 갈까?"

칼은 눈부신 황금빛 태양을 올려다보았다. 올 들어 처음 보는 따스한 태양이었다.

"그때까지 기다릴 수 있겠어?"

"아니, 못 기다릴 것 같아."

그녀가 말했다.

"나도 그래."

그들은 내달리기 시작했다. 레이노드 빵집에서 빵을 사 가지고 집에 들어가자마자 리를 재촉했다.

시끌벅적 떠드는 소리를 듣고 애덤이 부엌 안을 들여다보았다.

"왜 이리 야단법석이냐?"

애덤이 물었다.

"소풍을 가려고요."

칼이 말했다.

"수업이 있는 날이 아니냐?"

애덤의 질문에 에이브라가 대답했다.

"그렇기도 하지만 휴일이기도 해요."

애덤이 그녀를 보고 미소를 지었다.

"두 뺨이 장미꽃처럼 발갛구나."

그러자 에이브라가 소리쳤다.

"아저씨도 같이 가세요! 진달래꽃을 보러 알리설에 가는 거예요."

"그럴까."

애덤이 말했다.

"거참, 안 되겠다. 제빙 공장에 가기로 약속이 되어 있어. 배관을 새로 할 예정이거든. 어쨌든 무척 화창한 날이구나."

"진달래꽃을 꺾어다 드릴게요."

에이브라가 말했다.

"좋지. 재미있게 놀다 오너라."

그가 나가자 칼이 말했다.

"리 아저씨, 우리와 같이 가실래요?"

리가 날카롭게 노려보았다.

"네가 그런 바보 같은 소릴 할 줄은 몰랐다."

"같이 가세요!"

에이브라가 소리쳤다.

"너희들 누굴 놀리는 거냐?"

리가 말했다.

4

살리나스 계곡의 동쪽 개빌런산을 등지고 있는 알리설에는 작은 시냇물이 마을을 가로질러 흐르고 있었다. 유쾌한 소리와 함께 조약돌 위를 흐르는 시냇물은 양쪽에 늘어선 나무뿌리들을 깨끗이 씻어 주었다.

달콤한 진달래 향기와 엽록소 작용에 바쁜 태양의 나른한 향기가 한데 어울려 대기를 가득 채웠다. 둑 위에 세워 둔 포드 자동차에서 과열로 부르릉거리는 소리가 나지막하게 들려왔다. 차 뒷좌석에는 가지째 꺾은 진달래꽃이 한 아름 놓여 있었다.

칼과 에이브라는 빈 도시락 상자를 사이에 두고 둑 위에 나란히 앉아 있었다. 그들은 물속에 발을 담그고 있었다.

"진달래는 집에 도착하기도 전에 다 시들어 버릴 거야."

칼이 말했다.

"하지만 좋은 핑곗거리가 되긴 하잖아."

에이브라가 말을 이었다.

"칼, 네가 하지 않으면 내가 먼저 해야 할까 봐."

"뭘?"

그녀는 손을 뻗어 그의 손을 잡았다.

"이거 말이야."

"나는 겁이 났어."

"왜?"

"모르겠어."

"난 겁나지 않던데."

"여자들은 무슨 일에든 겁을 내지 않는 모양이지."

"꼭 그렇진 않아."

"너도 겁이 난 적이 있었니?"

"그럼, 내 팬티가 젖었다고 네가 말했을 때 나는 네가 무서웠어."

"비열한 행동이었지. 내가 왜 그랬는지 모르겠어……."

칼은 갑자기 말이 없었다.

그의 손을 잡고 있는 그녀의 손가락에 힘이 들어갔다.

"나는 네가 무슨 생각을 하고 있는지 알아. 그런 생각은 하지 말았으면 좋겠어."

칼은 흐르는 시냇물을 내려다보다가 발가락으로 갈색 조약돌 하나를 뒤집었다.

에이브라가 말했다.

"너는 나쁜 점들은 네가 죄다 물려받았다고 생각하지? 그래서 너 때문에 불운한 일이 생긴다고……."

"글쎄……."

"너한테 할 말이 있어. 우리 아버지가 곤란한 처지에 빠지셨어."

"무슨?"

"일부러 엿들은 건 아니지만 대충은 알게 됐어. 아버지는 병이 나신 게 아니야. 두려움에 떨고 계신 거지. 틀림없이 무슨 일인가를 저지르셨나 봐."

그가 고개를 돌렸다.

"그게 무슨 일인데?"

"회사 공금을 빼돌린 것 같아. 동업자들이 아버지를 감옥에 집어넣을지 변상을 시킬지 몰라 떨고 계신 거야."

"넌 그걸 어떻게 알았는데?"

"아버지가. 누워 계신 침실에서 동업자들이 떠드는 소리를 들었어. 그런데 어머니가 그 소리를 듣지 못하도록 축음기를 틀었지."

"꾸며 낸 얘기는 아니지?"

"아니야. 내가 왜 그러겠어?"

칼은 슬금슬금 그녀 곁으로 다가가 그녀의 어깨에 머리를 기대고 수줍게 허리를 껴안았다.

"이제 알겠지? 너만 그런 건 아니야."

그녀는 비스듬히 그의 얼굴을 바라보았다.

"이제는 내가 겁이 나."

그녀가 힘없이 말했다.

5

오후 3시에 리는 자기 책상에 앉아 종자 카탈로그를 뒤적거리고 있었다. 스위트피 그림이 원색으로 나와 있었다.

"뒤뜰 울타리에 이걸 심으면 멋지겠군. 도랑도 안 보이게 가려 줄 거고…… 그런데 햇볕이 잘 들지 모르겠네."

그는 자기의 목소리에 놀라 고개를 쳐들고는 빙긋 웃었다. 언제부터인가 그런 버릇이 생겼는지 모르지만, 집 안이 텅 비었을 때마다 리는 혼자서 소리 내어 지껄이곤 했다.

"나이 탓이야. 생각도 느려지고……."

그는 별안간 말을 멈추었다. 순간 몸이 뻣뻣해졌다.

"이상해…… 무슨 소리가 난 것 같은데. 가스 불 위에 찻주전자를 올려놓았던가? 아닌데……."

그는 다시 귀를 기울였다.

"내가 미신을 안 믿는 게 얼마나 다행인지……. 미신을 믿는 사람이었다면 귀신이 걷는 소리도 들을 수 있었을 거야."

그때 현관 초인종 소리가 들렸다.

"그럼 그렇지. 내가 들으려고 한 게 바로 저것이었어. 그냥 울리게 내버려 둬야지. 감정에 이끌리고 싶지는 않으니까. 그냥 내버려 두자."

그러나 초인종은 다시 울리지 않았다.

불길한 피로감이 그를 엄습했다. 절망감이 그의 양어깨를 짓눌렀다. 그는 스스로를 비웃었다.

"나가서 문 밑에 누군가가 광고지를 밀어 넣고 갔는지 확인해 볼까? 아니면 그냥 이대로 앉아서 내 어리석은 마음이 문간에 죽음이 찾아왔다고 일러주는 걸 듣고 있을까? 음, 아무래도 광고지를 확인하는 편이 낫겠군."

리는 거실에 앉아 무릎 위의 편지봉투를 내려다보았다. 그러다가 문득 내뱉듯이 말했다.

"좋아! 빌어먹을! 어디 해 볼 테면 해 보라지!"

그는 봉투를 거칠게 찢었다가 멈칫 테이블 위에 내려놓고는 글씨가 안 보이는 쪽으로 엎어 놓았다.

그는 무릎 사이로 마룻바닥을 내려다보았다.

"아니, 내게는 이럴 권리가 없어. 누구도 다른 사람이 겪어야 할 경험을 함부로 빼앗을 권리는 없지. 생과 사는 정해진 것이니까. 우리에겐 고통받을 권리도 있는 거야."

리는 뱃속이 뒤틀리기 시작했다.

"나는 용기가 없어. 나는 겁쟁이 노랑퉁이인가 봐. 도저히 참을 수가 없어……"

그는 욕실로 들어가 유리컵에 진정제를 정확히 세 스푼 따라 담고는 빨간 약물이 분홍색이 될 때까지 물을 탔다. 그러고는 유리컵을 거실로 가지고 가서 테이블 위에 놓았다. 그는 전보를 접어 호주머니에 넣었다. 그리고 크게 소리쳤다.

"난 겁쟁이가 싫어! 맙소사, 내가 겁쟁이를 싫다고 하다니!"

그의 손은 부들부들 떨리고 있었다. 이마에는 식은땀이 솟아났다.

4시에 애덤이 문손잡이를 더듬는 소리가 들렸다. 리는 입술에 침을 발랐다. 그리고 일어서서 천천히 복도 쪽으로 걸어갔다. 손에는 분홍색 약이 담긴 유리컵이 들려 있었지만 이제 더 이상 손이 떨리지는 않았다.

55장

1

트래스크 집 안에 있는 램프들은 모두 켜져 있었다. 현관문은 반쯤 열려 있고 집 안은 썰렁했다. 거실에는 리가 램프 옆 의자에 나뭇잎처럼 몸을 움츠린 채 앉아 있었다. 애덤의 열린 방문 사이로 얘기 소리가 새어 나왔다.

집 안에 들어선 칼이 물었다.

"무슨 일이에요?"

리는 그를 한번 보고는 전보가 놓여 있는 테이블 쪽으로 고개를 돌렸다.

"형이 죽었어."

그가 말했다.

"아버지는 뇌졸중으로 쓰러지시고."

칼이 복도 쪽으로 걸어갔다.

리가 말했다.

"이리 돌아와. 에드워드 박사와 머피 박사가 와 계셔. 방해하지 않는 게 좋아."

칼이 그의 앞에 와서 섰다.

"얼마나 안 좋은 거예요? 얼마나 나쁘냐고요? 아저씨, 뭐라고 말 좀 해 봐요!"

"나도 잘 모르겠다."

리는 먼 옛날을 회상하듯 말했다.

"아버지는 아주 지친 상태로 집에 돌아오셨어. 하지만 난 전보를 읽어 드릴 수밖에 없었단다. 그분에겐 그럴 권리가 있으니까. 약 5분 동안 큰 소리로 그 말을 몇 번씩이나 되풀이해서 중얼거리셨어. 그러다 결국 그 말이 뇌 속으로 들어가 폭발한 것 같아."

"의식은 있어요?"

리는 지친 듯이 말했다.

"앉아서 기다리렴. 칼, 무엇보다 침착해야 한다. 나도 그러려고 애쓰고 있어."

칼은 전보를 집어 들어 냉혹하고 엄숙한 사망 통지문을 읽었다.

그때 에드워드가 왕진 가방을 들고 나왔다. 그는 가볍게 고개를 끄덕이고는 밖으로 나가서 조용히 문을 닫았다.

머피는 가방을 테이블 위에 내려놓고 앉았다. 그리고는 한숨을 내쉬었다.

"에드워드가 나더러 얘기를 하라고 해서……."

"아버진 어떠세요?"

칼이 다급하게 물었다.

"우리가 아는 만큼, 있는 그대로 말해 주겠네. 이제 자네가 이 집의 가장이니까. 칼, 자네는 뇌졸중이 어떤 병인지 알고 있나?"

그는 칼의 대답을 기다리지 않았다.

"뇌졸중은 한마디로 뇌 속에서 피가 새어 나오는 거야. 뇌의 특정 부위가 그 영향을 받게 되지. 이미 전부터 피가 조금씩 새어 나오기 시작했었어. 리는 다 알고 있지."

"그렇습니다."

리가 대답했다.

의사는 그를 힐끗 바라보고는 다시 눈길을 칼에게 돌렸다.

"왼쪽에 마비가 왔어. 오른쪽은 부분적으로 마비가 되었고. 왼쪽 눈은 완전히 시력을 잃은 것 같아. 물론 단정할 수는 없지만……. 요컨대 자네 아버지는 거의 가망이 없으시네."

"말은 하실 수 있나요?"

"조금은 하실 수 있지만 힘드실 거야. 피곤하게 하지 말게."

칼은 적절한 말을 찾으려고 애를 썼다.

"회복 가능성은 있습니까?"

"이번처럼 심한 경우라도 재흡수가 이루어진 경우가 있다는 얘기는 들은 적이 있네. 하지만 직접 본 건 아니야."

"그럼 돌아가신다는 건가요?"

"그거야 알 수 없지. 일주일을 사실 수도 있고 한 달, 1년 어쩌면 2년을 더 사실지도 몰라. 당장 오늘 밤에 돌아가실 수도 있고."

"저를 알아보실까요?"

"그건 직접 확인해 봐야 할 거야. 오늘 밤엔 내 간호사를 보내 주겠지만, 앞으론 전속 간호사를 구해야 하네."

그는 자리에서 일어섰다.

"안됐네, 칼. 하지만 잘 견뎌 내도록 하게! 스스로 이겨 내야만 해."

그는 말을 이었다.

"사람들이 이런 일을 견뎌 내는 걸 보면 감탄하지 않을 수 없네. 누구나 다 견뎌 낼 수 있어. 내일은 에드워드가 올 걸세. 그럼, 잘 있게."

의사가 손을 뻗어 칼의 어깨를 만지려고 했다. 칼은 몸을 피하면서 아버지 방 쪽으로 걸어갔다.

애덤의 머리에는 베개가 받쳐져 있었다. 얼굴은 평온했지만 피부는 창백했고, 꼭 다문 입가에는 미소도 불만의 기미도 없었다. 눈은 크게 뜨고 있었다. 동공의 안쪽과 그 주변까지 모두 들여다볼 수 있을 것처럼 깊고 맑은 눈이었다. 그 눈 역시 모든 것을 알지만 관심 없다는 듯이 침착해 보였다. 칼이 방 안으로 들어가자 그 눈길이 서서히 칼에게로 향했다. 처음에는 가슴께를 보더니 점점 위로 올라가 얼굴에서 멈췄다.

칼은 침대 옆의 딱딱한 의자에 앉아서 말했다.

"아버지, 제가 잘못했어요."

애덤은 개구리처럼 두 눈을 천천히 껌벅일 뿐이었다.

"아버지, 제 말이 들리세요? 제 말을 알아들으시겠어요?"

두 눈에는 아무런 변화도 움직임도 없었다.

"저 때문이에요."

칼이 울음을 터뜨렸다.

"형이 죽은 것도, 아버지가 쓰러지신 것도 모두 다 제 탓이
에요. 제가 형을 케이트의 집으로 데리고 갔어요. 어머니가 어
떤 사람인지 보여 줬다고요. 형은 그래서 도망을 친 거예요.
정말이지, 저는 나쁜 일을 하고 싶지는 않지만…… 결국엔 하
고 마는 것 같아요."

그는 아버지의 무서운 눈길을 피해 침대 옆으로 고개를 돌
렸다. 그래도 그 눈을 피할 수는 없었다. 칼은 일생 동안 그 눈
이 분신처럼 자기를 따라다니리라는 생각이 들었다.

그때 초인종 소리가 들렸다. 잠시 후 리의 등 뒤로 간호사
가 따라 들어왔다. 건장한 체격에 시커멓고 숱이 많은 눈썹을
가진 여자였다. 그녀는 옷가방을 열면서 수선을 피우기 시작
했다.

"환자는 어디 있죠? 아, 저기 계시구먼! 좋아 보이네요! 내
가 할 일이 뭐 있겠어요? 저렇게 건강해 보이니! 얼른 일어나
셔서 제 뒤치다꺼리를 해 주셔도 되겠네요. 나를 돌봐 주실래
요, 잘생긴 아저씨?"

그녀는 애덤의 어깨 밑으로 튼실한 팔을 집어넣어 가뿐하
게 그를 일으켜 앉히고, 오른손으로 그를 지탱하면서 왼손으
로 베개를 툭툭 쳐서 바로 한 다음 그를 다시 눕혔다.

"차가운 얼음베개는 좋아하지 않으세요? 가만있자, 욕실은
어딘가? 무명천과 변기는 있어요? 내가 잘 간이침대도 갖다

주시겠어요?"

"필요한 것은 모두 적어 주시죠."

리가 말했다.

"환자를 위해 도움이 필요하면……."

"도움이 왜 필요하겠어요? 우리는 아주 잘 지낼 텐데요. 안 그래요, 잘생긴 아저씨?"

리와 칼은 부엌으로 돌아갔다. 리가 말했다.

"저 여자가 오기 전에는 너에게 저녁을 먹일 작정이었는데……. 좋든 나쁘든 어떤 목적을 위해 음식을 이용하는 사람이 있잖니? 아마 저 여자가 그런 것 같구나. 이제 저녁을 먹든지 말든지 네 마음대로 하려무나."

칼은 그를 향해 씩 웃어 보였다.

"억지로 먹이려고 했다면 짜증이 났을 거예요. 하지만 그렇게 나오시니 샌드위치나 하나 먹겠어요."

"샌드위치는 없어."

"한 개만 먹고 싶은데요."

"이래서 탈이라니까. 안 되는 걸 두고 떼를 쓰면 될 줄 알아?"

"그럼 샌드위치는 안 먹겠어요. 파이 남은 건 좀 있나요?"

"파이라면 빵 상자에 많이 있지. 하지만 좀 눅눅할 텐데."

"눅눅한 게 더 좋아요."

칼은 파이를 접시에 한가득 담아 와 자기 앞에 내려놓았다.

그때 간호사가 부엌 안으로 고개를 들이밀었다.

"음, 맛있어 보이네요."

그녀는 냉큼 하나를 집어 한입 베어 물고는 말했다.

"크라우 약국에 전화를 걸어서 필요한 물건이 있는지 알아봐야겠어요. 전화는 어디 있죠? 침구들은 어디다 보관하세요? 제 침대는 어디에 놔 주실 거죠? 이 신문은 다 읽은 건가요? 전화가 어디 있다고 그러셨죠?"

그녀는 파이 하나를 더 집어 들고 나갔다.

리가 조그만 소리로 물었다.

"아버지가 너에게 말씀을 하셨니?"

칼은 멈출 수가 없는 듯 계속해서 고개를 절레절레 저었다.

"무서운 일이 일어날지도 몰라. 하지만 의사 선생님 말이 옳아. 너는 어떤 일이든 견뎌 낼 수 있어. 그런 점에서 우리는 참 대단한 동물이지."

"난 견뎌 내지 못할 거예요."

칼이 맥없이 뇌까렸다.

"나는 견딜 수 없어요! 절대 견뎌 내지 못한다고요! 아마도 난…… 난……."

리가 그의 손목을 거칠게 움켜쥐었다.

"뭐라고? 이 쥐새끼 같은 녀석! 더러운 개자식! 호강에 겨워서 그런 소리가 나오지? 그따위 생각은 당장 집어치워! 대체 무슨 근거로 네 슬픔이 내 슬픔보다 더하다고 생각하는 거냐?"

"슬퍼서 그런 게 아니에요. 내가 무슨 짓을 했는지 아버지께 다 말씀드렸어요. 나는 형을 죽인 살인자예요. 아버지도 다 알고 계시다고요."

"아버지가 그렇다고 말씀하셨어? 어서 사실대로 말해. 아버지가 뭐라고 하셨는지."

"굳이 말씀하실 필요도 없었어요. 눈에 다 나타나 있었으니까요. 눈으로 말씀하셨어요. 난 이제 도망칠 곳이 없어요. 꼼짝없이 붙들렸다고요."

리가 한숨을 내쉬며 그의 손목을 놓아주었다.

"칼."

그는 차분하게 말했다.

"내 얘기 잘 들어라. 아버지는 뇌 중추에 이상이 있어. 그분의 눈에 무언가가 나타난 것은 시력을 지배하는 뇌의 한 부분에 압박이 생겨서 그런 거야. 아버지가 책도 못 읽던 일을 기억하지? 그건 눈 때문이 아니라 압박 때문이었어. 아버지가 정말 너를 질책했는지 그건 알 수 없는 일이야. 암, 알 수 없고말고."

"아버지는 나를 꾸짖으셨어요. 나는 알아요. 아버지는 나더러 살인자라고 했다고요."

"그렇다면 아버지는 너를 용서하실 거다. 그건 내가 장담하지."

그때 간호사가 문간에 나타났다.

"뭘 장담한다는 거죠, 찰리? 나한테도 커피 한 잔 주겠다고 약속했잖아요."

"곧 드리죠. 환자 상태는 어떻습니까?"

"아기처럼 자고 있어요. 뭐 읽을거리 좀 없나요?"

"어떤 걸 좋아하시는지……?"

"발의 피로를 잊을 만큼 내 마음을 홀딱 사로잡는 것이면 돼요."

"커피를 갖다드리죠. 프랑스 여왕이 쓴 저속한 이야기책이 하나 있기는 합니다만, 내용이 좀 지나쳐서……."

"커피하고 함께 갖다줘요."

그녀가 말을 이었다.

"칼, 잠을 좀 자지 그러니? 아버지는 나와 찰리가 밤새 지킬 테니까 걱정 마. 찰리, 그 이야기책 잊지 말고 갖다줘요."

리는 가스스토브 위에 커피포트를 올려놓았다. 그러고는 식탁으로 돌아와서 말했다.

"칼!"

"왜요?"

"에이브라한테나 가 보렴."

2

칼이 깔끔한 현관 앞에서 초인종을 연거푸 눌러 댔다. 급작스레 불이 켜지고 빗장 여는 소리가 들리더니 에이브라의 어머니가 고개를 내밀었다.

"에이브라를 만나러 왔습니다."

칼이 말했다.

그녀는 기가 막힌 듯 입을 크게 벌렸다.

"뭐라고?"

"에이브라를 만나러 왔어요."

"안 돼! 에이브라는 잠자리에 들었어. 어서 꺼져!"

칼은 버럭 소리를 질렀다.

"에이브라를 만나러 왔다니까요!"

"어서 가라니까! 안 가면 경찰을 부르겠어."

그때 집 안에서 에이브라의 아버지가 소리를 질렀다.

"무슨 일이야? 누가 온 거야?"

"신경 쓰지 말고 어서 주무세요. 몸도 성치 않으면서…….
제가 알아서 할게요."

그녀는 칼에게 다시 몸을 돌렸다.

"어서 내 집 현관에서 나가거라. 초인종을 또 울리면 경찰
을 부르겠어. 당장 꺼져!"

문이 쾅 닫히고 빗장이 걸리고 현관 등불이 꺼졌다.

칼은 어둠 속에서 미소를 지으며 서 있었다. 톰 미크 경관
이 어슬렁어슬렁 걸어오면서 '이봐, 칼. 거기서 뭐 하는 거야?'
하고 말하는 장면이 상상되었기 때문이다.

에이브라의 어머니가 다시 안에서 소리쳤다.

"다 보고 있어. 어서 가지 않고 뭐 하는 거야! 현관 밖으로
나가란 말이야!"

그는 천천히 밖으로 걸어 나와 집으로 향했다. 한 블록도
채 가지 못했을 때 에이브라가 뒤쫓아 왔다. 그녀는 몹시 숨을
헐떡였다.

"뒷문으로 나왔어."

그녀가 말했다.

"네 엄마가 아시면 어쩌려고?"

"상관없어."

"상관없다고?"

"그렇다니까."

칼이 말했다.

"에이브라, 나는 형을 죽였고 아버지는 나 때문에 반신불수가 되셨어."

그녀는 두 손으로 그의 팔을 꼭 붙잡았다.

"내 말 못 들었어?"

칼이 물었다.

"들었어."

"에이브라, 우리 어머니는 창녀였어."

"알고 있어. 네가 말했잖아. 우리 아버지는 도둑놈이야."

"내게는 어머니의 피가 흐르고 있어. 알겠어, 에이브라?"

"내게는 아버지의 피가 흐르지."

그녀가 말했다.

두 사람은 아무 말 없이 걸었다. 그동안 칼은 균형을 되찾으려고 애를 썼다. 바람이 차가웠다. 그들은 체온을 유지하기 위해 걸음을 빨리했다. 살리나스 시가지가 끝나는 마지막 가로등을 지나자 칠흑 같은 어둠이 앞을 가로막았다. 거기서부터는 질척거리는 비포장 길이 이어졌다.

그들은 이미 마지막 가로등을 지나 포장도로의 끝에 이른 것이었다. 발밑은 봄 진흙으로 미끄러웠고, 이슬에 젖은 풀잎이 다리를 적셨다.

에이브라가 먼저 입을 열었다.

"우리 지금 어디로 가는 거야?"

"아버지의 눈길을 피해 도망치고 싶어. 아버지의 눈이 내 앞에서 사라지질 않아. 눈을 감아도 소용없어. 앞으로도 내내 그럴 거야. 아버지는 곧 돌아가시겠지만 아버지의 눈은 계속 나를 노려보면서 형을 죽인 살인자라고 원망하실 거야."

"네가 죽인 게 아니잖아."

"아니야, 내가 그랬어. 내가 그랬다고 아버지의 눈이 말하고 있어."

"그렇게 말하지 마. 우리 지금 어딜 가는 거지?"

"조금만 더 가면 돼. 도랑이 있고, 펌프 오두막이 있고, 버드나무가 있는 곳이야. 그 버드나무 기억하지?"

"기억해."

그가 말했다.

"가지들이 텐트처럼 늘어져서 그 끝이 땅바닥까지 닿지."

"나도 알아."

"오후가 되면, 특히 햇살이 눈부신 오후가 되면 너와 아론은 나뭇가지를 헤치고 안으로 들어가곤 했어. 보는 사람은 아무도 없었지."

"그럼 너는 우리를 봤니?"

"물론이야. 줄곧 지켜보고 있었어."

칼이 말을 이었다.

"이제 나와 그 버드나무 속으로 함께 들어가자. 그게 바로 내가 원하는 거야."

에이브라는 발걸음을 멈추고 그의 손을 잡아끌었다.

"안 돼!"

그녀가 말했다.

"그건 옳은 일이 아니야."

"나와 저 안으로 들어가기 싫은 거야?"

"네가 그런 식으로 도망치는 거라면 함께 가기 싫어."

칼이 말했다.

"그럼 난 어떻게 해야 하지? 뭘 어떻게 해야 할지 모르겠어. 네가 좀 가르쳐 줘."

"내가 하자는 대로 할래?"

"모르겠어."

"같이 돌아가자."

그녀가 말했다.

"돌아가? 어디로?"

"네 아버지가 계신 곳으로."

에이브라가 말했다.

3

부엌의 등불이 그들을 환하게 비추었다. 리는 싸늘한 집 안의 공기를 데우기 위해 오븐에 불을 지폈다.

"에이브라가 가자고 해서 왔어요."

칼이 말했다.

"물론 그랬겠지. 당연히 그러리라고 생각했어."

에이브라가 말했다.

"제가 없었어도, 칼은 돌아오려고 했을 거예요."

"과연 그랬을까?"

리가 말했다.

그는 잠시 부엌에서 나갔다가 돌아왔다.

"아직도 주무시고 계시는군."

리는 도자기 병과 속이 비치는 작은 술잔 세 개를 식탁으로 가져왔다.

"언젠가 본 기억이 나요."

칼이 말했다.

"그렇겠지."

리는 까만 술을 잔에 따랐다.

"한 모금 마시고 입안에서 혀끝으로 굴려 보렴."

에이브라는 팔꿈치를 식탁에 괴었다.

"칼을 도와주세요."

그녀가 말했다.

"아저씨는 모든 걸 포용할 수 있잖아요. 제발 그를 도와주세요."

"모든 걸 포용할 수 있는지 없는지는 나도 모르겠다."

리가 말했다.

"한 번도 시험해 볼 기회가 없었으니까. 지금껏 나는 불확실하다기보다는 불확실한 걸 제대로 처리하지 못하는 사람들과 항상 함께 있었어. 그래서 울 때도 혼자 울어야 했지."

"울다뇨? 아저씨가요?"

"새뮤얼 해밀턴 씨가 세상을 떠났을 때는 촛불이 꺼지듯 온 세상이 캄캄해진 것 같았다. 나는 그분의 사랑스러운 창조물을 보려고 촛불을 다시 켰지. 그런데 그분의 자식들은 마치 무엇엔가 복수라도 당하듯 이 세상에 내팽개쳐지고 찢기고 파멸되더군. 자, 그 오가피주를 입안에서 혀로 굴려 봐."

그는 다시 말을 이었다.

"나는 스스로 내 어리석음을 깨달아야만 했어. 내 어리석은 생각이 뭐였는 줄 아니? 악한 자는 살아서 번창하는데 선한 사람은 멸망한다는 거였단다. 한때 나는 하느님이 화가 나고 진절머리가 나서 도가니에 든 가혹한 시련의 불길을 자신의 사랑스러운 진흙 작품에 퍼부은 거라고 생각했다. 그 작품들을 아예 파괴시키거나 맑게 정화시키기 위해서 말이야. 나는 그 불에 덴 상처와 앞으로 태워 없애야 할 불순함을 모두 갖고 태어났다고 믿었어. 선과 악을 모두 갖고 태어났다고 말이야. 넌 그렇게 생각하지 않니?"

"그런 것 같아요."

칼이 대답했다.

"저는 잘 모르겠는데요."

에이브라가 말했다.

리가 고개를 저었다.

"아니, 그것으로는 충분하지 않아. 충분한 생각이 못 된다고. 어쩌면……."

그는 말을 멈췄다.

칼은 술기운에 뱃속이 뜨거워지는 것을 느꼈다.

"어쩌면이라뇨? 그게 무슨 말이에요, 아저씨?"

"어쩌면 너도 시대를 막론하고 세상 모든 인간들은 다시 불길에 정화된다는 걸 깨닫게 될 거다. 도공이 아무리 늙었다고 해서 얇고 튼튼하고 속이 비치는 완벽한 자기를 만들고자 하는 욕망까지 잃어버리겠니?"

그는 술잔을 들어 불빛에 비춰 보았다.

"모든 불순물을 태우고 거기에 찬란한 액체를 담기 위해서는 더 많은 불이 필요하지. 그러다 보면 결국 재가 산더미처럼 남든지, 아니면 이 세상 누구도 결코 포기할 수 없는 완벽함이 남든지 할 거다."

리는 술잔을 비우고 나서 큰 소리로 말했다.

"칼, 내 말 잘 들어라. 우리를 창조한 것이 무엇이든, 그것이 우리의 노력을 멈추게 할 수 있다고 생각하니?"

"모르겠어요."

칼이 말했다.

"지금은 그 말을 받아들일 수 없다고요."

거실에서 간호사의 육중한 발소리가 들려왔다. 그녀는 벌컥 문을 열고 들어와 에이브라를 바라보았다. 에이브라는 팔꿈치를 식탁에 괸 채 손바닥으로 두 뺨을 감싸고 있었다.

간호사가 말했다.

"주전자 있어요? 환자들은 목이 마르기 쉬우니까 물주전자를 가까이 놓아 두어야 해요. 아시겠지만……."

그녀는 설명 조로 말했다.

"환자들은 입으로 숨을 쉰답니다."

"잠이 깨셨나요?"

리가 물었다.

"주전자는 저기 있어요."

"지금 잠에서 깨서 쉬고 계세요. 얼굴을 씻기고 머리를 빗겨 드렸어요. 아주 착한 환자예요. 나를 향해 미소까지 지으려고 하더라고요."

리가 일어섰다.

"칼, 어서 가자. 에이브라도 함께 갔으면 좋겠어. 그래야만 해."

간호사는 싱크대에서 주전자에 물을 채우고는 그들보다 앞서서 달음질을 쳤다. 그들이 방 안에 들어갔을 때 애덤은 베개를 등에 받치고 비스듬히 일어나 있었다. 하얀 두 손은 손바닥을 아래로 한 채 양 옆구리에 얹혀 있고, 손가락 마디부터 손목까지 힘줄이 붉어져 있었다. 얼굴은 백랍처럼 창백했으며, 날카로운 이목구비가 더욱 도드라져 보였다. 그는 파리한 입술 사이로 천천히 숨을 쉬고 있었다. 머리에만 집중적으로 비치는 램프 불빛이 그의 파란 눈에 반사되었다.

리와 칼과 에이브라는 발치에 나란히 섰다. 애덤의 눈길이 그들을 향해 차례로 움직이더니, 인사라도 하듯 입술을 살짝 달싹거렸다.

간호사가 말했다.

"어때요? 환자분 안색이 아주 좋죠? 내 애인이에요. 잘생긴 애인이죠."

"쉿!"

리가 말했다.

"내 환자를 피곤하게 만들지 말아요."

"잠깐 나가 주시죠."

리가 말했다.

"의사 선생님께 보고하겠어요."

그러자 그는 간호사를 향해 몸을 홱 돌리며 소리쳤다.

"당장 나가서 문을 닫으라니까! 나가서 보고서나 써요."

"흥, 중국 놈에게 지시를 받다니!"

칼도 거들고 나섰다.

"어서 나가 문을 닫아요!"

그녀는 자신의 분노를 표시라도 하듯 나가면서 문을 쾅 닫았다. 애덤이 그 소리에 놀라 눈을 깜박였다.

리가 말했다.

"애덤!"

미간이 넓은 파란 두 눈이 목소리의 주인공을 찾아 움직이다가 마침내 리의 빛나는 밤색 눈과 마주쳤다.

리가 다시 말했다.

"애덤, 제 목소리가 들리는지, 제 말을 알아듣고 계시는지 모르겠군요. 당신의 손에 마비가 오고 글을 읽지 못했을 때, 저는 나름대로 최선을 다해 조사해 보았습니다. 그러나 당신 자신이 아니고는 누구도 이해할 수 없는 게 몇 가지 있었죠. 어쩌면 당신은 그 눈 속에서 명민하게 살아 움직이고 계신지도 모르고, 혼란스러운 잿빛 꿈속을 헤매고 계신지도 모르겠습니다. 갓난아이처럼 빛과 움직임만을 감지하고 계신지도 모르죠. 당신의 뇌에 손상이 와서 완전히 새로운 인간이 되어 버린 건 아닌지……. 그토록 친절했던 당신은 이제 비열해졌을 수도 있습니다. 무섭도록 정직했던 당신이 지금은 성을 잘 내고 불의를 그냥 보아 넘기는 사람이 되었는지도 모릅니다. 하지만 진실을 알 수 있는 사람은 당신 자신 말고는 아무도 없어요. 애덤! 제 말 들리세요?"

파란 눈이 흔들리면서 스르르 감겼다가 다시 떠졌다.

리가 말했다.

"고마워요, 애덤. 지금 제가 드리려는 부탁이 얼마나 어려운 건지 잘 압니다. 그럼에도 간곡히 부탁드립니다. 여기 당신의 아들, 하나뿐인 당신의 아들 칼렙이 있습니다. 그를 한번 보세요, 애덤."

힘없는 눈이 칼에게로 옮겨졌다. 칼은 입술을 들썩거렸으나 아무 소리도 낼 수 없었다.

다시 리가 말했다.

"당신에게 남은 생이 얼마나 될지 모르겠습니다. 꽤 오랫동안 사실 수도 있고, 한 시간을 사실 수도 있어요. 그러나 당신의 아들은 살아남을 겁니다. 결혼을 하고 자식을 낳아서 당신의 후손으로 남게 될 거예요."

리는 손으로 눈물을 훔쳤다.

"칼은 홧김에 일을 저질렀답니다. 당신이 그를 받아들이지 않았다고 생각했기 때문이에요. 그 분노의 결과로 그의 친형이자 당신의 아들인 아론이 죽은 겁니다."

칼이 힘겹게 입을 열었다.

"리 아저씨…… 이제 그만하세요."

"아니, 해야겠어."

리가 말했다.

"이로 인해 아버지가 돌아가시는 한이 있더라도 꼭 해야만 해. 내 뜻대로 할 거다."

그는 슬픈 미소를 지으며 다른 사람의 말을 인용했다.

"잘못이 있다면 그건 내 탓이오."

리는 어깨를 똑바로 펴고 냉철하게 말했다.

"당신의 아들은 죄의식에 사로잡혀 거의 제정신이 아닙니다. 도저히 견뎌 내지 못할 정도에 이르렀어요. 끝내 그를 거부하여 파멸시켜서는 안 됩니다. 제발 그를 파멸시키지 마세요, 애덤."

리의 목구멍에서 거친 숨소리가 울려 나왔다.

"애덤, 그에게 당신의 축복을 내려 주세요. 죄의식에 사로잡혀 혼자 괴로워하도록 내버려 두지 마세요. 애덤, 제 말이 들리세요? 칼에게 당신의 축복을 내려 주세요!"

애덤의 두 눈이 환하게 빛나더니 이내 스르르 감겼다. 그러고는 다시 떠지지 않았다. 그의 양미간에 주름이 잡혔다.

"칼을 도와주세요, 애덤. 그를 도와주세요. 다시 기회를 주세요. 자유롭게 해 주세요. 인간이 짐승보다 나은 이유는 자유가 있기 때문이 아닙니까? 그를 해방시켜 주세요! 당신의 축복을 내려 주세요!"

침대 전체가 흔들리는 것처럼 보일 만큼 애덤은 무섭게 집

중했다. 그는 고통스럽게 가쁜 숨을 몰아쉬면서 천천히, 아주 천천히 오른손을 들어올렸다. 그 손은 2, 3센티미터쯤 올라갔다가 다시 떨어졌다.

리는 몹시 초췌해 보였다. 그는 침대 위쪽으로 가서 시트 자락으로 환자의 얼굴에 흐르는 땀을 닦아 주었다. 그러고는 감긴 눈을 내려다보며 나지막이 말했다.

"고마워요, 애덤. 정말 고마워요. 당신은 내 친구예요. 입술을 움직일 수 있겠어요? 입술을 움직여서 아들의 이름을 불러 보세요."

애덤은 지친 눈으로 칼을 바라보았다. 그의 입술이 조금 벌어지는가 싶더니 이내 다물어졌다가 다시 움직이려고 했다. 곧이어 그의 가슴이 불룩하게 부풀어 올랐다. 그의 입에서 거친 숨이 뿜어져 나왔다. 입술 사이로 한숨 소리도 새어 나왔다. 한숨에 섞여 나온 속삭임이 허공에 매달려 있는 것 같았다.

"팀셸……."

이윽고 눈이 감기면서 그는 영원히 잠들었다.

웅대한 스케일의 휴먼 드라마

***

존 어니스트 스타인벡(John Ernest Steinbeck, 1902~1968)
은 1900년대의 격변하는 미국 사회의 단면을 문학적으로 형
상화한 대표적 작가 중 한 사람이다. 그는 특히 1차 세계대전
이 끝난 뒤 미국 문단의 주역으로 떠오른 '잃어버린 세대(Lost
Generation)'를 이은 1930년대의 사회주의적 리얼리즘을 대표
하는 작가로 알려져 있다.

1929년의 경제 대공황으로 당시 미국 사회는 불황이 심각
해지면서 어수선하고 암울했다. 하루가 멀다 하게 은행과 공
장이 문을 닫았고, 그에 따라 거리에는 실업자들이 넘쳐났으
며 사람들은 궁핍에 허덕였다. 이 같은 위기의 시대를 배경으
로 유행한 것이 인간의 삶과 사회의 문제를 사실대로 묘사한
자연주의 문학이었는데 스타인벡은 서민들, 특히 빈민층과 소

외 계층, 경제권을 잃은 소수민족들의 삶을 따뜻한 시선으로 그린 작품을 잇달아 발표했다. 그리고 그때마다 찬사와 비판을 동시에 받으며 미국 문단에 크고 작은 반향을 불러일으켰다.

스타인벡은 1902년 2월 27일, 미국 캘리포니아주 살리나스에서 독일계 아버지와 아일랜드계 어머니 사이에서 태어났다. 아버지는 군청의 출납 관리였고, 어머니는 초등학교 교사 출신이었다. 그는 어머니의 영향으로 어렸을 때부터 책을 가까이 하게 되었다. 그가 어린 시절에 즐겨 읽은 책은 흠정역 성서(King James Version)와 토머스 맬러리의 『아서 왕의 죽음』이었다고 한다. 스타인벡의 작품에는 성서적 사고와 로맨티시즘이 짙게 깔려 있는데, 이는 두 책의 영향을 받은 탓이라고 볼 수 있을 것이다. 아무튼 그는 독서와 함께 살리나스의 풍요로운 자연이 베풀어 준 낭만적인 환경 속에서 감수성이 풍부한 청년으로 성장, 1919년에 스탠퍼드 대학에 입학했다. 하지만 가정 형편이 어려워 중도에 학업을 포기해야만 했다. 비록 학위를 받지는 못했으나 그는 대학 재학 중에 문학, 생물학, 그리스 고전 등을 두루 공부했다. 그런 한편, 밀턴의 『실낙원』을 비롯하여 도스토옙스키, 플로베르, 조지 엘리엇, 토머스 하디 등 19세기 리얼리즘 작가들의 작품을 탐독했다. 그리고 교내 기관지에 단편소설과 시를 발표하며 작가의 꿈을 키워 나갔다.

스타인벡은 대학을 중퇴한 뒤 뉴욕으로 진출하여 《아메리칸》지의 기자로 활동했다. 하지만 객관적인 사실 보도가 아닌

주관적인 기사를 자주 썼기 때문에 해고되었고, 그 뒤 이런저런 막노동을 하면서 생계를 이었다. 그러던 중 고향인 캘리포니아로 돌아와 별장지기를 하면서 1929년에 『황금의 잔(Cup of Gold)』을 발표, 작가의 길로 들어섰다. 데뷔작인 이 장편소설은 영국 해적인 헨리 모건을 주인공으로 한 낭만적인 이야기인데 빛을 보지는 못했다. 그러나 결혼하고 2년 뒤인 1932년에 발표한 단편집 『천국의 목장(The Pastures of Heaven)』은 상당한 호평을 받았다. 가난과 싸우면서 생활하는 캘리포니아 농민들의 고달픈 삶을 그린 작품이다.

1933년에는 농민들의 토지에 대한 애착을 다룬 『미지의 신에게(To a God Unknown)』를 발표했다. 하지만 이 작품은 별다른 주목을 받지 못했다. 스타인벡에게 작가로서의 명성을 안겨준 최초의 작품은 1935년에 발표한 『토르티야 평원(Tortilla Flat)』이다. 캘리포니아 연안의 몬터레이에 사는 스페인, 인디언, 멕시코 등의 혼혈 인종인 파이사노들의 생활을 따뜻한 유머와 페이소스를 섞어서 묘사한 작품인데, 출간 뒤 몇 개월 동안 베스트셀러의 자리를 차지했다. 『토르티야 평원』에 이어 1936년에 발표한 『승산 없는 싸움(In Dubious Battle)』은 농장 노동자들의 파업을 다룬 작품으로, 스타인벡은 이를 통해 그 자신이 지닌 사회주의적 사고의 일단을 분명하게 드러내 보였다.

1937년에 발표한 『생쥐와 인간에 대하여(Of Mice and Men)』는 스타인벡의 명성을 더욱 확고하게 만든 작품이다. 두 명의 이주 노동자들의 우정을 그린 이 작품은 출간되자마자 베스트셀러가 되었고, 연극 무대에 올려져 '뉴욕 비평가상 최우수 연극상'을 받기도 했다. 이듬해에는 주로 소년 시절을 소재로 하여 잡지에 게재했던 단편소설을 엮은『긴 계곡(The Long Valley)』을 출간했다. 그리고 1939년에는 그의 대표작인『분노의 포도(The Grapes of Wrath)』를 발표했다. 목숨과도 같은 토지를 잃고 이주 길에 오른 농장 노동자 가족의 비참한 노정을 통해 자본주의 사회의 모순과 결함을 고발한 이 작품은 출간되자마자 정치적 사회적으로 문제화되어 캘리포니아와 오클라호마 법정에서 금서 판정을 받았다. 그러나 독자들로부터 선풍적인 인기를 끌면서 단번에 베스트셀러 1위에 올랐으며, 이듬해에는 퓰리처상을 수상하는 영예를 안았다. 그리고 존 포드 감독에 의해 즉각 영화화되기도 했는데, 이 역시 대단한 호평을 받았다.

1942년에는 노르웨이의 한 마을 주민들의 독일군에 대한 저항을 묘사한『달이 지다(The Moon is Down)』를 출간했다. 이 무렵 스타인벡은 첫 아내인 캐럴 헤닝과 이혼하고 이듬해 그윈돌린 콩거와 결혼했다. 그리고 잠시 종군기자로 활동한 뒤 2차 세계대전이 끝난 해에 캘리포니아주 몬터레이의 건달들의 생활을 그린『통조림 공장 골목(Cannery Row)』을 발표했으며, 2년 후인 1947년에는 사회 풍자소설인『제멋대로 가는 버스(The Wayward Bus)』와 멕시코 민화를 소재로 한『진주(The Pearl)』를 출간했다. 또한《뉴욕 헤럴드트리뷴》지의 특파원으로 소련을 여행하고『러시아 기행』을 출간한 데 이어 1950년에는 공상적인 희곡 소설인『밝게 타오르다(Burning Bright)』

를 발표했다. 같은 해에 스타인벡은 두 번째 아내와 이혼하고
영화배우인 일레인 스코트와 세 번째 결혼을 했다. 그러고는
유럽 각지를 여행하고 돌아와서 대작인『에덴의 동쪽』의 집필
에 매달려 1952년에 출간했다.

그 뒤 1954년에는『통조림 공장 골목』의 속편인『즐거운
목요일(Sweet Thursday)』을, 1957년에는 프랑스의 정치적 소재
를 빌려 미국 사회를 풍자한『피핀 4세의 짧은 치세(The Short
Reign of Pippin IV)』를 발표했다. 그런가 하면 1961년에는 도
덕적 규범의 붕괴에 따른 사회 문제를 다룬『불만의 겨울(The
Winter of Our Discontent)』을 발표, 이듬해인 1962년에 노벨 문
학상을 수상했다. 당시 스웨덴 아카데미는 스타인벡에 대해
사실적이면서도 상상력이 풍부한 문학을 구축한 작가라고 칭
송했다.

스타인벡의 작품들에서 엿볼 수 있는 특징 중 하나는 자
연과 인간에 대한 지극한 사랑이다. 특히 그의 후기 작품들에
는 고향인 캘리포니아의 아름답고 광활한 자연과 거기에 사
는 가난하지만 소박하고 유머러스한 사람들이 자주 등장한다.
이 사람들은 자연에 맞서 싸우기도 하고, 때로는 자연에 순응
하기도 한다. 스타인벡은 이런 사람들의 삶을 따뜻하면서도
열정적인 필치로 그려냈다. 그리고 1968년 12월 20일, 66세를
일기로 뉴욕에서 세상을 떠났다.

　대다수의 평론가들은 존 스타인벡의 대표작으로『분노의
포도』와 함께『에덴의 동쪽』을 꼽는다. 그런데 작가는 두 작
품 중에서도『에덴의 동쪽』에 더 무게를 둔 듯하다. 이 작품
을 두고 "내 최고의 대표작으로, 이전에 쓴 다른 작품들은 이
작품을 쓰기 위한 준비였다."라고 말한 바 있기 때문이다. 작
가는 이 작품을 집필하기 두 달 전에 "나는 살리나스 계곡에
대한 이야기를 소재로 인류 전체의 축도를 보여 줄 것"이라고
도 했다. 이 말대로『에덴의 동쪽』은 작가의 고향인 캘리포니
아의 살리나스 계곡을 무대로 미국의 서부 개척시대에서부터
1차 세계대전까지의 사이러스 트래스크 가와 새뮤얼 해밀턴
가, 이렇게 두 가문의 삼대에 걸친 이야기를 다룬 작품으로,
인간에 대한 작가의 폭넓고 깊이 있는 이해와 문학적 역량이
총결집된 웅대한 스케일의 휴먼 드라마다.

　구약성서에 나오는 아담과 이브의 원죄 의식, 카인과 아벨
의 갈등 구조를 모델로 한 이 작품에는 선과 악, 사랑과 증오,
삶과 죽음 등 인생의 대립적인 양면성이 극명하게 나타나 있
다. 작가는 이 작품을 통해 인간이 언제까지 원죄라는 굴레
에 얽매어 있어야 하는지, 또 인간 스스로 죄를 다스릴 수 있
는지 등의 근원적인 질문을 던진다. 그리고 그 해답으로 인간
의 자기 인식, 관용, 인간애, 자유의지 등을 암시적으로 내비
친다.

　이 작품의 중심인물은 트래스크 가의 애덤이다. 아버지에게

서 막대한 유산을 물려받은 애덤은 고향인 코네티컷을 떠나 살리나스 계곡으로 이주해 온다. 그는 살리나스에서도 가장 비옥한 땅을 구해 사랑하는 아내 캐시를 위해서 에덴동산 같은 이상적인 낙원을 건설할 꿈을 꾼다. 하지만 그 꿈은 캐시로 인해 산산조각이 나 버린다.

아름다운 외모 속에 야수의 잔혹성을 감추고 있는 캐시는 악의 화신이라고 할 만큼 사악한 여자다. 그녀는 집에 불을 질러 부모를 죽인 데다 자기를 구해 준 애덤과 결혼해서는 그 이복동생인 찰스를 유혹하여 성관계까지 갖는다. 그리고 그것도 모자라서 쌍둥이 형제인 칼과 아론을 낳은 뒤 권총으로 애덤을 피격하고 집을 나가 유곽의 창녀가 된다. 그런 다음 캐시에서 케이트로 이름을 바꾸고는 자기를 친딸처럼 사랑해 준 유곽의 주인을 독살하고 그 자리를 차지한다. 그녀는 창녀의 자질을 유감없이 발휘하여 명성과 부를 쌓는다. 그러나 아내의 배신으로 충격을 받은 애덤은 실의에 젖은 나날을 보낸다.

한편, 쌍둥이 형제 아론과 칼은 구약성서의 아벨과 카인처럼 서로 대립되는 성정을 지닌 채 자란다. 아론은 애덤을 닮아서 선하지만 칼은 사악한 쪽에 가깝다. 애덤은 자연히 아론을 좋아하고 칼을 멀리한다. 칼은 자기를 무턱대고 냉대하는 아버지에 대한 원망과 아버지의 사랑을 독차지하는 아론에 대한 질투 때문에 괴로워한다.

그러던 어느 날, 그는 죽은 줄 알았던 어머니가 살아서 유곽을 경영하고 있다는 사실을 알게 된다. 하지만 아론에게는 그 사실을 밝히지 않는다. 그러다 1차 세계대전 중 콩 장사를 하여 번 돈을 아버지에게 선물로 전하려다가 거절을 당하자 홧김에 어머니에 대한 사실을 아론에게 알린다.

아론은 어머니의 타락한 생활을 목격하고는 충격을 이기지 못해 군에 입대한다. 어머니 케이트는 자신이 저지른 악행이 스스로의 목을 옥죄어 오는 걸 깨닫고 약물로 자살한다. 아론도 군에서 전사하는데, 애덤은 이 소식을 듣고 충격을 받은 나머지 뇌졸중으로 쓰러져서 병석에 눕는다. 그러자 칼은 이 모든 불행이 자기의 잘못 때문에 생겼다면서 죄의식으로 괴로워한다.

애덤이 임종하기 직전, 하인이지만 친구에 더 가까운 중국인 리는 애덤에게 간청한다. 죄의식에 사로잡힌 칼에게 축복을 내림으로써 그를 자유롭게 하고 회생할 기회를 주라고. 이에 애덤은 '팀셸'이라는 말을 남기고 영원히 눈을 감는다.

이 작품에는 '팀셸'이라는 말이 두 번 나오는데, 독자는 이 히브리어에 주목할 필요가 있다. 왜냐하면 이 작품의 주제이기도 한, 인간이 짊어진 원죄와 그것으로부터의 해방에 대한 작가의 사고를 엿볼 수 있기 때문이다.

흠정역 성서를 보면, 자신과 자신의 제물을 반기지 않는 하느님에게 카인이 화를 내며 항의하는 장면에서 하느님이 "너는 죄를 다스릴 것이다(Thou shalt rule over him[sin])."라고 말하는 대목이 나온다. 그런데 미국 표준 성서(The American Standard Bible)에는 이 구절이 "너는 죄를 다스려라(Do thou rule over him)."라고 되어 있다. 그런데 중국인 리는 전자의 번역은 하느님이 언젠가는 인간을 죄에서 벗어나게 해 준다는 약속을, 후자의 번역은 하느님이 인간에게 죄의 극복을 명령하는 의미를 내포한다고 말한다. 하지만 '다스릴 것이다'나 '다스려라'는 히브리어 팀셸(timshel)을 잘못 번역한 것이라고 주장한다. 그는 팀셸을 '할 수도 있을 것이다(Thou mayest)' 즉, '다스릴 수도 있을 것이다'로 해석해야 한다면서, 이 말은 결국 '다스릴 수도, 다스리지 못할 수도 있다'는 뜻인 만큼 죄를 다스리는 것은 인간 스스로에게 달렸다는 점을 강조한다. 말하자면 죄에 대한 자각과 그것을 바탕으로 한 인간의 자유의지에 따른 선택에 의해서 죄를 다스릴 수도 있고, 다스리지 못할 수도 있다는 것이다.

인간은 누구나 카인이나 칼처럼 원죄를 짊어지고 산다. 그렇기 때문에 선과 악, 사랑과 증오 사이에서 갈등하고 헤맨다. 하지만 이 두 갈래 길을 선택하는 권리는 어디까지나 인간에게 있다. 문제는 어느 길을 선택하느냐는 것이다. 카인이 그렇듯 칼은 결코 선하지 않다. 선하기는커녕 악에 물들어 있다. 그러나 그는 선을 자각하고 그쪽으로 가려고 한다. 선을 선택하려고 애쓰는 것이다. 그렇기 때문에 근본적으로 비극일 수밖에 없는 인생을 반전시킬 수 있는 희망을 그에게서 엿볼 수 있다.

따지고 보면 칼은 불쌍할 정도로 외로운 존재다. 사랑을 갈구하나 사랑을 받지 못하고, 마음속 깊이 간직했던 꿈마저 무참히 깨지기 때문이다. 그는 외로운 만큼 불완전한 존재이기도 하다. 한없이 나약한 데다 결점이 많은 인물이다. 그럼에도 불구하고 우리는 그의 미래를 긍정적으로 내다본다. 그에게는 자각 능력과 함께 스스로를 개선하려는 의지가 있기 때문이다.

이 작품은 전체적으로 어두운 가운데 비극적인 분위기를 풍긴다. 그럼에도 밝은 희망을 느낄 수 있는 건 그 속에 관용과 인간애 같은 따뜻한 메시지가 담겨 있기 때문이다. 작가 스타인벡이 이 작품을 통해 주장하는 바는 자명하다. 이 작품에는 스타인벡의 인본주의적 가치관이 잘 녹아 있다. 그에 따르면 인간은 신의 명령이나 주어진 운명대로 사는 존재가 아니다. 인간의 주인은 바로 인간이다. 그렇기 때문에 인간은 본인의 의지대로 자신의 미래를 개척해 나갈 수 있고, 또 스스로의 선택에 의해서 자신의 운명과 직접 부딪쳐 어려움을 극복해 나갈 수 있는 것이다. 스타인벡은 말한다. 비록 그 과정이 느리고 고통스러울지라도 인간의 길을 묵묵히 걸어가는 데에 삶의 가능성과 희망이 있고, 인간의 위대성과 존엄성이 있다고.

2008년 여름
정희성

작가 연보

1902년   2월 미국 캘리포니아 주 살리나스에서 태어났다.

1919년   스탠퍼드 대학교 입학.

1921년   오랫동안 학교에 나가지 않고 목장, 도로 공사장, 제당
          공장 등에서 일하며 서민들의 생활을 체험했다.

1922년   학교에 복학.

1924년   교내 잡지에 대학 생활을 풍자한 우화적 단편 발표.

1925년   학위를 받지 않은 채 자퇴.
          작가가 될 꿈을 품고 11월에 뉴욕으로 가서 신문기자
          로 활동하다 주관적인 기사를 쓴다는 이유로 해고된
          뒤 막노동으로 생계를 이었다.

1926년   단편소설을 써서 출판하려 했으나 출판사의 인정을 받
          지 못해 실의에 빠졌다. 여러 곳을 전전하며 화물선 선

원, 산장지기 등 여러 가지 일을 했다.

1929년   첫 번째 소설 『황금의 잔(Cup of Gold)』 출간.

1930년   캐럴 헤닝과 결혼.

1932년   캘리포니아를 배경으로 한 소설 『천국의 목장(The Pastures of Heaven)』 출간.

　　　　 여름에 로스앤젤레스로 이사.

1933년   『미지의 신에게(To a God Unkown)』 출간.

1934년   2월 어머니 사망.

1935년   몬터레이 사람들의 이야기를 그린 『토르티야 평원(Tortilla Flat)』 출간. 이 작품을 통해 간신히 대중적 인기와 경제적 안정을 갖추게 되었다.

　　　　 중고차를 사서 아내와 함께 멕시코 여행.

1936년   노동쟁의 문제를 다룬 『승산 없는 싸움(In Dubious Battle)』 출간. 좌우 양측으로부터 맹렬한 비난을 받았으나 책은 베스트셀러가 되었다.

　　　　 5월 아버지 사망.

1937년   『생쥐와 인간에 대하여(Of Mice and Men)』 출간.
　　　　 5월 스웨덴 선적의 배를 타고 어머니의 고향인 아일랜드, 스웨덴, 소련 등 여행.
　　　　 『생쥐와 인간에 대하여』를 3막의 희곡으로 각색해서 재출간. 11월에 이 작품이 뉴욕에서 초연되었다.
　　　　 이 희곡을 쓴 뒤 차를 사서 오클라호마주 이주민들 속에 끼어 서부로 간 경험을 토대로 나중에 『분노의 포도』를 집필.

1938년	단편집 『긴 계곡(The Long Valley)』 출간.
1939년	『분노의 포도』 출간. 이 작품으로 퓰리처상 수상.
1940년	『분노의 포도』와 『생쥐와 인간에 대하여』가 영화로 만들어져 호평을 받았다.
1941년	영화 시나리오 겸 사진집인 『잊혀진 마을(The Forgotten Village)』과 해양생물 채집기 『코르테스의 바다(Sea of Cortez)』 출간.
1942년	항공기지의 훈련을 다룬 르포 『폭탄 투하(Bombs Away)』 출간.
	소설 『달이 지다(The Moon Is Down)』 발표.
	집을 너무 자주 비운다는 이유로 부인에게 이혼당했다.
1943년	뮤지컬 배우 그윈돌린 콩거와 재혼 후 뉴욕으로 이주.
	《뉴욕 헤럴드트리뷴》의 종군기자로 북아프리카, 영국, 이탈리아 등지를 돌며 취재했다.
1944년	맏아들 토머스 출생.
1945년	『통조림 공장 골목(Cannery Row)』 출간.
1946년	둘째 아들 존 출생.
1947년	『제멋대로 가는 버스(The Wayward Bus)』 출간.
	『진주(The Pearl)』 출간.
	《뉴욕 헤럴드 트리뷴》과 계약을 맺고 소련 취재.
1948년	『러시아 기행(A Russian Journal)』 출간.
	미국 예술원 회원으로 선출됨. 두 번째 아내와 이혼.
1950년	실험적인 희곡 「밝게 타오르다(Burning Bright)」 발표.
	일레인 스코트와 세 번째 결혼.

1951년	『코르테스의 바다』의 일지(The Log from the Sea of Cortez)』 출간.
1952년	『에덴의 동쪽(East of Eden)』 출간. 아내와 함께 이탈리아, 아일랜드 등 여행. 오 헨리 원작의 영화 「홀하우스」에 해설자로 출연.
1954년	『즐거운 목요일(Sweet Thursday)』 출간.
1955년	영화 「에덴의 동쪽」 개봉. 《새터데이 리뷰》에서 논설을 맡았다.
1957년	『피핀 4세의 짧은 치세(The Short Reign of Pippin IV: A Fabrication)』 출간.
1958년	전쟁 르포 『옛날에 전쟁이 있었다(Once There Was a War)』 출간.
1960년	직접 캠핑카를 운전해 미국 대륙 일주.
1961년	『불만의 겨울(The Winter of Our Discontent)』 출간. 10개월간 유럽 여행을 하다 처음으로 심장마비를 겪었다.
1962년	『미국을 찾아 떠난 찰리와의 여행(Travels with Charley in Search of America)』 출간. 노벨 문학상 수상.
1963년	문화 교류의 일환으로 아내와 함께 소련 방문.
1965년	《뉴스데이》의 특파원 자격으로 유럽과 중동 여행.
1966년	『미국과 미국인(America and Americans)』 출간. 《뉴스데이》의 특파원 자격으로 헬리콥터를 타고 베트남에 가서 참전 중인 둘째 아들 존을 만났다.

1967년	베트남 전쟁과 관련해서 소련의 기관지 《프라우다》의
	기사를 맹렬히 비난하는 반론을 썼다.
	5월에 베트남에서 귀국해 가을에 병석에 눕게 되었다.
1968년	심장마비로 뉴욕의 자택에서 사망.
1969년	『소설의 기록:『에덴의 동쪽』의 편지(Journal of a Novel: The East of Eden Letters)』 출간.
1975년	『자파타 만세!(Viva Zapata!)』 출간.
1976년	『아서 왕과 그의 고귀한 기사들의 행동(The Acts of King Arthur and His Noble Knights)』 출간.
1989년	『일하던 시절:『분노의 포도』 일지(Working Days: The Journals of The Grapes of Wrath)』 출간.

세계문학전집 **182**

에덴의 동쪽 2

1판 1쇄 펴냄 2008년 6월 30일
1판 23쇄 펴냄 2022년 11월 30일

지은이 존 스타인벡
옮긴이 정회성
발행인 박근섭, 박상준
펴낸곳 (주)민음사

출판등록 1966. 5. 19. (제 16-490호)
서울특별시 강남구 도산대로1길 62(신사동) 강남출판문화센터 5층 (우편번호 06027)
대표전화 02-515-2000 팩시밀리 02-515-2007
www.minumsa.com

한국어 판 ⓒ (주)민음사, 2008, 2022. Printed in Seoul, Korea

ISBN 978-89-374-6182-8 04800
ISBN 978-89-374-6000-5 (세트)

민음사　세계문학전집

세계문학전집 목록

세계문학전집은 계속 간행됩니다.